Ellis Peters (Edith Pargeter)
Die Rückkehr des Baumeisters

SERIE PIPER

Zu diesem Buch

Der junge Harry Talvace wird vom Mörder seines Vaters auf der Burg am Ufer des Severn gefangengehalten. Doch aus der erbitterten Feindschaft zwischen dem Baumeister und Isambard erwächst Respekt und schließlich sogar Freundschaft. Zu spät erkennt der Burgherr, daß es sein eigener Sohn ist, der ihm gefährlich werden soll. In einem dramatischen Kampf stehen ihm nun seine einstigen Widersacher zur Seite, und der hartherzige Isambard ist sogar zu einer Versöhnung mit der unglücklichen Benedetta bereit – ihre Tage aber sind gezählt ... Erst als auch die Toten zur Ruhe kommen, kann Harry das Erbe seines Vaters antreten. Mit dem dritten Band der großen Mittelalter-Trilogie über den Baumeister Harry Talvace krönt Edith Pargeter alias Ellis Peters das Glanzstück ihres Schaffens.

Ellis Peters (Edith Pargeter), geboren 1913, verband ihr Leben lang ihr Interesse für Geschichte mit ihrem literarischen Talent. Schon im Alter von dreiundzwanzig Jahren veröffentlichte sie ihren ersten Roman. Internationales Ansehen erwarb sie sich unter ihrem Pseudonym Ellis Peters mit ihren Geschichten um Inspektor George Felse und mit den historischen Bruder-Cadfael-Romanen. Ihre Bücher wurden in mehr als fünfzehn Sprachen übersetzt. Edith Pargeter starb 1995 in Shropshire, England. Die Baumeister-Trilogie liegt vollständig auf deutsch vor: »Der Baumeister von Albion«, »Das Erbe des Baumeisters« und »Die Rückkehr des Baumeisters«.

Ellis Peters (Edith Pargeter)
Die Rückkehr des Baumeisters

Roman

Aus dem Englischen von
Marcel Bieger und Barbara Röhl

Piper München Zürich

Von Ellis Peters (Edith Pargeter) liegen in der Serie Piper vor:
Der Baumeister von Albion (3464)
Das Erbe des Baumeisters (3465)
Die Rückkehr des Baumeisters (3466)

Ungekürzte Taschenbuchausgabe
November 2002

Titel der englischen Originalausgabe:
»The Scarlet Seed«

Umschlag / Bildredaktion: Büro Hamburg
Isabel Bünermann, Julia Martinez /
Charlotte Wippermann, Katharina Oesten
Umschlagabbildung: Bartholomäus Bruyn d. Ä.
(»Bildnis des Peter von Berthold«, 1536;
Basel Kunstmuseum; Artothek)
Foto Umschlagrückseite: Rosemary Herbert
Satz: KCS GmbH, Buchholz / Hamburg
Gesamtherstellung: Clausen & Bosse, Leck
Printed in Germany ISBN 3-492-23466-6

www.piper.de

KAPITEL EINS

Parfois/Shrewsbury: August 1232

Die stumpfen Turnierschwerter trafen sich klirrend mitten in der Luft und erfüllten das Sonnenlicht mit blauen Funken. Der Zusammenprall war so stark, daß Harry der Schmerz vom Handgelenk bis hinauf in die Schulter fuhr. Aber er behielt die Waffe fest in der Hand und drückte die Klinge seines Gegners so gut er konnte um wenige Zoll von seinem Haupt weg. Wenn das Schwert ihn getroffen hätte, wäre er bestenfalls bewußtlos zusammengebrochen; schlimmstenfalls hätte man ihn mit eingeschlagenem Schädel vom Übungsplatz getragen. Der alte Nicholas Stury schonte niemanden. Manchmal argwöhnte der Jüngling, daß der Fechtmeister es heimlich genoß, den jungen Adeligen, welche zu ihm in den Unterricht geschickt wurden, Schmerzen zuzufügen. Und gewiß gab es unter den jungen Männern nicht wenige, die sich vor ihm fürchteten.

Beide Kämpfer wirbelten beim Austausch von Hieb und Abwehr um die eigene Achse; dann wechselten sie mit zwei raschen Schritten die Position. Der Kreis der aufgeregten Gesichter drehte sich mit ihnen, und man hörte gedämpftes Stimmengewirr voller Erwartung und Anspannung. Harry kannte die Jünglinge zu gut, um zu glauben, sie stünden bei diesem Schwertkampf auf seiner Seite und würden zu ihm halten. Die meisten von ihnen tolerierten ihn und machten ihm das Leben nicht schwer. Einige der Fürstensöhne hatten sich in den zurückliegenden Monaten sogar mit ihm angefreundet. Aber wenn es ums Kämpfen ging, konnten sie, die sie doch alle Engländer waren, unmöglich einem Waliser und dazu noch Gefangenen Isambards den Sieg wünschen; nicht einmal gegen Stury, den sie alle aus tiefstem Herzen haßten. Mochte der alte Fechtmeister auch noch so herzlos sein, er gehörte zum Haushalt von Parfois und war damit einer der ihren. Deswegen drückten sie ihm gegen den Fremden die Daumen.

Nicholas war stolz auf den weitausladenden, starken Hieb, den er gegen den Kopf des Gegners gerichtet hatte. Vielleicht gefiel ihm daran auch nur, die Angst im Gesicht seines Gegenübers zu erkennen, bevor die Klinge traf, oder aber zu verfolgen, wie der Jüngling voller Verzweiflung den Schlag abwehrte. Harry konnte sich ausrechnen, daß Stury diesen Hieb über kurz oder lang ein weiteres Mal bei ihm versuchen würde. Doch das erschreckte ihn nicht, er kannte mehrere Möglichkeiten, mit einem solchen Angriff fertig zu werden. Der Jüngling wich geschickt nach rechts aus, wehrte ein paar Stöße und Hiebe ab, die nur dazu angelegt waren, ihn auf die falsche Fährte zu locken, und bedrängte seinerseits den Lehrer mit ein paar nicht weniger listigen Attacken.

Und dann kam der Hieb: hart, schnell und so plaziert, daß Harry trotz des gefütterten ledernen Übungshelms sicherlich in Ohnmacht gefallen wäre. Doch statt vor der Klinge zurückzuweichen und das eigene Schwert hochzureißen, um den Stahl von seinem Kopf abzulenken, duckte sich der Jüngling und tauchte unter der Waffe hindurch. Als er sich seitlich neben Stury befand, drehte er sein Schwert mit der Rückhand und bohrte dem Mann die stumpfe Spitze in die Rippen. Zu seiner grimmigen Freude beantwortete Nicholas das mit einem Stöhnen. Doch das reichte ihm nicht: Harry riß die Klinge hoch und stieß die Spitze in die Achselhöhle des immer noch ausgestreckten Armes von Stury. Es war eine symbolische Geste und sollte den Fechtmeister warnen, daß er ihn hätte töten können, wäre es bei diesem Kampf um Leben und Tod gegangen.

Die Jünglinge brüllten vor Begeisterung über den ehrlichen Sieg. Ein Page, der rittlings auf einer der Fensterbänke der

Waffenkammer hockte, schrie mit seiner schrillen Stimme: »Treffer! Ein Treffer!« Die unverhohlene Freude auf dem Gesicht des Knaben wärmte Harry das Herz. Offenbar besaß er in dieser Schar doch einen Anhänger.

Walter Langholme, der Kammerdiener des Burgherrn, ließ seine Stimme ebenfalls vernehmen, und als Stury wutentbrannt erneut auf den Jüngling losgehen wollte, senkte er die lange Turnierlanze zwischen die beiden und stieß dem Fechtmeister dreimal das stumpfe Stangenende gegen die Brust.

»Das reicht. Talvace hat dich besiegt, Nick, und wenn du ehrlich bist, gestehst du dir das auch ein.«

Schon unter normalen Umständen wäre das dem erfahrenen Waffenmeister schwer genug gefallen; um so mehr, da es sich bei seinem allzu begabten Schüler um einen Ausländer und auch noch um einen Grünschnabel von gerade mal siebzehn Jahren handelte. Um einen Waliser, den eine Laune des Herrn von Parfois hierbehielt und der mit seiner Erlaubnis an den Spielen und Übungen der jungen Edelleute teilnehmen durfte.

»Er hat mich kaum berührt!« protestierte Nicholas und schob die Lanze mit einer riesigen Hand weg, die aus demselben Sandstein gemacht zu sein schien, aus dem die Stützpfeiler der Burg bestanden. »Das nennst du einen Treffer? Wenn ich nicht mit einem Fuß ausgeglitten wäre, hätte der Junge nie eine Gelegenheit gefunden, sich unter meinem Schwert hinwegzuducken!«

Harry trat in den Schatten der Waffenkammer und deponierte das Schwert auf dem Mäuerchen, das unterhalb der hohen Fenster verlief. Er nahm den wattierten Helm ab, ein grobes, einfaches Ding, das mit den zeremoniellen Turnierhelmen und ihren geschmückten und verzierten Formen gar nichts gemeinsam hatte. Darunter tauchte sein gerötetes Gesicht auf. Er atmete gierig die frische Luft ein. Der Page oben auf dem Sims warf ihm ein Tuch zu, und Harry wischte sich damit dankbar den Schweiß von Hals, Wangen und Stirn. Dann warf er es sich keck über die Schulter und erklärte:

»Dann stell dich mir zu einem neuen Zweikampf, wenn du mir diesen Sieg schon streitig machen willst. Mir ist das gleich. Was ich soeben vollbrachte, kann ich mit Leichtigkeit ein weiteres Mal tun.«

Unter den gegenwärtigen Umständen hätte er so etwas besser für sich behalten. Selbst bei denjenigen unter den Jünglingen, die etwas für ihn übrig hatten, löste das Empörung aus. Alle schrien auf und verlangten, daß den Worten Taten folgen sollten. Harry hingegen war sich insgeheim gar nicht so sicher, den Fechtmeister ein zweites Mal besiegen zu können. Stury einmal zu schlagen war vielleicht möglich; mit der nötigen Geduld und Vorsicht konnte das durchaus gelingen. Aber jetzt war sein Gegner vorgewarnt, und nach der Niederlage brannte er darauf, es seinem frechen Schüler heimzuzahlen. In dieser Situation war mit dem Mann nicht zu spaßen. Doch für solche Überlegungen war es nun zu spät. Er hatte die Herausforderung ausgesprochen und mußte auch dazu stehen. Der Jüngling nahm den Wasserkrug, der auf dem Mäuerchen stand, und löschte seinen Durst, während die anderen durcheinanderschrien, bis Langholme die Lanze schließlich in den Boden stieß und zur Ordnung aufrief.

Aus dem Schatten des Bogenganges, der zum inneren Burghof führte, ertönte jetzt eine klare, laute Stimme: »Talvace hat gesiegt. Das steht außer Frage. Wer will das anzweifeln?«

Der Lärm erstarb augenblicklich. Harry hatte keine Ahnung, wie es Isambard gelungen war, sich in dem allgemeinen Stimmengewirr verständlich zu machen. Vielleicht hatten die Jünglinge und Männer seine Worte mehr gespürt denn gehört; womöglich hatte seine Stimme auf geradem Weg den Nerv der Ehrfurcht in den Anwesenden getroffen, so wie kleine quietschende Geräusche manchmal Schmerz in den Zähnen verursachen. Mit drei kleinen Sätzen hatte Isambard es verstanden, Schweigen um sich herum zu verbreiten. Alle, die sich vor der Waffenkammer aufhielten, waren respektvoll aufgesprungen. Als der Burgherr zwischen ihnen hindurchschritt, waren sämtliche Blicke allein auf ihn gerichtet; und zwar mit der üblichen angespannten Aufmerksamkeit, die Harry nach langen Monaten zu erkennen wußte.

Ich bin hier anscheinend der einzige, der sich nicht vor ihm fürchtet, dachte er. Doch dann mußte er korrigierend hinzufügen: Nein, Langholme scheint keine Angst mehr vor ihm zu haben; nicht mehr, denn sie muß ihn einst beherrscht haben. Der Kammerdiener hat seinem Herrn in all diesen Jahren so nahegestanden, daß alle Angst vor ihm gewichen ist. Sicher sind die beiden mittlerweile so vertraut miteinander, daß dieses Gefühl nicht mehr vorhanden ist. Walter treibt nicht der Ehrgeiz um, selbst Ritter zu werden. Er ist zufrieden mit dem, was er hat. Isambard hat das erkannt und achtet ihn mit einer Wertschätzung, die er für keinen anderen in seinem Haushalt übrig hat.

Harry beobachtete die große, schlanke Gestalt des Herrn von Parfois, die aus dem Schatten auftauchte, auf sie zutrat und sich von der Stille, die sie selbst geschaffen hatte, nicht im mindesten beeindrucken ließ. Isambard eilte nicht zu ihnen, denn nicht einmal für Könige hatte er je seine Schritte beschleunigt. An diesem heißen Augusttag hatte er sich seines Waffenrockes und seiner Cotte entledigt. Sogar die Kragenbänder seines losen Leinenhemdes hatte er gelöst, und so konnte man seinen dürren, aber geraden Hals bewundern, auf dem sich die Sehnen straff wie angespannte Bogensehnen von der braunen Haut abhoben.

Isambard liebte die Sonne. So hatte er mehrere Spitzbogenfenster in die Mauern des Herrenturmes schlagen lassen, damit das Tageslicht seine Lieblingsgemächer durchfluten konnte. Auch hatte es den Anschein, als liebte die Sonne ihn ebensosehr; denn jedes Jahr bräunte der Sommer ihn so sehr, daß er seine dunkle Schönheit widergewann. Er verlor dadurch mindestens fünfzehn von seinen mittlerweile achtundsechzig Jahren, und mit seinen Gewändern aus flämischem Brokat sah er dann mehr als stattlich aus. Die Sonne konnte zwar nicht das

Schwarz in sein eisengraues Haar zurückzaubern, das immer noch dicht und lockig wie das eines Jünglings sein Haupt zierte. Dafür vergoldeten die Strahlen seine wohlgeformten, hervortretenden Wangenknochen, den Unterkiefer und die von einigen Falten durchfurchte steile Stirn. Gleichzeitig bannte die Sonnenwärme alle Wintersteife aus seinen Knochen, so daß Isambard sich im Sommer immer noch wie ein junger Rehbock bewegen konnte und sein Antlitz glühte wie die rote Augustsonne in ihrem Zenit.

»Einen saubereren Treffer habe ich selten gesehen«, ließ der Burgherr sich vernehmen. »Der Jüngling hätte dir glatt das Herz aus dem Leib schneiden können. Du hast ihn zu gut unterrichtet, er kennt jede deiner Finten, jede deiner Bewegungen.«

»Wenn wir draußen auf dem Schlachtfeld gekämpft hätten, Mylord, hätte er mich niemals berührt. Doch den Treffer hier will ich nicht abstreiten.«

Das könnte Nicholas auch schlecht, sagte sich Harry grimmig, da Isambard ihn so scharf ansieht und soeben mit soviel Bestimmtheit erklärt hat, wo die Wahrheit liegt. Plötzlich überkam Harry erneut ein Widerwille gegen sie alle, und der wurde durch Isambards Worte nur noch verstärkt. Alle hier waren im Grunde genommen seine Feinde, und er wollte verdammt sein, wenn er sich jetzt mit ihnen aussöhnte.

»Herr, ich habe ihm einen neuen Zweikampf angeboten«, meldete sich Harry zu Wort, »damit er sich endlich zufriedengibt. Ich werde nicht auf dem Sieg beharren, den Nicholas einen reinen Glückstreffer nennt. Wenn ich den Schwertmeister noch einmal bezwinge, so sollten wir uns einen passenderen Namen für ›Glückstreffer‹ ausdenken.«

Der Jüngling goß etwas Wasser aus einem Krug auf seine Handgelenke und ließ sie in der heißen Luft des Vormittags trocknen. Harry wußte, daß er sich wie ein Narr aufführte, aber er war es nach sieben Monaten Gefangenschaft gründlich leid, sich vernünftig zu verhalten und sich geduldig und ohne

Widerrede den Einschränkungen seiner isolierten Stellung im Kreise dieser Engländer zu unterwerfen. Wenn Stury beweisen konnte, daß er der bessere Schwertkämpfer war, dann sei's drum. Aber Harry würde es ihm nicht leicht machen und seine Stellung erst dann aufgeben, wenn er durch einen Hieb wie ein Baum gefällt würde. Nein, niemals, nicht einmal um Isambards willen. Wenn alle im Haushalt Angst vor dem Burgherrn hatten, dann war das deren Sache – denn Harry gehörte nicht dazu. Er wollte ihnen beweisen, daß Fremdheit und Gefangenschaft ihn überlegen und nicht unterlegen machten. Harry erwiderte fest den Blick aus den tiefliegenden dunklen Augen, die ihn vom anderen Ende des Kreises betrachteten. Kein Lächeln huschte über Isambards Lippen. Der Jüngling wischte die Hände ab und dehnte die prickelnden Finger. Er spürte noch immer den Schmerz, der bis in seine Schulter gefahren war.

»Mit Eurer huldvollen Erlaubnis, Herr, ich stehe dem Schwertmeister zur Verfügung.«

Isambard aber hatte Stury das Turnierschwert abgenommen, umschloß jetzt den Griff mit seinen langen, mageren Fingern, stieß die Klingenspitze in den Boden und lehnte sich mit seinem Gewicht darauf, um die Stoßkraft dieser Waffe zu erproben.

»Nicht ganz meine Länge, aber gut genug. Wenn du denn bereit und willens bist, Harry, gewähre mir das Vergnügen, dich mit mir einige Minuten im Schwertkampf zu üben.«

Also will er nicht, daß der alte Waffenmeister sich endgültig zum Narren macht, dachte der Jüngling. Das Vorhaben Isambards überraschte ihn nicht, noch erfüllte es ihn mit Widerwillen. So soll ich jetzt meine Tracht Prügel dafür erhalten, den alten Nicholas übertölpelt zu haben. Nein, viel mehr noch, denn jetzt läßt er sich zum ersten Mal seit unserer ersten Begegnung dazu herab, mir die Möglichkeit zu gewähren, gegen ihn anzutreten.

Harry stellte sich breitbeinig hin und warf Isambard einen

offen feindseligen Blick zu. Eine deutliche Geste der Herausforderung, die Isambard gewiß verstanden hatte, auch wenn sie all den anderen Anwesenden entgangen sein durfte.

»Doch muß ich Euch darauf hinweisen, Mylord, daß diese Angelegenheit nicht Euch und mich betrifft. Es war Meister Stury, der Genugtuung verlangte.«

All die jungen Edelleute im Rund grinsten jetzt und stießen sich an. Offensichtlich erfreute es sie, daß der Waliser lieber den Rückzug wählte, als gegen den Burgherrn anzutreten. Jemand, der nicht weit von Isambard stand, kicherte frech. Harry gönnte ihnen für einen Moment ihren Triumph, senkte aber keinen Augenblick die Augen. Isambard hatte sich die ganze Zeit über nicht bewegt und auch nicht gelächelt. Er wiegte das Schwert in der Hand, beobachtete Harry im schräg einfallenden Licht und wartete ohne das geringste Anzeichen von Ungeduld. Der Mann wußte, daß der Jüngling noch nicht sein letztes Wort gesprochen hatte.

»Aber wenn Ihr mich im Kampf mit stumpfen Schwertern erproben wollt, Herr, so will ich Euch gern einen Waffengang liefern, den Ihr so rasch nicht vergessen werdet.«

Nun rissen alle Umstehenden Münder und Augen auf und stöhnten über so viel Anmaßung und Unverschämtheit. Einige bewunderten ihn heimlich für seine Kühnheit und empfanden sogar ein wenig Mitleid für den närrischen Jüngling. Harrys Herz zog sich etwas zusammen, aber er ließ sich äußerlich nichts anmerken und wartete auf den Beginn des Kampfes. Nur Isambard stand völlig unbeweglich da und schien Harrys Herausforderung nicht mehr Bedeutung beizumessen als irgendeiner Bemerkung, die einer der Umstehenden von sich hätte geben können. Seine langen Finger, die den groben Schwertgriff hielten, zuckten nicht und schlossen sich nicht einmal fester um das Holz. Isambards Augen blickten an der Länge der Klinge entlang, sein Kopf hob sich langsam und elegant, und als er den Jüngling ansah, verriet sein Blick nichts, nicht einmal denen, die ihn von nahem betrachteten und nur darauf warteten, daß ihr Burgherr vorstürmte und den Frechling ganz nach Laune zu Boden streckte oder gleich erschlug.

Harry erwartete eine schroffe Ablehnung, und ein Teil seiner selbst, der Teil, wo Angst und berechtigte Furcht hausten, hätte sie willkommen geheißen. Aber diese großen dunklen Augen, die so klar aus ihren polierten Höhlen brannten, schauten ihn ganz ruhig an. Ihr Blick enthielt weder Ärger noch Ungeduld; aber das beruhigte den Jüngling nicht. Gleich wie man mit Isambard umsprang, er konnte einen auch ohne innere Regung töten.

»Walter, bring uns zwei Kampfschwerter.«

Sein Befehl klang ganz ruhig. Niemand der Umstehenden wagte, eine besorgte Miene aufzusetzen, wo doch der Herr selbst sich nicht beunruhigt zeigte. Langholme verschwand ohne ein Wort und stampfte in die Waffenkammer.

»Keine Hast, Harry«, mahnte der Burgherr, als er sah, daß der Jüngling sich schon wieder den Helm aufsetzen wollte. »Du bist ja gar nicht wieder zu Atem gekommen. Laß dir ruhig Zeit.«

»Dann werdet Ihr sicher Euren Lederharnisch anlegen wollen, Herr?« bemerkte Harry rasch, als er die Intention Isambards erkannte und sich sofort beleidigt fühlte.

»Sei unbesorgt, junger Freund, ich werde dir genau so gegenübertreten wie du mir.« Der Burgherr drehte mit der Fußspitze ein paar Koller um, entdeckte, daß sie ihm alle zu kurz waren, und folgte seinem Kammerdiener in die schattige Kühle der Waffenkammer.

Als Isambard sie nicht mehr hören konnte, atmeten die jungen Männer erleichtert auf, tadelten Harry und erteilten ihm Ratschläge. Diejenigen unter ihnen, die am meisten für den Waliser übrig hatten, beschimpften ihn rundheraus als Narren, da er sehenden Auges den Tod herausfordere; sie baten ihn, sich noch rechtzeitig von dem Zweikampf zurückzuziehen, auch wenn ihm dies Schande einbrächte. Die unter den Soldaten und jungen Männern aber, die Harry nicht gewogen waren, malten ihm voller Begeisterung aus, mit welcher Münze ihm seine Dreistigkeit heimgezahlt werden würde: bestenfalls erhielte er eine demütigende Lektion in der Kunst des Schwertfechtens, viel eher aber ging er eines Körperteils verlustig.

Aber nicht einer von ihnen sprach von Tod. Alle gingen davon aus, daß Isambard den Jüngling am Leben erhalten wollte. Schließlich hielt er den Waliser ja schon seit zwei Jahren auf der Burg fest, da hätte er ihm schon viel eher den Garaus machen können. Und da Isambards Pläne für Harry alles andere als den Tod vorzusehen schienen, konnte der Jüngling sich nicht einmal auf diese Weise von seiner Gefangenschaft befreien, mochte er den Burgherrn auch noch so sehr herausfordern und mit Schimpf überziehen. Der nämlich würde mit Harry spielen, bis er die Lust daran verlor. Er würde ihn zur Strafe für seine Unverschämtheiten mit Hieben eindecken, ihn aus einer oder mehreren Wunden bluten lassen, ihm eine entstellende Narbe beibringen, wenn ihm der Sinn danach stand, und ihn dann in Ruhe lassen.

Harry versperrte die Ohren vor all diesem Gerede, ließ weder Schmähung noch gutgemeinten Rat an sich heran, wartete mit ernster Miene und rieb sich die noch immer prickelnde Hand, um das Gefühl zurückzuerlangen. Was wußten diese Jünglinge denn schon, weswegen er sich vor dem fürchten mußte, was er angerichtet hatte? Diese Burschen erkannten ja noch nicht einmal das, was sich direkt vor ihren Augen abspielte. Nur Harry wußte, wieviel tödlicher Ernst in diesem gefährlichen Zweikampf steckte. Doch der Jüngling fürchtete sich vor dieser Auseinandersetzung nicht und spürte schon die Kampfeslust in seinen Eingeweiden brennen. Natürlich war ihm in diesen Minuten auch die Furcht nicht fremd. Es war die Furcht vor dem Scheitern und die kreatürliche Angst aller Lebewesen vor dem Sterben. Doch davon wollte Harry sich nicht beeinträchtigen lassen, und als Isambard aus der Waffenkammer zurückkehrte, hatten sich diese Ängste längst verflüchtigt. Nur zwei Gefühle blieben übrig: der süße Haß und der Stolz.

Langholme drängte mit einer quergelegten Turnierlanze gegen die herandrängenden Neugierigen und schuf für seinen Herrn und den walisischen Jüngling ausreichend Platz zum Kämpfen. Beide hatten lange Arme. Harry übertraf seinen verstorbenen Vater an Körpergröße bereits um fünf oder sechs Fingerbreit; und Isambard überragte ihn um weitere drei bis vier Zoll. Außerdem saß das junge Fleisch des Walisers auf leichteren und dünneren Knochen. Man mußte ihm zumindest genügend Raum lassen, um zurückzuweichen, sollte Isambard es darauf angelegt haben, ihm eine Lehre zu erteilen. Langholme schwang die Lanze im Rund, ohne auf die Umstehenden Rücksicht zu nehmen, und wirkte überhaupt nicht glücklich. Wer hätte auch ahnen können, was aus einer harmlosen Schwertbalgerei erwachsen würde?

»Ja, macht Platz«, gebot auch der Burgherr und blickte durch das aufgeklappte Visier seines Übungshelms. Sein strenger Blick ließ die Jünglinge noch weiter zurückweichen, als Langholmes Lanze das vermochte. »Und schaff diesen Abfall hier fort, Nicholas, ehe wir noch darüber stolpern.« Er trat gegen den Haufen von Harnischen aus Leder und gewalktem Stoff und wartete, bis sie diensteifrig aus dem Weg geräumt wurden. »Alter, du wirst darüber wachen, daß die Regeln eingehalten werden. Und nun zu dir, Harry: Bist du bereit, dir den Kopfschutz aufzusetzen?«

»Bis zum ersten Treffer, Mylord?« fragte der Leibdiener hoffnungsvoll, während Isambard sein Visier schloß.

»So, wie Harry es will. Ich erkläre mich mit allem einverstanden.« Schatten bedeckten die leuchtenden Augen, und aus der Stimme, die aus dem Helm ertönte, ließ sich keine Gefühlsregung heraushören.

»Bis einer von uns bezwungen ist«, erklärte der Jüngling und hütete sich davor, die Worte ›auf Leben und Tod‹ zu gebrauchen. Dies war allein ihrer beider Geheimnis, und kein Außenstehender sollte je davon erfahren.

Nun waren sie ganz auf sich allein gestellt. Die Sache duldete nur einen Ausgang, kannte nur ein Ende. Langholme senkte zum Zeichen des Beginns die Lanze. Sofort umtänzelten sich die beiden behende und entschlossen, als vollführten sie einen Tanz vor einem Spiegel. Der Kreis der starrenden Gesichter, der Ring von weit aufgerissenen Augen verging wie erlöschender Kerzenschein. Das beharrliche Murmeln der Umstehenden, die nicht laut zu sprechen wagten, wandelte sich in Schweigen. Die beiden Kämpfer befanden sich plötzlich ganz allein auf der Welt, so wie sie in gewissem Sinne immer ganz auf sich gestellt gewesen waren auf diesem Erdenrund. Diesmal standen sie sich bewaffnet gegenüber wie damals bei ihrer ersten Begegnung, als der Knabe, wild entschlossen, die Rechnung zu begleichen, die noch von seinem Vater stammte, den Mann angegangen war, der soviel Schuld auf sich geladen hatte.

Harry ließ die ausgewogenen Bewegungen des gegnerischen Schwertes nicht aus dem Auge. Gleichzeitig ging er in Gedanken die Ursachen seines Hasses durch und zügelte die Hoffnung auf die Erfüllung seiner Rache.

Ihr seid derjenige, der meinen Vater und seinen Ziehbruder Adam Boteler hierher gebracht hat, damit sie Euch eine prächtige Kathedrale errichteten. Hat er Euch etwa nicht das gegeben, was Ihr von ihm verlangt habt? Hat er Euch sonstwie schlecht gedient? Ihr kennt die Antwort darauf sehr wohl. In seiner Kirche traf ich Euch das erste Mal. Ich sah, wie Ihr andächtig das Werk meines Vaters bestauntet, und Ihr erkanntet die Perfektion seines Werkes. Ihr selbst habt mir davon erzählt, und Ihr habt damals in mir nach seinem Talent gesucht. So sagt mir doch, Mylord, in welcher Weise er falsch an Euch handelte. Wie hat er Euch erzürnt? Etwa damit, daß er Euch einen gefangenen walisischen Fürstensohn, einen neunjährigen Knaben, entwandte, den Ihr auf Geheiß König

Johanns hinrichten lassen wolltet? Hat es Euch wütend gemacht, daß mein Vater den Knaben mit Adam zu seinem Ziehvater, Fürst Llewelyn, schickte? War das alles? Ihr habt ihn verfolgt, weil er König Johann um Owen ap Ivor betrog und Euch um Eure Treue zum Herrscher – eine Treue, die Ihr doch selbst verabscheut habt, von der Ihr aber nicht lassen wolltet. Und dann kehrte Euer Baumeister zu Euch zurück, begab sich wieder in Eure Gewalt, denn er hatte geschworen, Euch nicht im Stich zu lassen, bis sein Werk vollendet war. Und er beendete die Arbeiten an der Kathedrale, vollbrachte das in Ketten. Doch als der letzte Stein gesetzt und das Gerüst abgebaut war, habt Ihr ihn vor seine Kirche gezerrt, damit er dort den gräßlichen Tod eines Verräters starb.

»Euer Herz«, habt Ihr ihm gedroht, »ich werde es Euch bei lebendigem Leib herausreißen!« Und genau das hättet Ihr auch getan, wäre nicht Madonna Benedetta gewesen, die Ihr aus Paris mitgeführt hattet. Madonna Benedetta, die Ihr geliebt habt, machte sich insgeheim daran, einen besseren Tod für meinen Vater zu finden, ein sauberes und rasches Ende. Das gelang ihr mit der Hilfe von John, dem Pfeilmacher. Aber selbst dann konntet Ihr es noch nicht gut sein lassen! Und auch Benedetta traf Eure Rache, weil sie meinen Vater liebte und ihn vor Eurer Hinrichtung rettete!

Ihr habt sie beide, die Lebende und den Toten, ihrer Kleider beraubt, sie aneinander gebunden und den Fluten des Severn übergeben, auf daß sie einander bis in alle Ewigkeit in den Armen lagen und gemeinsam verrotteten. So wäre es auch gekommen, wenn John, der Pfeilmacher, die beiden nicht aus dem Wasser gezogen, ihr das Leben gerettet und ihn in aller Stille in Strata Marcella beerdigt hätte. Aber Ihr gebt niemals auf, nicht wahr, so sehr treibt Euch Euer teuflischer Wille an. Ihr habt die Fährte der beiden wiederaufgenommen. Ihr habt meine arme, kleine Mutter, die von meiner Geburt noch geschwächt war, dort aufgespürt, wo Benedetta uns versteckt hatte. Ihr habt uns drei gejagt und über die Grenze bis nach

Gwynedd verfolgt. Doch wir retteten uns an einen Zufluchtsort, den Ihr nicht vorhergesehen hattet. An den Herrensitz von Fürst Llewelyn, der uns in Freundschaft aufnahm und sich liebevoll um uns kümmerte. Habt Ihr etwa geglaubt, Mylord, ich würde nicht zurückkehren? Dachtet Ihr, Ihr würdet nie mehr von einem Talvace behelligt werden? Habt Ihr Euch eingebildet, die ganze Geschichte würde damit ihr Ende finden?

Doch Harry war damals zu früh losgezogen, um Rache zu nehmen. Mit fünfzehn Jahren hatte er die Sandsteinböschung erstiegen und sich in der Kirche versteckt. Er hoffte, dort eine Gelegenheit zu erhalten, sich nach Parfois hineinzuschleichen, um vor Ort sein Werk zu vollenden. Dort in der Kathedrale waren sie sich zum ersten Mal begegnet, und dort hatte der Jüngling auch sein Bestes versucht, um Isambard zu töten. Um jeden Preis hatte er ihn umbringen wollen, selbst wenn er mit seinem eigenen Leben hätte bezahlen müssen. Harry erinnerte sich an das bittere Ringen unter dem Dach, als wäre es gestern gewesen. An den verzweifelten Sprung, mit dem er seinen Feind mit sich über den Rand reißen wollte. Zehn Meter tief bis hinab auf den Mittelgang. Er spürte heute noch die schlanke Hand, die unbarmherzig seinen Kragen packte – Cotte, Hemd, Fleisch und alles –, den Jüngling wieder heraufzog und ihn gegen die Wand schleuderte, direkt unter die Kragsteine, die sein Vater geschaffen hatte. Harry erinnerte sich an all das mit einer Wut, die sein Blut in Wallung brachte und seine Wange brennen ließ. Denn die hatte damals die drei schnellen, harten Streiche von derselben Hand empfangen, die jetzt ihm gegenüber das Schwert hielt und niedrig zustach, um seine Abwehr zu erproben …

Er hörte noch immer die kühle Stimme: »Die hast du verdient, weil du dein eigenes Leben so wegwerfen wolltest, du Narr.« Dem Vorfall waren der Aufenthalt in der Zelle unter dem Turm, die lange Gefangenschaft und die ständigen Peinigungen durch Isambard gefolgt, welche auch heute noch nicht zu Ende waren.

Nie wieder hatten sie seit damals offen gegeneinander gekämpft. Erst heute schien es Isambard wieder zu gefallen, ihm bewaffnet gegenüberzutreten.

Der ganze, in den zurückliegenden Jahren angesammelte Zorn sammelte sich jetzt in Harrys Schwerthand und durchströmte den Stahl. Wenn er diese Gelegenheit nicht nutzte, würde er, wenn überhaupt, so bald keine zweite erhalten. Die ungeheure Last dieser Entscheidung ließ seinen Arm zittern und einen Moment lang schmerzen. Aber bald verschmolzen Hand, Arm und Waffe zu einem lebendigen Blitz.

Die Klingen berührten sich, glitten aneinander ab, wirbelten zischend durch die Luft, prallten über den Köpfen erneut gegeneinander und trennten sich wieder. Oft hatte der Jüngling Isambard beim Schwertkampf beobachtet; das beeindruckende Gesicht geschaut, wie es ernster und stiller als sonst wurde; wie es maß und beurteilte, als wäre nicht er der Kämpfer, sondern als betrachte er jemand anderen von außen. Nun sah er dieselben Augen, die lächelten, während sie ihn durch die Stäbe des Visiers unablässig anstarrten. Schon hundertmal hatte Harry Isambards Schlauheit beim Schwertkampf bewundert; er hatte dann stets überlegt, wie er die Schläge parieren würde. Und jetzt parierte er tatsächlich, und sein Blick war fest und sein Schwertarm bereit. Der lachende Blick aus den geröteten Augen ließ den Jüngling immer noch nicht los. Selbst als Harry nach dem Parieren nach vorne sprang, bevor der Widerhall des Stahls verklungen war, und mit der Schwertspitze Isambard an der Schulter verletzte, erlosch das Lachen nicht.

Die sie umgebenden Gesichter, die für einen Moment undeutlich aus der Leere widerauftauchten, drückten Erstaunen, Verwunderung und Schrecken aus. Nach einem lauten Raunen entschwanden die Mienen wieder.

Der Jüngling schmeckte Blut im Mund. Er schluckte es herunter, und ihm wurde schlecht. Aber dann stellte er fest, daß er sich im Eifer des Gefechtes nur selbst auf die Zunge gebissen hatte. Doch damit hatte er sich der Chance beraubt, den gerade errungenen, unverhofften Erfolg auszubauen. Niemals abwarten, um das Ergebnis eines Treffers zu begutachten, sondern lieber gleich einen zweiten hinterherschicken. Und noch einen dritten; erst dann darf man auf Erfolg hoffen. Isambard ist mit seinen achtundsechzig Jahren ein alter, sehr alter Mann. Du brauchst ihn nur zu ermüden, ihn so lange zu beschäftigen, bis seine Kräfte erlahmen. Bis die Hand das Schwert nicht mehr halten kann oder sein Fuß strauchelt. Er weiß, daß du genau das beabsichtigst. Aber er hat schließlich dem Kampf zugestimmt. Er erklärte: »Ich bin einverstanden.« Und du hast gesagt: »Bis einer von uns bezwungen ist.« Isambard vernahm aber auch die Worte, die hinter diesem Spruch standen, und trotzdem entschied er: »Ich bin einverstanden.«

Der lange Arm seines Gegners schwang hart und rasch gegen Harrys Kopf. Fast hätte er seine Klinge zu spät hochgerissen, um den Schlag abzuwehren. Doch es gelang ihm noch mit Mühe und Not. Das Schwert traf ihn mit der flachen Seite an der Schulter, als er sich umwandte, um dem Hieb zu entgehen. Die getroffenen Muskeln schrien vor Schmerz und Empörung, und der Jüngling zähmte seine Kampfeswut und sprang einen Schritt zurück, um sich außer Reichweite zu bringen und Atem zu schöpfen.

Die kurz aufgeflammte Panik verging rasch und machte der stählernen Kühle Platz. Die Flut von Schwertstreichen, die wie ein prasselnder Regen auf ihn niederging, wehrte er so unerschütterlich ab, als würde ein Fels ihn schützen. Diesmal wich er keinen Schritt mehr zurück und widerstand dem Angriff seines Feindes. Seine Augen waren mindestens so gut wie die des alten Mannes, sein Schwertarm ebenso fest, und über kurz oder lang würde Isambard seine Kräfte aufgebraucht haben. Harry mangelte es im Gegensatz zu dem Burgherrn nur an dessen langer Erfahrung, an dessen endloser Folge von Schlachten, die wie ein Schatten schützend hinter ihm standen. Auch verfügte Harry nicht über den furchtbaren Kampfgeist

Isambards, der neue Schläge aus der Abwehr einer gegnerischen Attacke entwickeln konnte; und diese waren meist so gut, daß sie dem Gegner eine unangenehme Überraschung bereiteten. Da hieß es, aufpassen und auf der Hut sein; anders kam man gegen diesen Mann nicht an. Erinnere dich an alles, was du in den vergangenen zwei Jahren bei ihm gelernt und beobachtet hast. Und wenn er auch nur für einen Moment schwankt, entreiße ihm sofort die Initiative, denn ein zweites Mal wird er es nicht zulassen.

Doch als dieser kurze Augenblick kam, verließ er sich nicht darauf, und das war wohlgetan, denn Isambards enorme Konzentration ließ nicht für einen Moment nach. Hand, Auge und tänzelnder Fuß – Harry gab dem Feind alles, was in ihm steckte. Der kritische Blick, der das Schwert begleitete, lachte und erfreute sich der Wut, die ihn aus Harrys starrenden Augen traf. Wieder krachte Stahl gegen Stahl. Der Jüngling wartete mit unendlicher Geduld auf die Chance, die sich ihm bieten würde.

Nun rann beiden der Schweiß in Strömen herunter. Die Armmuskeln stöhnten unter dem Gewicht der Waffe und der Anstrengung; die angespannten Oberschenkel schmerzten, und selbst der Fußspann protestierte gegen die andauernde Überbeanspruchung. Doch bei keinem von beiden waren Anzeichen von Schwäche zu sehen. Das heftige und rasch aufeinanderfolgende Zusammenprallen von Stahl auf Stahl fuhr ihnen durch Mark und Bein und zerrte an den Nerven in Schultern und Seite. Nur die Augen verfolgten weiterhin wachsam jedes Manöver und versuchten, den nächsten Hieb vorauszuahnen.

Der Kreis der Gesichter kehrte in ihr Sichtfeld zurück, und das Gemurmel der Umstehenden wurde immer lauter und besorgter. Langholme trat unruhig von einem Fuß auf den anderen, seine Sinne leisteten Höchstarbeit, und man sah ihm an, daß er sich fragte, ob er eingreifen oder die Kämpfer sich selbst überlassen sollte. Harry nahm dies alles am Rande seines Bewußtseins wahr, doch er ließ sich nicht davon ablenken. Isambard hingegen schien die Unruhe in seinem Rücken viel stärker zu spüren. Er warf den anderen für einen kurzen Moment einen warnenden Blick über die Schulter zu, um sie davon abzuhalten, sich in etwas einzumischen, von dem sie nichts verstanden.

Harry bemerkte das kurze Kopfrucken, die nachlassende Konzentration sofort. Sofort überzog er seinen Feind mit einer Flut von Hieben. Links, rechts, links, rechts. In seinem Kampfesrausch tauchte er unter der Klinge hinweg, die hochfuhr, um den Angriff abzuwehren. Isambard sah keine Möglichkeit mehr, die Attacken zu parieren, und da er ein erfahrener Fechter war, erkannte er, daß ihm nichts anderes übrigblieb, als einen Schritt zurückzuspringen. Und noch einen und noch einen, bis er Raum genug fände, den Arm zur Abwehr zu erheben.

Aber Harry ließ ihm keine Gelegenheit dazu, drängte unbarmherzig weiter auf ihn ein, wollte sich jetzt seinen Vorteil nicht mehr nehmen lassen und trieb sich und ihn mit der Wucht seines Angriffs gegen den Ring der erstarrten Zuschauer, die nach einem Moment entsetzt zurückwichen und ihnen Platz machten.

Und plötzlich fiel Isambard; der gefürchtete Kämpfer lag am Boden! Ein weiterer Schritt zurück hatte ihn in die Nähe der Wand gebracht, und sein Fuß hatte sich im Riemen eines Helms verfangen. Er strauchelte, lag schon mit Knie und Hüfte auf dem festgetrampelten Boden. Das Schwert war ihm fast aus der Hand geglitten. Natürlich fiel der Mann mit der Geschmeidigkeit einer Katze, und wie eine Katze zog er die Beine rasch an, um sich wiederaufzuschwingen. Aber schon stand Harry breitbeinig über ihm und drückte Isambard die Schwertspitze an die Kehle, ehe dieser sich erheben konnte.

Für einen scheinbar endlosen Moment verharrten die beiden in dieser Stellung. Die Welt rings um sie herum erstarrte. In der absoluten Stille konnte man die Schweißtropfen hören, die sich über ihren Augenbrauen sammelten, und die Anspannung ihrer Sehnen. Der Jüngling umschloß das Heft seiner Klinge mit beiden Händen, und der Mann am Boden erwartete reglos den tödlichen Stich.

Dann löste sich die furchtbare Anspannung und wich lautem Geschrei. Langholme stürmte, dicht gefolgt von Stury, auf die beiden zu. Doch für ihr Eingreifen bestand kein Anlaß mehr. Der Kampf war vorüber. Harry hatte sich umgedreht und war auf zitternden Beinen einen Schritt zurückgegangen. Er richtete die Schwertspitze gegen den Boden zum Zeichen seiner Friedwilligkeit und wartete darauf, daß sein Gegner wieder hochkam. Rings herum wurden Stimmen laut. Der Vorteil sei kein erkämpfter, sondern ein zufälliger gewesen. Ohne den Helmriemen wäre der Lord niemals gestürzt. Ein Dutzend Hände streckte sich dem Burgherrn entgegen, um ihm aufzuhelfen. Als ob Isambard von einem von ihnen Hilfe nötig gehabt hätte! Er stand schon wieder auf den Füßen, bevor der erste von ihnen ihn erreicht hatte. Er stampfte mehrmals auf, um die Festigkeit des Bodens zu prüfen, und schüttelte die besorgten Helfer mit ungeduldiger und verächtlicher Geste ab.

Der junge Thomas Blount, der sich wie immer bei seinem Herrn einzuschmeicheln versuchte, schrie mit schriller, anklagender Stimme: »Ihr würdet besser daran tun, Herr, ihn weiter mit Hammer und Meißel zu beschäftigen! Er kämpft ja, als hielte er Werkzeuge in den Händen!«

Harry entging diese Schmähung nicht, doch er hörte sie nur wie aus weiter Ferne. Auch ohne diese Bemerkung hatte er schon seit langem vorgehabt, sich eines Tages an diesem Jüngling zu rächen. Isambard hatte dessen Worte wahrscheinlich gar nicht vernommen. Der Burgherr stand nur da, das Schwert schlaff in einer Hand, und starrte durch die Umstehenden auf den Jüngling, der mit trotzig gesenktem Haupt wartete.

»Das war kein Vorteil«, erklärte Langholme mit einer Stimme, die noch vor Aufregung zitterte. Irgendwann würden die Zuschauer glauben, sie hätten nur geträumt, daß Harrys Schwertspitze an der Kehle ihres Herrn gelegen hatte, und sie würden auch bald die allgemeine Anspannung vergessen, die in diesem Moment in der Luft hing. Isambard war einfach unglücklich gestürzt, würden sie sich sagen, und der Jüngling, der sich gerade im Ansturm befunden habe, sei nicht mehr rechtzeitig stehengeblieben. Mehr sei an der ganzen Sache nicht gewesen.

»Das habe ich auch nie behauptet«, entgegnete Harry.

»Dann ist die Angelegenheit für Euch erledigt, Herr?«

Walter wollte den ganzen Vorfall möglichst rasch hinter sich bringen. Von Anfang an hatte ihm der Zweikampf nicht behagt. Der Kammerdiener war vielleicht der einzige unter den Umstehenden, der das Tosen unter der scheinbar ruhigen Oberfläche gespürt hatte. Er hatte die zerstörerische Flut gespürt, welche die beiden Gegner, die in ihrem Haß so eng miteinander verbunden waren wie Liebende, mitgerissen hatte.

»Bist du es zufrieden, Harry?« fragte Isambard. Kein Unterton, keine Herausforderung schwang in seiner Stimme mit. Er würde sich mit der Antwort des Jünglings begnügen.

»Mylord, bis jetzt hat keiner von uns den anderen bezwungen.«

Du Narr, verdammter Narr, dachte er, ärgerte sich über seinen zitternden Körper und fühlte sich verwirrt und schwach, du kannst doch kaum noch dein Schwert halten! Wozu lädst du ihn jetzt ein, dich zu töten? Aber dann biß er die Zähne zusammen, straffte seine Gliedmaßen und war fest entschlossen, keinen Rückzieher zu machen. Ein Leben für ein Leben, das war er seinem Gegner schuldig. Niemand sollte später behaupten dürfen, er verweigere dem Burgherrn die Erfüllung seiner Pflicht.

»Wie du wünschst«, sagte Isambard, und der Schatten eines Lächelns leuchtete in seinem Blick. Ihm war das trotzige Beben in der Stimme des Jünglings nicht entgangen, das im deutlichen Widerspruch zur starrköpfigen Körperhaltung seines Gegners stand. »Dann paß auf deinen Schädel auf.«

Harry gab sich mehr als nur Mühe. Sein Körper gehorchte ihm, aber nicht so bereitwillig und freudig, wie er sich das gewünscht hätte. Fast hätte er meinen können, seine Glieder glaubten nicht mehr so recht an den heiligen Zorn seiner Rache. Dreimal gelang es ihm, die heranschnellende Klinge abzuwehren, wenn auch nervös und etwas zu spät. Der Jüngling mußte ebenso hart gegen das Zittern seines eigenen Handgelenks ankämpfen wie gegen die harte Selbstsicherheit seines Feindes. Aber irgendwann hatte er seinen toten Punkt überwunden und fing an, entschiedener und wilder zu kämpfen. Es konnte doch nicht alles umsonst gewesen sein. Das durfte einfach nicht geschehen. Der alte Mann stand gewiß am Ende seiner Kräfte. Isambard drängte nach einem Vorteil, seine Kräfte hätten für einen längeren Kampf wohl nicht mehr ausgereicht, seine Bewegungen waren langsamer, und er hütete sich davor, seinem Gegner zu nahe zu kommen.

Harry atmete tief durch und rückte Isambard auf den Leib. Der wich nur einen kleinen Schritt zurück, und der Jüngling drängte ermutigt nach. Er wehrte einen zaghaften Hieb gegen seine linke Seite ab und stürmte mit der ganzen Wucht seines Gewichts vor. Doch sein Gegner sprang überraschend nach vorne, und beide Klingen verhakten sich am Heft. Isambard streckte ein Bein vor, drängte gegen den Jüngling und stemmte sich mit seinem Oberschenkel gegen ihn, so daß Harry das Gleichgewicht verlor und schließlich fiel. Aber sein Gegner hatte es nicht eilig, ihn endgültig zu besiegen. Er trat einen Schritt zurück, versetzte dem Schwert des Jünglings einen schwungvollen, aber gemäßigten Hieb, als dieser sich gerade wieder aufrichten wollte, so daß er es ihm aus der Hand schlug. Die Klinge schlitterte drei Meter weit über den Boden, und der Stahl vibrierte surrend wie eine zerrissene Bogensehne.

Wieder hörte man, wie die Umstehenden vor Anspannung nach Luft schnappten. Doch dieses Mal herrschte allgemeine

Befriedigung über den Ausgang des Zweikampfes. Thomas Blount lachte hell und klar und mit wohlkalkulierter Absicht, wie Mädchen das zu tun pflegen. Das Lachen hallte von allen Wänden wider und klang gallenbitter in Harrys Ohren, als er sich müde daranmachte, sein Schwert wieder an sich zu bringen. Als er sich umständlich aufrichtete, war seine Miene hart und verschlossen. Er wollte Thomas keine Genugtuung geben.

Isambard aber drehte sich um die eigene Achse, die Klinge immer noch in der Hand.

»Aha, mein lieber Thomas, für dich war das wohl eine erbärmliche Darbietung?« Seine Stimme und seine Gesten waren scharf wie Peitschenhiebe, aber seine Miene blieb freundlich, und er lächelte dabei. »Dann zeig ihm doch, wie er es besser machen kann. Tritt näher, junger Mann, und beweise Harry, wie ein wahrer Meister das Schwert zu führen versteht. Es würde mir wirklich gefallen, deine Künste zu sehen.« Er drehte das Schwert und hielt Thomas den Griff hin: »Harry wird sich bestimmt freuen, von einem der Meister der englischen Fechtkunst noch etwas lernen zu dürfen.«

Der Jüngling sah, wie Thomas mit hängenden Schultern zwischen den Soldaten stand. Sein Gesicht hatte alle Farbe verloren, und er versuchte ein schwaches Lächeln, aber das wollte nicht so recht gelingen und verschwand völlig, als Isambard keine Anstalten machte, das dargebotene Schwert wieder einzustecken.

Alle wandten sich inzwischen dem jungen Engländer zu, und einige der Älteren grinsten. Man sollte sich eben hüten, allzu laut zu lachen; zu leicht konnte es einem leid tun.

»Mylord«, begann Thomas mit einem letzten Rest von Selbstbewußtsein, »der Jüngling ist in keinerlei Verfassung, einen weiteren Zweikampf durchzustehen. Seht ihn Euch nur an, das wäre niemals fair von mir.«

»Dann wollen wir doch einmal hören, ob er lieber verzichten möchte. Harry, hast du noch ausreichend Atem für einen neuen Waffengang?«

»Natürlich, Mylord, mit Freuden trete ich gegen ihn an«, antwortete der Jüngling mit einem breiten Grinsen.

»Herr!« rief Thomas rasch und wich mit einem nervösen Lächeln auf seinen bleichen Zügen vor dem Schwert zurück. »Wenn Ihr ihm befehlt, es für heute gut sein zu lassen, muß er sich fügen. Bei einem solchen Wettkampf kann er keinen Ruhm ernten und ich nur meine Ehre beflecken. Mylord, Ihr werdet doch nicht ernsthaft von mir verlangen wollen, gegen einen erschöpften und mitgenommenen Mann anzutreten!«

Sein Blick wirkte unstet, aber die Stimme hatte schon wieder ihren kecken Klang vollkommener Unschuld angenommen. Thomas fand immer einen Weg, sich auf elegante Weise aus einer unbequemen Lage zu befreien. Bislang hatte der Burgherr auch stets über diese Versuche laut gelacht und ihn damit durchkommen lassen. Warum sollte Isambard es diesmal anders halten?

»Gut gesprochen, mein lieber Thomas, mein Musterbild der Ritterlichkeit. Niemals dürfte ich so ungehobelt sein, von dir zu verlangen, deine Ehre zu beschmutzen.« Isambard lächelte wieder, aber darin lag keine Freundlichkeit, und er ließ die Waffe immer noch nicht sinken. »Dann wollen wir dich mal zu einem geeigneteren Zeitpunkt gegen Harry antreten lassen ...«

Sein Lächeln verwandelte sich plötzlich in ein teuflisches Grinsen. »Ja, gleich morgen, dann ist Harry wieder erfrischt, und ihr beide habt die gleiche physische Kondition, um Ruhm zu ernten oder zu verlieren.«

Er blickte seinen verwöhnten Pagen streng an, damit dieser begriff, wie ernst es ihm damit war; dann wandte er sich an Langholme und hielt ihm die Klinge hin, damit er sie in die Waffenkammer zurückbrachte. »Walter, erinnere mich morgen daran.« Schließlich machte er sich auf, um durch den Bogengang in den inneren Burghof zu gelangen. Zum Abschied schenkte er Jünglingen und Soldaten über die Schulter ein hartes, kehliges Lachen.

Der Abgang des Burgherrn brachte die Farbe in Thomas'

Wangen zurück, und er wirkte auch sonst sehr erleichtert; doch gleichzeitig glühte sein Gesicht vor tiefster Demütigung. Das erleichterte Aufatmen rings um ihn herum ging bald in ein Kichern auf Kosten des Pagen über. Und das breite Lachen der Soldaten biß wie Säure in seine verletzte Ehre.

»Na komm, mein Junge, nimm's nicht so schwer«, versuchte Langholme ihn zu beruhigen, während er sich beide Kampfschwerter auf die Schulter legte, »er wird dich schon nicht dazu zwingen. Halt morgen hübsch dein großes Mundwerk, und geh ihm aus dem Weg, dann wird es dem Herrn eine Freude sein, den ganzen Vorfall zu vergessen. Er wollte dir nur drohen, hatte aber nie vor, die Sache bis zum Äußersten zu treiben.«

Einen schlimmeren Trost hätte selbst sein ärgster Feind nicht ausstoßen können. Thomas biß sich auf die Unterlippe; er bebte vor Wut und Empörung. Herausfordernd sah er die anderen Pagen an. Er hatte es unter ihnen zu einigem Ansehen und einer gewissen Vormacht gebracht, und die drohten ihm jetzt zu entgleiten. Aber dazu wollte Thomas es nicht kommen lassen. Also mußte er eine passende Entgegnung finden. Bevor der Augenblick sich endgültig gegen ihn wandte und seinen Ruf vollkommen ruinierte, entgegnete er: »Und daran tut Seine Lordschaft auch gut! Ihm mag es ja gefallen, sich zu erniedrigen und mit Tagelöhnern und Steineklopfern zu spielen, aber dann darf er das nicht auch von anderen verlangen.«

Seine Stimme klang schrill und wutverzerrt. Natürlich drangen die Worte auch an Harrys Ohr. Er blieb stehen und überlegte für einen Moment, ob er darauf eine passende Antwort geben sollte. War Thomas Blount so wichtig, daß ein Mann ihm die Ehre erweisen mußte, sich mit ihm auf einen Streit einzulassen? Manchmal glaubte der Jüngling, Isambards nachsichtige Haltung gegenüber dem vorwitzigen Pagen beruhe nicht auf Liebe, sondern auf mit Toleranz gefärbter Verachtung. Und wenn Isambard sich wegen Thomas' Gebaren keine grauen Haare wachsen ließ, dann brauchte Harry sich ebenfalls keine Gedanken darüber zu machen. Warum sollte er seinen Haß auf diesen Frechling richten, wenn er ihn doch vollkommen und allein für Isambard reserviert hatte? Also wandte der Jüngling sich ab und stapfte davon.

»Schuster, bleib bei deinen Leisten, und dasselbe gilt auch für Steineklopfer«, schrie Thomas ihm rasch hinterher, als er feststellte, daß Harry ihm nur seinen Rücken mit dem grobgewebten Wollhemd zeigte. »Steinläuse, wie der Vater, so der Sohn!«

Das war zuviel. Der Jüngling drehte sich um, nicht hastig, aber mit wütend gesenktem Haupt. Thomas hatte sich jetzt breitbeinig aufgebaut und war nicht bereit nachzugeben. Langholme trat hinzu, und auch ein Dutzend oder mehr Soldaten blieben stehen, um zu verhindern, daß die beiden Kampfhähne sich aufeinanderstürzten.

»Du hast gerade die Freundlichkeit besessen, von meinem Vater zu sprechen«, begann Harry in aller Höflichkeit. »Leider konnte ich nicht alles verstehen. Würdest du wohl die Güte haben, mir deine Worte zu wiederholen?«

Drei Meter trennten die beiden voneinander. Der Kammerdiener war bereit, sofort einzugreifen. Mit Blicken bat er Stury, sich ebenfalls bereitzuhalten. Thomas schien seine Chancen gegen Harry abzuwägen und entschied sich schließlich, die Schmähung zu wiederholen.

»Ich nannte deinen Vater eine Steinlaus und bemerkte dazu noch, daß der Apfel nicht weit vom Stamm fällt.«

Offensichtlich hatte er sich zu sehr darauf verlassen, daß die Älteren ihn schon ausreichend schützen würden. Harrys Ellenbogen wehrte Langholme ab, und schon lag Thomas auf dem Rücken im Staub. Harry hockte auf ihm. Ringend wälzten sie sich am Boden, und Nicholas Stury mit mehreren Männern hatten Mühe, die beiden auseinanderzureißen. Und plötzlich stand Isambard völlig unerwartet wieder unter ihnen, mit rotglühenden Augen, finsterer Miene und faltenzerfurchter Stirn.

»Was ist denn hier los? Geht ihr zwei euch an die Gurgel, kaum daß ich euch den Rücken zugekehrt habe? Vor einem

Moment wart ihr noch nicht so keck mit euren Fäusten. Ich dulde nicht, daß meine Burg zum Tummelplatz für balgende Schulbuben wird! Sprich, Walter, wer hat damit angefangen? Wie konnte es dazu kommen?«

Langholme berichtete wahrheitsgetreu, wie sich alles zugetragen hatte, und ein halbes Dutzend Männer fiel ein, um hier eine Kleinigkeit hinzuzufügen oder dort etwas auszuschmücken.

»So hat es sich also verhalten«, meinte Isambard dann grimmig. »Glaub mir, mein lieber Thomas, auf dieser Welt gibt es nicht viele Männer, die es tatenlos erdulden, wenn man ihre Vorfahren beleidigt. Nicht alle haben für ihre Familie so wenig Liebe übrig wie du.«

»Herr, wenn ich das ausspreche, was ich denke, ist das denn schon Grund genug, ohne Vorwarnung über mich herzufallen?«

»Mylord«, wandte Harry ein, »er starrte mich die ganze Zeit über an, da hätte er sich doch wohl denken können, was passieren würde.«

»Spart euren Atem, alle beide, denn ihr werdet ihn bald bitter nötig haben. Diese Angelegenheit soll hier und jetzt ein für allemal ausgetragen werden.«

»Ich bin mit jeder Waffe einverstanden, die er wählt«, brummte Harry verdrossen.

»Nein, *ich* wähle die Waffen aus«, entschied der Burgherr, und das Feuer brannte hell in seinen tiefliegenden Augen. »Und mir fällt gerade ein, daß ihr euren Zwist ganz ohne Waffen austragen sollt. Ich dulde nicht Mord und Totschlag auf meiner Burg und auch keine schweren Wunden oder Verstümmelungen. Doch ansonsten dürft ihr euch mit den Fäusten gegenseitig so bearbeiten, wie euch beliebt. Wer dreimal auf dem Rücken landet, hat verloren, und ich überwache den Kampf, damit es auch fair zugeht.« Er fuhr mit einem Arm durch die Luft. »Ihr da, macht Platz für die beiden. Walter, du gibst das Zeichen für den Beginn.«

Gegen diese Stimme und diesen Blick gab es keine Widerrede noch Flehen. Harry entledigte sich mit grimmigem Vergnügen seiner Cotte und betrat grinsend die Arena. Thomas folgte stumm und mit Widerwillen und zog sich erst dort seine Brokatcotte aus. Der Page war ein Jahr älter und schwerer als sein Gegner. An Größe und Armeslänge kamen die beiden einander ziemlich gleich, aber Thomas verstand sich nicht auf Ringen und Faustkampf. Harry brauchte nicht einmal zwei Minuten, um den Engländer dreimal auf den Rücken zu zwingen. Jedesmal hockte er zu Isambards Füßen auf seinem Gegner und hielt dessen Schultern gegen den Boden gedrückt.

Als er Thomas zum ersten Mal niederstieß, vergingen seine Müdigkeit und seine Gliederschmerzen. Beim zweiten verging ihm der Zorn, und beim dritten Mal brachte er den Pagen so vorsichtig zum Liegen, als würde er mit einem schwächeren Gegner üben.

»Für einen Steineklopfer hat er das sehr hübsch gelöst«, bemerkte der Burgherr nach dem Kampf. »Nun, Thomas, du hast das bekommen, was du dir selbst eingehandelt hast. Euch beiden rate ich jetzt dringend, es damit endgültig gut sein zu lassen.«

Der Page stand schwerfällig auf und humpelte langsam zu seiner Cotte. Dabei hatte er sich beim Kampf kaum verletzt. Er schwelgte einfach in Selbstmitleid. Ohne jemanden anzublicken, wischte er sich Staub und Dreck aus dem Gesicht.

Einige seiner Kameraden, angetrieben von hartnäckiger Treue oder aber von Mitgefühl, umringten ihn und versuchten, ihm mit tröstenden Bemerkungen oder Allgemeinplätzen die Niederlage erträglicher zu machen. Aber Thomas erwiderte sie mit keinem Blick und keiner Antwort. Nur einmal blickte er hoch, als Isambard, ohne ihn anzusehen, an ihm vorbeischritt und in den inneren Burghof verschwand. In diesem Moment hob er das zerzauste Haupt und bedachte den Burgherrn mit einem kurzen, haßerfüllten Blick aus seinen blauen Augen. Dann senkten sich gleich wieder die Lider. Lediglich Harry fiel dieses Aufflackern unter den langen, hellen Wimpern auf; es war wie ein kalter Blitz, so hart und gnadenlos wie der Winter. Es war offensichtlich: Die Rechnung zwischen den beiden war noch offen. Diese Demütigung und Niederlage konnte Thomas Blount niemals vergeben, vor allem nicht dem Herrn von Parfois.

Isambard betrat in der Stunde des Sonnenuntergangs die Zeichenhütte, als das Licht gerade und lang auf die Eckbank schien, die unter dem Fenster stand, und kleine goldene Feuer auf Harrys runde braune Fingerknöchel zauberte. Harrys Hände arbeiteten ohne Rast. Der Stein wirkte wie flüssiges Gold, das sich in der Farbe nicht allzusehr von seiner Haut unterschied. Diese spannte sich glatt und geschmeidig über den Knochen und bewegte sich weich über den Gelenken.

Goldene Hände und güldener Stein erglühten, als habe sich alles Licht der Sonne auf sie konzentriert und sie zu einer einzigen Substanz verwandelt. Ein Habicht mit ausgebreiteten Flügeln und gestrecktem Hals saß im Stein gefangen und schien wie von Sinnen danach bestrebt, aus seinem Gefängnis auszubrechen.

Isambard trat hinter den Jüngling und schaute ihm über die Schulter. Harry ließ sich davon nicht stören. Sein leichtes, fast liebevolles Hämmern mit Meißel und Stecheisen geriet kein bißchen aus dem Takt.

Der Junge hatte ein Bruchstück von einem der letzten Quadersteine vor sich, die übriggeblieben waren, nachdem die wundervolle und ehrfurchtgebietende Kathedrale von Parfois vollendet worden war und ihr Erbauer sein ebenso merkwürdiges wie schreckliches Ende gefunden hatte. Harry behandelte den Stein mit Liebe und Respekt und mit endloser und für ihn untypischer Geduld; denn das Stück war in den Jahren, in welchen es ungenutzt herumgelegen hatte, härter geworden, und es jetzt zu bearbeiten verlangte all seine Kunstfertigkeit. Er fuhr mit der Daumenkuppe über die gespreizte Flügelspitze und blies den Steinstaub fort, der sich wie ein Regen aus tausend glitzernden Lichtpunkten herabsenkte.

»Nun?« fragte der Burgherr an seiner Schulter. »Hat dir dein Sieg gefallen?«

»Nein, Mylord.« Er tauschte das Stecheisen gegen eine feinere Punze aus und fing an, die Linien zwischen den Flügelfedern zu vertiefen.

»Bei allen Heiligen, du bist nicht leicht zufriedenzustellen. Warum behagt er dir nicht? Du hast dem Pagen doch das gegeben, was er in deinen Augen verdiente.«

»Der Kampf ohne Waffen verschaffte mir einen Vorteil. Thomas ist so voller Standesdünkel, daß er glaubt, Ringen stünde unter der Würde eines Edelmannes. Dabei hätte ich ihn mit jeder Waffe besiegen können, die Ihr uns zugestanden hättet.«

Isambard lachte und schob mit einer Handbewegung verschiedene Werkzeuge beiseite, damit er sich auf die Bank setzen konnte. »Ich muß zugeben, da sprach Wahrheit aus dir, wenn auch nicht unbedingt Bescheidenheit.«

»Ihr hättet uns wenigstens die stumpfen Turnierschwerter lassen können. Thomas gibt gern mit seiner Schwertkunst an.«

»Und du hättest ihn auch damit grün und blau prügeln können? Ja, ich glaube schon, aber damit hätte der junge Mann noch mehr leiden müssen, um deiner verletzten Eitelkeit Genüge zu tun. Kennst du denn überhaupt kein Erbarmen für einen Gegner?« fügte er grinsend hinzu.

Harry betrachtete stirnrunzelnd seine Arbeit und trat dann einen Schritt zurück, um sie noch kritischer in Augenschein nehmen zu können. Ohne den Blick davon zu wenden, meinte er unvermittelt: »Ihr solltet besser vor ihm auf der Hut sein.«

»Vor wem? Vor Thomas?«

»Er mag vielleicht früher nicht unser Feind gewesen sein«, entgegnete der Jüngling ernst, »aber jetzt ist er es bestimmt geworden. Und zwar von uns beiden.«

»Damit hätten wir ja endlich eine Gemeinsamkeit. Zu schade, daß es nur die eine ist.«

Der Burgherr hatte einen der feineren Meißel in die Hand genommen, spielte gedankenverloren damit und überprüfte die Schärfe des Werkzeuges mit dem Daumen. Sein Blick aber ruhte suchend und gefaßt auf Harrys Antlitz.

»Mein Junge«, begann er schließlich, »laß mich versuchen, dich zu verstehen. So wie die Ereignisse sich mir mitteilen, bist du vor zwei Jahren hierhergekommen und hast mich gesucht, um dich für den Tod deines Vaters zu rächen. Durch Umstände, für die du gewiß nichts konntest, gelang es dir aber nicht, mich schon bei unserer ersten Begegnung umzubringen. Bei Gott, du hast wahrhaftig dein Bestes getan ... Und in den zwei folgenden Jahren hast du die ganze Zeit auf eine neue Gelegenheit gewartet. Immerhin bist du mittlerweile zu einem stattlichen Mann herangewachsen ... Habe ich bis jetzt alles richtig wiedergegeben? Bin ich nicht etwa für den Tod von Meister Harry verantwortlich? Bist du nicht tatsächlich mit dem Dolch und der festen Absicht in den Dom gekommen, mich zu töten? Hier, in der Kirche deines Vaters? Habe ich dich nicht etwa in den vielen vergangenen Monaten nach meinem Willen hier festgehalten und dich gequält, indem ich dir Momente der Freiheit gewährt habe? Und habe ich nicht alle möglichen Listen aufgeboten, um dir das Geheimnis zu entlocken, wo dein Vater begraben lag?«

»Und Ihr habt seine Gebeine aus der geweihten Erde gerissen«, erwiderte der Jüngling, und der Hammer in seiner Hand stand plötzlich still. »Wie ein aasfressender Wolf! Aber der seid Ihr ja nun einmal.«

Einen grausamen Streich hatte Isambard ihm damals gespielt. Nachdem alle Überredungskünste und Drohungen nichts gefruchtet hatten, hatte er den Jüngling glauben gemacht, daß er das Geheimnis im Schlaf ausgeplaudert hatte. Und dann hatte er ihm den heuchlerischen Thomas geschickt, den Pagen mit dem unschuldigen Gesicht, das jeden täuschte. Der junge Mann hatte ihm vorgelogen, er wolle zusammen mit ihm noch in jener Nacht von Parfois fliehen. Tatsächlich hatte

Thomas ihn aus der Burg geführt, und in seiner verzweifelten Sorge war Harry mitten in die Falle getappt und hatte seine Feinde unwissentlich wie ein Zugvogel auf geradem Weg zum namenlosen Grab seines Vaters in Strata Marcella geführt. Der Jüngling erinnerte sich noch genau an Isambards Lächeln im Mondlicht, als seine Fingerspitzen das eingeschnitzte Blatt im Stein nachgezogen hatten. Und überzeugt und erleichtert hatte der Lord erklärt: »Führt ihn ab. Er hat mir alles verraten, was ich wissen wollte.«

»Ah, fein, ich hatte schon halb befürchtet, du könntest es bereits vergessen haben. Aber jetzt erkenne ich, daß du jene Tage noch deutlich vor Augen hast, als wäre es erst gestern passiert. Damals hast du geschworen, mich dafür umzubringen. Erinnerst du dich auch noch daran?«

»Ja, sehr gut sogar«, antwortete der junge Mann gepreßt, nahm die Arbeit wieder auf und kehrte Isambard halb den Rücken zu. Er konnte sich erinnern, wie er damals erregt ausgerufen hatte: »Es gibt kein Schimpfwort, das schlimm genug wäre, um Euch zu beschreiben; denn Ihr seid ein Wesen, das selbst die Toten mit seiner Grausamkeit verfolgt!«

»Und seitdem hast du deine Meinung nicht geändert?« Zur Antwort erhielt Isambard nur das regelmäßige Klopfen des Hammers. »Warum hast du mich dann nicht getötet, als du die Gelegenheit dazu hattest? Jeder vernünftige Mann hätte keinen Moment gezögert.«

Das rhythmische Hämmern geriet kurz aus dem Takt, nahm ihn dann aber starrsinnig wieder auf.

»Glaubst du etwa, Gott wird mich täglich vor dir auf die Knie zwingen? Es war sehr undankbar von dir, die Gelegenheit zu verschmähen, die Er dir bot. Warum bin ich noch am Leben? Sag es mir.«

»Ich wollte mir keinen Vorteil über einen alten Mann verschaffen«, gab Harry spitz zurück.

»Mich beleidigen zu wollen wird dir wenig einbringen. Die Wahrheit beleidigt mich nicht. Ja, ich bin ein alter Mann. Du kannst es dir hundertmal wiederholen, doch auch das wird dir nicht dazu verhelfen, im Schwertkampf über mich zu triumphieren. Und das weißt du sehr gut. Noch bist du nicht soweit. Also, warum bin ich immer noch hier, um dich zu peinigen? Sprich, ich will es erfahren.«

»Dem puren Zufall war es zu verdanken, daß Ihr über den Riemen gestolpert seid«, gab der Jüngling zurück. »Und unter solchen Bedingungen will ich Euch nicht das Leben nehmen.«

Isambard warf den Kopf in den Nacken und stieß ein kurzes, hartes Lachen aus. »Endlich spricht ein wahrer Talvace aus dir. Ja, das glaube ich dir sogar. Zu seiner Zeit hat dein Vater von niemandem, weder Gott noch Mensch, einen Gefallen oder Vorteil annehmen wollen. Und du bist ihm so ähnlich wie eine Eiche der anderen.«

Dann fuhr er mit spitzer und plötzlich dunkler Stimme fort: »Und doch ist das nur die halbe Wahrheit. Oder würdest du etwa mitten auf dem Schlachtfeld die Waffe zurückhalten, bloß weil deinem Gegner der Gürtel gerissen ist?«

»Wir befanden uns nicht auf einem Schlachtfeld«, entgegnete Harry und nahm widerwillig die Hände von dem Stein, denn es dämmerte inzwischen, und das Gold verwandelte sich allmählich zu Grau. Sanft legte er die Werkzeuge ab, so als könnte schon ein lautes Geräusch die oberflächliche Ruhe seines Alltags erschüttern und die Dämonen der Zerstörung herbeilocken. Hinter ihm wurde die Stille noch vollständiger und fühlbarer.

»Wir waren nicht auf einem Schlachtfeld?« flüsterte Isambard, als spüre auch er das Gebot der Stille. »Wo sonst haben wir beide uns denn seit dem Tag befunden, an dem wir uns über den Weg gelaufen sind? Als du mich angeblickt und zu einem Spiel aufgefordert hast, das mehr als ein Spiel war, wußte ich, daß es um Leben und Tod ging. Glaubst du denn, das hätte ich nicht bemerkt? Gott weiß, wie lange du auf diese Gelegenheit gewartet hattest. Warum hast du sie heute nicht wahrgenommen, als sie dir wie eine reife Frucht in die Hände fiel?«

Das vergehende Tageslicht verhüllte nun sein Antlitz, und vor dem blassen Leuchten des Fensters wirkte er nur noch wie ein hagerer Schatten. An seiner Reglosigkeit und seiner leisen Stimme erkannte Harry, daß Isambard nun endlich das zur Sprache gebracht hatte, weswegen er hergekommen war.

»Du mußt deine Hand nicht zurückhalten, weil du Angst vor den Folgen deiner Tat hast«, erklärte der Burgherr jetzt. »Ich habe de Guichet und Walter einen Befehl gegeben und sie einen Eid darauf schwören lassen: Solltest du mich jemals in einem fairen Kampf bezwingen und töten, dürfen sie an dir keine Rache nehmen. Das würde nämlich bedeuten, daß du dir deine Freiheit redlich verdient hast.«

Harry rollte mit störrischer Miene die Ärmel herunter und räumte seine Werkzeuge auf. »Das hättet Ihr mir vorher sagen sollen.«

»Dann gewähre ich dir morgen eine neue Gelegenheit.«

Der Moment der Offenheit war vorüber, seine Stimme verriet wieder beißenden Spott. In einer Minute würde er wieder wie gewohnt mit Worten um sich schleudern, und ein jedes würde Harry wie ein Peitschenhieb treffen.

»Willst du denn deine Freiheit etwa nicht wiedererlangen? Vor allem jetzt, wo die Herrin von Aberffraw und dein fürstlicher Bruder David bereits im Stadthaus des Abtes in Shrewsbury nächtigen? Stell dir vor, Harry, keine zwei Reitstunden von hier entfernt, und nur dieser alte Körper steht zwischen dir und diesem Ziel.«

Der Jüngling hatte gelernt, sich nichts anmerken zu lassen und die Hände bei sich zu behalten, mochte sein Feind ihn auch noch so sehr provozieren. Isambard konnte keine Funken mehr aus ihm schlagen; jedenfalls nicht mit solchen Sticheleien. Dabei schmerzte Harry das Herz bei dem Gedanken, daß Joan und David so nahe waren; daß er in seiner Hilflosigkeit keine Möglichkeit hatte, zu ihnen zu gelangen; daß er ihnen nicht einmal ein Wort seiner Treue und Liebe senden konnte …

Ob er seine Freiheit zurückerlangen wollte? Am Tag konnte er seinen Körper beschäftigt halten und seinen Geist mit anderen Dingen ablenken, doch in der Nacht, im Bett, packte ihn das Sehnen nach Freiheit so heftig, daß seine Eingeweide sich schmerzhaft verkrampften, bis er sich in den Unterarm beißen mußte, um das Leiden durch einen erträglicheren Schmerz zu lindern.

Harry war jetzt siebzehn und saß hier bereits seit knapp zwei Jahren fest. Der wacklige Waffenstillstand zwischen England und Wales hielt nach einem Jahr immer noch und hinderte Llewelyn daran, mit Macht heranzurücken und seinen Pflegesohn zu befreien. Trotz der endlos langen Listen mit Anschuldigungen, die beide Seiten aufgesetzt hatten, trotz aller Übergriffe und Geplänkel währte der Waffenstillstand weiterhin und würde wohl auch noch weiter verlängert werden.

Die Gesandten von König Heinrich und Fürst Llewelyn entluden gerade ihre Packpferde in ihren Unterkünften in Shrewsbury und überflogen ihre schriftlichen Unterlagen, um sich auf die Verhandlungen vorzubereiten, welche in drei Tagen auf Burg Shrewsbury stattfinden sollten. Diesmal ging es darum, sich über die Vorbereitungen für das Schiedsgericht des Papstes einig zu werden, das für Ende des Jahres anberaumt war und zu dem eigens Legaten des Heiligen Vaters anreisen würden. Der oberste Kirchenfürst sollte dort sein Urteil über die vielen angeführten Grenzverletzungen sprechen.

Daß man sich einig werden würde, darüber bestand kein Zweifel, und auch darüber nicht, daß sich alle Seiten an das Urteil halten würden. Denn König Heinrich hatte Dringenderes im Sinn, und dazu brauchte er Ruhe und Frieden in Wales. Llewelyn, dem vor allem daran gelegen war, das Erbe seines Sohnes zu sichern, würde das Wagnis nicht eingehen, durch einen vorzeitigen kriegerischen Einfall alles aufs Spiel zu setzen. Ja, der Waffenstillstand würde andauern, und damit auch

Harrys Gefangenschaft. Isambard versorgte ihn stets mit allen Neuigkeiten; es zeigte ihm einmal mehr, wie wenig man doch vom Menschengeschlecht erwarten konnte.

Aber nun hatte es den Anschein, als habe Gott ihm Isambards nacktes Leben zu Füßen gelegt, und er hatte diese Gabe hochmütig zurückgewiesen. Warum hatte er das getan? Harry konnte sich selbst keine rechte Antwort darauf geben. Etwa aus Furcht, für diese Tat ergriffen und aufgeknüpft zu werden? Der Jüngling durchwühlte seine Gedanken, um sich an den genauen Hergang jenes Moments zu erinnern. Doch dann mußte er sich eingestehen, daß sich nichts an seiner Haltung geändert hätte, selbst wenn Isambard ihm vorher schon mitgeteilt hätte, daß er dafür nicht bestraft würde.

Und Isambard, bei dem man sichergehen konnte, daß hinter jedem seiner Worte und Handlungen eine tiefere Absicht steckte, breitete jetzt vor ihm Verlockungen aus, die noch wertvoller schienen als die bloße Freiheit: Nur dieser alte Körper steht zwischen dir und deinen Freunden. Harry suchte nach der Bedeutung hinter dieser Aussage. Schon einmal war er in Versuchung geführt worden und hatte ein Geheimnis preisgegeben. Sollte er jetzt dazu verleitet werden, einen Mord zu begehen?

»Wenn Ihr morgen an den Hof des Königs reitet, der ja wohl in Shrewsbury eintreffen wird«, entgegnete er gefaßt, »mögt Ihr den beiden meine Grüße überbringen und sie meiner Treue versichern. Ich weiß, daß ich mir keinen besseren Boten wünschen könnte.«

»Wenn du mir dein Ehrenwort gibst, kannst du selbst deine Botschaft überbringen«, erklärte der Burgherr leise. »Versprich mir, nach den Verhandlungen mit mir zurückzukehren, dann sollst du in meinem Gefolge mit nach Shrewsbury reisen.«

»Nein, Mylord. Ich werde Euch keinen Gehorsam mehr schwören, weder jetzt noch irgendwann in der Zukunft. Sollten Zeitpunkt und Gelegenheit mir günstig erscheinen, würde ich Euch entfliehen, und dann wäre ich fort. Und kein Versprechen würde mir dann Beine und Füße fesseln.«

»Harry, ach Harry, wann wirst du es endlich lernen, dich mit dem Wind zu beugen? Wie oft hast du schon versucht, aus Parfois zu entkommen?«

»Wenn ich mich nicht verzählt habe, Herr, fünfmal. Doch damit will ich es nicht bewenden lassen. Weitere Versuche werden folgen.«

»Und jedesmal bist du hierher zurückgeführt worden, bevor du auch nur den Fels unterhalb der Wälle erreichen konntest. Auch bist du froh gewesen, wieder hier zu sein, wenigstens das eine Mal, als man dich davor rettete, dir alle Knochen im Leib zu brechen. Und wie lange ist es nun schon her, seit du zum letzten Mal eine Gelegenheit finden konntest, einen Fluchtversuch auch nur in Erwägung zu ziehen? Wo doch zwei Bogenschützen jeden deiner Schritte verfolgen ... Laß diese Hoffnung fahren, Harry, für dich gibt es von Parfois kein Entkommen. Darum ergreif die Chance, zu den Toren der Burg hinauszureiten, wenn sie dir geboten wird.«

»Nein«, entgegnete der Jüngling wieder und rollte die abgenutzten Pergamente zusammen, auf denen sich seine Zeichnungen befanden. Er hatte während seiner Haft auch gelernt, nicht die Stimme zu heben. Deswegen klang seine Erwiderung leise, aber ebenso endgültig wie der Tod.

Isambard seufzte vernehmlich. »Ganz, wie du möchtest. Ich kann dich nicht zwingen, wenn du nicht mitkommen willst. Aber bewahre meine Worte im Herzen: Beim nächsten Mal, falls es denn nach dem Schrecken, den du mir heute eingejagt hast, ein weiteres Mal geben sollte, stich zu, sobald du die Gelegenheit dazu hast. Niemand auf Parfois wird dir dafür die Gurgel durchschneiden, daß du meine durchbohrt hast. Vermutlich finden sich hier sogar solche, die dir dafür dankbar wären.« Der Burgherr glitt von der Werkbank und klopfte sich mit einer Hand den Steinstaub von der dunkelroten Cotte. Er befand sich schon auf dem Weg zur Tür, als sie beide das dumpfe und feste Getrappel von Pferdehufen auf dem Holz der Zugbrücke vernahmen. Anscheinend näherten sich Reiter, und zwar in schnellem Tempo. Die tiefe Kluft im Sandstein, welche Parfois oben auf seiner Klippe von der grasbewachsenen Hochebene trennte, auf der sich der große Dom erhob, verschlang die Geräusche und vervielfältigte deren Widerhall gegen den Fels und die Mauern. Sobald die Reiter das Kopfsteinpflaster unter dem Torhaus hinter sich gelassen hatten, war von den Hufen nichts mehr zu hören. Nur ihr Echo hing noch in der Luft, wenn auch abgeschwächt wie ein weit entfernter Donner, der in die Stille eingeht und ein leichtes Beben in der Luft hinterläßt.

Isambard war stehengeblieben und spitzte die Ohren. Reiter in der Nacht und das auch noch in offensichtlicher Eile kamen auf Parfois nicht oft vor. Doch in Zeiten wie diesen, da sich der Hofstaat schwerfällig auf dem Weg nach Shrewsbury befand, mochte sich dahinter nicht mehr verbergen als der Besuch eines weiteren Markfürsten, der zum König wollte und hier Station zu machen begehrte. Harry lauschte ebenso aufmerksam; denn alles Unvorhergesehene konnte für ihn neue Hoffnung bedeuten.

Dampfende Rösser stampften auf dem äußeren Burghof, das Leder der Steigbügel knarrte, schwere Stiefel liefen über das Kopfsteinpflaster, und dann erklangen Stimmen, leise und dringlich. Isambards Raubtiersinne erfaßten sofort, wer da sprach.

»Walter!« Der Burgherr riß den Kopf wie ein Hirsch hoch, der in seinem Revier Fremde wittert. Aber das konnte doch gar nicht sein. Warum sollte Langholme den ganzen Weg zurückgeritten kommen, wo Isambard ihn doch erst am frühen Nachmittag nach Shrewsbury geschickt hatte, um in Wyle im Stadthaus alles für sein Erscheinen vorzubereiten, das Bettleinen zu lüften und die Zinnteller zu polieren? Und wenn er sich schon aus bislang unbekanntem Grund zur Rückkehr gezwungen gesehen hatte, warum dann in solcher Hast und dazu auch noch in Begleitung eines Fremden? Denn eine zweite Stimme hatte sich vernehmen lassen, die Isambard nicht erkannte. Eine rauhe und tiefe Stimme, die vom vielen Straßenstaub und der großen Müdigkeit ganz heiser klang.

Mit drei großen Schritten war Isambard schon an der Tür und prallte beinahe gegen die beiden Ankömmlinge. Langholme wußte offenbar, wo er seinen Herrn zu dieser Stunde antreffen würde.

»Mylord!« rief er erregt. »Ich bringe Nachrichten, von denen Ihr sofort erfahren müßt! Das Gefolge habe ich in Shrewsbury zurückgelassen und mir erlaubt, diesen Boten mitzuführen.« Der Mann an seiner Seite hatte ein vor Erschöpfung aschfahles Gesicht, und seine Augen waren rotgerändert. Isambard warf einen Blick auf den Mann und erkannte ihn: Es war ein niederer Ritter aus dem Gefolge des Grafen von Kent, und außerdem ein vertrauenswürdiger Edler. Er hatte schon öfters Botschaften von den drei Burgen de Burghs in Gwent nach Parfois überbracht, dem englischen Außenposten über dem Severn an der Grenze zu Wales. Doch bei diesen Gelegenheiten hatte er stets das rotgrüne Rautenwappen seines Herrn getragen, wohingegen er sich heute einen Waffenrock ohne Herrschaftszeichen übergeworfen hatte.

Die dunklen Augen Isambards flammten rot auf. Er faßte den Ritter am Arm und zog ihn in die Zeichenhütte.

»Herein mit Euch, hierher, kommt. Harry, sei so gut und schließ die Tür.«

»Soll ich mich zurückziehen, Mylord?« fragte der Jüngling und sprang schon auf.

»Nein, bleib. Kein Grund, den Haushalt jetzt schon in Unruhe zu versetzen. Aber nun sprecht, Mann, und sputet Euch. Ja, Ihr dürft vor diesem Jüngling reden, er kennt bereits meine dunkelsten Geheimnisse. Was bringt Euch in solcher Eile in den Norden? Und dazu noch in diesem Aufzug?« Das fehlende Wappen sprach Bände.

»Mein Herr ist der Graf von Kent, und niemand wird es in

diesen Tagen wagen, sich offen mit seinem Wappen zu zeigen. Das könnte ins Auge gehen! Mylord, mein Herr ist am Ende! Der Gunst des Königs und seines Amtes verlustig gegangen! Vor sechs Tagen, vor dem versammelten Hofrat, wandte Heinrich sich gegen ihn und beschuldigte ihn der ungeheuerlichsten Dinge. Er verstieß ihn von seinem Hof und entließ ihn aus allen Würden. Sogar ans Leben soll es meinem Herrn gehen! Und Stephen Segrave, der tatkräftig dabei mithalf, den Grafen zu stürzen, ist nun der neue Justitiar von England!«

So war es also geschehen. Hubert de Burgh, der große Graf, die rechte Hand des Königs, war gestürzt und aus seinen Ämtern gejagt worden! Und damit bewegte sich auch so manch anderer Edelmann auf schwankendem Grund. Seine Rivalen aus dem Poitevin, den englischen Besitzungen in Frankreich, hatten sich durchgesetzt und auf der ganzen Linie ihren Willen bekommen. Peter des Roches, der Bischof von Winchester, hatte ohne Zweifel den Arm des Königs geführt, um diesem den nötigen Mut zu verleihen, sich gegen seinen besten Diener zu wenden. Mochte de Burgh auch noch so viele Fehler und Schwächen haben – und selbst dieser tiefe Sturz konnte ihn nicht in einen Heiligen oder Märtyrer verwandeln –, man mußte ihm doch zugute halten, daß es sich bei ihm um den fähigsten, entschiedensten und ehrlichsten Verwalter im ganzen Land gehandelt hatte. Hubert hatte am ehesten verstanden, was England war und was aus ihm werden könnte. Allein aufgrund dieser Tugend hatte Isambard ihm in der Vergangenheit so manches nachgesehen und verziehen. De Burgh hatte die Vision eines vereinten Englands, das sich über die Interessen und das Gezänk der Feudalherren hinwegsetzte, das sich zu einer geeinten Nation entwickelte und dessen Einheit vom unüberwindlichen Meer geschützt wurde.

Und erbebte jetzt nicht auch ein wenig der Boden unter der Burg Parfois?

»Ich bin gekommen, Euch zu warnen, Mylord«, erklärte der

Bote und hustete, um die Lunge vom Staub zu befreien. »Seid auf der Hut, denn ein jeder, welcher in der Vergangenheit zu meinem Herrn gehalten hat, könnte nun in Gefahr schweben. Achtet auf Euch und auf Eure Schritte.«

»Das will ich tun«, entgegnete Isambard, und das schiefe Grinsen huschte wie ein krummer Blitz über seine Lippen. Für einen Moment stand er nur mit erhobenem Kopf da und hatte die Stirn in Falten gelegt, so als denke er voller Bedauern an die Zeit zurück, in der England wie ein Komet im Aufstieg begriffen war, bevor es um so tiefer abstürzte.

»Setzt Euch hierher«, forderte Isambard den Ritter auf, »und berichtet mir. Ich will alles erfahren. Ach, Harry, sei bitte so gut und besorge uns Wein.«

»Wünscht Ihr, daß ich Euch aufwarte?« fragte der Jüngling, weil er nicht glauben konnte, daß er dabeisein sollte.

»Natürlich, du Narr, meinst du, ich kann jetzt einen Tropf wie Thomas gebrauchen? Aber spute dich, Junge!«

Warum sollte er sich nach so barschen Worten beeilen? Warum sollte er die Beine in die Hand nehmen, um Isambards Auftrag auszuführen? Dennoch rannte er so schnell er konnte über den äußeren Burghof, und Herz und Gedanken rasten vor Aufregung und Verwirrung. Ohne daß er etwas dafür konnte, steckte er plötzlich mittendrin in den innenpolitischen Schwierigkeiten Englands, das er weder vom Gefühl noch vom Verstand her als seine Heimat ansah. Nur sein Blut schien, ohne daß er es sich erklären konnte, mit diesem Land in einem merkwürdigen Bund zu stehen. Und weil eine unbezähmbare Neugier sich hinzugesellte, eilte er in noch größerer Hast mit der Flasche Wein zurück, um nur ja so wenig wie möglich zu verpassen.

Die drei Köpfe fuhren zu ihm herum, als er in die Zeichenhütte polterte. Dann wandten sie sich aber wieder ihrer Unterhaltung zu, als sie sahen, wer da gekommen war. Warum nur verschaffte ihm das ein inneres Freudenbeben? Mit diesen Männern hatte er doch nichts zu schaffen; keiner von ihnen war sein Freund. Wieso verspürte er Stolz, wenn seine Feinde ihm vertrauten? Trotz all dieser bohrenden, verwirrenden Fragen goß er die Becher voll, reichte sie ihnen auf seine höfliche, unaufdringliche Weise und genoß im stillen seine Begeisterung. Der Redefluß wurde von seiner Anwesenheit nicht im mindesten gestört.

»... gab es dabei in den letzten Wochen Ehren über Ehren. Für jede Vergünstigung, die des Rivaulx erhielt, bekam auch mein Herr eine. Und dann kamen sie Anfang vergangenen Monats alle im Herrenhaus meines Grafen in Norfolk zusammen. Dort in der Priorei Bromholm verpflichtete sich der König mit seinem Wort dazu, ihnen alle Rechte und Privilegien zu erhalten. Nicht nur den Poitevinern, sondern auch meinem Herrn. Mit den feierlichsten Schwüren gelobte er es ihnen bei Gott und versprach, auch ihren Nachkommen diese Auszeichnungen nicht zu entwenden.«

»Das sieht Heinrich ähnlich«, knurrte Isambard. »So beginnt er es stets, wenn er einen Fürsten in den Ruin treiben will. Er verpflichtet sich ihm mit tausend Eiden, von denen er nicht einen zu halten gedenkt.«

»Aber der König hat doch allen diese Versprechung gemacht! Warum sollte mein Graf also Zweifel hegen? Wir glaubten schon, die Gefahr sei vorüber und die Spannungen hätten sich gelegt. Doch selbst wenn wir damals vorausgesehen hätten, zu welchem Ende sich alles entwickeln sollte, wie hätten wir es verhindern können? Dem Grafen wäre nichts anderes übriggeblieben, als davonzulaufen, und das auch noch mit leeren Händen ... Und was wäre dann aus seiner Gemahlin, der Herrin Margaret, und seiner Tochter geworden? Wie hätte es ihm gelingen sollen, sie jemals aus der Hand des Königs zu befreien? Doch nun vernehmt, was sich im Folgenden ereignete! Ende Juli sollten bei einer großen Tafelrunde Gespräche geführt werden, und London wäre voll von Edelleuten gewesen. Doch da ließ Heinrich durch einen Brief verkünden, daß er diese Veranstaltung verbiete. Statt dessen befahl er, daß alle, welche daran hätten teilnehmen wollen, ihn hierher nach Shrewsbury begleiten sollten, zu den Unterhandlungen mit den Walisern. Alles ging in großer Eile vonstatten. Der walisischen Fürstin und ihrem Gefolge wurde freies Geleit zugesichert, und man sorgte auch bestens für ihre Unterkunft. Aber dies betrieb der König nur, um alle wichtigen Männer aus London fortzuschaffen und so ungestört das in die Wege leiten zu können, wonach ihm in Wahrheit der Sinn stand.«

»Und diesmal wurde auch kein Bischof benötigt, mit seinen Reden gegen die unmoralischen Turniere, um das Londoner Treffen zu verbieten.« Isambard lief mit leichtfüßigen Schritten im Raum auf und ab, er glühte in der einfallenden Dunkelheit regelrecht vor Ingrimm. »Das kam von Winchester. Heinrich hätte so etwas niemals allein ersinnen können.«

»Da habt Ihr recht, Mylord. Der Bischof hat sich tatsächlich gegen die Tafelrunde ausgesprochen, noch bevor der König seinen Brief veröffentlichte.«

»Und wie ging es dann weiter, nachdem die Ränke dieser Herren Früchte getragen hatten? Was ist vor sechs Tagen im Kronrat geschehen? Wer eröffnete den Angriff auf den Justitiar, des Roches oder des Rivaulx?«

»Ich war leider nicht zugegen, Herr, aber Gilbert Basset nahm daran teil, und alles, was ich weiß, habe ich von ihm. Der Bischof von Winchester stand die ganze Zeit zur Rechten des Königs und führte ihm, wie man so schön sagt, den Arm. Das Unwetter ging demnach wie aus heiterem Himmel über meinem Herrn nieder, und Heinrich selbst überschüttete ihn mit Blitz und Donner. In einem Wutanfall wandte er sich gegen de Burgh und gebärdete sich wie ein Wahnsinniger. Bei Gott, man hätte meinen können, er glaube tatsächlich alle Beschuldigungen und Beschimpfungen, die er ausstieß.«

»Er glaubt in solchen Momenten wirklich daran«, entgegnete Isambard. Er war stehengeblieben und in ein kurzes, hartes Lachen ausgebrochen. »Das ist sein Geheimnis. Heinrich vermag es, von einem Moment auf den anderen in heiligen Zorn auszubrechen und daran zu glauben wie an das Evangelium. Ich habe selbst erlebt, wie er derart aufwallte, um das zu bekommen, was er wollte. Damals ging es lediglich um einen Edelstein, den er besitzen wollte.«

»Der König beschuldigte meinen Herrn der ungeheuerlichsten und monströsesten Schandtaten, rief alle Anwesenden auf, diese Untaten zu bezeugen oder offen zu sagen, ob mein Herr ihnen ein weiteres Unrecht zugefügt hatte. Und das taten die Herren dann auch, Mylord. Nicht, daß Roches oder Rivaulx sich damit die Hände schmutzig gemacht hätten – das überließen sie getrost den anderen. Und warum hätten die Edelmänner auch schweigen sollen? Sie hatten das Zeichen doch deutlich vernommen und beeilten sich, dem König zu Willen zu sein und damit für sich selbst Vorteile einzuheimsen. Sie trampelten einfach über meinen Herrn hinweg! Er diente ihnen als Trittbrett für so manches ehrgeizig erstrebte Amt, das könnt Ihr mir glauben, Herr. Danach verkündete Heinrich mit feierlicher Stimme, daß Graf de Burgh alle seine Ämter verloren habe. Im selben Atemzug ernannte er Segrave zum neuen Justitiar, zum obersten Heerführer Englands.«

»Aber im Namen Gottes, hat de Burgh denn nichts zu seiner Verteidigung vorgebracht?«

»Der König wollte ihn nicht anhören. Natürlich hat er dennoch gesprochen und beschworen, daß er der treueste Untertan sei, den der König je gehabt habe. Daß er nichts getan habe, mit dem er sein Amt oder sein Gewissen belastet hätte. Aber die anderen schrien ihn nieder. Und nach allem, was ich erfahren habe, schrie unser König Heinrich dabei am lautesten.«

»Der göttliche Zorn scheint ihn an diesem Tag mehrfach gepackt zu haben. Und was hatte er auch zu befürchten? Des Roches muß einiges an List und Überredungskunst aufgeboten haben, um Heinrich dazu zu bewegen, sich gegen Hubert de Burgh zu wenden. Doch sobald das Schiff einmal Segel gesetzt hatte, ließ es sich nicht mehr aufhalten. Ich habe das selbst schon oft miterlebt. Aber wie ging es weiter? Der König wird doch wohl nicht gewagt haben, den Grafen in Ketten zu legen, oder? Oder hat er ihn etwa in den Tower gesperrt? Nein, selbst in seinem heiligsten Zorn würde Heinrich das nicht wagen!«

»Nein, nein, Mylord, der Graf befindet sich weiterhin auf freiem Fuß. Doch wie lange er sich noch der Freiheit erfreuen kann, weiß allein der liebe Himmel. Heinrich befahl ihm, sich aus seiner Gegenwart zu entfernen und sich zur Verfügung zu halten, um sich gegen die schweren Anschuldigungen zu rechtfertigen. Doch dabei wollten es seine Feinde nicht bewenden lassen. Schon zwei Tage später fielen sie über meinen Herrn her und verlangten von ihm, alle Belege seiner Kämmerertätigkeit und seiner sonstigen Ämter vorzulegen, und das bis zurück in die Zeit des verstorbenen Königs Johann. Ihr wißt doch selbst, in welche Bärengrube man damals England verwandelt hatte, und jetzt verlangen sie von meinem Herrn eine peinlich genaue Buchführung!«

»Hubert hat doch aus der Hand von König Johann einen Freibrief erhalten, der ihn von solcher Belegsammelei befreite. Das weiß ich noch ganz genau.«

»Das Argument brachte mein Herr ja auch vor, aber der Bischof von Winchester führte wieder den Arm des Königs und flüsterte ihm ein, da König Johann inzwischen gestorben sei, seien all seine Freibriefe null und nichtig. Und das Ergebnis ihrer Attacken ist eine Liste von Anschuldigungen gegen meinen Grafen und der Befehl, am vierzehnten September vor dem Rat in Lambeth House zu erscheinen und sich dort zu verantworten. Und um seinen Ruin zu besiegeln, hat der König den ganzen Rat hierher nach Shrewsbury gezwungen, damit die Poiteviner in London ausreichend Gelegenheit haben, die Falle über meinen Herrn so zu schließen, daß er ihr nicht mehr entkommen kann. Wie könnte der Graf sich noch verteidigen, wenn seine Richter gleichzeitig seine Ankläger sind?«

»Wo hält sich Euer Herr jetzt auf? Kann er sich frei bewegen?«

»Nein, Mylord, er wird Tag und Nacht bewacht und kann das Haus nicht verlassen. Sie haben ihm erlaubt, sich in die Priorei Merton bei Wimbledon zurückzuziehen, um dort seine Verteidigung vorzubereiten. Solange er sich dort aufhält, dürfte er vor allen Gewalttaten sicher sein. Mylady ist zur Zeit in Bury St. Edmunds untergekommen, und dem Himmel sei Dank, ihr hat man bisher kein Haar gekrümmt. Ich hege die große Hoffnung, daß selbst die ärgsten Feinde meines Herrn davor zurückschrecken werden, seiner Gattin etwas anzutun, es handelt sich doch um die Tochter des Königs der Schotten.«

»So stehen die Dinge also! Des Rivaulx hat nun die königliche Schatzkammer unter sich, dort natürlich seine Freunde und Parteigänger untergebracht und besitzt uneingeschränkte Autorität. Ich sage Euch, wenn wir uns nicht in naher Zukunft regen, wird dieses Land bald von den Schreibstuben aus regiert werden. Vor kurzem habe ich nachgerechnet, auf wie vielen Königsbesitzungen des Rivaulx Sheriff, also königlich bestellter Verwalter ist, und ich bin auf einundzwanzig gekommen. Wir werden es in absehbarer Zeit erleben, daß die großen Staatsämter zugunsten der Schatzkammer an Einfluß verlieren werden. Dann werden die Barone und die Freien ohne Stimmen und Rechte dastehen. Allem Anschein nach ist eine Säule des Reiches gestürzt, und niemand streckt auch nur eine Hand aus, um sie wiederaufzurichten. Hat denn niemand für Hubert gesprochen? Hat keiner die Lügen zurückgewiesen?«

»Nicht einer, Mylord. Chester war nicht anwesend, sonst hätte er bestimmt seine donnernde Stimme vernehmen lassen. Er haßt meinen Herrn, aber dies mit ehrlichem Groll. Viel mehr sind ihm Verschwörung, Mißgunst und Ungerechtigkeit zuwider. Aber man erzählt sich, Chester sei alt und krank. Wie dem auch sei, er war bei der Ratssitzung nicht zugegen.«

»Und wessen beschuldigt man den Grafen?« fragte Isambard. Er war direkt vor dem erschöpften Boten stehengeblieben.

Harry verfolgte die Unterredung mit angehaltenem Atem und erschrak zutiefst über die Ruhe auf der Miene des Burgherrn. Sogar heitere Gelassenheit glaubte er darauf ausmachen zu können. Nur ein echter Teufel vermochte, sich über das Unglück und die Not anderer zu freuen. Dabei mußten ihn diese Neuigkeiten doch zutiefst bestürzen; immerhin war sein geliebtes England in unruhiges Fahrwasser geraten. Sollte er sich denn so schnell damit abgefunden und die Beherrschung zurückgewonnen haben? Was immer Isambard jetzt vorhatte, um nicht mit de Burgh im Strudel unterzugehen, würde er mit Entschiedenheit und großer Genauigkeit angehen; er würde sich dabei nicht von Gefühlsregungen leiten lassen und nur nach gründlichem Nachdenken handeln. Oft genug war es dem Jüngling so vorgekommen, als liebe Mylord nichts mehr als sein England, und doch konzentrierte er jetzt all seine Kräfte allein auf seine eigene Verteidigung und überließ das Land anscheinend bedenkenlos seinem schlingernden Kurs.

»Laßt mich die Anklagepunkte erfahren, dann will ich Euch nicht länger bedrängen. Ich muß jede einzelne Beschwerde gegen Euren Herrn kennen, ehe ich meinen Gegenzug einleiten kann.«

De Burghs Ritter – niemand hatte ihn bislang mit Namen angeredet, und vielleicht konnte Isambard sich nicht einmal an ihn erinnern – öffnete noch einmal seine müden Lider, hob den Kopf und rang sich die Worte aus der Kehle.

»Alle im Hofhalt des Grafen stehen unter Bewachung. Ich aber konnte in der Nacht entkommen und mich der Vorhut nach Shrewsbury anschließen. Dort ritten einige meiner Freunde mit, die mich in ihrer Mitte aufnahmen und mich deckten. Und so habe ich die Nachricht drei oder vier Edelleuten mitgeteilt, die wie Ihr dieselbe Gesinnung wie mein Graf haben. Was die Anklagepunkte betrifft, so erfinden die hohen Herren sie ganz nach Lust und Laune, und mittlerweile dürften es daher wesentlich mehr geworden sein. Sie werfen Mylord de Burgh vor, sich an Friedrich II., den Herzog von Österreich, gewandt zu haben, als der König sich geneigt zeigte, dessen Tochter zu heiraten. In diesem Schreiben soll de Burgh Heinrich schlechtgemacht haben, so daß die Brautwerbung schließlich scheiterte.«

»Beim Leben Gottes!« lachte Isambard zwischen den Zähnen. »Die Herren müssen glauben, wir alle litten an Gedächtnisschwund. Dieser Anklagepunkt bricht doch in sich selbst zusammen. Jeder von uns weiß, daß das Herz des Königs nur lauwarm für sie entflammt war.«

»Des weiteren beschuldigen sie de Burgh, den König bei seinem Feldzug zur Rückgewinnung der Normandie behindert zu haben.«

»Aha. Nun, gewissermaßen haben er und viele andere das auch getan. Und daran haben wir wohl gehandelt. Denn Heinrich hätte bei dem Versuch womöglich noch ganz England verloren. Aber fahrt fort.«

»Man wirft ihm vor, Lady Margaret verführt zu haben, als sie in den Tagen von König Johann unter dessen Vormundschaft stand – und dies zu dem Zweck, sie zu ehelichen und damit seine Erben zu Königen von Schottland zu machen.«

»Bei allen Heiligen, wenn dem wirklich so wäre, hätte Alexander Grund, darüber Klage zu führen, aber nicht Heinrich. Damit kommen sie niemals durch, und das wissen sie auch.«

»Aber damit haben sie einen weiteren Anklagepunkt auf der Liste stehen, und bei ihrem Vorhaben klammern sie sich an jeden Strohhalm. Als nächstes wirft man dem Grafen vor, aus der Schatzkammer einen Edelstein gestohlen zu haben, und zwar einen, der seinen Träger unsichtbar macht und ihn vor Wunden schützt. Diesen Stein habe er aber nicht für sich behalten, sondern soll ihn heimlich dem Fürsten von Aberffraw geschickt haben.«

»Der Himmel steh mir bei, was für ein Geniestreich! So etwas kann doch nur einem Soldaten eingefallen sein, der im letzten Feldzug mitmarschierte und dann unverrichteter Dinge mit den anderen wieder abziehen mußte. Damit schlagen die hohen Herren zwei Fliegen mit einer Klappe: Diesen Pfeil können sie auf Hubert abschießen, und gleichzeitig haben sie damit eine Entschuldigung für das schmähliche Ende des Feldzugs gegen Llewelyn.«

»Am Hof finden sich aber etliche, Mylord, die diesen Vorwurf für bare Münze nehmen. Und sie glauben ebenso, daß mein Herr dem walisischen Fürsten Llewelyn Briefe geschrieben und darin die Hinrichtung von William de Breos gutgeheißen habe, als man diesen zusammen mit der Gemahlin des Fürsten erwischt hatte.«

Dieser schmerzliche Vorfall hatte sich zwar vor langer Zeit zugetragen, und Harry hatte ihn schon halb vergessen, aber die alte Wunde brach jetzt sofort wieder auf, und seine Haut brannte wie Feuer. So übermächtig und plötzlich überkam ihn die Röte, daß er schon befürchtete, Isambard würde es bemerken. Doch der meinte nur nachdenklich: »Daß der Waliser jedes Recht dazu besaß, will ich nicht in Abrede stellen. Und niemand würde ihm das zum Vorwurf machen wollen. Aber daß Hubert ihm solche Briefe geschrieben haben soll, halte ich für einen Schuß ins Blaue. So weit, so schlecht. Ist das alles?«

»Ein Punkt findet sich noch auf ihrer Liste, Herr. Und dieser dürfte der gefährlichste sein und am schwierigsten zu widerlegen. Nicht von ungefähr hat der Bischof von Winchester ihn vorgebracht: Der Graf habe sich in all den Jahren das eigene Nest ausgepolstert, indem er sich freizügig aus der Schatzkammer bediente.«

»Welcher Mann, der jemals ein Amt innehatte, hat das nicht getan?« erwiderte der Burgherr und verzog spöttisch den Mund. »Ich will Hubert auch gar nicht als Tugendwächter hinstellen, dem so etwas niemals in den Sinn gekommen wäre. Seinen maßlosen Hunger auf Burgen und Besitzungen kennt man doch im ganzen Land. Doch unter dem Strich würde ich sagen, daß er weniger an sich gebracht hat als die meisten anderen.

Und dafür hat er dem Land auch mehr gegeben.« Er lächelte und fuhr dann ganz ruhig fort: »Das ist ein Punkt, den man mir übrigens glücklicherweise nicht vorwerfen kann, denn ich saß nie der Schatzkammer vor und habe auch sonst nie ein öffentliches Amt bekleidet. So haben wir denn nun gehört, was man Hubert vorwirft. Und niemand unter den Anwesenden hat ein Wort zu seiner Verteidigung vorgebracht ...«

»Mylord, die Anklage kam so überraschend, daß die meisten sich von dieser Flut haben mitreißen lassen. Auch fanden sich unter den hohen Herren etliche, die noch eine Rechnung mit dem Grafen offen hatten oder sonst Groll gegen ihn hegten. Wohl keiner von ihnen dachte in diesen erregten Momenten daran, daß den Poitevinern viel Schlimmeres zu verübeln ist. So bleibt mir nur die Hoffnung, daß einige von ihnen mittlerweile einen kühleren Kopf haben, damit sie noch einmal über alles nachdenken und später ihre Zweifel an den Anklagen öffentlich äußern.«

»Ich bete darum, daß Ihr damit recht behaltet. Gleichwohl schulde ich Euch großen Dank, mein Freund, weil Ihr mir diese Nachrichten überbracht habt. Andernfalls wäre ich wohl morgen nach Shrewsbury geritten, ohne von all dem auch nur eine Ahnung zu haben. Und dann hätten sie mich böse erwischt und mir übel mitspielen können.« Er wandte sich an Langholme, der mit besorgtem Gesichtsausdruck neben ihm stand und den Blick nicht von der finsteren Miene seines Herrn wandte. »Walter, sorg dafür, daß er gut untergebracht und verpflegt wird. Und Ihr, mein Freund, mögt bleiben oder weiterziehen, ganz wie Ihr wünscht. Wenn es Euch weiterdrängt, dürft Ihr Euch aus meinem Stall bedienen, denn ich stehe in Eurer Schuld. Ach, Walter, ich habe mich gerade neu entschieden, was meine Reise nach Shrewsbury angeht.«

»Dann bleibt Ihr also hier, Herr?« entgegnete der Kammerdiener hoffnungsvoll.

»Mitnichten, Walter, selbstredend reite ich hin. Aber jetzt mit doppelt so großem Gefolge und dreimal so gewaltigem

Gepränge. Doch zuerst bringst du unseren Gast unter, er bedarf dringend der Erholung. Danach kommst du gleich wieder zu mir, und dann überlegen wir, welche Vorbereitungen getroffen werden müssen.«

Als die beiden Männer gegangen waren, senkte sich tiefes Schweigen über den Jüngling und den Burgherrn. Während sie so in Gedanken vertieft waren, war es draußen bereits dunkel geworden. Die Nacht legte sich auf die Werkbank, den Zeichentisch, die Truhen und den hellen, weichen Stein.

»Herr«, begann Harry schließlich mit leiser Stimme, der Sorge und Erstaunen anzuhören war, »was werdet Ihr nun unternehmen?«

»Was ich tun will, mein Junge? Nun, ich werde ausgestattet wie der vornehmste Fürst hinunterreiten und dem König meine Ehrerbietung erweisen, wie die Pflicht es von mir verlangt. Und ich werde eine kleine Unterredung mit ihm führen.« Sanft erklang seine Stimme aus der Finsternis. »Ob das Seiner Majestät nun paßt oder nicht.«

König Heinrich hielt im großen Gastsaal der Abtei Shrewsbury seine Audienz vor dem Abendessen ab. Er saß auf einem vergoldeten Thron, und dieser stand auf einer Empore, welche man mit goldenem und rotem Brokat und Samt geschmückt hatte. Hinter ihm hingen Wandteppiche, die man erst vor zwei Stunden den Packpferden seines trägen Trosses abgenommen und hier entrollt hatte. Der König befand sich in bester Stimmung und hatte sich selbst für seine Verhältnisse mit viel Geschmeide behangen. Juwelen steckten in seinen Ohrläppchen, und Ringe voller Edelsteine prangten an seinen langen, nervösen Fingern. Die Adeligen aus den Marken schnitten sich beim Kuß seiner in Gold gefaßten Rubine die treuen Lippen auf und traten behutsam auf, um sein langes, funkelndes Gewand nicht zu beschmutzen. In der Luft hallte das Echo eines heftigen Sturmes nach. Sie hielten die Luft an, um den aufgewirbelten Staub nicht einzuatmen.

Der Monarch spürte ihre Ehrfurcht, die sich wie eine Mauer zwischen den Edelleuten und ihm aufbaute, und das erfüllte ihn mit der süßesten Erregung. Endlich war es vollbracht, endlich war es wahr geworden. Nicht länger verzehrte er sich danach, nicht länger mußte sein Herz hungern. Diese Männer hier waren der lebende Beweis dafür. Heinrich hatte den ersten großen und anstrengenden Schritt getan, die nächsten würde er mit viel mehr Leichtigkeit hinter sich bringen. Und wer würde es jetzt noch wagen, ihn aufzuhalten?

Er zählte nun fünfundzwanzig Jahre und bedurfte keines Vormunds mehr. Das Bewußtsein, endlich an der Macht zu sein, ließ das Blut wie roten Wein durch seine Adern strömen. Und in sein Hochgefühl mischte sich rauschhaft ein triumphierender Haß auf alle alten Männer, mit ihrer Erfahrung, ihrer unerschütterlichen Selbstsicherheit und ihrer eisernen Entschlossenheit, ihn zu fesseln, zu knebeln und auch sonst an jeder eigenständigen Handlung zu hindern. Alte Männer, verbrauchte, übervorsichtige und wagnisfeindliche Wesen, in die nur dann Leben geriet, wenn es darum ging, ihn zu belehren und einzuschüchtern oder ihn mit Verboten, Warnungen und Einschränkungen zu überschütten. König Heinrich dachte daran, daß er diese Fesseln nun endlich zerrissen hatte, und sein Herz hüpfte vor grimmiger Freude, als er an die gebrochene und leblose Gestalt des Justitiars zurückdachte, an das dümmliche Erstaunen in seinen alten Augen. De Burgh hatte nicht begreifen können, daß seine Welt sich in einen Scherbenhaufen verwandelt hatte, daß sein Mündel endlich flügge geworden und seine eigene Zeit abgelaufen war. Ein langer goldener Tag war das gewesen, der mit einem gewaltigen Donnerschlag sein Ende gefunden hatte.

Gott in der Höhe sei Dank, dachte der König inbrünstig und genoß die Freude seiner Freiheit. Und Dank meinem guten Schutzpatron, der fest an meiner Seite stand und mir die Worte der Gerechtigkeit eingab. O gesegneter Sankt Eduard, den sie den Bekenner nennen, frohlocke, denn in diesem Jahr soll es an deinem Namenstag, dem dreizehnten Oktober, in deinem Reich mehr junge Ritter geben als je zuvor, und die Schreiber in meiner Kapelle werden lauter denn je das *Christus vincit* anstimmen. Bleib nur bei mir, Eduard, und zeig mir, wie ich Verwirrung über meine Feinde bringen kann. Blase denjenigen ins Gesicht, welche sich erdreisten, sich gegen mich zu erheben. Blase ihnen den grimmigen Wind des Herrn, unseres Schöpfers, ins Gesicht, und wehe sie hinfort. Wehe sie aus meinem Pfad, und zerstöre sie wie den Grafen von Kent. Stürze sie in den Ruin!

Nun will ich mein Haus richten, dachte er innerlich jauchzend, denn nun bin ich darin der Herr. Nicht mehr de Burgh, der mich in diesen erstickenden Käfig aus Gesetzen, Gebräuchen und verbrieften Privilegien steckte, und auch nicht mehr die anderen alten Männer, die sich hinter ihren Lehensrechten verschanzen. Und ebensowenig meine unruhigen Mark-Barone. Denn nun bin ich das Haupt dieses Landes, und meine Beamten an meinem Hof werden meine neue Ordnung in Kraft setzen, auf die wir dieses England stützen wollen. Ach, mein lieber Sankt Eduard, bleibe bei mir, auf daß ich ihnen bald das wahre Königtum vorführen kann!

König Heinrich mußte für einen Moment die Augen schließen, weil sein Herz zu sehr in Ekstase geraten war, und so blendete er das buntgekleidete Gedränge aus, das seinen provisorischen Thronsaal anfüllte. Als er sie wieder öffnete und immer noch in seinen wunderbaren Gedanken schwelgte, erblickte er ein Gesicht wie ein Totenschädel. Ein Antlitz ebenso schön wie erschreckend zugleich. Es bewegte sich durch die Reihen der Beamten und Höflinge auf ihn zu und lächelte ihn wie ein Alp an.

Der König rief im stillen nach seinem getreuen Schutzheiligen, und das furchtbar verwirrende Glitzerlicht, welches auf ihn zutrieb und die gräßliche Erinnerung an den Tod überdeutlich mitführte, verschwand, vertrieben von der schützenden Hand Eduards. Statt dessen erschien ein mit Goldfäden durchwirkter Waffenrock über einer braunen Cotte, die einen wahrlich stattlichen Mann und keineswegs einen Traumspuk bekleideten. Es war ein schlanker Körper, hoch und aufrecht wie eine Lärche. Und darüber thronte ein formidabler Kopf, der leise und grimmig lächelte, als er näher kam und sich schließlich über die Hand des Königs beugte. König Heinrich hatte sie eigentlich ausgestreckt, um die Schreckgestalt abzuwehren, doch diese Geste ließ sich auch leicht zu königlicher Huld umwandeln, und so streckte er die langen, beringten Finger aus, um den Treuekuß des Lords von Parfois zu empfangen.

Ein alter Mann. Schon wieder ein alter Mann. Nirgends konnte man ihnen entkommen. Wohin er sich auch wandte, überall belauerten und bedrängten sie ihn. Ralf Isambard, Herr von Mormesnil, Erington, Fleace, Parfois und an die fünfzig weiteren Gutshöfen und Herrenhäusern, die über ganz England und Frankreich verteilt lagen. Was beabsichtigte der Mann mit diesem Gepränge? Welches Recht maßte er sich an, so überheblich und wundervoll zugleich einherzustolzieren und den Tod mit sich zu führen, der aus den beiden tiefliegenden, rastlos und unersättlich dreinblickenden Augen starrte, die in ihrer Mitte rot zu glühen schienen? Die enorme Stirn, die einst so hart und breit wie ein Fels war, ließ jetzt das glänzende Elfenbein des darunterliegenden Knochens durchscheinen. Die Wangenknochen ragten hager aus dem fleischlosen Gesicht, und das eiserne Kinn, glattrasiert nach alter normannischer Art, hob sich bleich von der straffen braunen Gesichtshaut ab. Wahrlich ein Totenschädel. Doch wer hätte vermutet, daß die Form dieser Knochen so anmutig wirken konnte?

»Seid uns an unserem Hof willkommen, Mylord«, rief der König, doch seine Finger zuckten vor der Berührung durch diese trockenen Lippen zurück. Isambards Mund hauchte nur kurz über die Ringe und zog sich wieder von der Hand zurück, als spüre er die Abneigung des Königs und sei bereit, dessen Gefühle zu respektieren. König Heinrich erinnerte sich mit neu aufflammendem Zorn, daß dieser Edelmann auch einer jener alten Männer war, von denen er in seinen jüngeren Jahren zu zahm Ratschläge angenommen hatte. Bei allen Angelegenheiten, welche die walisischen Marken betrafen, galt Ralf Isambards Wort so viel wie ein königliches Schreiben. Hatte der Mann nicht noch im letzten Jahr darauf gedrängt, Richard von Cornwall die Vormundschaft über die de-Breos-Nachkommen zu entziehen und sie de Burgh zu übertragen? Der König erstarrte, als ihm alles wieder einfiel, und es war ihm, als entdeckte er in jedem dieser alten Männer Verrat. In ihnen allen, mit Ausnahme des Bischofs von Winchester, der ihm dabei geholfen hatte, die Fesseln zu zerreißen, die ihm von den Alten angelegt worden waren.

»Ich stehe Euer Gnaden jederzeit zur Verfügung und bin Euch allzeit treu verbunden«, sagte der Herr von Parfois, richtete sich wieder auf, hob den Blick von der nervösen, unentschlossenen Hand und richtete ihn in das blasse, hübsche Gesicht, welches im Schlaf immer ein wenig melancholisch und beim Reden stets gereizt wirkte. Der kurze braune Bart war wie üblich sorgfältig in kleine Locken gedreht und das volle Haar kunstvoll getrimmt und parfümiert. König Heinrich war nur durchschnittlich groß und nicht sehr breit. Doch alles in allem konnte er als König durchgehen.

Ein Jammer nur, daß das eine herabhängende Lid einem so durchsichtigen Wesen den Ausdruck von Welterfahrenheit und Listenreichtum verlieh. Dieser junge Mann, der unter einem düsteren Omen zu stehen schien, war ein unsteter Geist, der keine glückliche Stunde kannte; auf alles reagierte er übertrieben: entweder zu hitzig oder zu kalt. Mit der Linken drückte er einen an die Brust, und mit der Rechten rammte er einem den Dolch in den Rücken. Dennoch umgab ihn immer noch ein Rest kindlicher Unschuld, so als trüge er noch ein Kleidungsstück aus früheren Jahren. Das war zwar nicht gerade ein erstrebenswerter Zug an einem ausgewachsenen Mann, aber er gab ihm eine gewisse Narrenfreiheit, so daß man bei ihm nie die strengen Maßstäbe ansetzen würde, die man bei einem erwachsenen Mann anwandte.

»Ich hoffe, Euer Majestät hatten eine angenehme Reise«, sagte Isambard freundlich. Der Blick aus seinen Augen, die wie ein Rudel angriffswütiger, aber noch stiller Wölfe in den Höhlen lagen, fuhr wie müßig über die Gesichter des versammelten Hofstaates. Nur bei denen in der unmittelbaren Umgebung des Herrschers verweilten sie ein wenig länger. »Und natürlich eine unterhaltsame Gesellschaft«, fügte er honigsüß hinzu.

Des Rivaulx hatten sie zweifellos in London gelassen, um den weiteren Lauf der Dinge im Auge zu behalten und jede Lücke zu schließen, durch die ihr Opfer entkommen konnte. Winchester war natürlich viel zu klug, um sich zu oft an der Seite des Königs zu zeigen. Aber Brian de Lisle war hier, um als alter Gefolgsmann des Königs Johann den vielen neuen, jungen und ehrgeizigen Gesichtern Autorität zu verleihen. Ebenso de Craucombe, König Heinrichs Haushofmeister, der direkt neben dem Thron stand. Passelewe hielt sich, wie es sich eigentlich für Adelige geziemte, dahinter auf. Er galt als das Muster eines königlichen Beamten. Er war der neue Beauftragte von König Heinrich, ein besitzloser junger Mann und nicht von Stand, aber bereits voller Hunger nach Gütern und Anerkennung. Schon jetzt traf er im stillen alle Vorbereitungen, vom Herrscher ausgezeichnet zu werden und somit seinen Nachkommen einen eigenen Titel und ein Wappen zu verschaffen.

Die alten Baronien würden in aller Diskretion aufgelöst, um von den jungen Männern an der Seite des Königs übernommen zu werden. Der große Rat Englands würde langsam vor sich hinsiechen und harmlos werden, wenn die alten Adeligen nicht aufstanden und ihre Rechte verteidigten. Der neue königliche Hof würde ihn austrocknen lassen, so wie einen Fluß, dessen Kurs umgeleitet worden ist. Dafür würde das Wasser die Mühlräder dieser kleinen Clique in der Thronkammer speisen, und alle königlichen Vergünstigungen würden in ihre Hände geraten. Des Rivaulx hielt bereits die königliche Schatzkammer wie auch die Schatulle des Hofhalts in Händen. Und wer das Geld verwaltete, hatte die Macht inne. Der Mann hatte das alles geschickt in die Wege geleitet. Kein böses Wort, kein Manöver gegen de Burgh, bis die Schlinge ausgelegt und der König ausreichend bearbeitet war, um sich in den heiligen Zorn zu versetzen, der für Huberts Sturz nötig gewesen war.

Doch Isambard wußte, daß es auch ehrliche, ehrenwerte Männer unter den Anwesenden gab, sogar viele davon. Sie waren Adelige in seinem Alter. Er drehte kurz den Kopf, um drei oder vier von ihnen zu begrüßen, überflog dann den ganzen Saal mit einem langen, suchenden Blick und wandte sich endlich wieder dem König zu.

»Aber wo ist denn der edle Graf von Kent?« fragte er nicht schreiend, aber dennoch laut genug, um seine Stimme bis in den hintersten Winkel des Raumes zu tragen. »Ich kann hier am Hof nirgends sein Wappen entdecken.«

Stille fiel wie ein Fels krachend und kalt auf die Versammlung herab. Alle im Saal hielten den Atem an.

Heinrich verlor vor Entsetzen und Schrecken alle Farbe aus dem Gesicht, und schon regten sich in ihm die ersten Anzeichen eines neuerlichen Wutausbruchs. Nervös klammerten sich seine Finger um die Thronlehnen. Er warf einen ratsuchenden dringlichen Blick auf de Lisle, wandte sich dann aber wieder zornerfüllt an Isambard. In seinem Innern war er sich dramatisch bewußt, daß er sich zum ersten Mal nicht auf die Hilfe anderer verlassen konnte.

»Ich kann nicht glauben, Mylord«, antwortete er dann, »daß Ihr noch gar nichts von dem erfahren habt, was dem Grafen von Kent widerfahren ist.«

»Gewiß sind mir einige Gerüchte zu Ohren gekommen, Euer Gnaden, doch habe ich denen keine Bedeutung beigemessen. Und solange ich nicht aus Eurem königlichen Munde höre, wie Ihr mit Eurem besten und treuesten Diener umgegangen seid, will ich auch kein Wort davon glauben. Nicht zum ersten Mal haben böswillige Gerüchte die Ehre eines gekrönten Hauptes zu kränken versucht. Soll ich etwa aufgrund von bloßem Hörensagen zu der Meinung kommen, daß mein König ungerecht und undankbar sei? Oder daß Seine Majestät von Emporkömmlingen übertölpelt worden sei, die Hubert de Burgh seinen Platz mißgönnen und ihn in Verruf bringen wollen?«

Die erschrockene Blässe machte nun der brennenden Röte der Demütigung auf dem allzu beredten Gesicht des Königs Platz. Er spürte, daß sie seine Scham verriet und versuchte sie in Zornesröte zu verwandeln. Denn Scham durfte er vor seinen Fürsten nicht zeigen, und sie durften ihm erst recht nichts anmerken.

»Ich bin in der Tat von gewissen Personen übertölpelt worden«, erwiderte Heinrich mit zu dünner und schriller Stimme, »und das viel zu lange. Doch damit ist es nun endgültig vorbei, denn ich bin aus meinem Irrtum erwacht. Dem Grafen von Kent ist durch uns kein Unrecht widerfahren, sondern er hat das erhalten, was er verdient hat, nicht mehr und nicht weniger. Was sage ich da? Ihm ist in einem Maße Gnade erwiesen worden, wie sie jemand in seiner Stellung nicht erwarten darf. De Burgh besitzt immer noch seine Freiheit, und man hat ihm ausreichend Zeit gelassen, seine Verteidigung vorzubereiten.«

»Wenn Euer Gnaden mir all dies sagt, muß ich davon ausgehen, das auch alles andere der Wahrheit entspricht, was ich unterwegs vernehmen mußte? Daß nämlich der Justitiar aus seinem Amt entfernt und des mehrfachen Verrats angeklagt wurde?«

»Das ist er, Mylord, und zwar zu Recht. Ja, wahrhaftig, zu Recht!«

»Und hat man ihm auch all die Privilegien genommen, mit denen Euer Majestät ihn noch vor kurzer Zeit überreich beschenkt hat? All die königlichen Burgen und Güter, die Ihr ihm in Eurer Gunst überließet? Habt Ihr sie ihm jetzt wieder entwendet? Entspricht das der Wahrheit, Herr? Habt Ihr ihm sogar das Amt genommen, das ihm vor gar nicht so langem auf Euren Eid lebenslang übertragen wurde?«

Bei diesen Worten wurde der König weiß wie eine Wand, und Isambard fragte sich für einen Moment, ob die Angst ihm dazu verhelfen könnte, seine tiefsitzenden Überzeugungen in Frage zu stellen. Also dämpfte er seinen harten Tonfall, damit seine Worte wie Samenkörner aufgehen konnten.

»Euer Gnaden, ich stehe als Mann vor Euch, der ebenso aufrichtig ist wie jeder andere Ehrenmann in diesem Land, und gegen Euch will ich wahrlich kein falsches Zeugnis ablegen. Aber um das Heil Eurer Seele willen hütet Euch davor, selbst ein falsches Zeugnis abzulegen. Man hat Euch in nichtswürdiger Weise dazu verleitet, ein Unrecht zu begehen, und irgendwann kommt der Tag, an dem Ihr Euch dafür werdet verantworten müssen. Besinnt Euch jetzt, und nehmt das zurück, was an Fehl getan wurde, solange noch Zeit dazu bleibt.«

Offenbar war er damit zu sanft vorgegangen, denn der heilige Zorn hatte begonnen, vom König Besitz zu ergreifen. Die bleiche Miene glühte jetzt weiß wie das Innere einer Flamme und saugte alle Farbe aus den Zügen des Königs. Sogar aus seinen Augen, die jetzt grau wie Glas starrten. Soll mir recht sein, dachte Isambard, und ihn überkam eine starke, fast abartige innere Zufriedenheit. Ich bin zu alt, um mich noch zu ändern, und ohne die Schärfe des Spottes könnte ich das nicht durchstehen.

»Mylord, verteidigt Ihr ihn etwa?« sagte der König mit erstickter Stimme. »Einen Schurken, der meine Schatzkammer bestohlen hat, um sich selbst zu bereichern? Und das über viele Jahre? Einen Verräter, der sich uns in den Weg stellte, als wir planten, unsere Provinz Normandie zurückzuerobern? Jemand, der sich lieber in den Dienst des Königs von Frankreich als in den meinen stellte? Der Graf von Kent wird sich dafür verantworten müssen. Und ich sollte mich nach solchen Taten noch einmal besinnen? O ja, das will ich tun und die Gnade überdenken, die ich ihm bislang gewährt habe! Vielleicht hätte ich ihn vorher begnadigt und ihm einen Teil seiner Strafe erlassen, aber jetzt könnte es mir einfallen, ihn seine Schuld in voller Höhe bezahlen zu lassen. De Burgh hat nicht nur meine Einkünfte geplündert, er hat sich auch an meinem Ruf und an meinem Geist vergriffen und versucht, durch Zauberei Herrschaft über mich zu gewinnen. Ich habe mit ihm den Becher geleert und ihm vertraut. Wollt Ihr das etwa in Zweifel ziehen? Ihr werdet erleben, wie ihm die Anklage bewiesen werden wird, und zwar in allen Punkten!«

Das war also König Heinrichs Ausrede und Verteidigung für sein langes Dulden. Da irgend jemand schließlich die Last seiner Wankelmütigkeit und seiner Schwäche tragen mußte, so konnte man sie doch gleich auf ein einziges Paar Schultern laden. Zauberei! Ein grober, erdverbundener Mann wie Hubert, der es aus eigener Kraft nach oben geschafft hatte, sollte sich der Zauberei bedient haben? Ein rastloser Raffer von Gütern, ein unermüdlicher und treuer, ebenso gieriger wie großzügiger Verwalter des Reiches? Und stand auf dieser Liste noch mehr zu lesen? Anscheinend hatten Huberts Feinde wirklich unermüdlich nach jedem Strohhalm gegriffen, um ihm daraus einen Vorwurf zu drehen.

»Auch hat de Burgh gemordet. In aller Heimlichkeit. Mit Gift. Wollt Ihr ihn etwa immer noch verteidigen? Den alten William von Salisbury beseitigte er auf diese Weise. Ebenso Pembroke, und sogar unseren guten Erzbischof …«

Was? Sogar Grant in Italien? Das klang immer unwahrscheinlicher! Der König schaukelte sich absichtlich in einen Rausch hoch, in dem die phantastischsten Theorien möglich wurden. Isambard stand vor ihm und verfolgte ohne Anteilnahme, wie der junge Körper sich schüttelte und zuckte, so als würden starke Hände ihn an seinen Thron fesseln. Sankt Eduard, sein Schutzheiliger, sagte sich Isambard, hatte seine Visionen im stillen, wie ein Kind, gehabt. Unser König dagegen beschwört Dämonen herauf, um seine widerstrebenden Visionen zu bezwingen.

»... und damit nicht genug, er hat eine gräßliche Schandtat gegen die Heilige Kirche begangen. Genauer gesagt, gegen die italienischen Priester, die wir eingeladen haben, sich in diesem Lande anzusiedeln. Denn er, de Burgh, war es, und das ist mittlerweile bewiesen, der diesen William Wither, diesen Gotteslästerer aus Yorkshire, anstiftete, sein schreckliches Verbrechen an ihnen zu verüben. Und der Graf war es auch, der mit so harter und grausamer Hand nach den Unruhen in unserer Stadt London wütete und wahllos tötete, wo er doch eigentlich Gnade hätte walten lassen müssen ...«

»Ja, und er hätte das Reich in Gefahr gebracht, Euer Gnaden«, fiel Isambard ihm ruhig ins Wort. »Meiner Ansicht nach solltet Ihr Euch glücklich preisen, daß er so handelte, wie er gehandelt hat, und die nötige Härte dazu aufbrachte. Aber das hättet Ihr damals, als es passierte, gegen ihn vorbringen und der Liste seiner Untaten hinzufügen müssen. Jetzt erscheint es mir etwas spät, ihm das noch anzulasten.«

»Für die Gerechtigkeit ist es nie zu spät, und der Arm des Gesetzes sollte lang genug sein, auch weit in die Vergangenheit zurückzugreifen. Und so wird es auch kommen. Ich lasse de Burgh nun die ganze Härte des Gesetzes spüren. Und unter den Edlen gibt es viele, Mylord, ich betone, *viele*, die sich vorher wohlweislich überlegen sollten, was sie zu tun und wann sie ihre Zunge zu hüten haben.«

Die engeren Gefolgsleute waren ein wenig näher gerückt, traten vorsichtig auf und studierten die Miene des Königs, als sei sie der Spiegel ihres eigenen Verhaltens. Isambard blickte ihnen gelassen und unaufgeregt entgegen und erkannte in ihren verschlossenen Zügen das ganze Ausmaß des Hasses, den Hubert nicht genügend bedacht hatte. Es war nicht so, daß sie de Burgh lediglich nicht gemocht hätten; nein, nicht deswegen kam ihnen kein Wort zu seiner Verteidigung über die Lippen. Vielmehr war er ihnen einfach zu fremd, und aus diesem Grund empfanden sie keinerlei Mitgefühl für ihn. Hubert gehörte nicht zu ihnen, war nie einer der ihren gewesen. Ihre

Ländereien hatten sie durch Geburtsrecht erworben, und sie waren ihnen so selbstverständlich wie die Kleider, die sie am Leib trugen. Ihren Titel und ihre Stellung hatten sie nie gegen irgendwen behaupten müssen. Der Graf von Kent hingegen war mit viel Ehrgeiz, aber ohne Titel oder Land aufgetaucht und hatte ihre bislang uneinnehmbare Feste erobert. Er war gierig, mißtrauisch, durchsetzungsfähig und legte Wert auf Förmlichkeiten. De Burgh war der erste der neuen Männer gewesen und der einsamste. Irgendwann hatte er die meisten der alteingesessenen Fürsten an Titeln und Besitzungen bei weitem übertroffen, aber sie hatten ihn nie akzeptiert. Sie beneideten ihn nicht einmal, und sie zollten ihm keine Anerkennung. Aus diesem Grund reichte ihm jetzt, da er tief gestürzt war, auch niemand die Hand. Er bedeutete ihnen einfach nichts.

Und was bedeutet er mir? fragte sich Isambard und wunderte sich ein wenig, daß er sich auf solche Weise mit seinem eigenen ehrwürdigen Stammbaum auseinandersetzen mußte. Im Namen Gottes, was bedeutet mir dieser Mann?

»Ich bin Euch für dieses Wort der Warnung zu tiefem Dank verpflichtet, Euer Gnaden, denn als solche habe ich es verstanden. Dennoch bitte ich Euch um die Gunst, mir auch noch ein Wort zu gestatten. Ich möchte etwas zugunsten des Grafen von Kent vorbringen, ehe Ihr Euer Urteil über ihn fällt.«

Isambard wartete gar nicht erst Heinrichs Erlaubnis ab. Besser gleich die Gelegenheit beim Schopf packen, bevor jemand Einwände erhob. Immerhin war das, was er zu sagen hatte, nicht nur für den König bestimmt. Bevor er jedoch auch nur die Hälfte seiner Verteidigungsrede vorgebracht hatte, war der Monarch schon von seinem Thron aufgesprungen. Sein Gesicht hatte sich verzerrt und war so dunkelrot angelaufen, daß Isambard vorsichtshalber einen kurzen Blick auf das Zeremonienschwert an der Seite des Herrschers warf und feststellte, daß Heinrichs Hand sich nicht weit davon entfernt vor Wut zusammenballte. Heute gab es keinen Ranulf von Chester, der ihn bei Bedarf vor der Schwertspitze hätte retten können, so wie er es einmal bei König Heinrichs Feind de Burgh getan hatte. Damals hatte der König seinen Wutausbruch gehabt, weil die Flotte, mit der er die Normandie zurückerobern wollte – sein größter und ehrgeizigster Traum –, noch nicht bereit war. Heinrichs damaliges Wüten war ein Vorgeschmack gewesen auf den tiefen und steinharten Haß, der ihm innewohnte und der nichts mit kindischen Launen zu tun hatte, wie sie anfangs alle glaubten.

Wer weiß, dachte Isambard, vielleicht sterbe ich ja von der Hand des Königs? Mit einer scheinbar nachlässigen Handbewegung schob er die Falten seines Waffenrocks beiseite, um allen zu zeigen, daß er mit nicht mehr als einem Zierdolch bewaffnet war.

»... und deswegen ersuche ich Euer Gnaden«, fuhr er fort, »Euch genau zu überlegen, welchen Eindruck eine solche Maßnahme in Europa hinterlassen wird, wo man Euren Hof beobachtet. Was werden die dortigen Könige sich wohl über Euch zu sagen haben? Denkt Ihr, Ihr könnt sie glauben machen, der Graf von Kent sei Euch auch nur ein einziges Mal untreu gewesen? Sie kennen seine Werke genausogut und haben sie wahrscheinlich sogar noch besser verstanden. Ich sage Euch, Euer Majestät, Hubert de Burgh hat Euren Platz fest verteidigt, als kein anderer dazu in der Lage war, und viele Male hat er Euch sein Herzblut geliehen. Wenn er für sich gesorgt hat, dann hat er auch für Euch gesorgt, da sei Gott mein Zeuge. Der Graf hat dafür gewirkt, daß Ihr heute fester in Eurem Königreich sitzt. Ihr habt allen Grund, ihm dankbar zu sein und ihn in Eure Gebete einzuschließen. Natürlich ist auch de Burgh nur ein Mensch und daher schwach und voller Fehler. Dennoch glaube ich, daß vor allem Ihr keinen Grund habt, Euch über ihn zu beschweren, denn er hat Euch nach besten Kräften gedient. Und bedenkt doch nur, wie es überall ankommen wird, wenn Ihr offen Anklage gegen ihn erhebt. Alle Welt wird denken, daß es dem König von England an

Dankbarkeit und Menschlichkeit gebricht, weil er seine Freunde so behandelt!« Isambard erhob seine Stimme, um seine letzten Worte mit Ingrimm auszustoßen, ehe der Schrei sich löste, der sich bereits in der Kehle Heinrichs sammelte: »Oder man wird sagen, Euch sei nicht genug Verstand gegeben, um zu erkennen, wer Eure wahren Freunde sind.«

Die Rechte des Königs zuckte und verkrampfte sich um den Schwertgriff. Sein in Samt gekleideter Fuß stampfte wie der eines trotzigen Kindes auf. Als er dann zur Entgegnung ansetzte, klang seine Stimme vor Wut heiser und verzerrt.

»Mylord«, stieß der König nach Luft ringend hervor, »ich habe Euch bereits ermahnt, Euch zu mäßigen, ehe Euer Name sich zu tief in meinem Gedächtnis festsetzt. Denn auch an Euch erinnere ich mich! Ihr wart damals auch dabei, als man mich von allen Seiten behinderte, nach der Normandie aufzubrechen und dort mein verlorenes Königreich zurückzuerobern. Verdrossen mußte ich in meinem Lager sitzen, während meine Männer ihre Herzen und Rüstungen mit Würfelspiel und dergleichen vertändelten. Was für eine Schmach! Welch ungeheuerliche Demütigung! O ja, mein Herr, wie gut ich mich daran erinnere. Ihr stecktet damals überall mit de Burgh zusammen. Immer schon seid Ihr sein Getreuer gewesen! Paßt lieber auf, daß Ihr nicht einen ähnlichen Preis wie er bezahlen müßt!«

»Seit dem Tod Eures Vaters König Johann«, erwiderte Isambard ruhig und deutlich, »bin ich niemandes Vasall gewesen, sondern immer nur mein eigener Herr. Während der Herrschaft des Regentschaftsrates habe ich stets das getan, was mir zu Eurem Wohl und dem Englands das Beste erschien. Wenn ich dabei häufiger gemeinsam mit dem Grafen von Kent marschierte, darf es Euch nicht wundern, daß ich nun Fürsprache für ihn halte, denn er hat Euch und England die besten Dienste erwiesen. Und es war recht getan, Euch den Feldzug in die Normandie zu versalzen und Euch so daran zu hindern, irgend etwas zu unternehmen, was den König von Frankreich zum Einschreiten genötigt hätte; dann hättet Ihr nämlich nicht nur Euer Reich verloren, sondern wohl auch noch Euer Leben. Ihr wolltet Eure Narretei unbedingt durchsetzen, doch wir haben dafür gesorgt, daß dieses Abenteuer Euch nicht zuviel kostete. Jetzt besinnt Euch und seid endlich dankbar.«

Nun kam der Schrei, ein gellendes, unartikuliertes Kreischen. Der König stürmte mit zornverzerrter Fratze nach vorne. Aber Passelewe schoß um den Thron herum, hielt ihn am Arm fest und flüsterte ihm etwas ins Ohr. Erregte halblaute Sätze flogen zwischen ihnen hin und her. Einige Edelleute näherten sich besorgt dem Thron. Der König winkte sie wütend fort. Isambard stand die ganze Zeit über unbeeindruckt da und verfolgte das Treiben mit einem schiefen Lächeln.

»Mylord Isambard ...«

Der König zitterte immer noch, hatte aber die Gewalt über seine Stimme zurückerlangt. Selbst in seinem heiligen Zorn wußte er stets, wie weit er gehen konnte und wann er mit seiner Raserei aufhören mußte.

»Mylord Isambard, Ihr habt Euch selbst des Verrats beschuldigt und zeigt dennoch keinerlei Anzeichen von Scham. Und wenn ich Euch Gnade in einem Maße erweise, wie ich sie beim Grafen von Kent nicht walten lassen kann, so solltet Ihr Euch dankbar damit bescheiden und Euch nicht der Verblendung hingeben, weitere Gunst von mir zu verlangen. Denn laßt Euch dies gesagt sein: Ein weiteres Mal werde ich meinen Gerechtigkeitssinn nicht vor Euch zügeln. Ich will nicht von mutmaßlichen Verrätern umgeben sein.« Seine Stimme wurde allmählich lauter und schriller wie die eines hysterischen Weibes. »Ihr dürft Euch zurückziehen, Mylord. Kehrt zurück in Eure Burg Parfois, und bleibt dort, bis ich Euch wieder in meiner Gegenwart dulde und Euch rufen lasse. Wenn ich nach Shrewsbury zurückkehre, um am päpstlichen Schiedsgericht teilzunehmen, könnte es mir gefallen, nach Euch zu schicken.

Doch bis dahin tut Ihr gut daran, auf Eurer Burg in Euch zu gehen, über die Worte nachzudenken, die Ihr mir gegenüber gebraucht habt, und Euch dem Staunen darüber hinzugeben, daß Ihr immer noch in Freiheit seid! Geht!« Er führte sich in seiner Wut wie jemand auf, der in seiner stärksten Feste sitzt und dem niemand etwas anhaben kann. »Mir aus den Augen! Zurück in Eure Einsiedlerburg!«

»Ich gehe, oder ich bleibe, Euer Gnaden, ganz wie es Euch beliebt.«

Isambard verbeugte sich tief vor ihm und zog sich rückwärts gehend und ohne den Blick von ihm zu wenden durch den halben Saal zurück. Die Anwesenden sahen, wie sich das schiefe Grinsen zu einem Ausdruck leiser Verachtung und offener Belustigung verwandelte. Die dunklen Wangen röteten sich nicht einmal, und das Schattenspiel auf den vorstehenden Knochen ließ seinen Gesichtsausdruck fest und unerschütterlich erscheinen. Als er sich dann umdrehte und entschlossen zur Tür marschierte, umspielte der golddurchwirkte Waffenrock funkelnd seine Gestalt. Alle in den schweigenden Reihen machten ihm bereitwillig Platz. Der Herr von Parfois drehte sich nicht mehr um, und seine Ritter und Gefolgsleute, die die ganze Zeit in schweigender Erwartung hinten gestanden hatten, schlossen sich ihm an und folgten ihm hinaus. Auf dem Abteihof sprangen die Pferdeknechte herbei, und die jungen Knappen hielten den Herren die Steigbügel und schwangen sich nach ihnen auf ihre Rösser. Eine fürstliche Reisegesellschaft zog stolz und in prächtiger Ordnung aus der Burg, und vielen kam es so vor, als zöge eine siegreiche Armee von dannen.

Der König hörte, wie sie davonritten, und erbebte wieder vor Wut und Haß. Wie konnte Isambard es wagen, nach einem solchen königlichen Tadel mit Pomp und Ruhe aufzubrechen, als sei er ein Eroberer? Wie konnte dieser Mann, der wie eine goldene Vorahnung des Todes aussah, alle Ehre und allen Glanz mit einer einzigen Bewegung seiner knochigen Hand von ihm wegnehmen und seinen Lehnsherren auf solche Weise verunglimpft und entehrt zurücklassen?

Isambard ritt in aller Ruhe. Die Zügel lagen lose über seinem Handgelenk, und das Lächeln stand ihm noch immer im Gesicht. Als die Wälle von Shrewsbury nicht mehr zu sehen waren und sie am grasbewachsenen Rand der Römerstraße dahinzogen, warf er plötzlich den Kopf in den Nacken und brach in lautes Gelächter aus. Und das alles hatte er allein für de Burgh getan!

»Bei den Wundern Gottes!« rief Isambard in die grüne Abenddämmerung hinein, die wie ein weites silberdurchzogenes Netz über ihm hing. »Man könnte annehmen, mir läge etwas an Hubert!«

KAPITEL ZWEI

Parfois/Shrewsbury: Dezember 1232

Der Winter zog in diesem Jahr früh, aber unentschlossen ins Land. Schnee bedeckte die Auen und Wiesen am Severn, doch das so dünn, daß die schlafenden Gräser bleich und frostgrün darunter zu erkennen waren. Harry stand auf dem bleigedeckten Dach des Herrenturmes, hatte sich dick in seinen Wollumhang gewickelt, um sich vor dem beißenden Wind zu schützen, und blickte hinab in das ferne Tal, von den dichtgedrängten Dächern der Stadt Pool stromaufwärts bis zu den grauen Steinwällen von Strata Marcella stromabwärts. Seine begrenzte Welt erstreckte sich nicht weiter. Der Schneesturm rückte immer näher und verbarg die Hügel vor ihm. Von Wales vermochte der Jüngling nicht mehr zu erkennen als das Glitzern des Frostes am Flußufer und die dunklen Bäume, die auf den dahinter liegenden Hügeln aus der weißen Decke herausragten. Die seichten Nebenläufe des Severn waren zugefroren, und aus ihren Senken glitzerte und leuchtete es matt. Am Severn waren lediglich die Ränder von Eis bedeckt. Dazwischen strömte immer noch dunkel das Wasser auf Breidden zu. Tief unter den Türmen von Parfois schob der Fluß seine braunen Massen am Long Mountain vorbei.

Der Jüngling schaute lange hinüber zur walisischen Seite des Grenzflusses, und sie kam ihm vor wie ein Traumland, in das er nie gelangen konnte. Unter den grauen Mauern der Abtei hatte er seines Vaters damals noch nicht entweihtes Grab umarmt und es dadurch seinen Feinden verraten. Was hatte Isambard bloß mit den armen, verfolgten Gebeinen des Baumeisters angestellt? Sie aus dem Grab gerissen und zurück in den Severn geworfen, um seine finstere Rache endlich doch noch zu Ende zu bringen? Dort unten an der Furt, die sich hell vom dunklen Wasser abhob, hatte der Jüngling vor Zeiten den Fluß überquert, um zu seinem Ziehbruder, dem Prinzen, zu reiten. Isambard hatte ihn im letzten Jahr an der langen Leine gehalten und ihm erlaubt, seiner Pflicht nachzukommen und an der Seite der Seinen in den Krieg zu ziehen. Allerdings nur gegen das Versprechen, nach Ende der Kampfhandlungen zu ihm zurückzukehren und seine Freiheit wieder aufzugeben. Nun zog sich die ersehnte Heimat in der Stille des Winters immer weiter von ihm zurück und versteckte sich unter einer bleigrauen Wolkenschicht, und Harry konnte es kaum für möglich halten, daß er je wieder seinen Fuß auf die walisischen Sommerhügel setzen würde. Nur ein schmaler Flußlauf lag zwischen ihm und dem Land seiner Hoffnung; und dennoch vermochte er nicht hinüberzugelangen. Den Vögeln hingegen, die in der Nacht von den walisischen Weiden zu den wärmeren Nistplätzen nach Parfois zurückkehrten, war diese für ihn so unmögliche Reise eine Selbstverständlichkeit. Der Jüngling sah, wie sie eintrafen und wieder davonflogen, und beneidete sie um ihre Flügel. Und dann packte ihn der unablässige Schmerz der Sehnsucht noch etwas fester.

Von diesem hohen Punkt, diesem Adlerhorst auf dem Sandsteinfels, gab es für ihn kein Entrinnen, es sei denn, er besäße Schwingen. Nicht einmal nach England konnte Harry, und auch nicht zu dem kleinen Stück Land, das mitten in den Wäldern lag und auf dem Aelis mit ihrem Vater lebte. Das war die junge Frau, die wohl immer noch vergeblich auf eine Nachricht von ihm wartete.

Der Jüngling schuldete Aelis und ihrem Vater viel. Als er aus der Burg Aber davongerannt war und um Parfois herumschlich, um nach einer Möglichkeit zu suchen, sich an Isambard zu rächen, hatten die beiden ihn freundlich aufgenommen, ihn versorgt und ihm keine Fragen gestellt. Vermutlich hatten sie Harry für jemanden gehalten, der sich vor dem

Gesetz auf der Flucht befand oder einem harten Herrn davongelaufen war. Viele Flüchtige kamen zu ihnen, und Vater und Tochter fürchteten sich nicht vor ihnen, nicht einmal vor denen, welche für vogelfrei erklärt worden waren. Aelis hatte ihm bei mancherlei geholfen, ihm zu essen gekocht, seine Kleider geflickt und ihm die Pfade gezeigt, die sich zwischen den Klippen unterhalb der Burg entlangschlängelten. Als sie dann gesehen hatte, wie er als Gefangener nach Parfois abgeführt worden war, hatte sie sofort Nachricht davon nach Kastell Coch geschickt, damit Llewelyn in Aber davon erfuhr. Und als Harry sich bei Vater und Tochter aufgehalten hatte, hatte er sich ihr gegenüber nicht einmal als besonders freundlich und dankbar erwiesen. Von hier oben auf dem Herrenturm konnte er sich in jene Zeit zurückversetzen und sah sich selbst als einen kleinen, unbeholfenen und undankbaren Jüngling. Selbst als er die Feste noch einmal verlassen durfte, um in den Krieg zu ziehen, und eine Nacht unter dem Dach ihres Vaters verbracht hatte, hatte er Aelis immer noch wie ein törichtes Mädchen behandelt und ihr nichts über die wahren Umstände seiner Freilassung erzählt. In jenen Tagen hatte er vorgehabt, ihr das erst bei seiner Rückkehr in die Gefangenschaft zu berichten. Aber Stolz, schlechtes Gewissen oder was auch immer ihn damals angetrieben hatte, zu Isambard zurückzugehen, hatten ihn daran gehindert, noch einmal bei Vater und Tochter einzukehren. Und so war es gekommen, daß das Mädchen bis heute noch nicht Bescheid wußte.

Aelis konnte ja nicht einmal ahnen, daß er so nah war! Sie mußte annehmen, daß er sich in Freiheit befand, und hatte sich bestimmt längst gesagt, daß Harry Talvace sie vergessen hatte. Vielleicht war ihr das aber auch mittlerweile egal und sie dachte überhaupt nicht mehr an ihn. Als dem Jüngling dieser Gedanke kam, verkrampfte sich ihm das Herz. Wütend wehrte er die Schmerzen ab, die diese Vorstellung auslöste, und suchte verzweifelt nach Gründen, warum Aelis sich noch immer an ihn erinnern sollte. Aber die Furcht war nun da und ließ ihn nicht wieder los. Und wenn er ganz ehrlich zu sich war, hatte er ja auch nichts Besseres verdient.

»Was denn, Harry, sinnst du immer noch darüber nach, wie du mir entkommen kannst?« fragte Isambard leise und traurig an seiner Schulter. Wenn der Burgherr wollte, bewegte er sich so leise wie eine Katze. Aber davon ließ der Jüngling sich nicht länger erschrecken. Zu oft schon hatte Isambard dieses bittere Spiel mit ihm getrieben. Anscheinend gehörte es zu seinen liebsten Beschäftigungen, sich hinter seinem Lieblingsgefangenen aufzubauen und ihm wie ein versuchender Teufel etwas ins Ohr zu flüstern. »Verschieb doch deine Flucht, bis wir angenehmeres Wetter haben. Es würde mir nicht gefallen, dich aus dem Eis des Severn heraushacken zu müssen.«

»Warum denn nicht? Meinen Vater habt Ihr doch auch in den Fluß gestoßen. Da müßte es Euch doch ein Vergnügen sein, mich hinterherzuwerfen.«

»Ich bin mit dir aber noch nicht fertig, Harry. Du hast immer noch nicht aufgehört, mich zu erfreuen. Deswegen warte noch ein Weilchen.« Das stimmte; denn Isambard hatte Gelegenheit genug gehabt, ihn zu töten. Wie zum Beispiel an jenem Tag im Sommer vor der Waffenkammer ... doch da hatte er ihm lediglich das Schwert aus der Hand geschlagen. »Solltest du nicht vielleicht eher nach England spähen?« fragte Isambard und stützte seine in Tuch gehüllten Ellenbogen neben dem Jüngling auf den verwitterten Stein der Brüstung. »Fürst David und seine Mutter halten sich wieder in Shrewsbury auf. In zwei Tagen trifft die päpstliche Gesandtschaft in St. Mary's ein. Würdest du nicht gern dabeisein und zuschauen?«

»Und wie steht es mit Euch, Mylord? König Heinrich ist in der Priorei Wenlock abgestiegen, so habe ich es jedenfalls gehört. Wollt Ihr nicht wieder Euer feinstes Goldgewand anziehen und Eurem Herren Eure Aufwartung machen?«

»Treffer, Harry«, lachte der Burgherr. »Recht so, mein Junge, gib mir Kontra, wehr dich. Die Wahrscheinlichkeit, daß mein König mich in seine Huld zurückbefiehlt, dürfte ungefähr so groß sein wie die Wahrscheinlichkeit, daß du endlich zu deinem geliebten Fürsten zurückkehren darfst. Doch möchte ich bezweifeln, daß du unter deiner Verbannung mehr leidest als ich.«

»Das bleibt abzuwarten, Herr.«

Der Jüngling warf einen neugierigen Seitenblick auf das Falkenprofil, welches hinab in die Stille des Flußtales schaute. Er konnte weder einen Hauch des Bedauerns noch der Besorgnis auf den scharfen, feinen Gesichtszügen entdecken. Konnte es denn sein, daß der königliche Zorn Isambard so wenig ausmachte? Daß er trotz der Ungnade, in die er gefallen war, weder Scham noch Furcht empfand?

Parfois hatte in seinen felsigen Grundmauern gebebt, als Isambard spät in der Nacht als Verbannter von Shrewsbury gekommen und in aller Pracht in seine Burg hineingeritten war. Harry erinnerte sich an das hektische Laufen, an das Getuschel, die aufgeregten Spekulationen und die überall brennenden Fackeln. Langholme hatte bleich und stumm vor Schreck seinen Herrn zu Bett gebracht. Und im Mittelpunkt des ganzen Aufruhrs hatte Isambard ruhig und frisch dagestanden, so als sei ihm nicht bewußt, was für einen Sturm er ausgelöst hatte. Diese barbarische Gestalt in Gold hatte sich die Ringe abgenommen, gegähnt und den erstbesten nachlässigen Diener mit scharfer Stimme zur Ordnung gerufen. Und das alles wohl nur, um seinem Haushalt zu zeigen, daß sich absolut nichts geändert habe. Seine Hand hatte fest auf der Burg gelegen, aber nicht schwerer als sonst, und er hatte dafür gesorgt, daß niemand einen Nachteil zu erwarten hatte, weil er in königliche Ungnade gefallen war, noch sich einen Vorteil daraus verschaffen könnte.

Im Laufe der Tage hatte sich dann die Benommenheit langsam gelegt, die alle auf Parfois gepackt hatte. Die Geschichte von der Audienz beim König machte die Runde, und die Ritter, welche in seinem Gefolge zugegen gewesen waren, erzählten den anderen ihre verwirrten Erinnerungen. Vorsätzlich, so als sei ihm nichts dringlicher, hatte Isambard seinen eigenen Untergang herausgefordert. Aus Stolz, aus einer Grille heraus oder wegen des Rachefeldzuges, den er gegen das Leben selbst zu führen schien und der ihn immer wieder an den Rand des Abgrundes treten und den Tod herausfordern ließ. Vielleicht, so hieß es, habe Ralf aber auch aus kühler Überlegung heraus gehandelt, um einer bestimmten Sache willen oder einfach, um König Heinrich einen tüchtigen Schrecken einzujagen. Die Ritter berichteten, daß man sich von dem Herrscher erzählte, er ließe sich leicht von Männern mit Autorität einschüchtern. Wie dem auch sei, Isambard schien es daran gelegen gewesen zu sein, Heinrich dazu zu bewegen, seinen Kurs zu überdenken und den Grafen von Kent mit nicht mehr ganz so viel Strenge zu verfolgen.

Doch wenn das wirklich sein Ziel gewesen war, hatte der Herr von Parfois dann nicht zu sehr über die Stränge geschlagen? De Burgh hatte es recht schlimm getroffen: verfolgt, verstoßen, entehrt, seiner Ämter beraubt, von hierhin nach dorthin gejagt, seiner Besitzungen verlustig gegangen, eingesperrt und schließlich in Devizes unter Bewachung festgesetzt. Bedeutete das nicht etwa, daß Isambards Mission gescheitert war? Oder mußte man es als Erfolg ansehen, daß man Hubert noch nicht das Leben genommen hatte? Es hieß auch, daß kürzlich auf Befehl des Königs hin die Menge in London sich auf ihn hatte stürzen wollen. Nur der alte Ranulf von Chester habe eingegriffen und König Heinrich aufgefordert, die Meute zurückzupfeifen. Doch fünf Wochen später hatte Ranulf das Zeitliche gesegnet. Nach allem, was man hörte, hatte der Graf von Kent um den alten Feind geweint und für das Heil seiner Seele gebetet. Allein das bewies schon, in welch schlimmer Verfassung de Burgh sich befand. Wenn nun aber Isambard an Ranulfs Stelle gewesen wäre? Auch er war ein alter Mann, dem nicht mehr viel Zeit beschieden war …

»Harry, steigere dich nicht in die Hoffnung hinein, mein

Sturz sei beschlossene Sache«, riet Isambard ihm grinsend. »Natürlich bezweifle ich nicht, daß der König sich zu gern gegen mich wenden würde. Aber er wird nicht wagen, mehr zu unternehmen, als er bereits getan hat, und das ist wenig gewesen. Ich bin kein de Burgh, den man wie einen Baum fällen kann. Ich habe aus der Hand des Königs keine Güter erhalten, die er mir abnehmen kann, wenn er sich wieder in eine Raserei hineinsteigert. Auch bin ich nicht mit königlichen Burgen belehnt, noch habe ich jemals danach getrachtet. Heinrich kann mir nicht eine einzige Parzelle Landes entreißen. Mein Geschlecht ist älter als das seine, und was ich besitze, habe ich durch Erbschaft erlangt. Genausowenig habe ich je ein Amt bekleidet und mich danach gesehnt. Niemals habe ich die königliche Schatulle noch die Reichseinkünfte verwaltet, und daher können sie mir daraus auch keinen Strick drehen wie dem armen Hubert. Für Heinrich bin ich unangreifbar, und er kann mir nichts nehmen außer seine Gunst. Und auf die verzichte ich gerne.«

»Ihr könntet Euer Leben verlieren«, bemerkte Harry.

»Du wirst meinem Leben vermutlich viel eher ein Ende bereiten, als Heinrich das je vermöchte.«

»Ihr schmeichelt mir, Mylord. Wenn Ihr das wirklich meint, dann solltet Ihr besser auf der Hut sein.« Der Jüngling zögerte einen Moment und wickelte dann die Falten seines Umhangs fester um sich. Ob er das tat, um den eisigen Wind abzuhalten oder um seine Miene zu verbergen, war ihm in diesem Moment selbst nicht klar. Er trat brütend gegen die Turmzinne, an der er gerade lehnte, dann platzte es aus ihm heraus: »Es gibt einige, die sich bereits die Lippen lecken.«

»Weil es im Moment so aussieht, als sei mein Stern im Sinken begriffen? Sicher, die gibt es immer, ganz ohne Frage. Oder glaubst du, es habe jemals einen Edelmann gegeben, dessen Mißgeschick bei anderen keine Freude ausgelöst hat? Ich werde genauso gehaßt wie jeder andere, vielleicht noch ein wenig mehr, und das ist mir schon seit langem bewußt.«

Harry hätte jetzt eigentlich das Thema auf sich beruhen lassen sollen, doch aus irgendeinem Grund gelang es ihm nicht, seine Zunge im Zaum zu halten. Die Worte kamen ihm zögernd und widerwillig über die Lippen, doch er sprach sie trotzdem aus.

»Einige aus Eurer engsten Umgebung sind nach Eurer Rückkehr aus Shrewsbury sehr still und nachdenklich geworden. In Eurem Haushalt gibt es einige, deren Treue zu Euch nicht auf sehr festen Fundamenten ruht. Sobald sie sich sicher sind, daß Ihr Eure Rolle ausgespielt habt, werden sie nicht zögern, sich den neuen Herren anzudienen.«

Isambard beendete seine gedankenverlorene Betrachtung des grauen Flußtales, hob den Kopf und lächelte.

»Die neuen Herren.« Er schien über diese Bezeichnung nachzudenken, und sein Tonfall zeigte Harry an, daß er begriffen hatte, wer oder was damit gemeint war. Diejenigen in seinem Haushalt, welche am glühendsten vorgaben, ihm in Treue fest verbunden zu sein, warfen bereits heimlich erwartungsvolle Blicke auf des Rivaulx und seine neuen Männer und deren scheinbar unaufhaltsamen Aufstieg. Das waren sehr fähige Schreiber und Beamte, die mit ihrem Anführer an den Hof gekommen waren und dort mittlerweile das Sagen hatten. Einer von denen, die des Rivaulx am nächsten standen, war, so erzählte man sich, William Isambard, der jüngere Sohn des alten Wolfs, dessen Kleider aus Jugendjahren für Harry umgeändert worden waren, damit er sie auf Parfois tragen konnte. William wartete schon sehr lange auf sein Erbe, aber sein alter Herr zeigte noch keinerlei Anzeichen, in eine bessere Welt eingehen zu wollen. Nicht einmal Altersschwäche und Vergreisung ließen sich bei ihm feststellen. Wenn man Isambard sah und erlebte, kam man nicht einmal auf den Gedanken, daß er sich bereits alt fühlte. Da kam William der Zorn des Königs natürlich gerade recht. Wenn dieses Feuer zu erlöschen drohte, sollte man es tunlichst mit neuem Brennstoff versorgen.

Waren diese Gedanken allesamt neu für Isambard? Wie

üblich war ihm nichts anzumerken. Er beherrschte sein Mienenspiel so ausgezeichnet, daß niemand erraten konnte, was sich hinter seiner beeindruckenden Stirn tat. Nur wenn er wollte, ließ er jemanden an seinen Gedanken teilhaben; vielmehr machte er sich einen Spaß daraus, sein Gegenüber zu verwirren und im Unklaren zu lassen. Harry wünschte sich, er hätte vorhin lieber den Mund gehalten. Warum sollte er Isambard warnen? Konnte es ihm nicht vollkommen gleich sein, wenn seine Getreuen ihn betrogen?

»Und wer sind sie, diese Nattern, die ich an meinem Busen nähre?« forderte die sanfte Stimme ihn zum Weiterreden auf. »Nenn sie mir, Harry, sag mir ihre Namen. Wie alle Männer zeige ich mich dankbar, wenn ich Grund dazu habe.«

»Nein!« rief der Jüngling und fuhr zurück, um dem Blick aus den intensiven, desillusionierten Augen zu entkommen. »Ich bin nicht Euer Spion!«

»Aber Junge, nicht einmal um den Preis deiner Freiheit? Gib mir ihre Namen, und du kannst den Schlüssel ins Schloß deines Gefängnisses stecken und dich selbst hinauslassen. Die Fürstin würde heute abend dir zu Ehren ein Fest geben, und du würdest an Davids Seite heimreiten. Was mehr könnte ich dir bieten?«

Es klang so süß und verlockend, daß man kaum widerstehen konnte, weder der Stimme noch der Verheißung. Selbst die Augen, die ihn mit Freundlichkeit und Verständnis betrachteten, trugen ihren Teil zu der Verführung bei. Gott sei Dank kannte Harry diese Masche Isambards. Der Jüngling hatte ihr einmal widerstanden und konnte das wieder tun. Heute fühlte er sich von diesem Angebot nicht einmal verwirrt.

»Ihr vergeudet Eure Zeit, Mylord, Ihr wißt doch genau, daß Ihr nicht einen einzigen Namen von mir erfahren werdet.« Früher hätte er geweint, gewütet und Schmähungen wie Steine auf einen anstürmenden Gegner geschleudert. Doch nicht jetzt. Für einen Moment war der Jüngling sehr stolz, so gereift zu sein. Eines zumindest hatte er Isambard zu verdanken.

Allen anderen Verlockungen würde er in Zukunft leicht widerstehen.

»Also nicht, Harry? Dann hör mir gut zu, und klär mich auf, wenn ich mich irren sollte.« Und schon begann Isambard, die Namen aller heimlichen Verräter aufzuzählen. Einen nach dem anderen, und nicht ein einziges Mal lag er falsch. Sogar Thomas Blount nannte er, aber erst ganz am Schluß, so als sei der Jüngling so unbedeutend, daß er hier nur der Vollständigkeit halber aufgeführt wurde. »Und natürlich de Guichet«, fügte Isambard noch hinzu, wenn auch ohne die geringste Bitterkeit in der Stimme. Dann lachte er, als er bemerkte, wie Harry, der sich die Liste mit steinerner Miene angehört hatte, ihn nun entsetzt anstarrte, als der Name des Seneschalls von Parfois fiel.

»Oh, hattest du den etwa nicht auf deiner Liste? Dann ist dir leider das Oberhaupt dieser Truppe entgangen.« Isambard löste sich von dem eiskalten Stein und streckte sich. »Ich bin zu alt, um noch vorsichtiges Taktieren erlernen zu können. Mir bleibt nur das zu tun, was ich immer schon getan habe: die Karten so auszuspielen, wie sie fallen. Aber glaube nicht für einen Moment, daß ich mich jemals darin getäuscht hätte, ob jemand mich liebt oder nicht, und wie sehr. Mit den Männern in meinem Haushalt habe ich viele Jahre gelebt. Sie können mir nichts mehr vormachen.«

»Ich erkenne, daß Ihr keine Hilfe von mir benötigt«, gab der Jüngling keck zurück, »weder bei Eurem Herrn noch bei Euren Dienern.«

»Meinem Herrn? Ach, du meinst König Heinrich. Ich will einmal ganz offen zu dir reden, mein Junge: Natürlich bin ich Heinrichs Mann, ob er das nun glauben möchte oder nicht, aber in Wahrheit ist er niemandes Herr, nicht einmal sein eigener. Sein Vater, König Johann, war ein wahrer Mann, egal, was man von ihm denken mag, und sicher konnte man ihm viele Fehler nachweisen. Aber sein Nachfolger ist nicht mehr als ein Schrein voller Haß und Vorurteile. Selbst seine guten Eigenschaften, wie Frömmigkeit und Mildtätigkeit, nutzt er, um damit einen Handel mit Gott zu erzwingen.«

Harry drehte alarmiert den Kopf nach den beiden Wächtern um, die sich gewiß in den geschütztesten Winkel oberhalb der Treppe verdrückt hatten. »Herr, senkt um Himmels willen Eure Stimme!«

»Ach, Harry, die beiden sind weit genug fort, um mich nicht hören zu können. Das würde ihnen noch einfallen, mir hier hinaus in den Wind zu folgen. Außerdem wissen sie, daß du dich nicht von hier oben in die Tiefe stürzen wirst. Dafür hängst du viel zu sehr am Leben.«

»Mylord, von Euch kann man das aber sicher nicht behaupten. Habt Ihr Euch denn nicht schon genug exponiert?« Der Jüngling zuckte verwundert über die wütende Sorge in seiner Stimme zusammen. »So solltet Ihr in der Öffentlichkeit nicht über den König reden!«

»Das tue ich doch auch gar nicht«, lächelte Isambard, faßte ihn am Arm und drehte ihn zum dunklen Eingang, der zur Treppe führte und hinter dem die Wächter kauerten. »Nur vor meinen Feinden, Harry«, flüsterte er ihm ins Ohr. »Unter aufrichtigen Feinden befindet sich ein Mann in Sicherheit. Meinst du, ich kenne dich noch nicht gut genug? Du würdest mich genausowenig der Gerechtigkeit des Königs überantworten wie mich aus der deinen entlassen.«

Die glanzvolle Versammlung, die sich in der Kirche St. Mary's eingefunden hatte, löste sich am Abend des sechsten Dezember auf. Alles Volk von Shrewsbury drängte sich um die Anlage, um die hohen Herren herauskommen zu sehen.

Zuerst erschienen die päpstlichen Gesandten, ehrwürdige und strenge Männer, die sich bis zu den Augen in ihre Umhänge gehüllt hatten, denn ihr italienisches Blut war in dieser unfreundlichen Witterung dünn und kalt. Ihre Diener trugen ihr buntes Wappen, wirkten noch prächtiger als sie und schritten in einer beeindruckenden Prozession heraus. Nur ihre Schritte wirkten auf dem unregelmäßigen, frostüberzogenem Kopfsteinpflaster etwas unsicher.

Dann zeigte sich der König mit seinem Gefolge, und die Menge auf der Straße wiederholte die illustren Namen eines jeden, der an ihnen vorbeiritt: Ralf Neville, der Bischof von Chichester und Kanzler von England; Segrave, der neue Justitiar; de Lacy, Graf von Lincoln und seit Ranulfs Tod der neue Konstabler von Chester. Und der großgewachsene Lord dort mit dem offenen Gesicht und dem rauhen Lächeln war Richard, der neue Marschall und Graf von Pembroke, welcher vor über einem Jahr in diese unerwartete, ehrenhafte Position gehoben worden war. Er war der zweite von fünf Brüdern und hatte niemals erwartet, jemals Titel und Besitz zu erhalten. Doch sein älterer Bruder war kinderlos gestorben, und Richard hatte sich eilig aus seinen französischen Familienbesitzungen auf den Weg gemacht, um den frei gewordenen Platz einzunehmen. Obwohl er eher ein Fremdling als ein Engländer war, mißfielen ihm bereits, so erzählte man sich, die poitevinischen Beamten, die König Heinrich seit einiger Zeit umgaben. Richard empfand einen tiefen Respekt für die althergebrachte Ordnung in diesem Land, und deshalb ärgerte es ihn besonders, daß die neuen Männer diese Ordnung neuzugestalten trachteten.

Barone, Grafen und Funktionäre, Bischöfe und Prälaten, geborene Ritter mit eigenem Banner und einfache bestellte Ritter – der Reiterzug der Adeligen schob sich den Wyle entlang, und inmitten all dieser Pracht und Herrlichkeit ritt der junge König Heinrich, der sich seiner Position wie stets sehr bewußt war.

Seit den Tagen von König Johann hatten sich nicht mehr so viele hohe Würdenträger in Shrewsbury eingefunden. Zum Dank für ihre Treue und großen Steuerabgaben hatte die Stadt von dem alten König so manche Privilegien, Vergünstigungen und Sonderrechte erhalten. Dem Aufenthalt eines Monarchen folgte stets ein blühender wirtschaftlicher Aufschwung, und folglich schrien die Bürger der Stadt ihre Hochrufe recht begeistert heraus, während sie mit den Füßen auf dem gefrorenen Boden stampften und silberne Atemfahnen in die klare Luft bliesen. Selbst die Waliser wurden von keinen scheelen Blicken empfangen, als sie durch die Straße zogen. Viele Male schon hatten ihre Banden die Grenzen unsicher gemacht, und viele Bürger erinnerten sich noch daran, wie die Waliser Frankwell besetzt und verheert hatten. Doch warum sollte man sie als Feinde ansehen, wenn man in der ganzen Grafschaft kaum eine Familie fand, die keine Verwandten auf der anderen Seite des Severn besaß? Grenzen wurden von Königen festgelegt und eifrig bewacht, aber das gemeine Volk konnte nur dann seinen Geschäften nachgehen, wenn es diese Grenzen überschritt. So hinterließ so mancher walisische und englische Fuß seinen Abdruck auf der anderen Seite, und gelegentlich blieb dabei auch einmal ein Mädchen schwanger zurück.

Die Waliser gingen zu Fuß, denn vom Stadthaus des Abtes, in dem sie untergebracht waren, war es nicht weit zur königlichen Kirche St. Mary's. Dann erschien Prinzessin Joan, die Fürstin von Aberffraw und Herrin von Snowdon, Gemahlin Llewelyns und Tochter von König Johann. Sie hatte sich bei ihrem Sohn eingehakt. Joan schritt aus dem Schatten des wuchtigen Sandsteinturmes in den Fackelschein am Tor und blieb dort einen Moment stehen, um die Schöße ihres langen Gewandes anzuheben und sie sich über den Arm zu legen. Die große und ernste Frau bewegte sich mit kräftigem Schritt und ruhiger Miene. Ihres Amtes bewußt, schritt sie dahin, lächelte nicht huldvoll, wirkte aber auch nicht hochnäsig, und so konnte ihr niemand ansehen, ob sie ihrem Gatten in Aber eine triumphale oder eine entsetzliche Nachricht zu überbringen hatte. Die Fürstin hatte ihr halbes Leben damit verbracht, im hellen Schein der Fackeln von neugierigen Menschen beobachtet zu werden, und sie wußte, wie man sich unter Staatsbeamten und Edelmännern bewegt; dies tat sie nur zum Wohl ihres Mannes. Joan hatte daher früh gelernt, ihre Gefühle zu verbergen und ihre wahren Gedanken für sich zu behalten. Doch war es kaum ein Jahr her, daß sie, wie jedermann in England und Wales wußte, wegen Ehebruchs von Llewelyn eingesperrt worden war. Ihren Geliebten de Breos hatte man in den Salzmarschen von Aber aufgeknüpft. Ein teurer Preis für eine Frau, selbst für eine Fürstin.

Alle Bürger, die die Straße säumten, strengten sich an, einen Blick auf Joan zu erhaschen, und so mancher dachte, daß es kaum lohnenswert sei. Unter dem goldenen Hauptreif zeigte sich graues Haar, ihre Augen waren glanzlos und ihre Wangen bleich. Diese Frau war doch schon deutlich über vierzig. Was mochte der junge, gutaussehende und galante de Breos nur an ihr schön gefunden haben? Was hatte er in ihr gesehen, was jedem anderen verborgen blieb? Die Fürstin ertrug diese Blicke in aller Gelassenheit und verspürte nicht mehr wie am ersten Tag nach ihrer Freilassung die Furcht davor, ans Licht zu treten. Wenn sie als Gesandte ihres Gatten unterwegs war, verwandelte sie sich in Llewelyn. Ihre Stimme hatte seine Autorität, die Worte, welche sie wählte, waren die seinen, und selbst ihre Bewegungen ahmten den Eifer und den Großmut seiner lebhaften Gesten nach. Und so wie der walisische Fürst in politischen Geschäften nie ängstlich oder verschüchtert war, so konnte man auch seine Gemahlin nie in Verlegenheit bringen. Joan hatte sich auf die Stufen der Kanzel gestellt und über eine Stunde zu den päpstlichen Legaten und den anderen Anwesenden gesprochen. Kühn und mit unfehlbarer Logik hatte sie argumentiert, sachlich und kenntnisreich hatte sie die vielen Grenzüberfälle dargelegt und die nicht eben seltenen Verletzungen des Waffenstillstandes zur Sprache gebracht. Das alles legte Llewelyn seinen englischen Nachbarn zur Last. Mit unbewegter Miene hatte sie dann dagesessen und sich die Anschuldigungen der Gegenseite angehört. Im folgenden war die Fürstin aufgestanden und hatte beide Seiten beschworen, sich auf Zugeständnisse einzulassen und guten Willen zu zeigen. Sie versprach, dort Abhilfe zu schaffen, wo die Waliser sich etwas zuschulden hatten kommen lassen, und sie verlangte bestimmt, aber höflich eine Wiedergutmachung von seiten der Engländer, wo diese sich falsch verhalten hatten. Niemand hätte bei diesen Verhandlungen die Sache von Wales besser vertreten können. Llewelyn lebte in ihrem Geist und in ihrem Blut – es war, als nistete der Adler des Snowdon in ihren Gedanken und als blickte er aus ihren Augen.

Zu ihrer Rechten schritt ihr Sohn David, Llewelyns auserkorener Erbe. Ein großer Jüngling, schlank und mit hellem Haar wie seine Mutter, und ebenso wie sie ernst bis fast zur Melancholie. Doch darüber hinaus besaß er das rasche, kurze strahlende Lächeln seines Vaters, das sich allerdings selten zeigte. Der Mann an ihrer linken Seite mußte Ednyfed Fychan sein, Llewelyns Kanzleivorsteher und langjähriger Vertrauter. Und bei dem stämmigen, dunkelhaarigen jungen Mann, der ihnen so dicht auf den Fersen folgte, konnte es sich nur um Davids Ziehbruder Owen ap Ivor ap Madoc handeln; so raunten jedenfalls die besser Informierten ihren Nachbarn zu. Dieser Owen genoß anscheinend in den Gemarkungen und Grafschaften von Arfon und Ardudwy fürstliches Ansehen.

So schritten sie über die zugefrorenen Wagenspuren der Straße, und die Knappen und niedrigen Adeligen aus ihrem Gefolge schufen ihnen Platz. Ihnen hinterher lief das eigentliche Gefolge, darunter so mancher grimmige und halbwilde Stammeshäuptling, der für sich den Titel eines Königs beanspruchte. An einer Biegung des Wyle kam es dann zu einiger Aufregung, als sich eine kleine, verhüllte Gestalt aus der gaffenden Menge löste und vor den walisischen Zug lief. Einer der Knappen trat ihr mit seinem Stab entgegen, um ihr den Weg zu versperren. Aber sie wich ihm flink wie ein Eichhörnchen aus und zog Owen am Ärmel, bevor jemand einschreiten konnte.

»Herr, wartet! Meister Owen, bitte!«

Erschrocken hielt er an und blickte hinab in das helle, ovale Gesicht, das von einer braunen Kapuze umrahmt wurde und dessen Wangen in der Kälte rosig angelaufen waren. Blaue

Augen mit langen, seidigen Wimpern sahen ihn flehentlich an. »Meister Owen, könnt Ihr Euch an mich erinnern? Ich bin Aelis!«

Der Knappe war schon zur Stelle und wollte die junge Frau fortreißen, aber Owen hielt sie fest und hieß den Mann mit einer Handbewegung, sich zu entfernen.

»Laß sie, sie bedeutet keine Gefahr. Sie soll sprechen.«

Die Fürstin hörte die Aufregung hinter sich und drehte sich um.

»Was gibt es denn? Wenn das Kind etwas von uns möchte, wollen wir es nicht abweisen.«

Die Verhandlungen waren gut für Wales gelaufen, und so konnten sie gern Gaben und Almosen an alle verteilen, die sich in Not befanden. Joan gesellte sich mit entschlossenen Schritten zu den beiden. Sie sah dem Mädchen ins Gesicht. Es war ein junges Ding, höchstens sechzehn, und ihr schmächtiger Körper war unter einem groben und formlosen Umhang verborgen, den sie nach Art des Landvolks trug. Das Mädchen erschrak und wollte fliehen, aber Owen hielt sie fest. Dann legte er ihr einen Arm um die Schultern, damit sie ihm nicht entschlüpfte und in der Menge untertauchte.

»Mylady, dies ist das Kind, von dem ich Euch berichtet habe. Sie schickte uns damals Nachricht über denjenigen, den wir verloren glaubten.«

Owen hatte die Angewohnheit, gewisse Namen niemals in der Öffentlichkeit auszusprechen. Dabei war diese Vorsicht hier vollkommen unnötig. Wer in Shrewsbury hatte schon von Harry Talvace gehört?

»Soll ich sie in unsere Unterkunft bitten?« fragte er rasch, als er auf Joans Miene das Leuchten von Verständnis erkannte.

»Ja, tu das. Komm mit uns, Kind, begleite uns ins Haus des Abtes. Dort sollst du dein Begehr vorbringen, ganz gleich, was es sein mag.«

Die Kleine wirkte scheu wie ein Reh und wäre sicher davongesprungen, wenn Owen sie nicht so sicher gehalten hätte.

Beruhigt wandte die Fürstin sich wieder um und kehrte mit schnellen Schritten an die Spitze des Zuges zurück. Die beiden sollten für eine Weile allein bleiben. Joan kannte Owen gut und vertraute ihm. Das Mädchen schien etwas ganz Dringendes auf dem Herzen zu haben, sonst hätte sie niemals soviel Mut aufbringen können, die hohen Herrschaften auf offener Straße anzusprechen. Ihr entschlossenes und gleichzeitig unschuldiges Gesicht rührte die Fürstin. Es war so voller Leidenschaft und so unglaublich jung. Die Kleine würde sich bei ihnen melden. Selbst wenn es ihr jetzt gelingen sollte, sich von Owen loszureißen, um sich danach wie ein Waldtier zu verstecken – sie würde im Schutz der Dunkelheit zu ihnen geschlichen kommen.

»Begleite uns«, lud Llewelyns Ziehsohn das Mädchen ein und blickte auf das Gewirr von strohblondem Haar, das unter dem Kapuzenrand hervorlugte. »Im Hof warte ich auf dich. Komm zu mir, sobald du mich siehst.«

Aelis warf ihm einen verwunderten, vorsichtigen Blick zu, aber ihr Mund drückte stumme Zustimmung aus. Dann ließ er sie los, und sie sauste zurück in die Menge. Als Owen am Tor des Abthauses zurückblickte, sah er, wie sie behutsam durch die Menge gleitend hinter ihnen herkam. Rasch und unmerklich wie ein Schatten bewegte sich Aelis. Wie eine Stadtkatze, die in der Nacht auf die Jagd geht. Sie hielt sich dicht hinter den letzten Pagen, als die auf den Hof gelangten, und lief so leise, daß niemand sie hörte und nach ihrem Begehr fragte. Als sich hinter dem Mädchen das Tor schloß, fuhr sie erschrocken herum. Im ersten Moment war sie so in Panik, daß es schien, als wolle sie sich mit Zähnen und Nägeln einen Weg zurück nach draußen bahnen. Aber das würde ihr wohl kaum gelingen.

Owen lief zu ihr, legte ihr eine schwere Hand auf die Schulter und hielt sie fest, als sie wieder Anstalten machte, sich ihm zu entziehen. »Aelis, wovor hast du Angst? Das ist doch närrisch. Du kennst mich, hast mich sogar beim Namen gerufen.

Komm mit uns. Komm mit, und sag uns, was du willst. Womit habe ich dich denn erschreckt?«

»Ich weiß nicht«, stammelte das Mädchen. »Woher sollte ich denn wissen, daß Ihr der Herrin so nahesteht? Ich wollte doch nicht mehr, als unter vier Augen mit Euch sprechen. Aber niemals stand mir der Sinn danach, mich an die Fürstin selbst zu wenden!« Noch während die Worte aus ihr heraussprudelten, entspannte sie sich unter seinem Griff und wehrte sich nicht mehr, als er sie mit sich zog.

»Also fürchtest du dich vor der Fürstin. Nun, dazu besteht kein Anlaß. Selbst wenn die Güte ihr nicht angeboren wäre, ist sie dir, wie wir anderen auch, zu Dank verpflichtet.«

»Ich habe keine Angst!« gab Aelis empört zurück, schüttelte seine Hand ab und lief vor ihm weg in die Halle.

Man hatte die Fackeln bereits angesteckt. Zischend und harzigen Duft verbreitend, steckten sie in ihren Halterungen. Das Feuer im Kamin warf hüpfende Schatten an die verrauchte, braune Holzdecke und auch auf Joan, als sie ihren Umhang ablegte und einen kalten Fuß vor die Glut hielt. Zwei oder drei ihrer Zofen schwirrten um sie herum, öffneten die Bänder ihrer Schuhe und brachten ihr den Morgenrock. Doch als die Herrin das Türschloß hörte und das Mädchen erblickte, das schüchtern, bebend und neugierig zugleich auf der Schwelle stehengeblieben war, hob sie eine Hand und schickte ihre Hofdamen fort.

»Herrin«, begann Owen, nachdem die Zofen rauschend entschwunden waren, »bei dieser jungen Frau handelt es sich um Aelis, die Tochter von Robert. Sie schickte uns letztes Jahr Nachricht, daß Harry als Gefangener nach Parfois verschleppt worden sei. Ihr wißt doch noch, damals wähnten wir den Jüngling verloren. Robert und sie hatten Harry für ein paar Wochen bei sich aufgenommen. Sie behandelten ihn gut, obwohl sie nicht wußten, wer er war. Wenn Aelis nicht gewesen wäre, hätten wir nicht so schnell erfahren, was aus dem Jungen geworden war.«

Das Mädchen fiel auf die Knie und senkte das Haupt. Doch unter dem Kapuzenrand warf sie schnell Blicke auf die Fürstin und dann auf den jungen Fürsten, der aus den Schatten getreten war und sich hinter den Stuhl seiner Mutter gestellt hatte. Die hohen Herrschaften waren vornehm, aber nicht überaus prunkvoll gekleidet. Sie trugen Geschmeide, Samt und Brokat, denn sie hatten schließlich an wichtigen Staatsverhandlungen teilgenommen; und da mußte man durchaus seinen Besitz zur Schau stellen, um den eigenen Worten den gewünschten Nachdruck zu verleihen. Aelis befürchtete, daß man sie nun als Bettlerin ansehen würde, die nur gekommen war, um sich eine Belohnung abzuholen. Womöglich würde die Herrin jetzt einen Ring vom Finger streifen, um ihr damit für ihre Dienste zu danken. Natürlich hätte es dem Mädchen gefallen, so einen glänzenden Reif mit einem roten Stein in der Mitte in Händen zu halten. Aber nicht als Lohn für ihre Nachricht über Harry Talvace.

Doch Joan sprach: »Dann stehen wir tief in deiner Schuld, Aelis. Mir will es so vorkommen, als gäbe es eine Möglichkeit, dir für deine Dienste zu danken, denn du wolltest doch etwas von uns erbitten, oder? Nur heraus damit, und wenn es in unserer Macht liegt, wollen wir dir deinen Wunsch erfüllen.«

»Ich wollte doch nur Meister Owen fragen«, entgegnete das Mädchen und schlug die Kapuze auf die Schultern zurück, »ob er mir sagen könnte, wie es Harry inzwischen ergangen ist.«

Wenn sie letztes Jahr eine Nachricht über ihn geschickt hatte, durfte sie jetzt doch wohl ebenfalls Nachricht über ihn erbitten. Das war doch nur recht und billig.

»Als er von Parfois freikam«, fuhr sie voller Inbrunst und Besorgnis fort, »kam er zu unserer Hütte, um sein Pferd abzuholen. Harry verbrachte die Nacht bei uns und versprach am nächsten Morgen, zurückzukehren, sobald ihm das möglich sei. Doch seitdem habe ich nichts mehr von ihm gehört. Deswegen bin ich nach Shrewsbury gegangen, weil ich mir sagte, Harry würde vielleicht im Gefolge des walisischen Fürsten eintreffen. Dann hätte ich ihn wenigstens sehen und feststellen können, daß es ihm gutging ... vielleicht hätte ich sogar ein Wort mit ihm wechseln können ...« Aelis errötete heftig und ärgerte sich darüber, den Anwesenden so deutlich ihre Sehnsucht und ihr Verlangen zu zeigen. »Nicht, daß er mir irgend etwas schuldete oder daß ich irgend etwas von ihm verlangen dürfte. Ich möchte nur erfahren, ob bei ihm alles zum Besten steht. Aber als ich Harry nicht im Zug sah und ich statt dessen plötzlich Meister Owen entdeckte, da nahm ich mir die Freiheit, ihn anzurufen. Doch nur, um Auskunft von ihm zu erhalten.«

Sie sah, wie die anderen Blicke austauschten, und fragte sich, warum ein Schatten über ihre Züge huschte. Sofort bekam sie es mit der Angst zu tun und hielt den Atem an, weil sie glaubte, daß ihr nun schlimme Kunde bevorstünde. In anderthalb Jahren konnte alles Mögliche geschehen sein! Woher sollte sie wissen, ob Harry überhaupt noch lebte?

»Dann scheinst du es wirklich nicht zu wissen?« staunte Owen. »Harry war bei euch und hat kein Wort darüber verloren?«

Joan bemerkte, wie das junge Gesicht vor Sorge erstarrte und die großen Augen, blauer noch als Ehrenpreis, sich vor Entsetzen weiteten. Sie konnte dieses Gefühl nur zu gut nachvollziehen. Die Furcht um die eigene Person kann gemeistert werden, denn immer kommt der Moment, in dem sie sinnlos wird. Doch gegen die Angst um eine Person, die man noch mehr liebt als sich selbst, gibt es kein Heilmittel; keine Vernunft, auch nicht die des weisesten Geistes, hilft da weiter.

»Harry lebt«, erklärte die Herrin, um dem Mädchen den vorerst größten und wichtigsten Trost zu spenden, »und so Gott es will, geht es ihm auch gut. Wenn der Junge sein Versprechen bislang nicht einlösen konnte, liegt das vor allem daran, daß der Zeitpunkt dafür noch nicht gekommen ist. Aber nicht daran, daß er es vergessen hätte. Mein Kind, Harry hat noch nie sein Wort gebrochen, und ich bezweifle, daß er jetzt damit beginnen wird.«

Joan sah, wie die Farbe in die runden, glatten Wangen des Mädchens zurückkehrte und die großen Augen vor Glück lachten. Das machte es der Fürstin schwer, auch noch den Rest der Geschichte zu erzählen. Aber nun, da sie schon einmal damit begonnen hatte, konnte sie das Weitere kaum Owen überlassen.

»Harry hätte dir die ganze Wahrheit sagen müssen«, fuhr Joan fort, »vor allem darüber, was es mit seiner Freiheit auf sich hatte. Ihm war nämlich nur ein längerer Freigang gewährt worden, der dann enden sollte, sobald der Krieg vorüber war. Sobald die Waffen schwiegen, mußte der Junge zurück nach Parfois. Er hatte schließlich sein Wort gegeben, und das bricht er nie.«

Aelis hob den Kopf und starrte die Herrin an, als wisse sie nicht, ob sie nach dieser Kunde dankbar oder traurig sein wollte. Der Umhang glitt von ihren Schultern, ohne daß sie es merkte. Und so stand sie, schlank und reglos, in dem selbstgewebten braunen Wollkleid vor der Fürstin. Die schwere Kapuze hatte ihr Haar durcheinandergebracht und die Locken aufgelöst. Die losen Strähnen glänzten honiggolden und umhüllten sie mit strahlendem Glanz.

»Harry ist nach Parfois zurückgekehrt!« flüsterte das Mädchen traurig, und dann seufzte sie lange und vernehmlich auf.

»Ja, vor einem Jahr und einigen Monaten.«

»Er hätte doch auf dem Rückweg zu mir kommen können«, meinte Aelis, und man sah ihr den inneren Schmerz an. »Ich hätte sein Vertrauen nicht mißbraucht.«

»Gewiß war das nicht seine Sorge, mein Kind. Doch er ist vor seinem Aufbruch auch nicht zu uns nach Aber gekommen. Als Harry endlich aus der Burg hinaus durfte, war er wohl trunken vor Freude über seine Freiheit, und als er vor eurer Hütte erschien, glaubte er, alle Zeit der Welt stünde ihm zur Verfügung. Erst als der Waffenstillstand geschlossen wurde, kam ihm zu Bewußtsein, auf welch harte Bedingungen er sich eingelassen hatte. Sobald die Waffen schwiegen, mußte er in sein Gefängnis zurück, so lautete die Abmachung. Und er hielt sich daran, befolgte sie Wort für Wort. Sogar als er nur eine Meile von dir entfernt war, verbat ihm sein Stolz, dir die ganze Wahrheit zu verraten. So behandeln uns die Männer eben«, fügte Joan mit einem ironischen Lächeln hinzu. »Wenn wir sie haben wollen, müssen wir sie eben so nehmen, wie sie sind.«

Aelis schwieg, zitterte ein wenig und schien nicht zu wissen, wie beredt ihre Blicke waren. Zurück nach Parfois, klagten sie, um wieder Gefangener zu sein! Über ein Jahr habe ich auf ihn gewartet, und wofür? So nahe war er mir, und ich habe nichts davon gespürt. Wie habe ich mich geärgert, wie war ich verdrossen! Manchmal habe ich ihn laut beschimpft. Dabei hat er mich gar nicht vergessen. Wenn er nicht zu mir gekommen ist, so nur, weil ihm das unmöglich war.

»Herrin, was können wir denn jetzt tun?« fragte das Mädchen flehentlich.

»Nicht viel, außer warten und hoffen.« Für eine Sechzehnjährige gab es nichts Schwierigeres. In dem Alter glaubt man, die Zeit renne einem davon. »Kehr zurück in deine Heimat«, riet Joan ihr sanft, »und behalte nach bestem Vermögen alles im Auge, was sich auf der Burg tut. Wenn irgend etwas Merkwürdiges geschieht, etwas, von dem wir erfahren sollten, dann schick sofort Nachricht an den Kastellan von Coch, so wie du es früher schon getan hast, und wir werden sie von ihm erfahren. Und glaub mir, Harry hat dich nicht vergessen. Sobald es ihm möglich ist, wird er sein Versprechen einlösen.«

Die Fürstin betrachtete die offene, verletzliche Miene, die strahlenden Augen und die knospende Schönheit, die noch nicht zur vollen Blüte erwacht war. Joan wurde das Herz schwer ob der Tyrannei der Zeit. Da ihre Jugend unwiederbringlich dahin war, besaß sie davon mehr als genug. Nein, dachte sie dann, Harry wird so ein Mädchen bestimmt nicht vergessen haben.

»Eure Hütte auf dem Stück freien Land am Severn liegt doch ziemlich weit von hier. Wie bist du hergekommen?«

»Ich bin gelaufen«, antwortete Aelis und lächelte. Wie sonst sollten die Armen sich denn von einem Ort zum anderen bewegen?

»Ganz allein?« entfuhr es Owen. »Oder ist dein Vater mitgekommen und hält sich hier irgendwo in der Stadt auf?«

»Wie hätten wir denn beide fortgekonnt? Wer würde sich denn um die Kuh und das Federvieh kümmern? Nein, ich habe mich allein auf den Weg gemacht und mich nicht gefürchtet. Straßenräuber übersehen Menschen wie mich, bei mir gibt es nichts zu holen. Wovor hätte ich mich also ängstigen sollen?«

»Du darfst nicht allein zurückkehren. Owen, sag Madoc, er soll ein Pferd für sie bereitmachen, und schick zwei verläßliche Männer mit, die sie sicher nach Hause geleiten. Und David, bitte Margaret, ihr ein tüchtiges Abendbrot vorzubereiten. Das soll sie essen, ehe sie aufbricht.«

Die Männer machten sich gehorsam auf den Weg, und die beiden Frauen, die sich nun ganz allein in dem warmen Raum aufhielten, der vom Feuer- und Fackelschein erhellt wurde, sahen einander lange und verstohlen an. Für eine ganze Weile fiel kein Wort zwischen ihnen.

»Und du liebst ihn wirklich so sehr?« fragte Joan schließlich unerwartet und mitten in die Stille.

»Ich fordere nichts von ihm«, entgegnete Aelis stolz, »ich will nur das, was er mir freiwillig zu geben bereit ist.«

»Das glaube ich gern, aber danach habe ich nicht gefragt.«

Im Schatten der goldenen Haare hob sich ein glühender Blick aus blauen Augen und richtete sich auf die Fürstin. »Ja«, antwortete das Mädchen, »ich liebe ihn.«

Die päpstlichen Legaten verließen das Land, die hochherrschaftliche Versammlung von Adeligen, Bischöfen und Fürsten löste sich auf, und für Shrewsbury war die winterliche Jubelzeit vorüber. Beide Seiten gingen in Freundschaft und in geordneten Reihen auseinander. Der König hatte das Abkommen bereits gutgeheißen und unterzeichnet. Mit feierlicher Stimme hatte er den guten Willen beider Parteien begrüßt und ein Gremium einberufen, das künftig alle Streitfragen zwischen England und Wales beraten und lösen sollte. Beide Seiten hatten sich verpflichtet, jeden Schiedsspruch des Gremiums anzunehmen, gleich wie dieser ausfiel, und beiden Parteien war es nicht schwergefallen, sich auf die Namen der Persönlichkeiten zu einigen, welche in diesem Rat sitzen sollten. Damit war die Aufgabe der päpstlichen Schiedsrichter erfüllt. In aller Feierlichkeit hatten sie ihre Autorität dem Gremium übertragen. Sie spendeten dem erneuerten Frieden ihren Segen und reisten nach London ab.

Aber hätte Heinrich sich auch so entgegenkommend verhalten, wenn seine Gedanken nicht mit anderen Dingen beschäftigt gewesen wären? Wales war ihm mittlerweile nicht mehr so wichtig, denn ihn interessierte jetzt vor allem, was er und seine neue Ordnung aus England machen würden. König Heinrich hatte sich noch nie mit mehr als einer Leidenschaft zur gleichen Zeit beschäftigen können.

Die Waliser wußten diesen Vorteil nach Kräften zu nutzen, dankten Gott für Heinrichs Ablenkung, verließen nun das Haus des Abtes und zogen über die Winterstraße nach Aber zurück.

Harry arbeitete an jenem Tag noch bis spät in seiner Werkstatt und war so beschäftigt, daß er die Arbeit nicht einmal fürs Abendbrot ruhen ließ. Die Halle würde voll sein, und in dem hellen Fackelschein hätte man ihm jede Gemütsverfassung vom Gesicht ablesen können. Der Jüngling war aber noch nicht bereit, an die Öffentlichkeit zu treten. Auch wenn es ihm gelingen sollte, sich seine Gefühle nicht anmerken zu lassen, der Schmerz im Innern würde davon nicht vergehen.

Seine Freunde waren ihm so nahe gewesen, und doch hätten sie nicht weiter entfernt sein können. Harry hockte zusammengekauert auf der Werkbank, spürte Kälte und Dunkelheit nicht und betastete seine unfertige Arbeit in der Hoffnung, sich abzulenken und genügend Mut zu finden. Aber das Bild seiner Fürstin wollte nicht aus seinem inneren Auge verschwinden. Inzwischen erschien sie ihm stets, wie er sie zum letzten Mal gesehen hatte: auf Llewelyns Sessel sitzend, in sein Schreiben vertieft und nach ihrem verlorenen Jahr deutlich verändert. Das Haar ergraut, der Körper gealtert und voller verzweifelter Sehnsucht danach, von jemandem geliebt zu werden, gleich wem ...

Und jetzt entfernte sie sich Meile um Meile von ihm und mit ihr David und Owen. Irgendwo würden sie einkehren, um die Nacht zu verbringen. Vielleicht in Valle Crucis, und morgen erwartete sie eine weitere lange Tagesreise. Und wieder würden sie sein Herz mit sich nehmen und die Bande zerreißen. Seine Freunde kehrten heim zu seiner Mutter und zu dem großen Fürsten, der ihm einer seiner Väter gewesen war. Und zu Adam, der voller Liebe und Geduld Meister Harrys Platz eingenommen hatte, seit dessen Sohn zur Welt gekommen war.

Statt dessen mußte er hier hocken, sich wie ein wildes Tier in einem Käfig fühlen und sich das Herz schwermachen. Und kein Ende dieser Gefangenschaft war in Sicht. Es gab nicht das geringste Anzeichen dafür, daß seine Tage auf Parfois gezählt waren. Der Friede war heilig, und Llewelyn würde nichts unternehmen, um Davids Erbe zu gefährden. Harry fühlte sich wie der Preis für den Frieden und brach in Tränen des Leids, des Kummers und der Einsamkeit aus. Ärgerlich wischte er sich die Wangen mit dem rauhen Ärmel ab, weil er sich schämte. Diese Stunde der Traurigkeit mußte er in der Dunkelheit verbringen, auch wenn es ihn das Abendessen kostete. In diesem Zustand durfte ihn niemand sehen.

So kam es, daß der Jüngling immer noch zwischen seinen Werkzeugen hockte und zum Trost den halbfertigen Stein festhielt, als das rollende, ferne Donnern von Hufen auf der Zugbrücke an sein Ohr drang. Es kam von unten, aus der

Hochebene, auf welcher sich die Kirche erhob. Harry hob den Kopf und erstarrte in gebannter Aufmerksamkeit. Bis auf die Wächter hielt sich zu dieser Stunde kaum noch jemand dort unten auf. Die Neugier in ihm war so stark, daß er sich von der Werkbank entfernte und sich seinen Weg durch die finstere Zeichenhütte bis nach draußen ertastete, um festzustellen, wer da herangeritten kam. Der Großteil des königlichen Hofstaates befand sich noch in der Abtei von Shrewsbury. Jetzt würden mehrere Ohren angestrengt aufhorchen, um zu erfahren, ob Isambard wieder in der Gnade des Königs stand. Sollte hier und jetzt ein Bote von König Heinrich erscheinen, würde es auf der Burg einige Aufregung geben, und jeder würde versuchen, sich wieder in die alte Ordnung einzugliedern.

Ein halbes Dutzend Reiter hielt vor dem Stall an. Harry erkannte sie im Fackelschein und sah ihre Silhouette auf dem Glitzern der dünnen Schneedecke. Es waren gutgekleidete, dick eingepackte Männer mit lauten Stimmen und selbstbewußtem Gang. Solche Reiter konnten durchaus vom königlichen Hof kommen. Die Stallknechte kamen herbeigelaufen, um die Pferde zu übernehmen und zu versorgen. Zwei oder drei Pagen hielten den Neuankömmlingen die Steigbügel, um ihnen beim Absteigen behilflich zu sein. Der Hauptmann der Wache erschien ebenfalls und begrüßte die Männer mit ausgesuchter Höflichkeit, vor allem ihren Anführer, der mit den Füßen stampfte, um die Kälte aus seinen Gliedern zu vertreiben. Harry schlich näher an die Gruppe heran, spitzte die Ohren und hoffte, ihre Namen zu verstehen, denn die Gesichter sagten ihm nichts. Doch als er das Antlitz des Anführers erblickte, wußte er sofort, wen er vor sich hatte.

Es war ein großer Mann von beachtlicher Statur mit Vollbart und teuren Kleidern. Trotz des Bartes und trotz des unsteten Fackellichtes, das ihm immer nur kurze Blicke gewährte, konnte kein Zweifel bestehen. Die Ähnlichkeit war einfach zu groß. Er war zwar behäbiger und besaß weder das boshafte

Funkeln in den Augen noch die Schönheit der edlen Züge; dennoch war ihm deutlich anzusehen, wer ihn gezeugt hatte.

Dies mußte William Isambard sein, dessen Jugendkleider Harry getragen hatte. Der jüngere Sohn, der hoferfahrene, einer der neuen Männer des Königs und getreuer Anhänger von des Rivaulx. Auch wenn William sorgfältig darauf achtete, in welche Richtung der Wind wehte, schien in diesem Fall doch das Blut wichtiger zu sein als die Hofränke. Warum sonst sollte er seinen Vater jetzt aufsuchen, der nicht zu ihm kommen konnte?

Eine neue Fackel wurde angezündet, das harzhaltige Holz fing zischend Feuer, und mehr Licht fiel auf das Gesicht des Besuchers. Er ließ seinen lodernden, schnellen und resoluten Blick rasch, aber gründlich über die Anlage von Parfois schweifen. William maß in Gedanken, schätzte die Mauerdicke ab und begutachtete sogar die Geschirre und Steigblöcke im Stall. Er trug dabei ein Lächeln von der Art, das nicht für andere gedacht ist. Als der Gast sich dann in Bewegung setzte, hätte man meinen können, hier schreite der Burgherr selbst einher.

Und plötzlich tauchte de Guichet aus dem Bogengang auf, der zum inneren Burghof führte, und begrüßte ihn. Was trieb den Mann zu dieser Stunde aus der Großen Halle? Noch war niemand dorthin geeilt, um zu verkünden, wer da gekommen sei. Und Harry hatte niemanden bemerkt, der losgelaufen wäre, de Guichet zu holen. Eigentlich hätte der Seneschall sich jetzt an der Seite seines Herrn aufhalten sollen.

Aber vielleicht tat er das ja in diesem Moment, schoß es dem Jüngling durch den Kopf. Er empfing William übertrieben überrascht, verbeugte sich nicht zu tief, wie es für den Sohn seines Herrn angemessen war. Aber nach der Begrüßung nahm de Guichets Stimme allzu rasch einen vertraulichen Unterton an. Es war jedoch nur eine Ahnung, ein Zucken der Einbildungskraft – und doch setzte sich dieser Gedanke bei Harry fest, ätzte sich wie Säure ein und hinterließ ein unauslöschliches Brandmal. Noch hatte der Burgverwalter sich nicht offen verraten. Vielmehr gab er nur vorsichtige Signale von sich, um zu erfahren, wie die Dinge bei Hof standen. Auf jeden Fall war William nicht im Auftrag des Königs hier, sondern aus eigenem Interesse.

Der Jüngling mußte plötzlich an Isambard an seiner Tafel denken. Gut tausend Ritter, Knappen, Soldaten und andere Gefolgsleute seines Haushalts hatten sich unter ihm in der Halle versammelt, und das Licht, das die Hochtafel erhellte, würde ihnen jede seiner Regungen und sein gesamtes Mienenspiel offenlegen.

Isambard hatte zwar erklärt, sich nichts aus der Verbannung vom Königshof zu machen. Hoffte er wirklich nicht insgeheim darauf, in die Gunst Heinrichs zurückgerufen zu werden? Jeder in der Halle sollte deutlich erkennen, ob ihn das tatsächlich nicht scherte. Sie sollten sehen, wie Isambards Hoffnungen anstiegen – wenn er wirklich welche hegte – und dann grausam zerstört wurden. Wenn Isambard diese Prüfung unbeschadet überstand, durfte er ruhig eine Strafe für Harry ersinnen. Die würde er dann gern auf sich nehmen …

Der Jüngling rannte los, das Herz schlug ihm voller Rachegedanken bis in den Hals. Vor de Guichet und William schlüpfte er durch den Bogengang und erreichte als erster die Stufen zur Großen Halle. Das Getöse von vielen Stimmen, Rauch und Wärme schlugen ihm entgegen. Er wich den umhereilenden Dienern aus und kämpfte sich, so rasch es ging, zur Hochtafel vor.

Natürlich hätte Harry hinter Isambard treten und ihm die Nachricht ins Ohr flüstern können. Aber danach stand ihm nicht der Sinn. Als der Jüngling die Stufen zur Hochtafel erreichte, bestieg er sie kühn, stellte sich ans Ende des Tisches, wo alle ihn sehen konnten und ihr Blick sich unweigerlich auch auf Isambard richten würde.

»Herr!«

Harry wartete, bis im ganzen Saal Ruhe eingekehrt war. Alle

sollten ihn vernehmen, nicht nur die Ritter, sondern auch noch die Küchenjungen am Ende des Raumes.

»Mylord, Boten sind von Shrewsbury gekommen, um Euch ihre Aufwartung zu machen.«

Viel Zeit blieb ihm nicht. Bestenfalls zwei Minuten, ehe William die Halle betreten und damit die Illusion zunichte machen würde. Doch das sollte für seine Zwecke ausreichen. An allen Tischen waren die Gespräche erstorben, weil jeder mitbekommen wollte, was der Jüngling mitzuteilen hatte. Jetzt setzte Getuschel ein. Es war erregtes, neugieriges Getuschel; alle warteten auf die Bestätigung ihrer Vorahnungen.

Nur der Burgherr blieb ganz gelassen sitzen. Er erstarrte nicht auf seinem Platz, und seine Hände umklammerten nicht nervös die Lehnen. Nur seine Augen wurden etwas größer, und die Brauen gingen ein wenig in die Höhe. Doch statt die Tür im Auge zu behalten, richtete er seinen Blick auf Harry; nicht etwa ungläubig, sondern eher so, als wolle er ergründen, was sein Gefangener mit dieser Ankündigung bezweckte. Wenn Ralf Isambard tatsächlich so etwas wie Freude und Erleichterung verspürte, wenn Triumph und Begeisterung ihn durchfuhren, so wußte er das alles äußerlich wohl zu verbergen. Er behielt sozusagen eine offene Haltung und wartete auf die Ereignisse mit einem gewissen Maß an abgeklärtem Interesse, aber ohne übermäßige Sorge.

Nein, Isambard schluckte diesen Köder nicht. Wenn Harry mit diesem Manöver in Erfahrung bringen wollte, wer wie auf einen möglichen Gnadenbeweis für Isambard reagierte, so erhielt er darauf jetzt reichlich Antwort. Er ließ den Blick rasch über die Runde schweifen und entdeckte so manches Gesicht, dessen Miene sich verschloß. In etliche Augenpaare, in denen für einen Moment Unruhe und Sorge aufgeblitzt waren, kehrte jetzt Selbstbeherrschung zurück. Jedes Gefühl wurde im Innern versiegelt. Rasch und jeder für sich überdachten sie die nächsten Schritte und zogen eine steinerne Maske über ihre Enttäuschung. Alle Unentschiedenen lockerten ihren Umhang über den Schultern, damit sie ihn, je nach dem woher der Wind blies, aushängen konnten. Harry bemerkte bestürzt, wie viele unter den Anwesenden Isambards Niederlage herbeigesehnt hatten.

»Nun, dann herein mit ihnen. Sie sind willkommen!« rief der Burgherr, und seine trockene Stimme brachte das Blut in Harrys Wangen.

»Sie sind bereits hier, Mylord.«

Es war also passiert, und er konnte seine Tat nicht ungeschehen machen. Harry trat zurück bis an die Wandbehänge hinter der Hochtafel, als de Guichet durch die Haupttür geeilt kam. Pflichterfüllt eilte er zum Tisch seines Herrn, wie es einem Ankündiger geziemte, und William folgte ihm dichtauf.

Alle Blicke im Saal wandten sich den beiden zu und legten sich auf den Fremden. Man spürte, wie ein jeder den Atem anhielt. Angespannte Stille trat ein, als William zu seinem Vater schritt, sich über dessen ausgestreckte Hand beugte und ihm die hohle Wange küßte. Die beiden Gesichter kamen sich sehr nahe. Sie waren sich sehr ähnlich und gleichzeitig grundverschieden, und diese Erkenntnis traf Harry wie ein Schlag. William zeigte sich liebevoll und voller Respekt. Harry verstand jedes herzliches Grußwort genau, denn niemand im Saal gab ein Geräusch von sich.

»Mein teurer Herr und Vater, mich bekümmert es zutiefst, Euch so unglücklich zu sehen.«

»Siehst du mich wirklich so, William?« entgegnete Isambard mit seinem typischen Grinsen. »Ich dachte, ich sähe ganz frohgemut aus. Und dir geht es, wie ich mit Freude erkenne, wirklich gut. Leistest du uns denn nun, da du schon einmal da bist, Gesellschaft?«

»Das würde ich mit Freuden, aber der König verläßt Shrewsbury morgen, und deshalb muß ich rechtzeitig genug zurückreiten. So bleiben mir nur wenige Stunden, in denen ich mich hier aufhalten darf.«

»Ich könnte dir gern von meiner Zeit etwas abgeben, denn mir steht sie grenzenlos zur Verfügung. So setz dich hier neben mich, solange du kannst, und berichte mir von dem, was sich Neues getan hat.«

Isambard rückte ein wenig nach rechts, um seinem Sohn Platz zu machen, und die Pagen eilten herbei, um ihm ein Gedeck aufzulegen und ihm Wein einzuschenken. Dann drehte er sich zu Harry um und bedachte ihn mit einem spöttischen Lächeln. Der Jüngling drückte sich stumm und wie erstarrt an die Wand.

»Kehr an deinen Platz zurück, Harry«, gebot der Burgherr milde. »Du hast deine Arbeit sehr gut verrichtet. Ich selbst hätte es nicht besser machen können.«

Auf solches Lob hätte der Jüngling gern verzichtet, aber jetzt konnte er sich ja kaum beschweren, es nicht verdient zu haben. Mit zitternden Beinen entfernte er sich vom Podium und spürte, wie de Guichets Blick sich in seinen Rücken bohrte. Der Seneschall durfte seinen Herrn natürlich nicht fragen, welche Arbeit der Jüngling erledigt habe, aber er hatte seine richtigen Schlußfolgerungen gezogen. Vermutlich fragte er sich gerade, auf wessen Seite der walisische Gefangene eigentlich stand. Mochte Isambard ihm auch mit Spott begegnet sein, vielleicht verbarg sich ja dahinter etwas ganz anderes – vielleicht hatte Harry den Auftrag, für ihn innerhalb der Burgmauern zu spionieren. Harry spürte, daß er mitten hinein in eine Intrige geraten war, die jetzt an ihm zu kleben schien. Das erfüllte ihn mit Wut, so als habe er sich mit irgendwelchem Dreck beschmutzt, der sich nicht mehr entfernen ließ. Als er seinen Platz unter den jungen Edelleuten einnahm – dort, wo er seinem Geburtsrecht nach hingehörte –, wurde ihm nicht erspart, die Stimmen von der Hochtafel klar und deutlich zu hören. Man konnte fast annehmen, Isambard spräche bewußt lauter, damit man ihn in der ganzen Halle verstehen konnte und er Hunderte von Zeugen hatte. Außerdem dämpften in Anwesenheit des vornehmen und unerwarteten Gastes die jüngeren Männer des Haushalts ihre Stimmen bis zum Flüsterton, so daß Harry nicht umhinkonnte, mitzuhören.

»Und in welcher Verfassung hast du Seine Gnaden zurückgelassen?« erkundigte sich Isambard freundlich und hielt den Weinkelch schief, um das Rubinrot des Weines im Licht der Tischkerzen erstrahlen zu lassen. »Ist er zufrieden mit seinem verlängerten Waffenstillstand?«

»Ja, er ist sehr zufrieden und befindet sich in bester Stimmung. Das Weihnachtsfest will er in Winchester verbringen.«

»Und du begleitest ihn dorthin, William?«

»Ja, diese Ehre fiel auf mich. Als Beamter seines Hofhaltes steht mir ...«

»Ach ja, das war mir momentan entfallen. Aber nun wollen wir meinen Hofhalt nicht länger auf die Folter spannen: König Heinrich hat dich doch nicht geschickt, um mich an den Hof zurückzurufen, oder?«

»Nein, Vater, heute ist es noch nicht soweit. Aber laßt ihm Zeit, bis er sich wieder beruhigt hat. Seine Majestät fühlt sich von Eurer Kritik zutiefst verletzt. Doch weiß ich, daß Euer Verhalten nur Eurer Loyalität zum König und Eurer Sorge um ihn zuzuschreiben ist. Wartet nur noch ein Weilchen, dann wird er Euch schon vergeben. Ich, der ich mich zu seiner Rechten aufhalte, werde schon dafür sorgen, daß Ihr nicht in Vergessenheit geratet.«

»Nun, das habe ich nicht einen Moment bezweifelt«, entgegnete Isambard und strahlte, als sei ihm gerade ein Streich gelungen. »Und du willst auch mein Advokat sein und für mich sprechen, nicht wahr, mein lieber Sohn? Willst du ihm die Lauterkeit meiner Absichten und die unerschütterliche Treue klarmachen, die ich ihm darbringe, mein Sohn?«

»Ihr wißt, daß ich das werde, Herr und Vater. Mit meinem ganzen Herzen.«

»Mit seinem Herzen«, wiederholte Isambard langsam und ließ die Worte auf der Zunge zergehen, so als besäßen sie einen volleren und stärkeren Geschmack als sein Wein. »Ich bewundere ihn dafür, William, daß er dich für mehr als eine Stunde mir hier überläßt, wo er dich doch so hoch schätzt. Mal sehen, ob ich richtig gerechnet habe: Er hat dir mittlerweile drei Königsgüter übertragen, oder sind es bereits vier? Verzeih, ich habe es vergessen.«

»Es sind vier, Herr Vater.«

»Und Seiner Gnaden hat es gefallen, dir, mit dessen Diensten er so überaus zufrieden ist, ein eigenes Stück Land in Aussicht zu stellen, oder? So habe ich es jedenfalls gehört.«

»Ganz recht, Mylord, es handelt sich um Burhythe in Suffolk. Ich bin noch nicht dazu gekommen, mir diesen Besitz anzusehen. Doch wenn der Hof wieder nach Süden aufbricht, will ich unbedingt einen Abstecher dorthin unternehmen.«

»Bei allem, was mir heilig ist, ich bin froh, daß wenigstens einer von uns im Aufstieg begriffen ist. Andererseits habe ich nie an deiner Tugend und deinen Fähigkeiten gezweifelt. Wenn jemand wie du auf meiner Seite steht, wie könnte ich dann scheitern?«

»Gemach, Herr Vater, ich habe mein Bestes getan, doch die Zeit scheint dafür noch nicht reif zu sein. Heinrich ist noch immer über de Burgh verbittert, und zumindest ich kann seinen Zorn gut nachvollziehen. Bleibt hier, Vater, habt Geduld, und laßt mich nur machen. Ihr werdet schon früh genug feststellen, daß ich Euch nicht enttäuschen werde.«

»Das halte ich für überaus großzügig von dir«, entgegnete der Burgherr, »und es freut mich, daß du mir in der Angelegenheit des Grafen von Kent nichts nachträgst.«

Hatte er bewußt de Burghs Titel genannt, der ihm inzwischen aberkannt worden war, oder hatte er Hubert nur aus halsstarriger Gewohnheit als Grafen von Kent bezeichnet?

»Das tue ich gewiß nicht. Denn ich kenne die Ehrlichkeit, mit der Ihr Eure Ansichten zu vertreten pflegt, und ich weiß, daß Ihr dem König einer der treuesten Gefolgsmänner seid. Mehr muß ich gar nicht wissen, um mein Urteil über Euch bestätigt zu finden.«

»Und wie stand es um den Grafen von Kent, als du London verlassen hast? Gibt es Neuigkeiten von ihm?«

Zweimal hintereinander hatte er nun den nicht mehr gültigen Titel ausgesprochen – das war pure Verstocktheit. Damit brachte Isambard sowohl seinen Zweifel am Urteilsvermögen des Königs wie auch seine fortdauernde Achtung für das tief gefallene Opfer zum Ausdruck. Und das offen und in herausfordernder Weise.

William berichtete alles, was er wußte, und das war mehr, als Isambard erfahren wollte. Doch während der Sohn die ganze traurige Geschichte ausführlich darlegte, schien es Harry, als ob er seinem Vater damit eine Warnung, sogar eine Drohung zukommen ließ. Warum sonst beschrieb William sämtliche grausamen Einzelheiten der Verfolgung de Burghs? Der König erschien darin in seiner ganzen Bösartigkeit, und dennoch fand William immer noch Entschuldigungen für das Handeln Seiner Majestät. Wohl niemals war ein Mann erbarmungsloser gehetzt worden als der frühere Justitiar. Im September hätte Hubert vor dem Kronrat in Lambeth erscheinen sollen. Doch er hatte es versäumt. Wenn man bedachte, wie viele oft ungeheuerliche Anklagepunkte man gegen ihn zusammengetragen hatte und daß viele bereits nach seinem Blut riefen, konnte man den Mann allerdings gut verstehen. Er hatte befürchtet, dieses Verhör nicht lebend zu überstehen.

Man hatte dann de Burghs Zufluchtsort umringt, und die Bischöfe hatten in heiliger Empörung verlangt, daß der Mann sich dem Altar unterwerfe, wenn er sein Seelenheil nicht verlieren wolle. Des Königs Mannen hatten ihn vierzig Tage lang dort belagert, denn diese Frist mußte verstreichen, ehe man ihn für vogelfrei erklären konnte. Sie weigerten sich, einen Priester zu ihm zu lassen, und verboten den Dienern, die ihm zu essen brachten, auch nur ein Wort mit ihm zu wechseln. Man zerstörte in aller Förmlichkeit de Burghs Siegel und nahm ihm das Gebetbuch ab. Und nach Ablauf der vierzig Tage hatte man ihm nach Recht und Sitte Diener und Nahrung entzogen. Der ehemalige Graf mußte sich nun ergeben, wenn er nicht elendig verhungern wollte. War dies die rechte Art für einen König? Ähnelte sein Verhalten nicht eher dem eines rachsüchtigen Kindes, das sich etwas in den Kopf gesetzt hat? Der Tower mußte de Burgh dagegen wie eine angenehme Einsiedelei vorkommen.

Und doch hatte König Heinrich ihn nicht hinrichten lassen. Warum nicht? Etwa weil zuerst Ralf Isambard und dann Ranulf von Chester so eindringlich und wortgewaltig Fürsprache für ihn gehalten hatten, daß man ihre Worte nicht einfach überhören durfte?

Als Hubert schließlich vor das Gericht in Cornhill geführt wurde, das sich aus Grafen und dem neuen Justitiar zusammensetzte, hatte man die Bestrafung nicht mehr so hart und unerbittlich verfolgt, wie nach den früheren Vorfällen allseits erwartet worden war. De Burgh hatte sein jämmerliches Leben und das viele Kämpfen dermaßen leid, daß er sich anscheinend standhaft geweigert hatte, sich dem Urteil zu unterwerfen oder etwas zu seiner Verteidigung vorzubringen. Statt dessen hatte Hubert sich dem König zu Füßen geworfen und ihn angefleht, ihn wieder in seine Dienste aufzunehmen. Schließlich hatte man ihm die Ländereien gelassen, welche er geerbt oder selbst erworben hatte. Nur diejenigen, welche der Krone unterstanden, hatte man ihm mitsamt seinem Grafentitel genommen. Des weiteren hatten die vier Grafen – Richard von Pembroke, Lacy von Lincoln, Richard von Cornwall und der Graf von Surrey – verfügt, daß der gebrochene Mann in Devizes in Schutzhaft gesetzt werde. Harry studierte Isambards Miene, während dieser all die schrecklichen Einzelheiten der Verfolgung vernahm, die wohl noch ärger ausgefallen wäre, wenn der König seinen ganzen Willen gehabt hätte.

»Ich rechne es dir hoch an, lieber Sohn«, meinte Isambard dann und breitete die weiten Samtärmel auf dem Tisch aus, »daß du solche Mühe auf dich genommen und mir so peinlich genau Bericht erstattet hast. Und die darin enthaltene Warnung habe ich wohl verstanden. Du siehst vor dir einen gezähmten Mann, William, denn ich bin doch arg in die Jahre gekommen.«

Das Leuchten, das seine diebische Belustigung in sein Antlitz brachte, ließ ihn zehn Jahre jünger aussehen; vielleicht strömte der Wein oben auf der Hochtafel auch nur reichlicher als gewöhnlich. Denn der alte Wolf war nie fröhlicher und freier seiner Wege gezogen als nun mit seinen milde lächelnden Augen.

»Ich bin fest entschlossen, mein Alter als mein eigener Herr und in Freiheit zu verbringen«, erklärte er mit leisem Nachdruck, um zu beweisen, daß von ihm keinerlei Untaten mehr zu erwarten seien. Gleichzeitig äffte er die reichlich zur Schau getragene Zuneigung und Ergebenheit seines Sohnes in einer subtilen Weise nach, die nur von den wenigsten bemerkt wurde.

Auf den ersten Blick hatte es Harry nicht geschienen, als träfen hier zwei gleichrangige Gegner aufeinander. Doch gegen Ende des Mahles mußte er, der die beiden die ganze Zeit über beobachtet hatte, sich eingestehen, daß auch der Sohn zu wissen schien, wie er seinen Vater zu nehmen hatte. William ging anders vor als Isambard, doch ebenso versteckt und wirkungsvoll. Auch der Sohn peilte sein Ziel offen und wagemutig an; schließlich hatte es sein Vater ja nie anders gehalten. William würde ebenso jeden niedertrampeln, der sich ihm dabei in den Weg stellte, ohne darüber ein schlechtes Gewissen zu bekommen. Doch strebte der Sohn nach greifbaren Dingen wie Ländereien, Ämtern, Reichtum und Macht. Daher konnte man seine Manöver vorausberechnen. William schien es auch nichts auszumachen, daß man ihn durchschaute, solange damit seine Ziele nicht gefährdet wurden. Der Jüngere mußte wissen, daß sein Vater sich gerade über ihn lustig machte; aber das schien ihn nicht im mindestens zu berühren, denn es würde ihn keinesfalls von dem abbringen, was er zu erreichen hoffte. Aber wer hatte jemals auch nur erahnen können, was der alte

Wolf wollte? Und wer vermochte vorauszusehen, auf welch durchtriebenen Wegen er seine Ziele verfolgte? Land, Stellung, Geld und Macht waren ihm schon sehr früh in die Hände gefallen. Diese zu besitzen trieb ihn schon lange nicht mehr um; und um diese zu erlangen, marterte und demütigte er nicht andere Menschen.

»Mich bedrückt es bis in die Tiefe des Herzens«, erklärte William, als er sich endlich von der Tafel erhob, »daß ich Euch weder einen besseren Trost dalassen noch länger hierbleiben kann. Doch reite ich morgen mit der Vorhut, um alles für die Unterbringung des Königs vorzubereiten. Aber wenn ich Euch das nächste Mal besuchen komme, verspreche ich Euch, bessere Nachrichten mitzubringen.«

Nun zögerte der Vertraute des Königs, und als er fortfuhr, senkte er die Stimme, sprach aber immer noch laut genug, damit zumindest die Ritter und einige andere ihn verstehen konnten: »Wenn Ihr wünscht, eine Botschaft zu übermitteln, so will ich mit Freuden Eurer Kurier sein.«

Harry bekam das ebenfalls mit, und alles in ihm spannte sich in stillem Widerstand an, so als könne er durch die Verkrampfung seines Fleisches eine Warnung ausstoßen. Aber Isambard, der sich jetzt etwas umständlich und langsam erhob, wobei er seinen Sohn um zwei, vielleicht drei Zoll überragte, ließ die Einladung von der steinernen Klippe seiner Stirn abprallen und entgegnete lächelnd:

»Nun, wenn du schon so freundlich sein willst, dann überbringe Seiner Majestät doch bitte meine Grüße und versichere sie meiner immerwährenden Treue.«

Die beiden verließen den Saal, und Harry beobachtete fassungslos das ironische Schauspiel, das Isambard jetzt veranstaltete: William bot dem athletischen, durchtrainierten Vater seinen Arm, und der nahm ihn aus Schalk dankbar an. Isambard stützte sich schwer auf seinen Sohn, während er diesen hinaus auf den inneren Burghof führte und durch den frostbedeckten Bogengang noch bis zum Stall begleitete.

Der Jüngling folgte den zweien, auch wenn er sich selbst keinen vernünftigen Grund dafür nennen konnte. Ihm konnte es von Herzen gleich sein, wer von den beiden den anderen übertölpeln oder besiegen würde. Am liebsten hätte er das ganze Haus Isambard vernichtet und unter der Erde gesehen. Und dennoch zog es ihn wie magisch hinter den beiden her. Mochte er sich auch noch so sehr schelten, er folgte ihnen mit gespitzten Ohren und klopfendem Herzen, bis er sah, wie die Gesellschaft aus Shrewsbury aufstieg und davonritt. Vorher beugte sich William tief über die Hand des alten Vaters, richtete sich wieder auf, um dessen hagere Wange zu küssen und sich wie ein gehorsamer und liebevoller Sohn zu verabschieden.

Der Schmerz schlimmer Vorahnungen drückte Harry gegen die Mauer, so daß er sich im Schatten wand. Der Jüngling preßte die Nägel in den Stein, um die Scham zu bekämpfen, welche ihn jetzt zu übermannen drohte. Er kam sich vor wie jemand, der Zeuge und vielleicht Mittäter eines schändlichen Betrugs geworden ist. Im rauchenden Fackelschein hörte er die leisen Stimmen und sah, wie der eine von den beiden sich in ein Wesen voller Zuneigung und Ergebenheit verwandelte; er vergaß weder Kuß noch ehrbezeugende Verbeugung.

Dann waren die Reiter fort. Die Brückenbohlen knarrten unter den Hufen, und für eine Weile vernahm man noch den frostigen Widerhall von der Hochebene der Kirche. Danach entschwand der Zug ins Schweigen der Nacht, und als sie die Rampe zur unteren Burgmauer hinunterritten, hörte man schon nichts mehr.

Isambard hatte sich längst, beweglich wie eine Katze, wieder zur vollen Größe aufgerichtet und alles Greisenhafte abgelegt. Er winkte seine Diener fort und marschierte allein durch den dunklen Bogengang zurück. Als er an Harry vorbeikam, drückte der sich noch mehr gegen die Mauer. Gutmütig streckte Isambard eine Hand aus, um den Jüngling, dem die Knie weich geworden waren, hochzuhalten.

»Was denn, Harry, hast du für eine Nacht noch nicht genug getan?«

In seiner Stimme klangen weder Mißvergnügen noch Tadel mit, nur das leichte Echo von Lachen, obwohl er jetzt ernst war. Isambard hielt den Jüngling für ein paar Momente aufrecht und betrachtete ihn in dem frostigen Sternenlicht, das sie silbrig umgab und einander fremd erscheinen ließ.

»Zieh nicht so ein Gesicht, mein Junge«, meinte der Burgherr dann und klopfte ihm herzhaft auf die Schulter. »Aus welchem Grund solltest du Scham empfinden und den Kopf hängen lassen? Immerhin hab' ich diesen Menschen in die Welt gesetzt, nicht du.«

Isambard war kaum ein paar Schritte gegangen, da blieb er wieder stehen und drehte sich zu ihm um. Jetzt war er wieder ganz der alte. Seine Augen funkelten wie die eines Dämons, und sein Mund hatte sich zu seinem üblichen spöttischen Grinsen verzogen.

»Die Entscheidungen Gottes sind stets gerecht«, bemerkte er. »Deswegen bekommen wir auch die Söhne, die wir verdienen.«

KAPITEL DREI

Aber/Strata Marcella: August 1233

Über den obersten Schafweiden, die von Wällen aus locker aneinandergefügtem Stein umgeben waren, über den roten Heidekrautflächen und dort, wo die von der Sonne gebleichten Grasbüschel sich meilenweit erstreckten, stand ein altes Holzkreuz mit einem schindelgedeckten Dach. Dahinter erhoben sich zwei Einsiedlerhütten: zur Linken die des heiligen Clydog, errichtet aus Weißdornzweigen und Lehm; sie wirkte wie ein Bienenstock mit einem schmalen, nach Osten ausgerichteten Eingang. Zur Rechten stand die Steinhütte der heiligen Frau von Aber mit einer verzierten Schwelle und einem nach Süden ausgehenden Bogenfenster. Von hier aus war von einem Ende des Himmels bis zum anderen nichts weiter zu sehen als endlose Grasflächen und weidende Schafe und in den gelegentlichen Senken struppige Sträucher über einem Kaninchenbau. An diesem klaren und ruhigen Augusttag trug die stille Luft das Geräusch des Meeres heran, das langsame Auf und Ab der Flut, die in den Salzmarschen anstieg. Das Wasser lag tief unter ihnen und war von hier aus nicht zu sehen, aber zu vernehmen. Und an manchen Abenden konnten die Einsiedler wie aus großer Ferne die Glöckchen aus den kleinen Kapellen in Ynys Lanog von den Heiligen hören, die von der anderen Seite der silbernen Meerstraße heranwehten.

Der heilige Clydog und die heilige Frau standen unter dem direkten Schutz von Fürst Llewelyn, und er hätte ihnen alles besorgt, wonach es sie verlangte. Aber die beiden baten nie um etwas. So schickte er ihnen aus eigenem Entschluß einmal im Monat durch einen Boten alles, was sie zum Leben brauchten, damit ihnen nie etwas fehlte. Doch viel davon gaben die Einsiedler weiter – an die Vögel, die scheuen Tiere der Hügel und die selten hier oben auftauchenden Wanderer. Clydog schien schon halb vergessen zu haben, daß er einen Körper besaß. Er aß nur das Allernotwendigste, damit ihn der Hunger nicht beim Beten plagte. Und die Frau, die einmal stark, kräftig und fest wie ein Turm gewesen war, war in den letzten Jahren von einer reinen, starken Flamme verzehrt worden, die ihr Fleisch von innen und außen aufgebraucht hatte. Ruhig und bewußt blickten ihre Augen drein und schienen stets etwas mehr als normale Menschen wahrzunehmen, so als könnten sie hinter gewisse Dinge schauen. Sie besaßen die tiefe, klare Farbe einer violetten Iris, das im grellen Licht des Mittags zu lebhaftem Grau verbleichte. Die Menschen in diesem Land erzählten sich, Clydog könnte in die Zukunft schauen, aber was Madonna Benedetta sähe, könnte niemand erraten, denn es sei nicht von dieser Welt. Doch was ihre restlichen Gesichtszüge betraf, so schienen diese nicht für die Ruhe und Stille des Eremitenlebens geschaffen zu sein, und nicht für einen heiligen Tod. Die breiten Knochen verliehen ihm etwas Herausforderndes, und auch die runde, geschwungene Linie ihres Mundes wirkte, als gehöre sie in eine andere Umgebung. Die Königinnen in den alten Geschichten besaßen solch ein Antlitz, und wenn man Benedetta erblickte, wurde man an deren Nöte und Lieben erinnert. Deshalb hatten die Hügelbewohner ihr voller Ehrfurcht neue Namen gegeben.

Benedetta sprach nie von ihrer Vergangenheit. In der Stille und Einsamkeit der Hügel bestand dazu auch kein Anlaß. Die Hirten, welche ihr Milch und Eier vor die Tür legten, hatten schon seit langem gelernt, ihre Neugier zu zügeln. Seit sechzehn Jahren lebte die Frau schon hier oben, und fast hätte man glauben können, sie sei schon immer hier gewesen, so wie die Erika auf dem Moel Wnion oder die Felsen oberhalb des Baches. Niemand störte sich an Benedetta. Für die Menschen gehörte sie einfach zu diesem Land dazu.

Sie war mit einem Pariser Kaufmann, der in den Kreuzzügen glänzende Geschäfte gemacht hatte, von Italien nach Frankreich gezogen. Dem Herrn von Parfois war sie dann nach England gefolgt und hatte an seiner Seite eine deutlich höhere Stellung eingenommen. Und von dort hatte sie vor Isambards Zorn nach Wales fliehen müssen. Aber was hätten die Hügelbewohner mit einer solchen Geschichte anfangen können? Warum sie danach befragen, woher der Wind des Schicksals sie wie ein Samenkorn hierhergeweht hatte, bis sie im Heideland Wurzeln schlug und zu stiller Heiligkeit erblühte?

Einiges hatten die Menschen aber doch über Benedetta in Erfahrung gebracht. Auf ihrer Flucht hatte sie eine Frau, einen Diener und ein Kind mitgenommen und diese unter den mächtigen Schutz des Llewelyn gestellt, des ersten Fürsten von Wales. Jene Frau hatte den englischen Maurer des Herrn von Snowdon geheiratet, welcher der Ziehbruder ihres ersten Gatten gewesen war. Der hatte ihr immer nahegestanden und sie stets freundlich behandelt. Das Kind, ein Junge, war unter der Vaterschaft von Maurermeister und Fürst prächtig herangewachsen und war auch von seinen fürstlichen Ziehbrüdern geliebt und ziemlich verwöhnt worden. Jedenfalls war er ein guter Junge gewesen. Und der Teufel hatte wohl seine Hand im Spiel gehabt, als er zum Jüngling heranreifte und aus seinem weichen Nest auf der Burg Aber ausbrach, weil er sich unbedingt am Mörder seines Vaters rächen wollte. Harrys Verschwinden hing noch immer wie eine dunkle Wolke über dem walisischen Hof, seine Befreiung verschob sich von Jahr zu Jahr. All dies wußte die Landbevölkerung sich zu berichten.

Obwohl die heilige Frau von Aber kein Gelöbnis abgelegt hatte, blieb ihr Platz unverrückbar wie der Berggipfel. Die kleine Hütte war ihr Zuhause, dort hielt sie ihre geheime Abmachung mit Gott ein. Man sah sie nie mit mürrischer Miene, noch beschwerte sie sich jemals über ihr Dasein oder frönte irgendwelcher Hoffart oder Eitelkeit. Nur wenn

Harrys Mutter sie besuchen kam, was sich nicht allzuoft ereignete, und mit ihrer frischen, festen Stimme und den strahlenden, traurigen Augen die vergangene Welt in ihre Einsiedelei zurückbrachte, dann färbten sich Benedettas Wangen bei der Erinnerung an Gott weiß welche wachgerufenenen Erinnerungen rot.

Die Frau saß mit Gilleis in einer grasbewachsenen Mulde oberhalb der Hütten und verfolgte, wie die Männer unten an der Bachbiegung frische Weißdornruten schnitten. Adam Boteler, der Maurermeister des Fürsten, war ein großer, blonder und gutaussehender Mann, und aus der Ferne konnte man nicht unterscheiden, welche von seinen dichten Strähnen flachsfarben und welche weiß waren. Wann immer Gilleis' Blick auf ihn fiel, entspannten sich ihre Züge, und sie lächelte im Wissen über ihre große Liebe zu ihm vor sich hin. Wenn das Herz einer Frau groß genug ist, findet darin auch ein zweiter Ehemann seinen festen Platz, ohne die Rechte des ersten jemals zu beschneiden. Aber Gilleis brauchte sich in dieser Frage ohnehin wenig Sorgen zu machen. Adam und ihr erster Gatte waren schon seit ihrer Jugend unzertrennlich gewesen. Sie hatten bereits viel gemeinsam erlebt und unternommen, als sie Gilleis Otley zum ersten Mal begegneten. Manchmal konnte die Frau nicht unterscheiden, wen von beiden sie gerade umarmte, und auch sonst fiel es ihr nicht leicht, sie immer und überall auseinanderzuhalten.

»Adam vermißt den Jungen ebensosehr wie ich«, meinte Gilleis. »Könnt Ihr verstehen, daß ich manchmal fast insgeheim hoffe, es möge einen neuen Krieg zwischen Wales und England geben? Niemals habe ich jemandem etwas Schlechtes gewünscht, sei er nun Engländer oder Waliser. Aber es erfüllt mich mit Scham, wie sehr mein Blut in Wallung gerät, wenn ich von den Unruhen im Süden höre oder davon, daß der Graf von Pembroke in Gwent die Unzufriedenen um sich schart. Wie sonst, wenn nicht durch einen Waffengang, können wir Harry jemals freibekommen? Der Fürst hat geschworen, ihn mit Soldaten von Parfois zu holen, aber solange der Waffenstillstand anhält, sind ihm die Hände gebunden.«

»Und wie sollte ein Bürgerkrieg in England deinem Sohn helfen?« fragte Benedetta und schaute von der Stickarbeit auf, die sie im Schoß hielt. »Llewelyn kann sich weder für den Grafen noch für den König entscheiden, solange nicht eine Seite mit einem Heer in sein Reich eindringt.«

»Ja, aber Pembrokes Besitzungen sind so nah bei Wales, daß König Heinrich, will er ihn bezwingen, gar nicht anders kann, als mit seinen Soldaten durch Llewelyns Gebiet zu ziehen. Das dürfte doch Anlaß genug sein, die Unseren zum Eingreifen zu bewegen. Wenn nur endlich aus den Scharmützeln ein richtiger Krieg würde! Und wenn dem Fürsten die Hände nicht mehr gebunden sind, wird er sein Wort halten. Das weiß ich genau! Ach, Benedetta, mir gefriert das Blut in den Adern, wenn ich mich so reden höre. Auch andere Frauen haben Söhne, die ihnen so teuer sind wie mir der meine. Wie kann ich ihnen Unglück wünschen, nur damit Harry endlich nach Hause kann?«

»Gott verhüte, daß ich jemals Geduld predigen wollte, aber der Herr kennt sicher andere Wege, diesen Knoten zu lösen.«

»Welche anderen Wege denn?« seufzte Gilleis. »Isambard will kein Lösegeld und auch nichts anderes annehmen. ›Wie könnte ein Preis für einen Talvace festgelegt werden?‹ – so hat er selbst gesagt. Philip hat uns berichtet, wie der Herr von Parfois bei diesen Worten gelacht hat. Aus meinem Kind ist mittlerweile ein Mann geworden, und ich habe nichts davon mitbekommen, ich habe ihn doch seit zwei Jahren nicht mehr gesehen!«

Benedetta hatte ihn schon seit vier Jahren nicht mehr gesehen, doch das behielt sie für sich. Wie sollte man Liebe in Tagen und Monaten messen können? Eine Nacht oder auch nur eine Stunde konnte soviel Liebe enthalten, daß selbst dann, wenn sich vor dem Tod kein zweites solches Wunder ereignen sollte, man immer noch von einem erfüllten Leben sprechen durfte.

»Ach, herrje, jetzt fällt mir ein, daß er Euch damals ja gar nicht besucht hat«, entfuhr es Gilleis, und sie legte Benedetta bedauernd eine Hand auf den Arm. »Er hatte es vor, ganz bestimmt sogar, doch dann befolgte er sein Versprechen so übergenau, daß er sich keinen Aufschub gewähren wollte. Dieser Bengel mit seinem Stolz! Ach, der arme Junge. ›Bei einem anderen Mann hätte ich keine Skrupel gehabt, zu spät zu erscheinen, aber diesem hier will ich keinen Pfennig meiner Verpflichtung schuldig bleiben!‹«

»Ich weiß«, bestätigte Benedetta leise. »Der Fürst kam einmal in seinem Auftrag als Bote zu mir. Daher kenne ich seine Art.«

»›Llewelyn hat nicht genug Geld noch Besitz‹« hat Isambard Rhys erklärt, als der im Auftrag des Fürsten zu ihm gereist war, ›und ich werde weder Silbermark noch Ländereien für Harry Talvace annehmen. Ich nenne keine Summe, und ich werde auch nicht darüber nachdenken, was oder wieviel in Betracht kommen könnte, um meine Meinung zu ändern!‹ Man muß sich nur vorstellen, welch teuflisches Vergnügen es ihm bereitet, den Jungen festzuhalten! Ach, Benedetta, Harry berichtete mir, wie Isambard zu ihm in die Zelle kam und ihm nacheinander Essen, Trinken und Licht verweigerte; er ließ ihn sogar in seine Folterkammer zerren ...«

»Aber er hat ihn nicht gefoltert«, wandte die Einsiedlerin unvermittelt und unerwartet ein. Sie hob den Blick zum Horizont, wo die Habichte in weiten, trägen Bahnen über dem Boden kreisten.

»... aber immer versuchte er, meinen Jungen zu verlocken und in Versuchung zu bringen, bis er mit einem Trick erfuhr, wo mein armer lieber Mann begraben liegt. Und dann riß er die Gebeine aus dem Grab ... Man mag es kaum glauben, daß der Mann, der einst den Vater in seinen Klauen hielt, nun auch noch seines Sohnes habhaft geworden ist! Und niemand kann ihn zwingen, Harry freizugeben!«

»Erzähl mir alles«, forderte Benedetta sie auf und faltete die

Hände über ihrer Arbeit zusammen. »Berichte mir, was Harry dir über seine Gefangenschaft gesagt hat. Llewelyn hat Harrys Auftrag zwar getreulich ausgeführt, aber über solche Einzelheiten hat er kein Wort verloren. Bitte, Gilleis, mich dürstet nach jedem Tropfen über ihn. Still meinen Durst.«

Die Mutter rutschte ein wenig näher und erzählte ihr die ganze lange Geschichte. Der Junge hatte seinen flammenden Abscheu und seinen Haß in das Herz seiner Mutter ergossen und dort einen fruchtbaren Boden vorgefunden. Sie erinnerte sich an jede Probe und jede Versuchung Isambards. Selbst von dem erstaunlichen Umstand wußte sie zu berichten, daß der Herr von Parfois den Jüngling vor zwei Jahren für die Dauer des Krieges freigelassen hatte, damit er an der Seite des Prinzen David reiten konnte. Dabei hatte Isambard ihn dazu verlocken wollen, sein Ehrenwort zu brechen und nie mehr zu ihm zurückzukehren. Wenn der Junge eine solche Schande auf sich genommen hätte, hätte Isambard als der moralische Sieger dagestanden und damit den Ruf von Vater wie Sohn ruiniert.

»Und wo soll das alles noch hinführen?« jammerte Gilleis. »Wenn er Harry nicht dazu bewegen kann, etwas Unehrenhaftes zu tun, wie lange wird es dauern, bevor er Schlimmeres mit ihm anstellt? Wenn Isambard Rhys nicht die Botschaft mit auf den Weg gegeben hätte, den Jungen in Gesundheit zu bewahren und ihm nichts anzutun, hätte ich vor Sorge um sein Leben kein Auge mehr zubekommen. Und selbst mit dieser Zusage finde ich keine Gewißheit, daß der Herr von Parfois ihm nicht doch ein Leid zufügt. Ich weiß, daß Isambard noch nie sein Wort gebrochen hat, und das mag auch seine einzige Tugend sein, aber bei jeder Sache gibt es ein erstes Mal, und …«

»Aber er hat doch sein Wort gegeben, daß er ihm nichts zuleide tun will, nicht wahr?«

»›Der Fürst soll kommen, wann immer er will, und soll ihn holen, wenn er das vermag. Bis dahin werde ich den Jungen für ihn hier in bester Obhut halten.‹ So sagte Isambard es Rhys. Aber woher sollen wir wissen, daß er sein Wort halten wird?«

»Isambard ändert sich gewiß nicht mehr«, entgegnete Benedetta und wandte sich wieder ihrer Arbeit zu. Ihre Hände bewegten ruhig die Nadeln, aber ihre Augen blickten unstet in die Ferne, in eine plötzliche, funkelnde Helligkeit, die sie blendete.

Die Männer kehrten vom Bach zurück. John, der Pfeilmacher, trug die abgeschnittenen Zweige auf der Schulter, und von Adams Händen baumelten die Astsicheln. Alljährlich mußte Clydogs Hütte ausgebessert werden, weil er sich standhaft weigerte, sich ein Steinhaus bauen zu lassen. Auch er war schon zu alt, um sich noch zu ändern. Benedetta schaute zur Seite, wo er auf einem Hang hockte, die Perlen seines Rosenkranzes zwischen den Fingern gleiten ließ und seinen endlosen und komplexen Gedanken nachhing. Auf dem dichtbewachsenen Haupt des Berges Moel Wnion sah er selbst aus wie ein gebleichtes Grasbüschel. Der Heilige sah aus, als sitze er schon seit Anbeginn der Zeiten da. Er würde sicher noch dort sein, wenn sie selbst nicht mehr wäre. Hatte er ihr das nicht einmal gesagt, als sich ihm die innere Sicht eröffnet hatte und er mitten in der Nacht so laut geschrien hatte, daß sie sofort zu ihm gelaufen war?

Llewelyns Bote sattelte unterhalb des Kreuzes die Pferde. Adam kam und ließ sich neben den Frauen ins Gras fallen. Die Sonne hatte seine Haut gebräunt, und seine Wangen waren stark gerötet.

»Wir sollten bald losziehen, Mädchen. Die Sonne sinkt bereits. Seid ihr mit euren Frauengesprächen fertig?« Er wußte, worüber sie sich unterhielten. Schließlich lastete das Thema ihnen allen auf der Seele. Ihnen allen hatte Harrys Haft Sorgenfalten ins Gesicht geschrieben. Adam legte seiner Frau den Arm um die Schultern und zog sie an sich. Sie lehnte sich dankbar und glücklich an ihn. Aber er spürte die schmerzende Sehnsucht nach dem Sohn in ihr, und die konnte er ihr nicht nehmen.

»Ach so, Frauengespräche«, empörte sich Benedetta. »Dabei haben wir uns über Staatsangelegenheiten unterhalten. Ich habe gehört, daß der Marschall sich vom Hof des Königs zurückgezogen hat. Eine größere Anzahl von Adeligen soll ihm dabei gefolgt sein. All diejenigen, welche mit dieser sogenannten neuen Ordnung nicht einverstanden sind. Stimmt es denn, daß im Süden Kämpfe ausgebrochen sind?«

»Natürlich. Seit de Burgh auf jene ungewisse Art gestürzt wurde«, antwortete der Maurermeister, »ist sich kein Mann in England mehr sicher, daß das Gesetz ihn vor einem ähnlichen Schicksal bewahren kann. Was dem Grafen von Kent zugestoßen ist, könnte genausogut Pembroke widerfahren. Deshalb kann man ihm kaum vorwerfen, sich vom König zu entfernen. Da Pembroke sich zur Stimme all derjenigen gemacht hat, die es nicht wagen, sich offen gegen die Poiteviner zu wenden, könnte es König Heinrich natürlich einfallen, ihn in Haft zu nehmen und eine ähnliche Liste von Anschuldigungen gegen ihn zusammenzuklopfen, wie er das schon bei de Burgh getan hat. Einst konnten der Graf und seine Anhänger auf Sitte und Lehnsgesetz vertrauen, um sich vor dem König zu schützen. Aber Sitten und Gesetz zählen bei Hof nichts mehr. Wenn königliche Freibriefe und Erlasse keine Bedeutung mehr besitzen, muß ein jeder Mann versuchen, sich selbst zu schützen; und zwar so gut er kann.«

»Aber wie konnte aus dieser Zwietracht denn ein Bürgerkrieg erwachsen? Es scheint, als ob friedliche Verhandlungen inzwischen ausgeschlossen sind, da der König seinen Heerbann bei Gloucester zusammengerufen hat. So wie Gilleis mir erzählte, deutet alles auf einen Krieg hin. Was will Heinrich denn mit seinem Heer in Gloucester anfangen?«

»Er plant, damit nach Irland zu segeln, um in Pembrokes Ländereien in Leinster einzufallen. Gerüchten zufolge überlegt sich auch de Burghs Neffe Richard zur Zeit, ob er vom König abfallen soll. Wegen all dem, was man seinem Onkel angetan hat. Aber Pembroke und Richard de Burgh mögen sich nicht, deswegen wird er am Ende wohl doch Heinrich die

Treue halten. Wenn nicht, wird der König mit seinem Heer gar nicht erst nach Irland aufbrechen können, weil er dann vor der eigenen Haustür genug zu tun hat. Das große Feuer entstand aus einem kleinen Funken, das ist richtig, aber es brennt schon lichterloh. Doch soll man nicht meinen, die hohen Herren lägen sich wegen einem nichtigen Anlaß in den Haaren. Immerhin geht es darum, ob das Gesetz noch Bestand hat. Da gibt es ein Gut, das dem Gilbert Basset von Wycombe gehört. Der König wollte es einem seiner neuen Männer übergeben und hat Gilbert einfach abgesetzt, ganz ohne Gerichtsverfahren. Offenbar ist heute allein König Heinrichs Wille Gesetz. Richard Marshall von Pembroke hat sich zum Fürsprecher für Gilbert Basset gemacht, und kaum hatte er seine Klage ausgesprochen, warnte man ihn schon, daß Heinrich ihn festnehmen und enteignen wolle, wenn er sich das nächste Mal beim Großen Rat blicken ließe. Deswegen ist Pembroke gar nicht erst erschienen. Vielleicht ist an der Sache ja nichts dran, aber da bleibt immer noch das traurige Beispiel von Hubert de Burgh als Beweis dafür, wie es einem ergehen kann, wenn man die Gunst des Königs verliert. Selbst ein Pembroke hat nur ein Leben zu verlieren. Also hat er sich nach Pembroke abgesetzt. Seitdem hat der König überall die Wachen verdoppeln lassen und läßt verstärkt Streife reiten. Außerdem müssen, wie von alters her, die Mark-Barone ihm ihre Söhne als Geiseln stellen, damit er ihrer Treue versichert ist. Dummerweise war Gilbert Basset aber einmal der Burgverwalter von Devizes und kennt die Feste in- und auswendig. Überall heißt es nun, er werde mit Hilfe seiner Ortskenntnisse den gefangenen de Burgh befreien und nach Wales zu Pembrokes dortigen Verbündeten schaffen. Heinrich hat alle Wachen in Devizes gegen seine Männer ausgetauscht. Ich fürchte für de Burgh, daß es ihm dort jetzt noch schlechtergehen wird als vorher, auch wenn die neuen Männer ihn nicht gleich in Eisen legen. Des weiteren heißt es, der Bischof von Winchester liege dem König damit in den Ohren, Hubert de Burgh in seine Obhut zu überstellen. Einige meinen sogar, er dränge auf die Hinrichtung des früheren Grafen von Kent. Ich möchte meinen, daß sowohl das eine wie das andere Heinrich eher Schaden als Nutzen bringen wird. Damals, beim Londoner Aufstand, als Hubert noch in Amt und Würden war, rief man den Bischof zu Hilfe, denn die Menge wollte de Burgh in Stücke reißen. Dieser versteckte sich in seiner Kirche, und Winchester trat vor die Bürger, tadelte sie dafür, ihn bei seinen Gebeten zu stören, und schloß dann vor ihnen die Tür.«

»Aber was, wenn der König gegen die walisischen Besitzungen Pembrokes marschiert? Wie wird sich dann unser Fürst entscheiden?«

Adam schüttelte den Kopf. »Wenn es sich irgendwie vermeiden läßt, wird er sich heraushalten. König Heinrich hat ihn nie bedroht, und wenn der Friede erhalten bleiben kann, dient es nur Llewelyns Sache. Sollte der König den aber brechen und der Fürst sich entscheiden müssen, so wird er sich wohl eher auf die Seite Pembrokes schlagen.«

»Das wäre doch eine Lösung, um Harry freizubekommen«, warf Benedetta erfreut ein, »denn Isambard steht unerschütterlich auf der Seite König Heinrichs. Er ist immer schon der treueste Vasall des Königs gewesen, auch wenn sein Herz und sein Urteilsvermögen ihm das Gegenteil rieten. König Johann löste geradezu Abscheu in ihm aus, und dennoch hat er ihm bis zu dessen Tod die Treue gehalten. Wenn nun König Johanns Sohn die Fürsten in die Pflicht nimmt, wird Ralf keinen Moment zögern, sich ihm mit seinen Rittern und Kriegsknechten zu unterstellen. Vermutlich befindet er sich schon auf dem Weg nach Gloucester.«

»Das würde er sicher tun«, lächelte Adam schief, »wenn der König ihn gerufen hätte. Doch so, wie die Dinge im Moment stehen, verwette ich meinen Kopf darauf, daß er darauf verzichten wird, Isambard an seine Lehnspflicht zu erinnern.«

Verblüfft bemerkte er, wie Benedettas Augen vor Erstaunen ganz groß wurden und ihre Züge ihn fragend ansahen. »Wie, habt Ihr etwa nicht gewußt, daß Ralf Isambard in Ungnade gefallen ist? Heinrich hat ihn des Hofes verwiesen und ihm befohlen, so lange auf Parfois zu bleiben, bis es ihm gefallen wird, ihn zurückzurufen. Das geschah vor ungefähr einem Jahr. Hat es denn niemand für nötig befunden, Euch davon zu berichten?«

Ein Versäumnis, sicher, aber kein unerklärliches. Nur zwei- oder dreimal im Jahr kam man Madonna Benedetta besuchen, und dann gab es genügend andere Dinge zu bereden. Isambard hatte ihnen allen genug Kummer bereitet, und so zog man es vor, ihn nicht mehr zu erwähnen. Sein Name wäre vermutlich nie mehr gefallen, wenn er nicht den jungen Harry gefangengenommen und damit ihren alten Schmerz erneuert hätte.

Benedetta erhob sich aus dem Gras, und ihren dunkelgrauen Augen war anzusehen, wie sich dahinter die Gedanken ordneten, als würde sie eine Armee zur Schlacht aufstellen.

»Wie kam es denn dazu?«

»So, wie es aussieht, geschah dies kurze Zeit nach de Burghs Sturz, als König Heinrich nach Shrewsbury kam. Isambard reiste in vollem Gepränge dorthin und erklärte dem König vor dem versammelten Rat und Hofstaat, daß er falsch und undankbar gehandelt habe. Der Graf von Kent sei ihm immer ein treuer Diener gewesen und verdiene ein solches Schicksal nicht. Dies alles schleuderte er dem König ins Gesicht und war trotz Heinrichs Zorn nicht bereit, auch nur ein Wort davon zurückzunehmen.«

»Das sieht ihm ähnlich«, meinte Benedetta und legte die Stirn in Falten, als sie an ähnliche Vorfälle zurückdachte. »Ja, so hat er immer schon gehandelt und gesprochen. Und mit besonderer Freude, wenn er sich dadurch selbst in Gefahr brachte. Also hat Heinrich ihm das übelgenommen, und Ralf ist in Ungnade gefallen und vom Hof verbannt?«

»Solange ihn der König nicht zurückruft. Einige behaupten allerdings, das würde wohl nie passieren.« Der Maurermeister schüttelte den Kopf, während sie zu dritt hügelabwärts zu den wartenden Pferden schritten. »Ich bin mir aber sicher, daß der König ihn kaum zu seinem Heer rufen wird; denn er rechnet ihn zu de Burghs Freunden, und Hubert und Pembroke haben eins gemeinsam: ihre gemeinsame Ablehnung der Poiteviner, der englischen Franzosen. Allein aus diesem Grund haben sich die beiden Parteien zusammengetan. Nein, Isambard wird den ganzen Krieg auf seiner Burg verbringen. Heinrich wagt einfach nicht, ihn zu den Waffen zu rufen. Und genausowenig traut er sich, gegen Parfois zu ziehen.«

»Und so lange muß mein armer Junge weiterhin unter strenger Bewachung in seiner Zelle verrotten«, klagte Gilleis. Als sie hörte, wie Benedetta scharf einatmete, als durchzucke sie ein Schmerz, umarmte sie sie voller Reue. »Ach, was bin ich doch für ein schlechtes Weib. Da jammere ich vor mich hin, als sei ich allein betroffen. Dabei liebt Ihr ihn doch auch und vermißt ihn ebensosehr wie ich. Man hat uns seiner besten Jahre beraubt! Wer wird ihm auf dieser furchtbaren Burg auf dem Weg in die Mannbarkeit helfen? Wer wird seine Freude an ihm haben und voller Stolz die Entwicklung verfolgen, welche er durchmacht? Wer wird ihm seine Fehler nachsehen und ihn um so mehr lieben, wenn er etwas Gutes tut?«

»Gott wird das übernehmen«, sagte die Einsiedlerin und spähte in den blassen Himmel, »wenn sich schon kein anderer findet. Und der Schöpfer kann auch jemand anderen mit dieser Aufgabe betrauen …«

Die ganze Nacht lag Benedetta wach, und der Tote trat an ihr Lager und legte sich neben sie. Sie hielt ihn in ihren Armen, und er verwandelte sich in beide, in Vater und Sohn, und dadurch wurde er für sie noch teurer. Benedetta legte ihre Wange an seinen Kopf, bedeckte ihn mit ihrem Umhang aus rotem Haar, das der Staub der Zeit mittlerweile silbern gefärbt hatte. Die Unruhe in ihr und die Ruhe um sie herum rangen während der langen Stunden der Finsternis mit Worten, die keine Stimme besaßen und sich nur durch Stille äußerten.

Mein Herz, mein Geliebter, mein Kleiner, liebster Freund. Ist der Zeitpunkt endlich gekommen? Hat die Welt nach langem doch noch einen Zweck für mich gefunden? Braucht der Junge mich, dein Kind? Hat Gott eine Aufgabe für mich? Habe ich in der ganzen Zeit, in der ich mich hier verkrochen habe, im Glauben fest zu Ihm gestanden? Oder bin ich Ihm untreu geworden? Meine Seele, mein größter Schatz, was soll ich nur tun? Einst kniete ich vor Ralf, küßte ihm die Füße, flehte ihn an, dein Leben zu schonen, und wurde doch zurückgewiesen. Nichts konnte ich ihm bieten, was ihm wert genug erschien, dich dafür herzugeben. So blieb mir kein anderer Weg, als dich mit Gewalt aus seinen Klauen zu reißen, und den habe ich dann beschritten. Doch was, wenn ich nun mehr zu bieten hätte? Wenn ich Isambard für den Jungen einen Preis zu zahlen vermöchte, den er nicht verschmähen könnte? Was, wenn ich ihn ein weiteres Mal bitte und er annimmt? Oder wendest du dich dann von mir ab? Meine Liebe, mein Herz, ich wandle in Finsternis. Erleuchte mich, denn ich kenne keine andere Fackel als dich.

Nur einmal war es ihr vergönnt gewesen, Baumeister Harry so zu halten: in der Nacht vor seinem Tod. Wie wenig es doch bedurft hatte, den alten Kaplan dazu zu bewegen, Ralf daran zu erinnern, daß nach altem Brauch und Sitte einem zum Tode Verurteilten eine letzte Bitte zu gewähren sei. Isambard hatte in seiner Halle versprochen, Harry alles zu gewähren, außer die Freiheit.

Benedetta konnte noch heute die Fratze vor sich sehen, zu der Ralfs Gesicht sich verzerrt hatte, als der Geistliche ihm mit zitternder Stimme die Bitte vorgetragen hatte: »Mylord, er bittet darum – möge Gott ihm das vergeben –, er wünscht, daß Madonna Benedetta ihm in dieser Nacht beiliege.«

Isambard hatte sein Wort gegeben und konnte es nicht verweigern. Lächelnd, überlegen lächelnd, hatte Benedetta sich erhoben und die Halle verlassen. Und zwar langsam, damit er spüren sollte, wie sehr sie triumphierte, während er sich vor

Nervosität und Ohnmacht verzehrte. »Das trifft dich in deiner Ehre. Und wer bin ich im Vergleich zur Heiligkeit deines Wortes?«

Auge in Auge stand sie ihm nun wieder gegenüber, während sie über den Schlaf ihres Geliebten wachte. Ohne eine Miene zu verziehen, hatte sie Ralf widerstanden. Nie habe ich dich vor diesem Moment hintergangen. Von Anfang an habe ich dir gesagt, daß ich mit dir nach Parfois kommen würde, aber daß meine Liebe ein für allemal vergeben sei. Auch wenn der Geliebte meine Liebe nicht erwiderte, mich nicht einmal begehrte. Dennoch wolltest du mich besitzen, oder zumindest alles, was von mir noch übrig war, selbst unter dieser Bedingung wolltest du das. Und ich bin mit dir nach England gegangen und habe meinen Teil des Handels getreulich eingehalten.

»Bis daß der Tod mich von dir nimmt oder er mich will«, habe ich dir erklärt. »Oder bis du mich verstößt.«

Und der Tod und Harry riefen mich gleichzeitig und wie mit einer Stimme von dir fort. Erst in diesem Moment glaubtest du, die ganze Wahrheit verstanden zu haben. Du Narr, gar nichts hattest du verstanden. Hättest du nur die ersten Worte hören können, welche ich zu ihm sprach, als er seine Hände nach mir ausstreckte: »Sie ist in Sicherheit, es geht ihr gut, und sie sendet dir ihre ganze Liebe.« Kunde von Gilleis, seiner Frau, brachte ich ihm, und die ganze Nacht haben wir nur wie Schwester und Bruder beieinandergelegen. Die einzige Nacht, in der es mir jemals vergönnt gewesen ist, ihn in den Armen zu halten. Fast nur von Gilleis und seinem damals noch ungeborenen Kind haben wir geredet. Und ich versprach ihm, daß er nicht von dir gebrochen werden sollte, daß der Tod in Gottes Hand läge und nicht in der unseren.

Damals hatte Baumeister Harry geschlafen wie jetzt, während Benedetta Stunde um Stunde über ihn gewacht hatte, in reiner und unsündiger Liebe. Am Morgen hatte sie ihn wachgeküßt, damit er sich auf den Tod vorbereite. Was wußten schon Gilleis oder Adam oder jeder andere Mensch von dieser tiefsten aller Verbindungen, für die es keine Worte gab? Nur Gott allein kannte und verstand sie. Der Herr allein vermochte die Zeit zurückzudrehen und ihr jene Stunde zurückzugeben. Er würde ihr Herz ermutigen, bis sie den Weg gefunden hatte. Wo mochten sich die schlanken Gebeine jetzt befinden, die künstlerischen Hände und das dunkle, eigensinnige Gesicht? Waren sie etwa aus dem geweihten Boden gerissen und zum zweiten Mal in den Severn geworfen worden, um endlich die Rache zu vervollkommnen, wie Adam voll Bitterkeit glaubte? Doch selbst dann wäre Harry der Baumeister nicht endgültig verloren. Das Wenige von ihm, das in ihr zurückgeblieben war, würde mit Gottes Hilfe erhalten bleiben.

Als die Dunkelheit langsam heller wurde und die Morgendämmerung sich ankündigte, erhob Benedetta sich von ihrem schlaflosen Lager und begab sich auf die Kuppe des Hügels. Dort erwachte der Wind, und es empfing sie das Stöhnen des Meeres. Das Auf und Ab der Flut war wie schweres Seufzen von altem Kummer, der nach großem Schmerz still geworden ist. Die Einsiedlerin löste ihr langes Haar und lief in den letzten Stunden der Nacht wie ein suchender Hund über das farblose Gras. Schweigend und angespannt wartete sie auf das Zeichen. Im Morgengrauen kehrte Benedetta vom Hügel zurück, und über ihr lag eine tiefe Ruhe wie bei einem fertiggestellten Kunstwerk, das man so perfekt bearbeitet hat, daß man es aus Ehrfurcht vor seiner Vollkommenheit nicht mehr verändern darf.

John, der Pfeilmacher, ein Mann so stämmig, gebeugt und braun wie eine alte Eiche, rollte gerade auf der Schwelle ihrer Hütte, wo er die Nacht zu verbringen pflegte, sein Lager auf. In der Nacht war Benedetta vorsichtig über ihn hinweggeschritten, ohne daß er davon erwacht war. Darüber ärgerte er sich nun, als er sie kommen sah; er war genauso wütend auf sich selbst wie auf sie. Welchen Nutzen hatte ein Wachhund, wenn man sich so leicht von ihm davonschleichen konnte?

»Da seid Ihr ja also«, empfing er sie brummig und trat beiseite, damit sie eintreten konnte. »Was plagte Euch, daß Ihr einfach so durch die Nacht streifen mußtet? Wenn Euch an etwas mangelte, warum habt Ihr dann nicht mich ausgeschickt, es Euch zu besorgen? Wozu bin ich denn überhaupt hier?«

»Um mir Gesellschaft zu leisten, um mich zu stützen und für tausend andere Dinge. Ich brauchte nur frische Luft und etwas Stille. Und was hätte mir oben auf der Kuppe schon zustoßen können?«

»Und das mit bloßen Füßen! Im kalten Tau hättet Ihr Euch den Tod holen können!« schimpfte John, brachte ihr die Lederschuhe und wärmte ihr mit seinen schwieligen Händen die Füße. Dann steckte er sie hinein und verknotete die Bänder. »Wollt Ihr etwa krank daniederliegen und nur mich als Krankenpfleger haben?«

»Es gibt Schlimmeres, John.«

Vor langer Zeit hatte er sie gepflegt. Wie behutsam und unermüdlich er dabei vorgegangen war! Von der Schwelle des Todes hatte John sie gezogen – fast gegen ihren Willen. Benedetta erinnerte sich an seine harten Hände, als er ihren Kopf an seine Brust gedrückt hatte, und an seine Tränen über ihre Wiedergeburt. Sie erinnerte sich auch noch an einen Krug Milch, der noch warm von der Kuh war. Dann war da auch noch eine Landfrau mit dunkelblondem Haar und freundlichen Augen gewesen. Die war nun tot, nachdem sie einem Mädchen nach ihrem Ebenbild das Leben geschenkt hatte. Benedetta spürte die vielen Jahre ihres Daseins, die sie wie alte Bekannte umringten. Sie hatten sich nicht verändert und waren nie vergessen worden. Dieser neue Tag war nicht nur ein neues Kapitel, sondern die Summe aller Tage ihres Lebens. So wie der Moment des Todes, der über ein Herz kommt, das in Frieden mit sich selbst ist.

»Und nun habe ich einen Auftrag für dich«, verkündete sie John und strich ihm, der noch mit ihren Schuhen beschäftigt war, über das buschige graue Haar. »Einen Brief will ich schreiben, und den sollst du überbringen. Wirst du ihn befördern, sobald du gefrühstückt hast?«

»Wußte ich's doch, daß Ihr die Hälfte vergessen würdet von dem, was Ihr Frau Boteler sagen wolltet, als sie Euch besuchen kam«, entgegnete er geduldig. »Vermutlich wolltet Ihr sie um neuen Faden bitten, aber Ihr hattet soviel mit ihr zu bereden, daß Ihr das ganz vergessen habt. Ja, natürlich überbringe ich den Brief. Schreibt Ihr ihn nur.«

»Diesmal geht es nicht zu Gilleis, John. Ein längerer Ritt erwartet dich. Aber laß mich erst alles zu Pergament bringen, dann erzähle ich es dir.«

Der Pfeilmacher sah sie ernst und verwundert an, stellte aber keine Fragen. Alles, worum Benedetta ihn bat, würde er für sie tun. Selbst für sie schweigen und fortgehen, wenn sie das verlangte. John brachte ihr die Feder, die er für sie gespitzt hatte und aufbewahrt hielt, und ein neues Pergamentstück aus der Truhe. Seine Herrin setzte sich hin, wobei sie jedes Wort erst gründlich überdachte, bevor sie es niederschrieb. Als sie fertig war und das Blatt zusammengerollt und sorgfältig versiegelt hatte, wartete der Mann schon mit Milch, Brot und Honig von den Heidebienen auf sie. Der Pfeilmacher besaß in einer Senke drei Bienenstöcke und kümmerte sich auch im Winter sehr um seine Tiere, damit es Benedetta nie an etwas Süßem mangelte.

»Ich sehe, Ihr habt den Brief fertig. Soll ich gleich das Pferd satteln?«

»Du mußt Vorräte mitnehmen.« Sie schien ihm auf schonende Weise das Ziel seiner Reise beibringen zu wollen. »Und du brauchst Geld, um dir unterwegs eine Unterkunft mieten zu können. Ich habe dir ja gesagt, daß es eine lange Reise werden würde.«

John erstarrte ein wenig, weil ihn bereits düstere Vorahnungen beschlichen. »Wo soll es denn nun hingehen?«

»Nach Parfois, John. Der Brief ist an Ralf Isambard gerichtet.«

Nun war es heraus. Benedetta sah, wie die knotigen Hände des Pfeilmachers sich zu Fäusten ballten. Wie eine helle Flamme loderten die alten Erinnerungen in seinen immer noch scharfen Augen auf. John hatte nichts vergessen und noch weniger vergeben. Mochte sich Gott gnädig erweisen, der Pfeilmacher konnte nicht verzeihen. Einmal hatte er in Todesgefahr geschwebt, und Benedetta hatte ihn gerettet. Aber nicht diese Begebenheit fiel ihm wieder ein, als er den Namen des verhaßten Lords aus ihrem Mund vernahm. Vielmehr sah er die Fluten des Severn wieder vor seinem geistigen Auge, dort, unterhalb des Long Mountain. Ein Toter und seine Herrin, Brust an Brust aneinandergebunden, trieben im wilden Wasser nach Breidden, und ihr langes, rotes Haar umfloß sie wie eine blutende Wunde.

»Habt Ihr nicht auch noch in der Hölle etwas für mich zu erledigen?« fragte er. »Dort würde ich mich in angenehmerer Gesellschaft befinden.«

»Aber Harry weilt doch auf Parfois«, entgegnete sie milde. »Willst du nicht ihm zuliebe dorthin?«

»Aha, dachte ich's mir doch, daß es Euch um den Jungen geht. Ihr wißt genau, daß ich überall hingehe, wohin Ihr mich schickt. Auch wenn ich es nicht gern tue, wie zum Beispiel nach Parfois.« Der Pfeilmacher schüttelte grimmig den Kopf. »Denn dort werden Euch Betteln und Flehen nicht nutzen. Von Isambard dürft Ihr kein Entgegenkommen erwarten. Wartet doch lieber, und laßt den Fürsten den Jungen mit dem Schwert befreien. Ich würde es ungern sehen, wenn Ihr auf Knien vor Isambard rutscht und doch nur abgewiesen werdet.«

»Und wenn er mich diesmal nicht zurückweist? Welches Recht habe ich, John, nicht alles in meiner Macht Stehende zu unternehmen, wenn auch nur der Hauch einer Chance besteht, Harry frei zu bekommen?«

»Andere haben ihn schon vor Euch gebeten. Andere haben ihm Geld, Güter und was sonst noch geboten und dafür Hohn und Spott geerntet. Warum solltet Ihr Euch beugen, um von ihm ebenso gedemütigt zu werden?«

»Warum sollte ich mir das ersparen wollen? Wer bin ich, daß ich in dieser Sache Schonung verdiente? Ach, John, versteh mich doch, ich tue das, was ich tun muß.« Ihre letzten Worte klangen leise und flehentlich.

»Also gut, ich reite zu ihm«, versprach er schließlich geschlagen. Er würde den Brief überbringen, dann würde er ihr wenigstens die Pein seines Spottes ersparen. Wenn er ihr nur Ralfs Antwort zurückbrachte, würde sie von seinem grausamen Hohn verschont bleiben.

»Gott sei mein Zeuge, ich würde ihm lieber die Kehle aufschlitzen, als ihn offen anzusprechen. Doch da Ihr mich darum bittet, werde ich vor ihn treten. Gott erspare Euch die Schmerzen, die ich nun erleide. Also dann, gebt mir den Brief. Was soll ich tun, sobald ich auf Parfois eingetroffen bin?«

»Sag den Wachen an der unteren Burgmauer, daß du zu Seiner Lordschaft Isambard vorgelassen werden willst, mit einer Botschaft von Benedetta Foscari. Und zum Beweis, daß du wirklich von mir kommst, wirst du das hier vorzeigen.«

Sie streifte den Ring vom kleinen Finger ihrer linken Hand. Schon oft hatte sie sich gefragt, warum sie ihn überhaupt aufgehoben hatte, diesen kleinen Reif mit dem Opal in der Mitte. Ralf hatte ihr nichts anderes belassen, als er ihr alles vom Leib gerissen und sie dann in den Fluß geworfen hatte. Der Ring war so klein, daß weder er noch sie daran gedacht hatten. Sonst hätte Benedetta ihm damals bestimmt den Reif vor die Füße geworfen. Ralf hatte ihn ihr in Paris geschenkt, bevor sie zusammen übers Meer gesegelt und nach Parfois gereist waren. In jenen Tagen war sein Herz voll gewesen von ihr, während sie nur an Harry Talvace denken konnte.

»Isambard wird ihn wiedererkennen«, erklärte sie. »Darauf kannst du dich verlassen.«

Der Pfeilmacher nahm den Ring in seine braune, verschwielte Hand, hielt ihn aber so vorsichtig, als würde er sich daran verbrennen können; oder als könnte der Reif unter seinen Fingern zerbrechen.

»Und wenn er mich beschießen läßt?« fragte John dann nicht ganz unbegründet.

»Wenn du dich als Bote zu erkennen gibst, wird Ralf dir nichts antun. Mag er sonst auch noch so ein Teufel sein, bei allen formellen Dingen nimmt er es peinlich genau. Sobald Isambard dich in seine Burg läßt, ist dein Leben heilig. Er wird jeden niederstrecken, der dich angreift oder dich beschimpft.«

»Ich will mich aber nicht lange auf Parfois aufhalten.«

»Dann überreiche ihm nur das Schreiben, laß dir seine Antwort geben, gleich ob schriftlich oder mündlich, und kehr sofort zu mir zurück. Gott sei mit dir, John, er gewähre meinem Vorhaben ein gutes Gelingen.«

»Amen!« murmelte der Pfeilmacher, wenn auch mit wenig Überzeugung.

Er traf rasch seine Vorbereitungen. Benedetta folgte ihm nach draußen und sah ihm zu, wie er die Satteltaschen befestigte und sich dann den Reiseumhang überwarf. Der heilige Clydog, der sich weiter unten am Kruzifix aufhielt, wendete nicht einmal sein ergrautes Haupt in ihre Richtung. Doch Benedetta spürte, daß er längst wußte, was die Stunde geschlagen hatte. Sobald es ihm paßte, würde er sie darauf ansprechen.

»John ...« Sie legte eine Hand um den Steigbügel, als er losreiten wollte. »Du bist mir doch nicht böse, oder?«

Er sah zu ihr hinab, und unter dem buschigen Bart formten seine Lippen sich zu einem Lächeln, das seine übergroße Liebe zu ihr zum Ausdruck brachte.

»Du darfst mir niemals böse sein«, bat sie wie ein kleines Mädchen. »Wenn ich dich nicht hätte, wüßte ich nicht, wie ich zurechtkommen sollte.«

»Gott beschütze Euch!« sagte der Pfeilmacher ergriffen. Er schob ihre Kapuze zurück und strich ihr zärtlich über ihre dichte Mähne. »Mein kleines Mädchen«, murmelte er noch, gab seinem Roß die Sporen und preschte den Hügel hinunter.

Als der Prior von Strata Marcella zur siebenten Stunde von den Prim-Gebeten zurückkehrte, erwartete ihn vor der Tür zu seinem Arbeitszimmer einer der Helfer des Bruder Hospitalers. Erregt teilte er ihm mit, daß ein Mann ihn sprechen wolle, der sich einfach nicht abweisen ließ.

»Er hat die letzte Nacht hier verbracht, Vater, und uns zunächst keinerlei Schwierigkeiten gemacht. Aber heute morgen trat er vor mich und bat dringlich darum, dich in einer überaus wichtigen Angelegenheit aufsuchen zu dürfen. Er meinte sogar, es ginge um Leben und Tod.«

»Was ist das denn für ein Kerl?« wollte der Prior wissen und runzelte die Stirn.

»Ein Diener, Vater, und augenscheinlich ein sehr verläßlicher. Wir haben ihm schon bei früheren Gelegenheiten Obdach gegeben. Er dient der Dame, welche den Leichnam von Meister Talvace brachte, damit er hier beerdigt würde. Man nennt ihn John, den Pfeilmacher.«

»Bitte ihn zu mir«, entschied der Klostervorsteher. Mochte die Madonna Benedetta sich auch in den Bergen im Norden von Wales vor den Augen der Menschen und ihren eigenen Erinnerungen verbergen, ihre Angelegenheiten hatten stets auch mit Llewelyns Reich zu tun. Und der Fürst hatte die Zisterzienser-Orden auf dieser Seite des Severn immer großzügig bedacht und seine schützende Hand über ihn ausgestreckt. Der Prior konnte es sich also nicht erlauben, einen Vertrauten der Herrin fortzuschicken.

Der Pfeilmacher trat in die kühle, steinerne Zelle, fiel vor dem Klostervorsteher auf die Knie und küßte ihm die Hand. Der Prior segnete ihn mit seinen dünnen Fingern.

»Mein Sohn, du bist gekommen, etwas von mir zu erbitten. Sprich also, ich höre dir zu.«

John erhob sich wieder und stand jetzt groß, stark und braun wie ein Baum aus Flintshire vor dem Geistlichen. Er hielt Benedettas Pergament mit beiden Händen fest umschlossen.

»Vater, ich muß Euch eine Geschichte erzählen, wenn auch mit meinen eigenen Worten, denn ich bedarf Eurer Hilfe, und dazu müßt Ihr den ganzen Hergang erfahren. Vor drei Tagen schrieb meine Herrin diesen Brief hier und bat mich, ihn zusammen mit ihrem Ring dem Herrn Ralf Isambard von Parfois zu überbringen. Ich darf ihn nur dem Burgherrn persönlich aushändigen und soll auf seine Antwort warten. Vater, Euch ist sicher bekannt, daß dieser Mann den jungen Harry Talvace gefangenhält; er ist der Ziehsohn des Fürsten Llewelyn und meiner Herrin überaus lieb und teuer. Sie selbst brachte ihn, als er noch ein Neugeborenes war, von England nach Wales in Sicherheit, und mit ihm seine Mutter. Das weiß ich so genau, weil ich sie auf dieser Flucht begleitete. Schon seit sehr vielen Jahren bin ich ihr getreuer Diener und werde das auch bleiben, solange ich lebe. Vater, was soll ich nur davon halten, daß Madonna Benedetta mich mit einem Brief zu Isambard schickt?«

Der Prior dachte einen Moment nach. Die Frage klang recht simpel, und die Besorgnis, die sich auf den wettergegerbten Zügen des Boten ausbreitete, schien in keinem Verhältnis dazu zu stehen.

»Ich vermute, Madonna versucht ihrerseits, den Herrn von Parfois zu überreden, Harry Talvace freizugeben. Vermutlich hofft sie, sein Herz zu bewegen, das ihr doch einmal sehr zugetan gewesen ist. Vielleicht sagte sich deine Herrin, daß ihr aufgrund ihrer gemeinsamen Vergangenheit dort mehr Erfolg beschieden sein wird, wo alle anderen bislang gescheitert sind.«

»Kommt Euch das denn als vernünftige Hoffnung vor, Vater?«

»Nein, nicht vernünftig, aber auch nicht unvernünftig. Und schaden kann der Versuch ja nicht, oder?«

»Eure Worte ermutigen mich, Vater«, entgegnete John grimmig, »denn so habe ich bis vor kurzem auch gedacht. So nahm ich also das Schreiben, ritt los und sagte mir, wenn schon nichts Gutes bei dem Unternehmen herauskommen kann, dann zumindest auch nichts Schlechtes. Felsenfest war ich davon überzeugt, daß Isambard Madonnas Bitte abschlagen würde, und das auch noch in seiner grausamen, höhnischen Weise. Der Satan hat ihn ja immer schon inspiriert, und nicht in geringem Maße. Trotzdem hatte ich auch ein kleines Fünkchen Hoffnung, daß Ralf sich von ihrem Schreiben bewegen lassen würde. In all den Jahren hat er nichts von ihr gehört, und ich bezweifle, daß er mit Sicherheit weiß, ob sie noch lebt oder schon gestorben ist. Ich dachte, wenn ich ihm ohne Vorwarnung ihren Ring überreiche, wird das sicher selbst ein steinernes Herz wie das seine erschüttern. Aber daran kamen mir rasch Zweifel. Bedenkt bitte, Vater, wie er früher mit ihr umgegangen ist. Warum sollte ausgerechnet er, der sie an den toten Meister Harry gefesselt und gemeinsam mit ihm in den Severn gestoßen hat, damit sie beide unbeerdigt verfaulten, ihr jetzt das geben, was sie wünscht? Nein, sagte ich mir, wenn Isambard erführe, daß es etwas gäbe, welches sie begehrt, würde es ihm die teuflischste Freude bereiten, ihr erneut Schmerz und Schande zuzufügen. Wie konnte ich Benedettas Auftrag nur annehmen? Warum hatte ich anfangs geglaubt, dieser Versuch könnte es wert sein, unternommen zu werden? Aber meine Herrin hat mich nie belogen noch mich je ausgenutzt. Nimm den Brief, sagte sie, überbringe ihn, und kehre mit der Antwort zurück. So nahm ich denn den Brief und habe sie nicht gefragt, was in ihm steht.«

»So war es deine Pflicht«, entgegnete der Prior streng, »und es ist sie immer noch.«

»Meine Pflicht als Diener, gewiß. Aber ich bin auch ein Mann. Ich war zuallererst ein Mann. Als ihr Diener diene ich ihr nach besten Kräften. Aber als Mann liebe ich sie mehr als mein Leben. Sie bedeckte mich damals mit ihrem Umhang und rettete mich so. Soll ich sie jetzt in den Tod gehen lassen, bloß um sagen zu können, ich hätte jeden ihrer Aufträge ausgeführt?«

»Was redest du da?« unterbrach ihn der Prior empört. »Hast du etwa den Brief gelesen?«

»Vater, wenn ich lesen könnte, wäre ich sicher nicht zu Euch gekommen. Ich bitte Euch nicht, mir zu sagen, wie ich mich verhalten soll!« Er trat einen Schritt auf ihn zu und streckte ihm das Pergament entgegen. »Vater, in der Nacht habe ich von ihr geträumt. Ich stand am Severn, und dessen Wasser schossen braun und reißend dahin. Das Holz des Steges ächzte und knarrte in den Fluten. Schon manche Nacht habe ich den Fluß im Schlaf gesehen, aber noch nie so klar. Und wie an jenem Tag kam sie im Traum mit der Strömung herangeschwemmt: bleich, nackt und mit einem Mann in ihren Armen. Ich zögerte auch dieses Mal keinen Augenblick und zog die beiden an Land. Doch im Traum erhob sich der Mann, als ich ihn von den Fesseln befreit hatte, und verließ uns gesund und munter. Und ich erkannte, daß es sich um den Sohn des Baumeisters handelte, um den Jungen, den meine Herrin frei zu bekommen wünscht. Aber Benedetta blieb in meinen Armen liegen. Ich atmete meinen Atem in ihren Mund und drückte sie an meine Brust, doch sie regte sich nicht mehr. Ich hielt meine tote Herrin, Vater. Als ich aus dem Traum erwachte, wußte ich, daß Gott ihn mir gesandt hatte. In Wahrheit trug ich ihren Tod bei mir, in Form ihres Schreibens und mit ihrem Siegel versehen.«

Die heisere Stimme war immer leiser geworden, und er sprach zum Schluß nur noch im Flüsterton. Langsam kamen die Worte aus seiner Kehle, denn seine Angst und seine Überzeugung waren zu groß, als daß die Leidenschaft in ihnen Platz gefunden hätte. Am Ende seiner Erzählung hob er den struppigen Kopf, sah dem Prior ins Gesicht und bot ihm die Rolle wie eine Opfergabe dar.

»Vater, lest mir das Schreiben vor. Ich muß wissen, was meine Herrin vorhat, damit ich weiß, wie ich zu handeln habe.«

Der Prior fuhr einen Schritt zurück, so als mache ihm der Teufel selbst ein Angebot.

»Ich kann doch nicht das Siegel deiner Herrin erbrechen! Was verlangst du da überhaupt von mir?«

»Macht Euch keine Sorgen. Ich habe das Siegel bereits geöffnet und kann es auch wieder zusammenfügen. Ein feines, scharfes Messer und eine Kerzenflamme sind alles, was ich dazu benötige.«

»Du hast das Siegel bereits geöffnet? Weißt du überhaupt, welch ungeheuerlichen Verrat du damit an deiner Herrin begangen hast? Bei allen Heiligen, was hast du nur angerichtet?«

Aber der Prior wußte, daß seine Worte in den Wind gesprochen waren. Genausogut hätte er einen Baum, der krumm und schief in den Bergen gewachsen ist, auffordern können, Schuld darüber zu empfinden, seiner unbezähmbaren Natur gefolgt zu sein und seine Wurzel hier geschlagen zu haben. Und wer war er schon, daß er angesichts solcher Liebe und Furcht alle Fragen auf die formellen Gebote zwischen Herrin und Diener reduzieren wollte? Dieser des Lesens unkundige Mann schien viel eher als er erkannt zu haben, was die Stunde erforderte. Und vermutlich sah er die Wahrheit viel deutlicher als der Prior.

»Ich habe nur das getan, was ich tun mußte. Von Euch hätte ich so etwas nie verlangt. Am Tag des Jüngsten Gerichts werde ich mich dafür vor unserem Herrn verantworten. Und wenn Er mich dafür in die Ewige Verdammnis schickt, so will ich mich nicht beklagen. Hauptsache, meine Herrin bleibt wohlerhalten und bei Gesundheit, bis es dem Schöpfer eines Tages gefällt, in ihrem Schlaf zu ihr zu kommen und sie heimzuholen. Vater, warum sollte ich mich schämen, zu Euch zu kommen? Wer bin ich denn schon? Was bedeutet mir Ehre? Mein Daseinszweck besteht allein darin, sie vor allem Übel und vor allem Leid zu bewahren. Eine andere Pflicht habe ich nicht und will ich auch nicht.«

Der Prior streckte die Hand vorsichtig nach dem zusammengerollten Pergament aus, zögerte dann aber und zog sie wieder zurück.

»Vater, lest mir ihre Zeilen vor. Ich hätte mich damit auch an einen Eurer Novizen oder Lateinschüler wenden können. Aber ich habe mich lieber an Euch gewandt, weil ich Gottes Segen für meine scheinbare Untreue wünsche, die ich in Wahrheit als höchst treuliche Tat ansehe. Nichts habe ich vor Euch zurückgehalten, und ich will auch keine Vergebung. Sagt mir einfach nur, was sie Ralf Isambard geschrieben hat.«

»Dann meinetwegen, in Gottes Namen«, sagte der Geistliche, griff entschlossen nach dem Brief und rollte ihn auf.

Langes und schweres Schweigen entstand. Es lastete wie ein Mühlstein auf dem wartenden Mann, dem die Qual aus den Augen sprach. Das Schweigen des Priors verriet ihm zwar nicht wortwörtlich, aber sinngemäß, was Benedetta geschrieben hatte. Ja, er kannte seine Herrin so gut, daß er sogar den Wortlaut erraten konnte. Als der Prior dann mit leiser und gleichmäßiger Stimme vorzulesen begann, erhielt John die Bestätigung:

An den vornehmsten und hochherrschaftlichsten Ralf Isambard, Herrn von Mormesnil, Erington, Fleace und Parfois, vernehmt dies:

Mylord, Ihr befindet Euch im Besitz des Harry Talvace dem Jüngeren, Sohn des Harry Talvace, an den Ihr Euch ohne Zweifel zu erinnern vermögt, habt Ihr doch seinen Nachlaß ständig vor Augen. Ich befinde mich im Besitz von Körper und Leben der Benedetta Foscari, die Euch zu einer gewissen Zeit ebenfalls sehr vertraut war. Was den Körper der Benedetta Foscari angeht, so handelt es sich nach meinem Dafürhalten kaum noch um ein so kostbares Gut, daß er für Euch von größerem Wert sein dürfte. Was ihr Leben angeht, falls das für Euch noch eine Bedeutung haben sollte, wie Ihr mir vor Zeiten ausreichend zu glauben Anlaß gegeben habt, so befindet es sich immer noch in guter Verfassung. Und ich vermag darüber zu verfügen, wie ich will.

Wenn Ihr in Erwägung ziehen könntet, meinen Gefangenen

gegen den Euren auszutauschen, so wird dem von meiner Seite aus nichts im Wege stehen. Für den Austausch selbst stelle ich keine Bedingungen außer der, daß alle Schulden und Streitigkeiten im Zusammenhang mit Harry Talvace von Eurer Seite auf immer und ewig beigelegt werden. Er möge in Freiheit gesetzt und mit einem Roß, Kleidung und all seinen Besitztümern ausgestattet werden. Was meine Person und mein Leben angeht, so mögt Ihr, insofern Ihr beide annehmt, mit ihnen verfahren, wie es Euch beliebt.

Schickt mir Eure Antwort, gleich ob ja oder nein. Und solltet Ihr zustimmen, so mache ich mich sofort auf den Weg nach Parfois. In der Hoffnung und Erwartung, Euch ohnehin in einigen Tagen von Angesicht zu Angesicht gegenüberzustehen, erspare ich mir daher jetzt die üblichen Ehrenbezeugungen und schließe mit dem Gebet, Eure Lordschaft möge lange genug leben und ausreichend Freundlichkeit erbringen, mir nach so vielen Jahren wieder Ihre Tore zu öffnen.

Übergeben meinem geliebten und getreuen Diener John, dem Pfeilmacher, am zehnten Tag des Augusts 1233.

Benedetta Foscari

Der Prior las den Brief bis zu Ende laut vor, nur bei der Stelle ›Was ihr Leben angeht‹ wurde seine Stimme merklich leiser, so als müsse er sich erst die ganze Bedeutungsschwere klarmachen. Als der Geistliche dann zum Schluß kam, zu den Worten ›geliebten und getreuen‹, hob John die knotigen Hände in einer hilflosen Geste zum Bart und knetete ihn voller Sehnen und Schmerz. Nachdem alles vorgelesen war, trat wieder Stille ein, in die leise die Geräusche der Welt zu ihnen drangen: der Gesang der Frühmesse, das Blöken der Schafe an den Flußauen und schrilles Kreischen sich streitender Vögel.

»Habe ich es Euch nicht gesagt?« sagte John mit erstickter Stimme. »Sie gibt ihr Leben her, und das ausgerechnet dem Mann, der sie so schändlich und verbrecherisch behandelt hat. Meine Herrin geht wieder zu ihm, um erneut gedemütigt, mißhandelt und in den Fluß gestoßen zu werden. Und das alles, um den Jungen zu befreien. Ach, Herrin, war es recht von Euch, mich zum Handlager Eures Untergangs zu machen? War das fair von Euch?«

»Gott der Gerechte!« flüsterte der Prior ergriffen, und das Pergament zitterte in seinen Händen. »Hast du etwa vor, den Brief nicht auszuhändigen? Solch ein Tauschgeschäft darf niemals stattfinden!«

»Gott in der Höhe, unter Seinem Schutz vermag ich alles zu tun.« Er streckte die Hand nach dem Schreiben aus und stand wie versteinert da. Seine schlimmsten Befürchtungen hatten sich bewahrheitet. Für einen Moment drängte ihn sein Herz, zurückzureiten, Benedetta zur Rede zu stellen und ihr Vorwürfe zu machen, weil sie ihn für einen solchen Botendienst mißbraucht hatte. Doch seine Wut verrauchte schnell. Er wußte andere Lösungen, jetzt, wo er den Inhalt kannte.

»Gebt mir den Brief zurück, Vater. Ihr habt Euren Teil erledigt, und dafür danke ich Euch. Was den Rest angeht, so muß ich den selbst durchführen.«

»Du willst ihn nicht überbringen?« Der Prior verfolgte, wie John das Pergament sorgfältig zusammenrollte und die Bänder des Siegels, das er noch auszubessern hatte, darumband.

Er gab dem Prior auf die Frage keine Antwort, ließ den Brief unter seiner Cotte verschwinden und begab sich mit langen, langsamen Schritten zur Tür. Seine Augen leuchteten hell und blickten hart. Der Schmerz in ihnen war deutlich zu erkennen. Der Pfeilmacher konnte sich von niemandem mehr helfen oder beraten lassen.

»Betet für uns, Vater«, verabschiedete er sich an der Tür. »Betet für uns alle, daß wir möglichst schadlos aus dieser Sache hinausfinden.«

KAPITEL VIER

Parfois: August 1233

Isambard kehrte erfrischt und in bester Stimmung vom Morgenritt auf dem Long Mountain zurück. Sein eisengraues Haar setzte er ungeschützt Sonne und Wind aus, und er erfreute sich an dem halben Dutzend junger Edelleute, das fröhlich plappernd hinter ihm hertrabte. Am Fuß der ansteigenden Straße, welche zur Burg Parfois hinaufführte, tänzelte der Fuchs, den er heute ritt, schien sich seines Lebens zu freuen und überhaupt keine Eile zu haben, in den Stall zurückzukehren. Isambard lockerte die Zügel, um ihm seinen Willen zu lassen. Mann und Tier waren mit sich und der Welt zufrieden. Sicher ärgerte es Harry, wenn er sah, wie folgsam und willig sich sein Barbarossa von seinem Erzfeind reiten ließ. Doch schien der Jüngling beschlossen zu haben, sich nichts von seinem Verdruß anmerken zu lassen. Ja, es gelang ihm sogar gelegentlich, ein förmliches Wort des Dankes dafür zu äußern, daß der Fuchs so gut versorgt werde und sich augenscheinlich in der besten Form befinde. Mit geschürzten Lippen und steifem Nacken, ansonsten aber gerade und offen, sah er seinem Schergen ins Gesicht und bedankte sich höflich.

Der Zug erreichte die Stelle, an der sich der Weg verengte und die Bäume näher heranrückten. Hinter dem Grün zur Linken befand sich die schroff abfallende Felswand, während rechts der grasbewachsene Hang anstieg. Der neu fertiggestellte Turm der unteren Burgmauer kam nun in Sicht und mit ihm die herumliegenden Baumaterialien: unbehauene Steine, Bauhölzer, Latten, Gerüststangen, Seile, Böcke und weiß leuchtender Kalk. Gut zwanzig Meter weit säumten sie den

Weg nach oben. Der zweite alte Turm war bereits eingerissen worden, und die Steine warteten darauf, fortgeräumt zu werden. Die Umrisse des neuen Turmes hatte man bereits mit dünnen weißen Schnüren gegenüber dem bereits fertigen Bruder abgesteckt. Der Boden war bis zum Felsgrund abgetragen worden, um dem schweren Bauwerk nah am Rand zum steil abfallenden Hang ein stabiles Fundament zu geben. Das Licht der Vormittagssonne tanzte und funkelte auf dem gestreiften bleichen Sandstein.

Der Burgherr dachte an eine weitere Baustelle zurück, die vor langem auf seinem Grundstück abgesteckt worden war und wo man den Boden abgetragen hatte. Und er erinnerte sich an jene frische Narbe im Erdreich, neben der erste Wagenladungen aus dem fernen Steinbruch in Bryn standen, die man über den Severn verschifft und herangeschafft hatte. Es war ein taubengrauer Stein mit goldenem Schimmer, der alle Pracht und Schönheit, alle Andacht und Wunder in sich einschloß. Isambard sah zwar nirgendwo fertig behauenen Stein herumliegen, aber er mußte an die Blätter zurückdenken, die Meister Harry in seinen Dom gemeißelt hatte, und die auf ihren Stielen und Rispen das Gewölbe des Himmels und aller kommenden Welten triumphierend in die Höhe trugen.

»Herr!« rief der junge Thomas Blount und eilte diensteifrig an seine Seite. »Der Wächter sucht nach Euch. Ich glaube, es geht um einen Boten, der vorhin eingetroffen ist. Sein Pferd gehört ganz gewiß nicht in Eure Stallungen. Es sieht eher nach einem Hügel-Pony aus.«

Isambard verließ die innere Vision, die ihn seit Harrys Ankunft so oft überkam, und er schaute nach vorne, wo die Turmwache ein zottiges Reittier am Zügel hielt. Es war ein braunes, kleines und kräftiges Pony. Und daneben stand ein Mann, der mit seinem Vollbart und langem Haupthaar ebenso zerzaust wie sein Tier wirkte. Die hellen, wachsamen Augen, die unter den buschigen Brauen hervorlugten, hatte er zusammengekniffen. Ein Stich durchfuhr Ralf – es war eine alte Erinnerung, die ihm sofort entwich. Isambard konnte sich nicht entsinnen, jemals etwas mit diesem kräftigen Landmann zu schaffen gehabt zu haben, und dennoch verwies ihn das Ziehen in seinem Herzen in seine eigene Vergangenheit.

»Mylord«, begann der Wächter und stellte sich respektvoll vor den Steigbügel, »hier ist ein Mann erschienen, der behauptet, mit einem Brief von jemandem gekommen zu sein, der Euch einmal wohlbekannt gewesen sei. Doch will er keine Namen nennen und weigert sich auch, den Brief jemand anderem als Euch auszuhändigen. Er meint aber, er bringe ein Pfand mit, das Euch zufriedenstellen werde. Wollt Ihr mit dem Mann sprechen, Herr?«

Isambard ritt langsam auf den Boten zu und betrachtete den Fremden gedankenverloren; der stand schweigend und ohne große Ehrfurcht vor ihm und starrte ihn aus zusammengekniffenen Augen schweigend an.

»Ich kenne dich doch, mein Freund.«

»Das vermag ich nicht zu beantworten, Herr, aber ich kenne Euch«, antwortete John, der Pfeilmacher.

Die Stimme gab den Ausschlag. Zwei Flammen entzündeten sich in Isambards Augen und brannten rot. Noch wußte er nicht eindeutig, wen er da vor sich hatte, er wußte nur, daß die Zeit sich gedreht und ihm die Vergangenheit hierher vor sein eigenes Burgtor zurückgeschickt hatte. Er zog den rechten Fuß aus dem Steigbügel. Voller Eifer war Thomas schon von seinem Pferd und hielt den linken Steigbügel fest, damit sein Herr es beim Absteigen leichter hatte. Seit einiger Zeit schien der Page besonders diensteifrig zu sein. Ständig stand er bereit, stets versuchte er, dem Burgherrn zu Gefallen zu sein, und eigentlich hielt er sich immer in seiner Nähe auf, so daß ihm kaum ein Wort entgehen konnte, das Isambard von sich gab.

Isambard verscheuchte den Jüngling mit einem Stirnrunzeln, ohne dabei den Blick von dem faltigen Gesicht des Boten abzuwenden.

»Hast du nicht früher einmal in meinen Diensten gestanden?«

»Mit Leib und Seele, Mylord. Ich gehörte Euch länger als das Roß, auf dem Ihr gerade sitzt.«

Das sagte er mit einem leisen Lächeln, und Isambard ließ zu, daß er mit seinen langen Fingern Barbarossas Hals streichelte. Dabei suchte er weiter in dem verdrossenen Gesicht und dem finsteren Starren nach einem Hinweis auf die Herkunft dieses Mannes. Einen Schritt war er der Lösung des Rätsels näher gekommen. Der Bote kannte offensichtlich Harrys Pferd und machte auch gar keinen Hehl daraus.

»Du hast meinem Wächter gesagt, du hättest ein Unterpfand mitgebracht. Zeig es mir.«

John griff in den Brustausschnitt seiner Cotte und zog den Ring heraus. Es war ein kleiner goldener Reif, so winzig, daß selbst Benedetta ihn nur an ihrem kleinen Finger hatte tragen können. Er ließ das Stück von seinen schwieligen Fingern hängen, und der Opal darauf schien alles Licht zu verschlucken und dabei düster und milchig-blau zu glühen.

Isambard hatte schon die Hand ausgestreckt, um das Pfand entgegenzunehmen, noch ehe er erkannte, worum es sich handelte. Das Zittern, das dann durch seine Finger fuhr, bemerkte jeder der Anwesenden sehr deutlich. Und sie fragten sich voller Verwunderung und Furcht, was das wohl zu bedeuten habe. Die Blicke aller schweiften vom Ring zu Ralfs Gesicht. Jeder fürchtete seine Wut und wollte ihr entgehen. Er war immer unvorhersehbar gewesen. So still und schweigend stand er da, daß niemand auch nur ahnen konnte, welcher Blitz daraus entstehen würde. Ein jeder hielt den Atem an, trat vor Unruhe von einem Fuß auf den anderen und glaubte, das Warten nicht mehr lange aushalten zu können. Doch der Burgherr nahm von alldem nichts wahr, so wie er die Brise nicht spürte, die ihm leicht durchs Haar fuhr. Selbst sein Antlitz wirkte leblos wie der Tod, besaß aber nicht dessen Ruhe. Die geladenen Gesichtszüge konnten ebenso jedes Gefühl – Schmerz, Zorn,

Liebe und Haß – ausdrücken. Gott allein mochte wissen, was sich hinter den großen, gebogenen Lidern zusammenbraute.

»Dann erkennt Ihr Euer eigenes Geschenk also wieder, Herr?« fragte der Pfeilmacher.

Ja, jetzt erkannte er sie beide, sowohl den Ring als auch den Boten. Achtzehn Jahre sind eine lange Zeit. Die Zeit beugt einen Mann, verwandelt seinen stolzen Gang in Humpeln, läßt sein Haar weiß werden und zieht tiefe Furchen in sein Antlitz. Aber sie kann ihm nicht den Blick nehmen, der immer noch offenen Haß versprüht. Und auch nicht die Säure im Herzen, die auch auf der Zunge brennt.

Vor Isambard öffnete sich ein Brunnen von Erinnerungen. Dies war der Mensch, den Benedetta in Paris vor den Zähnen des Hundes bewahrt hatte und den sie zu ihrem persönlichen Diener gemacht hatte; dies war derselbe Mann, der schließlich mit ihr nach Wales geflohen war und ihr dabei geholfen hatte, Gilleis und ihr Kind sicher in Llewelyns Obhut zu bringen; und dies war auch der Mann, der den Pfeil abgeschossen hatte, welcher den Henker aus der Gascogne um seine Arbeit gebracht hatte ... Seltsam, wie diese Bilder jetzt in sein Bewußtsein zurückströmten. Diejenigen, welche die unwichtigsten schienen, leuchteten jetzt am lebendigsten und klarsten. Jede Farbe und Linie darin war deutlich zu erkennen. Ralf erinnerte sich an den Gascogner, und zwar recht genau: ein schmaler, eleganter Mann, der eher an einen wohlbestellten Prälaten erinnerte und dessen ganzer Stolz darauf beruhte, daß er einen Menschen langsam auszuweiden verstand, so daß ihm noch Kraft blieb, vor Schmerzen zu schreien. Auch die Wärter, welche Meister Harry zum Schluß bewacht hatten, tauchten klar und deutlich in seinem Gedächtnis auf.

Nur Benedetta entzog sich ihm, blieb schattenhaft und außerhalb seiner Reichweite. Isambard kannte jede Linie ihres Gesichts, doch die Augen seines Geistes suchten und strebten vergeblich nach ihr. Sie schien sich ihm nicht zeigen zu wollen.

Die zögernde Hand, die jetzt nach dem Ring griff, hielt ihn vorsichtig in die Höhe.

»Das reicht mir als Beweis«, erklärte Isambard mit leiser, sanfter Stimme.

»Dann gewährt mir ein Gespräch unter vier Augen, damit ich Euch den Brief meiner Herrin aushändigen kann.«

»Folge mir zur Kirche.«

Er würde ihn noch nicht in den Burghof lassen. Harry Talvace mochte sich vielleicht in diesem Moment dort aufhalten. Vielleicht maß er sich gerade mit den anderen hochherrschaftlichen Jünglingen im Schwertkampf, oder er saß draußen vor der Zeichenhütte in der Sonne, bei seinen Werkzeugen und seinen Steinen. Was immer der Bote aus der Vergangenheit auch bringen mochte, noch wäre es Narretei, ihn zu früh zu dem Jungen zu führen.

»Der Mann kommt mit uns«, erklärte Isambard dem Wächter und machte sich daran, Barbarossa wieder zu besteigen. Natürlich eilte Thomas gleich hinzu, um ihm den Steigbügel zu halten. Er strahlte aus seinen frischen blauen Augen, die so unglaublich unschuldig dreinblicken konnten und jetzt besonders glänzten, vor Neugier auf die unbekannte Dame, der der Ring gehörte. Mochte er auch noch so verstohlen unter seinen Wimpern nach seinem Herrn schielen, er würde nichts erfahren. Das Gesicht Isambards war wieder unbewegt und verschlossen wie eh und je. Er hatte die momentane Anspannung gebrochen, als er mit Zeigefinger und Daumen den Reif umschlossen hatte, und nun fegte er die Reste jener anfänglichen Überraschung mit seiner altgewohnten Autorität beiseite. Dennoch sah der Page, wie sein Herr den Ring in der Brust seiner Cotte verschwinden ließ. Die Art, wie Isambard ihn wegsteckte, schien den Jüngling besonders zu interessieren.

Sie stiegen die Rampe hinauf und gelangten auf die Grasebene, auf der sich die Kathedrale erhob. Dort entließ Isambard sein Gefolge.

Die Sonne stand hoch am Himmel, und die Schatten hielten

sich schwarz und dünn hinter dem zinnenbewehrten Wall der Burg. Zeigten sich die Dächer unter einer Wolkenschicht düster, so erglänzten sie jetzt kupfern. Isambard betrat die Kirche durch das Pförtchen im großen Westportal und führte den Pfeilmacher in die Vorhalle, wo die Sonnenstrahlen fast senkrecht durch die hohen Fenster fielen und entlang den Wänden ein Strahlen wie von Edelsteinen erzeugten. Das gesamte Innere des Kirchenschiffs vom Mittelgang bis zum entferntesten Bronzebeschlag am Ende des Dachgestühls war erfüllt von widergespiegeltem Licht. Die Luft schien davon zu vibrieren, so wie vom letzten Widerhall eines Musiktons. Das Strahlen und die Tiefe des Raumes schienen die Schritte der beiden vom Boden emporzuheben und bis ans Deckengewölbe zu tragen.

»Gib mir den Brief«, verlangte jetzt der Burgherr.

Er nahm die Rolle und brach ohne größere Umstände das Siegel. John atmete erleichtert auf. Die erste Hürde war gefahrlos genommen. Er betrachtete das dunkle Antlitz seines Gegenübers, bis das Regenbogenlicht hinter dem reglosen Haupt vor seinem Blick verschwamm und das eingefallene Profil sich schwarz davor abzeichnete.

Isambard hatte erst ein paar Zeilen gelesen, als er abrupt auf dem Absatz kehrtmachte und mit dem Pergament vor Augen durch den Mittelgang schritt. Am Ende des Mittelgangs blieb er stehen, kehrte dem Boten den Rücken zu, las den Text still zu Ende und schwieg danach für längere Zeit. Kein Laut ließ sich vernehmen, und nur das lebendige Licht schien mit tonloser Stimme zu singen. Einmal hörte John das schwere Eisenschloß der Pforte knarren und sich verschieben, so als ziehe eine Hand daran oder als lehnte sich ein massiger Körper dagegen. Doch das Geräusch war so leise, daß er es unter normalen Umständen nie wahrgenommen hätte. Nur die vollkommene Stille in der Kirche ließ es überhaupt an sein Ohr dringen. Er maß ihm keine Bedeutung zu und hatte es wenig später bereits vollkommen vergessen.

Selbst wenn Isambards den kühnen Schriftzug, welcher

auch von einem Mann hätte stammen können, nicht gleich wiedererkannt hätte, so reichten allein schon die Worte aus, seinen Geist gleich mit Erinnerungen zu füllen. Mit Benedetta kehrten unerträgliche Begebenheiten und Gefühle zurück. Ihr Gesicht brannte sich in sein inneres Auge ein, bis er es klar und deutlich sehen konnte: die weit auseinanderstehenden Augen, die edlen Züge, der leidenschaftliche, abenteuerlustige Mund und die weite Mähne des dunkelroten Haares. Achtzehn Jahre waren vergangen! Was mochte die Zeit bei ihr angerichtet haben?

Unvermittelt drehte er sich um und kehrte mit langen, leisen Schritten zurück. Kein Triumph spiegelte sich auf seiner Miene wider, weder Scham noch Kummer noch sonst eine Regung. Nur die Lippen hatten sich leicht verzogen, während die Fenster seiner Augen verschlossen blieben.

»Teile deiner Herrin mit, daß ich ihr Angebot annehme. Sag ihr: Ja, kommt.«

»Ist das Eure ganze Antwort, Herr?«

»Mehr wird sie nicht benötigen. Und im Tausch gegen ihr Pfand gibst du ihr das hier.« Er zog den Rubinring vom Finger; er nahm ihn so selten ab, daß er ziehen und zerren mußte, um ihn über den Knöchel zu streifen. Als er ihn abgenommen hatte, blieb auf dem Braun des Fingers ein weißes Band zurück. »Madonna wird ihn wiedererkennen«, erklärte er dem Pfeilmacher und blickte mit einem dunklen Lächeln auf seinen leeren Finger. »Sie braucht keine weiteren Worte.«

»Mylord, da Ihr die Bedingungen meiner Herrin anzunehmen bereit seid …«

Isambards Kopf schnellte hoch, und für einen Moment flammten die Feuer in seinen Augen auf. »Du kennst den Inhalt dieses Schreibens, nicht wahr?«

»Meine Herrin zog mich ins Vertrauen«, antwortete John rauh und drehte damit selbst den Dolch in seiner Wunde.

»Ja, das sieht ihr ähnlich. Ich erinnere mich, daß sie dafür stets gute Gründe hatte. Nun, was willst du?«

»Da Ihr mit ihren Bedingungen einverstanden seid, nehme ich mir die Freiheit, Euch um eine Gunst zu bitten, welche Madonna Benedetta selbst nicht zu erfragen wagte. Ihr wißt, daß Ihr auf ihr Wort ebenso bauen könnt wie sie auf das Eure. Wenn Ihr schon bereit seid, den Jungen für sie herauszugeben, dann laßt ihn gleich frei. Er mag mit mir zurückkehren. Dann hat meine Herrin die Freude, ihn gesund und lebendig wiederzusehen, ehe sie an diesen Ort kommt und sich Euch unterwirft.«

»Nein«, antwortete Isambard unverzüglich, »das kann ich nicht tun.«

»Ihr wißt sehr wohl, daß sie ihren Teil der Abmachung dennoch einhalten würde.«

»Ja, das ist mir bewußt. Aber nicht so der Jüngling. Glaubst du vielleicht, er würde einen solchen Handel mit sich machen lassen? Meinst du, er würde taten- und wortlos zusehen, wie deine Herrin und ich ein Abkommen treffen, das seine Zukunft betrifft? Er würde sich nur einmischen, und zwar lautstark, und er würde das letzte Wort haben wollen. Ich kenne den jungen Mann. Er müßte deiner nur ansichtig werden und die Worte hören: Geh mit ihm, du bist frei, und er wüßte sofort, wer ihn freigekauft hat. Und meinst du, er wird je einen einzigen Moment ruhen, ehe er nicht herausgefunden hat, unter welchen Bedingungen seine Freilassung erfolgt ist?«

John stand mit offenem Mund da. Ihm fehlten die Worte. Was Isambard sagte, entsprach vollkommen der Wahrheit, und der Bote hätte das auch selbst wissen sollen. Auf diese Weise ließe sich Harry niemals dazu bewegen, Parfois zu verlassen. Wenn dieser Weg scheiterte, wäre alles verloren. John würden dann nur zwei Möglichkeiten offenstehen: Entweder er ließ seine Herrin nach Parfois ziehen, oder aber er sagte ihr die Unwahrheit, nämlich daß Isambard ihr Angebot abgelehnt hätte. Und damit müßte der Junge weiterhin in seiner Gefangenschaft verharren.

Dabei hatte John sich ausgedacht, daß er Harry von Parfois

in Llewelyns Obhut bringen würde und daß der Fürst sicher Mittel und Wege finden würde, um Benedetta von der Einhaltung eines so furchtbaren Handels abzuhalten. Natürlich würde das nicht ohne Schimpf und Vorwürfe vonstatten gehen. Aber was machte das schon? John selbst würde alle Schuld auf sich nehmen und der einzige sein, der einen Vertrauensbruch begangen hätte. Und was Isambard anging, so hätte man den immer noch mit einem saftigen Lösegeld abfinden können. Und wenn Isambard sich dennoch nicht beruhigen wollte, hätte man sich an ein Schiedsgericht oder gleich an den Rat gewandt, der über den Waffenstillstand wachte. Der Pfeilmacher hatte jede Schwierigkeit in Erwägung gezogen und bedacht – bis auf die simpelste und gleichzeitig wichtigste: Harrys Stolz würde es nie zulassen, auf einen solchen Handel einzugehen.

»Er ist doch noch ein halbes Kind«, wandte John wider besseres Wissen ein. »Man muß ihm ja nicht die ganze Wahrheit auf die Nase binden. Auch nicht, wenn er noch so hartnäckige Fragen stellt.«

»Du Narr glaubst doch wohl nicht ernsthaft, daß du ihn auch nur über die Zugbrücke bekämst, bevor er auf all seine Fragen eine zufriedenstellende Antwort erhalten hätte? Er würde keinen Schritt tun. Nein, Harry wird hierbleiben, bis deine Herrin erscheint, um sich gegen ihn eintauschen zu lassen. Und nun geh, und richte Benedetta meine Antwort aus.«

Damit war das Gespräch beendet. Kein König hätte das majestätischer zum Ausdruck bringen können.

»Willst du mit auf die Burg, dein Pferd versorgen und dich erfrischen, bevor du zurückkehrst?« bot Isambard ihm an. »Ich konnte dich nicht nach Parfois einlassen, weil man erst den Jungen woandershin bringen mußte. Inzwischen dürfte man ihn an einen Ort geführt haben, wo er dich nicht mehr sehen kann.«

»Herr, es ist viele Jahre her, seit ich zum letzten Mal mein Brot an Eurem Tisch gegessen habe. Ich will Euer Dach nicht über meinem Kopf und keinen Platz an Eurer Tafel.«

»Wie du wünschst«, entgegnete Isambard mit einem Achselzucken. »Dann will ich dir auch keine Belohnung für deinen Dienst anbieten, denn die würdest du mir ja doch nur vor die Füße schleudern. Und mein Dank wird dir so wenig wichtig sein, daß du ihn gleich wieder vergessen würdest. Dennoch danke ich dir.«

Sein Auftrag war erledigt. John konnte hier nichts mehr gewinnen. Der Pfeilmacher zog sich in die schattige Vorhalle zurück und ließ den Burgherrn groß, still und schwarz im Mittelgang stehen. Die singende Luft umhüllte ihn dort, und die Farben umtanzten ihn, wie Sonnenlicht auf dem Wasser tanzt, und vibrierten wie das Flügelschlagen eines Schwarms aufgescheuchter Vögel. Allein die schwarze Gestalt wirkte starr wie Stein. Dasselbe Haupt blickte von den Wölbsteinen über der Tür auf ihn hinab, als er in der Mittagswärme auf die Wiese hinaustrat. Von den beiden Mienen wirkte die, welche Meister Harry geschaffen hatte, offener. Selbst nach achtzehn Jahren, in denen der Stein Wind und Wetter ausgesetzt worden war, übertraf der Burgherr ihn an Härte.

Fünfzig Schritte weiter ging Thomas Blount und hatte den Arm auf den Sattel seines grasenden Tieres gelegt. Das mädchenhafte Gesicht des Pagen wirkte so gelassen und leer wie der Sommerhimmel.

Aelis rannte ihm schon entgegen, kaum daß er durch das Törchen im Weidenzaun hereinkam. Sie hatte gerade die Kuh gemolken, sich den Rock bis zu den Knien hochgerafft und sich das lange Haar hochgebunden, damit es sie nicht bei der Arbeit behinderte.

»Hast du ihn gesehen? Geht es ihm gut?« Die junge Frau nahm das Pony am Zügel und führte es zur Hütte. Sie wurden hier draußen auf den Feldern oder auf der Lichtung besser nicht zusammen gesehen. Zwar kamen hier nur selten Reisende vorbei, aber Parfois lag gefährlich nahe.

John schüttelte finster den Kopf. »Nein, nicht den kleinsten

Blick habe ich auf ihn werfen können. Bring mich zu deinem Vater, Mädchen, denn ich muß mit ihm reden. Und ehe du mich mit deinen Fragen löcherst, ich kann dir rein gar nichts berichten. Man ließ den Jungen nicht vom Burghof und mich nicht hinein. Jedenfalls nicht, bis man ihn irgendwo hingeführt hatte, wo wir beide uns nicht begegnen konnten.«

»Aber du hast doch etwas über Harry erfahren, oder, John?« wollte Aelis erfahren und verkrallte die Finger in seinen Ärmel. »Er lebt aber noch, nicht wahr? Das ist doch wahr, oder?«

Konnte er sich dessen wirklich sicher sein? Konnte man sich einer Sache jemals gewiß sein, die man weder gesehen, noch berührt noch gehört hatte? Dennoch versicherte er der jungen Frau: »Ja, er lebt. Und nach allem, was ich hörte, geht es ihm sogar den Umständen entsprechend gut.«

»Doch du konntest ihn nicht freibekommen«, sagte sie bestimmt und wütend, obwohl sie es gar nicht anders erwartet hatte.

»Nein, mein Mädchen, darauf werden wir noch ein wenig warten müssen.«

Was sollte er ihr auch sonst sagen? John wußte ja nicht einmal, wie es jetzt weitergehen sollte. Er war sich erst über einen Punkt klargeworden: Er würde nicht zu seiner Herrin nach Aber zurückkehren, die Antwort und den Ring übergeben und sie dazu bewegen, ihren Teil des Handels zu erfüllen. Was immer auch geschehen mochte, Benedetta sollte niemals wieder in Isambards Hände fallen. Natürlich könnte John zurückreiten und seiner Herrin die Lüge auftischen, Isambard habe ihr Angebot abgelehnt. Aber damit bliebe Harry weiterhin ohne Aussicht auf Befreiung in Haft. Davon abgesehen war dem Pfeilmacher auch nicht wohl bei der Aussicht, Benedetta zu belügen. Sie kannte ihn schon so lange, daß sie wie in einem offenem Buch in ihm zu lesen verstand. Sicher würde sie die Falschheit seiner Worte schwarz und fremd aus seiner Kehle heraushören und ihm nicht glauben. Vermutlich würde Benedetta auch an seinem verlegenen, unsicheren Auftreten erkennen, daß er ihren Auftrag nicht zu ihrer Zufriedenheit erfüllt hatte. Womöglich gar, daß er das Siegel erbrochen, sich den Brief von einem Dritten hatte vorlesen lassen und eigenmächtig gegen ihren Willen gehandelt hatte ... Wenn die Herrin ihm nicht mehr vertraute, war ihm das Leben nicht mehr lebenswert. Also konnte er nicht mit leeren Händen zu ihr zurückkehren. Wenn es irgendeine andere Möglichkeit gab, mußte er sie finden. Und wenn er um eine Lösung betete, würde Gott dann ihm Sein Ohr schenken, obwohl er sich so tief in Verrat und Untreue verstrickt hatte? Vielleicht erhörte Er ja das Mädchen und sprach womöglich durch sie. Aelis hatte sich schließlich in dieser Geschichte nicht mit einer Sünde befleckt.

»Aber wie ist es dir denn nun auf Parfois ergangen?« Ihr Gesicht war gerötet, und ihre klaren, blauen Augen sahen ihn beharrlich an. »Was hat man dir mitgeteilt?«

»Komm mit zu deinem Vater, dann berichte ich euch alles.«

Sie stellten das Pony in den Stall und traten zu Robert in die Hütte. Dort erzählte der Pfeilmacher seine Geschichte.

»Du wirst doch wohl nicht etwa mit dieser Nachricht zu Benedetta zurückkehren?« fragte Robert danach.

»Lieber würde ich sterben. Dem Himmel sei Dank, daß nur wir wenigen hier davon wissen, daß sie sich Isambard anbietet, um Harry freizubekommen. Normalerweise wäre ich ja, gleich nachdem der Prior mir den Brief vorgelesen hatte, nach Aber zurückgeritten und hätte der Herrin erklärt, daß ich mich weigerte, ihren Auftrag auszuführen. Aber dann sagte ich mir, daß ich Isambard vielleicht dazu bewegen konnte, Benedetta zu vertrauen und den Jüngling mit mir mitgehen zu lassen. Meine Herrin hätte natürlich gleich ihre Schuld begleichen wollen, aber ich dachte, Llewelyn würde bestimmt einschreiten und Mittel und Wege finden, sie von ihrem Vorhaben abzubringen ... Doch ich muß der weltgrößte Narr gewesen sein, als ich glaubte, es könnte gelingen. Isambard hat recht: Harry würde niemals zulassen, daß einer von uns ihm die Bürde abnähme. Selbst wenn es mir gelungen wäre, ihn zum Mitkommen zu bewegen, wäre er auf der Stelle umgekehrt, sobald er die Wahrheit erfahren hätte. Und ich bezweifle, daß selbst der Fürst ihn dann hätte aufhalten können. Und ich bezweifle, daß Llewelyn ihn mit einem Abschiedskuß und seinem Segen hätte einfach zurückkehren lassen. Also stehen wir wieder ganz am Anfang. Schlimmer noch, ich habe meine Herrin hintergangen, und alles für nichts. Für rein gar nichts!«

»Was willst du denn jetzt tun?« fragte Robert leise.

»Woher soll ich das wissen? Wenn Gott mir doch nur einen Fingerzeig geben und mir die Richtung weisen würde. Es muß irgendwo einen Ausweg geben, wenn wir ihn nur finden würden!«

Aelis hockte auf dem Boden, hatte die Knie angezogen, stützte das Kinn auf den zusammengefalteten Händen und starrte vor sich hin. Wer vermochte schon zu ergründen, was sie gerade dachte? Vermutlich hätte sie, ohne mit der Wimper zu zucken, Benedetta zehnmal an Isambard verkauft, wenn damit nur ihr Harry freigekommen wäre. Wahrscheinlich hielt sie auch, wie die meisten Frauen, Fragen der Ehre für pure Narretei. Wieso unterwarf sich ein Mann einer Sache, die er nicht wollte, bloß weil seine Ehre ihm das diktierte? Und was bewegte einen sturköpfigen Jüngling dazu, seine Haft weiterhin zu ertragen, wenn ihm doch die Freiheit angeboten wurde? Was machte da schon der kleine Makel eines Vertrauensbruches aus? Andererseits hatte Aelis Harry so sehr in ihr Herz geschlossen, daß sie ihn auch wegen seiner Fehler liebte. Sie würde sich zwar grämen, ihm aber keinen Vorwurf machen. Schließlich handelte er so, wie er handeln mußte. Ihre Gedanken bewegten sich in eine andere Richtung.

»Wenn der alte Burgherr plötzlich stürbe«, platzte es unvermittelt aus ihr heraus, »dann wären uns damit doch alle Sorgen genommen, oder?«

Das Mädchen ahnte nicht einmal, was sie mit diesen Worten ausgelöst hatte. Das Schweigen, das für John so furchtbar wie die Stille nach dem Donner war, hatte eine weit geringere Bedeutung für sie, und schon fuhr sie fort.

»Niemand sonst würde ein Interesse daran haben, Harry weiter festzuhalten. Der Fürst könnte ihn mit Leichtigkeit freikaufen. Isambard allein ist es doch, der aus einer verwerflichen Laune heraus den Jüngling gefangenhält, um ihn zu quälen. Wenn sein Sohn die Herrschaft über die Ländereien anträte, würde er ihn bestimmt freilassen. William Isambard hat Meister Harry ja nicht einmal gekannt, und deswegen wird ihm auch sein Sohn Harry wenig bedeuten. Was schert ihn schon ein Talvace? Er wird ihn bestimmt gern für einen geringen Preis hergeben, und sei es nur, um seinen guten Willen zu zeigen.«

Das Mädchen hob den Kopf und sah den Pfeilmacher mit einem Blick an, in dem sich unschuldige Hoffnung abzeichnete. Und sie schien auch nichts Mißbilligendes in dem Blick zu erkennen, der sie jetzt aus Johns Miene anstarrte.

»Du hast uns doch erzählt«, sprudelte es weiter aus ihr heraus, »daß der König keine neuen Feinde gebrauchen kann, weil er derer schon genug hat. Und die neuen Männer von König Heinrich sind auch angehalten, sich keine neuen zu schaffen. Schließlich sind schon genug von den hohen Herren gegen sie. William Isambard ist ein Mann des Königs. Er hat viel zu verlieren, wenn seine Feinde in Wales Verbündete gewinnen. Deswegen wird er Harry gern herausrücken, wenn er damit Fürst Llewelyn ruhig und die Grenze sicher halten kann.«

Orakelsprüche kommen am ehesten aus dem Mund von Kindern oder Weibern. Der Pfeilmacher saß wie erschüttert da und wandte den Blick halb von ihr ab, damit sie die unerträgliche Hoffnung und den damit verbundenen Gedankenlauf nicht bemerkte, die in ihm reiften und seine Gedanken brodeln ließen. Aelis hatte ihm die Lösung gewiesen, ihm den einzigen noch gangbaren Weg aufgezeigt. William Isambard war einer der neuen Männer, er stand mit des Rivaulx auf vertrautem Fuß, und auf seine Stimme wurde im Königsrat gehört. Wenn die Poiteviner scheitern sollten, würde er mit ihnen stürzen. Er würde Titel, Macht und königliche Gunst verlieren. Wenn er das Erbe von Parfois antreten würde, bestünde sein Hauptinteresse darin, diesen Besitz zu halten. Und das bedeutete, daß er den Fürsten von Aberffraw mit allen Mitteln daran hindern würde, sich auf die Seite der Verschwörer um den Grafen von Pembroke zu stellen. Denn dies würde eine ungeheure Verstärkung für die Feinde von des Rivaulx bedeuten. Llewelyn bräuchte sicher nur zu fragen und bekäme ohne viel Aufwand Harry zurück. Vielleicht würde er ein Lösegeld bezahlen oder Harry einfach als Geschenk bekommen – das war schließlich egal. William wäre sicher froh, wenn er wüßte, daß er ein solches friedenssicherndes Faustpfand in Händen hielt. Und wenn er einen Preis forderte, wäre es gewiß nur ein symbolischer – so wäre er sich der Dankbarkeit des obersten walisischen Fürsten sicher und würde ihn davon abhalten, ihn zu bekriegen.

Nach allem, was man hörte, verband Vater und Sohn keine Liebe. William wartete schon zu lange darauf, sein Erbe endlich antreten zu können. Er würde darum froh und dankbar sein, wenn jemand seinen alten Herrn in eine andere Welt schickte.

»Das ist alles richtig«, entgegnete Robert, »aber Ralf wird nicht einfach tot umfallen, bloß weil wir das wünschen. Vielen unter uns hat er Kummer und Leid gebracht, und selbst Gott schuldet er die Gebeine eines Toten. Doch ich fürchte, wir werden warten müssen, bis die Reihe an ihn gekommen ist.«

Mußten sie das wirklich? John sah auf seine Hände. Diese Finger hatten den Pfeil von der Sehne schnellen lassen, der Meister Harry das Ende gebracht hatte, ehe der Henker sich an ihm vergreifen konnte. Rings herum in den Dörfern hieß es, Gott selbst habe den Baumeister zu sich gerufen und der Pfeil sei vom Himmel selbst gekommen – und nicht etwa von der Spitze des Kirchturms. Konnte es nicht sein, daß der Herr im Himmel nun wieder Verwendung für diese erfahrenen Bogenschützenhände hatte? Natürlich würde John ein paar Tage brauchen, bis er den rechten Ort und Zeitpunkt ausgekundschaftet hätte. Und Robert und seine Tochter mußten nichts davon erfahren. Wozu sollte er sie in die Sache hineinziehen? Wenn alles gutging, wäre das Geheimnis bei einem besser aufgehoben als bei dreien. Und erst recht, falls das Vorhaben scheiterte.

Der Pfeilmacher hatte heute allein mit Ralf in der Kirche gestanden und die große Möglichkeit nicht erkannt, welche sich ihm da geboten hatte. Keiner seiner Diener war in der Nähe gewesen, und Isambard hatte ihm den Rücken zugekehrt. Und nach der Tat hätte John auch noch beinahe ungesehen entfliehen können. Doch der Dolch an seinem Gürtel hatte nicht zu zucken und sich zu lösen begonnen, um ihn aus seiner Tatenlosigkeit zu reißen. Damit war diese Stunde ungenutzt verstrichen, und eine so einfache Gelegenheit würde sich John nie wieder bieten. Aber was spielte das jetzt noch für eine Rolle? Er hatte Benedetta sein Leben geweiht, und wenn es sich als erforderlich erweisen sollte, würde er es auch um ihretwillen fortgeben.

»Ja, ich weiß«, seufzte Aelis jetzt, »es ist eine Todsünde, so etwas überhaupt nur zu denken. Aber mir kam eben in aller Klarheit die Erkenntnis, wie einfach doch alles sein würde, wenn Ralf Isambard von uns ginge.«

John wartete auf weitere Äußerungen von ihr, die ihm den Weg weisen konnten, aber Gott sprach nicht mehr durch sie. Die Last lag nun ganz allein auf seinen Schultern, und dort ließ er sie liegen, denn er wußte, daß sie ihm nicht zu schwer werden würde. Aelis hatte gesagt, es sei eine Todsünde, überhaupt an Mord zu denken. Wieviel schlimmer dann, ihn auch noch in die Tat umzusetzen. Das eigene Leben bedeutete dem Pfeilmacher nichts mehr, da konnte er doch ruhig noch seine Seele verlieren. Nicht in Trotz und Zorn, sondern in Ergebenheit und Demut. Wenn John in die Ewige Verdammnis hinabfahren sollte, dann war dies eben der Preis, den Gott verlangte, damit Benedettas Herz seine Ruhe wiederfände.

»Willst du die Nacht bei uns verbringen?« lud Robert ihn freundlich ein, als er sah, wie sehr der Mann sich in sich selbst versenkt hatte und seinen Gedanken nachhing, wie er das oft tat.

»Gern, Robert, sehr gern sogar. Aber morgen muß ich weiterreiten.« Er teilte ihm nicht mit, wohin es ihn ziehen würde, und er verschwieg ihm auch, daß er gar nicht weit fort wollte. Robert war klug genug, ihn nicht danach zu fragen. Beide Männer waren aus demselben Holz geschnitzt und spürten, warum es besser war, nichts zu wissen.

Der Pfeilmacher brauchte drei Tage, bis er alle Vorbereitungen getroffen hatte. Den Bogen lieh er sich aus der Rüstkammer von Kastell Coch, und zwar im Namen von Owen ap Ivor. Außerdem genoß der Diener der heiligen Frau von Aber überall im Reich des Llewelyn genug Achtung, um so manchen Wunsch erfüllt zu bekommen. Im Kastell übte er sich auch im Bogenschießen, damit seine alterssteifen Arme etwas von ihrer früheren Geschmeidigkeit zurückerlangten und sein Auge die alte Schärfe und Zielsicherheit wiederbekam. Denn in der letzten Zeit hatte John sich wenig im Langbogen üben können, jener typisch walisischen Waffe, deren Pfeil sogar ein Kettenhemd durchschlug und für deren Handhabung es ständiger Übung bedurfte.

Damit niemand auf falsche Gedanken kam, erfand er die Geschichte von einem Wettschießen, zu dem er in Shrewsbury gegen einen Engländer, der ihn herausgefordert habe, antreten wolle. Daraufhin gab man ihm gern alles, was er benötigte, und dazu auch noch den dringenden Rat, sich auf keinen Fall von dem Engländer besiegen zu lassen. John lebte schon so lange auf dieser Seite des Severn, daß die Menschen schon ganz vergessen zu haben schienen, daß er selbst in England geboren war. Er dachte ja auch nur noch höchst selten daran.

Es bedurfte für ihn keiner allzu langen Übung, bis die Hände und die starken Schultern sich wieder daran erinnerten, wie man mit einer solchen Waffe umging. Sein Auge hatte ohnehin nie die alte Schärfe und Zielsicherheit verloren. Als John mit sich und den Ergebnissen zufrieden war, überschritt er den Severn an der Furt bei Pool, verbarg Bogen und Pfeile zwischen einigen Sträuchern unterhalb der steilen Rampe, die nach Parfois hinaufführte, und band sein Pony an einer langen Leine auf einer Lichtung nahe dem Fluß fest. Der Pfeilmacher mied die Wege, die Robert üblicherweise ging, und vermied auch die Stellen, an denen der Waldbauer seine Fallen auslegte. Ein- oder zweimal erspähte er den Freund, wie er arglos durch das Gehölz streifte; und einmal bekam er auch Aelis zu Gesicht, als sie Angelschnüre aus dem Severn zog, welche sie über Nacht dort ausgeworfen hatte. Er vermißte die Freunde nicht mehr. So lange hatte er schon allein gelebt, daß die Einsamkeit zu seiner zweiten, zu seiner wahren Natur geworden war. Sie würde wohl bis ans Ende seiner Tage währen, und er strebte auch gar nicht danach, seine fortdauernde Stille unterbrochen zu sehen. John kehrte nicht zu seinen Kameraden nach Kastell Coch zurück, und ihn zog auch nichts mehr zu der Hütte des Waldbauern oberhalb der Mühle. Nur die Aufgabe, welche er sich gestellt hatte, beschäftigte ihn noch. Alles andere verblaßte dagegen zu nichts. Wenn er den Anschlag überleben sollte, würde er als Fremder in eine fremde Welt zurückkehren, in welcher er alles von neuem würde lernen müssen, sogar das Sprechen.

In der ersten Nacht unter dem Burgberg schlief er in seinen Umhang zusammengerollt unter einigen Sträuchern. Danach legte er sich überhaupt nicht mehr zum Schlafen hin. Bei Tag beobachtete er das Kommen und Gehen auf der Burg und suchte nach der Stelle, von der aus er am besten die untere Burgwache im Schußfeld haben würde. Höher hinauf konnte er nicht, denn dazu hätte er den Fels ersteigen müssen, und als Nicht-Waliser mangelte es ihm an der angeborenen Fähigkeit zum Kraxeln und an der Schwindelfreiheit. Davon abgesehen blieb er lieber an einem Ort, wo er zumindest die Möglichkeit besaß, sich nach getanem Werk rasch aus dem Staub zu machen. Auch wenn John das Leben nicht viel bedeutete, so wollte er es dennoch nicht einfach wegwerfen. Wenn er es schon verlieren sollte, dann nur zu einem hohen Preis. Gott sollte beim Jüngsten Gericht nicht Klage führen müssen, daß dieser Sünder Sein Geschenk verächtlich fortgeworfen hätte.

Zweimal am Tag ritt Isambard aus, zumindest dann, wenn das Sommerwetter dazu einlud. Manchmal ritt er in Gesellschaft. Seine Knappen umringten ihn und schienen einander in Farbenpracht ausstechen zu wollen. Seine Falkner standen meist schon am Heideland hinter den alten Erdwällen bereit, damit er dort die Falkenjagd betreiben konnte. Andere Male ritt der Burgherr fast allein aus. Langholme folgte ihm in einigem Abstand, und zwei Pagen durften ebenfalls mit, um sich in dieser oder jener Waffen- oder Jagdkunst zu üben. Ihnen war aber auferlegt, den Herrn in seiner melancholischen Stimmung nur ja nicht zu stören. Bei einem dieser Ausritte glaubte John, eine gute Gelegenheit gefunden zu haben: Isambard ritt aufrecht und finsterer Miene allein dahin. Doch der Pfeilmacher senkte den Bogen wieder. Der Burgherr war ein Stück zu weit entfernt, und wenn John vorbeigeschossen hätte, wäre damit sein ganzer Plan zunichte gewesen. Am dritten Tag fand er die geeignete Stelle. Hier würde er in Ruhe abwarten können, ohne den Pfeil voreilig verschießen zu müssen, ohne daß Gefahr bestand, daß er sein Ziel verfehlte oder Isambard nur eine Fleischwunde zufügte.

Unterhalb der unteren Burgmauer wuchsen am Rampenrand dicht an dicht Bäume; genauer gesagt, an der Seite zum Tal, dort wo man für den neuen Turm Erde und Rasen abgetragen hatte, bis man auf das Felsbett gestoßen war. Steinhaufen lagen dort, die darauf warteten, verbaut zu werden, und altes Mauerwerk und Trümmer, die fortgeschafft werden mußten. Es war ein unebenes Gelände zwischen dem Hang und dem Weg, und es steckte voller Hindernisse. Ein einzelner Mann konnte sich hier aus einem der Bäume fallen lassen und von Strauch zu Strauch huschen, bis er den Hang erreichte und von dort den Fluß. Seine Verfolger hingegen mußten sich erst zwischen oder über die diversen Haufen mühen und auch noch die Schnüre der abgesperrten Baustellen überspringen.

Vom höchsten Baum aus hatte man einen hervorragenden Ausblick auf das ganze Gelände zwischen den Trümmern und die Straße dahinter. Wer von Parfois kam oder dorthin wollte, mußte über sie kommen. Es herrschte Hochsommer, und das dichte Laubwerk der Bäume und Sträucher hätte ausgereicht, eine ganze Armee zu verstecken. John entschied sich für eine Ulme, deren Äste über die Straße ragten und zum Teil auch die grauen Steinhaufen überdeckten. In der Astgabel fand er ausreichend Platz, um halbwegs bequem die ganze Nacht auszuharren. Beim ersten Tageslicht kroch er auf einem Ast entlang, bis er eine Stelle fand, wo er sich hinhocken und die ganze Rampe im Auge behalten konnte.

Der frühe Abend wäre der ideale Zeitpunkt gewesen, um eventuelle Verfolger im Wald und am Fluß abzuschütteln. Aber am Morgen hatte er besseres Licht, und das war für sein Vorhaben unabdingbar. Gestern hatte die Jagdgesellschaft eine Weile an der Baustelle verbracht, um sich vom Fortschritt der Maurerarbeiten zu überzeugen. Und Isambard hatte noch ein paar Worte mit dem Baumeister gewechselt. Das wäre eine gute Gelegenheit für John gewesen, wenn er sich nur in einer besseren Position befunden hätte. Aber zu jener Zeit war der Pfeilmacher am Boden gewesen. Die Sträucher hatten ihm die Sicht behindert, und beim Pfeilziehen und -auflegen hätten sie so geraschelt, daß man auf ihn aufmerksam geworden wäre. Doch heute sollte ihm nicht wieder etwas dazwischenkommen. Sobald Gott ihm eine Chance böte, würde John sie sich nicht entgehen lassen.

Das Licht wurde allmählich heller über dem Land. Die Arbeiter erschienen, und nach ihnen die Maurer. Der Wächter gähnte in die Sonne und schaute ihnen träge beim Werken und Messen zu. Zwei oder drei Wanderarbeiter hockten am Straßenrand und klopften Steine zu. Glitzernde graue Granitsplitter flogen in das ausgebleichte Augustgras und bedeckten es wie feiner Frost. Ein Wagen rumpelte knarrend heran, und daraus ergoß man Faß um Faß ungelöschten Kalks in Bottiche und Wannen, bis neben der Straße ein grauweißer Hügel entstand. Als die Sonne langsam höher stieg, erschien Meister Edmund mit einem Schreiber aus der Burg und verfolgte, wie auf dem bloßgelegten Fels die erste Reihe Steine gelegt wurde. Überall auf Burg Parfois erwachte jetzt das Leben, und allerorten ging man seinem Tagwerk nach. In der Ulme saß der Bogenschütze und wartete voller Geduld. An einem so wunderschönen Morgen würde der Burgherr sich die Gelegenheit zu einem Ausritt nicht nehmen lassen.

Doch acht Uhr war schon vorbei, als Isambard sich endlich zeigte, für ihn recht spät. Endlich, endlich schimmerten die hellen Wappenfarben zwischen den Bäumen hindurch und setzten sich wie bunte Blumen auf die Äste. Der Reiterzug näherte sich von der Hochebene der Kathedrale. Das weiche Schlagen der Hufe ließ den Boden sanft erbeben. Heute erschien Isambard mit großem Gefolge. Ein halbes Dutzend Ritter begleiteten ihn, dazu die Knappen, Pagen und Kriegsmänner von niederem Adelsrang. Natürlich fehlten auch die ehrgeizigen Jünglinge aus den vornehmen Familien nicht, die man nach Parfois geschickt hatte, damit sie für ein Leben ausgebildet würden, in dem nur der Stärkste und Waffenkundigste überlebte, während man die Schwachen beiseite stieß und niedertrampelte. Die jungen Herren nahmen die harte Ausbildung aber nicht zu ernst, fanden immer wieder Grund, fröhlich zu sein, schulten sich im höfischen Benehmen und im Waffengang und hofften darauf, für ihre Dienste bei Isambard mit einem Gut belohnt zu werden.

Sie hatten anscheinend ihren Herrn noch nicht im Stich gelassen. Ralf Isambards Stellung schien unangreifbar, und die Schwierigkeiten, in denen König Heinrich gegenwärtig steckte, würden daran so bald nichts ändern. Diejenigen, welche geschwankt hatten, hatten sich die Sache wohl noch einmal gründlich überlegt und sich ausgerechnet, daß Isambard womöglich wieder im Aufstieg begriffen war. Wenn man einen de Burgh so ohne weiteres und mit Getöse aus seinen Ämtern zu verjagen vermochte, dann konnte das einem Bischof von Winchester ebenso ergehen, wenn der Wind sich erst einmal gedreht hatte. Niemand konnte zu diesem Zeitpunkt voraussehen, wie die Geschichte enden würde. Morgen mochte Isambard wieder ganz oben stehen, oder aber die Poiteviner setzten sich endgültig und gründlich durch; dann würde Ralfs Fall sehr tief werden, und mit ihm würden alle stürzen, die dann noch zu ihm gehalten hatten. Im Augenblick hielten sich die neuen Männer, die nach Rang, Titel und Besitz strebten, noch zurück. Wenn Isambards Stern endgültig im Sinken begriffen war, würde man die Zeichen schon früh genug zu deuten wissen. Dann würden ihn zuerst die landlosen Ritter verlassen, dann die zweitgeborenen Söhne. Und Langholme wäre der letzte. Warum ein Leben an der Seite eines Mannes verbringen, der für die Liebe, welche man ihm entgegenbrachte, nichts übrig hatte?

Der Mann in der Ulme stützte das Knie vorsichtig auf dem Ast ab, auf dem er gerade hockte. Er griff über die Schulter und zog einen Pfeil aus dem Köcher, ohne auch nur für einen Moment den Blick von dem hocherhobenen Haupt abzuwenden, das so selbstsicher auf den schwarzgekleideten Schultern saß. Sonnenstrahlen umschwirrten den Herrn von Parfois und färbten die hervorstehenden Knochen in seinem Gesicht kupfern und golden. Ralf sah heute nicht älter aus als fünfzig. Er ritt den Fuchs, der Harry Talvace gehörte und der Barbarossa hieß. Heute wirst du dir zum letzten Mal das Roß des Jünglings angeeignet haben, dachte der Pfeilmacher und bewegte sich vorsichtig hinter den Blättern, damit sie nicht raschelten.

Leise legte er den Pfeil auf die Sehne, zog diese etwas an und wartete. Die Spitze schob sich sachte durch das Laub und richtete sich begierig auf Isambards Brust, genau auf die Stelle, an der die schwarze Cotte offenstand und das weiße Hemd darunter erkennbar war.

John hatte keinen Grund zur Eile. Die Pferde trabten gemächlich den Weg herunter, und dem Pfeilmacher blieb ausreichend Zeit, die Köpfe der Jungen zu zählen, die nach dem Anschlag wahrscheinlich hinter ihm her sein würden. Dankbar stellte John fest, daß die Reitgesellschaft keine Hunde mit sich führte. Er bewegte prüfend den Ellenbogen des Spannarmes und erkannte befriedigt, daß er den Arm ausreichend weit nach hinten und zur Seite schieben konnte.

Jetzt kamen sie näher. Langholme folgte seinem Herrn dichtauf, und die Pagen neckten und stießen sich spielerisch, aber kein einziger ritt neben Isambard. Er ritt stets an der Spitze und war dort immer allein. Plappernd, lachend und bunt ritt das Gefolge hinter ihm her bis zum Turm der unteren Burgmauer. Dort hielt Isambard an, um ein paar Worte mit Meister Edmund zu wechseln. Er ritt im Schritt die Fundamente ab, stieg dann vom Roß und warf seinem Kammerdiener die Zügel zu.

Ausgezeichnet, damit wurde er zu einem noch besseren Ziel. Wenn bloß die Arbeiter sich nicht ständig um ihn herumdrängen würden. Sie empfanden so große Ehrfurcht vor ihm, daß er sie vor sich her schob, als trenne ihn ein unsichtbarer Wall von ihnen. Stets wichen sie vor ihm zurück, so daß er zusammen mit dem Baumeister in deren Mitte stand.

Einige aus dem Gefolge waren inzwischen ebenfalls abgestiegen. Da sie die häufigen Halts kannten, die Isambard einzulegen pflegte, fragten sie sich, wie lange es wohl diesmal dauern würde, ehe es endlich weiterginge. Wenn John seinen Pfeil verschoß, würden diese Männer die Verfolgung nicht rasch genug aufnehmen können und damit die anderen Berittenen behindern.

Der Pfeilmacher entdeckte, daß Isambard einige Bogner mit sich führte. Er mußte jetzt handeln, und zwar rasch, bevor die

Begleiter alle neben dem Turm versammelt waren. Das Licht war für seine Zwecke perfekt, und das Ziel befand sich nicht zu weit entfernt.

Da trat Meister Edmund zur Seite. Dienstfertig und stolz zeigte er seinem Herrn den Verlauf der Außenmauer. Mit einem quergestellten Fuß wies er auf die Dicke des Mauerwerkes hin. Isambard stand jetzt ganz allein da und drehte den Kopf, um den Ausführungen seines Baumeisters zu folgen. Seine ungeschützte Brust befand sich genau in der Flugbahn, sie bot sich dem Pfeil dar, der wie ein Raubtier nach ihrem Fleisch gierte.

»Gott hilf mir!« flüsterte John mit trockenen Lippen und zog mit all seiner Kraft, Inbrunst und Erfahrung die Sehne zurück.

Doch gerade sein übergroßer Haß wurde ihm zum Verhängnis. Er hatte das Gewicht dermaßen nach vorne verlagert, daß sein Knie zu stark auf den Ast drückte. Dieser krachte und gab nach. Der Pfeil schnellte von der Sehne, zerschnitt die strahlende Luft mit heulendem Zischen und sauste nach unten. Die Arbeiter und Gefolgsleute hörten den Pfeil, sie spürten ihn fast schon in ihrem Fleisch. Entsetzt sahen sie sich um, als das Geschoß vor Isambards Füßen in den Boden fuhr und dort surrend und zitternd haltmachte. Keine sechs Zoll vor dem langen Reitschuh des Burgherrn steckte der Schaft fest und säuselte ärgerlich nach. Ralf wirbelte herum. Er starrte auf das Geschoß. Zum ersten Mal hatte er zu langsam auf eine drohende Gefahr reagiert. Wie fern mußten wohl seine Gedanken von diesem Ort und seinen täglichen Geschäften gewandert sein, wenn er sich hier auf offenem Gelände so bedenkenlos einem Attentäter darbot?

John hatte inzwischen sein Gleichgewicht zurückerlangt, indem er sich nach hinten gegen die Hauptastgabel zurückgeworfen hatte. Der plötzlich absackende Ast hatte ihn aus dem Gleichgewicht gebracht, und um ein Haar wäre er unsanft auf dem Boden gelandet. Während er hektisch einen zweiten

Pfeil aus dem Köcher zog, hatten die Bogner ihn schon im wild raschelnden Laub entdeckt.

»Da oben steckt er! In der Ulme!« schrie eine helle Knabenstimme.

Langholme war herbeigesprungen, hatte seinen Herrn am Arm gepackt und ihn in Deckung gezogen. Für einen Moment konnte Isambard sich kaum rühren, weil der Kammerdiener auf ihm lag. John geriet währenddessen in Panik und wünschte sich mit aller Kraft, Langholme möge Isambard endlich loslassen und sich von ihm entfernen. Seine Finger hatten bereits den nächsten Pfeil aufgelegt, er legte an und suchte mit seinem Fuß nach einem sicheren Halt. Da ließen die Bogenschützen von unten ihre Pfeile von der Sehne schnellen. John war eine Sekunde zu spät. Natürlich hätte er Langholme durchbohren und darauf hoffen können, daß der Pfeil auch noch Isambard durchfuhr. Kein unmögliches Vorhaben für einen erfahrenen Langbogenschützen. Aber er zögerte zu lange, schließlich hatte ihm der Kammerdiener nie etwas zuleide getan.

Der brennende Schaft traf ihn hart und schmerzhaft mitten in die Brust. Er prallte zurück ins raschelnde Blattwerk. Luft sauste an seinem Gesicht vorbei und nahm ihm den Atem. Nach einem Moment, der ein Jahr anzudauern schien, kamen der furchtbare Schmerz, der Schreck und die Dunkelheit, die seinen Körper und seinen Geist umloderten wie eine Stichflamme.

Die jungen Männer sahen ihn abstürzen und hielten den Atem an, als seine Knochen mit einem furchterregenden, lauten Aufprall auf einem der Steinhaufen zerschmetterten. John drehte sich im Fall, stieß hart auf Granit, prallte wie eine Stoffpuppe ab und landete in einem Bottich mit ungelöschtem Kalk.

Isambard stand erschüttert und schweigend da, seine Augen schienen nicht zu verstehen, was sie sahen. Doch rings um ihn herum geriet alles in Bewegung. Die Männer rannten über das Gras, heulten wie die Wölfe und stürmten zu der Stelle, an welcher der Heckenschütze gefallen war. Bevor Isambard einschreiten konnte, fielen sie schon mit Stöcken, Messern, Schwertern, und was sie sonst gerade zu fassen bekamen, über John her, um ihn in Stücke zu reißen.

Als Isambard die wortlosen, erstickten Schreie hörte, befreite er sich mit einer kräftigen Armbewegung von Langholme. Bald leuchteten auch wieder die alten Flammen in seinen dunklen Augen auf. Er rannte los, schrie aus Leibeskräften und trieb die Männer mit seiner Reitgerte auseinander.

»Laßt gut sein! Fort von ihm, sage ich! Laßt ihn los!«

Diejenigen unter ihnen, die nicht dem Blutrausch verfallen waren, hörten auf Isambard, zogen sich von dem Attentäter zurück, ließen ihre Waffen fallen und hielten respektvoll Abstand. Ihr Herr warf sich in das Menschenknäuel, hieb mit der kurzen Peitsche wie mit einem Dreschflegel um sich und brüllte die Männer wie ungehorsame Hunde an. Endlich ließen sie von ihrer Beute ab, liefen auseinander und ließen Isambard ausreichend Platz, um sich dem Menschen zu nähern, der in dem rauchenden Kalk zuckte und stöhnte.

Blut dampfte und zischte neben dem Heckenschützen, und als der Burgherr sich vorbeugte, schlug ihm die Hitze entgegen. Seine bronzefarbene Miene hing für einen Moment wie erstarrt über dem Pfeilmacher, ein Tränenschleier überzog seine Augen. Zu seinen Füßen wanden sich und erstarrten schließlich Johns traurige Gliedmaßen in letzten unkontrollierten Zuckungen. Der Körper war an manchen Stellen zu blutigem Brei zerschlagen oder zerhackt, und von irgendwo in ihm löste sich ein leiser, andauernder Klagelaut. Nur die zwei hellblauen Augen schienen in dem zerschmetterten Gesicht heil geblieben zu sein. Mit der Inbrunst tiefsten Hasses starrten sie Isambard an, erkannten ihn und wurden erkannt.

Ein langsamer Tod ist weitaus furchtbarer als ein schneller, und dieser schien von allen der schlimmste zu sein. Nur die Augen lebten noch, und das mit hartnäckiger, brennender

Begierde. Stunden würde er noch in diesem Alptraum der Schmerzen ausharren müssen.

Isambard zog seinen Dolch und ließ ihn glatt und sicher wie ein Falke auf den unrettbar verletzten, schwerleidenden Mann niedergehen.

Eine letzte Woge der Leidenschaft durchspülte den Sterbenden, sein übergroßer Haß entzündete einen letzten Lebensfunken. Die Hände an den Seiten verkrallten sich im Kalk, fuhren hoch und schleuderten Isambard die Masse in das vorgebeugte Gesicht. Zu spät riß Ralf den Arm hoch, der Angriff traf ihn völlig unvorbereitet; seine Augen, Lippen und Nasenlöcher füllten sich mit dem ätzenden Gemisch. Geblendet und keuchend kippte er nach vorn und landete auf Johns zuckendem Körper. Der Widerhall von rennenden Füßen erfüllte die Luft, und Hände streckten sich nach dem Burgherrn aus. Doch selbst in dieser Lage schickte er sie fort, schrie und spuckte heißen Schaum.

»Zurück! Laßt uns allein!«

Mochten ihm Gaumen, Lippen und Rachen auch noch so brennen, mochte sein ganzes Gesicht nur so brennen, seine Stimme besaß immer noch ihre alte Autorität. Schwer atmend lag Isambard auf seinem Feind, warf den Kopf hin und her, um den Schmerz abzuschütteln, der sich wie mit Krallen festhielt. Seine Gefolgsleute gehorchten. Sie bildeten einen Kreis um den Bottich, sahen einander entsetzt an und hielten Abstand; sie wagten nicht, dorthin vorzudringen, wo er es ihnen verboten hatte.

Nahe an Ralfs Ohr ertönte flacher, rasselnder Atem und ein verzweifelter tierischer Laut, der Isambard zusammenfahren ließ. Er fragte sich voller Furcht, ob diese Geräusche vielleicht aus seinem eigenen Mund kamen. Er biß die Zähne zusammen, um sein Stöhnen einzusperren, doch das Geräusch wollte nicht aufhören, es zerrte immer stärker an seinen Sinnen. Er tastete mit der Linken nach dem Pfeilmacher, berührte Stoff, fuhr von der Schulter zur Brust, und seine Finger tränkten sich mit Blut.

Die Sehnen des alten Halses waren straff gespannt, der zerschlagene Kopf versuchte sich zu erheben. Isambard hielt des Pfeilmachers Kehle mit der Linken fest, und mit der Rechten führte er einen raschen, sauberen Schnitt aus.

Ein Schwall Blut ergoß sich über seine Hände. Das gräßliche Jammern ging in ein ersticktes Husten über und verstummte schließlich ganz. Noch einmal bäumte sich der zerschmetterte Körper unter ihm auf, erbebte für eine lange Minute, erschlaffte endlich und lag vollkommen still da.

Isambard ließ den Dolch los, rollte sich von dem Kadaver und preßte beide Unterarme ans Gesicht. Er hob sich auf die Knie, und noch immer hielt die angespannte Stille rings um ihn herum. Die Männer fürchteten sich davor, zu ihm zu gehen, sie würden es erst tun, wenn er es ihnen befahl. Aber Isambard wagte nicht, die Zähne voneinander zu lösen, weil er fürchtete, dann laut schreien zu müssen. Wasser schoß ihm unentwegt in die Augen, quoll siedend unter seinen geschlossenen Lidern hervor und rann brennend die ausgehöhlten Wangen seines goldenen Antlizes hinunter. Er konnte nichts sehen, und in seiner höchsten Not riß er einen Arm vom Gesicht, fuhr sich mit der Hand unter das Hemd, verkrallte die Fingernägel in das harte Fleisch seiner Brust, um einen Gegenschmerz zu erzeugen und schrie:

»Meine Augen ... Wasser ... Meine Augen brennen wie Feuer ...«

Jetzt geriet Bewegung in ihre Reihen, und aufgeregtes Gemurmel brach laut aus wie von einem aufgeschreckten Bienenschwarm. Einige von ihnen liefen sofort los, während andere nach oben denen an der Baustelle zuriefen, jemand solle Meister Hilliard, den Medicus, rufen. Nichts von dem, was die Getreuen von sich gaben, schien ihm irgendwie hilfreich zu sein, und so tastete er um sich und hielt das schmerzverzerrte Gesicht mit den fest geschlossenen, tränenden Augen und den zusammengepreßten Lippen ins Licht.

»Walter ...«

»Hier, Mylord!« Schon war der Kammerdiener neben ihm, ließ sich auf die Knie fallen und stützte den Burgherren mit seinem Arm.

»Hilf mir aufstehen, Walter. Bring mich nach Hause, wo sie mich nicht mehr sehen können.« Die verätzten Lippen formten die Worte nur leise, langsam und unbeholfen, aber er war dennoch deutlich zu verstehen. Er klammerte sich an den Arm seines Getreuen, stemmte sich mit einem Fuß gegen den Boden und zog sich an ihm hoch.

»Legt Euch hier hin, Herr, geduldet Euch. Wartet im Schatten, bis Meister Hilliard gekommen ist. Ihr könnt nicht laufen. Wir bringen Euch eine Trage.« Langholme klapperte vor Schreck und Kummer mit den Zähnen.

»Unfug, bring mich nach Hause. Ich bin doch nicht krank und kann immer noch reiten. Führ mich zu Barbarossa, hilf mir hinauf. Ich muß von hier fort, ich kann doch nicht ein solches Spektakel bieten!«

Bebend und vor Sorge halb von Sinnen führte der Kammerdiener ihn an seinem Arm die wenigen Meter bis zu der Stelle, wo das Roß nach der ganzen Aufregung friedlich graste. Isambard torkelte wie ein Betrunkener und bewegte vor Schmerz unentwegt den Kopf, um eine Stellung zu finden, welche die Pein ertragbarer machte, ohne Erfolg. Jede Stelle in seinem Gesicht verwandelte sich sofort in Feuer, sobald er sie berührte. Seine knochigen Finger schlossen sich noch fester um Langholmes Arm, bis der Knappe nicht mehr anders konnte, als unter dem Druck zusammenzufahren. Worauf Isambard seinen Griff lockerte und seine Hand fast behutsam auf Langholmes Ärmel legte. Dennoch spürte sein Kammerdiener die Finger steif wie die eines Sterbenden auf seinem Arm.

»Ich tue dir weh, Walter. Verzeih mir bitte.«

»Nein«, widersprach der Diener. »Nein!« Fast wünschte er sich das Krallen zurück. »Hier sind die Zügel, Mylord.« Die Hand löste sich von seinem Arm, suchte nach dem Lederriemen und bekam ihn zu fassen. Die Finger verkrampften sich hart in die glänzende Nackenmähne des Tieres.

»Und hier ist der Steigbügel, Herr. Hebt Euren Fuß, und stellt ihn hier hinein. Ja, gut so …«

Isambard saß im Sattel. Er preßte die Knie in die Flanken des Pferdes und atmete zum ersten Mal etwas ruhiger.

»Gib mir ein Tuch, Walter, und bleib an meiner Seite.«

Er drückte das Tuch an seine Augen und hielt während des langsamen Rittes die Rampe hinauf den Kopf wie ein Klageweib gesenkt. Der besorgte, aufmerksame Langholme wich ihm nicht von der Seite und bemerkte, wie sein Herr das Ende des Tuches zwischen die Zähne schob und fest draufbiß. Sein mahlender Unterkiefer hob sich starr und weiß von der braunen Haut ab.

Den Jünglingen im Gefolge hatte es vor Schrecken die Sprache verschlagen. Sie wichen zurück, um die beiden vorbeizulassen, und schlossen sich ihnen dann geordnet und mit gedämpften Mienen an. Wenn sie sich unterhielten, dann nur im Flüsterton. Falkner, Pagen, Ritter und Knechte zogen alle hinter ihrem Herrn über die Hochebene der Kathedrale und über die Zugbrücke in die Burg. Wie eine Prozession begleiteten sie ihn in den inneren Burghof und noch weiter bis zu seinen Gemächern im Damenturm. Dort lief der Medicus vor ihnen her, und kummervoll eilte jetzt auch de Guichet heran, um seinen Herrn beinah die steinerne Treppe hinaufzutragen.

Hinter ihnen schloß sich die Tür und ließ die Menge draußen. Mochten sie nun miteinander schwatzen, sich das Ganze erzählen, gegen die Tür hämmern oder sich sogar freuen, er war jetzt vor ihnen sicher.

Erst hier in seinem Gemach konnte Isambard Tuch und Arm von seinem entstellten Gesicht nehmen und brauchte sich nicht mehr irgendwo oder an irgendwem festzuhalten, um den Schrei zu ersticken. In seinen eigenen Räumlichkeiten durfte er stöhnen, fluchen und auch sonst alles tun; nur nicht weinen.

Denn wenn er weinte, verwandelte sich das Salzwasser in seinen Augen in kochendes Pech.

Er ließ sich von de Guichet und Langholme baden, um Blut und Staub wegzuwischen, zu Bett führen und die Augen mit Milch tränken, um den Kalk wegzuspülen. Da er nichts essen konnte, gaben sie ihm zwei rohe Eier, um die Schmerzen in Mund und Kehle zu lindern. Die Männer schlossen die Fensterläden, um das Licht auszusperren. Er lag auf seinem Bett, ließ alles mit sich geschehen, drehte sich brav unter den Händen des Arztes und gehorchte jeder Anweisung. Ralf benötigte seine gesamte Kraft, um die Schmerzen zu ertragen und sich mit ihnen abzufinden; denn er spürte, daß diese Pein ihm noch sehr lange erhalten bleiben würde. Eine andere Sache beherrschte noch seine Gedanken, aber die konnte warten, noch mindestens eine Stunde, bis der Medicus und seine Helfer ihn ausreichend gepiesackt hatten und wieder gegangen waren.

Der alte Blutegel und de Guichet unterhielten sich quer über sein Bett ganz unverfroren über ihn und seinen Zustand, so als schliefe er tief und fest oder sei bereits tot oder ein krankes Vieh. Seine geschwollenen Lippen verzogen sich darüber zu einem Lächeln, und in diesem kurzen Moment waren ihm sogar die Schmerzen egal.

»Hat er schwere Verletzungen erlitten, Meister Hilliard? Ich meine, wird er davon gezeichnet bleiben?«

Was machte das schon aus? Sein altes Gesicht hatte viele Jahre gesehen, da konnte es den Rest seiner Tage auch ohne Schönheit verbringen.

»Nur ein wenig, ja, ich glaube, nur ein wenig. Er ist stark und hat kein Fieber. Es wird ihm bald bessergehen, wenn er sich nur selbst beherrscht und ruhig liegenbleibt. Indes die Augen ... die sind eine ganz andere Geschichte ...« Immerhin bewies der Medicus an dieser Stelle das Feingefühl, ein wenig zu zögern und dann leiser fortzufahren: »Seine Augen sind ernster betroffen ... Aber noch läßt sich nichts sagen. Wir wollen hoffen und beten.«

Die Augen ernster betroffen? Für einen Mann, der sich mit Blicken Autorität verschaffte, konnte schon ein minderes Augenleiden zu einer ernsten Angelegenheit werden.

Von unter dem getränkten Leinen, das man ihm über den Mund gelegt hatte, sprach Isambard: »Laßt mich jetzt allein, ich möchte ruhen. Nur Walter soll bleiben.«

»Das wird er, Mylord«, entgegnete Meister Hilliard, »das wird er. Denn jemand muß über Euch wachen und die Tücher ständig mit Milch befeuchten. Guter Langholme, spült unserem Herrn die Augen, und sorgt dafür, daß die Tücher stets feucht bleiben. Und schickt gleich nach mir, falls Mylord Fieber bekommt.«

Damit zog der Medicus sich zurück, und mit ihm de Guichet. Nur Langholme blieb und stand stumm und reglos neben dem Bett.

Stille und Schmerz umhüllten Isambard. Er lag ganz ruhig da, ließ sich von beiden überwältigen, ohne sich zu widersetzen. Was geschehen war, war nun einmal geschehen. Niemand konnte ihn an den Anfang des Tages zurückführen, damit er ihn noch einmal durchlebte. Da war es doch besser, sich damit abzufinden.

»Walter?«

»Hier, Herr.«

»Walter, ich habe Wichtigeres für dich zu erledigen, als diese Lumpen in Milch zu tauchen. Dieser arme Teufel da unten, der Mann, den ich getötet habe, er brachte mir vor einigen Tagen einen Brief, und ich gab ihm meine Antwort darauf, die er seiner Herrin ausrichten sollte. Anscheinend hat er es sich aber anders überlegt und wollte seiner Herrin mehr mitbringen als nur das Unterpfand, welches ich ihm mitgab. Durchsuch ihn, irgendwo an seinem Leib muß er meinen Ring haben, den mit dem Rubin. Wirst du ihn an seiner Statt übergeben?«

»Herr, worum Ihr mich auch bittet, ich werde es tun«, antwortete Langholme entschlossen.

»Du bringst ihn einer Dame, an welche du dich vielleicht

noch erinnerst. Madonna Benedetta Foscari. Ich habe sie einst zu töten versucht, Walter, aber sie wollte nicht sterben. Die Herrin lebt nun unter den Walisern und hält sich irgendwo verborgen. Vermutlich nicht weit von Llewelyns Burg in Aber. Zu dumm von mir, daß ich den Pfeilmacher nie fragte, wo sie sich aufhält und was sie so tut. Wenn du dich in Aber nach ihr erkundigst, dürftest du sie finden.«

»Und was soll ich ihr sagen, Mylord, nachdem ich ihr den Ring ausgehändigt habe?«

»Teile ihr mit, ich hätte geantwortet: ›Ja, ich nehme Euer Angebot an. Kommt.‹« Die Worte erfüllten ihn mit einer inneren Ruhe. Höchste Zeit, diese dumme Geschichte zu beenden. Er lebte schon zu lange mit dieser Last. »Sag ihr nur das. Dann wird sie schon Bescheid wissen. Und berichte ihr auch, wie es ihrem Diener ergangen ist. Erzähle es ihr genau so, wie es sich zugetragen hat, dann wird sie es verstehen. Benedetta kannte ihn besser als ich, und jetzt kenne ich ihn auch. Gott sei seiner Seele gnädig.«

»Er hat versucht, Euch zu ermorden!« entgegnete Langholme ernst und verwundert.

»Das war ich ihm wohl schuldig, wahrscheinlich sogar noch mehr. Was er mir zugefügt hat, hat vielleicht einen Teil meiner Schuld abgetragen. Aber wer weiß das schon? Tu nur das, was ich dir aufgetragen habe.«

Der Kammerdiener zögerte und schien die Bettstatt nicht so recht verlassen zu wollen. »Soll ich gleich losreiten?«

»Nein, Walter. Wenn es dich beruhigt, schick einen der Pagen zu mir herauf. Aber er soll vor der Tür warten. Wenn ich etwas von ihm will, rufe ich ihn zu mir herein.«

Isambard hörte, wie Langholme etwas unentschlossen zur Tür ging. Er rief ihn noch einmal zurück: »Ach, Walter. Nachdem du ihm den Ring abgenommen hast, sorg dich um die letzte Ruhe des Mannes. Sag de Guichet, daß er ihn beerdigen soll, wie es sich für einen Christenmenschen geziemt.«

Harry war gerade aus dem Stall in die Zeichenhütte zurückgekehrt und hatte seine Arbeit ins Sonnenlicht gerückt, als er sie kommen hörte. Ein großer Reiterzug, bei dem es sich nur um die zurückkehrende Jagdgesellschaft handeln konnte. Er spähte nach draußen, sah sie zu den Stallungen reiten und wunderte sich, warum sie schon wieder da waren. Isambard gehörte nicht zu denjenigen, die gleich umkehrten, wenn sie ein Zipperlein plagte oder ihnen eine neue Laune in den Sinn gekommen war. Der Jüngling sah die Pagen, die mit hängenden Köpfen auf ihren Rössern saßen und sich ungewöhnlich still verhielten. Doch ansonsten ließ nichts darauf schließen, daß sich etwas Furchtbares ereignet hatte. Also machte sich Harry wieder an die Arbeit, mußte aber die ganze Zeit daran denken, daß man Barbarossa um seinen gewohnten Ausritt betrogen hatte. Schließlich legte er verdrossen, aber bestimmt, Hammer und Meißel beiseite und begab sich zum Stall. Wenigstens wollte er sein Tier streicheln und versorgen. Vielleicht konnte er ja auch jemand anderen finden, der mit ihm ausritt. Das Pferd gehorchte Isambard zwar aufs Wort, aber ein anderer würde bestimmt auch mit ihm zurechtkommen. Irgend etwas gab es doch sicher außerhalb von Parfois zu erledigen, wenn nicht jetzt, dann vielleicht später am Tag. Und Walter würde bestimmt Verständnis für seine Bitte haben.

Vor dem Stall wimmelte es von Reitern. Einige schwiegen betroffen und waren bleich im Gesicht, andere schwatzten erregt. Doch keiner schien sich wie gewohnt zu verhalten. Harry starrte die Gruppe fragend und völlig verwirrt an.

»Was ist mit euch? Ist etwas geschehen?«

Drei oder vier von ihnen drehten sich zu ihm um und begannen alle gleichzeitig zu reden; jeder erzählte ihm etwas anderes, so daß er aus der Sache nicht ganz schlau wurde, aber düstere Vorahnungen hatte.

»Was, man hat auf Mylord geschossen? Aus einem Baum? Und er wurde getroffen?« Das wäre in der Tat eine Erklärung für die vorzeitige Rückkehr. Isambard hätte die Jagd sicher nicht abgebrochen, wenn ein irrtümlicher Pfeil lediglich in seine Richtung geflogen wäre, ihn aber nicht wirklich verletzt hätte. Der Jüngling sah sich sofort nach Barbarossa um. »Wo ist sein Pferd? Wo ist *mein* Pferd?«

Aber sein Roß war hier. Es stampfte nervös vor seinem Stall, und ein Knecht hielt es am Zügel. Der Jüngling lief sofort zu ihm, drückte den großen Kopf liebevoll an seine Brust und atmete erleichtert auf. Das Tier hatte nirgends eine Wunde, trug keine Blutflecken und schwitzte nicht einmal. Er wandte sich mit fragender Miene an den Knecht.

»Was ist denn überhaupt passiert? Wurde Mylord nicht von einem Pfeil getroffen?«

»Nein, der Pfeil verfehlte ihn. Man hat den Schützen aus einem Baum heruntergeschossen, und Mylord hat ihm mit seinem Dolch den Rest gegeben. Aber dabei hat er eine Handvoll Kalk in die Augen bekommen. Wir mußten ihn nach Hause bringen, und die ganze Zeit sind ihm die Tränen heruntergelaufen, wie bei einer Witwe auf einer Beerdigung. Jetzt befindet der Burgherr sich in seinem Gemach. Niemand darf zu ihm, bis auf den Medicus, der sich gerade um ihn kümmert.«

»Steht es so schlimm um ihn?«

»Das weiß noch keiner. Auf jeden Fall wird er für ein paar Tage das Bett hüten müssen und kann nicht mehr herumlaufen und Befehle erteilen.«

»Und der Heckenschütze ist tot, sagst du? Wer war er denn?«

Das konnte ihm niemand beantworten. An der Grenze trieb sich viel Gesindel herum, Unzufriedene, Strauchdiebe, Entlaufene und auch solche, die einen Groll gegen Isambard hegten. Wer vermochte schon zu sagen, wer von ihnen diesen aberwitzigen Anschlag auf den Burgherrn verübt hatte?

»Tot ist nur die halbe Wahrheit. Du hättest dabeisein und es mit eigenen Augen sehen sollen! Der Bursche ist aus dem Baum gestürzt und hat sich bestimmt alle Knochen im Leib gebrochen. Ein paar von den Unseren sind über ihn hergefallen, bis unser Herr zwischen sie fuhr und sie mit der Peitsche auseinandertrieb. Dann hat er dem armen Teufel die Gurgel durchschnitten. Er wollte nicht zulassen, daß sie seine Beute in Stücke rissen.«

»Und jetzt muß Mylord das Bett hüten?«

Das erschütterte den Jüngling. Er konnte es kaum glauben. Wann hatte Isambard sich jemals geschont oder auch nur den Gedanken zugelassen, krank oder schwach zu sein? Harry bürstete seine geliebtes Tier, grübelte über dieses Rätsel und lauschte mit einem Ohr dem Tuscheln, den Gerüchten und Kommentaren, die auf allen Seiten um ihn entstanden – dabei wurde ihm das Herz merkwürdig schwer.

Am Abend erschien Isambard nicht zur Tafel, und auch de Guichet und Langholme ließen sich nicht blicken. Harry suchte nach jemandem, der den genauen Hergang der Geschichte kannte und bereit war, ihm davon zu berichten. Walter war immer noch am Lager seines Herrn. Der Jüngling ließ sich auf der untersten Treppenstufe nieder und wartete, und kurz darauf erschienen der Burgverwalter und der Medicus mit ernsten Mienen aus dem Gemach des Kranken. Sie unterhielten sich leise miteinander und liefen zum inneren Burghof weiter. Harry wollte von ihnen keine Auskunft; de Guichet gehörte nicht zu seinen Freunden, und den Arzt kannte er nicht. Nach ein paar Minuten hörte er wieder Schritte, und diesmal erschien Langholme oben an der Treppe.

Der Jüngling sprang auf und lief dem Mann entgegen. »Walter, wie geht es ihm? Ich habe von den anderen gehört, was geschehen ist. Steht es schlimm um Mylord?«

»Schlimm genug«, antwortete der Kammerdiener kurz und knapp. »Er hat Verbrennungen erlitten und leidet Schmerzen. Doch Isambard ist immer noch Herr über sich selbst und damit über uns. Ich muß für ihn einen dringenden Auftrag erfüllen, halte mich also bitte nicht auf.«

Der Mann eilte weiter, aber Harry lief mit ihm, folgte ihm

bis zum Stall und stellte unentwegt Fragen. »Walter, der Mann, der den Pfeil auf ihn abgeschossen hat, wer war es? Roger meinte, nach seinem Langbogen und seinen Kleidern zu schließen, müsse es sich um einen Waliser gehandelt haben. Stammte er von der anderen Seite des Severn?«

Langholme blieb stehen, als er die Besorgtheit in den blaugrünen Augen des Jungen erblickte. Harrys Herz und Verstand schienen ihm zu suggerieren, daß der Anschlag etwas mit ihm zu tun haben mußte.

»Gut möglich, daß es sich um einen Waliser handelte, aber nach meinem Dafürhalten betrifft dich das kaum. Der Mann tauchte hier vor ein paar Tagen als Bote einer Herrin auf, und Mylord gab ihm Antwort auf deren Nachricht. Doch aus irgendeinem Grund, der wohl nur ihm bekannt gewesen ist, hat der Mann beschlossen, lieber hier zu bleiben und unserem Herrn ans Leben zu gehen. Irgendeine alte Fehde muß dahinterstecken, aber nichts, was dich beträfe«, meinte der Knappe und klopfte ihm freundschaftlich auf die Schulter. »Nun geh, und hämmer wieder an deinen Steinen. Isambard lebt und wird uns noch lange erhalten bleiben, auch wenn das Dasein ihm im Moment wenig Freude bereiten dürfte.«

Aber der Jüngling ließ sich damit nicht abspeisen. Er hielt Walters Arm fest, denn die Auskunft löste eine ganze Flut von Gedanken in ihm aus. Ein Waliser mit Mordabsichten, eine vornehme Dame und alter Hader ... »Wer ist diese Dame?« rief er dringlich. »Du weißt es doch, Walter! Bitte, du mußt es mir sagen!«

»Ja, wahrscheinlich kennst du sie sehr wohl, aber ich versichere dir, daß das ganze dennoch nichts mit dir zu tun hat. Die Angelegenheit rührt aus alten Zeiten her, da warst du noch gar nicht geboren.«

»Walter, welche Lady? Ich muß ihren Namen wissen!«

»Madonna Benedetta, du kleiner Plagegeist.«

Alle Farbe wich aus Harrys Gesicht, so daß er bleich wie die gekalkte Wand wurde. Er nahm die Hand von Langholmes

Arm, um sich an die Wange zu fassen, und stand dann mit vom Schrecken geweiteten, grünen Augen da.

»Madonna Benedetta«, stöhnte der Jüngling schließlich leise. »Dann muß es John, der Pfeilmacher, gewesen sein. Gott, großer Gott, nicht John! Und Isambard hat ihn getötet, ihm den Hals durchgeschnitten ...«

Der Knappe drehte sich zu ihm, faßte ihn an beiden Armen und hielt ihn fest. Nein, in diesem Zustand durfte er den Jungen nicht stehenlassen. Jetzt mußte Harry jedes Detail erfahren und sich dann seinen eigenen Reim darauf machen.

»Mylord hat ihn getötet, ja. Aber bei allen Gerechten, Harry, hör mir genau zu. Ich war nämlich dabei. Mylord hockte blind und verätzt auf ihm. Ungelöschter Kalk verklebte ihm Augen und Mund, also ertastete er sich den Weg zu Johns Kehle und hat sie ihm dann mit dem Messer aufgeschlitzt. Hat man dir das denn nicht berichtet? Der Heckenschütze wurde vom Baum geschossen und fiel direkt auf die Bausteine. Wenn er noch einen einzigen heilen Knochen im Leib hatte, dann war das ein schieres Wunder. Dann sind auch noch die Getreuen Isambards mit Stöcken, Steinen und Waffen über ihn hergefallen. Aber Mylord hat sie auseinandergetrieben. Wenn du mich fragst, so glaube ich, daß er den Attentäter am Leben halten wollte. Doch als er ihn erreichte, war der Mann nicht mehr zu retten. Deswegen hat Mylord ihn mit einem raschen Schnitt von seinen Leiden befreit. Genau so, wie man einem Tier mit gebrochenem Rückgrat den Gnadenstoß gibt. Das war Isambards Absicht und nicht, seinen Feind zu morden. Und soll ich dir jetzt auch verraten, mit welchem Auftrag er mich gerade losschickte? Ich soll dafür sorgen, daß der Pfeilmacher beerdigt wird. ›Sag de Guichet, daß er den Mann wie einen ordentlichen Christenmenschen begraben soll.‹ So lautet sein Befehl. Und genau das werde ich jetzt auch erledigen.«

Er ließ den Jüngling los und machte sich auf den Weg, den ersten Teil seines Auftrages zu erfüllen. Harry zog sich verwirrt und zitternd in die hinterste Ecke der Zeichenhütte zurück. Doch als der Jüngling dann seinen Zufluchtsort wieder verließ, begab er sich auf geradem Weg zum Frauenturm und fragte dort demütig und verlegen an, ob es dem Herrn gefallen würde, ihn zu empfangen.

Harry hatte das Schlafgemach Isambards nie zuvor betreten. Neugierig trat er in den großen und reich ausgestatteten Raum, dessen Wände mit Gobelins und Sommerlaub bedeckt waren, so daß ein warmer, grüner Geruch das Zimmer erfüllte. Doch es roch auch nach Krankheit – leicht säuerlich und erschreckend. Der Mann, welcher nur mit einem Leinentuch bedeckt war, lag so reglos da, als habe man ihn bereits für den Sarg fertiggemacht. Der schöne Kopf starrte aus zwei weißen Leinenaugen, von denen leichter Dampf aufstieg, an die Decke. Jemand hatte den Lappen entfernt, den man ihm auf den Mund gelegt hatte, und der Jüngling sah rot verfärbte, verunstaltete und stark angeschwollene Lippen, die fest aufeinander gepreßt waren. Harry beobachtete die mächtige, knochige Brust, die sich hob und senkte und von gelegentlichen Schmerzschüben geschüttelt wurde.

Mit einemmal wußte der Jüngling nicht mehr, warum er überhaupt hergekommen war. Was sollte er Isambard sagen? Ihn zu sehen und vor ihn zu treten war ihm als das Allerwichtigste erschienen, doch jetzt wußte er, daß er damit nur einem törichten Drang nachgegeben hatte. Was hatte er denn erwartet, hier vorzufinden? Etwa die Antwort auf alle seine Fragen? Leise, sehr leise schloß er die Tür hinter sich, obwohl der Mann im Bett nicht zu schlafen schien. Und langsam, so als hätten seine Füße sich in Blei verwandelt, näherte er sich dem Lager.

»Bist du das wirklich, Harry?« fragte Isambard kaum verständlich, weil seine Lippen sich nicht in der rechten Weise zu den Worten formen wollten. »Eine Ehre, mit der ich niemals zu rechnen gewagt hätte.«

»Ihr seid nicht zu mir in die Hütte gekommen, Mylord, und

habt auch nicht nach mir geschickt«, entgegnete der Jüngling und spielte noch immer den Gefangenen. »So bin ich dann eben zu Euch gekommen.«

»Aha, du dachtest sicher, ich wollte unbedingt deinen täglichen Arbeitsbericht hören.« Auch wenn die Stimme etwas verzerrt war, konnte sie immer noch honigsüß und höhnisch zugleich klingen. Isambard gelang es sogar, die Lippen zu einem Abglanz seines gefürchteten spöttischen Lächelns zu verziehen. »Dann sprich, Junge, hattest du ohne mich einen erfolgreichen Tag?«

»Mylord, ich würde sagen, er wäre mit Euch weniger erfolgreich gewesen. Doch wie ich hörte und jetzt sehe, war der Eure ohne mich nicht gerade der beste.«

Harry hatte eigentlich nicht beabsichtigt, wie immer feindselig zu klingen, aber das hatte er sich in der Gefangenschaft so angewöhnt, und jetzt konnte er sich kaum davon lösen. Wie dem auch sei, die Worte waren schon heraus, ehe er sie aufhalten konnte. Und nun hatte es keinen Zweck mehr, sie im nachhinein abzumildern. Er beobachtete, wie sich die Schatten in den eingefallenen Wangen sammelten, und das Zusammenziehen der entstellten Lippen verriet ihm, daß Isambard über seine Entgegnung lächelte.

»Um so besser dürfte es darum meinem Lieblingsfeind gehen.«

Der Burgherr schien sich jetzt zu erinnern, daß der Jüngling den Boten Benedettas sicher einmal gekannt haben mußte. Vielleicht sogar so gut, daß ihm dessen Tod naheging. »Einem anderen hingegen ist es noch schlechter als mir ergangen, und er war womöglich ein Freund von dir. Hat man dir davon berichtet?«

Eine leise, angespannte Stimme antwortete aus der Dunkelheit über ihm: »Ja.« Isambard sah das Gesicht in Gedanken deutlich vor sich: müde und ernst, vielleicht sogar etwas verdrossen und verärgert. Seine Augen starrten auf das bedeckte Haupt seines daniederliegenden Feindes nieder. Keine Freude stand in Harrys Zügen, höchstens ein erstaunter Zweifel darüber, ob er bei diesem Anblick überhaupt so etwas wie Freude empfinden sollte. Aus Harry war ein junger Mann geworden, aber so ganz und endgültig hatte die Kindheit sich noch nicht von ihm verabschiedet.

»Hat man dir auch verraten, um wen es sich dabei handelte? Aber nein, das konnten sie wohl nicht, denn kaum einer der meinen kannte ihn. Es war Benedettas Getreuer, dieser Bogner von ihr, den sie aus meinen Diensten erbeten hatte. Ich habe wohl seinen Namen vergessen ...«

»John, der Pfeilmacher«, klärte der Jüngling ihn leise auf.

»Ach ja, John.« Isambard atmete tief ein, auch wenn ihm das sichtlich Schmerzen bereitete, und richtete sich ein wenig auf den Kissen auf. »Dann hast du ihn also gekannt.« Für einen Moment trat Schweigen zwischen sie. »Hat man dir denn gesagt, daß ich ihm das Leben nahm?«

Die Stimme, welche solche Mühe hatte, die Worte herauszubringen, schaffte es dennoch wieder, Harry mitten ins Herz zu treffen. Fast wollte es dem Jüngling erscheinen, als hätten Tod und Verlust am Rande seines Bewußtseins geschlummert, ohne daß er von ihnen geahnt hätte, und als hätten sie nur darauf gewartet, daß Isambard dorthin vorstieß und sie ihm offenbarte. Wie gelang es Isambard nur immer wieder, bis in seinen innersten Kern vorzudringen? Der Jüngling öffnete den Mund und wollte zu einer Antwort ansetzen, aber er konnte nicht. Die Tränen waren ihm in die Augen geschossen, und er mußte sich abwenden, damit sie sich nicht frei über seine Wangen ergießen konnten.

»Gott sei mein Zeuge, es tut mir leid, mein Junge«, sagte der Burgherr.

»Mir auch, Mylord.«

Harry konnte kaum atmen, noch weniger sprechen, und am schlimmsten war für ihn die Furcht, daß der entstellte Mann im Bett den Kampf spüren konnte, der sich in ihm abspielte. Isambard hatte den Kopf ein wenig zur Seite gedreht, so als wolle er mit seinen zugeschwollenen Augen den Besucher besser betrachten; oder als würde es ihn drängen, eine neue Sicht zu gewinnen. Mochten seine Augen noch so von Säure zerfressen sein, er vermochte immer noch, tiefer in die Menschen zu blicken, als diesen recht war. Selbst unter den getränkten Lappen strahlten seine Augen noch eine Autorität aus, die andere in die Knie zwang.

»Daß er sein Ziel verfehlt hat, tut dir leid, Harry?«

Zur Antwort schwieg der Jüngling, und Isambard stellte ihn sich wieder vor: die Lippen zusammengezogen, voller Kummer und innerem Verdruß, den Blick abgewandt und auf etwas Harmloses, Unbelebtes gerichtet, das nicht zurückstarren konnte. Auf die Tierfelle vielleicht oder den vergoldeten Sessel; die normannischen Vorfahren auf dem Wandteppich mit ihren spitz zulaufenden Helmen und ihren knielangen Kettenhemden ... Isambard hatte gespürt, wie der Blick aus den grünen Augen ihn verlassen, sich aber nicht allzu weit entfernt hatte. Er lernte bereits, sich an den leisesten Bewegungen seiner Umgebung zu orientieren. Selbst das Rascheln eines Ärmels gewann jetzt für ihn eine Bedeutung.

»Mich dürstet, Harry. Drüben auf der Truhe steht ein Krug. Gib mir zu trinken.«

Der Jüngling gehorchte, leise und willig wie der besterzogene Page. Er goß Milch in einen Becher, trat ans Bett, stützte Isambard mit einem Arm und hielt ihm mit der anderen Hand den Becher an die Lippen. Für einen Moment lehnte der Herr von Parfois an der Schulter seines Feindes. An der Wange spürte er das starke und lebenshungrige Schlagen von Harrys Herz; jenem Herz, das ihn so leidenschaftlich und erbarmungslos haßte und dennoch seiner Pflicht gegenüber dem Burgherrn nachkam.

»Danke, Harry, das war wirklich freundlich von dir.«

Der stützende Arm ließ Isambard vorsichtig aufs Kissen zurücksinken, nachdem jener genug getrunken hatte. Als der Jüngling sich ganz von ihm löste, geschah das ohne Erleichterung oder Ekel. Der Blick aus seinen meergrünen Augen, die sich wie die See verfärben konnten, richtete sich wieder auf ihn. Das war an Harrys leicht feindseliger Haltung neben seinem Bett zu erkennen. Doch er spürte auch, wie der Junge ergriffen und verwundert die verschiedenen entstellenden Wunden im Gesicht Isambards studierte, und sicher auch die hostienartigen Leinenlappen auf den Augen, die ihn an die Münzen erinnern mußten, welche man Sterbenden für die Reise in die andere Welt auf die geschlossenen Lider legt.

»Du hast recht«, bemerkte der Burgherr, »ich hätte derjenige sein müssen, der sein Leben aushaucht – wenn alles mit rechten Dingen zugegangen wäre. Aber der Trost aller Schurken besteht darin, daß es in dieser Welt nur selten so kommt. Es betrübt mich jedoch, daß du einen Freund verloren hast. Um deinetwillen hätte ich ihn gern verschont, wenn mir die Möglichkeit dazu geblieben wäre.«

Würde sich der Jüngling jetzt über ihn beugen und das fragen, was ihm am meisten auf der Seele brannte? Viel hatte sich zwischen ihnen getan seit jenem ersten Verhör in der Zelle unterhalb des Wachturms, als Harry seinen verängstigten und widerspenstigen Mund fest verschlossen und auf alles nur mit steinerner Miene reagiert hatte. Doch eben diese Sturheit hatte ihn ja dazu gebracht, nach Parfois zu kommen und jetzt in sein Schlafgemach; letztendlich hatte er sich während seiner vierjährigen Gefangenschaft nur wenig geändert. Erwachsen zu werden bedeutet nicht unbedingt, sich zu verändern, sondern zu reifen. Was sich am ehesten ändert, ist der Grad an Klarheit, mit der man andere Menschen wahrnimmt. Mußte ich erst mein Augenlicht verlieren, fragte sich Isambard, um den jungen Talvace in aller Deutlichkeit zu erkennen? Nein, er wird nicht fragen.

Und tatsächlich schwieg Harry. John, der Pfeilmacher, war mit einer Botschaft von seiner Herrin Benedetta auf Parfois erschienen. Isambard hatte ihm darauf eine Antwort gegeben und ihn zu ihr zurückgeschickt. Aber das hatte der Pfeilmacher nicht getan, und jetzt war er tot. Mehr konnte der Jüngling nicht wissen. Ob die Botschaft etwas mit ihm zu tun gehabt hatte oder nicht, oder was nun weiter geschehen würde, all das entzog sich seiner Kenntnis. Für den Moment schien das auch keine Rolle zu spielen; der Junge war aus einem anderen Grund heraufgekommen. Dummerweise konnte er sich aber jetzt nicht mehr erinnern, was er hier wollte oder was ihn dazu gedrängt hatte, herzukommen. Das ärgerte ihn, denn er wußte nur, daß ihn etwas ins Schlafgemach Isambards getrieben hatte, und das auch gegen größere innere Widerstände. Die Frage nach dem Warum beschäftigte ihn jetzt so sehr, daß alles andere dagegen unwichtig erschien, zumindest so lange, bis er vor sich selbst eine zufriedenstellende Antwort gefunden hatte.

»Es betrübt mich, Herr«, begann er mit leiser Stimme, die zögernd und unsicher nach Worten suchte, »daß Euch ein solches Unglück widerfahren ist. Und erst recht tun mir Eure Schmerzen leid.«

Er hatte hart mit sich ringen müssen, das auszusprechen, doch es war ihm gelungen. Der Seufzer, der danach folgte, verriet dem Burgherrn, daß sein Herz sich nun wie von einer großen Last befreit fühlte.

Isambard lag ganz ruhig da und lächelte mit verzerrten Mundwinkeln die Deckenbalken an, in denen sich bereits die Dämmerung einnistete. Seine lange, abgezehrte Hand lag halb geöffnet auf dem Laken, so als wolle sie dieses unerwartete Geschenk behutsam halten wie einen Vogel, der sich aus eigenem Willen niedergelassen hatte und den man deshalb weder in einen Käfig sperren durfte, noch ihn dazu zwingen konnte zu bleiben. Genausowenig durfte man sich rühren oder ihn mit lauter Stimme verschrecken. Isambard lag so lange still da, daß der Jüngling unruhig wurde und behutsam näher trat, um festzustellen, ob er vielleicht eingeschlafen sei.

»Harry«, begann die Stimme endlich leise.

»Mylord?«

»Bade mir bitte die Augen, bevor du gehst.«

Harry trug die kleine Schüssel mit Milch und Kräutern von der Truhe heran. Mit angehaltenem Atem und vorsichtigen Fingern nahm er die Lappen von Isambards Augen. Als er die stark geröteten Lider und das rohe Fleisch ringsherum sah, atmete er scharf ein. Er schien tatsächlich um die Schönheit zu trauern, die so furchtbar zerstört worden war. All das spürte Isambard.

»Keine Sorge, das wird schon wieder«, meinte er, während er gehorsam dalag und sich von dem Jüngling versorgen ließ. Seine Bewegungen waren leicht und scheu, und als er sich vorbeugte, traf sein gleichmäßiger, konzentrierter Atem Isambards Wange. Als Harry fertig war, öffnete Isambard zum ersten Mal die Augen und blickte hinauf in das vertraute Antlitz.

Was er sah, war ein blasser Schemen mit verschwommenen Zügen, und anstelle der grauen Augen sah er ein unbestimmtes Leuchten. Mehr erkannte Ralf nicht. Und schon nach einem Moment brannte das Licht in seinen Augen. Er verstand die Warnung, sank zurück und schloß die Lider, so daß er seinen Lieblingsvogel nicht mehr sah. Nein, es war keine Taube, schon eher ein Gerfalke, ein junger und noch ziemlich ungezähmter. Von diesem edlen Tier durfte man nicht erwarten, daß es oft zu ihm kommen, und vor allem nicht daß es lange bleiben würde. Doch wenn er die Hand nicht um diesen Vogel zu schließen wagte, würde er über kurz oder lang endgültig fortfliegen, und nur ein oder zwei seiner Federn würden zurückbleiben, während er in die Lüfte aufstieg.

KAPITEL FÜNF

Parfois: September 1233

In der vierten Nacht erwachte Isambard aus seinem Fieber. Alle Sinne besaßen ihre Schärfe wieder, keine Hitze brannte mehr in ihm, und sein Verstand arbeitete scharf wie ein gewetztes Schwert. Nur sein Leib war schwach. Als er eine Hand heben wollte, gehorchte die ihm nicht. Licht brannte im Zimmer, es stammte von einer Kerze. Isambard nahm eine fahle, diffuse Aureole um einen weißen Punkt wahr. Das Licht bildete Schatten, trennte die Helligkeit von der Dunkelheit. Aber dies konnte der Burgherr zumindest sehen, und noch ein wenig mehr. An Schatten, die in Form und Substanz Wolken glichen, machte er die Ecken und Umrisse seines Schlafgemaches aus. Jemand schlief und schnarchte in dem Stuhl neben seinem Bett. Anscheinend hatte der Tod noch keine Verwendung für ihn. Isambard kehrte ohne Groll und Bedauern, aber auch ohne Illusionen in die Welt zurück. Von nun an würde sie für ihn kein einfacher Ort sein.

Menschen waren bewegliche Schatten, Gegenstände reglose. Manchmal konnte er sie nicht auseinanderhalten, und das verwirrte ihn. Isambard fand heraus, daß Schatten, die reglos zwischen ihm und dem Licht standen, sich plötzlich regten und auflösten, sobald er zeigte, daß er sie bemerkt hatte. Er erkannte, daß es ihm jetzt sehr nutzen würde, diejenigen Sinne zu schärfen, welche ihm geblieben waren; denn auf die würde er fortan verstärkt angewiesen sein. Er dankte Gott wie ein Glücksspieler dafür, ihn mit dem scharfen Gehör einer Wildkatze ausgestattet zu haben; und das von Kindheit an, ohne daß er etwas dafür hatte tun müssen. Nun, da er sich vor allem auf sein Gehör verlassen mußte, konnte er daran arbeiten und es zu einem formvollendeten Instrument weiterentwickeln. Die sich bewegenden Schatten legten gewisse Verhaltensmuster an den Tag, und die waren ihm oft Warnung und Anzeige: So gab es das leise Zögern, sich auf seinen Befehl hin in Bewegung zu setzen. Oder sie steckten in seiner Gegenwart die Köpfe zusammen. Oder aber er spürte eine fast greifbare Aufmerksamkeit in ihren Augen, während sie ihn ohne Unterlaß umsorgten. Alles gewann für Isambard eine neue Bedeutung, und sämtliche Facetten menschlichen Verhaltens verschafften ihm Klarheit und Erkenntnis, wenn er nur lernte, keine Gelegenheit auszulassen und stets aufmerksam zu sein.

Die Stimmen hingegen begegneten ihm immer noch ernst, besorgt, diensteifrig und unterwürfig. Schließlich wußten alle auf der Burg, daß seine Ohren nicht verletzt worden waren. Doch am zweiten Tag, nachdem er sein Bewußtsein wiedererlangt hatte, fiel ihm auf, daß der Page, dem man ihm zur Erfüllung seiner Bedürfnisse geschickt hatte, keine übertriebene Eile an den Tag legte, wenn er ihm etwas befahl. Isambard rief nach Wasser, denn ihn plagte immer noch ein unstillbarer Durst. Der Junge schien sich zu sagen, daß Isambard seinen Namen nicht kannte und ihn ohnehin nur als Schemen wahrnahm, der jedem beliebigen Pagen des Hauses gehören konnte. Also erschien er erst, wenn es ihm paßte, bediente Seine Lordschaft nachlässig und ließ es auch sonst an der nötigen Aufmerksamkeit mangeln.

Zu jenem Zeitpunkt sagte Isambard noch nichts dazu, denn er wußte, daß sein Körper noch viel zu schwach war und er kaum eine Hand heben konnte; geschweige denn, den Pagen übers Knie legen, wie der es verdiente. Aber Isambard prägte sich die kecke Stimme gut ein, so daß er sie in Zukunft auch unter einem Dutzend ähnlicher Knabenstimmen deutlich heraushören konnte. Sechs oder sieben Tage würde er hier noch liegen und sich in Geduld üben müssen. Aber dann würde er es dem Jungen heimzahlen, und sei es auch nur als Warnung an alle anderen, die sich demselben Irrtum hingaben.

An diesem Nachmittag wurde Harry zu ihm vorgelassen. Isambard hob den Kopf vom Kissen und lauschte angespannt auf seine Schritte, er wandte das Gesicht wie ein Jagdhund aufmerksam und gespannt in seine Richtung.

»Harry«, bemerkte Isambard, nicht fragend, sondern stolz, daß er sich auf seine Intuition verlassen konnte. »Junge, du kommst gerade recht«, fuhr er fort, als man sie allein ließ und die Tür wieder geschlossen war. »Tritt näher, und leih mir deinen Arm, damit ich aus diesem Bett hinaus kann, in dem ich vor Untätigkeit noch ganz krank werde.«

»Mylord!« rief der Junge entsetzt und streckte den Arm aus, aber eher um ihm im Bett zu halten, statt ihm beim Aufstehen zu helfen. »Damit bringt Ihr Euch noch selbst um. Erst zwei Tage sind vergangen, seit Ihr im Fieber lagt!«

»Aha! Dann hast du dich also nach mir erkundigt, während mein Geist sich von mir verabschiedet hatte?«

Harry hatte täglich nachgefragt, und jeden Tag hatte man ihm den Zutritt zum Schlafgemach verwehrt. Erst heute, nachdem Isambard wieder zu sich gekommen war und seinen starken Willen zurückgewonnen hatte, hielt man es für klüger, alles zu tun, um den Anschein zu vermeiden, man hielte ihn hier unter zu strenger Bewachung. Wenn er den Jüngling unbedingt sehen wollte, dann sollte er ruhig.

»Ihr könnt noch nicht auf Euren Beinen stehen«, warnte Harry streng, um auf die Frage keine Antwort geben zu müssen. »Ihr müßt mindestens noch eine Woche liegenbleiben, wenn nicht gar länger, ehe Ihr das Bett verlassen dürft.«

»Ich kann mir aber keine Woche der Untätigkeit leisten, Junge. In sieben Tagen wird man mir erlauben, aufzustehen und ein wenig herumzugehen, natürlich nur, wenn der alte Quacksalber Hilliard seinen Segen dazu gibt. Und dann werden hundert Augenpaare genau verfolgen, wie jämmerlich ich mich dabei anstelle. Ich beabsichtige aber, sie eines Besseren zu lehren und sie zum Umdenken zu zwingen. Kannst du ein Geheimnis für dich behalten?«

Er lachte, als er zur Antwort empörtes Schweigen vernahm. »Wer könnte mir und meinen Zwecken dann besser dienen? Leih mir etwas von deiner Ausdauer und Sturheit. Ich weiß, du besitzt beides im Übermaß. Dann werde ich bald wieder rennen, noch bevor sie glauben, daß ich gehen kann.«

Isambard stützte sich mit einer Hand auf die Matratze, hielt sich mit der anderen an Harrys Arm fest und schwang die Beine vom Lager. Solange der Jüngling Isambard kannte, hatte dieser kein Pfund zuviel gewogen. Nur harte Muskeln und Sehnen bedeckten seine langen Knochen aufs Prächtigste. Doch nun hatte das Fieber die Hälfte davon verzehrt und seine Haut an Hals, Schultern und Rumpf mit blaufleckigen Senken überzogen. Isambard hatte jedoch ein Leben der Ertüchtigung und Strenge gegen sich selbst geführt, und so waren seine Stärke, seine Beweglichkeit und seine Haltung immer noch vorhanden und bereit, ihm zu Diensten zu sein.

»Nie habe ich meinem Körper gestattet, Herr über mich zu sein«, erklärte Isambard und wickelte sich am Bettpfosten in seinen Umhang. »Mal sehen, ob ich ihn nicht immer noch dazu bewegen kann, mir zu Willen zu sein, bevor ich mich der Hilfe anderer bedienen muß.«

Der Jüngling trat respektvoll zurück und beobachtete den Burgherrn. Nun, da die Wunden in Ralfs Augen geheilt und die Verbrennungen an seinen Lippen zu flachen, rotbraunen Narben geworden waren, wirkte er fast wie der alte. Die braunen Flecken zeigten sich auch auf seiner Stirn und seinen Wangenknochen, doch auf der bronzefarbenen Haut fielen sie nicht sofort auf. Die verätzten Augen, deren Ränder entzündet und gerötet waren und die stumpf und dunkel in ihren Höhlen lagen, sowie die geschwollenen Lider waren der einzige Makel in seinem schönen Gesicht. Das spöttische Lächeln erschien nur zögernd auf dem geschundenen Mund. Die Hände, welche das Gewand zuhielten, wirkten wie Falkenkrallen, besaßen aber nicht deren Beweglichkeit; denn Isambard war immer noch sehr schwach und benutzte sie mit Vorsicht und Bedächtigkeit.

Natürlich entging Ralf Harrys starrendes Schweigen nicht. Er hob rasch und herausfordernd den Kopf in seine Richtung.

»Bemitleidest du mich etwa, Knabe?« Die Stimme klang immer noch fest und bestimmt wie Stahl.

»Nein, Mylord. Oder wüßtet Ihr einen Grund, warum ich das tun sollte?«

»Ich kenne alle Gründe, warum du dir das verbieten solltest«, entgegnete Isambard grimmig. »Laß mich nur einen Funken Mitleid in deinen Augen erkennen, und bei Gott, ich laß dich die Peitsche schmecken, egal ob du nun schon ein Mann bist oder nicht!«

»Sofern es Euch gelingt, eine Peitsche zu schwingen«, gab der Jüngling frech zurück, weil er unbedingt den Eindruck vermeiden wollte, daß er Mitleid empfand. »In diesem Moment könntet Ihr nicht einmal eine heben. Wollt Ihr nun, daß ich Euch stütze oder nicht?«

Er bot Isambard willig Arm und Schulter an, sobald der ihrer bedurfte, und zog beide zurück, als er meinte, Ralf habe sich zu sehr überanstrengt. Am ersten Tag konnte sich Isambard gerade mal auf den Beinen halten und ein paar unsichere Schritte ums Bett gehen. Doch mit jedem neuen Tag trieb Ralf seinen geschwächten Leib zu größeren Anstrengungen an, bis er wie ein eingesperrter Panther die Länge und Breite seines Gemachs durchschreiten konnte. Als dann der Tag kam, an dem Meister Hilliard ihm in aller Förmlichkeit gestattete, sein Bett zu verlassen, war der Burgherr bereit, sie alle mit seiner unerwarteten Rückkehr zu verblüffen.

Alle erwarteten einen wankenden Invaliden, den man halb tragend, halb führend ins Sonnenlicht geleiten mußte. Deshalb hatte man ihm auch einen reichlich mit Kissen ausgelegten Sessel hingestellt, damit er hilflos wie in seinem Fieberbett darauf sitzen konnte und ganz und gar auf die Hilfe der Menschen in seiner Nähe angewiesen war.

Isambard kleidete sich statt dessen prachtvoll und stattlich und verließ wie der Burgherr, der er war, sein Zimmer. Sicher schritt er über den unebenen Dielenboden und marschierte die Treppe hinunter, ohne zu schwanken oder sich irgendwo abstützen zu müssen. Als der Medicus laut einwandte, daß es verrückt sei, allein und ohne Hilfe so weit laufen zu wollen, lachte Isambard ihm nur ins Gesicht. Wer würde jetzt schon denken, daß seine Augen nur Licht und Schatten unterscheiden konnten? Und daß von Tag zu Tag seine Sicht trüber wurde? Es war unmöglich zu erkennen, ob der alte Wolf sehen konnte oder nicht. Selbst der junge Knappe, der vor ihm herlief und ihm immer wieder seine Schulter hinhielt, wirkte mehr wie Zierat denn wie eine Stütze.

Wie durch bloßen Zufall befahl Isambard ausgerechnet dem unverschämten, nachlässigen Pagen, ihn zu den Stallungen zu begleiten; er winkte ihn gebieterisch aus dem Dutzend Knaben heraus, mit denen er zusammenstand. Niemand konnte wissen, daß er den Bengel allein an seiner Stimme erkannt hatte und daß er mit Hilfe seines scharfen Gehörs einen Schatten vom anderen unterscheiden konnte. Der Page erschrak im ersten Moment. Doch halb aus Verwegenheit und halb aus der Überzeugung heraus, daß er unmöglich wiedererkannt werden konnte, schloß er sich dem Zug an und belustigte die anderen Jungen, indem er den weitausholenden, arroganten Gang des Burgherrn nachäffte. Isambard vernahm natürlich das unterdrückte Kichern und schloß daraus rasch auf den Urheber dieser Heiterkeit. Im nächsten Moment fuhr er blitzschnell wie ein Jagdhund herum und packte den Pagen durch einen glücklichen Zufall am Unterarm. Den hatte der nämlich hochgerissen, um sein Gesicht vor der zu erwartenden Maulschelle zu schützen. Isambard drehte den Arm herum, und der Junge landete blökend wie ein erschrockenes Lamm auf den Knien.

»Du scheinst ja der geborene Gaukler zu sein, mein Freund,

immer bereit, uns zu ergötzen«, meinte Isambard und lächelte grimmig auf den Missetäter hinab. »Dann wollen wir mal feststellen, welche Künste du noch beherrscht. Wie ist es zum Beispiel um deinen Gesang bestellt?« Er übergab den Knaben an einen seiner Männer, damit er auf der Stelle ausgepeitscht würde, und stellte sich dazu, um sich zu vergewissern, daß der Befehl ordnungsgemäß ausgeführt wurde.

Danach legten die Pagen deutlich mehr Eifer und Respekt an den Tag, und der Burgherr mußte kein einziges Mal einen von ihnen öffentlich züchtigen, um den Gehorsam zu erhalten, der ihn stets auf seinen Wegen durch Parfois begleitete. Als einer der Hundeführer einmal eine Jagdhündin mißhandelte und als Rechtfertigung nur eine mürrische Antwort gab, schlug der Burgherr ihn auf der Stelle mit solch einem kräftigen Faustschlag nieder, daß dem Mann die Wange aufplatzte. Er schlug zu, als der Hundeführer murrte, weil auf diese Weise dessen Stimme seine Hand führte – das Gesicht konnte er nämlich so gut wie gar nicht sehen. Die Anstrengung war für ihn so groß, daß er über sein Opfer fiel. Aber dieses kleine Geheimnis behielt Isambard für sich. Erst als er ohne Hilfe in sein Schlafgemach zurückkehrte und die Tür hinter sich schloß, brauchte er niemandem etwas vorzumachen und mußte sich seine Erschöpfung eingestehen. Er legte sich auf sein Bett und starrte in die Dunkelheit, die nicht von dem vergehenden Septembertag herrührte.

Bislang hatte er mit dem Glück des Anfängers ein paar Treffer landen und damit allen beweisen können, daß seine Autorität immer noch galt. Aber wie lange würde das noch anhalten, wie lange kam er noch damit durch? Er wagte es nicht, sich in der Großen Halle zu zeigen. Er konnte weder mit seinem Gefolge tafeln, noch zur Jagd ausreiten oder sich am Übungskampf mit Schwertern beteiligen. Jeder hätte dann sofort gemerkt, daß er kaum noch etwas sehen konnte und nur Hell und Dunkel auseinanderzuhalten vermochte. Ebenso schwierig würden sich die kleinen Tätigkeiten erweisen, die man tagtäglich vollbrachte, ohne größer darüber nachzudenken; wie zum Beispiel, sich Wein einschenken oder einen Brief versiegeln. Ihm blieb also gar nichts anderes übrig, als in seiner Kammer fern indiskreter Augen zu bleiben, bis er diese Tätigkeiten genügend geübt hatte und seine Behinderung verbergen konnte. Doch mochte er alles auch noch so akribisch planen, mochte er Ohren und Finger bis zur Vollendung schulen, früher oder später würde ihm ein kleiner Fehler unterlaufen, der ihn sofort verriet. So konnte er nur darauf hoffen, daß sein Glück noch möglichst lange anhielt. Leider würde sich über kurz oder lang auch der Moment einstellen, an dem für ihn alles Dunkelheit sein würde. Isambard spürte bereits, daß dieser Zeitpunkt nicht mehr allzu fern war.

Ich werde zu einem blinden alten Mann, sagte er sich, als er ganz allein in der eigenen Finsternis stand. Er konnte immer noch Bilder und Formen aus seinen Gedanken und Erinnerungen aufrufen, wogegen die äußere Welt ihn immer mehr verließ. Ein blinder alter Narr, der ohne Hilfe sein Essen kaum findet und seinen Wein verschüttet. Wenn ich einen Befehl gebe, werden sie fürs erste noch sehr unterwürfig ja sagen, ihn aber nicht erfüllen; denn ich kann ihnen ja nichts mehr tun. Und nach einer Weile werden sie sich nicht einmal mehr die Mühe machen, überhaupt auf meine Worte zu reagieren. Heute ist es mir gelungen, das noch einmal abzuwenden. Für die nächste Zeit werden sie sich mit allen Unverschämtheiten zurückhalten. Doch für wie lange? Für eine Woche? Ich bezweifle das.

Damit blieb ihm nicht einmal mehr genug Zeit, Benedetta zu empfangen und sie mit dem Geschenk zu entlassen, das er für sie vorbereitet hatte. Bislang hatte er den Gedanken verdrängt, doch jetzt wurde es höchste Zeit, sich dieser bitteren Wahrheit zu stellen, damit er nicht noch mehr Menschen mit sich in den Untergang zog. Welchen Schutz konnte ein Blinder schon Harry und Benedetta gewähren? Nein, sie mußten alle fort von hier – jeder von denen, die man dazu mißbrauchen konnte, ihn zu erpressen und gefügig zu machen. In dieser letzten Schlacht sollte der Feind keine Gelegenheit finden, ihn unerwartet zu überrumpeln.

Wenn Walter von Benedetta zurückkehrte, würde er ihn auf eine weiter entfernte und viel längere Reise schicken, damit er beim letzten Kampf nicht zugegen war. Harry mußte ebenfalls Parfois verlassen, und die Venezianerin durfte gar nicht erst hier eintreffen. Sobald er das geregelt hatte, die Unschuldigen außer Gefahr waren und er keinen Verpflichtungen mehr nachgehen mußte, konnte er sich endlich daran machen, seine eigene Stellung zu festigen und so mit Freude in seinen letzten Feldzug zu ziehen.

»Was erzählt man sich über mich?« fragte er Harry, als der am Abend zu ihm kam.

»Sie sagen, Euer bester Freund, der Teufel, habe Euch zwei neue Beine und zwei zusätzliche Augen geliehen«, antwortete der Jüngling mit einem gewissen bewundernden Unterton.

»Tatsächlich? Gut so! Da bin ich froh, daß ich nicht umsonst auf der Treppe mein Leben aufs Spiel gesetzt habe. Doch ich fürchte, daß der Tag bald kommt, an dem der Teufel seine Leihgabe zurückverlangen wird.«

»Allerdings gibt es da auch einiges, worüber die anderen nicht reden«, fuhr Harry fort. »Zufällig weiß ich aber genau, daß de Guichet gestern einen Boten mit einem Brief nach Usk geschickt hat, zum Feldlager des Königs.«

Ein sonderbarer Unterton klang in diesen Worten mit, und Isambard horchte sofort auf. Aber er ließ sich nichts anmerken. Vor diesem Jüngling mußte er auf der Hut sein. Harrys Blick schien ihn mißtrauisch zu studieren.

»Ach, dann ist dir das also auch schon zu Ohren gekommen. Und wie hast du von diesem kleinen Geheimnis erfahren?«

Er legte die Hände offen auf die Armlehnen seines Sessels, damit Harry erkennen konnte, daß sie weder zitterten noch sonst Unruhe verrieten. Isambard war es noch nie schwergefallen, die Welt zu täuschen, zumindest für einige Zeit und dank sorgfältig ausgeklügelter Ausweichmanöver. Aber Harry, der mit ihm Tag für Tag in diesem Raum auf und ab geschritten war, sah ihn mit anderen Augen und wußte seinen Verstand zu gebrauchen.

»Nun, ich hatte bis spät in der Zeichenhütte gearbeitet und ging noch in den Stall, um vor dem Zubettgehen ein paar Minuten mit Barbarossa zu verbringen. Dort traf ich den jungen Clifford an, der gerade ein Pferd sattelte. Wie Ihr verstehen werdet, kam es mir sonderbar vor, daß ein Page zu so später Stunde noch ausreiten wollte. Der Junge hatte es eilig, und dummerweise riß ihm einer seiner Sattelgurte. Also habe ich ihm einen von meinen geliehen. Clifford versprach, ihn mir sofort nach der Rückkehr aus Usk zurückzugeben. Nun schloß ich daraus folgendes: Der Junge wäre sicher nicht aus eigenem Antrieb spät am Abend aufgebrochen. Also sollte er wahrscheinlich eine Botschaft überbringen. Aber gewiß nicht an den Grafen von Pembroke, denn der sitzt auf Burg Usk fest und wird zur Zeit von Heinrichs Heer belagert. Daher mußte die Nachricht für den König oder einen seiner Getreuen bestimmt sein. Und tatsächlich lief der Page los, um die Botschaft in Empfang zu nehmen. Mich schien er dabei völlig vergessen zu haben. Ich drückte mich tiefer in den Stall. Der Junge kehrte zurück, stieg auf, ritt los und wurde am Burgtor von de Guichet verabschiedet. Clifford hatte das Pergament unter seine Cotte gesteckt. Ich kenne mich mittlerweile ziemlich gut auf Parfois aus und weiß genug Stellen, in denen man sich in der Dunkelheit verbergen kann.«

»Da der Brief dich ja wirklich zu interessieren scheint«, entgegnete Isambard mit ruhigem Lächeln, »könnte ich dir den Inhalt sagen.«

»Strengt Euch nicht an, Herr, den kann ich mir schon selbst zusammenreimen. Vielleicht nicht Wort für Wort, aber sicher dem Sinn gemäß: ›Mit Verlaub, die Jagd läuft bestens. Der alte Wolf, hinter dem wir her sind, erlitt einen Unfall und braucht nun nicht mehr gefürchtet zu werden; er ist seitdem blind ...‹«

Harry unterbrach sich, als er sah, wie die klauenartigen Finger sich um die Lehne verkrampften und das bronzefarbene Gesicht sich in blasses Gold verwandelte.

»Habt Ihr etwa gedacht, das sei mir entgangen?« fuhr der Jüngling mit leiser und zitternder Stimme fort. »In einer Nacht habt ihr eine Hand fast in eine Kerzenflamme gehalten. Ich habe den Halter rasch fortgenommen, und Ihr habt nichts davon gemerkt. Den anderen vermögt Ihr draußen etwas vorzumachen, denn Ihr kennt jeden Stein Eurer Burg. Aber hütet Euch davor, jemanden zu nahe an Euch heranzulassen. Und selbst dann: Was wollt Ihr tun, wenn sich Euer Körper vollständig erholt hat? Dann könnt Ihr Euch nicht mehr auf einen Pagen stützen, der Euch die Treppen hinunterführt und Euch mit seinen Bewegungen anzeigt, wohin ihr Euch zu wenden habt.«

»Bei allem, was recht ist, mein Freund«, seufzte Isambard, »darüber habe ich auch schon nachgedacht.«

Wenn er noch Zweifel gehegt hatte, so stand er nun vor der endgültigen Gewißheit. Höchste Zeit, allerhöchste Zeit, sein Haus zu richten. Isambard lehnte sich in seinem vergoldeten Sessel zurück und überdachte die Situation – wie ein General, der vor einer kritischen Schlacht seine Truppen mustert.

»Dann stimmt es also?« rief Harry erschüttert. »Ihr könnt nichts mehr sehen?« Wider besseres Wissen hoffte er, daß Ralf Isambard ihm widersprechen würde, auch wenn alles dagegen sprach.

»Ich kann noch Helligkeit und Dunkelheit unterscheiden.« Doch wenn er ganz ehrlich gewesen wäre, hätte er zugeben müssen, daß dieser Unterschied von Tag zu Tag geringer wurde. Aber er wehrte diesen Gedanken mit einer wegwerfenden Handbewegung ab und konzentrierte sich auf das, was nun wichtiger war. Egal, ob fast blind oder ganz blind, er mußte sich von denen trennen, welche gegen ihn verwandt werden konnten, und er mußte sich auf die alles entscheidende

Endschlacht vorbereiten. Wenn de Guichet gestern eine Nachricht an Isambards Sohn William geschickt hatte, mochten ihm heute Zweifel gekommen sein, ob er nicht doch einen Irrtum begangen hatte. Aber würde er deswegen den Boten zurückrufen? Das war kaum zu erwarten. Die Würfel waren nun gefallen, und man konnte es nicht rückgängig machen. Seine Feinde würden abwarten und ihn aufmerksam beobachten, bis sie völlige Gewißheit hatten. De Guichet konnte man ohnehin nichts zur Last legen. Schließlich hatte er sich nie in aller Öffentlichkeit zum feindlichen Lager bekannt. Der Burgverwalter würde seinen Mantel nach dem Wind hängen und dem jeweiligen Herrn dienen.

»Du hast eben von Usk gesprochen«, bemerkte Isambard und legte die Stirn in Falten, so als könne sein Weitblick ihm die Sicht wiedergeben. »Pembroke hat die Burg befestigt und mit Vorräten gefüllt. Und du weißt mit Bestimmtheit, daß Heinrich sie belagert?«

Beide Seiten hatten sich bislang damit zurückgehalten, die offene Schlacht zu suchen. Heinrich vermutlich aus Feigheit und Unfähigkeit, der Graf aufgrund seiner Weigerung, den offenen Kampf zu suchen, wo doch noch vieles durch Verhandlungen zu regeln war. Pembroke verspürte keineswegs das Verlangen, offen gegen den König zu rebellieren oder gar zum Anführer der Aufständischen zu werden, aber die widrigen Zeiten und sein Gerechtigkeitssinn hatten ihn in diese Rolle gedrängt, und er lehnte sie nicht ab.

»Nach allem, was ich gehört habe, Mylord, scheint der König jetzt entschlossen zu sein, Usk einzunehmen, um ein abschreckendes Beispiel zu geben und Pembroke zum Gehorsam zu zwingen. Bevor Heinrich die Burg unter Belagerung setzte, hat er öffentlich verkündet, seine lehnsherrlichen Pflichten gegenüber dem Grafen und seinen Verbündeten zu kündigen. Daraufhin hat Pembroke ihm gleichfalls die Lehnstreue aufgekündigt, und Basset, Siward und all die anderen sind seinem Beispiel gefolgt.«

»Dann haben wir es hier nicht mehr mit einer bloßen Strafexpedition gegen einen ungehorsamen Vasallen zu tun«, meinte Isambard, »sondern mit einem offenen Krieg, bei dem beide Seiten ehrenhaft kämpfen dürfen. Heinrich hat sich damit seiner besten Waffe entledigt, aber ich verstehe natürlich auch, daß der König nicht als erster zur Gewalt greifen konnte, ohne sich vorher seiner Schutzverpflichtungen als oberster Lehnsherr zu entledigen. Pembroke hingegen hat bewundernswerte Geduld beweisen. Heinrich versteht sich ja aufs Taktieren und auf überraschende Kurswechsel, aber Geduld war ihm immer schon fremd, und etwas auszusitzen ist ihm schier unmöglich.«

»Aber seine ersten Sturmversuche auf Usk sind gescheitert, so erzählt man es sich jedenfalls, und heute erfuhren wir, daß der König sich eines Besseren besonnen und Boten zum Grafen geschickt hat, um einen ehrenhaften Frieden auszuhandeln. Wenn Pembroke ihm seine Burg in aller Form übergibt, verpflichtet sich der König, sie ihm innerhalb von fünfzehn Tagen wieder zurückzugeben. Der Graf darf dann auch der nächsten Ratssitzung beiwohnen und wird freies Geleit erhalten, damit seine Beschwerden dort aufs Peinlichste angehört und untersucht werden können. Heinrich zeigt sich sogar bereit, Reformen durchzuführen.«

»Das ist Heinrich, wie er leibt und lebt!« rief Isambard und lachte kurz auf. »Er würde die Welt versprechen, wenn er damit sein Gesicht wahren könnte. Doch sobald er seine königliche Würde wiederhergestellt und sicher sieht, sollte der Graf sich lieber einen guten Advokaten suchen, um den König an seine Versprechen zu erinnern, und sein Schwert bereithalten während der Verhandlungen. Hat Richard von Pembroke denn schon zugestimmt?«

»Herr, seitdem haben wir noch nichts Neues gehört.«

»Der Graf wird sich darauf einlassen, er kann gar nicht anders. Natürlich gibt er keinen Deut auf die Ehrlichkeit des Königs, aber als Mann von Ehre muß er das Angebot annehmen. Der König könnte, wenn er denn wirklich gewillt wäre, seine Zusagen einzuhalten, die ganze Geschichte schleunigst bereinigen und seine Feinde entwaffnen. Aber ich verwette meine Seele darauf, daß die fünfzehn Tage kommen und vorübergehen werden, ohne daß Pembroke seine Burg Usk zurückerhält. Und von den Reformen werden wir ebenfalls kein Wort mehr hören. Wenn man König Heinrich aus Großherzigkeit einen Penny gibt, glaubt der sofort, man sei entweder ein Narr oder man fürchte sich, und greift die ganze Mark. Dafür hat er schon oft auf die Finger bekommen, aber er lernt es wohl nie besser.« Isambard verzog nachdenklich das Gesicht. »Nun ist Richard von Pembroke kein Narr, und erst recht kein Feigling. Aber so ist es nun einmal gekommen, nicht wahr? Binnen eines Monats werden alle Marken auf des Königs Seite stehen, und dann kann Llewelyn sich nicht mehr heraushalten. Dann bleibt nur noch die Frage, wer als erster die Heide in Brand setzt. Und wenn die Marken brennen, kann eine Grenzfeste wie Parfois nicht in den Händen von jemandem belassen werden, dem man nicht über den Weg traut.«

Der Herr von Parfois lächelte sein altes Wolfslächeln und hob den Kopf, als könne er den Rauch schon riechen und den Schlachtlärm schon hören. Aber er hielt den Mund geschlossen und ließ den Jüngling nicht an seinen weiteren Gedanken teilhaben.

Eine Burg wie die seine, welche sich so unmittelbar an der Grenze befand, bedurfte in solchen Zeiten eines vertrauenswürdigen Burgherrn. Krieg ist Krieg, und wenn nötig, bricht er althergebrachtes Recht. Im Namen des Königs, im Namen Englands und im Namen von William Isambard und seinem langen Warten auf sein Erbe würde man Ralf Isambard von seinem Sitz stoßen. Den alten, blinden Ralf, der schon fast senil war und sich auch noch durch seine Unterstützung von Hubert de Burgh, dem unglücklichen Gefangenen von Devizes, verdächtig gemacht hatte. Wie würden seine Feinde vorgehen? Gewiß würden sie einen Vorwand finden, ihn abzusetzen und seinem Sohn zu überstellen, der ihn wohl in Schutzhaft halten würde. Und sie würden so umsichtig und geschickt vorgehen, daß der gerechteste und wohltätigste aller Könige keinen Anlaß sehen würde, sie für ihr Tun zu tadeln. Sie würden nichts überstürzen und nicht zu offensichtlich handeln, denn Isambards Güter waren weit verstreut, und es bestünde die Gefahr, daß der eine oder andere Burgverwalter auf Ralfs anderen Besitzungen die Absetzung in Frage stellte. Vielleicht würde man sogar verlangen, einen lebenden Ralf gezeigt zu bekommen. Das würde der königlichen Ehre zwar nicht eben guttun, doch William und die anderen würden dafür sorgen, daß auch dieser Wunsch erfüllt werden würde. Ein Skandal mußte unter alle Umständen vermieden werden. Aber schließlich konnte man in Kriegszeiten die eine oder andere Unregelmäßigkeit gut verbergen.

Würde der König sich auf solch ein Unterfangen einlassen? Darauf gab es keine eindeutige Antwort. Heinrich würde möglichst wenig von den Einzelheiten einer Unternehmung erfahren wollen, welche in den Ruch der Ungesetzlichkeit kam. Er würde eine Hand vor seine Augen legen, um das Böse nicht mit ansehen zu müssen. Aber man durfte wohl davon ausgehen, daß er dabei durch die Finger spähte. Wenn es hart auf hart käme, würde Heinrich eine gegen ihn gerichtete Verschwörung aus dem Hut ziehen und in heiligem Zorn aller Welt verkünden, daß ihm Unrecht widerfahren sei. Wer konnte schon ermessen, wieviel von dem, was sich in seinem absonderlichen Geist tat, auf reiner Selbsttäuschung beruhte?

»Harry? Bist du immer noch da?« Im Schlafgemach war es so still geworden, daß Isambard für einen Moment glaubte, er sei hier ganz allein.

»Ja, hier, Mylord.«

Jetzt mußte man alles der Reihe nach angehen. Sollte William auf des Rivaulx hören und dieser auf den König, so mochten sie unter sich besprechen, was sie wollten, ihr erster Schritt gegen Parfois dürfte klar sein. Das hätte sich Isambard eigentlich schon am Tag von des Pfeilmachers Tod ausrechnen können. Er hätte niemals Walter mit dem Ring losschicken dürfen, nachdem ihm die Mission das erste Mal nicht geglückt war, und noch auf so dramatische Weise. Aber damals hatte sein Herz sich geweigert, die Wahrheit zu erkennen, während seinem Verstand längst alles bewußt geworden war. Seine scharfe, zuverlässige Intelligenz sagte ihm damals wie jetzt, daß er jede Hoffnung begraben mußte, Benedetta jemals wiederzusehen; daß er nicht einmal danach streben durfte.

»Harry, du sehnst dich schon lange danach, nach Hause zurückzukehren.«

Mißtrauisches Schweigen senkte sich wie ein Vorhang zwischen sie, aber blinde Augen lassen sich von solchen Hindernissen nicht irritieren. Isambard sah, wie das junge Gesicht ruckartig hochfuhr und die Augen ihn anstarrten und die Falle suchten, die sich hinter diesen Worten verbergen mußte.

»Und das sollst du auch endlich«, fuhr Isambard entschieden fort. »Noch heute abend machst du dich zur Abreise bereit. Pack deine Habe zusammen, auch die Werkzeuge deines Vaters, wenn du sie mitnehmen magst, und ich werde dafür sorgen, daß dir morgen früh das Tor geöffnet wird.« Mit seinem Reiter und allem, was ihm gehört, so hatte Benedetta es verlangt. Seine gesamte Habe, das war mehr, als er mitgebracht hatte.

»Gehen?« flüsterte Harry wie betäubt und schien einen Schritt zurückgewichen zu sein.

»Ja, mein Junge. Du hast meine Worte doch gehört und dürftest mittlerweile wissen, daß ich etwas meine, wenn ich es sage. Nun los mit dir, triff deine Vorbereitungen. Und fürchte nicht, ich könnte dir eine Falle gestellt haben. Niemand wird dich zurückhalten. Du bist frei.«

Wieder trat langes Schweigen ein. Isambard spürte, wie das junge Herz kräftiger schlug und der Freiheit entgegenhüpfte. Er hörte auch, wie die Flügel schon halb ausgestreckt waren und heftig schlugen. Doch nach einem Moment zog der Jüngling sie wieder ein und zwang sie zur Ruhe. Der Kampf, der in Harry wütete, sowohl in seinem Fleisch wie auch in seinem Geist, hallte mit Macht durch Ralfs Körper wider, so daß es ihn verwirrte und erschütterte.

Und klar und deutlich entgegnete der junge Talvace: »Ich gehe nicht.«

Wozu brauchte er noch Augen, wo er doch schon alles erlebt und gesehen hatte? Warum noch länger an diesem Leben hängen? Es konnte ihm ja doch nichts Überraschenderes als dies hier widerfahren. *Nunc dimittis*, dachte Isambard, schwieg vor süßem Erstaunen und lächelte in die Dunkelheit hinein. Herr, jetzt läßt Du Deinen Diener ziehen. Aber gehet er etwa hin in Frieden? Ich bezweifle das, dachte er und lächelte in sich hinein. Hatte es je einen Moment des Friedens in seinem Leben gegeben? Nein, nur Trotz und Wettstreit des Willens.

Anscheinend spürte auch Harry die wachsende Unsicherheit. Er fürchtete jetzt nicht so sehr um sich selbst als um den blinden alten Mann, der jetzt so verwundbar war und umgeben von falschen Freunden, die ihn sofort verraten würden, kaum daß der Wind sich gedreht hatte. Wie konnte ein aufrechter, ehrlicher Mann einen anderen in einer solchen Lage allein lassen? Selbst wenn es sich dabei um seinen Erzfeind handelte? Aber das konnte er eben diesem Erzfeind natürlich nicht so offen sagen.

»Ich gehe nicht«, wiederholte der Jüngling, um das Schweigen zu durchbrechen.

Seine Stimme klang nicht gerade anziehend – sie war mürrisch und trotzig; und auch unverständlich zornig, so wie bei einem Kind, das sich ungerecht behandelt fühlt und nun alle Verantwortung für sein eigenes Versagen seinen Eltern anhängen will. Dieser Tonfall hatte ihm in seiner Jugend sicher so manche Ohrfeige eingebracht. Isambard wußte, daß er ihn gleichwohl jetzt wie einen Mann behandeln mußte und nicht wie ein ungezogenes Kind. Die Stimme klang nach Abwehr und Selbstverteidigung, aber dahinter steckte ein ausgewachsener Jüngling. Und die Worte stammten von ihm und von seinem empörten Herzen, aber Isambard wußte, daß er ihn zur Vernunft bringen würde. Isambard befürchtete nicht, daß Harry auf seiner Weigerung beharren würde. Durfte er der Verlockung nachgeben und ihn jetzt noch für einen Moment in seinen Händen halten, bevor er ihn endgültig gehen ließ?

»Doch, Harry, du wirst gehen. Nicht etwa, weil ich es dir befehle, sondern weil die Umstände es dir gebieten. Viele Gründe sprechen dafür.«

Der Jüngling hatte wohl Verwunderung und Fragen erwartet und gefürchtet. Und er war schon bereit, diesen mit Antworten zu begegnen, die man ihm leicht als Unverschämtheit hätte auslegen können, wenn man nicht um seine Verwirrung und seine Hilflosigkeit gewußt hätte. Aber verstanden zu werden, ohne daß dazu Worte nötig waren, verdroß ihn noch mehr, als zu Erklärungen gedrängt zu werden. Niemand liebt es, wenn man in ihm wie in einem offenen Buch lesen kann. Dennoch seufzte Harry nach einem Moment erleichtert auf, weil Isambard von ihm nicht verlangte, seinen Sinneswandel zu erklären, da er früher mit Zähnen und Nägeln um seine Freiheit gekämpft hatte und sie jetzt von sich wies.

»Dir bleibt keine andere Wahl, Harry«, setzte Isambard sanft hinzu. »Da gibt es nämlich noch etwas, von dem ich dir nichts erzählt habe. Wenn du nicht gehst, kommt Madonna Benedetta hierher nach Parfois, um sich an deiner Statt in meine Gefangenschaft zu begeben. Ich weiß nicht einmal, wie ich dir weiterhin meinen Schutz geben kann, geschweige denn ihr.«

Das veranlaßte den Jüngling, quer durch den Raum zu ihm zu laufen, vor dem Sessel in die Hocke zu gehen und Isambards lange, schmale Hand zu ergreifen. »Madonna Benedetta? Sie kommt hierher? Aber wie ... Was ist das für eine geheime Verschwörung? Kein Wort hat man mir davon gesagt! Nicht ein Sterbenswörtchen! War dies etwa der Inhalt der Botschaft, die John Euch überbrachte?«

Der Jüngling bebte am ganzen Leib und mußte an sich halten. »Wie konntet Ihr nur? Ihr hattet kein Recht dazu! Kein Recht!«

»Das hatte sie auch nicht, und sie hat es dennoch getan. Sie wollte sich selbst gegen dich eintauschen, und ich habe mich einverstanden erklärt. Doch dein Freund, der Pfeilmacher, Gott sei seiner Seele gnädig, verfiel auf die Idee, dich auf anderem Weg aus meiner Gewalt zu retten, und ruinierte dadurch den ganzen Handel. Vielleicht wäre es nicht einmal das Schlechteste gewesen, wenn er damit Erfolg gehabt hätte. Aber der wurde ihm versagt, und nun müssen wir uns mit dem bescheiden, was uns geblieben ist. Nach Johns Tod habe ich Walter an seiner Stelle zu Benedetta geschickt, zusammen mit meinem Ring und meiner Antwort. Damals wußte ich noch nicht, wie bald schon ich mir wünschen würde, beides zurückzuerhalten. Ich nehme an, Langholme hielt es für das beste, sich nicht in Aber blicken zu lassen, und deshalb verlor er wahrscheinlich viel Zeit bei der Suche nach Benedetta, aber ich könnte mir gut vorstellen, daß er seinen Auftrag inzwischen erledigt hat. Wenn du nun nicht bald aufbrichst und die Herrin unterwegs abfängst, wird sie arglos nach Parfois geritten kommen. Und das just zu einer Zeit, in der ich mir nicht mehr sicher sein kann, noch ausreichend Macht in Händen zu halten, um sie zu schützen.« Er schloß seine Rechte in sorgfältigem Respekt um Harrys glatte, lebendige Finger. »Und das ist der wichtigste Grund, warum du von hier fort mußt, denn ich bin nicht mehr in der Lage, ihr entgegenzureiten. Halt Benedetta auf, erklär ihr, daß du ebenso frei bist wie sie und daß du auch all deiner Verpflichtungen und Schulden mir gegenüber ledig bist. Und dann bring sie nach Hause.«

»Ihr könntet auch jemand anderen schicken«, entgegnete der Jüngling, doch nur, um in seiner Verwirrung überhaupt etwas zu sagen.

»Niemand, nicht einmal die Altgedientesten auf meiner Burg, die sie noch von früher kennen, würde sie heute mit solcher Leichtigkeit wiedererkennen wie du. Du bist der einzige, der ihr den Preis übergeben kann, den zu gewinnen sie aufgebrochen ist. Davon abgesehen, Harry, frag dich doch einmal selbst, wer mir hier in meinem Hofhalt noch geblieben ist. Nun, da Walter schon nicht mehr auf Parfois ist, wem könnte ich denn da noch trauen? Nein, mein Junge, du kannst dich deiner Pflicht nicht entziehen. Du mußt gehen, und kein anderer.«

Der Jüngling senkte vor Hilflosigkeit den Kopf auf die gefalteten Hände, während er in seinem Herzen versuchte, das, was er tun mußte, mit dem in Einklang zu bringen, was er tun wollte. In dieser Position klangen seine Worte gedämpft und verzweifelt.

»Aber wie könnte ich Euch denn allein lassen?«

Verschwunden waren Stolz und Zurückhaltung. Er fürchtete nicht mehr, zuviel von sich preisgegeben zu haben. Nackt und einfach kamen ihm die Worte von den Lippen, und als er sie gesprochen hatte, fühlte er sich erleichtert.

»Du kannst, weil du mußt. Und wenn du einen persönlichen, wenn auch selbstsüchtigen Grund von mir hören willst: Weil ich ohne dich besser zurechtkomme als mit dir. Jedenfalls braucht der walisische Fürst dich viel dringender als ich. Walter wird bald zurück sein und kann mich dann mit zwei sehenden Augen und einer ehrlichen Zunge versorgen. Was könntest du denn noch großartig bewirken, wenn du bliebest? Der größte Dienst, den du mir erweisen kannst, ist der, Benedetta außer Gefahr zu bringen. Fürchte nicht um mich«, fügte er hinzu und staunte über den feierlichen Ton seiner Stimme, »denn ich bin ein alter Kämpfer und kann mich hier auf meinem eigenen Grund ganz gut behaupten. Nun verlaß mich, triff deine Vorbereitungen, und morgen nach dem Frühstück kommst du noch einmal zu mir. Ich selbst werde dich zum Tor bringen.«

Auch das war klug bedacht und notwendig. Wer konnte schon wissen, ob de Guichet nicht auf den Gedanken verfiel, es sei besser, wenn der Jüngling blieb. Gut möglich, daß man ihn eines Tages für ein lohnendes Tauschgeschäft gebrauchen konnte.

»Nun, wirst du Parfois verlassen?«

Harry hob die glatte Stirn und zeigte Isambard sein bekümmerte Gesicht. Der Burgherr spürte den langen, untröstlichen Blick der meergrünen Augen, die ihn suchend anstarrten, und wußte, daß er gewonnen hatte. Harry würde abreisen, weil die Vernunft ihm das befahl. Isambard mußte ihn nicht trösten, das würde das Leben schon bald tun.

»Ich gehe«, versprach Harry.

Sie gingen zusammen zum Torhaus, als die langen, goldenen Strahlen der Morgendämmerung es erreichten und von dort hinab zum äußeren Burghof wanderten. Isambard hob die Linke, und die Wächter, welche fragend auf den Gefangenen blickten, zogen sich gehorsam zurück und ließen die beiden vorbei.

Nun betraten sie die Balken der Brücke. Barbarossas Hufe sandten ein dumpfes Echo, das in der Felsenkluft unter ihnen mehrfach widerhallte. Unter ihnen auf dem grasbewachsenen Hochland, das von Bäumen gesäumt war, erhob sich die Kirche von Parfois wie ein goldener Speer in den Himmel. Das gleißende Licht füllte alle Ritzen des Mauerwerks, umrahmte das große Portal und das mächtige Ostfenster und ließ die straffen Linien des Turms wie Harfensaiten erzittern.

Hier, dachte Isambard in seiner Finsternis, hier hat er sich an jenem Tag gezeigt. Benedetta führte ihn an der Hand, ließ ihn dann los und trat hinter ihn. Irgend etwas rief sie ihm ins Ohr, und er hob den Kopf. Ich sah sein Gesicht ganz deutlich, ich kann immer noch sehen, wie er ergriffen und staunend auf das Gebilde schaute, welches er selbst geschaffen hatte. Und dann fiel der Baumeister. Genau hier, an dieser Stelle. Sie fing ihn auf, sank mit ihm zu Boden und hielt den Sterbenden in den Armen. So rasch war alles mit ihm vorbei, und ihr blieb kaum genug Zeit, ihn auf den Mund zu küssen. Als wir ihn aus ihren Armen lösten, konnten wir nichts mehr für ihn tun. Am Fluß haben wir ihn ausgezogen. Nackt und braunhäutig wirkte er wie einer der Bauernjungen entlang des Severn, die genauso gut schwimmen wie laufen können. Schlank, drahtig und jung. Und tot.

»Was ist mit Euch, Mylord?« fragte der Sohn von Baumeister Harry, betrachtete besorgt das Falkengesicht neben sich und spürte, wie sich die dürren Finger fester um seinen Arm schlossen. »Fehlt Euch etwas?«

»Nein, Harry, es ist nichts. Ich habe mich gerade an vergangene Zeiten erinnert. Eine Marotte von alten Männern.« Er klang immer noch spöttisch, wenn er von sich selbst als altem Mann sprach. Nach allem, was sein Körper durchgemacht hatte, konnte er einfach nicht glauben, daß die Jugend ihm abhanden gekommen war.

Eine Angelegenheit zwischen ihnen mußte noch geklärt werden. Eine Sache, die mit einem Tod und der Plünderung eines Grabes zu tun hatte. Isambard machte sich darauf gefaßt, diese Sache nun, in der Stunde des Abschieds, zur Sprache zu bringen. Zwar widerstrebte es ihm, so auseinandergehen zu müssen. Aber er konnte sich nicht weigern, auf diese Fragen eine Antwort zu geben. Doch der Jüngling lief neben ihm her und schwieg. Viel mehr schien ihm daran gelegen zu sein, seine jugendlichen, schwunghaften Schritte dem vorsichtigen und bedächtigen Gang seines ehemaligen Herrn anzupassen. Und natürlich sorgte er dafür, den blinden alten Mann von allen Bodenunebenheiten und Hindernissen fernzuhalten. Barbarossa sog die frische Morgenluft ein und tanzte vor Freude.

Nun konnten sie nicht mehr fern vom Turm sein und ganz nah bei der Baustelle, jener bleichen Narbe im Boden an der Innenseite des Walls. Sie vernahmen schon die Stimmen der Maurer, das Kratzen ihrer Kellen, wenn sie Mörtel auf die obersten Steine schichteten, das Trommeln der Hämmer und das Klirren der Meißel. Viele Menschen hielten sich an der

Baustelle auf, nicht nur die Arbeiter und die Soldaten, sondern auch etliche Personen aus dem Hofhalt. De Guichet unterhielt sich gerade mit Meister Edmund. Isambard hörte seine Stimme sofort heraus und lächelte. Sein Burgverwalter war gewiß nicht erschienen, weil heute jemand ging, sondern weil er jemanden erwartete.

»Wenn du der Dame begegnest, versichere ihr, daß alle Schulden und Verpflichtungen getilgt sind. Weißt du, auf welchem Weg sie kommen wird?«

»Von Aber führt nur eine gute Straße direkt hierher, Mylord.«

»Ausgezeichnet. Dann kann ich ihr Schicksal getrost deinen Händen überlassen. Haben wir das Tor schon erreicht, mein Freund?«

»Noch gut fünfzig Schritte, Mylord.«

»Dann führ mich hindurch, Harry, bevor du aufsteigst. Ich möchte dich außerhalb meiner Grenzen verabschieden. Was liest du in ihren Gesichtern?«

»Ich glaube, sie empfinden immer noch Furcht vor Euch. Ein jeder geht seiner Arbeit nach, aber alle richten ihre Blicke auf uns. Die Wächter sind beiseite getreten, damit Ihr durch den Torbogen schreiten könnt.«

Er war immer noch ihr Herr und eine stattliche Erscheinung. Auch jetzt noch besaß er genug Autorität, um sie einzuschüchtern. Wer von ihnen konnte schließlich mit Sicherheit wissen, wie die Dinge sich entwickeln würden?

»Gut so. Sind wir jetzt aus der Burg hinaus?«

»Ja, Herr.«

»Dann wollen wir uns hier Lebewohl sagen.«

Beide blieben gleichzeitig stehen und wirkten seltsam unentschlossen. Barbarossa zog ungeduldig am Zügel und konnte es gar nicht abwarten, endlich loszupreschen. Der Jüngling wandte sich kurz seinem Roß zu, um es leicht zu tadeln und gleichzeitig zu beruhigen.

»Jetzt beobachten uns alle ganz offen. Einige haben sogar

aufgehört zu arbeiten. Ich glaube, sie wissen nicht so recht, was sie davon halten sollen.«

»Sollen sie sich ruhig den Kopf zerbrechen. Steig jetzt auf, reite los und verlier nicht noch mehr Zeit. Gott sei mit dir, und richte Madonna Benedetta meine besten Empfehlungen aus.«

»Herr, ich will aber nicht ...«

»Eingebildeter Lümmel!« lachte Isambard. »Glaubst wohl immer noch, ohne dich würde hier niemand zurechtkommen? Jetzt verschwinde, ich brauche dich nicht mehr.«

Diese immer noch beeindruckende Gestalt mit der wachen, sorgfältig rasierten Miene, so prächtig und ordentlich gekleidet, hatte mit jeder einzelnen Bewegung bewiesen, daß die verbliebenen Sinne immer noch tadellos ihren Dienst leisteten. Doch jetzt, im Moment des Abschieds, schwankte Isambard. Er setzte rasch einen Fuß nach vorne, um sein Gleichgewicht zu bewahren, hob eine zögernde Hand und tastete blind und hilflos nach seinem ehemaligen Gefangenen, der nun aus seinem Leben trat. Harry vergaß alles um sich herum und ergriff schnell die tastende Rechte des Burgherrn, um sie an seine Wange zu führen. Die Linke folgte gleich hinterher, aus eigenem Vermögen, und so hielten beide Hände das so vertraut gewordene Antlitz. Der schöne Kopf beugte sich ein wenig hinab, das Falkengesicht neigte sich, und harte, vernarbte Lippen berührten leicht seine Wange.

Schweigend und bebend empfing der Jüngling den Freundschaftskuß, und als die hageren Hände ihn verließen, erwiderte er mit dem Eifer und der Unbeholfenheit eines Kindes die Geste.

»Gott sei mit Euch, Mylord.«

Danach verlor Isambard kein Wort mehr. Eine Erklärung war ihm unmöglich, und rechtfertigen mußte er sich nicht. Dafür empfand er, tief in seinem Innern, Verständnis für soviel Zuneigung und auch Antwort auf die Frage, ob er richtig gehandelt hatte oder nicht.

Der Jüngling stellte einen Fuß in den Steigbügel und schwang sich auf sein Pferd. Barbarossa stampfte aufgeregt mit den Hufen auf und preschte gleich in Richtung Tal los. Der Wind, der Harry in der kalten Morgenluft entgegenwehte, brannte an der Stelle, wo der Herr von Parfois ihn geküßt hatte.

Sie waren fort. Es war vorbei. Jetzt brauchte der Burgherr sich nur noch auf das zu konzentrieren, was ihn allein betraf. Mit Harrys Abreise war alle Furcht, wenn er denn so etwas überhaupt kannte, von ihm abgefallen; denn um sich selbst ängstigte er sich nicht. Das Spiel von Leben und Tod mußte zwar noch gespielt werden, doch das Blatt hatte sich wieder zu seinen Gunsten gewendet. Daher sorgte er sich darum nicht mehr als um eine ganz normale Partie.

Isambard stand da und lauschte, bis das weiche Donnern der Hufe im Tal verhallt war. Dann drehte er sich um und kehrte zu den Türmen der unteren Burgmauer zurück. Schon nach einem Schritt wurde ihm bewußt, daß er ganz allein war und daß auch der Rest des Lichts ihn verlassen hatte. Plötzlich fand er sich in einer Alptraumlandschaft ohne unterscheidbare Merkmale wieder.

Er lauschte nach den Hämmern, doch niemand schwang mehr sein Werkzeug. Dann nach Stimmen, aber auch die schwiegen. Isambard wußte, daß sein Weg bergauf führte. Vorsichtig tastete er mit den Zehenspitzen, vermochte jedoch nicht auszumachen, wo es hinab und wo es hinauf ging. Er hatte gerade seinem Führer Lebewohl gesagt und es versäumt, einen Ersatz für ihn zu finden. Sicher mußte es doch in diesem allgemeinen Schweigen etwas geben, das nicht von ihrer Neugierde auf seine nächsten Schritte oder Taten zeugte. Ihre Blicke sammelten sich auf ihm und lasteten wie Blei. Schweiß brach auf seinen Handflächen aus. Was hatte er da nur angerichtet? Einen unverzeihlichen, nicht wiedergutzumachenden Fehler hatte er begangen, der ihnen allen seine Schwäche verriet. Diener, Arbeiter, Gefolge und Soldaten wußten jetzt, wie hilflos er war. Sie wußten, daß er blind war.

Dann erinnerte er sich, wann er seinen Fehler begangen hatte: Als seine Hand nach Harrys Wange gesucht hatte, waren immer noch aller Blicke auf ihn gerichtet gewesen. Doch vielleicht konnte er das immer noch überspielen, eine körperliche Schwäche vortäuschen. Er mußte nur Meister Edmund rufen, ihn unter irgendeinem Vorwand an seine Seite bringen und ihn dann für das erste Teilstück seiner Rückkehr als Führer nutzen. Danach konnte er sich eines seiner Pagen bedienen …

Aber nein, dafür war es zu spät. Sie wußten alle Bescheid. Er konnte ihnen nichts mehr vormachen. Harry hatte seine Hand genommen, als die in die Irre fuhr, und an seine Wange gelegt. Habe ich ihm nicht immer gesagt, dachte er mit einem schiefen Grinsen, daß er einmal mein Untergang sein würde?

Ihm blieben nur zwei Möglichkeiten: Entweder er versuchte, allein den Weg zurück zu finden, und begab sich dabei womöglich in die größte Gefahr und machte sich lächerlich. Oder aber er befahl in aller Deutlichkeit, daß jemand ihm zu Hilfe käme, und gab dadurch seine Schwäche vor der ganzen Welt zu. Isambard war sich bewußt, daß man ihn immer noch beobachtete. Doch niemand schien zu ihm kommen zu wollen. So mancher gönnte ihm wohl insgeheim sein Schicksal. Niemand regte sich.

Sogar als er mit aller Kraft nach jemandem rief, der ihn führen sollte, hielten die Stille und das Schweigen an. Isambard konnte nun seine ganze Einsamkeit ermessen.

»Meister Edmund? Wo steckt der Baumeister? Ruft ihn her, bringt ihn zu mir! Auf mit euch!«

Langsam und widerwillig rührten sich die Männer. Nur einer, ein einziger, der irgendwo bei den Fundamenten des Turms gestanden hatte, ließ etwas fallen, das hölzern gegen die Mauersteine prallte, kam beschämt herbeigerannt und nahm Isambard beim Arm. Eine neue Erkenntnis traf ihn bei dieser fremden Berührung: Zum ersten Mal in seinem Leben bedauerte ihn jemand, zum ersten Mal empfand jemand Mitgefühl für ihn. Isambard fand es nicht leicht, damit zurechtzukommen, selbst in seiner Situation. Doch es gelang ihm schon bei dem ersten Schritt, welchen sie gemeinsam taten. Wer immer dieser hilfreiche Geist auch sein mochte, er besaß ein Recht darauf, für seine Bereitschaft gewürdigt zu werden Nur ein böses Herz konnte ihm daraus einen Vorwurf machen.

»Hier, Mylord, hier lang.« Die fremde Hand zog ihn auf eine ebene Stelle des Wegs. »Lehnt euch an mich. Ihr möchtet doch bestimmt zurück in Eure Gemächer, nicht wahr?«

Eine freundliche Stimme und noch recht jung, und eine, die sich unter anderen Umständen nicht getraut hätte, den Herrn von Parfois anzureden. Die vorsichtigen Schritte, mit denen er Isambard begleitete, zeigten ihm an, daß es sich dabei um keinen großen Mann handeln konnte. Und der Arm, an dem er sich stützte, war dünn. Mit seinem inneren Blick, der gerade erst in Ralf erwacht war, sah er einen vierunddreißig- oder fünfunddreißigjährigen Mann von eher kleiner Statur, sanfter Erscheinung und mildem Wesen. Nein, er war gewiß kein Bauarbeiter, dafür fehlte es ihm eindeutig an Muskelwuchs, und der Griff der Finger bewies, daß sie nicht über die Kraft verfügten, Werkzeuge zu schwingen. Der Ärmel seiner Cotte bestand aus rauher, selbstgesponnener Wolle, und die Haut des Handgelenks darunter war weich.

»Freund«, begann Isambard und paßte sich mit dieser Anrede der neuen Lage an, indem er den Menschen anders begegnete. Auch im Alter erwarteten einen Lehren, und die schmeckten genauso bitter wie in seiner Jugend. »Ich glaube, ich kenne dich. Stehst du schon lange in meinen Diensten?«

»Nahe an zwanzig Jahre, Mylord. Tretet jetzt vorsichtig auf, der Boden ist ziemlich steinig.«

»Du gehörst zu denen, die mit dem Bau des Turms beschäftigt sind, nicht wahr? Wenn ich mich nicht irre, bist du ein Buchhalter der Bauarbeiten.«

»Ganz recht, Mylord.«

Zwanzig Jahre Dienst als Schreiber ... Damit war er noch ein Knabe gewesen, als Meister Harry Talvace tödlich getroffen worden war. Durch den Pfeil Gottes und Johns, des Pfeilmachers. Es war ziemlich genau hier passiert, wo die Sonne hell auf das Grasland vor der Zugbrücke schien. Zu jener Zeit hatte es tatsächlich einen Jungen gegeben, der sich oft in der Zeichenhütte aufgehalten hatte und getreulich und voller Eifer Meister Harry auf Schritt und Tritt gefolgt war. Er hatte für den Meister Pergamente gesäubert, hatte fast andächtig an seinen Lippen gehangen und sich bei Harrys Tod die Augen aus dem Kopf geheult. Meister Harrys große Freundlichkeit lebte zitternd und stumm in der schmalen Hand, die ihn nun führte, fort. Und nun leitete er den Mann, der dem älteren Harry den Untergang gebracht hatte, zurück in seine Gemächer.

»Ja, ich kenne dich«, sagte Isambard. »Wenn ich mich recht entsinne, ruft man dich Simon. Du warst der Schreiber des früheren Baumeisters.«

»Der war ich, Mylord.«

Wie konnte Simon wissen, wen er mit dem früheren Baumeister gemeint hatte? Der Schreiber hatte nicht einen Moment nachgedacht und keine Fragen gestellt, sondern sofort bereitwillig geantwortet, so als sei es selbstverständlich, daß Isambard nur von Harry Talvace hatte sprechen können. Harry ist für ihn genauso lebendig wie für mich, dachte Isambard verwundert, und das immer noch nach so vielen Jahren.

»Wir erreichen jetzt die Zugbrücke, Mylord, hebt bitte Euren Fuß.«

Meister Edmund hatte nichts unternommen, ihm zu helfen oder Simon zu unterstützen. Er war immer schon eifersüchtig gewesen auf all diejenigen, die Harry nahegestanden hatten, sagte sich Isambard. Während er über den äußeren Burghof schritt, überlegte er sich, wie er Simon die erwiesene Freundlichkeit lohnen könnte. Doch als er dann endlich vor seiner Tür stand, dachte er mit Nüchternheit und Überzeugung daran, wie es mit seiner Gunst mittlerweile bestellt war: Sie verhalf einem nicht zu Vorteilen, sondern wohl eher zu einem frühzeitigen Tod.

Früher hatte er von den Bleiplatten des Turmdachs die blauen Hügel von Mittelwales sehen können, die sich jenseits des breiten, grünen und von Silber durchzogenen Tals bis nach Westen erstreckten. Stromaufwärts lag Pool und stromabwärts Strata Marcella. Im Sonnenlicht hatten die beiden Orte wie die Schalen einer Waage dagelegen, grauer Stein zur Linken und grauer Stein zur Rechten. Selbst in seiner Blindheit spürte er dort oben eine Ahnung von Freiheit. Die Luft wehte frisch und sauber von den Torfsümpfen und Reiherteichen heran und brachte den Geruch von Erika und dem vertrocknenden Herbstgras heran, dessen Samen längst gereift und davongeweht waren.

Irgendwo dort, hinter der Heide und den Wolken, die in Isambards Gedächtnis noch immer sehr lebendig waren, ritten Benedetta und Harry jetzt gemeinsam und ohne Eile heimwärts. Walter war bei seiner Rückkehr dem Jüngling nicht begegnet, denn der Knappe hatte den Weg über Shrewsbury gewählt, um dort die letzten Neuigkeiten über König Heinrichs abwegige Unternehmungen in Usk zu erfahren. Gewiß hatten der Junge und die Herrin es nun nicht mehr weit bis nach Aber. Diese Last war von seinem Herzen genommen.

»Sie nahm den Ring von mir«, hatte Walter getreulich berichtet, obwohl er nicht verstand, was vor sich ging. »Ich glaube sogar, sie war darüber erfreut. Bis ich ihr erzählte, was ihrem Diener widerfahren ist. Die Dame schwieg danach lange, aber sie hat weder geweint noch gezetert. Schließlich erklärte die Herrin, sie nehme die Schuld dafür auf sich, denn sie hätte den Pfeilmacher vorher in die Pläne ihres Herzens einweihen sollen.«

Das war alles, was sie sagte. Den Rest hat sie sich für ihre Ankunft auf Parfois aufheben wollen. Zuerst wollte sie noch den alten Mann versorgt wissen, der neben ihr wohnte, und dann würde sie aufbrechen.

Vielleicht hätte sich eine Gelegenheit gefunden, all die Dinge zu bereden, die zwischen ihnen standen. Doch dafür war es nun zu spät. In dieser Welt würden sie nie mehr dazu kommen.

Sei's drum. Benedetta befand sich in Sicherheit und hatte den geliebten Jüngling wieder an ihrer Seite. Und was Isambard selbst betraf, so hatte er das Haus seines Geistes leergefegt und Festungsmauern um sein Dasein in Einsamkeit errichtet. Walter war nach Fleace geschickt worden; unter dem Vorwand, dort alles für seinen Herrn vorzubereiten, der ihm in Kürze nachfolgen wollte. Isambard hatte den Schreiber Simon mit ihm geschickt und ihm ein Empfehlungsschreiben für Humphrey Paunton mitgegeben, den Baumeister, der dort eine neue Halle errichtete. Damit hatte er einen weiteren Unschuldigen von seiner Burg entfernt und mußte nicht fürchten, daß er im Eifer des Gefechts getroffen wurde. Parfois würde in der nächsten Zeit kein Ort für sanftmütige Wesen sein, die sich blinder alter Feinde erbarmten, sie an der Hand nahmen und sie um Hindernisse herumführten.

Als der Wind kälter wurde, wandte er sich von seinen finsteren Betrachtungen über Wales ab. Die obersten Stufen der Turmtreppe waren schmal und abgenutzt. Für gewöhnlich führte ihn ein Page hier hinauf und wartete dann in Hörweite, bis es Isambard gefiel, wieder hinunterzusteigen. Aber als Isambard an diesem Septemberabend nach dem Knaben rief, erschien niemand.

Er wartete einen Moment und rief dann noch mal, diesmal ungehaltener. Isambard wartete und lauschte. Keine Schritte junger Füße, keine Stimme, die ihm antwortete. Dafür andere Geräusche, die langsam und spiralförmig vom Burghof her hinaufstiegen: das rhythmische Hufgetrappel eines Reiterzugs. Dazu murmelnde Stimmen voller Eifer und Erregung. Sie waren zu fern, um verstanden werden zu können. Sie gehörten der Welt unter ihm an, und goldene Luft trennte ihn von jener Welt. Irgendeine Gesellschaft war gerade eingetroffen. Die Jünglinge ritten immer noch zur Falkenjagd aus. Jeden Tag waren der äußere Burghof und die Stallungen voller Menschen. Doch dieser Zug klang anders, irgendwie fremd.

Der Burgherr wartete, ob jemand sich die Mühe machen

würde, ihm Bescheid zu sagen. Aber niemand kam die Treppe heraufgehastet. Das erstaunte ihn weder, noch bedrückte es ihn; denn er hatte nichts anderes erwartet. Nach einer Weile kam er zu der Erkenntnis, daß sein Page ihn im Stich gelassen hatte, um nach unten zu rennen und mit dem Rest des Haushalts nachzuschauen, wer da auf dem äußeren Burghof erschienen war. Isambard tastete sich an den Turmzinnen entlang bis zur Tür und machte sich allein an den Abstieg. Schritt für Schritt und mit der nötigen Vorsicht. Er benötigte eine halbe Ewigkeit. Aber das machte nichts, denn Zeit stand ihm nun wirklich in Hülle und Fülle zur Verfügung.

Zwischen den dicken Mauern des Turms fühlte er sich vom Rest der Welt abgeschottet, hier erreichten ihn keine anderen Geräusche als die seines eigenen Körpers: die der Füße, welche sich langsam und bedächtig von Stufe zu Stufe hinabarbeiteten; sein langer, regelmäßiger Atem; und das kräftige Schlagen seines Herzens, eingesperrt im knochigen Gefängnis seiner Brust. Bei jeder der Schießscharten, die in regelmäßigen Abständen angebracht waren, traf ihn ein kühler, frischer und willkommener Luftzug. Und auf jedem Absatz schien ihn die Dunkelheit schwerer zu bedrücken. Isambard konnte weder Formen noch Schatten erkennen. Ihm war alles eine einzige Finsternis.

Er erreichte das Stockwerk, auf dem sich seine Gemächer befanden. Für einen Moment blieb er an der untersten Stufe stehen, hob den Kopf und lauschte mit gespitzten Ohren. Nichts regte sich im Turm, keine Stimme ließ sich vernehmen. Nur von draußen drang mattes Summen und Brummen heran, in dem immer noch einige Aufregung mitschwang. Doch gleich hier, ganz nahe, hörte er oder vielmehr spürte er ein gleichmäßiges Atmen, das nicht aus seiner Lunge kam. Deren Rhythmus kannte er zu genau. Das Geräusch drang aus einem seitlich gelegenen Raum und war so deutlich zu vernehmen, weil die Tür offenstand. Ein leises Atmen, dessen gleichmäßiges Auf und Ab ihm verriet, daß der wartende Unbekannte von seiner Anwesenheit wußte.

Isambard tastete sich an der Wand entlang und erreichte sein eigenes Gemach. Die Tür stand halb offen. Als er die Räumlichkeiten vor einer Stunde verlassen hatte, hatte er sie hinter sich geschlossen. Er stieß sie ganz auf und trat bestimmt ein, ohne zu versuchen, unerkannt zu bleiben. Hier konnte er sicher gehen, denn er kannte jede Maserung und jede Unebenheit im eichenen Dielenboden. In der Mitte des Raumes blieb er stehen und drehte das schöne Haupt, diesen erloschenen schöngeformten Schädel, langsam nach links und nach rechts, bis er in genau die Richtung schaute, in welcher er den Besucher wahrnahm. Dann wandte er den Blick nicht mehr ab, blieb ganz ruhig, war seiner höchst sicher und lächelte leise.

Jemand saß dort in seinem vergoldeten Sessel. Eine usurpatorische Tat, die aber auch ihr Gutes hatte. Damit war die Zeit endgültig vorbei, in der man sich gegenseitig etwas vormachen mußte. Isambards Lächeln wurde breiter. Er ließ sich Zeit, während er überlegte, wer der Unbekannte sein konnte. Er hörte selbstbewußten, kräftigen Atem und hatte das Gefühl, jemanden mit starkem, breitem Körperbau vor sich zu haben. Das Starren aus den blinden Augen schien ihn jedoch etwas zu beunruhigen, denn er änderte seine Stellung auf den Kissen. Und plötzlich sprang er auf und stellte sich auf die Füße. Isambard mußte laut lachen. Damit glaubte er, den Mann erkannt zu haben. Sich auf den Thron seines Herrn zu setzen und ihn jetzt gleich wieder freizugeben, das entsprach genau seinem Wesen.

»De Guichet«, sagte Isambard ein wenig enttäuscht und verächtlich.

»Nein«, widersprach eine Stimme aus der Dunkelheit vor ihm; sie klang weich, lächelnd und entschlossen, »nicht de Guichet.«

»Ach, du bist es, mein lieber, edler Sohn«, entgegnete Isambard mit einem tiefen Seufzer des Verstehens. »Was hat dich so lange aufgehalten? Ich warte schon seit zehn Tagen auf dich.«

KAPITEL SECHS

Aber: Oktober 1233

Der heilige Clydog erwachte unwillig aus seinem langen Traum und erblickte eine dichte Wolkendecke, die tief über dem Moel Wnion hing. Von der See drang ein ferner, verlorener Möwenschrei heran, und vor ihm befanden sich eine leere Hütte, ein gelöschter Herd und ein aufgeregter junger Mann. Der hockte vor ihm im hohen Gras, hatte die großen, kräftigen, braungebrannten Hände auf seine alten Knie gelegt und starrte ihn mit durchdringendem Blick an. Diese Augen hatte er doch schon einmal gesehen, wenn auch in einem anderen Gesicht. Eine verzweifelt klingende Stimme überraschte Clydogs noch schlummernde Sinne pausenlos mit einem Namen; sie bat, drohte, umschmeichelte, lockte und zog ihn auch sonst in die Welt zurück, von welcher der Einsiedler eigentlich nichts mehr wissen wollte. Der Greis versuchte, seine Ohren zu versperren und seinen Geist zu verschließen, aber die Hände packten ihn gnadenlos, und die Stimme klopfte wie der Griff eines Schwertes an eine verschlossene Tür und wollte ihm keine Ruhe lassen.

»Wo ist Madonna Benedetta? Hörst du mich? Hilf mir doch, ich muß sie finden. Wo steckt sie?«

Der Greis öffnete die Augen jetzt ganz und zwang unter Schmerzen den Geist in seinen alten und gebrechlichen Körper zurück; es war ein enges Gefängnis, in dem der große Vogel sich nur mit angewinkelten Flügeln und viel zu stark schlagendem Herzen bewegen konnte. Ja, er erinnerte sich immer mehr an dieses Gesicht. Dies war der Jüngling, um dessentwillen Benedetta gegangen war.

»Sie ist fort«, antwortete er und zuckte zusammen unter dem Griff des jungen Mannes, der gar nicht zu wissen schien, wie stark er war.

»Das weiß ich, denn das kann man hier deutlich sehen!« Die grobe Decke lag zusammengefaltet auf dem schmalen Lager, der Ofen war erkaltet, und niemand blickte aus dem Bogenfenster, das nach Südwesten hinausging.

»Wohin ist sie gegangen? Wie war es möglich, daß ich ihr unterwegs nicht begegnet bin?«

Harry kniete jetzt im Gras, hielt die Knie des Alten noch immer umschlungen und schaute in das bärtige Greisenantlitz, welches aussah wie ein graues, flaumiges Haarbüschel in einer Distelhecke. Nur aus der Mitte leuchteten matt und trüb zwei blaue Augen.

»Lieber heiliger Mann, ich muß sie finden, ich habe ihr eine wichtige Botschaft zu überbringen.«

»Benedetta ist nach Parfois aufgebrochen«, entgegnete Clydog, und seine Stimme klang mit einemmal klar und deutlich. »Ein Knappe erschien hier und überbrachte ihr die Antwort auf irgendeinen Brief, den sie einmal abgesandt hatte. Die Herrin besorgte einen Knaben, der mich versorgen und sich auch sonst um mich kümmern soll, und trat dann ihre Reise an.«

»Nach Parfois? Aber ich komme gerade von dort! An jedem Hospiz, an jeder Meierei von dort bis Aber habe ich angehalten und mich nach ihr erkundigt, aber nie etwas erfahren. Benedetta kann nicht über die große Straße gezogen sein. Deswegen dachte ich mir, sie wäre vielleicht noch hier oben.« Der Jüngling beugte sich vor und ergriff die kleinen Hände des Greises, die leicht wie Motten in seinem Schoß lagen. »Ist sie allein aufgebrochen? Gewiß hat Benedetta doch jemanden aus Aber zum Schutz mitgenommen, oder? Der Fürst würde sie doch niemals ...«

Er sprach nicht weiter. Noch während er die Frage stellte, wurde ihm klar, daß niemand besser als die Herrin wußte, wie Llewelyn auf ihr Vorhaben reagiert hätte. Allein schon die Tatsache, daß sie ihre selbstgewählte Einsamkeit aufgab, wäre jedem so ungewöhnlich erschienen, als würde die Sonne rückwärts über den Himmel ziehen. Der Fürst hätte bestimmt einige Antworten von ihr verlangt, die sie ihm sicher nicht geben wollte.

»Benedetta ist vor ihrer Abreise nicht in Aber gewesen, nicht wahr?« entfuhr es ihm laut und bitter, weil er sich über seine eigene Torheit ärgerte. »Ach, lieber Clydog, berichte mir, welchen Weg hat sie eingeschlagen? Und wer begleitet sie?«

Auf Burg Aber wußte man wahrscheinlich noch gar nicht, daß Benedetta ihre Hütte verlassen hatte.

»Sie ritt über die Hügelstraße nach Bangor«, antwortete der Greis und starrte über die Schulter des Jungen, als sähe er Benedetta, wie sie den einsamen Bergpfad beschritt. »Sie bat Bischof Martin, mir einen Knaben zur Verfügung zu stellen, und wollte für sich selbst ein Pferd und einen berittenen Diener, der sie bis nach Parfois begleiten sollte. Seitdem habe ich sie nicht mehr gesehen. Nur der Junge kam zu mir. Er sitzt gerade am Bach und angelt. Ein braver Knabe, aber noch recht jung und mir ziemlich fremd. Ach, ich hatte mich so an John, den Pfeilmacher, gewöhnt.«

»Dann ist Benedetta also von Bangor nach Parfois gezogen?« Aber das hieße ja, daß sie ab Dolgynwal dieselbe Straße benutzt hatte, auf der er ihr entgegengeeilt war! Vermutlich war sie einen Tag früher oder später als er dort entlanggeritten.

»Wann ist sie aufgebrochen?« wollte Harry wissen und schüttelte die braunen Ärmel des Mannes. »Wie viele Tage sind seitdem vergangen?«

»Drei ... oder waren es vier? Als sie fortging, regnete es. Zwei Tage hatten wir Regen, dann kehrte die Sonne zurück ... das war gestern ... Also müssen es vier Tage sein.«

»Und dein Knabe, wann ist der angekommen?«

»Bei Einbruch der Nacht. Am Tag nach Benedettas Abreise. Ein guter Junge, der gelernt hat, seinen Mund zu halten.« Der alte Heilige merkte gar nicht, wie ihm Tränen aus den Augen quollen und über seinen zotteligen Bart rannen. »Wenn Frauen anwesend sind, findet man niemals seinen Frieden. Sie halten es nie lange irgendwo aus, sie müssen immer hierhin und dorthin. Ich wußte von Anfang an, daß Benedetta ihr Leben nicht hier beenden würde.«

Der Jüngling erhob sich flink wie ein Vogel aus dem Gras. Benedetta würde vermutlich die Nacht in Bangor verbracht haben und erst am nächsten Tag weitergeritten sein. Damit hätte sie gerade einmal drei Reisetage hinter sich. Sicher hatte sie aber Dolgynwal längst passiert, während er in völliger Unkenntnis ihrer Route hierher geritten war und fälschlicherweise auf dem Teil der Straße nach ihr Ausschau gehalten hatte, über den sie nie gekommen war. Wenn er sich beeilte, konnte er sie immer noch einholen. Schon griff Harry nach Barbarossas Zügel, als ihm sein schlechtes Benehmen auffiel. Er kehrte zu dem Heiligen zurück, fiel vor ihm auf die Knie und bat um seinen Segen.

»Lieber Clydog, bete für mich, daß ich sie rechtzeitig finde.«

Die faltige Hand legte sich auf sein Haupt und blieb für einen Moment leicht wie ein Herbstblatt auf den dichten Locken liegen.

»Rechtzeitig für sie oder für dich?« entgegnete der alte Mann traurig.

Harry ritt die steile Schlucht des Flußtales hinab, und bald kam unter ihm die große, umwallte Burg des Fürsten in Sicht. Sie ruhte in den Einbuchtungen des Höhenzuges und thronte über dem Marschland und den Wiesen über dem Strand. Die langgezogene Palisade auf dem Erdwall umgab die Große Halle, die Viehställe und die Wohngemächer, außerdem die Küche, den Hundezwinger und den Reitstall und natürlich auch den Bergfried mit den königlichen Gemächern über dem errichteten Hügel und schließlich den Holzturm. Außerhalb der Burgmauer breitete sich das Dorf aus und schmiegte sich schutzsuchend an die von Menschenhand geschaffene Erhebung. Um die Burg schlängelte sich das silberne Band des Flüßchens, bevor es sich durch das flache Marschland ins Meer ergoß. Bei diesem Anblick hüpfte dem Jüngling das Herz in der Brust, und mit einemmal konnte er gar nicht schnell genug dort angelangen.

Oben bei Clydog hätte er gleich seinem Roß die Sporen geben und dieselbe Straße zurückreiten können, die er gekommen war. Aber Harry hatte nachgedacht und war zu dem Schluß gekommen, daß er bei seiner Suche Hilfe gebrauchen konnte. Je mehr Männer auf frischen Pferden sich daran beteiligten, desto größer war die Aussicht auf Erfolg. Bevor er also hinter Benedetta hereilen konnte, mußte er zuerst Llewelyn die ganze Geschichte unterbreiten. Der Jüngling brauchte nicht zu befürchten, daß er sich dort mit langen Erklärungen aufhalten oder zu viele Fragen beantworten müßte. Denn der Fürst besaß eine rasche Auffassungsgabe und richtete sich nach der Vernunft, so wie ein gesunder Baum sein Laub nach der Sonne ausrichtet. Harry bräuchte ihm nur zu sagen, was dringend unternommen werden mußte, und alle weiteren Fragen würden auf einen späteren Zeitpunkt verschoben werden.

Hinter der Mühle verbreiterte sich der Weg und verlief auch nicht mehr so steil. Der Jüngling gab Barbarossa die Sporen und erreichte in raschem Trab das Außentor. Die Wächter riefen ihn nicht an und verlangten auch nicht, sein Begehr zu erfahren. Sie erkannten ihn gleich wieder und brachen in Jubelschreie aus. Im Reiten streckte Harry die freie Hand nach links und rechts aus, um alte Freunde zu begrüßen und nach dem scharfen Ritt wieder zu Atem zu kommen. Das hohe Tor im Holzwall verschluckte ihn und entließ ihn wieder ins Tageslicht und in den Burghof. Vor der Großen Halle zügelte er sein Roß.

Eine Frau, die am Brunnen stand, erkannte ihn gleich, ließ ihren Krug fallen und rannte los, um schreiend die Neuigkeit zu verbreiten. Von überall strömten Burgbewohner herbei.

Darunter viele junge Männer, mit denen er als Kind gerungen, Streiche ausgeheckt und gespielt hatte. Sie umringten ihn, hoben ihn aus dem Sattel, überschütteten ihn mit Fragen, drückten ihn und reichten ihn von einem zum anderen weiter. Keuchend gebot Harry ihnen Einhalt.

»Der Fürst! Laßt mich erst mit dem Herrn sprechen! Es geht um Leben und Tod! Nun laßt mich doch herunter!« Irgendwo in seinem Herzen heulte ein Kind wie verrückt nach seiner Mutter, und Tränen der Freude und Aufregung traten ihm in die Augen. Aber Gilleis mußte noch etwas warten.

Er rannte die Stufen zur Halle hinauf, aber die anderen riefen ihn zurück und wiesen auf die Gemächer Llewelyns. Einige eilten ihm voraus, um ihn anzumelden. Aber Harry überholte sie alle auf den Schwingen seines Eifers und stieß als erster die Tür zur Turmkammer des Fürsten auf. Mit vier Sprüngen, einem Jagdhund gleich, eilte er die Treppe hinauf, öffnete die große Tür zum Empfangsraum Llewelyns und stand plötzlich dem Fürsten von Wales gegenüber.

Drei Männer hockten am Tisch, steckten die Köpfe zusammen und redeten mit ernster, angespannter Miene. Als der Jüngling hereinplatzte, schreckten alle mißtrauisch hoch. Einer von ihnen, ein Fremder, fuhr sofort mit der Rechten unmerklich, aber mit beachtlicher Geschwindigkeit an den Griff seines Schwertes. Ednyfed Fychan sprang stirnrunzelnd auf und wollte schon den Mund öffnen, um den ungehörigen Eindringling zurechtzuweisen. Llewelyn, der mit dem Rücken zur Tür saß, drehte sich mit finsterem, ungehaltenem Gesicht um. Aber bereits einen Moment später erstrahlte sein Gesicht vor Freude.

»Harry!« rief der Fürst und sprang auf. Sein Stuhl schlitterte laut zur Wand. Er stürmte dem verlorenen Ziehsohn mit wenigen Riesenschritten entgegen und breitete die Arme aus, um ihn an sich zu drücken.

Harry rannte ebenfalls los und warf sich dem Fürsten zu Füßen. Er nahm die große Hand Llewelyns, preßte sie gegen seine Brust und küßte sie. Als er dann auch noch die Stirn auf die Knie des Fürsten drückte, zog dieser ihn hoch und stellte ihn auf die Beine.

»Harry, bist du's? Bist du es wirklich?«

Seine langen Arme preßten den Jüngling an sein brokatbesticktes Gewand. Harry spürte am ganzen Körper Llewelyns machtvollen Herzschlag, und der ging ihm durch Mark und Bein. Bärtige Lippen küßten ihm Wange und Stirn. Dann trat er zurück, um seinen Ziehsohn mit glänzenden schwarzen Augen lachend und freudig von Kopf bis Fuß betrachten zu können. Eine harte Handfläche hob sein unrasiertes Kinn und studierte wieder und wieder das erwachsen gewordene Gesicht.

»Laß dich anschauen, Junge, ich möchte mich satt sehen. Bei allem, was recht ist, du überragst ja mittlerweile Owen um mehrere Zoll, und wenn du so weitermachst, hast du bald auch David eingeholt!«

Llewelyn drehte sich mit strahlenden Augen zu seinem Seneschall um: »Lauf, Ednyfed, schick nach der Herrin. Und sie soll Gilleis mitbringen. Sag den Damen, daß Harry zurückgekehrt ist, gesund und munter. Natürlich sollen auch David und Owen kommen. Und jemand soll Adam Boteler Bescheid geben. Spute dich!« Dann wandte er sich an den Fremden, der sich höflich in den Schatten zurückgezogen hatte und die Szene mit ernstem, freundlichem, aber verständnislosem Lächeln verfolgte.

»Herr, Ihr werdet uns verzeihen müssen, aber nicht jeden Tag findet man einen verlorenen Sohn wieder. Dies ist mein Ziehkind, Harry Talvace, der lange Zeit der Gefangene von Ralf Isambard von Parfois gewesen ist. Zwei Jahre sind vergangen, seit wir ihn zum letzten Mal von Angesicht zu Angesicht gesehen haben. Und niemals empfingen wir eine Nachricht oder ein Zeichen, die uns darauf hinwiesen, daß er irgendwann hier hereingepoltert käme, so laut und dreist wie eh und je.« Der Fürst klopfte dem Jüngling herzhaft auf den Rücken.

»Erweise diesem Edlen die Ehre, junger Mann. Dies ist Alan Delahaye, der Gesandte des Grafen von Pembroke.«

Harry verbeugte sich vor dem Mann und entschuldigte sich für sein Eindringen. Als wäre er noch nicht aufgeregt genug, ließ die Anwesenheit eines Boten des rebellischen Grafen sein Herz noch schneller schlagen. Was konnte Pembroke mit dem Fürsten von Aberffraw zu bereden haben, wenn nicht den bevorstehenden Krieg?

»Verzeiht, Mylord, daß ich so hier hereingeplatzt bin und Eure Unterredung rüde unterbrochen habe. Niemals wäre ich so ungebeten gekommen, wenn nicht eine Angelegenheit von höchster Dringlichkeit meine Schritte beflügelt hätte. Mylord, darf ich sprechen?«

»Du darfst nicht nur, du sollst sogar«, lächelte Llewelyn. »Ich kann es kaum erwarten, alles von dir hören. Wie kommt es, daß wir dich wieder unter uns haben? Bist du diesmal wirklich freigekommen, oder mußtest du dich wieder verpflichten? Bist du am Ende gar ausgebrochen?«

»Aus Parfois entflohen?« bemerkte Delahaye ungläubig. »Dann wäre er aber der erste, der so etwas vollbracht hätte.«

»Nein, ich bin nicht ausgebrochen.« Siebenmal hatte er es vergeblich versucht, und niemand brauchte ihm jetzt mehr zu erklären, wie unüberwindbar die Mauern von Parfois waren. »Vielmehr hat Isambard mich freigegeben, aber ...«

»Was, schon wieder eine Bedingung? Was hat sich der alte Teufel diesmal ausgedacht, um dir das Leben schwerzumachen? Wenn die Zeichen der Zeit wirklich auf Sturm stehen, werde ich in Kürze mein Versprechen einlösen und wie ein Donnerwetter über ihn und seine Burg niedergehen!«

»Nein, Mylord, es verhält sich nicht so, wie Ihr vermutet. Ich habe einen Auftrag zu erledigen, und so lange der nicht erfüllt ist, bin ich nicht wirklich frei. Es handelt sich um Benedetta! Sie hat ihre Klause verlassen, und ich muß sie finden.«

»Benedetta ist nicht mehr in den Hügeln? Was hat sie denn dazu bewegt zu gehen? Und du mußt einen Auftrag erledigen?

Gewiß für Ralf, oder?« Llewelyn sprach den Namen aus, als wollte er sich – einem Raubvogel gleich – auf ihn stürzen. »Ausgerechnet mit ihr treibt er sein schändliches Spiel!« Er zog den Jüngling mit sich an den Tisch, ließ sich auf seinem Stuhl nieder und bedeutete Harry, auf der Fußbank vor ihm Platz zu nehmen. Doch die ganze Zeit über hielt er den wiedergewonnenen Sohn fest. »Erzähl mir alles.«

Der Jüngling atmete tief durch und schüttete dann die ganze Geschichte in Llewelyns Schoß. Während des Berichts blieben Llewelyns große, lebendige Hände ruhig – sie zuckten weder zusammen, noch verstärkten sie ihren Griff.

Bevor Harry zu Ende erzählt hatte, trafen all die anderen ein, nach denen Llewelyn geschickt hatte. Sie wollten den Jüngling mit eigenen Augen sehen, ihn berühren und ihn danach herzlich drücken. Gilleis stürmte wie ein wildes Mädchen mit gerafften Röcken herein und warf sich ihm unter ungläubigen Freudentränen an den Hals. Er breitete die Arme aus, ohne in seiner Geschichte innezuhalten, und Llewelyn wußte, daß er gegen diesen Gefühlssturm nicht ankommen konnte, und ließ es geduldig geschehen. Die Mutter hockte sich neben ihren Sohn, küßte ihn, wenn er zwischen zwei Worten Luft holte, auf den Mund und hielt ihn die ganze Zeit über umschlungen.

Nach ihr erschien Owen und strahlte über das ganze Gesicht. Hinter ihm kam David, der vor Freude glühte. Und schließlich auch Adam Boteler, der sich über den Jungen beugte und ihn aufs Haupt küßte. Endlich zeigte sich die Fürstin. Harry wollte aufspringen und vor ihr niederknien, aber sie drückte ihn mit einer Hand auf seinen Platz zurück. Joan hielt ihm lediglich die Rechte hin, welche er küßte, während er den Namen Benedettas aussprach.

»Das ist alles meine Schuld«, fuhr Harry dann endlich fort. »Zu rasch ritt ich hierher und dachte zu wenig nach. Wenn ich langsamer geritten wäre, hätte ich Benedetta bestimmt irgendwo unterwegs angetroffen. Jetzt versteht Ihr, Mylord, warum ich wieder los muß. Ich finde keine Ruhe, ehe ich sie nicht gefunden und wieder hierhergebracht habe. Ach, Mutter, du wirst mich doch sicher noch ein paar Tage länger entbehren können ...?«

Gilleis legte ihm eine Hand auf den Mund und brachte ihn so zum Schweigen. Als Mutter wußte sie bereits, daß sie ihn loslassen mußte, wenn sie ihn nicht ganz verlieren wollte. Das sah sie an seinem hohen Körperwuchs, dem goldbraunen Flaum an seinem Kinn, der tiefen Stimme und seinem Blick, der sie jetzt glänzend vor Tränen ansah, weil ihn der warme Empfang so rührte. Sie wußte, daß sie ihn gehen lassen mußte, wenn sie ihn jetzt festhalten wollte. Seine Jahre, die Gilleis verloren hatte, würden ihr nicht zurückgegeben werden. Und selbst die zukünftige Zeit mit ihm würde ihr wahrscheinlich über kurz oder lang von einer anderen Frau genommen werden ... aber dem Problem wollte sie sich erst stellen, wenn es soweit war. Hauptsache, Harry war frei. Jetzt war er sein eigener Herr, und zur Beruhigung seines wie auch ihres Herzens mußte Benedetta zurückgeholt werden.

»Kind, du glaubst doch wohl nicht, daß ich irgendeinen Groll gegen Benedetta hegen könnte. Geh mit meinem Segen. Wenn ich noch so gut zu Pferd säße wie früher, würde ich mich selbst auf die Suche machen.«

»Dann laß mich an deiner Stelle reiten«, erbot sich Owen, der hinter der Freude in Harrys Augen auch dessen große Müdigkeit erkannte. »Du solltest dich besser etwas ausruhen. Hast du, seit du Parfois verlassen hast, überhaupt geschlafen?«

»Laß ihn doch«, warf Llewelyn ein, der sich noch gut an die Unrast junger Männer erinnern konnte. »Dies ist seine Aufgabe und nicht die unsere. Such mit David sechs gute Männer aus, die Benedetta kennen, und gib ihnen die besten Pferde. Harry, am besten, du schickst zwei von ihnen nach Bangor, um dort ihre Spur aufzunehmen, und mit den anderen vier ziehst du über die Hügel bis zur Straße nach Dolgynwal. Wenn du dort erfährst, daß Benedetta vorbeigekommen ist, weißt du ja, wo du weitersuchen mußt. Wenn nicht, reitest du mit Zweien so schnell wie möglich Richtung Parfois und sendest die beiden letzten zu ihren Kameraden nach Bangor. Die sollen dort bleiben, bis sie etwas über Benedetta in Erfahrung gebracht haben. Ich gebe dir ein besiegeltes Schreiben mit, und das gibt dir bis zur Grenze die Möglichkeit, alles zu beschaffen, was du brauchst. Pferde, Männer, Vorräte und so weiter. Sieh dich gleich im Stall um, und besorg dir auch alles andere, was du zur Suche benötigst. Du brauchst nicht lange zu fragen, nimm es dir einfach. Mit Gottes Hilfe werden wir Benedetta nicht verlieren.«

»Ein guter Junge«, bemerkte Llewelyn nachdenklich, als alle wieder gegangen waren. »Trotz seiner Fehler und Schwächen ist er einer der bravsten Burschen.«

»Einer der bravsten Verbündeten des Königs an Eurer Grenze scheint in gehörigen Schwierigkeiten zu stecken«, bemerkte Delahaye aus seiner Ecke im Schatten des Raumes. »Wenn Ihr nach Süden zieht, Mylord, und damit dem Grafen den Druck von der Flanke nehmt, so habt Ihr von Parfois nichts zu befürchten.«

»Diese Feste bereitet mir keine Sorge«, entgegnete der Fürst. »Aber ich habe vor Gott einen Schwur getan, nach dem ich Parfois bei der günstigsten Gelegenheit angreifen und im Namen der Talvaces zerstören werde. Sowohl des Vaters wie auch des Sohnes. Und das, was wir eben erfahren haben, löst mich nicht von diesem Schwur. Gut, der Sohn mag frei sein, doch sein Vater ist immer noch tot, und sein Grab entweiht. Jetzt höre ich, daß Ralf erblindet sein soll!« Er schüttelte grüblerisch den Kopf. »Lieber wäre es mir gewesen, er hätte mir bei bester Gesundheit gegenübertreten können.«

»Ihr müßt ihn ja erst dann angreifen, wenn für Euch der rechte Moment gekommen ist«, entgegnete der Vertraute des Grafen. »Uns dürfte völlig ausreichen, daß der Mann uns nicht mehr gefährlich wird. Und das haben wir anscheinend diesem armen Teufel zu verdanken, dem Ralf die Kehle durchgeschnitten hat. Dem Grafen von Pembroke wäre es nicht unlieb, wenn Ihr Euch um Brecon kümmern könntet, damit er den Rücken frei hat und das Usk-Tal zurückerobern kann. Doch wenn es Euch mehr danach drängt, Eurem Schwur nachzukommen, dann braucht Ihr Euch nur auf unsere Seite zu schlagen, und Ihr werdet schon Gelegenheit dazu bekommen.«

»Ihr glaubt doch nicht«, bemerkte der Fürst leise, «daß Parfois erobert werden kann, oder?«

Goldenes Feuer brannte in seinen Falkenaugen. Er hob den Kopf und frohlockte bei der süßen Vorstellung, daß dieses fast unmögliche Unterfangen doch noch gelingen könnte. Aber Llewelyn verscheuchte den Gedanken daran. Es gab jetzt wichtigere Dinge zu bedenken. Wenn er wieder in den Krieg zog, und zwar zum letzten Mal, denn im Alter wollte er sich vollends der Konsolidierung seiner Macht widmen, so sollte dies aus ernsteren Gründen als nur der Befriedigung einer jungenhaften Streitlust geschehen. Gut möglich, daß durch einen Sieg Davids Erbe vergrößert werden konnte, daß sich seine Position gegen den Nachbarn England verstärken ließe und daß Davids Geburtsrecht als Thronnachfolger bereitwilliger anerkannt würde. Die Engländer schätzten die Einhaltung von geltendem Recht und alten Gebräuchen sehr hoch. Aus diesem Grund hatte Pembroke ja schließlich zu den Waffen gegriffen, und erst in zweiter Linie, weil man ihm Schaden zugefügt hatte. Außerdem wollte er die gegenseitige Achtung und Würde zwischen Herrscher und Untertanen wiederherstellen und dafür sorgen, daß die alten Regeln unumstößlich und allseits anerkannt wurden, so daß es einem wetterwendischen König fortan unmöglich würde, sie zu mißachten.

Und gerade das war für Llewelyn der wichtigste und entscheidende Grund dafür, Pembrokes Bündnisangebot anzunehmen: Der Graf befand sich im Recht und König Heinrich im Unrecht. Persönliche Interessen mußten in dieser Frage hintanstehen; es ging nicht darum, festzustellen, wer zuerst etwas Falsches getan hatte oder wem zuerst ein Fehl zugefügt worden war. Wenn man die ganzen Vorgänge in größeren Dimensionen sah, konnte man nur zu dem Schluß gelangen, daß Pembroke das Recht auf seiner Seite hatte.

»Alles liegt in Gottes Hand, Mylord«, sagte Delahaye lächelnd, »aber ich würde nie behaupten, es gäbe eine Burg, die man nicht einnehmen kann.«

Llewelyns Gedanken waren inzwischen dermaßen von Parfois und seiner unbesiegbaren Position abgekommen, daß er im ersten Moment ein wenig Mühe hatte, den Worten des Gesandten zu folgen.

»Ich fürchte, wir werden es nie erfahren«, entgegnete er mit leisem Bedauern. »Ich bete zu Gott, daß Er uns Benedetta wohlbehalten zurückgibt. Aber damit hätte ich dann keinen Grund mehr, gegen Isambard vorzurücken und mich auf einen Angriff einzulassen. Wenn alles in Gottes Hand liegt, dann muß Er mich nun auch von meinem Versprechen entbinden, denn ich vermag es nicht zu erfüllen. Doch eines ist gewiß: Ein Pfeilmacher kann mitunter mit einer Handvoll ungelöschtem Kalk genausoviel bewirken wie ein Erzengel mit seinem Flammenschwert.« Llewelyn verwarf die müßigen Gedanken. »Sagt, Delahaye, diese Warnung, welche der Graf auf seinem Weg zum Kronrat erhielt und die ihn dazu bewegte, nach Gwent zurückzukehren, haltet Ihr sie für wahr? Hätte der König ihn wirklich unter Anklage gestellt und seines Besitzes enthoben? Heinrich hatte Pembroke doch freies Geleit und auch andere Garantien zugesichert. Und das erst kürzlich. Das kann doch niemand vergessen haben.«

»Der König hatte auch de Burgh Zugeständnisse gemacht und diese sogar mit einem Schwur auf die Reliquie von Bromholm bekräftigt, und das nur einen Monat, bevor er Hubert wie einen Baum fällte. Und wer auch immer meinem Herrn die Warnung zukommen ließ, hat die Wahrheit über die Absichten des Königs in Usk erkannt. Die fünfzehn Tage sind längst vergangen, aber Heinrich hat noch keine Anstalten getroffen, dem Grafen die Burg zurückzugeben. Auch das hatte der König versprochen. Da kann man sich vorstellen, wie er seine anderen Versprechungen handhabt.«

»Da habt Ihr recht«, entgegnete der Fürst mit leisem Lächeln. »Und auch wenn der König Eure Burg Usk nicht erobern konnte, so ist sie dennoch nicht uneinnehmbar.«

»Ich glaube, mittlerweile dürfte auch Turbeville außer Gefahr und wieder im Besitz des Grafen sein. Mein Herr ist es müde, noch länger darauf zu warten, daß König Heinrich sein Wort hält. Nur um Euch zu beweisen, wie wenig das Wort des Königs noch zählt«, erklärte der Gesandte grimmig, »mag Euch der Umstand genügen, daß ein ehrenwerter Mann eine solche Warnung erhielt und diese nicht gleich als ungeheuerliche Lüge zurückgewiesen hat. Natürlich will ich damit nicht behaupten, König Heinrich rede nur Unwahres, aber mittlerweile traut man ihm jede Schlechtigkeit zu, weil zu befürchten ist, daß sie stimmen könnte. Was ist nur aus Englands Krone geworden, wenn solches über ihren Träger geredet wird?«

Ein Mann ist nicht unbedingt der beste Advokat seiner Interessen, bloß weil er leidenschaftlich von deren Richtigkeit überzeugt ist. Aber Delahayes Glaube an Richard Marshall von Pembroke verlieh dem Gesandten eine Überzeugungskraft, die sich für Llewelyn ehrlicher und eindringlicher anhörte als jede gelehrte Beredtsamkeit. Und noch etwas unterschied Richard von König Heinrich, und zwar sehr: Wenn Pembroke Llewelyn etwas versprach, und zwar nicht unbedingt, indem er bei der Reliquie von Bromholm oder ähnlichem schwor, dann konnte man sich darauf mehr verlassen als auf jedes gegebene Wort des Königs. Wenn jemand Llewelyn entgegengeritten gekommen wäre und ihn gewarnt hätte, Pembroke beabsichtigte, ihn in seinem Haus zu hintergehen, so hätte er diesen Boten ausgelacht und wäre ohne das geringste ungute Gefühl weitergeritten. Die Ehrlichkeit eines Mannes ließ sich am ehesten daran abmessen, ob man bereit war, ihm sein Leben anzuvertrauen. Und wer würde das noch bei Heinrich tun wollen?

Dennoch gab es noch einige Fragen zu bedenken. Wenn der Fürst sich auf die Seite von Richard und den anderen Baronen stellte, mußte er die ganze Sache mit ihnen bis zu Ende durchstehen, gleich wie sie ausging. Er würde keinen eigenen Waffenstillstand, keinen Separatfrieden durchsetzen können. Und wenn nun diese Markbarone sich in ihrer Gesamtheit und mit all ihrer Macht auf die Seite des Königs schlugen? Oder wenn Heinrich Söldner ins Land holte, wie zum Beispiel die Flamen des Grafen de Guisnes? Des Rivaulx hatte dafür Sorge getragen, daß alle Staatseinnahmen durch seine Hände flossen und in die königliche Kasse gerieten. Solange der König diesen Mann in seinem Amt beließ, konnte er es sich leisten, Truppen im Ausland zu kaufen. Er war also bestens ausgestattet und festen Willens, seine eigenen Vorstellungen mit Gewalt durchzusetzen. Er brauchte sich noch nicht einmal um Kronrat, Gesetze und Tradition zu scheren. Und im Falle seines Sieges würde er seinen Feinden keinerlei Gnade gewähren.

Llewelyn mußte also über das Ende des Krieges nachdenken, ehe er ihn überhaupt anfing. Nicht sein eigenes Leben oder sein Schicksal standen hier auf dem Spiel, sondern Davids Herrschaftsanspruch und der Traum von einem starken, geeinten Wales. Wenn er jetzt mit Pembroke und seinen Aufrührern gemeinsame Sache machte, mußte er bis zum Ende bei ihnen bleiben, im Sieg oder in der Niederlage. So sei es denn! Und nun, dachte er lächelnd und zufrieden über seine Entscheidung, ist es an der Zeit, uns um die Einzelheiten zu kümmern und sicherzustellen, daß wir als Sieger und nicht als Verlierer aus diesem Kampf hervorgehen.

»Ich werde eine gewisse Weile brauchen, ehe ich mein Heer ins Feld führen kann«, erklärte er dem Gesandten, »aber nicht so lange, wie König Heinrich benötigt, die Barone der Marken auf seine Seite zu ziehen. Ende des Monats kann ich bereitstehen, Eurem Herrn die Flanke gegen alle Angriffe aus Shropshire und Herefordshire zu decken, ohne damit mein eigenes Land in Gefahr zu bringen.« Der Fürst breitete die Hände auf dem Tisch aus und schob den Stuhl zurück – glücklich, entschlossen und voller Tatendrang.

»Ihr mögt dem Grafen von Pembroke mitteilen, daß meine Antwort ja lautet. Bevor der Oktober vorüber ist, erkläre ich mich öffentlich für seine Seite und führe Gwynedd in den Krieg.«

»Mylord«, entgegnete Delahaye und strahlte wie ein Ginsterfeuer, »ich wußte doch, daß ich mich in Euch nicht getäuscht hatte.«

So blieb für sie nur noch zu bereden, wie und auf welchen Wegen man den Erfolg herbeiführen konnte. Llewelyn stellte sich die kommenden Wochen vor und sah vor seinem geistigen Auge Heere von Corbett, Lacy und FitzAlan gegen seine Grenze rücken. Aber nicht das von Parfois. Isambard würde sich aus dem Krieg heraushalten, wenn Harry alles recht verstanden hatte. Und warum sollte der Junge sich irren? Sein Ziehsohn war klug genug und hatte die Situation auf der Burg bestens ausgekundschaftet, und sei es auch nur, um irgendwann seinen eigenen Rachefeldzug zu führen. Wenn Ralf auf seiner Feste blieb, würde der König ihn niemals unter sein Banner rufen; denn Heinrich besaß wenig Menschenkenntnis und mißtraute dem alten Wolf. Aber wenn es Isambard nicht mehr gelang, seine Herrschaft aufrechtzuerhalten …

»Erblindet!« sagte Llewelyn und stellte sich kurz die unfaßbare Situation vor, in der sich Isambard befand. »Gott weiß, daß ich ihm vieles an den Hals gewünscht habe, aber nicht das!«

Der kühle, unstete Abendwind, der über die Schulter des Moel Wnion strich, trug den Salzatem und das heulende Stöhnen der Ebbe entlang des Lavan-Strandes in die grasbewachsene Mulde. Von der anderen Seite der Bucht ertönten auf Ynys Lanog von den Heiligen die kleinen Glocken aller Kapellen und vereinten sich zu einem einzigen hellen Klang, der Erinnerungen an längst vergangene Träume von anderen Glocken auslöste.

Clydog trat gerade durch die Tür, als er das Läuten hörte, und für einen Moment verharrte er so mit einem Fuß auf der Schwelle, als könne er sich nicht entscheiden, ob die Glocken ihn vorwärts drängten oder zurückriefen. Etwas wunderbar Liebliches schwang in ihrem Läuten mit, wie eine Vorahnung von Gnade, die jedoch noch weit entfernt zu sein schien, und gleichzeitig Traurigkeit, so wie das letzte Zucken vergangenen Kummers.

Der heilige Mann spähte in die Dunkelheit, welche Licht verhieß. Aber seine Augen waren noch viel zu sehr der Erde verhaftet, und so konnten sie nicht in die Helligkeit jenseits der Finsternis schauen. Er blickte über seine Schulter in die dämmrige Senke, doch seine Augen hatten bereits zuviel von dem imaginären Licht gesehen, und so verschwamm alles vor ihnen. Und die Welt schien sich von ihm zurückzuziehen.

Eigentlich gab es für ihn keinen Grund mehr, länger hierzubleiben. Die Formen der Welt waren nur noch Hüllen der Leere und des Verlusts. Kein Licht drang aus der Steinhütte, kein Fuß trat dort auf die Schwelle, und zur Abenddämmerung ertönte keine Stimme mehr. So gab es hier auch keine Worte mehr zu sprechen, nichts mehr zu tun und keine Knaben mehr, die ihm von irgendwo ausgeliehen wurden und auf die er ständig warten mußte. Kein Grund mehr, auf Harry zu warten, kein Grund mehr, hierzubleiben.

Die See heulte, die sich nahende Nacht schauerte, Kälte, Einsamkeit und Trauer versammelten sich hinter Clydogs Rücken. Und der Engel, der seinen Schlaf und sein Wachen hütete, zog ihn durch die Tür und versicherte ihm, daß die Frau ihm in kurzer Zeit nachfolgen würde. Er warf keinen Blick mehr zurück auf die Leere, die sie einst ausgefüllt hatte. Er betrat die Schwelle und hörte nicht auf die Stimmen, die ihn zur Umkehr verlocken wollten. Auch beachtete er die Hände nicht, die an seiner Kutte zogen. Clydog war endlich frei von allen Gebeten, nie mehr würde er an Gaben, an Wachen und an Visionen denken müssen. Er trat durch die Tür zur Dunkelheit, er trat über die Schwelle seines noch nicht bereiteten Grabes, und die Zeit schloß die Tür so leise hinter ihm, daß er nicht einmal bemerkte, wie der Riegel vorgeschoben wurde.

Als der Knabe eine Stunde später von der Hütte hochkam, um den Greis zu Bett zu bringen, fand er lediglich einen Haufen Vogelknochen vor, die über das Gras verstreut lagen.

KAPITEL SIEBEN

Parfois: Oktober bis November 1233

In Dolgynwal stießen sie auf ihre Spur und folgten ihr ein gutes Stück Weges. Sie schonten ihre Rösser nicht und machten reichlich Gebrauch von Llewelyns mit Siegel versehenem Schreiben, um ihre erschöpften Tiere gegen frische einzutauschen. In Meifod schien Benedetta nur noch einige Stunden von ihnen entfernt zu sein. Harry wagte schon zu hoffen, daß man sie doch noch einholen könnte. Warum hatte sie es nur so eilig? Früher hätte er nie für möglich gehalten, daß er einer Frau durch ganz Wales folgen würde und die ihm immer eine Nasenspitze voraus sein würde, obwohl er doch Tag und Nacht ritt und lediglich den Schlaf erhielt, den er sich im Sattel gönnte. Doch die Antwort auf diese Frage war ihm wohlbekannt und erfüllte ihn mit Schuldgefühlen. Um seinetwillen beeilte sie sich so, und das trieb ihn nur noch härter an.

Endlich erreichten sie Strata Marcella, aber hier erhielten sie keine Nachricht über sie. Hatten sie Benedetta etwa irgendwo auf dem Weg überholt? Waren sie an ihr vorbeigeritten, während sie auf einem Gehöft nächtigte? Harry schickte zwei von seinen Männern zurück. Sie sollten in jedem Haus links und rechts der Straße nachfragen. Zwei weitere schickte er dann auf den Weg zur Rampe von Parfois. Dort sollten sie sich auf die Lauer legen und beobachten, wer zur unteren Burgmauer hinaufging und wer von ihr herabkam. Er selbst machte sich mit den zwei verbliebenen auf nach Kastell Coch, das südlich hinter Pool lag, denn es war ja nicht auszuschließen, daß Benedetta sich nicht für die südliche, sondern für die nördliche Furt entschieden hatte, um den Severn zu überqueren. Voller Selbstvorwürfe und Schuldgefühle, weil sie um seinetwegen solche Strapazen auf sich nahm, und voller Groll über seine eigene Langsamkeit, traf er endlich bei Einbruch der Nacht in Kastell Coch ein und konnte sich kaum noch im Sattel halten. Ja, Madonna Benedetta sei hiergewesen, und nein, sie sei schon weitergezogen. Also hatte Benedetta wohl nicht vor, heute zu schlafen. Vor kaum einer Stunde, in der Abenddämmerung war sie weitergeritten.

Der Jüngling wendete sein Roß und ritt zur Furt von Pool. Der Flußpegel war kaum höher als im Sommer, und so wateten die Reiter durch das Naß und stampften durch die silbrigen Pfützen und Teiche in den Uferauen. Sobald sie wieder festen Boden unter den Hufen hatten, gab Harry seinem Pferd die Sporen und preschte davon, über den grünen Weg vom Severn zum Long Mountain und von dort zur Burg Parfois. Einer seiner Männer rannte vor ihm aus dem Wald und machte ihm Zeichen, anzuhalten.

Trotz aller Eile waren sie zu spät gekommen. Benedetta war vor ihnen hier eingetroffen und hielt sich längst auf der Burg auf.

»Mein lieber, treuer Sohn«, seufzte Ralf Isambard, »Du verschwendest nur meine Zeit und die deine. Nicht, daß ich mich darüber beschweren will. Mir steht mehr als genug Zeit zur Verfügung, und auf mein Wort, ich stelle dir gern ein paar Stunden davon zur Verfügung und trage dir deswegen nichts nach. Doch wenn du hoffst, das von mir zu erlangen, wonach du strebst, so wirst du damit wenig Erfolg haben. Von Anfang an habe ich dir gesagt, daß ich dir nichts geben werde. Wenn du etwas von mir haben willst, so mußt du es dir schon nehmen. Fragen und Bitten helfen dir nicht weiter. Bedenk doch, mein Lieber, wenn ich dir alles übertrüge, mit Brief und Siegel, so beraubte ich mich ja selbst unserer täglichen Plaudereien, deiner lieben Gesellschaft und deiner großen Fürsorge um deinen Vater. Denn selbst wenn ich aus deinem Munde immer nur das eine Thema vernehme, so liebe ich doch den Klang deiner Stimme.«

»Es gibt mehr als nur einen Weg, eine Frage zu stellen, wie Ihr sicher bald erfahren dürftet, geliebter Vater. Euer Großvater hinterließ uns eine hübsche Ansammlung von Überredungsinstrumenten. Dort, im Verlies unter dem Wachturm. Und ich könnte mich genötigt sehen, mich dieser Instrumente zu bedienen.«

»Ich glaube nicht, daß du das tun würdest. Wenn du das wagen solltest, hättest du mit diesen Apparaten schon längst versucht, mir Zunge und Hand abzunehmen. Nicht daß du damit etwas gewonnen hättest, doch das nur am Rande. Nein, liebster Sproß, wenn du mich bislang schontest, mir nicht die Knochen brachst oder mir die Haut in Fetzen schlugst, dann aus demselben Grund, aus dem du mich nicht in irgendein Loch geworfen hast, auf daß ich dort zu einem klapprigen, stinkenden Greis verfaule oder so lange hungere, bis ich Vernunft annehme. Dummerweise könnte jederzeit der unangenehme Moment kommen, wo du mich der Welt vorführen mußt, und zwar gesund, munter und nicht bis zur Unkenntlichkeit gefoltert. Und wenn diese Forderung nicht von Paunton, d'Enville oder einem anderen Verwalter meiner Burgen kommen sollte, dann könnte immer noch ein Bote des Königs hier erscheinen und genau dies von dir verlangen. Das eine wäre für dich ebenso unbequem wie das andere. Deswegen bleibt dir gar nichts anderes übrig, als mich bei Gesundheit und bestem Aussehen zu halten, und das in jeder Stunde eines jeden Tages.«

»Ausgerechnet Ihr wollt mir mit König Heinrich drohen?« grinste William. »Dabei weiß doch ein jeder im Lande, wer von uns beiden eher seine Gunst genießt. Ich habe von ihm den Auftrag und die Macht erhalten, Parfois gegen die Waliser zu verteidigen und zu halten, ob Euch das nun paßt oder nicht. Nun, hört sich das so an, als würde er für Euch nur den kleinen Finger rühren?«

»Für mich sicher nicht, lieber William, nein, ganz gewiß nicht. Aber für sich selbst wird er mehr als nur einen Finger rühren, wart's nur ab. Natürlich will ich dir gern zugestehen, daß der König nur zu erfreut wäre, wenn du mich ein wenig grob anfassen würdest. Aber es wäre ihm zutiefst unangenehm, wenn du mich auf Krücken vorführen müßtest, weil ein paar meiner Knochen nicht mehr zusammenpassen. Er ist dir zugetan, bester Sohn, denn schließlich hat er dich zum Kastellan von Parfois ernannt. Aber verlaß dich nicht zu sehr auf sein Wohlwollen, denn auch die Gunst von Königen kennt ihre Grenzen.« Ralf strich sich selbstgefällig über das glatte Kinn und gähnte herzhaft, ehe er aufreizend in die Richtung lächelte, in der sein Sohn auf seinem Stuhl saß. »Zieh ihn in einen Mord hinein, obwohl er dir doch nur einen Raub zugestanden hat, und du wirst sehr schnell bemerken, daß dieses Lamm sich in einen gefährlichen Löwen verwandeln kann. Dann nämlich, wenn es ihm selbst ans Leder gehen soll. William, trotz deiner Nähe zum König kennst du ihn noch lange nicht so gut wie ich. Wenn du ihn in eine peinliche Lage bringst, wird er dich zu Tode jagen.«

»Dazu muß es ja nicht kommen. Verletzungen können doch auch durch Unfälle entstehen. Ein dummer Sturz zum Beispiel. Blinde wagen sich gelegentlich allein irgendwohin vor und stolpern oder stürzen«, entgegnete der Sohn mit ebensoviel Belustigung in der Stimme.

Die Klänge und der Widerhall in diesem Raum, dem obersten Turmzimmer, waren Isambard immer noch fremd. Weiter unten, in den Gemächern, welche er schon vor langem zu seinen Herrenräumen erkoren hatte, war ihm alles bestens vertraut gewesen. Aber es sah seinem Sohn ähnlich, sich ausgerechnet in den Gemächern des Burgherrn breitzumachen, wo er sich doch jedes andere Zimmer hätte aussuchen können. Doch mußte man William zugute halten, daß er dies nicht aus Eitelkeit oder Trotz getan hatte. Man hatte Ralf umquartiert, weil nur eine Treppe hier heraufführte, und die ließ sich gut bewachen. Niemand erhielt ohne ausdrückliche Erlaubnis des neuen Kastellans Zutritt zum obersten Turmzimmer.

»Und du meinst, bei einem solchen Sturz könnte man sich leicht Hand- oder Fußgelenke ausrenken oder sich ein paar Finger brechen, nicht wahr? Aber nein, ein solcher Narr bist du nicht. Der Hauch eines Skandals wäre schon zuviel für dich. Dann würde der König nämlich seine schützende Hand von dir nehmen und dich allein die Zeche für dein Vergehen bezahlen lassen. Das ist dir nur zu bekannt. Davon abgesehen steht dir nach so etwas auch gar nicht der Sinn. Du willst meinen Titel und meine Rechte übertragen bekommen, so daß niemand mit dem Finger auf dich zeigen kann. Heinrich kann dir zwar die Verwaltung meiner Burg übertragen, wenn Englands Sicherheit das verlangt, aber er darf dir nicht meinen Titel und meinen Besitz übertragen. Denn dies alles ist mein und kann vom König nicht zurückgenommen werden. Sein Vater, König Johann, mußte den Baronen in der Magna Charta unter anderem auch dieses Zugeständnis machen. Nur solange ich lebe, kann ich dir beides überschreiben. Nur ich kann das!«

An dieser Feststellung war nicht zu rütteln, und Ralf lachte laut, als er das laute Rascheln von Seide hörte, denn William war aufgesprungen und lief erregt im Raum auf und ab. Das blinde Gesicht folgte seinen Bewegungen mit einem gehässigen Grinsen. »Und ich werde das nicht tun!« fügte er noch belustigt hinzu.

»Ihr wollt nicht, verehrungswürdiger Vater? Ich schwöre Euch, daß Ihr Euch das noch anders überlegen werdet. Und sogar frohen Herzens. Ihr werdet eine Urkunde aufsetzen, mit Eurem Siegel, und in der werdet Ihr mir alle Eure Rechte übertragen. Und dies lebend, bei klarem Verstand und wohl wissend, was Ihr tut. Ich habe Euch ehrenhafte Bedingungen gestellt und Euch einen Altersruhesitz in Erington, Mormesnil oder wo sonst es Euch gefallen mag, angeboten. Dort würde Euch ein eigener Hofhalt zur Verfügung stehen, und es würde Euch auch sonst an nichts mangeln. Aber dieses freundliche Angebot ziehe ich nun zurück.« Die Füße blieben unvermittelt stehen. Eine Hand schloß sich um Ralfs Handgelenk, packte es hart und schüttelte es. Der Burgherr spürte den Schatten seines Sohnes auf sich. »Jetzt werdet Ihr mir Eure Güter, Eure Habe, Eure Ländereien und all Eure Untertanen zu meinen Bedingungen überschreiben, und was Euch danach noch zum Leben bleibt, ist allein von meinem Wohlwollen abhängig. Ich bekomme von Euch Brief und Siegel, ganz gleich, wie sehr es Euch widerstrebt oder was es mich kosten wird. Haben wir uns verstanden?«

Aber beide wußten, daß Ralf Isambard es nicht tun würde. Jemandem zu drohen war nicht schwer, aber zuviel Wahrheit steckte in dem, was der Burgherr gesagt hatte. König Heinrich mochte sich vielleicht wünschen, den alten Wolf tot zu sehen, aber schon zu seinem eigenen Schutz würde er denjenigen verfolgen müssen, der Ralf auf seinem Gewissen hätte. Der König würde insgeheim gewiß begeistert sein, wenn der Mann gefoltert oder mißhandelt würde, welcher ihn in aller Öffentlichkeit beschimpft hatte; aber sobald die Umstände ans Licht kämen, wäre König Heinrich der erste, der vor aller Welt sein Entsetzen über eine solche Untat verkünden und den Übeltäter der schärfsten Verfolgung aussetzen würde. Wie sonst konnte er in einem solchen Fall wohl verhindern, daß ihn Schande traf und er Gefahr lief, selbst angeklagt zu werden? Schon früher hatte man sich nicht auf ihn verlassen können, wenn es Probleme gab. Warum sollte es diesmal anders kommen?

Ralf schüttelte den unangenehmen Griff mit einer raschen Bewegung des Handgelenks ab und wischte die Stelle ab, wo Williams Finger seine Haut berührt hatten.

»Ich höre Prahlerei aus deinen Worten«, erwiderte er verächtlich, »nun laß mich auch sehen, ob du in der Lage bist, den Worten Taten folgen zu lassen. Nun, hier sitze ich, also zwing mich!«

Wie viele Tage schon trotzte er diesen immer gleichen Forderungen und Drohungen? In seiner immerwährenden Dunkelheit hatte er das Gefühl für die Zeit verloren. Den Dienern, welche ihn immer noch gewissenhaft ankleideten, versorgten, rasierten, mit Essen und Trinken versorgten und sich auch um seine anderen Bedürfnisse kümmerten, war befohlen worden, ihm nicht mehr als das strikt Notwendige zu geben – keine Neuigkeiten, keine Botschaften, keine Waffen. Aber Isambard hatte nie darum gebeten, denn er wußte, daß er sie nie bekommen hätte. Und er hatte schließlich nie jemanden um einen Gefallen gebeten. Ralf kam hier schon ganz gut allein zurecht, auch ohne einen Freund weit und breit. Und eigentlich war es besser so, wenn niemand zu ihm stand. Dann mußten nämlich seine Feinde ihre Wut ausschließlich an ihm auslassen. Die Situation war festgefahren. Gut so. Der Vater vermochte den Sohn nicht daran zu hindern, seine Herrschaft über Parfois immer weiter auszubauen, und William konnte Ralf nicht dazu zwingen, das, was er ihm bereits genommen hatte und noch nehmen wollte, durch sein Siegel im Nachhinein zu sanktionieren. Bislang hatte der Burgherr nichts unterschrieben und nichts besiegelt; und in der Feste seines Geistes gehörte die Burg immer noch allein ihm.

Jemand stand hinter der Tür. Es war das leichte, zweimalige Anklopfen, das de Guichet benutzte. Ralf hörte es als erster und hielt den Atem an, um besser auf die Geräusche horchen zu können – waren sie doch die einzige Verbindung zwischen ihm und der Außenwelt. Die anderen konnten nicht wissen, wie ausgezeichnet er sein Gehör inzwischen perfektioniert hatte; sonst hätten sie in seiner Gegenwart nicht einmal mehr geflüstert.

»Mylord, der junge Blount behauptet, er müsse Euch etwas Wichtiges mitteilen, etwas sehr Wichtiges ...«

»Nicht jetzt. Er soll warten.«

»Herr, es dreht sich aber um ...« der Satz wurde nie beendet – Schweigen bildete seinen Schluß. Vielleicht hatte ein warnender Blick den Burgverwalter zum Schweigen gebracht oder nur eine hochgezogene Braue. Ralf umschloß die Lehnen seines Sessels und spannte alle Sinne an. Das hat irgend etwas mit mir zu tun, sagte er sich, mit der Angelegenheit zwischen mir und meinem Sohn. Durch welchen geheimen Zugang versuchten sie jetzt, hinter die Wälle seiner Weigerung vorzudringen?

Die Tür schloß sich wieder, und Isambard war allein. Flink wie ein Raubtier erhob er sich und lief durch den Raum. Mit der Linken tastete er nach dem Tisch und konnte ihm ausweichen; die Rechte streckte er nach vorne und fand so die Tür. Dann preßte er ein Ohr ans Holz und lauschte, doch dummerweise hatten die Männer sich von der Tür entfernt. So hörte er nur den Wächter vor seinem Zimmer, der gelangweilt von einem Fuß auf den anderen trat. Isambard spitzte die Ohren noch mehr, um jedes Geräusch, jeden Wortfetzen aufzunehmen. Aus einiger Entfernung hörte er Murmeln, aus dem sich nichts erkennen ließ. Bis Williams Stimme schließlich voller Zorn laut wurde.

»Du Narr! Was weißt du schon von solchen Dingen? Du warst damals doch gerade erst geboren! Selbst über deine übelsten Schurkenstücke würde er nur lachen. Im Namen Gottes, was könntest du ihm schon Schlimmeres zufügen als das, was er sich selbst angetan hat?«

Und Thomas antwortete ihm. Immer wieder dieser Thomas, so ehrgeizig, so dienstfertig, so allanwesend. Dem Himmel sei für seine helle Mädchenstimme gedankt, die noch schriller klang, wenn er Angst hatte oder sich ungerecht behandelt fühlte. Jetzt drang sie noch deutlicher als die von William an Ralfs Ohr. Der Page klang erschrocken und beleidigt zugleich, denn er piepte wie ein gerupfter, verschreckter Vogel.

»Herr, wenn ich es Euch doch sage, ich war dabei und habe sein Gesicht gesehen!« Jetzt klang er auch noch hoffnungsvoll und heftig, so als wäre er seiner Sache über jeden Zweifel sicher. »Wenn das Haß gewesen sein soll …« Jemand fiel ihm streng ins Wort, und er wurde wieder leiser, bloß um einen Moment später zu kreischen: »Dann überzeugt Euch doch selbst davon!« Danach Stille und Reglosigkeit, die keiner Interpretation bedurften. Wovon sollte sich William überzeugen? Was auch immer es war, es schien ihr einziger Trumpf gegen ihn zu sein.

Die Männer kehrten zurück. Der Wächter rüttelte an dem schweren Schlüssel, um die Tür zu öffnen. Mehr Warnung brauchte Ralf nicht. Er tastete sich zu seinem Sessel zurück und setzte sich so bequem wie möglich, um sich selbst und seine Gegner zu beruhigen. Niemand wußte besser als er, wie sehr man sich schon durch bloße Anspannung verraten konnte.

Als William und sein Gefolge wieder eintraten, war Ralf Isambard für sie bereit. Der hölzerne Riegel wurde zurückgeschoben, die schwere Tür knarrte leise, als sie aufgestoßen wurde, dann näherten sich Schritte. Wie viele waren sie? Ralf erkannte die unterschiedlichen Trittfolgen und zählte drei Männer. Der junge Thomas war also belohnt worden und durfte wie ein Hund seinem neuen Herrn auf dem Fuß folgen und sich am Anblick des ohnmächtigen Alten weiden. Eine hohe Gunst fürwahr, denn wenn er mit dem, was hier überprüft werden sollte, recht behielt, würde man ihm auch danach vertrauen müssen. Und wenn nicht, nun, es fanden sich immer Wege, einen Knaben einzuschüchtern oder ganz loszuwerden. William wäre gut beraten, Thomas Blount nicht zu unterschätzen, dachte Ralf und lächelte grimmig in sich hinein, als ihm einfiel, wie Harry ihn vor dem Pagen gewarnt hatte. Ausgerechnet seinen Todfeind hatte der Jüngling gewarnt! Aber Harry hatte immer schon ausschließlich das getan, was sein selbstbewußtes Herz ihm gebot, und war ihm stets gefolgt, wohin es ihn auch drängte. Und seine Weisheit ebenso wie seine Direktheit konnten von keinem Denker oder Philosophen erklärt werden. Ralf rieb sich eine juckende Stelle an der eingefallenen Wange und erkannte, daß sein Lächeln sich seit dem Unfall verändert hatte. Aber das spielte jetzt keine Rolle mehr. Jemand, dessen Augen wie von Fensterläden fest verschlossen sind, hat nicht mehr viele Möglichkeiten, zumindest keine gefährlichen, sich selbst zu verraten.

»Wir haben, so will mir scheinen, viel zu viel Zeit mit Worten und Haarspaltereien vergeudet«, begann sein Sohn und klang ruhig, beherrscht und leise lächelnd. Eines mußte man ihm zugute halten: Wenn er sich seines Trumpfes unsicher war, so ließ er sich davon nichts anmerken. Er bewegte sich sogar so selbstverständlich, als sei er bereits der Herr von Parfois. »Ein Gast ist eingetroffen, der sicher Eure Haltung grundlegend ändern wird, lieber Vater, ohne daß ich noch etwas dazutun müßte. Ein Gast für Euch, teurer Vater. Ihr habt doch wohl nicht etwa vergessen, sie eingeladen zu haben? Eine gewisse Dame ist erschienen, die Euch besser kannte, als ihr lieb war, und Euch darum bereitwillig verließ, um sich in Wales zu verkriechen. Aha, ich sehe Euch an, daß Eure Erinnerung zurückkehrt.«

Er konnte gar nichts erkennen, weil es nichts zu erkennen gab. Nicht ein Muskel hatte sich in der bronzefarbenen Maske bewegt, und alles, was Ralf tat, war, seine Brauen arrogant und fragend zu heben. Mehr nicht.

»Es war noch nie deine Art, teurer William, in Rätseln zu sprechen. Komm endlich zum Kern, damit ich wenigstens die Gelegenheit erhalte, dir Rede und Antwort zu stehen. Ich erwarte keinen Gast, und ich habe auch niemanden eingeladen.«

»Mylord!« rief Thomas aufgeregt. »Es war in der Kirche, und ich habe jedes Wort mitgehört. Er schickte nach ihr, befahl ihr, im Tausch gegen Harry Talvace hierherzukommen. Und um seinen Worten Nachdruck zu verleihen, sandte er seinen Ring. Er muß einen anderen Boten ausgesandt haben, nachdem ihr Diener zu Tode gekommen war.«

Einen anderen Boten ... Also wußten sie nichts von Walters Auftrag. Beruhigt und beglückt zugleich entspannte sich Ralf. Sie hatten nicht Langholme dazu gebracht, ihn zu verraten. Der allgegenwärtige Thomas war ihnen tatsächlich bis zur Kirche hinterhergeschlichen und hatte vermutlich an der Tür gelauscht. Er sammelte sorgfältig jeden Brocken an Information, um seinen geliebten Burgherrn eines Tages daran ersticken zu lassen. Das war also alles, was seine Gegner wußten. Sie besaßen nur diese eine Information, vielleicht nicht mehr. Ein scharfes Auge hätte damals durchaus bemerken können, wie er beim Anblick ihres Ringes reagiert hatte. Es wäre ein Leichtes gewesen, daraus zu schließen, wieviel Benedetta ihm immer noch bedeutete. Jeder Dummkopf wäre dazu in der Lage gewesen.

›Herr, wenn ich es Euch doch sage, ich war dabei und habe sein Gesicht gesehen ... Wenn das Haß gewesen sein soll ...‹ Das hatte der Page vorhin ausgerufen.

Und William, der gelegentlich mit Benedetta und seinem Vater am selben Tisch gesessen hatte, William, der ihr alle Geschenke mißgönnt hatte, die sein Vater ihr machte, und der wußte, wie die Geschichte zwischen den beiden geendet hatte, hatte das nicht glauben wollen: ›Du Narr! Was weißt du schon von solchen Dingen? Du warst damals doch gerade erst geboren! Was kannst du Schlimmeres tun, als er damals ...‹

Ralf erkannte, daß sie der Wahrheit gefährlich nahe gekommen waren, aber er atmete dennoch erleichtert auf, denn sie wußten nicht, wie nahe sie dran waren. Bei dem Ganzen konnte es sich nur um eine Falle handeln. Er durfte überhaupt nicht nachgeben. Vermutlich war niemand gekommen. Warum sollte Benedetta hier sein? Harry war ihr doch entgegengeritten, hatte ihr alles erklärt und sie dann nach Hause zurückgebracht.

»Sie hat Euer Unterpfand zurückgebracht«, erklärte William jetzt mit einer Stimme, die süß wie Honig klang. Er nahm seines Vaters Hand, legte sie ihm aufs Knie, öffnete sie und ließ etwas Kleines und Hartes hineinfallen. Unwillkürlich schlossen sich Ralfs Finger um den Gegenstand, und sofort wußte er mit brennender Qual, was er da in der Hand hielt. Die geschliffenen Kanten des Rubins bissen ihn wie Reißzähne. Wie war das möglich? Walter hatte den Reif überbracht, wie konnte er dann hierher zurückgelangen? Gab es eine andere Möglichkeit als die, über die er gar nicht nachdenken wollte? Wenn sich Benedetta tatsächlich auf der Burg befand, wie konnte er dann bloß das Gefühl von Haßliebe, das ihn und Benedetta verband, so für sich nutzen, daß seine Feinde glauben mußten, sie hätten sich geirrt und könnten Benedetta nicht als Erpressungsmittel benutzen?

»Ach, das«, wehrte er ab, als er seine Hand wieder unter Kontrolle hatte. Ralf drehte den Ring auf seiner Handfläche und steckte ihn sich dann wieder an den Finger. »Den hatte ich schon ganz vergessen. Kleine Rachen sind in diesen Zeiten vertane Zeit. Und die Rechnung, welche ich mit ihr offen hatte, lohnte eigentlich kaum den Aufwand. Am Ende habe ich Harry nämlich ohne Lösegeld freigelassen. Welche Nachricht schickte die Dame mit diesem Ring? Daß sie mir vergibt? So wie ich sie in Erinnerung habe, wollte sie immer das letzte Wort behalten.«

Isambard lachte. Es war nicht schwer gewesen. Die verblüffte, mißtrauische Stille, die jetzt entstand, schien ihm so lächerlich; schwer hingen ihre Zweifel in der Luft. Der Ring paßte kaum über den Finger. Er drehte ihn müßig, nahm ihn wieder ab und legte ihn mitten auf den Tisch.

»Meine Gelenke sind alt und geschwollen, und wenn ich es recht bedenke, gehört er am Ende ja doch dir. Ich habe ihn in Akkon gekauft, während König Richards Kreuzzug. Der Stein ist nicht schlecht. Trag ihn nur, wenn er dir paßt. Oder gib ihn Thomas, als Lohn für seine Dienste. Vorausgesetzt, du hältst seine Geschichte eines solchen Lohns für würdig. Ich hingegen glaube nicht, daß er dafür eine so fürstliche Bezahlung verdient hat.«

Die drei starrten ihn mit verwirrter Miene an, und selbst der junge Page schien seiner Sache nicht mehr ganz so sicher zu sein.

»Tölpel!« schimpfte William und wandte sich mit wütendem Blick an den Jungen. »Habe ich dir nicht gesagt, daß wir ihn damit nicht in die Enge treiben könnten?«

»Mylord, er lügt!« schrie Thomas schrill vor Furcht. Wenn seine Idee sich als nutzlos erweisen sollte, dürfte er gewiß nicht mit Rubinen oder ähnlichem rechnen. »Ich habe sein Gesicht deutlich gesehen. Und auch seine Stimme gehört. Ich weiß, daß ihm an dieser Dame viel gelegen ist. Was auch immer früher zwischen ihnen geschehen sein mag, ob sie ihm ein großes Unrecht zugefügt hat oder er ihr, die Dame besitzt heute immer noch einen festen Platz in seinem Herzen!«

»Das ließe sich immer noch überprüfen«, meldete sich de Guichet zum ersten Mal zu Wort. Er sprach leise und rasch, so als seien seine Worte nur für den neuen Herrn bestimmt. Doch Ralf entgingen sie nicht, und sie klangen um so schrecklicher in seinen Ohren, weil sie nicht für ihn bestimmt waren und somit der Wahrheit entsprechen mußten: Befand Benedetta sich denn tatsächlich auf der Burg und war diesen Männern in die Hände gefallen? Oder hatte de Guichet beabsichtigt, daß sein ehemaliger Herr seine Worte hörte? Nein, soviel Abgefeimtheit war diesem Mann nicht zuzutrauen.

»Das ist wahr«, entgegnete sein Sohn. »Wir können Eure Gleichgültigkeit leicht auf die Probe stellen, Herr Vater. Wenn sie Euch nichts bedeutet, wird es Euch auch kaum berühren, daß wir Hand an sie legen. Wie würde es Euch gefallen, uns in die Verliese unter dem Turm zu begleiten, wo wir die Dame dazu bewegen werden, Euch zu überreden, Brief und Siegel zu übergeben? Dabei ließe sich doch leicht feststellen, wieviel Platz sie noch in Eurem Herzen innehat.«

»Ich hätte dich eigentlich für klüger gehalten«, erwiderte Ralf seufzend und gähnend. »Man hat mir schon so manches wunderliche Ding nachgesagt, aber noch nie, daß ich die Angewohnheit hätte, meine Freunde in den Severn zu werfen.«

»Wenn es sich so verhält, dann könnten wir Euch doch zu ein oder zwei Stunden des Vergnügens verhelfen. Ihr habt nicht mehr Augen wie wir, das ist leider wahr, aber Euer Gehör dient Euch noch. Und wir werden dafür sorgen, daß Ihr ausreichend zu hören bekommt. Auch wollen wir das Pergament nicht vergessen. Es könnte ja sein, daß Ihr es Euch anders überlegt und das Dokument aus gutem Willen oder nur aus Mitgefühl für eine Frau, welche Ihr haßt, unterzeichnet.«

Würde William so weit gehen? Warum nicht, wo er doch so dringend seinen Willen durchzusetzen gedachte? Benedetta befand sich in seiner Hand, und er konnte sie nach Belieben dazu gebrauchen, sein Ziel zu erreichen. In den Wirren des Bürgerkrieges würde niemand lange nachfragen oder gar Anklage gegen ihn erheben. Vielleicht ahnte sein Sohn bereits, daß er Benedetta nicht zu lange foltern mußte, um seinen Vater dorthin zu bekommen, wohin er ihn haben wollte.

Ralf schwieg für einen Moment. Hinter seiner gelassenen Miene wog er rasch die Möglichkeiten ab, welche ihm jetzt noch offenstanden. Ihm war klar, daß seine äußeren Verteidigungswälle spätestens seit dem Moment durchbrochen waren, als Benedetta Parfois betreten hatte. Konnte er ihr Sicherheit garantieren, wenn er seine Baronie zugunsten Williams aufgab? Nein, das war kaum anzunehmen. Sobald sie herausgefunden hatten, wie nützlich die Dame ihnen sein konnte, würden sie Benedetta ganz gewiß in Verwahrung halten. Mindestens so lange, wie sich der alte Wolf mit ihr unter Druck setzen ließ. Und je länger sie in ihrer Macht war, desto mehr konnten sie aus Ralf Isambard herausholen.

Noch wußten seine Gegner nicht, was für ein wertvoller Vogel ihnen da ins Haus geflogen war. Aber ihm war das nur zu gut bekannt. Diesen Wissensvorsprung mußte er nutzen. Er lächelte, als er dies erkannte. Wenn der Herr ihm noch ein paar Jahre gewährte, würde er vielleicht sogar lernen, mit seinen Herzenswünschen so ungestüm umzugehen wie Harry und sie weder in Frage zu stellen noch mit ihnen zu hadern.

Im Grunde blieben ihm nur zwei Wege übrig. Als erstes mußte er sich eindeutige Klarheit darüber verschaffen, ob sich Benedetta tatsächlich in ihren Händen befand. Und zweitens mußte er alles unternehmen, um sie vor jeglichem Schaden zu bewahren, wenn er sie schon nicht freibekommen konnte. Das bedeutete, William seinen gesamten Besitz mit Gütern, Siegel und allem zu überlassen. Und dazu würde er ihnen auch noch Gehorsam und Unterwerfung versprechen müssen. Zumindest für die Zeit, in der Benedetta hier festgehalten wurde und als Hebel gegen ihn eingesetzt wurde.

»Ich glaube nicht, daß Madonna Benedetta sich hier aufhält«, sagte er William mit Nachdruck. »Falls doch, dann führ sie mir vor.«

»Aber nein, nein, lieber Vater. So weit wollen wir nun doch nicht gehen. Ich hege viel zuviel Respekt vor Eurem Scharfsinn. Ich werde sie niemals so nahe an Euch heranlassen, daß Ihr miteinander reden könnt.«

»Bei Gott, man sollte doch meinen, du hättest mich fest genug an die Kette gelegt. Was könnte ich denn schon tun, wenn ich bloß mit ihr spreche?«

»Das kann man vorher nie wissen, und bei Euch erst recht nicht. Mit Eurem freundlichen Einverständnis werde ich nicht riskieren, daß unter meiner Nase zwischen Euch Geheimzeichen oder geheime Botschaften ausgetauscht werden. Und vergebt mir bitte die grausamen Worte, aber es hätte wohl wenig Sinn, sie an ein Fenster zu stellen, damit Ihr sie vom Burghof sehen könntet.«

»Dann bring mich an einen Ort, wo ich hören kann, wie du mit Madonna Benedetta sprichst. Damit will ich mich begnügen, das soll mir Beweis genug sein.«

»Warum nicht?« meinte de Guichet, nachdem die drei für einen Moment nachgedacht hatten. »Sie hält sich zur Zeit unten, in der großen Kammer, auf. Führen wir ihn doch die Treppe hinunter, dort kann er sie laut und deutlich vernehmen, während sie nichts von seiner Anwesenheit erfährt. Geht zu ihr, begrüßt sie und laßt die Tür offen. Dann hat er seinen Beweis.«

So wollten sie es machen. Doch bevor man hinunterging, riefen sie die Wachen herein, die Isambard an den Armen festhalten mußten, als dieser sich aus seinem Sessel erhob. Anscheinend fürchteten sie seine Kräfte und seine Listen immer noch sehr. Fügsam folgte ihnen Ralf. Vorsichtig stieg er die steinerne Wendeltreppe hinab, ertastete mit den Füßen die breitesten Stellen der Stufen und stützte sich auf seine Wärter; denn es erschien ihm klüger, sich hilfloser zu stellen, als er war. Thomas hüpfte ihnen munter voraus, er fühlte sich jetzt erleichtert und glaubte, die Belohnung so gut wie in der Tasche zu haben.

An der steinernden Balustrade am untersten Treppenabsatz, kurz vor der Tür, welche zu dem Raum führte, der einmal sein Schlafgemach gewesen war, hielten sie Isambard zurück. Einer der Wächter führte in einem Anflug von Freundlichkeit seine tastenden Hände auf die Brüstung. Ralf hörte, wie William ohne Eile die letzten Stufen hinter sich brachte und die Tür zur Empfangskammer öffnete. In seiner Erinnerung sah der Burgherr die verblichenen Wandteppiche, welche das Licht aus den schmalen Schießscharten gierig in sich aufsaugten und dämpften. Und auch die schweren geschnitzten Sessel, die einander gegenüber in den Ecken standen. In der Mitte des Raums stand Benedetta, blickte zur Tür und wartete auf den Mann, der nicht zu ihr kommen durfte.

In diesem Moment sah Isambard sie in aller Deutlichkeit vor seinem inneren Auge: eine große Frau, geschmeidig in ihren Bewegungen und königlich in ihrer stillen Haltung. Alles, was sie tat, dachte oder sagte, war klug und wertvoll. Eine Frau, ein Turm, eine eigene Welt.

»Madam«, begann William, und seine Stimme hallte etwas hohl aus dem Raum mit der hohen Decke wider, »Ihr seid uns hier auf Parfois höchstlich willkommen.«

»Ich danke Euch«, entgegnete sie, und das reichte Ralf. Ihre Stimme, die er auch nach so langer Zeit sofort wiedererkannte, hatte sich nicht verändert, hatte nichts von ihrer Kraft verloren. »Auf Eures Vaters Wunsch bin ich gekommen. Euch hatte ich hier nicht erwartet. Ist er denn immer noch so krank?«

»Nichts Lebensbedrohliches«, versicherte ihr William mit einem typischen Lächeln hinter seinen Augen, das Benedetta leider nicht interpretieren konnte. »Hat sein Bote Euch mitgeteilt, was ihn ereilte? Er verlor sein Augenlicht.«

»Der Mann sagte, sein Unfall könne durchaus Blindheit zur Folge haben«, sagte sie leise. »Darf ich ihn denn nicht sehen?«

»Nicht zu diesem Zeitpunkt. Ich bedaure. Ihm geht es noch nicht so gut, als daß er schon Besuch empfangen dürfte. Ich bin hier, um im Auftrag des Königs an seiner Statt die Burg zu führen. In dieser Eigenschaft lasse ich natürlich gern eine Unterkunft für Euch herrichten. Wenn Ihr also noch ein wenig Geduld aufbringen und warten wollt, wird mein Vater sicher bald in besserer Verfassung sein.«

Ein Moment des Schweigens trat ein, doch nicht weil Benedetta damit nicht einverstanden gewesen wäre. Sie dachte lediglich nach. Dann erklärte sie mit klarer Stimme: »Aber als er mir die Nachricht schickte, war er noch Herr seiner selbst. Und das war am Tag des Unfalls.«

»Doch hat er leider seitdem im Fieber gelegen«, entgegnete der neue Kastellan ein wenig zu rasch. »Sobald er sich dazu in der Lage sieht, sollt Ihr ihn auch sehen und ihm willkommen sein.«

»Und Ihr kommt jetzt gerade von seiner Bettstatt?« fragte sie so leise und trocken, daß man die Ironie in ihren Worten nicht überhören konnte. »Da bin ich aber froh, daß er einen so fürsorglichen Sohn sein eigen nennen darf, welcher ihm alle Lasten abnimmt.«

Benedetta traute William nicht und glaubte ihm kein einziges Wort. Die Herrin hatte nichts vergessen und nichts von ihren Fähigkeiten eingebüßt. Sie konnte einen Menschen immer noch durchschauen, als stünde sein Innerstes nackt und bloß vor ihr.

»Euer Vater hat mir einen Tauschhandel vorgeschlagen«, sagte sie jetzt, »und ich hoffe, Ihr werdet ihn als sein Stellvertreter geziemend in Ehren halten. Ralf Isambard versprach mir, Harry Talvace freizugeben, wenn ich nach Parfois käme und seinen Platz einnähme. Fragt ihn nur, allein er wird es Euch bestätigen. Fragt ihn, damit der Jüngling gehen kann.«

Isambards Hände umklammerten den steinernen Handlauf. Also wußte sie noch nichts davon. Irgendwo unterwegs mußten Harry und sie aneinander vorbeigeritten sein und einander verpaßt haben. Wie es dazu hatte kommen können, konnte er sich nicht vorstellen. Und jetzt, da Benedetta gekommen war, den Jüngling zu befreien, mußte sie feststellen, daß derjenige, welcher ihn gefangenhielt, nun selbst ein Gefangener war. Wie groß würde nun bloß ihre Sorge um Harry sein, den sie vor so vielen Jahren als Neugeborenen in ihren Armen gehalten und in Shrewsbury Llewelyn übergeben hatte? Natürlich würde William sie im Dunkeln lassen. Auch den Umstand, daß Harry längst heimgekehrt war, würde er für sich behalten und seiner Waffenkammer hinzufügen, um sich bei passender Gelegenheit dessen zu bedienen.

»Darüber können wir morgen noch ausführlich reden. Ihr müßt nach der langen Reise müde sein, und wenn Ihr noch einen oder zwei Tage wartet, dürfte das kein wirklicher Verlust sein. Morgen können wir vielleicht auch schon mit meinem Vater über den Jungen sprechen.«

»Geht es Harry denn gut?« fragte sie, und die Furcht war ihr deutlich anzuhören.

»Sogar sehr gut.«

»Darf ich wenigstens ihn sehen?«

»Später, sobald ihr Euch ausgeruht habt.«

Würde Madonna sich damit zufriedengeben, würde sie sich beruhigt ins Bett legen, um dann jeden Tag aufs neue nachzufragen? Nur um mit Ausflüchten gequält zu werden, wie: vielleicht später, eher morgen, heute ist es ganz schlecht. Wie lange würde es dauern, bis sie ahnte, was hier geschehen war, und vor allem, was ihr blühte? Eines zumindest konnte Ralf für sie tun: Er konnte ihr – zumindest was Harry betraf – Herz und Geist erleichtern. Isambard legte sich die Worte zurecht und berechnete, wie lange man brauchen würde, eine Hand von seinem Arm zu lösen und ihm gegen den Mund zu pressen. Wie vieler Worte bedurfte es, um ihr das Nötigste knapp mitzuteilen? Und dies in dem Wissen, danach nie wieder mit ihr reden zu dürfen? Womöglich brachte er sie durch seine Einmischung in noch größere Gefahr. Aber die ließe sich in dem Moment abwenden, wenn er das Siegel herausrückte und sich jeden Besitzes, bis auf das Hemd am Leib, entledigte. Bis dahin konnte Benedetta zumindest in dem ruhigen Bewußtsein schlafen, daß Harry sich in Sicherheit befand.

Ralf beugte sich ein wenig über die Brüstung, riß plötzlich beide Arme hoch, stieß damit seine überraschen Wächter beiseite und rief mit seiner mächtigen, lauten Stimme die Treppe hinunter:

»Harry ist in Sicherheit. Ich habe ihn ...«

Schon hatte eine harte Hand seinen Mund gefunden. Er befreite sich mit einem Ruck.

»... Euch entgegengeschickt ...«

Vorbei. Sie zerrten ihn an den Armen zurück, und ein stoffbedeckter Unterarm preßte sich hart auf seinen Mund. De Guichet zerrte ihn an den Haaren und riß seinen Kopf zurück. Der Burgherr hörte noch Benedettas Schrei: »Ralf!« Wenigstens wußte er nun, daß sie ihn gehört hatte. Er vernahm eilige Schritte, und dann wurde die Tür zugeworfen. Ralf lag rücklings auf den Steinplatten am Boden, und sie alle waren auf ihm. Mit dem restlichen Atem lachte er, selbst dann noch, als sie ihm eine Falte seines eigenen Waffenrocks in den Mund stopften. Jemand schlug ihm ins Gesicht, aber so kümmerlich und mädchenhaft, daß der Hieb nur von Thomas stammen konnte. Ein so flauer Backenstreich konnte ihm nichts von seiner tiefen Befriedigung nehmen.

Die Männer trugen ihn die Treppe hinauf und behandelten ihn recht ruppig. Hart stießen sie ihn auf seinen Sessel, schlossen die Tür, zitterten vor Wut auf ihn und sich selbst und belegten ihn mit den gotteslästerlichsten Flüchen.

Isambard wischte sich etwas Blut aus dem Mundwinkel und rückte seinen Waffenrock gerade. Als er wieder bei Atem war, platzte William herein und beugte sich über ihn. Die Luft erzitterte und war heiß vor Zorn, aber er beherrschte sich. Dann sprach er nur mit gepreßter, unheilsverkündender Stimme: »Glaubt Ihr etwa, das sei weise gewesen?«

»Vielleicht nicht weise«, gab der Vater zu und tupfte sich immer noch Blut von den Lippen, »aber zumindest ehrlich. Doch ich bin bereit, mich nun in Weisheit zu üben, wenn du mir einen Anreiz dazu gibst. Wo hast du Benedetta untergebracht?«

»Dorthin, wo Ihr nichts mehr von ihr hören werdet«, antwortete William schwer atmend.

»Oho, aber ich werde wieder von ihr hören, oder du wirst nichts von mir bekommen. Eines will ich dir aber versprechen: Ich werde nicht wieder versuchen, zu ihr zu sprechen oder ihre Aufmerksamkeit zu erringen, wenn du garantierst, mir immer wieder verläßlich zu beweisen, daß sie noch lebt, daß es ihr gutgeht und daß man sie nicht mißhandelt hat. Führ mich, sagen wir, einmal in der Woche an einen Ort, wo ich Benedetta sprechen hören kann, das soll mir genügen.«

»Und Ihr wähnt Euch in einer Position, die es Euch erlaubt, mir Bedingungen zu stellen?«

»Ich glaube schon«, entgegnete Ralf. »Wenn ich dir meine Rechte, meinen Titel und alles andere übertragen soll, dann will ich im Gegenzug etwas von dir haben. Und deinen Eid darauf, daß du dich daran hältst.«

Er hörte, wie sein Sohn tief atmete, weil er glaubte, nun mit Hilfe seiner Geisel obenauf zu sitzen. »Wie? Reicht Euch mein Wort etwa nicht?« rief William mit geheuchelter Empörung.

»Um ganz offen zu sein, lieber Sohn«, erwiderte Isambard freundlich, »nein, das tut es nicht. Und wenn du es ganz genau wissen willst, deinem Wort würde ich nicht einmal das Leben eines Hundes anvertrauen. Ich bestehe auf deinem Schwur, Madonna Benedetta wohl zu versorgen, sie standesgemäß unterzubringen, ihr kein Leid zuzufügen und ihr ein Höchstmaß an Freiheit zuzugestehen. Nun beruhige dich, diese Freiheit mag ruhig kurz vor dem Ort enden, an dem Ihr mich hinschafft. Schließlich habe ich dir versprochen, nicht mehr den Kontakt mit ihr zu suchen.« Ralf forderte nicht Benedettas Freilassung; denn die konnte William ihm beim besten Willen jetzt nicht versprechen. Nicht bevor die Abdankung seines Vaters öffentlich bekanntgemacht und allgemein akzeptiert war. Und vermutlich nicht bevor er ganz sicher, ganz beweisbar und anständig gestorben war.

»Schwör mir, all das einzuhalten, was ich für Madonna Benedetta von dir verlange«, forderte Isambard, »und dann sollst du deinen Wunsch erfüllt sehen. Dann werde ich die Urkunde unterzeichnen, in der ich alles an dich abtrete und dir mein Großes Siegel überlasse.«

Harry wäre ihr beinah auf die Burg hinterhergeritten. Aber der dunkle Zweifel, der sein Herz wie eine Wunde aufriß, hielt ihn zurück und gebot ihm, bis zum nächsten Morgen zu warten. Wenn auf Parfois die Dinge noch so standen, wie er sie verlassen hatte, brauchte er nur morgen dorthin zu reiten und Benedetta zu holen. Aber irgend etwas sagte ihm, daß sich dort einiges geändert hatte; und die Verzweiflung, mit der er ihr hinterhergaloppiert war, schien diese Ahnung nur noch zu bestätigen.

Der Jüngling rollte sich zur Nacht unter den Büschen zusammen und wickelte sich in seinen Umhang ein. Doch er schlief stets nur für eine kurze Zeit, weil ihn die schwarzen Gedanken immer wieder aus dem Schlummer rissen. Dann haderte er erneut mit sich und seinem Schicksal und tadelte sich hart für jeden Augenblick, den er während des Ritts verloren hatte. Beim ersten Dämmerlicht hielt ihn nichts mehr auf seinem Lager. Er stieg durch das Unterholz die Rampe hinauf und erkundete die Lage am unteren Tor. Die Soldaten, die dort Wache hielten, kannte er nicht. Selbst ihren Hauptmann hatte er nie zuvor gesehen. Dabei hatte Harry doch fast vier Jahre auf der Burg verbracht und jeden Soldaten, Diener und Edelmann kennengelernt. Der Jüngling harrte den ganzen Morgen an seinem Platz aus. Erst spät nach der Mittagsstunde näherte sich ein Reiterzug mit bunten Bannern und Wappenröcken vom Burghof. Harry zog sich in tieferes Dickicht zurück.

Drei Falkner, von denen er nur zwei kannte, sowie Ritter, Knappen und Pagen näherten sich ihm. Diese Edelleute waren ihm vertraut. Der ganze Hof von Parfois hatte sich hier zusammengefunden, um den neuen Herrn zu begleiten, und alle hatten sich prächtig herausgeputzt. In ihrer Mitte ritt ein Mann, der wie die Quelle allen strahlenden Glanzes wirkte; es war derselbe, den der Jüngling einmal im Fackelschein gesehen hatte. Damals hatte er seinen Vater pflichtschuldig zum Abschied geküßt und dann auf dem äußeren Burghof sein Pferd bestiegen.

Der Sohn des alten Wolfs wirkte äußerst selbstbewußt, er reckte seinen Hals, ließ die Blicke über sein Land schweifen und erfreute sich an seinem guten Zustand. William Isambard ritt aus, um sich auf dem Long Mountain der Falkenjagd zu widmen. An seiner Seite ritt der eifrige und ergebene Thomas Blount, der seinen neuen Herrn mit Lächeln und Schnurren unterhielt. Der junge Edelmann wußte seine Blätter stets dorthin zu drehen, wo gerade die Sonne schien. Beide, der Herr wie der Page, badeten in ihrem Triumph wie Männer von Macht.

Harry überlegte sich, daß es wohl besser wäre, nicht nach Parfois einzureiten. Wenn das, was er befürchtete, stimmen sollte, würde er nur eine weitere Geisel werden, die man dem alten Wolf wie eine Schwertspitze an den Hals setzen konnte. Und damit würde Harry Benedetta keine Hilfe, sondern nur eine weitere Belastung sein. Damit würde er sie eines ihrer wichtigsten Verbündeten berauben, der ihr nur von Nutzen sein konnte, wenn er in Freiheit blieb. Sinnloser Heldenmut würde zwar sein Gewissen erleichtern, aber all die Menschen in noch größere Gefahr bringen, welche er doch eigentlich retten wollte.

Hatte William den Platz seines Vaters eingenommen? Oder hielt er sich damit noch zurück, indem er vorsichtig handelte und sich dem Schein nach damit zufriedengab, als sein Stellvertreter aufzutreten, da Ralf sich ja nicht mehr in ausreichendem Maße um seine Pflichten und Angelegenheiten kümmern konnte? Der Sohn ritt daher wie ein Eroberer, aber die Männer im Gefolge würden ihn sowieso wie ihren Herrn umschmeicheln. Würde der Sohn wirklich so weit gehen, seinen Vater zu stürzen? Harry mußte unbedingt Gewißheit haben. Wenn er schon nicht nach Parfois hinein konnte, um dem Gerede der Diener zu lauschen, so gab es doch Menschen, denen das möglich war. Viele Bewohner der umliegenden Dörfer hatten Verwandte unter dem Gesinde auf der Burg. Und falls es ihm nicht möglich war, die richtigen ausfindig zu machen und ihr Vertrauen zu gewinnen, so wußte er doch, wer ihm dabei weiterhelfen konnte.

Der Jüngling schickte seine Begleiter nach Kastell Coch zurück, damit sie sich dort ausruhten und auf ihn warteten. Allein ritt er dann über den Flußpfad, der ihm noch so vertraut war. Als er durch die Bäume den ersten Blick auf die Weide erhaschen konnte und ihm der noch schwache Geruch des Ofenfeuers in die Nase stieg, hielt er an und lauschte. Aelis befand sich auf dem Hof. Heute war Backtag gewesen, und sie entfernte mit einem Rechen die Asche aus dem Lehmofen.

Bei diesem Anblick wurde er von solcher Zuneigung gepackt, daß er sich unüberwindlich glaubte und es ihm schien, als gleite er auf Flügeln über den Himmel. Die ganze Welt gehörte ihm mit einemmal und wartete darauf, von ihm erobert zu werden.

Aelis' dichtes, goldenes Haar hing ihr in einem dicken Zopf über der Schulter. Sie war ein gutes Stück gewachsen und dabei schlank geblieben. Als sie sich in die Feuerstelle beugte, um die letzten Reste mit sicheren, weichen und etwas müden Bewegungen herauszuschaben, erkannte Harry die Formen einer

Frau in ihr – erschreckend und wundervoll. Ihre Miene drückte große Konzentration aus, doch mischte sich ein Zug von Traurigkeit darunter. Eitel wie er war und zugleich voll schlechten Gewissens, gab er sich auch hierfür die Schuld. Welchen Trost oder welche Freude hatte er ihr je gegeben? Er hatte ihr nur Ärger, Kummer und Mühe gebracht, vom ersten Tag an, als sie und ihr Vater ihn in ihre Hütte aufgenommen hatten.

Die eine Hälfte von ihm wollte nach Aelis rufen, während die andere sich dessen schämte und sogar unerklärbare Angst davor hatte, sie bei ihrer Arbeit zu stören. Als erwarte er, daß sie schon bei seinem ersten Wort herumfahren, alles stehen- und liegenlassen und zu ihm rennen würde. Zerknirscht sagte er sich, daß er ihr auch heute wieder nur seine Sorgen und Nöte erzählen würde, daß er lediglich mit seiner Müdigkeit ankommen und Trost fordern würde. Warum konnte er ihr kein schöneres Geschenk machen, warum sie nicht erfreuen, ihr etwas geben, was sie zum Leuchten bringen würde? Aber nein, wieder verlangte er, daß sie ihre ganze Aufmerksamkeit ihm und seinen Kümmernissen schenkte. Stets erschien er mit Forderungen. Und dabei war der Jüngling oft genug zu stolz oder auch zu furchtsam, um das auf direktem Wege von ihr zu verlangen. Gleichzeitig dürstete es ihn danach, ihr auch etwas zu geben.

Die junge Frau hörte, wie ein Zweig unter dem Huf seines Rosses zerbrach. Sie entfernte sich vom Ofen, lief zum Tor und stand mit erhobenem Kopf wartend da. Ihr Blick suchte die Stelle zwischen den Bäumen ab, aus welcher der Reiter kommen mußte. Das Pferd stammte aus Meifod, und deswegen kannte sie es nicht. Also verhielt sie sich ganz still, bis sie einen besseren Blick auf den Fremden werfen konnte. Grünes Licht und grüner Schatten blendeten sie im ersten Moment, doch dann erkannte sie ihn sofort. Vielleicht daran, wie er sich müde im Sattel hielt, vielleicht daran, wie er den Kopf neigte, oder vielleicht an irgendeiner unbewußt ausgeführten Bewegung, wer weiß. Harry war immer noch dreißig Meter von ihr entfernt, ein Schatten auf einem gefleckten Roß, aber sie hatte ihn schon erkannt.

Aelis ließ den Rechen fallen, streckte ihren Hals noch mehr, so daß sie größer schien. Es war, als wollte sie das hohe Gras überragen, das ihn bislang vor ihren Blicken verborgen hatte. Dann flammt ihr Gesicht in solcher Freude auf, daß Harry gar nicht zu glauben vermochte, er könne die Ursache solcher Begeisterung sein. Er suchte in sich nach etwas, das einer solchen Reaktion wert wäre. Das war mehr als nur schwesterliches Bedauern über seine Gefangenschaft; mehr als Beglückung darüber, ihn wieder frei zu sehen; und es übertraf auch jegliche selbstlose Freude an der Wendung, die sein Schicksal genommen hatte. So wie sie ihn jetzt anstarrte, hatte ihn noch niemand angesehen, nicht einmal seine eigene Mutter. So verzückt, so erstarrt vor innerem Jubel und so voll übersprudelndem Glück. Und er mußte schließlich der Grund für eine solche Freude sein, denn außer ihm war niemand in der Nähe zu sehen. Aber warum sollte sich jemand so darüber freuen, Harry Talvace zu sehen?

Wie stets, wenn er sich nur traurig oder sehr selbstzufrieden fühlte, machte ihn ein Kompliment besonders verlegen. Das Leuchten in ihren Augen riß ihm den Boden unter den Füßen weg und ließ ihn vor Demut erschauern. Unbeholfen vor Müdigkeit und Verlegenheit stieg er aus dem Sattel, eilte zu ihr und fiel wie ein abgeschossener Vogel vor ihr auf die Knie. Dabei hatte sie die Arme ausgebreitet, doch er entglitt ihnen, zog statt dessen die kleinen braunen Hände zu sich herab und preßte sie gegen die Wange, die Stirn und die Augen.

»Ach, Aelis! Ach, Aelis!« flüsterte er, und seine Stimme war kaum mehr als hauchende Wärme an ihren Handflächen.

»Harry, bist du das wirklich? Bist du diesmal frei? Wirklich frei?«

Sie löste ihre Hände aus den seinen, um ihn voller Verlangen und Zärtlichkeit zu streicheln und ihm in mütterlicher

Geste das braune Haar aus der Stirn zu streichen, so wie bei einem Wildfang, der er ja vor gar nicht so langer Zeit noch gewesen war.

»Noch nicht. Noch nicht ganz. Einen Auftrag mußte ich erledigen und bin damit jämmerlich gescheitert, und bis ich das nicht gerichtet habe ...«

»Aber du mußt doch nicht auf die Burg zurück, oder?« Sie hob sein Kinn, damit sie ihm in die Augen blicken konnte. Und ihre Stimme klang ebenso hastig wie erschrocken. »Hat er dich wieder wie beim letzten Mal nur freigelassen, damit du in den Krieg ziehen kannst? Ach, warum hast du mir damals nicht die Wahrheit gesagt? Ich habe gewartet und gewartet und nie ein Wort von dir gehört. Das würdest du mir doch sagen, wenn du wieder zurück müßtest, nicht wahr?«

»Ja, ich würde es dir sagen, dir alles sagen, auf meine Ehre. Aber diesmal verhält es sich nicht so. Ich bin freigelassen und doch nicht wirklich frei.« Harry hatte ihr soviel zu berichten, daß der Sinn ihrer Worte nur langsam in sein Bewußtsein drang. Als ihm aber klar wurde, was sie soeben gesagt hatte, traf ihn das wie ein Stich. Voller Erregung und Inbrunst sprang er auf. »Ob ich in den Krieg ziehe, hast du gefragt? Ist es denn soweit? Haben wir wieder Krieg?«

»So haben es sich die Menschen jedenfalls heute mittag in Kastell Coch erzählt. Der Müller hatte sein Mehl fortgebracht und kehrte mit dieser Nachricht zurück. Es heißt, dein Fürst habe sich für den Grafen von Pembroke entschieden und sei mit seinem Heer nach Süden, nach Builth, gezogen. Glaubst du, das stimmt tatsächlich?«

»Ja«, antwortete er nur und war für einen Moment in Gedanken weit weg von ihr. Der Jüngling starrte über ihren Kopf hinweg in die Ferne, so als könne er dort das ausmachen, was sein weiteres Schicksal für ihn bereithielt. Wenn Llewelyn im Feld stand, dann konnte sein Ziehsohn ein ganzes Heer im Rücken haben. »Ja, das könnte durchaus sein«, meinte er bebend und bemerkte zu spät die Traurigkeit in Aelis' Blick.

Aber sie versuchte, die Enttäuschung zu verbergen und sich an den Gedanken einer erneuten Wartezeit zu gewöhnen. Die Fürstin hatte sie vor Zeiten gewarnt. Wenn eine Frau einen Mann wirklich will, muß sie ihn so nehmen, wie er ist.

»Komm doch mit ins Haus«, sagte sie entschieden, »dann kannst du mir berichten, welche Aufgabe dich herbringt. Vater ist fort, nach Forden, aber in einer Stunde dürfte er wieder zurück sein. Und gewiß wird er sich freuen, dich heil und frei zu sehen. Kannst du wenigstens über Nacht bleiben? Und wenn du irgend etwas von uns brauchst, bevor du aufbrichst …«

»Aber nein!« rief er, denn Zärtlichkeit durchspülte ihn wie eine schwere Flut, so als sei ihm das Herz geschmolzen. »So rasch werde ich dich nicht wieder verlassen. Ein Weilchen will ich schon noch bleiben. Aber du mußt mir helfen, etwas in Erfahrung zu bringen. Aber viel mehr als das verlange ich von dir, mein Täubchen, mein Lieb.«

Er nahm ihr Gesicht zwischen seine Hände und drehte es zu sich. Zwischen seinen Händen errötete sie zutiefst und fing an zu zittern. Harry küßte ihr die Wange von Schläfe bis Kinn, bedeckte auch ihre geschlossenen Lider mit Küssen und fuhr mit den Lippen über die golden geschwungenen Brauen.

»Wenn ich wieder fort muß, dann nur, um noch schneller zu dir zurückzukehren. So weit es mich auch fortzieht, meine Schritte lenken mich immer wieder zurück zu dir. Denn ich liebe …« Dies flüsterte er, während sein Mund über ihr Gesicht wanderte, und er verstummte erst, als er ihre Lippen erreichte und wie ein Verhungernder nicht mehr von ihnen ließ. Und als er ihre Tränen schmeckte, schloß er erstaunt die Lider über seinen eigenen.

Die leichte Berührung an seiner Schulter riß ihn aus seinem Traum von Verfolgung und Verlust, und von einem Moment auf den anderen war er hellwach und all seine Sinne ebenso. Er roch und spürte einen Fremden im selben Raum. Schon richtete Harry sich halb auf und fuhr mit seiner Rechten an den

Dolch; aber da hielt Aelis sein Handgelenk fest und redete ihm beruhigend zu.

»Pst, ganz still. Hier droht dir keine Gefahr. Aber es gibt Neuigkeiten für dich.«

Auf dem Ofen spendete ein brennender Kerzenstummel etwas Licht und warf noch mehr zuckende Schatten an die verrauchten Deckenbalken. Robert war noch auf und sperrte gerade die Tür zu, denn draußen lauerte eine wolkenverhangene Novembernacht. Neben dem schwelenden Feuer hockte ein Fremder, der wie ein Bündel Lumpen wirkte. Er dampfte und zitterte und streckte einen nackten Arm nach dem Becher aus, den das Mädchen ihm gerade reichte. Der Mann setzte ihn an den Mund, wobei seine Zähne gegen den Rand klapperten. Bart und Haare hingen naß herab, und die Kleider, deren er sich entledigt hatte, formten auf den Bodendielen eine ständig wachsende Pfütze. Als er Harry entdeckte, starrte er ihn aus wilden Augen an. Furcht steckte in ihnen, aber auch die Bereitschaft, sein Leben teuer zu verteidigen.

»Ganz ruhig«, mahnte Robert beide, »hier seid ihr alle unter Freunden.«

»Wer ist er denn?« wollte Harry wissen. »Was ist geschehen?«

»Dieser Mann hier stammt aus Leighton. Er kam den Fluß entlanggetrieben, wie einst dein Vater, nur daß er noch lebte. Zu einer Gruppe von dreien gehörte er, die gestern Abend in Isambards Jagd aufgegriffen wurden. Er konnte sich losreißen, bevor sie ihn in die Burg verschleppten, aber sie haben ihm noch einen Arm gebrochen, ehe er in den Fluß sprang. Harry, bitte, halt ihn fest und hilf mir, während ich ihm den Arm richte.«

Der Jüngling kniete hinter dem Fremden und hob seinen durchgefrorenen Körper an, so daß dieser auf seinem Schoß zu liegen kam. Robert versorgte hier nicht zum ersten Mal einen Verletzten, und dieser hier war auch nicht der erste Flüchtling, den er bei sich aufnahm und bei Nacht über den Severn brachte.

»Einer der Förster hat mit seinem Stock nach mir geschlagen«, berichtete der Flüchtling, »als ich gerade losrennen wollte.« Er biß die Zähne fest zusammen, weil ihr Klappern ihn am Reden hinderte. »Wenn er mir nicht den Arm gebrochen hätte, wäre ich glatt über den Fluß gekommen. Auch ohne Kahn. Aber mit nur einem Arm kam ich nicht gegen die Strömung an. So blieb mir nichts anderes übrig, als unterzutauchen und erst wieder hochzukommen, als ich so weit getrieben war, daß die Schergen mich nicht mehr sehen konnten.«

»Die Soldaten werden aber nach ihm suchen«, warf Harry ein und sah Robert aus seinen grünen Augen besorgt an.

»Nein, sie glauben, ich sei ertrunken. Ich habe mich zwischen den Sträuchern versteckt, bis die Männer abgezogen sind.« Die Nächte waren so kalt geworden, daß man mit Frost rechnen mußte. Deswegen hatten die Soldaten sich bestimmt gesagt, wenn er nicht ertrunken sei, dann würde er gewiß erfrieren.

»Für einen Tag solltest du hier sicher sein«, sagte Aelis' Vater, während er mit seinen großen Händen den verdrehten Arm des Fremden abtastete, der genauso sehnig und braun war wie der seine. »Jetzt festhalten. Und du, Aelis, bring mir das Leinenband.«

Das Mädchen hatte schon die ganze Zeit im Kerzenschein gesessen und Stoff in Streifen gerissen. Nun hockte sie sich neben Harry und hielt das Knäuel bereit. Sie konnten hören, wie die Knochenenden aneinanderrieben. Der Fremde zuckte einmal unter Harrys Griff zusammen, dann drehte er den Kopf zur Seite und biß fest auf den Lumpen, den er am Leib trug. Nach einem Moment entspannte er sich wieder und ertrug den Rest der Prozedur, ohne eine Miene zu verziehen.

»Morgen nacht bringen wir dich nach Wales«, versprach Robert ihm und band den ersten Streifen um die Hölzer, die den Arm gerade hielten. »Ich schätze, unser Freund hier hat die Nase gestrichen voll von dem neuen Herrn auf Parfois.

Frag ihn nur, Harry, er kann die eine Menge erzählen. Es waren Fremde, nicht Männer von Shropshire, die ihn und seine Kumpane mit dem Wild erwischten.«

»Fremde?« wiederholte der Jüngling, ehe er verstand. »Natürlich, Williams Soldaten!«

»Jawohl, Williams Schergen, und sie behaupteten, die neuen Förster von Parfois zu sein. Und sie waren ziemlich überzeugt davon.«

»Sie verschleppten uns nach Leighton«, sagte der Wilddieb, und sein Kopf fiel vor Erschöpfung gegen Harrys Schulter. »Wilfrieds Weib kam mit den anderen aus den Häusern gerannt. Als sie uns erkannte, hatte sie genug Verstand, den Schultheiß zu holen. Der Dorfvorsteher kam dann auch herbeigelaufen und hat gleich für uns Partei ergriffen. Er hielt den Männern vor, sie hätten kein Recht, uns ins Gefängnis von Parfois zu werfen, solange sie nicht ein Dokument vom alten Burgherrn vorweisen könnten. ›Die Jagd gehört ihm‹, erklärte der Vorsteher, ›und nicht seinem Sohn. Wenn ihr uns nicht seinen Brief mit seinem Siegel vorzuweisen vermögt, lassen wir nicht zu, daß ihr diese drei abführt. Wir bringen sie vors Gericht, und wenn jemand gegen sie Klage erheben will, so mag er das tun, aber nur nach dem Gesetz.‹ Das ganze Dorf hatte sich mittlerweile eingefunden; da standen viermal mehr Männer aus dem Dorf als Schergen Williams. Deswegen mußten sie sich gut überlegen, was sie taten. Die Soldaten erklärten, William sei von König Heinrich als Kastellan über Parfois eingesetzt worden, und wenn man bedachte, wie es dem alten Ralf Isambard, Gott segne ihn, zur Zeit ging, war sein Sohn praktisch der neue Herr. Der Schultheiß erwiderte, nur der rechte Herr von Parfois dürfe uns in Haft nehmen. Da behaupteten die Schergen, daß sie dieses Recht besäßen, denn der alte Ralf habe sein Siegel und seine Titel an seinen Sohn weitergegeben. Darauf meinte Harald, das glaube er nicht für einen Moment, solange er nicht den Beweis dafür vor Augen hätte – versehen mit der Unterschrift des Burgherrn und seinem Großen Siegel. Bis dahin wolle er uns in Gewahrsam nehmen. Läge ihm die Urkunde aber vor, wolle er uns herausrücken. Mehr konnte der Mann nicht für uns tun, schließlich trugen wir die beiden erlegten Tiere an Stangen zwischen uns, als sie uns erwischten. Das ließ sich einfach nicht abstreiten. Der Schultheiß besaß gehörigen Mut, ihnen so kühn entgegenzutreten. Aber in der letzten Zeit hat man uns in den Wäldern weitgehend unbehelligt gelassen. Da dachten wir uns, wir versuchen es einmal, aber wir haben uns zu sehr auf unser Glück verlassen. Der Vorsteher hingegen glaubte, William maße sich nur etwas an und nutze die Krankheit seines Vaters aus. So gab er uns nicht heraus, und die Soldaten zogen wutschnaubend ab.«

»Aber sie kamen wieder«, erriet Harry und änderte seine Position ein wenig, damit der Verletzte es bequemer hatte. Sein Blick ging zu Aelis. Sie beobachtete ihn mit einer Mischung aus Mißtrauen und Bedauern. Offensichtlich wußte sie, wie die Geschichte ausging.

»Am späten Abend kehrten sie zurück, zusammen mit de Guichet, dem Seneschall. Und sie brachten ein Pergament mit, das Harald, unser Schultheiß, dem ganzen Dorf vorlesen mußte. Danach haben sie uns mitgenommen, und niemand konnte uns mehr retten. Wenn es zu einem Aufruhr gekommen wäre, hätte das alles nur noch schlimmer gemacht. Dann wären wir am Ende gehängt worden, und bei Gott, das wollte natürlich keiner. Aber ich mußte die ganze Zeit an das Verlies von Parfois denken und wie man darin verfaulen kann. Als wir durch den Wald kamen, riß ich mich also los und wäre sicher auch heil über den Fluß gekommen, wenn dieser Förster mich nicht mit seinem Knüppel erwischt hätte.«

»Dann hat man eurem Schultheiß also Unterschrift und Siegel vorgezeigt? Kann euer Harald denn lesen? Er hat euch allen wirklich das Schreiben vorgetragen?« Warum stellte Harry so viele Fragen? Zweifelte er immer noch an dem, was er doch schon längst geahnt und im Herzen gewußt hatte? Vor kurzem hatte er die Wahrheit nur vermutet, und gerade eben hatte er den eindeutigen Beweis zu hören bekommen. William und seine Helfershelfer hatten Benedettas Wert erkannt und sie für die eigenen Zwecke eingesetzt. Wie sonst sollten sie an Ralfs Siegel gelangt sein? Wenn sie sein eigenes Leben bedroht hätten, hätte er sie bloß ausgelacht.

»Ja, er kann lesen, und zwar besser als mancher Schreiber. Wenn er auch nur den Hauch einer Unstimmigkeit in dem Schreiben entdeckt hätte, hätte er sofort jemanden zum Gericht geschickt. Nein, daran kann man wohl nicht zweifeln. Harald hat die Urkunde laut vorgelesen, mit de Guichet, der hinter ihm stand, und dann hat er uns allen die Unterschrift und das Siegel gezeigt. Die Sache war hieb- und stichfest. Der alte Wolf hat etwas getan, was man ihm nie zugetraut hätte, selbst als Krüppel nicht. Er hat alles seinem Sohn überschrieben. Sogar freiwillig und bei klarem Verstand, wie es in dem Brief stand. Mit eigener Hand hat er die Verfügung unterschrieben, daß Titel und Besitz auf William übergehen, und auch noch sein Siegel daruntergesetzt. Nun liegt er wohl wie ein blinder alter Hund in einer warmen Ecke seiner Halle und wartet auf den Tod.«

KAPITEL ACHT

Brecon/Aber/Parfois: Anfang Dezember 1233

Harry hoffte, Llewelyn in Builth anzutreffen, aber der Fürst war schon nach Süden weitergezogen, um die Burg und die Stadt Brecon zu belagern. Sinn und Zweck dieses Manövers bestand darin, die dortige starke Garnison festzuhalten, welche König Heinrich dringend als Verstärkung für seine angeschlagenen Truppen benötigte. Die ganze Grenze stand unter Waffen, doch noch lag trügerische Ruhe über den Marken. Basset und Siward hatten inzwischen Devizes gestürmt, de Burgh aus der Haft befreit und ihn durch das Severn Land zur Burg Striguil geführt, die dem Grafen von Pembroke gehörte. Der Graf selbst wütete wie ein Waldbrand durch das Land Gwent. Abergavenny, Newport und Monmouth waren ihm bereits in die Hände gefallen. Frühmorgens an einem kühlen Novembertag hatte er das Feldlager des Königs überfallen und geplündert und Heinrich aus Grosmont hinausgetrieben. John von Monmouth hatte große Mühe, das königliche Heer wieder zu sammeln und zu ordnen. Heinrichs Soldaten standen jetzt untätig und besorgt an der Grenze, während Pembroke in aller Seelenruhe seine Eroberungen festigen und seine Burgen neu versorgen konnte. Der Winter kam in diesem Jahr früh ins Hügelland, aber selbst er konnte die Feuer nicht löschen.

Über dem Mynydd Eppynt lag eine dünne Schneeschicht wie ein Schleier über dem bleichen Winterhaar des Berges. Aber noch war die Schneedecke nicht zu hoch und die Winde nicht zu eisig, um Harry hinunter ins Tal zu zwingen. Er nahm die Hochlandstraße und ritt so rasch ihm das möglich war. Noch vor Einbruch der Dämmerung sah er von dem Wipfel über dem Usk-Tal das schwache Glimmen der Feuer und die Rauchwolken über der Stadt Brecon.

Qualm hing wie ein schwarzes Tuch über den Wällen der Burg und schien sie anzunagen. Unheilvoll hob sie sich von den pulsierenden Feuern ab, die in der darunter liegenden Stadt allmählich ausbrannten. Rauch hing wie ein Gazelaken über dem dicken Turm und den festungsartigen Mauern der Prioreikirche, und nur selten brachte der Wind das Grau in Bewegung oder riß es auseinander. Harrys Blick verfolgte die lange, hohe Linie ihres großen Dachgestühls und sah, daß es unbeschädigt geblieben war, wofür er dem Himmel dankte. Doch gleich schämte er sich für seine Freude darüber, daß der dicke Stein Bestand hatte, während die Häuser der Bürger in Schutt und Asche lagen. Alles, was die Menschen von Brecon seit der letzten Zerstörung wiederaufgebaut hatten, lag nun rußgeschwärzt und zertrümmert entlang der Winterwasser des Flusses. Ein Land der Verheerung, in dem nur noch die Toten eine Wohnstatt fanden. Die Überlebenden hatten sich hinter die Burgmauern geflüchtet und hockten dort in ihrem Elend, teilten ihre Wasser- und Nahrungsvorräte in immer kleinere Portionen ein und warteten auf das Eintreffen von König Heinrichs flämischen Söldnern, die er von Gloucester losschicken wollte. Tag um Tag hielten sie vergeblich von den Zinnen Ausschau nach den Bannern und den langen Lanzen, aber die wollten sich auf den schneeweißen Hügeln einfach nicht zeigen.

Im Dämmerschein glühten die Feuer und vergingen dann vollends. Nur hier und da flammte es noch einmal auf, wenn Balken zerbarsten und Funkenregen erzeugten. Auf den Hängen, die über dem Ufer des Honddu aufragten, erhob sich rings um die Burgwälle der Belagerungsring, und dahinter zeichnete sich Llewelyns Lager schwarz im Schnee ab. Wie Skelette ragten die Formen von Mangen und Triböcken auf, während sie ihre Geschosse immer noch treffsicher gegen die halbzerstörten Mauern schleuderten. Dabei bestand gar kein dringender

Anlaß, die Feste im Sturm zu nehmen. Die Waliser hatten sie hermetisch abgeriegelt, und im ganzen Land ringsum waren keine Lebensmittel mehr zu finden. Inzwischen glaubten weder Llewelyn noch die Belagerten daran, daß der König gewillt war, ihnen Entsatz zu schicken. Der Fürst vermochte die Garnison so lange einzusperren, wie es ihm beliebte, ohne auch nur einen einzigen seiner Soldaten zu verlieren. Und Graf Richard hatte in der Zwischenzeit freie Hand, um weiter in die Flußtäler der Usk und des Wye vorzudringen und König Heinrichs Männer vor sich her zu treiben.

Als die Reiter aus der Richtung von Builth vor dem Lager anlangten, rief man sie mit vorgehaltenem Speer an, denn sie erschienen mit tief ins Gesicht gezogener Kapuze und hatten sich den Umhang vor Mund und Nase gezogen, um sich vor dem Schnee zu schützen. Harry glitt steif und erschöpft aus dem Sattel und fragte nach dem Fürsten. Nun erkannten ihn die Wächter und ließen ihn hochleben. Er wurde von Freund zu Freund weitergereicht und kam nur langsam auf der Lagerstraße voran. Vorbei ging es an Vorräten, Vieh, Waffenschmieden und Pferden durch die Zeltstadt. Endlich erreichte er Llewelyns Pavillon.

Aus der kaltnassen, nebligen Dämmerung trat er in einen engen und muffig riechenden Raum. Seine beiden Ziehbrüder sprangen gleich von ihren niedrigen, mit Lumpen bedeckten Feldbetten, schrien seinen Namen und drückten ihn an sich. Er mußte sie fast mit Gewalt von sich stoßen, bedachte sie aber mit freundlichen Blicken, warf sich dann vor dem Fürsten auf die Knie und küßte seine Hand.

»Harry, dein Erscheinen wärmt mir das Herz! Du hast uns ziemlich lange auf Nachricht von dir warten lassen.«

Der Jüngling hob ihm das reiseverschmutzte Gesicht entgegen. Unter schweren, geschwollenen Lidern, die zu wenig Schlaf bekommen hatten, blickten die grünen Augen erschrocken drein; denn in diesem Moment fehlten ihm die Worte, und er sah sich nicht imstande, seine Erlebnisse wiederzugeben. Wo sollte er anfangen, und was war überhaupt geschehen? Llewelyn verstand die Mischung aus Verwirrung und Verzweiflung auf der hilfesuchenden Miene des Jungen, zog ihn an sich und küßte ihn.

»Wie ist es dir denn ergangen?«

Die Hilflosigkeit, welche sich wie Frost auf Harrys Zunge gelegt hatte, schmolz dahin, und jetzt purzelten ihm die Worte um so schneller über die Lippen.

»Schlecht, Mylord. Die Herrin ist mir durch die Hände geglitten. Herr, wir haben unseren Rössern das Äußerste abverlangt, aber wir konnten Madonna Benedetta trotzdem nicht mehr einholen. Sie ist jetzt auf Parfois.« Das klang ihm zu sehr danach, als wolle er äußere Umstände für sein Scheitern verantwortlich machen. Dabei war er festen Willens, sein eigenes Versagen nicht zu entschuldigen. »Mich trifft die ganze Schuld«, platzte es aus ihm heraus, und damit wehrte er alle Versuche ab, für ihn Mitleid oder Verständnis aufzubringen.

»So rasch, wie du von Aber aufgebrochen bist«, erwiderte David solidarisch, »muß die Herrin ihrerseits wie eine Jungfer auf dem Weg zu ihrem Liebsten dahingeeilt sein. Sonst hättest du sie bestimmt eingeholt.«

»Ja, ich habe weder mich noch meine Begleiter geschont«, meinte Harry betroffen, »ich glaubte zumindest, sie noch abfangen zu können. Wir haben sie nur um eine Stunde verpaßt, aber das kann uns kein Trost sein. Ich habe mein Bestes gegeben, und das war leider nicht gut genug. Aber das ist noch nicht das Schlimmste. Ich hätte ja nur auf die Burg reiten und nach ihr fragen müssen. Dann hätte der alte Isambard sie mit mir abziehen lassen. Doch auch dafür war es schon zu spät. Fremde Soldaten bemannten den unteren Burgwall, und so nahmen wir davon Abstand, nach Parfois hineinzureiten. Ich schickte meine Männer fort und verbarg mich im Unterholz. Am nächsten Morgen erschien William Isambard, Ralfs zweiter Sohn. Er ritt mit seinen Falknern und Edelleuten aus wie ein Fürst. All diejenigen, welche seinen Vater stets umschmeichelten und ihm zu Diensten waren, taten das nun bei ihm. Das haben wir mit eigenen Augen gesehen, und da kam uns der schlimme Verdacht. Noch konnte ich aber nicht sicher sein, und so wollte ich mir erst endgültige Gewißheit verschaffen, ehe ich Euch Nachricht brachte.«

Llewelyn gewann den Eindruck, daß der Jüngling mit seiner ganzen Kraft und Hingabe sein Versagen wiedergutzumachen versucht hatte; daß er ganz allein das wiederbekommen wollte, was er verloren hatte. Harry hatte dabei Pferde halbtot geritten und sich selbst jede Rast versagt. Wenn ihn jetzt jemand trösten wollte, würde er aufbegehren, als hätte er seinen schlimmsten Feind vor sich.

»Ich habe meine Männer in die umliegenden Dörfer geschickt, aber dort wußte man auch nicht mehr. Das ganze Land schien abzuwarten und sich Fragen zu stellen. Also sagte ich mir, Aelis könnte mir vielleicht weiterhelfen und kenne gewiß jemanden, der in der Burg ein und aus geht oder auf der Baustelle hilft, die Trümmer des alten Turms fortzuschaffen. Tatsächlich konnte Aelis mir jemanden nennen. Diesen bat ich, Walter Langholme eine Nachricht von mir zukommen zu lassen. Aber der Mann kehrte mit der Auskunft zurück, daß Ralf seinen Kammerdiener mit einem besonderen Auftrag fortgeschickt habe und dieser seitdem nicht zurückgekehrt sei. Das bestürzte mich sehr, denn Walter hätte seinen Herrn nie freiwillig verlassen. Wenn der Burgherr ihn mit einem Auftrag versehen hat, der ihn weit weg führt, dann nur aus einem bestimmten Grund: Ralf will niemanden in seiner Nähe haben, den man seinetwegen mißhandeln oder foltern könnte. Und wenn der alte Wolf immer noch der Herr von Parfois wäre, hätte er Benedetta sicher gleich wieder nach Hause geschickt und ihr womöglich noch eine Eskorte mit auf den Weg gegeben, damit sie sicher an ihrem Ziel angelangte. Spätestens da sagte ich mir, daß es auf der Burg nicht mehr mit rechten Dingen zugeht. Letzte Gewißheit erhielt ich dann eines Nachts in Roberts Hütte, als der einen Verwundeten mitbrachte. Dieser hatte mit zwei anderen in Ralfs Jagd Wildfrevel begangen, und sie waren erwischt worden.«

Der Jüngling holte tief Luft, um auch noch den Rest seiner Geschichte zu erzählen.

»Der Dorfvorsteher hat es allen vorgelesen und kundgetan, und er erkannte Siegel und Unterschrift Isambards. Der König hat William zum Kastellan von Parfois erklärt, aber das allein nutzte ihm nicht viel. Erst die besiegelte Urkunde seines Vaters verschaffte ihm die nötige Autorität. Nur eine Erklärung ist dafür möglich: William hat Benedetta dazu benutzt, Ralf unter seinen Willen zu zwingen! Um sie zu schützen, hat er seinem Sohn Titel und Macht übertragen. Und solange Benedetta in dessen Gewalt ist, kann William alles aus seinem Vater herauspressen!«

»Was für eine eigenartige Entwicklung«, bemerkte Owen und runzelte nachdenklich die Stirn. »Du bist zwar noch derselbe, aber du sprichst plötzlich ganz anders. Ich hätte gedacht, der alte Ralf selbst sei die größte Bedrohung für Madonna Benedetta. Das haben wir alle hier geglaubt. Der alte Zwist zwischen ihnen ist doch nie beigelegt worden. Nach allem ,was wir über Isambard wissen und auch aus deinem Mund zu hören bekommen haben, hatte Benedetta guten Grund, auf Parfois weitere Demütigungen und womöglich auch den Tod zu erwarten. Gut, Ralf scheint sich eines Besseren besonnen und von seinen schlimmen Absichten abgelassen zu haben. Denn immerhin hat er dich freigelassen und ihr entgegengeschickt, um ihr mitzuteilen, daß sie nach Hause reiten solle. Aber willst du uns jetzt weismachen, der alte Wolf habe alles hergegeben, was ihm stets lieb und teuer war, bloß um Benedetta vor Ungemach zu bewahren?«

»Gott allein mag wissen«, rief der Jüngling erregt und starrte Llewelyn aus seinen grünen Augen an, »ob er vorhatte, ihr weh zu tun, als er ihrem Angebot zustimmte und sie nach Parfois einlud. Aber ich weiß heute, daß er sein Leben hergeben würde, um sie vor allem Ungemach zu bewahren, das William ihr zufügen könnte und vermutlich auch wird. Sein einziger Trumpf besteht darin, daß sein Sohn noch nicht herausgefunden hat, wieviel ihm an der Herrin liegt. Doch er wird gewiß bald dahinterkommen und alles von ihm erzwingen. Ja, um Benedettas willen hat Ralf alles abgetreten und sich an den Bettelstab gebracht. Ich fürchte sogar, daß William beide eingesperrt oder unter strenge Bewachung gestellt hat. Wenn er noch mehr von seinem Vater will, wird er sich, ohne mit der Wimper zu zucken, wieder auf schändliche Weise Benedettas bedienen.«

»Aber wenn Ralf schon alles an seinen Sohn abgetreten hat«, wandte David ein, »was könnte man denn noch aus ihm herauspressen? Und was gehen uns überhaupt die Familienstreitigkeiten der Isambards an? Mir erschiene es vernünftig, wir würden uns gleich an den neuen Herrn von Parfois wenden und ihm einen Preis für die Herausgabe von Madonna Benedetta bieten. Mittlerweile braucht er sie doch wohl nicht mehr. Sie hat ihm all das eingebracht, wonach er strebte. Warum sollte William die Herrin noch länger festhalten wollen?«

»Nein!« schrie der Jüngling und preßte die Hände an den schmerzenden Kopf. Der fühlte sich von der Wärme und den Dämpfen so schwer an, daß er ihn kaum noch aufrecht halten konnte. »Wenn wir William anbieten, ein Lösegeld für Benedetta zu bezahlen, wird er sich fragen, wieviel wir von den Vorgängen auf Parfois wissen oder wieviel sie uns davon berichten könnte. Das macht ihm angst, und er wird nicht davor zurückschrecken, jemanden zu ermorden, damit sein Verrat nicht bekannt wird.«

»Jetzt übertreibst du aber, junger Freund.« David schlang ihm einen Arm um die Schultern und schüttelte ihn. »Noch mehr als ihr Reden wird er ihren Tod fürchten, sobald der Fürst von Aberffraw ihre Herausgabe verlangt. So dumm ist William nicht. Er wird ihr schon kein Haar krümmen.«

»Nein, nicht Benedetta wird er meucheln, sondern seinen eigenen Vater!« Harry schüttelte den Arm des Prinzen ab.

»Was glaubt ihr alle denn, wie lange Isambard dann noch zu leben hätte?« rief er voller Ärger, Furcht und Verzweiflung. »Wenn William und seine Helfershelfer fürchten, daß Nachforschungen über seinen Vater angestellt werden, zögern sie sicher keinen Moment, ihn umzubringen. Egal, ob wir dort vorstellig werden oder ein Bote des Königs eintrifft oder ein alter Freund zu Besuch vorbeikommt – jeder kann seinen Tod bedeuten. Ich ängstige mich um ihn und befürchte, daß sein Ende schon bald kommen wird. Außerdem gibt es da auch noch die Verwalter seiner anderen Burgen, und die werden nicht ohne weiteres glauben, daß Isambard alles abgetreten hat: Land, Siegel und Titel. Die Kastellane werden verlangen, daß er ihnen von Angesicht zu Angesicht bestätigt, daß alles aus freien Stücken aufgegeben zu haben. Solange der alte Isambard noch lebt, wird William keinen ruhigen Moment haben. Und es ist nicht schwer, sich eines Blinden zu entledigen. Es reicht ein Sturz von der Treppe.«

Alle starrten ihn verwundert an, und auf ihrer Zunge lagen schon harte Worte des Zweifels und des Erstaunens. Sie liebten ihn und wollten ihm gewiß nichts Böses, aber was wußten sie schon von den Verhältnissen auf Parfois? Was ahnten seine Brüder und sein Ziehvater schon von der komplizierten, langwierigen und sonderbaren Komplizität, die sich zwischen ihm und Isambard entwickelt hatte? Sie hatte sich heimlich gebildet und gefestigt, und er selbst hatte sie lange nicht erkannt, auch wenn sie ihn jetzt dazu bewegte, seine Meinung zu überdenken und seinem alten Feind anders entgegenzutreten. Wie konnte er auf Verständnis hoffen, wo er doch selbst gerade erst anfing zu verstehen? Harry war immer schon seinem Herzen gefolgt und traute dessen Entscheidungen. Sich anders zu verhalten war ihm noch nie möglich gewesen.

»Der Junge hat recht«, erklärte Llewelyn unerwartet und hob den Kopf. In seinen Augen leuchteten bereits die Entschlüsse, die er nach einiger Überlegung gefaßt hatte. Er klopfte dem Jüngling auf die Schultern und zog ihn zu sich heran.

»Schon bei unserem ersten Versuch, Benedetta freizubekommen, wäre Ralf Isambards Leben keinen Pfifferling mehr wert. Aber mir ist etwas Besseres eingefallen: William Isambard soll für seinen König die Mark verteidigen, nicht wahr? Nun, dann wollen wir feststellen, wie es um seine Feldherrenqualitäten bestellt ist.«

Owen und David verstanden überhaupt nichts mehr und betrachteten ihren Vater ebenso verwundert wie den Jüngling an seiner Seite. Harry selbst starrte den Fürsten mit großen Augen an, doch in seiner Verwirrung schimmerten bereits inbrünstige Hoffnung und brennender Eifer.

»Owen, such mir Hauptmann Madoc. Er soll in einer halben Stunde mit seinen Leutnants zu mir kommen. Denn morgen wird er von Brecon abziehen. Ich glaube, wir haben die Garnison hier lange genug festgenagelt. Richard wird den Rücken noch einige Wochen freihaben, ehe sie hier alles aufgeräumt und wieder Kräfte gesammelt haben. Es gibt einen Weg, und zwar nur diesen einen, wie ich nach Parfois gelangen kann, ohne sofort Argwohn zu erregen: nämlich in Waffen und mit meinem Heer.«

Der Fürst wandte sich mit glitzernden Augen an seinen Erben und lächelte, als er bemerkte, daß der sich noch nicht ganz gefaßt hatte. »David, geh mit Owen. Laß uns beide für ein Weilchen allein.«

Gehorsam verließen sie ihn, auch wenn sie noch immer nicht begriffen. Llewelyn war der Fürst, und sein neues Manöver erschien ihnen richtig und gerecht. Aber welche Beweggründe ihn dazu verleiteten, blieb ihnen fremd.

»Mach dir um die zwei keine Gedanken«, sagte er zu Harry gewandt, als sie allein waren. »Was sie noch nicht wissen und du ihnen nicht zu erklären vermochtest, werden sie mit Gottes Hilfe bald selbst herausfinden. Sie sind noch jung und suchen hinter allen Dingen nach Vernunft und Ordnung. Aber sie lieben dich über jeden Zweifel. Stütz dich auf sie, wann immer du Hilfe brauchst, und sie werden dich tragen.«

»Das weiß ich, Mylord«, entgegnete der Jüngling mit bebender Stimme.

Doch was sollte er dem Fürsten nun sagen, der soeben mit einem kühnen Schritt den Abgrund des Unverstehens überquert und ihm gleichzeitig die Last der Verwirrung und der Seelenpein genommen hatte? Der Jüngling hockte sich vor Llewelyn auf den Boden und legte mit einem großen Seufzer den Kopf auf dessen Knie. Schweigend hielt er sich an seinem Ziehvater fest und hätte am liebsten nie mehr losgelassen. Kurz darauf wurde er von tränenlosen Schluchzern durchzuckt.

Llewelyn fuhr ihm mit einer Hand über das dichte braune Haar und drückte ihn an sich. »Ich weiß, mein Junge, ich weiß es. Was du getan hast, war nicht genug, aber mehr hätte ich selbst nicht tun können. Kein Mann kann durchs Leben schreiten, ohne eines Tages an irgendeiner Aufgabe zu scheitern. Du mußt lernen, mit dir und mit deinen Fehlern zu leben. So wie gute Fürsten das tun. Wie ich es tue.« Der gesenkte Kopf wollte sich zu heftigem Widerspruch erheben, aber Llewelyn hielt ihn zwischen den Händen, bis der Jüngling sich beruhigt hatte, und lächelte melancholisch, als er an seine eigenen Fehlschläge zurückdachte.

»Wie Ralf Isambard es tut«, fügte der Fürst leise hinzu und hörte den erleichterten, beruhigten Seufzer des Jungen. »Oder glaubst du etwa, seine Wertschätzung für dich würde von deinem Fehler geschmälert?«

Nein, Llewelyn mußte er niemals alles haarklein erklären, denn der Fürst besaß die Fähigkeit, jedem Wesen, das er liebte, bis ins Herz zu schauen. Und mehr noch, er vermochte in seinem eigenen Innern die Wallungen und Schmerzen nachzuvollziehen, die sich in seinem Kind zusammenballten und diesem nicht über die Zunge wollten. Nur einmal hatte Llewelyn diese tiefe Einsicht im Stich gelassen. Seiner geliebten Gemahlin hatte er zu einem bestimmten Zeitpunkt nicht ins Herz blicken können, und das hatte ihn ein Jahr der Trennung gekostet. Selbst Harry vermochte sich noch daran zu erinnern.

»Wenn du die Zeichen richtig gedeutet hast, Harry, dann wird es Benedetta einstweilen gutgehen. Und wenn William immer noch eine Geisel braucht, um das Letzte aus seinem Vater herauszupressen, dann wird man sie vorerst auch erträglich behandeln. Und selbst, wenn man für Madonna Benedetta keine Verwendung mehr haben sollte, nutzt es ihnen nichts, ihr ein Leid zuzufügen. Dafür besteht für sie überhaupt kein Grund. Was nun den alten Wolf angeht, so will ich dir folgendes sagen: Wenn niemand in nächster Zeit Williams Titel und Recht in Frage stellt oder näheres über die Umstände zu erfahren begehrt, dann wird der Sohn davor zurückschrecken, den eigenen Vater in eine bessere Welt zu befördern. Das ›Mißgeschick‹ auf der Treppe brauchst du auch nicht zu fürchten; denn wenn das Ralf unmittelbar nach dem Bekanntwerden der Umstände widerführe, wie du fürchtest, so würde das in vielen Köpfen Zweifel säen. König Heinrich hat keine Verwendung für Männer, denen der Ruch eines Verbrechens anhaftet. Und für William gäbe es weder Amt noch Gunst, sobald alle Welt über ihn tuscheln würde. Nein, der neue Burgherr wird lieber einige Wochen oder Monate verstreichen lassen, ehe er zur Tat schreitet. Daß er den Tod Ralfs herbeisehnt, will ich gar nicht in Abrede stellen. Die Verhältnisse auf Parfois sehe ich ganz genau so wie du. Aber William muß mit großer Umsicht vorgehen, weil er sonst die Verdächtigungen auf sich zieht, denen er doch mit allen Mitteln aus dem Weg gehen will. Noch braucht der alte Wolf nicht um sein Leben zu fürchten. Noch nicht.«

»Herr!« rief Harry und klammerte sich an Llewelyn wie ein Schiffbrüchiger an einen Felsen. »Alles, was ich bisher kannte, hat sich so sehr verändert. Ralf hat mir niemals etwas angetan und hat nicht zugelassen, daß andere mir weh taten. Nicht einmal sein Wort hat er mir gegenüber gebrochen.« Die Stimme des Jünglings klang gedämpft aus den Falten von Llewelyns Gewand, und seine Finger verkrallten sich darin, als könnten sie dort die Wahrheit finden. »Einmal hat er sogar de Guichet geschlagen. Wegen mir. Wenn ich verzweifelte, hat er es nicht zugelassen. Wenn ich niedergeschlagen war, hat er mich wieder aufgerichtet. Und dennoch ... und doch hat er ...«

»Und doch hat er das Grab deines Vaters entweiht«, führte der Fürst den Satz fort, weil er spürte, daß Harry ihn nicht zu Ende sprechen konnte.

Unvermittelt fing der Junge an, kurz und heftig zu weinen. Die geschändeten Gebeine seines Vaters waren das einzige, das er nicht ändern konnte und was er am wenigsten zu ertragen vermochte.

»Mein Junge, ach, mein Kind«, tröstete Llewelyn ihn und streichelte ihn, »glaubst du etwa, du seist der einzige, der sich das Gehirn zermartert, um darauf eine Antwort zu finden? Wir alle tappen in dieser Frage im dunkeln. Gedulde dich, bis es Gott gefällt, uns Licht in diese Finsternis zu schicken. Das kannst du, denn du hast Zeit.«

»Ach, Mylord, ich fühle mich so verloren, denn ich verstehe überhaupt nichts mehr.«

»Laß es vorerst gut sein, Harry, laß dich davon nicht irre machen. Du hast noch so viel Zeit. Und genau die bleibt William nicht mehr. Noch ehe er sich versieht, stehen wir schon vor seinen Mauern, und dann plagen ihn ganz andere Sorgen als die, wie er seinen Diebstahl vertuschen kann. Wir werden ihn nicht nach Benedetta fragen und auch kein Lösegeld für sie bieten. Ebenso wird auf Parfois niemand erfahren, daß wir über das Schicksal von Ralf Isambard Bescheid wissen und was das für dich und mich bedeutet. Nein, wir marschieren in Waffen dorthin, erobern die Burg und nehmen alle gefangen, den Usurpator genauso wie jeden anderen. Dann darfst du mit deinen eigenen Händen dem alten Wolf zuerst seine Freiheit und danach seinen gesamten Besitz zurückgeben. Stellt dich das zufrieden?«

Wie wunderbar, weise und gerecht sind doch die Wege Gottes, dachte der Fürst, als er auf das junge Haupt hinabblickte, das so schwer auf seinen Knien lag. Sieh nur einer an, wohin Er Harrys Rache und die meine geführt hat. Ich hatte geschworen, um deinet- und deines Vaters willen Parfois zu erobern, mein Junge, und mit der Hilfe Gottes mag mir das auch gelingen. Aber damals, als ich den Schwur tat, hatte ich mir darunter noch ganz andere Umstände vorgestellt. Und wie oft hast du wohl dir und deinem viel zu jung verstorbenen Vater versprochen, Isambards Leben für das seine zu nehmen? Es kam dir nicht einmal in den Sinn, welche Umwälzungen eines Tages in dir vorgehen würden; und so wirst du ganz anders mit ihm umgehen, wenn du nach der Eroberung der Burg sein Leben in Händen hältst, denn du wirst es ihm aus freien Stücken zurückgeben. Ein kleiner Teil deines Herzens wird dann sogar Verrat in sich tragen. Ja, Verrat, nach den Maßstäben der Welt. Aber ich glaube, du trägst in deiner Brust einen so guten Führer, daß nichts auf diesem Erdenrund ihn dir ersetzen kann. Ich will dir gewiß keinen Vorwurf deswegen machen, denn Gott weiß stets, was Er tut.

Harry erwiderte nichts, doch zur Antwort lösten sich die verkrampften Finger langsam und glitten an Llewelyns Gewand hinab. Sein Körper, der immer noch auf den Knien des Fürsten ruhte, entspannte sich allmählich, und er seufzte laut auf. Er fühlte sich gerächt, versichert, geliebt und getröstet. Er konnte sich endlich gehenlassen und in den Schlaf fallen, der seit Beginn seines Ritts von Parfois auf ihn wartete. Er konnte wieder vertrauen. Er war zufrieden.

Llewelyn beugte sich vor und zog Harry in seine Arme, so wie er ihn vor langer Zeit stets liebevoll und ein wenig grob hochgehoben hatte, wenn er nach stundenlangem Spielen eingenickt war. Dann hatte er ihn ins Bett fallen lassen in dem Wissen, daß nichts, höchstens ein heftiges Gewitter, ihn wecken konnte.

»Wie groß du geworden bist, Junge«, ächzte der Fürst, als er ihn vom Boden hob und zu einem der Feldbetten brachte. »Du wolltest wohl nicht einmal, daß der alte Wolf dir an Körpergröße überlegen war.«

Harry streckte sich mit einem langen Seufzer des Wohlbefindens aus und vergrub die Wange in den Decken. Die warme Stimme seines Ziehvaters erreichte ihn wie aus großer Ferne, und er nahm sie lächelnd mit sich in die bodenlose Tiefe seines Schlafes. Der Jüngling zog einen Arm hoch, um sein Gesicht vor dem Feuerschein zu schützen, erschauerte noch einmal von Kopf bis Fuß und lag dann vollkommen still da.

»Du bist mir schon einer«, dachte der Fürst laut, während er den Jungen zudeckte. »In meiner ganzen Sippschaft fand sich nie wieder einer, der mir soviel Sorgen gemacht hat wie du. Gott sei mein Zeuge.« Er schaute mit müdem Lächeln auf ihn hinab und verfolgte, wie sich die junge Brust gleichmäßig atmend auf und ab bewegte. »Weiß Gott, ob wir ihn für dich retten können oder nicht, aber wir werden es auf jeden Fall versuchen.«

Llewelyn ließ sich auf die Bettkante nieder und dachte über die Verantwortung nach, die ihm so vertrauensvoll in die Hände gelegt worden war. Der Mensch plant, der Mensch führt aus, aber Gott obliegt es, zu entscheiden und den Ausgang zu bestimmen. Und der ist manchmal ganz anders, als die Menschen ihn erwarten. Da reitet einer aus, seinen Feind zu vernichten, und Gott bewirkt, daß man ihn in Wahrheit rettet. So sei es denn, denn Gott weiß, was Er tut.

Was die praktischen Probleme des Feldzugs anging, so konnte man die nicht mit theologischen Erörterungen lösen. Ein Sturmangriff auf Parfois wäre, da würden sich die Hauptleute und die Pioniere einig sein, ein Ding der Unmöglichkeit. Gut, das geht also nicht, dachte der Fürst, plötzlich hellwach und rastlos. Und während er auf die ausgestreckten Glieder des Jünglings blickte und sein vertrauensvolles Gesicht sah, sagte er sich: Dann wollen wir uns eben eine andere Möglichkeit einfallen lassen.

»Da, habe ich es nicht gleich gesagt?« rief Gilleis atemlos lachend, während sie sich über die Schulter ihres Sohnes hilfesuchend an die Fürstin wandte. »Wußte ich es doch! Er bringt mir meinen Jungen zurück, nur um mir mitzuteilen, daß er ihn wieder mitnehmen wird, und meinen Gatten obendrein. Was soll man nur mit solchen Männern anfangen?«

»Besser gesagt«, entgegnete Joan mit einem resignierten Lächeln, »was würden wir nur ohne sie anfangen? Wir entbehren ihrer viel öfter, als daß wir sie bei uns haben. Weißt du was, Gilleis, zu Weihnachten suchen wir uns zwei Pferde aus und reiten ihnen nach Kastell Coch hinterher. Wenn wir nämlich hierbleiben, und das steht jetzt schon fest, müssen wir die Feiertage allein verbringen.«

»Wenn es nicht um Benedetta ginge«, schwor Gilleis, »würdet ihr meinen Adam niemals bekommen. Er ist nämlich Maurermeister und nicht etwa Soldat. Aber da es um Benedetta geht ... Wenn Ihr mein Blut für sie verlangen würdet, könnte ich nicht anders, als meinen Arm zu entblößen und auf das Messer zu warten. Ach, Harry, wenn du dich nur an unsere Flucht zusammen mit Benedetta nach Shrewsbury erinnern könntest! Damals warst du gerade erst zwei oder drei Wochen alt. Benedetta steckte in Roberts Kleidern, und du hast in ihren Armen geschlafen, so fest wie in Abrahams Schoß. Ach weh, mein Junge«, jammerte sie und zog ihn wieder an sich, »bring sie uns heil wieder zurück!«

Ihren Sohn endlich wiederzuhaben, wenn auch so verändert und erwachsen, hatte sie um Jahre verjüngt. Natürlich wußte sie, daß er nun sein eigener Herr war und ihr immer weniger gehörte, aber dennoch glühten ihre Wangen, und ihre Augen strahlten wie bei einem jungen Mädchen. Er fühlte sich plötzlich erwachsener als sie und liebte sie dafür um so mehr.

»Mutter, wir werden alles tun, was in unseren Kräften steht. Der Fürst hat gesagt, für eine Weile werde sie auf Parfois sicher sein. Und glaub mir, es ist ihm sehr dringlich, Benedetta zu befreien. Die Vorhut des Heeres ist bereits in der vergangenen Nacht aufgebrochen, noch während ich schlief. Madoc und seine Krieger werden jetzt schon über den Severn sein und die Umgebung von Parfois unsicher machen. Llewelyn hat heute morgen mit dem Hauptheer Brecon verlassen, ebenfalls in Richtung von Isambards Burg.«

Der Jüngling sah wieder die rauchenden Trümmer der zerstörten Stadt vor sich, die schwer getroffenen Wälle, den allgegenwärtigen Ruß und den fürchterlichen Gestank. Erst als zwei Drittel des walisischen Heeres abgezogen waren, merkte die englische Besatzung, daß die Zeit der Prüfung vorüber war, und schickte vorsichtig Trupps aus, die in der Stadt die Lage erkunden und Vorräte sammeln sollten. Aber in den Trümmern gab es kaum etwas zu finden, und ähnlich verhielt es sich im Umkreis von vielen Meilen in den Dörfern ringsum. Von Burg Brecon würden sie also keinen Ausfall und keine Attacke gegen Llewelyns Nachhut zu befürchten haben. Die ermatteten Verteidiger hatten erst einmal genug damit zu tun, etwas Eßbares zu finden, da war nicht an einen Angriff zu denken.

»Wir werden alles tun, was in unseren Kräften steht«, fuhr Harry fort. »Und bei diesem Feldzug brauchen wir auch einen Baumeister wie Adam, um die Burg zu bezwingen. Der Fürst meinte, Adam kenne sich mit Stein und mit Parfois aus. Und was es über Steinbrüche zu wissen gibt, ist ihm ebenfalls vertraut. Deswegen hat er mich hierhergeschickt, ihn zu holen. Llewelyn sagte, wenn wir nicht zu ihnen hinauf können, sorgen wir eben dafür, daß sie zu uns herunterkommen, mit Burg und allem. Um Baumaterial zu bekommen, haben Menschen schon ganze Berge zum Einsturz gebracht und Höhlen geschaffen, die dreimal so groß wie Parfois sind. Warum sollten wir so etwas nicht zur Rettung von Madonna Benedetta versuchen? Siehst du, Mutter, du kannst uns Adam nur schlecht verwehren. Und dann meinte der Fürst zu mir, in den vier Jahren, die ich dort oben in Haft verbracht habe, hätte ich sicher auf alle erdenkliche Weise zu entkommen versucht. Wenn es also auf Parfois von innen eine Schwachstelle gibt, dann kann ich sie benennen, und Adam könnte uns sagen, ob sie von außen zu bewältigen ist. Steckt auf dem Marsch die Köpfe zusammen, hat der Fürst gesagt, und wenn ihr über den

Severn kommt, müßt ihr ein paar Ideen ausgebrütet haben. Sonst will Llewelyn mich für die Dauer der gesamten Belagerung in die Küche stecken, wenn ich schon zu nichts anderem tauge.«

»Und da hat er vollkommen recht!« rief Gilleis stolz und drückte ihn ein weiteres Mal voll Freude und Schmerz an sich. »Natürlich kommt Adam mit. Für Benedetta wird er alles stehen- und liegenlassen und mit Feuereifer bei der Sache sein. Lauf zu ihm, mein Junge, und erzähle ihm alles. Er ist oben auf den Schafweiden.«

Harry umarmte sie kurz und rannte schon los.

»Vater, Ziehbruder«, sagte Gilleis und blickte ihm voller Liebe hinterher, während die Tür ins Schloß fiel. »Bald weiß ich nicht mehr, mit wem ich überhaupt in diesen Tagen spreche!«

In der frostigen, dunklen Morgendämmerung überquerten sie den Severn an der Furt bei Pool. Vom frühen Schnee und dem einsetzenden Tauwetter führte der Fluß ziemlich hohes Wasser und hatte bereits alle tieferen Auen an den Ufern bedeckt. Doch nachts kam der Frost, der kaum noch mittags auftaute, so daß jede Pfütze, jede Senke sich in eine spiegelglatte Eisfläche verwandelt hatte. Der eigentliche Severn war zu beiden Seiten von ein paar Metern trügerischen Eises eingerahmt und floß nur noch in der Mitte frei, dunkel und reißend. Das Wasser führte Eisschollen aus den Hügeln mit und machte die Durchquerung dadurch noch gefährlicher. In der Mitte der Furt verloren die Pferde den Boden unter den Füßen und mußten schwimmen. Die Reiter hatten es nicht leicht, sie wieder ans Ufer zu bringen. Wo immer die Rösser an Land zu gehen versuchten, brach das Eis unter ihnen ein, und sie trieben brusttief gegen messerspitze Eiszacken. Harry stieg schließlich ab, tastete sich auf der dunklen Eisschicht voran und suchte nach einer Stelle, wo ein Stück Land in den Severn hineinragte. Von dort konnten sie ihre verängstigten Tiere dann auf dickeres Eis führen, bis die Rösser schlitternd und schnaufend endlich wieder ans Ufer gelangten.

Barbarossa ließ sich zitternd von seinem Herrn über die schmale Landzunge leiten. Als sie gerade das tiefe, verschneite Gras erreicht hatten, scheute das Tier vor etwas Hellem, das unter dem Eis funkelte. Harry konnte sich zunächst nicht darum kümmern, da er Mühe hatte, sein Pferd zu beruhigen und es an der Stelle vorbeizuführen. Aber dann schaute der Jüngling genauer hin, und bei dem, was er dort zu sehen bekam, erschrak er fast so sehr wie sein Pferd.

Unter dem Eis leuchtete das Rot und Gold von Isambards Wappen auf einem eingeschlagenen Schild, und seitlich davon starrte ihn ein Gesicht mit weit aufgerissenen Augen und langem, ergrautem Haar an. Ein Schwerthieb hatte dem Mann den Schädel gespalten. Das wenige Licht, das zu dieser frühen Morgenstunde herrschte, ließ die Wappenfarben noch stärker hervortreten und spiegelte sich auf der Schulter des Kettenhemdes wider. Hier bekamen sie den ersten Toten von Parfois zu sehen, und als sie sich jetzt aufmerksamer umschauten, erkannten sie die Spuren einer Schlacht, welche sich hier an der Furt zugetragen hatte.

Hier ein Helm, dort ein zerbrochenes Schwert und, überall am Ufer des Severn verstreut, festgefrorene Gegenstände. Unweit der Böschung, wo die Strömung ein Becken gebildet hatte, lagen vier weitere Leichen. Allesamt Engländer. Die Waliser hätten ihre eigenen Toten wohl mitgenommen, um sie zu beerdigen. Diese waren einfach liegengelassen worden. Als Harrys Truppe durch das hohe Gras weiterlief, stolperte einer über einen halb im Schnee vergrabenen Bogen. Zerbrochene Pfeile, ein blutiger Fetzen von einem Waffenrock, jetzt hart wie Stein gefroren und mit zu Rosa verblichenen Blutflecken kündeten vom Scharmützel. Am Waldrand stießen sie zwischen den Büschen auf einen kräftigen Körper, aus dessen Seite eine abgebrochene Klinge ragte. Offenbar war der Mann bis hierher gekrochen. Dann hatten ihn seine Kräfte verlassen, und er war erfroren. Sie drehten ihn auf den Rücken. Seine verzerrte Miene war grotesk wie der Kopf eines Wasserspeiers. Der buschige Bart und die strengen Gesichtszüge gehörten Nicholas Stury, dem alten Waffenmeister von Parfois.

Harry betrachtete ihn lange, und eine gähnende Leere tat sich vor Trauer in seinem Herzen auf und schmerzte bald wie eine Wunde. Dabei sah er hier nicht zum ersten Mal einen Toten vor sich; manche davon hatte er eigenhändig erledigt und danach kaum einen Gedanken an sie verschwendet. Warum bedrückte es ihn nun so sehr, kaum daß er englischen Boden betreten hatte, das tote Gesicht eines Bekannten zu erblicken? Den alten Nicholas hatte er doch weder geschätzt noch gemocht, diesen griesgrämigen brutalen Kerl, dem es immer Freude bereitet hatte, seine ängstlicheren Schüler bei den Waffenübungen zu peinigen; und der es einem stets lange verübelte, wenn man ihn beim Schwertkampf besiegte. Wer würde schon um Stury eine Träne vergießen? Doch Harry und er waren sich auf Parfois fast vier Jahre lang täglich über den Weg gelaufen und hatten im Leben des anderen eine gewisse, wenn auch kleine Rolle gespielt. Ein Mensch, an dessen Schicksal man zwangsläufig teilgehabt hat, wird irgendwann zum Bestandteil von einem selbst. Seine Marotten und Eigenheiten machen ihn vertraut, und bald ist er einem kein Fremder mehr, ob man das nun will oder nicht. Harry segnete die eiskalte Stirn mit dem Kreuzzeichen, wandte sich ab und ließ ihn liegen.

»Hast du ihn gekannt?« fragte Adam aus dem Sattel, als er die ernste Miene und den gedankenverlorenen Blick des Jünglings bemerkte.

»Ja«, antwortete Harry nur und sagte nichts mehr dazu.

»Hat er dich besonders gut behandelt?« fragte sein Pflegevater und traf damit meilenweit daneben.

»Nein. Weder mich noch einen anderen. Jedenfalls ist mir das nie aufgefallen. Aber er hat gelebt, und das Leben hat ihm bestimmt genausoviel Freude gemacht wie den Anständigen und Freundlichen, wenn auch auf seine Weise.« Harry zuckte mit den Achseln, und damit war das Thema für ihn beendet. Dann stieg er wieder auf, und sie ritten in den Wald hinein. Weitere Leichen aus Parfois würden hier auf sie warten. Höchste Zeit, sich an den Anblick zu gewöhnen.

Die Wolkendecke hing so niedrig, daß sie nun von der englischen Seite aus kaum noch etwas von Wales erkennen konnten. Vom Long Mountain ließen sich nur dunkelviolett die Bäume im Nebel ausmachen. Doch jetzt stieg ihnen ein strenger Geruch in die Nase, der sich über den ganzen Wald legte. Und da wußten sie, daß nicht nur Nebel die Welt verhüllte, sondern zur Hälfte auch Rauch. Strenger Frost konnte Leichen davor bewahren, ihren Gestank zu verströmen, aber den Qualm von Feuer konnte er nicht vertuschen. Unter den Hufen kamen verbrannte Sträucher zum Vorschein. Hier und da ragte ein schwarzer Baumstumpf mit abgebrochenen Astresten empor. An vielen Stellen hatte das Feuer das Unterholz weggebrannt – Dornen, Ranken und alles –, und die Tiere waren aus diesem Ödland geflohen. Nur ein paar Vögel waren zurückgekehrt, hüpften über den Schnee und pickten nach Eßbarem. Vögel sind die ersten, die Angst bekommen, und auch die ersten, die den Mut aufbringen, wieder zurückzukehren; sie sind die zerbrechlichsten und auch die anpassungsfähigsten Geschöpfe des Waldes.

Die Reiter kamen an einer niedergebrannten Hütte vorbei. Wie schwarze Stümpfe ragten die Mauerreste aus dem weißen Schnee, daneben lag ein Dörfler mit einem walisischen Pfeil im Rücken. Der Neuschnee hatte ihn wie mit Mehl überpudert. Da ahnten sie schon, was sie im Dorf Leighton erwarten würde: ein Wirrwarr von verkohlten, geschwärzten Häusern, eingestürzte Scheunen und ein oder zwei tote Hunde. Dazwischen ein unglücklicher Bauer, der die Torheit besessen hatte, seine Wintervorräte verteidigen zu wollen, statt mit den anderen zu fliehen. Die meisten Dörfler waren auf die Burg Parfois geflohen, oder sie waren in den tiefen Wald gelaufen, um dort wie die Tiere zu hausen und möglicherweise zu verhungern. Jedes Getreidekorn, jede Kuh und alles Geflügel hatten die Waliser an sich gerissen, um damit die Vorratszelte in Llewelyns Feldlager zu füllen. Und hier in Leighton stießen sie auf den ersten walisischen Posten. Harry und seine Männer stiegen ab, und man tauschte Neuigkeiten aus.

Der Fürst war mittlerweile mit seinem Hauptheer angelangt und hatte seine Kriegsmaschinen aufbauen lassen. Während die Waliser Scheinangriffe auf die Rampe ausführten, damit die Burgbesatzung um die untere Wache fürchten mußte, untersuchten die Maurer und Steinmetze den Fels, auf dem die Feste errichtet worden war. Gleichzeitig war ein Belagerungsring um den einzigen Zugang zur Burg gelegt worden und ein äußerer Wall, um sich gegen eventuelle Entsatztruppen von König Heinrich zur Wehr setzen zu können. Zwischen beiden Palisaden befand sich das Lager Llewelyns. Rings um Parfois, vom Flußufer bis zur Rampe, standen die Stützpunkte der Waliser und riegelten die Burg von der Außenwelt ab. Niemand konnte hinein und niemand heraus. Selbst wenn die Verteidiger zwanzig Hintertüren besessen hätten, um wie Kaninchen aus einem Bau auszuschwärmen, hätten sie immer noch gegen die walisischen Truppen anrennen müssen, und die waren so angelegt, daß man überall in einen Hinterhalt geraten wäre.

»Wir haben weder ein Schwein noch ein Huhn noch ein Scheffel Korn übriggelassen, an dem sie sich sättigen könnten«, grinste der Außenposten. »Den Engländern blieb nicht einmal die Zeit, ihre Vorräte in die Burg zu schaffen, so rasch waren wir über ihnen. Wenn wir den Fels nicht zum Einsturz bringen, können wir sie immer noch leicht aushungern.«

»Und die Dorfbewohner? Was ist aus denen geworden?« wollte Harry wissen und starrte auf die nackten Ruinen, die einmal das Zuhause von Familien gewesen waren.

»Die haben Reißaus genommen. Jedenfalls die meisten von ihnen. Wie üblich sind viele in die Burg geflohen, und jetzt haben sie dort noch mehr Mäuler zu stopfen. Einige haben sich lieber in die Wälder verdrückt. Und ein paar stellten sich uns in den Weg, und wir mußten sie erschlagen, diese Narren!«

Was hätte der Jüngling auch anderes erwarten sollen? Ein Krieg war ausgebrochen, und er selbst hatte tatkräftig dafür gesorgt. Ein richtiger Krieg mit tödlicher Absicht. Kein Herumtaktieren mehr. Harry hatte sich sehr gefreut, als der Fürst den Angriff auf die Burg vorgeschlagen hatte; der Jüngling hatte geglaubt, auf diese Weise seinen Verpflichtungen nachzukommen und eine große Last von seiner Seele laden zu können. Doch dafür mußten andere jetzt die Zeche zahlen.

Harry war dabeigewesen, als Cardigan sich ergeben hatte; und auch, als Brecon brannte. Doch das waren für ihn nur Episoden gewesen, notwendige Opfer für eine gerechte Sache. Nur selten hatte es ihn damals bedrückt, wie viele von den Lebenden danach tot gewesen waren. Damals war er noch ein halbes Kind gewesen, in einem fremden Land. Doch jetzt kehrte er als Mann und Nachbar zurück, und jede Leiche, derer er auf dem Weg hierher ansichtig geworden war, zerrte an seiner Seele.

Entsetzt ließ er den Blick über die aufgebrochenen Kornkammern und geplünderten Ställe schweifen. Adam hatte ihm erzählt, daß sein Vater in diesen Dörfern einst mitgeholfen hatte, die Ernte einzubringen. Damals hatten zu viele Männer gefehlt, weil König Johann sie in sein Heer eingezogen hatte. Vater Harry hatte sich auch für jeden Dörfler eingesetzt, gleich ob Freier, Halbfreier oder Leibeigener, wenn der von seinem Herrn ungerecht behandelt wurde. Er hatte am Schicksal der Landbevölkerung großen Anteil genommen und seine Liebe zu diesen Menschen für alle Ewigkeit in den Stein gemeißelt. Und heute kam sein Sohn, um ihnen die Scheunen zu leeren, ihnen das Vieh abzuschlachten und die Widerspenstigen mit Waffen an ihre eigene Tür zu nageln. Jetzt konnte Harry sich allerdings nicht mehr zurückziehen. Er hatte sich verpflichtet – er mehr als jeder andere. All diese Verheerung war nur um seinetwillen entstanden.

»Und was ist mit denen in den Wäldern?« fragte er den Soldaten, und sein Herz verkrampfte sich vor Furcht. Aelis hatte sich bestimmt in Sicherheit gebracht, ganz gewiß sogar! Oder etwa nicht? Wenn David sie nicht erkannt hatte, denn er hatte sie doch nur einmal gesehen, dann hätte Owen dafür gesorgt, daß sie und ihr Vater unbehelligt blieben, und sie wie versprochen an einen sicheren, geschützten Ort gebracht. Doch die letzte Verantwortung lag bei ihm. Er hätte voraussehen müssen, welch furchtbare Folgen ein Feldzug und eine Belagerung für das gemeine Volk hatten: die Siedlungen wurden zerstört, der Wald ging in Flammen auf.

»Die haben sich in irgendwelche Löcher verkrochen, welche nur ihnen bekannt sind«, antwortete die Wache und zuckte die Achseln, so als ginge ihn das alles nichts an. »Einige von ihnen haben ja ohnehin wie Halbwilde gelebt und sich dann lieber in irgendeinen Fuchsbau verzogen, statt auf die Burg zu rennen. Ein paar wären sicher gern nach Parfois, wenn sie gekonnt hätten. Aber wir ließen ihnen keine Gelegenheit dazu, so rasch wie wir aufgetaucht sind und zugeschlagen haben. Wir waren schon über den Fluß, noch ehe die Bauern wußten, wie ihnen geschah. So konnten wir all ihr Vieh zusammentreiben, bevor sie Zeit hatten, es mitzunehmen. Wenn die Leute hier so leben würden wie wir, hätten sie sich rascher mit Sack und Pack verdrückt.«

Harry wendete Barbarossa und preschte schon davon. Die Furcht schien ihm Flügel zu verleihen. Adam schloß sich ihm gleich an, holte zu ihm auf und warf ihm einen fragenden Blick zu. In der Miene des Jünglings entdeckte er Verwirrung und Reue.

»Ich hätte dich besser vorwarnen sollen«, rief Adam, als sie an der Stelle, wo der Pfad steiler wurde, die Pferde zügelten.

»Ich hätte es mir selbst denken müssen. Wie sonst ließe sich Parfois einschließen und bezwingen? Ach, Adam, warum muß ich jetzt wieder daran denken, daß ich als Engländer auf die Welt gekommen bin?«

»Daran läßt sich jetzt nichts mehr ändern«, gab Adam grimmig, aber freundlich zurück. »Bei mir ist es nicht anders, da müssen wir beide jetzt gemeinsam durch.« Steht es so um uns? fragte er sich. Dem älteren Harry hätte das bestimmt gefallen. »Schließlich geht es um die Rettung Benedettas«, fügte er hinzu und schloß rasch den Mund, ehe ihm auch noch der Name von Ralf Isambard über die Lippen kam.

»Das habe ich nicht vergessen. Ich habe dies hier begonnen, und ich werde es auch beenden.«

Der Jüngling wollte über Aelis reden, um sich das Herz zu erleichtern, aber das gelang ihm nicht. Nicht einmal Adam gegenüber, der sie kannte, der in Roberts Hütte geschlafen und ihr selbstgebackenes Brot gegessen hatte. Der Mund trocknete Harry vor Furcht aus, ihren Namen auszusprechen. Und so trieb er Barbarossa den Weg hinauf und dem gelegentlich ertönenden Rumpeln und Donnern der Triböcke entgegen. Wo die Waliser Deckung benötigten, hatten sie die Bäume stehen lassen. Aber das den ganzen Tag andauernde Duell zwischen den Geschützen auf der Burg und denen der Belagerer hatte seine Spuren hinterlassen. Bäume waren zerstört worden, abgerissene Äste bedeckten den Schnee. Harry und Adam erreichten schon bald die Außenwerke. Vor ihnen tauchten die Palisaden auf, und sie gelangten in die schlauchartige Lagerstadt, in der es von Menschen und Tieren wimmelte. Owen stand unter einer Schutzwand und rief ihnen fröhlich etwas zu.

Harry sprang aus dem Sattel, um seinen Ziehbruder zu begrüßen, ließ ihn aber gar nicht erst zu Wort kommen.

»Wo ist Aelis?« fragte er geradeheraus.

»Ich weiß es nicht, Harry!« gab Owen zurück, und das Strahlen verschwand von seinem Gesicht. »Bei Gott, es tut mir leid, daß ich keine bessere Antwort für dich habe. Der Angriff ist nicht ganz so gelaufen, wie wir gedacht hatten, und ich erhielt keine Gelegenheit, sie zu sehen. Aber ich habe Männer ausgeschickt, nach ihr zu suchen.«

»Du hättest Vorkehrungen treffen müssen!« schrie der

Jüngling ihn an und schüttelte ihn durch. »Das hast du mir versprochen! Wie hätte ich gleichzeitig bei der Vorhut und auf dem Weg nach Aber sein können? Ich dachte, du würdest dich gleich nach der Überquerung des Severn auf die Suche nach ihr machen! Ich dachte, du würdest sie und ihren Vater erst nach Kastell Coch bringen, ehe du deine Meute auf dieses Land loslassen würdest! Großer Gott, was hast du ihnen angetan?«

»Aber ich bin genausowenig mit der Vorhut geritten wie du. Wie konnte ich denn wissen, daß alles ganz anders kommen würde? Die Krieger hatten den Befehl, an der Furt zu warten, bis ich bei ihnen wäre. Doch durch einen dummen Zufall stießen sie dort auf Soldaten aus Parfois, die nach einem entlaufenen Leibeigenen suchten. Beide Seiten sind sofort aufeinander losgegangen, und die Unseren trieben die Engländer zurück. Damit hatte man uns entdeckt. Was hätte Madoc anderes tun können, als mit aller Macht überzusetzen und das furchtbare Werk zu beginnen? Als ich am nächsten Tag eintraf, stand der Wald in Flammen, und die Dörfer waren nur noch Ruinen.«

»Und du hast dich auch dann noch nicht um sie gekümmert!« keuchte Harry. »Du hast zugelassen, daß man sie wie eine Füchsin unter die Erde jagt! Du hast nicht einmal daran gedacht, was aus ihr wird!«

Er ließ von seinem Ziehbruder ab und blickte ihn händeringend vor Sorge und Ungläubigkeit an; ihn juckte es über alle Maßen, Owen jetzt die Fäuste ins ratlose Gesicht zu schlagen. Owen ergriff jedoch Harrys erhobene Hände, umfaßte seine Schultern mit einem Arm und hielt ihn fest.

»Bei allem, was recht ist, ich habe an Aelis gedacht und mich auf die Suche nach ihr gemacht, kaum daß ich vom Lager fort konnte. Aber als ich dort anlangte, war schon alles zu spät. Die Hütte liegt in Schutt und Asche, und die Kuh ist geschlachtet. Was hast du denn erwartet? Unsere Krieger mußten rasch vorgehen, und Roberts Grund war für sie nicht anders als jeder andere Hof.«

Die Wahrheit dieser Worte durchfuhr den Jüngling wie ein

Dolch. Welchen Grund hatte er, mehr zu trauern als all die anderen, die Heim und Hof verloren hatten? Die Frau des Bauern, der mit einem Pfeil im Rücken dalag, hatte ebensoviel Recht zu leiden wie er. Bei jedem Tod empfand jemand diese Mischung aus Zorn und Schmerz, die ihn gerade überkommen hatte.

»Und Robert und Aelis waren fort? Hast du denn weiter nach ihnen gesucht?«

»Wofür hältst du mich, Harry? Seit zwei Tagen sende ich meine Männer aus, und an der Hütte stehen zwei Soldaten für den Fall, daß sie zurückkehren. Wir haben im Schnee Spuren entdeckt und sind ihnen gefolgt ...«

»Dann haben sie sich also nicht auf die Burg geflüchtet! Aber warum sollten sie auch, sie wußten ja ...«

»Nein, die beiden sind in den Wald gelaufen. Beide, Harry, das schwöre ich dir. Ich habe die Fußstapfen mit eigenen Augen gesehen. Aber in der Vornacht war Schnee gefallen und hatte die Spuren bedeckt. Bald konnten wir sie nicht mehr ausmachen. Zum Teufel, es tut mir sehr leid. Ich würde diese Hand dafür geben, die beiden heil zurückzubekommen.«

»Wem sollte das schon nutzen!« gab Harry grob zurück, schob ihn von sich und kehrte ihm halb den Rücken zu. Seine Miene war grau wie alter Schnee. »Wo ist der Fürst? Er muß mir erlauben, das Lager zu verlassen. Ich muß sie finden!«

»Du willst sie suchen? Großer Gott, Junge, wo denn? Wahrscheinlich sind die zwei schon in Shrewsbury angelangt!«

War es so? Nein, er glaubte nicht daran. Die Waliser schwärmten an beiden Seiten des Long Mountain umher. Wer, der bei klarem Verstand war, würde es wagen, sich durch ihre Reihen zu schleichen, wo sie doch schon alles niedermachten und in Brand steckten?

»Wo steckt Llewelyn?« beharrte Harry wütend. Nachdem er Auskunft erhalten hatte, drehte er sich um und eilte mit Riesenschritten davon.

»Warte, ich komme mit dir!« rief Owen erschüttert und traurig.

»Laß ihn doch«, mahnte Adam. »Glaubst du, ich würde nicht auch mit ihm gehen wollen? Aber im Moment mag er niemanden von uns sehen.«

»Nein!« schrie Harry und winkte sie mit wütenden Gesten fort. »Niemand soll mitkommen. Ich gehe allein.«

Die harten Worte waren schon heraus, und der Jüngling wußte nicht, wie er die barsche Abfuhr im Nachhinein abmildern sollte. Sollten sie doch denken, was sie wollten. Gehetzt, heimatlos und voller Panik, wie sie war, würde Aelis sich niemand anderem zeigen als ihm. Und es wäre besser, wenn er unbewaffnet und allein zu ihr käme. Deshalb rannte er von den beiden fort und platzte atemlos in das Zelt des Fürsten herein. Dort fiel der Jüngling sofort vor ihm auf die Knie und sprudelte die Worte hervor, die er sich bereits zurechtgelegt hatte.

»Mylord, ich habe meinen Auftrag erfüllt. Adam befindet sich im Lager. Und hier bringe ich Euch auch die Briefe meiner Herrin, der Fürstin. Ich bitte Euch, Edler, mich nun von meinen weiteren Pflichten zu entbinden, damit ich mich auf die Suche nach Robert und Aelis machen kann. Die beiden gaben mir Unterkunft und zu essen, als ich ganz allein in diesem Land war. Doch nun ist ihre Hütte niedergebrannt, und sie sind vor den Unseren in die Wälder geflohen. Entbindet mich von allem anderen, damit ich die beiden zurückbringen und ihnen Unterkunft und Speise geben kann, wie sie es einst für mich taten.«

Harry hob den Kopf und blickte in die hellen Falkenaugen, welche ihn jetzt anblickten, als hätten sie so etwas erwartet. Für jemanden wie Llewelyn, der schon alles gesehen hatte, gab es kaum noch Überraschungen. Seine Getreuen konnten vor ihm jeden Wunsch äußern, und mit der Weisheit seines Herzens verstand er ihre Nöte und Dringlichkeiten.

»Herr, dies ist nicht nur so dahingesagt«, flehte der Jüngling in heiligem Ernst, »denn ich liebe das Mädchen mit ganzem Herzen, und ich will, daß sie die meine wird.«

Das Gatter der Weide war niedergerissen, der Garten verheert und das bebaute Land verwüstet. Dort, wo einst die Hütte gestanden hatte, ragten nun nur noch geschwärzte und verkohlte Balken wie schlechte Zähne schief empor. Owens Wächter hatten den geschlossenen Backofen aufgeschlagen, um eine Feuerstelle zu machen, und nährten jetzt das Feuer mit den Resten des Hühnerstalls.

»Tag und Nacht, Nacht und Tag stehen wir hier und halten Ausschau«, murrten die beiden, »doch niemals zeigt sich uns etwas. Wir vergeuden hier nur unsere Zeit. Sie kommen ja doch nicht mehr zurück.«

Ganz gewiß nicht, dachte der Jüngling, solange ihr beiden hier steht. »Kehrt zu euren Kameraden zurück«, gebot er ihnen, »und verlaßt diesen Ort.«

»Das würde ich gern«, widersprach der ältere der beiden, »wenn ich nicht an die Haut auf meinem Rücken denken müßte. Sobald Owen ap Ivor davon erfährt, läßt er uns durchpeitschen. Er gab uns den strengen Befehl, hierzubleiben und Wache zu halten.«

»Das nehme ich auf meine Kappe. Meldet ihm, daß Harry Talvace euch von diesem Auftrag entbunden habe. Ich verspreche euch, daß er dann keinen Anlaß hat, euch zu tadeln. Löscht das Feuer, bevor ihr geht, und nehmt alles mit, was euch gehört. Und wenn euch einer der Bewohner begegnen sollte, sagt ihm, daß die Wache auf Roberts Land aufgehoben sei.«

Nach dieser Versicherung erstickten sie bereitwillig das Feuer im Ofen, packten ihre Sachen und das restliche Holz zusammen und kehrten froh ins Lager zurück. Harry blieb in der Verwüstung zurück, die einmal Aelis' Heim gewesen war.

Vermutlich hatte es keinen Sinn, sie jetzt zu rufen. Die junge Frau würde sich doch nicht zeigen. Wenn sie überhaupt noch lebte, dann trieb sie sich irgendwo in den Wäldern herum, und er würde sie wie ein wildes Tier jagen müssen. Zum ersten Mal hatten Robert und seine Tochter wahrscheinlich ohne Arg die Waliser empfangen, dachte Harry zerknirscht, denn sie glaubten bestimmt, daß ich die Truppen heranführte, um Parfois zu erobern. Doch dann hatten diese Krieger ihre Waffen gezückt, den Pfeil auf die Sehne gelegt und die Fackel aufs Strohdach geworfen. Die beiden mußten wie vom Donner gerührt gewesen sein. Vielleicht hatten sie noch mit ansehen müssen, wie man ihre Kuh forttrieb und dem ersten Huhn den Hals umdrehte, ehe sie fassen konnten, was sich ihren Blicken darbot. Vielleicht hatte Robert die Plünderer angeschrien und sich ihnen in den Weg gestellt. Gut möglich, daß er aus mehreren Wunden blutete, als er endlich die Flucht ergriff. Und Aelis ... Warum sollten die beiden freiwillig in die Nähe eines Walisers kommen, nachdem sie so schändlich von ihnen betrogen worden waren? Nicht einmal ihm würde sie sich nähern wollen. Am allerwenigsten mir, gestand er sich beschämt ein. Wenn sie auch nur ein wenig für mich empfunden hat, wird sie mich in Zukunft meiden, die arme Aelis! Denn ich trage die Schuld an all dem hier. Gott steh mir bei, und hilf mir dabei, alles wiedergutzumachen.

Wohin mochten die beiden sich in ihrer Panik gewandt haben? Sicher nicht zum Long Mountain, denn dort lag die Burg Parfois, und da würden sie zwischen Hammer und Amboß geraten. Aelis und ihr Vater gehörten zu denjenigen Flüchtlingen, die weder auf die Feste noch über die Grenze nach Wales gehen wollten. Sie würden auch nicht die ausgetretenen Pfade am Fuß der Hügel benutzen, denn dort streiften Berittene, und die würden sie gleich zertrampeln. Nein, Robert und Aelis waren bestimmt zum Fluß gelaufen und hatten sich auf dem Stück Land verborgen, das von keinem der beiden Heere beansprucht und überwacht wurde. Dort konnten sie wenigstens hoffen, den Kämpfen zu entgehen und vor irgendwelchen Kriegern und Soldaten sicher zu sein. Dennoch würden ihnen hier Tage und Nächte voller Furcht und Entbehrung bevorstehen. Vielleicht waren sie aber auch zur Furt von Buttington gelaufen und dort über den Severn nach Strata Marcella gegangen, wo die guten Brüder einen Hilfesuchenden nicht lange nach seinem Woher und Wohin fragten, sondern ihn gleich einließen.

Das dichte Waldland am Flußufer, durch das keine Straßen führten, war weitgehend vom Feuer verschont geblieben. Der Jüngling band Barbarossa an und machte sich auf den Weg durchs Unterholz. Mit Furcht im Herzen, aber auch mit Entschlossenheit suchte er am Ufer nach ihren Spuren. Zweimal traf er auf Leichen, die verdreht unter dem Eis im Schilf lagen, dort, wo die Strömung sie angeschwemmt hatte. Das Herz schlug Harry bis zum Hals, als er sich zu ihnen vorkämpfte und ihnen in die Gesichter schaute. Doch es war niemand, den er kannte, und so atmete er erleichtert auf und stapfte weiter. Er würde nicht ohne Aelis zurückkehren.

Auch die Mühle war nicht verschont worden. Man hatte sie ausgeplündert, alles Holz herausgerissen und den Rest in Brand gesteckt. Der Müller lag erschlagen in seinem eigenen gefrorenen Blut. Aber die Soldaten hatten nicht abgewartet, bis alles von den Flammen zerstört war. Irgendwann war Gegenwind aufgekommen, und so stand der Stall noch, sogar das Dach war noch unversehrt. Der Jüngling suchte die Trümmer ab, denn dies schien ihm der erste geeignete Ort zu sein, an dem Flüchtige Unterschlupf suchen würden. Aber nichts regte sich mehr in der Ruine. Mitten im schwarzen Eis, meterweit vom Ufer entfernt, lag ein Boot hilflos im eisigen Griff des Winters.

Stunde um Stunde lief Harry weiter, während der Tag zur Neige ging. In seiner Sorge spürte er weder Hunger noch Durst, weder Kälte noch Müdigkeit. Er gelangte bis Buttington und darüber hinaus, bis sein Herz ihm sagte, daß die beiden unmöglich hier stecken konnten; daß er umkehren und woanders nach ihnen suchen mußte. Dennoch lief Harry auf dem Rückmarsch wieder am Ufer entlang, weil er sich sagte, daß Robert selbst in höchster Panik noch gewußt haben mußte, daß sie nur am Fluß den Verfolgern entwischen konnten; nur hier brauchten sie nicht zu befürchten, zufällig einer

Streife über den Weg zu laufen. Vor Sorge und Kälte frierend, setzte der Jüngling hartnäckig seine Suche fort. Im vergehenden Tageslicht, als das Wintergrau dicht vor seinen Augen hing, erreichte er wieder die Mühle. Eine Landzunge lag davor, die dicht mit Bäumen bestanden war. Dort hatte das Feuer nicht gewütet. Hier konnte er sich ungesehen bewegen.

Schon nach wenigen Schritten blieb er wie vom Blitz getroffen stehen und starrte nach vorn. Aus dem festgefrorenen Boot stieg eine verhüllte Gestalt und lief über das Eis zur Mühle. Gebeugt und humpelnd strebte sie darauf zu, wie ein krankes oder verkrüppeltes Kind. Doch er erkannte sie sofort, auch wenn er sie aufrecht und voller Leben in Erinnerung hatte. Ein glühender Stich fuhr ihm durchs Herz und trieb ihm die Tränen der Verzweiflung in die Augen. Doch mit ihnen kam die Freude, und die drohte ihm erst recht das Herz zu zerreißen. Flüsternd und mit zitternden Lippen sandte er Dankgebete zum Himmel und schwor bei Gott, alles zu tun, um sie zu retten.

Aelis lebte also und konnte sich noch auf den Beinen halten. Er würde sie einfangen und zähmen, mochte sie sich auch noch so sehr wehren. Harry würde sie an sich drücken und die Arme um sie schlingen, damit sie sich in ihrer Furcht nicht selbst etwas antun konnte; und er würde erst dann aufhören, wenn sie in seinen Armen dahinschmölze und sie, wenn auch widerstrebend, sich beruhigen und ihm zuhören würde. Ja, er würde sie festhalten, bis die Müdigkeit ihr die Furcht und die Kraft zu kämpfen nähme; bis er mit Worten und beschwichtigenden Gesten zu ihrem Verstand vordringen und ihr, wie bei einem verschreckten Vögelchen, die gesträubten Federn glätten würde; bis sie ihn mit Körper und Seele erkennen und sich ihm öffnen würde.

Der Jüngling schlich durch das Dickicht voran und achtete darauf, sich nicht durch ein Geräusch zu verraten. Dann verlor er Aelis wieder aus den Augen, rannte schneller und erspähte sie wieder, als sie die Uferböschung erreichte und hinaufkletterte. Schritt für Schritt kam er ihr näher und achtete darauf, nicht auf einen Zweig zu treten oder das Mädchen durch zu lautes Rascheln aufzuschrecken. Endlich erreichte er den zusammengefallenen Zaun, der den Mühlengarten umzog.

Warum hatte er dieses Stück Land nicht gründlicher abgesucht und sich nur auf die Mühlenruine beschränkt? Dann wären ihm gewiß die Anzeichen menschlichen Lebens nicht entgangen; dann hätte er schon vor Stunden gewußt, daß Aelis sich hier vor ihm und all denjenigen Menschen versteckt hielt, die ihr so furchtbare Dinge angetan hatten. Das Mädchen wähnte sich allein und glaubte, im Schutz der Nacht sicher zu sein. Sie war aus ihrem Tagesversteck gekrochen, um ihre Arbeit fortzusetzen.

Bebend und ganz blind vor Tränen, verfolgte Harry, wie Aelis eine Hacke in der Hand hielt, die sie wohl in der Mühle gefunden hatte, und jetzt versuchte, damit den steinharten Boden aufzubrechen. Wie lange mußte sie hier schon zu Werk gegangen sein, um die flache Mulde zu schaffen, die sich schwarz von der weißen Schneefläche abhob?

Das Mädchen hatte sich Lumpen um Hände und Füße gewickelt und trug über dem dünnen Gewand nur einen Mehlsack, den sie sich um die Schultern gebunden hatte. Wahrscheinlich waren sie so überstürzt geflohen, daß Aelis nicht einmal ihren Umhang hatte mitnehmen können. Das lange Haar hing ihr verfilzt im Nacken, und sie mußte sich immer wieder Strähnen aus dem Gesicht wischen. Harry konnte ihr Antlitz nicht erkennen, weil die Dämmerung und der Schatten ihres Haares es bedeckten. Im Dunkeln stieg er über den niedrigen Zaun und schlich sich wie eine Katze an.

Aber trotz aller Vorsicht hörte Aelis ihn. Sie fuhr herum, trat stumm und lautlos ein paar Schritte zurück und hob die Hacke, um ihn damit abzuwehren. Harry sah ihren wilden Blick in dem bleichen und eingefallenen Gesicht und wußte nicht zu sagen, ob sie ihn erkannte oder überhaupt noch ausreichend bei Verstand war, um sich an ihn zu erinnern. Ihre Miene wirkte starr wie ein Stück Eis aus dem Fluß, und in den Augen standen überdeutlich Furcht und Entsetzen geschrieben.

Als Aelis mit der Hacke ausholte, bückte er sich, aber der Stiel traf ihn schmerzhaft an der Schulter. Seine Finger bekamen den Saum des Mehlsackes zu fassen. Aelis aber riß sich los, so daß er plötzlich nur den Stoffetzen in der Hand hielt. Das Mädchen ließ das Werkzeug fallen, rannte wie ein waidwundes Tier davon und versteckte sich im Wald.

Harry setzte ihr sofort nach. Selbst die Verzweiflung gab ihr nicht die Kraft, ihm zu entwischen. Am Gartenrand bekam er sie an Gewand und Haarschopf zu fassen. Aelis stieß einen kläglichen Schrei aus, in dem sich der Krampf zu lösen schien, der sich in ihrer Brust zusammengeballt hatte. Dann wimmerte sie nur noch vor Schmerzen, aber er konnte und wollte sie nicht mehr loslassen. Das Mädchen drehte sich behende und biß ihn ins Handgelenk. Beide fielen in den Schnee und rollten herum. Aelis schien kaum schwerer als ein Blatt zu sein, so schwächlich und matt wehrte sie sich gegen ihn. Ihre Arme waren derart dünn, daß ihn eine Woge von untröstlicher Pein, von Schrecken und Scham überkam. Aber davon durfte er sich jetzt nicht beeinträchtigen lassen. Harry lag mit seinem ganzen Gewicht auf ihr und hielt sie fest, bis ihr Widerstand nachließ. Er rang mit ihr, bis sie aufgab und nur noch den Kopf hin- und herwarf, um seinem Blick zu entgehen – so als habe selbst der die Macht, ihr weh zu tun oder sie gar zu töten.

Erst jetzt, als sie ganz still unter ihm lag, löste er den Griff ein wenig. Doch sofort befreite sie einen Arm und riß ihm mit den Fingernägeln die Wange auf. Harry bekam die Hand zu fassen, drückte sie nach unten und drückte das Mädchen erneut mit seinem ganzen Gewicht zu Boden. Diesmal für länger, denn noch einmal wollte er kein Risiko eingehen. Selbst als sein Kopf neben dem ihren ruhte, sie Wange an Wange lagen und er die Kälte des Schnees an seiner Stirn spürte, ließ er sie noch nicht los. Sie atmete schwer und zitternd unter ihm. Ihre Magerkeit, ihr Zittern und ihr Haß drangen in ihn ein und lösten Begierde und Schmerz in ihm aus. Und irgendwann sehnte sich sein Körper so sehr nach ihr, daß er es kaum noch ertragen konnte.

»Aelis! Aelis!«

Ihm blieb kaum genug Stimme, um ihren Namen laut auszusprechen, also flüsterte er ihn wieder und wieder in ihr Ohr. Nichts zeigte ihm an, daß sie ihn gehört hatte: kein Zucken der Erkenntnis, kein Entspannen der Glieder, kein Aufleuchten in den Augen. Doch wußte sie etwas, das er noch nicht bemerkt hatte: Er weinte und schluchzte so sehr, daß er dabei die Silben ihres Namens auseinanderriß.

Durch den dünnen Spalt ihres menschlichen Erstaunens drang Verwunderung durch, gefolgt von Mitleid, welches sich jedoch noch scheu zurückhielt. Aelis lag zwar immer noch still da, war aber nicht mehr so verkrampft und abweisend. Schließlich wagte es Harry, den Kopf zu heben und ihr noch einmal in die großen Augen zu blicken. In diesen spiegelte sich zwar immer noch Panik wider, aber es gab auch eine schwache Flamme des Zweifels und des Nachdenkens. Dieses kleine Anzeichen ließ ihn hoffen, daß sie Verstand und Seele doch noch nicht verloren hatte.

»Aelis, erkennst du mich denn nicht? Ich bin es, Harry. Wehr dich nicht gegen mich. Lauf nicht vor mir davon. Ich bin gekommen, dich zu suchen und mitzunehmen. Aelis, meine Liebste, mein Herz, fürchte dich doch nicht vor mir ...«

Nein, es war noch zu früh. Diese Worte bedeuteten ihr nichts, sie klangen in ihren Ohren lediglich wie Laute, die sie zumindest nicht bedrohten. Der Jüngling würde noch lange warten, ehe sie zu ihm zurückkehren würde. Doch wenigstens hatte sie ihn bereits mit einem ersten scheuen Blick bedacht.

Nach einer Weile zog er eine Hand von ihr zurück, blieb aber immer noch auf der Hut. Dann nahm er seinen Umhang ab und bedeckte Aelis damit. Vorsichtig erhob er sich und nahm sie in seine Arme, bevor sie sich dagegen wehren konnte. Dann wickelte er sie ganz in den Mantel ein und zog die Enden stramm zusammen, damit das Mädchen nicht wieder nach ihm schlagen konnte. Aelis erschrak, und für einen Moment kehrte die Panik in sie zurück. Doch die machte bald einem neuen Gefühl Platz: Die angenehme Wärme, die sie umgab, überraschte sie. Zum ersten Mal wagte Aelis zu hoffen, daß die Hände, die sie festhielten und die starken Arme, die sie gefangengenommen hatten, freundlich gesinnt waren.

Nun konnte das Mädchen ihm nicht mehr entfliehen. Hilflos steckte sie in dem Umhang. Er richtete sich auf und trug sie in den Stall, der an die Mühle angebaut war. In einer Ecke lagen die Reste einer Heumiete. Harry trat ein und schuf ihr ein Lager. Er redete beruhigend auf sie ein, ließ sie aber nicht los; denn er fürchtete, daß Aelis dann gleich aufspringen und ihm davonrennen würde.

»Ich bin so rasch gekommen, wie ich nur konnte – sobald ich von allem erfahren hatte. Niemand wird dir jetzt ein Leid zufügen. Ich werde mich um dich kümmern. Bald bringe ich dich an einen sicheren Ort. Zu meiner Mutter.«

Wieder und wieder erzählte er ihr alles, was sein Herz ihm vorgab, und unablässig streichelte er sie. Das Mädchen entspannte sich immer mehr in seinen Armen, bis auch die starre Blässe aus ihrem Gesicht wich. Als er sanft die Lippen auf ihre Stirn drückte, sah sie ihn verwundert und mit Verlangen an, so als erinnerte sie sich an frühere Zärtlichkeiten. Langsam und vorsichtig küßte er ihr nun Wange, Hals und schließlich den Mund. Unter seiner Berührung erwachten ihre Lippen. Das Leben kehrte in sie zurück, und mit einem großen Seufzer erwiderte sie seinen Kuß – wieder und wieder, als wolle sie gar nicht mehr damit aufhören.

Sein Körper hatte sich wieder beruhigt. Ihn verlangte nur noch danach, Zärtlichkeit zu geben. Er würde auf sie warten. Der Jüngling hielt sie, bis die Verwunderung verebbt war und die Müdigkeit sie übermannte. Dann fiel sie in einen tiefen Schlaf. Harry wartete noch etwas, bis er sich sicher war, daß sie nicht bei dem leisesten Geräusch erwachen würde. Schließlich legte er sie ins Heu, deckte sie gut zu und verließ den kleinen Stall. Die Tür war schwer, aber man hatte sie aus den Scharnieren gerissen. Nachdem er ins Freie getreten war, schob er den Riegel vor. Er wußte, daß Aelis zu schwach war, um sie zu öffnen.

Der Jüngling mußte sich jetzt um andere Dinge kümmern. Als erstes kroch er über das Eis. Der aufgegangene Mond zeigte ihm den Weg zum Kahn. Altes Segeltuch lag über der Ruderbank und war an der Stelle zurückgeschoben, wo Aelis hinausgekrochen war. Doch in dem Boot fand er das, was er schon die ganze Zeit insgeheim erwartet hatte: Robert lag in dem Kahn, starr und steif. Er mußte hier gestorben sein. Seine Wunden an Arm und Brust waren unter den Bandagen verkrustet. Aelis hatte sie mit Stoffstreifen verbunden. Hier fand er auch ihren Umhang, den sie liebevoll über ihren Vater ausgebreitet hatte. Halb nackt hatte Aelis sich dann in die klirrende Kälte gewagt, um ein behelfsmäßiges Grab im gefrorenen Boden auszuheben. Für ihren Vater. Diese Mühe konnte er ihr wenigstens abnehmen. Robert hatte im Tod einen Sohn gewonnen, der ihn zwar nicht wieder lebendig machen, ihn aber wenigstens anständig begraben konnte. Harry kniete sich hin und sprach ein Gebet für die Seele des Verblichenen. Im nächsten Moment überwältigten ihn das Gefühl der Verantwortung und die Schuld, die er auf sich geladen hatte. Schluchzer schüttelten ihn wie der Wind, der durchs Espenlaub fährt. Aber der Moment verging, und danach fühlte er sich ruhig und tatbereit.

Er kehrte ans Ufer zurück und lief zu der Stelle, an der er Barbarossa angebunden hatte. Dann führte er das Tier voller Ungeduld zur Mühle. Schon betrat er den Stall, in dem Aelis immer noch schlief. In den Satteltaschen befanden sich Brot, Fleisch und Wein, und der mächtige Pferdekörper würde sie wie ein Feuer während der Nacht wärmen.

Das Mädchen lag noch genauso da, wie er sie zurückgelassen hatte. Harry tastete nach ihr, denn mittlerweile war es so dunkel geworden, daß er sie nicht mehr sehen konnte. Aelis rührte sich nicht. Aber als er den Umhang hob, neben sie kroch und sie beide damit zudeckte, regte sie sich und seufzte. Der Jüngling zog sie an sich heran, um seine Wärme mit ihr zu teilen, und sie kuschelte sich vertrauensvoll an ihn.

Die ganze Nacht lag Harry wach und hielt seine Liebste in den Armen. Als sie am Morgen die Augen öffnete, hatte der Schlaf ihnen ihr frisches, jugendliches Kornblumenblau zurückgegeben. »Harry!« rief sie matt und voller Zweifel, so als habe sie gerade von ihm geträumt.

»Ich bin hier«, versicherte er ihr angespannt und voller Hoffnung. Der Jüngling küßte sie beruhigend auf die Wange, aber so sanft, wie man es bei einem Kind tut.

Da schlang sie ihm die Arme um den Hals und zog ihn mit aller Kraft zu sich heran. Der Wall, den sie in ihrer Einsamkeit um sich errichtet hatte, brach, und Sturzbäche der Erleichterung ergossen sich aus ihren Augen auf seine Brust.

Er fütterte und versorgte sie, entzündete ein Feuer und hielt sie in der Nacht in den Armen. Am Tag ging er nach draußen, um Buße zu tun und den hartgefrorenen Boden auszuheben, um Robert ein Grab zu schaffen. Am zweiten Abend, als er mit dem aus Ästen und Zweigen selbstgebauten Schlitten den Leichnam über das Eis ans Ufer gebracht hatte, erhob sich Aelis und trat heraus, um ihm bei der Beerdigung zu helfen. Ihr Antlitz war immer noch müde und abgespannt, aber sie war völlig ruhig und half Harry, Robert in die Mulde zu legen. Gemeinsam beteten sie, aber ihr Kummer war nicht mehr der eines verängstigten Tieres, sondern der einer trauernden Tochter. Sie weinte, weil das tröstend und gut für sie war, und Harry wußte, daß er nicht länger um ihren Geisteszustand zu fürchten brauchte.

Am dritten Tag verließen sie die Mühle und überquerten bei Pool den Severn. Sie stießen auf keine Schwierigkeiten, denn inzwischen war der Fluß von Ufer zu Ufer zugefroren. Harry umwickelte Barbarossas Hufe mit Lumpen und führte ihn sicher auf die andere Seite. Gegen Mittag erreichten sie das Tor von Kastell Coch. Eine Viertelstunde vor ihnen war eine Reisegesellschaft eingetroffen. Die Diener waren noch damit beschäftigt, auf dem Hof den Pferden die Lasten abzunehmen. Harry sah überall das Wappen von Gwynedd, zählte die Köpfe der Knechte, Knappen und die Fuhrwerke und kam zu dem Schluß, daß die Fürstin ihr Versprechen wahr gemacht hatte, das Christfest nahe ihrem Gemahl an der Grenze zu verbringen. Das erfreute und erleichterte den Jüngling sehr, denn nun konnte er Aelis in die denkbar sicherste Obhut geben. Doch er war auch besorgt und angespannt. Sein Instinkt warnte ihn, daß es gar nicht so leicht sein würde, der eigenen Mutter beizubringen, daß man, ohne ihr etwas davon mitzuteilen oder sie um Erlaubnis zu fragen, zum Mann geworden war und seine Braut heimführte.

Und da kam sie auch schon. Gilleis trat aus der Unterkunft der Herrin, um nach Fürstin Joans Gepäck zu sehen, und blieb auf den Stufen der Halle wie angewurzelt stehen. Der Fuchs, der da mit zwei Menschen auf dem Rücken hereingetrabt kam, den kannte sie doch. Die Mutter vergaß darüber ihren Auftrag, die Strapazen und sogar die Erleichterung, endlich angekommen zu sein. Sie hatte nur noch Augen für den gerade gewachsenen, großen jungen Mann, der ihr mit seinem müden, aber festen Blick und seinen Bartstoppeln, die gelb wie Entenküken an seinem Kinn wuchsen, ein wenig fremd erschien. Vor sich im Sattel hielt er ein schlankes Mädchen umarmt, und zwar so behutsam, als sei sie ein goldener Kelch, von dem er nicht einen Tropfen verschütten wollte. Gilleis verfolgte, wie er abstieg und dabei sanft und zögernd die Arme von der verhüllten Maid löste. Sofort brandete mütterliche Sorge in ihr auf, daß er ohne schützenden Umhang durch dieses Wetter geritten war. Dann befiel sie eine dunkle Vorahnung, als sie entdeckte, daß er durchaus seinen Umhang dabeihatte, ihn aber nicht trug, sondern dem Mädchen überlassen hatte. So dünn, blaß und schmutzig die Maid auch sein mochte, sie trug seinen Umhang, als sei er ein königlicher Purpurmantel. Die Fremde beugte sich zu ihm hinunter, als er die Arme hob, um ihr herabzuhelfen. In ihrer Miene stand eine Verehrung, wie sie selbst gekrönten Häuptern nur selten zuteil wird. Das wärmte Gilleis ein wenig das Herz, konnte ihr aber den Seelenschmerz nicht nehmen.

Der Zeitpunkt war also gekommen, und für ihren Geschmack viel zu früh. Der Bengel zählte doch noch nicht einmal neunzehn Jahre. Vier davon hatte sie ihn völlig entbehren müssen, und jetzt sollte sie ihn auch noch endgültig an ein Wesen mit goldenem Haar, wildem, unschuldigem Gesicht und Augen so blau wie Kornblumen verlieren?

Harry setzte das Mädchen mit der allergrößten Behutsamkeit ab, so als könnte die bloße Berührung des Bodens ihren Füßen Schaden zufügen. Dann überließ er einem Stallknecht Barbarossas Zügel, legte den Arm um seine Gefährtin und machte sich auf den Weg zur Halle. Und in jenem Moment erblickte er seine Mutter und wußte, daß auch sie ihn gesehen hatte.

Gilleis sammelte all ihre Kraft und ihre Liebe und lief ihm entgegen, um ihn zu umarmen. »Mutter!« rief der Jüngling. »Wie froh ich bin, dich hier anzutreffen! Ich habe jemanden mitgebracht, den ich gern deiner Pflege und Obhut überlassen möchte. Eine Maid, an der mir sehr gelegen ist und die durch meine Schuld zur Waise wurde. Darf ich dir Aelis, die Tochter des Robert, vorstellen? Du hast diesen Namen schon einige Male von mir gehört. Wir haben gerade ihren Vater beerdigt.«

Harry nahm das Mädchen wieder in den Arm, denn sie war etwas zurückgeblieben und hatte bei der Begrüßung nicht stören wollen. Mit roten Wangen und ernster Miene schob er sie vor Gilleis.

»Mutter, dies ist meine Braut, welche ich dir jetzt vorstellen möchte. Nimm sie bei dir auf, und versorge sie gut, bis ich zurückkehre. Denn außer dir und mir hat sie nun niemanden mehr auf der Welt.«

Seine Stimme klang vorsichtig, stolz und ruhig. Gilleis aber sah noch den Jungen für einen Moment aus seinen Augen lugen. Er schaute sie trotzig und zugleich bittend an, bevor er wieder dem jungen Mann wich, der sie kühn und gebieterisch anblickte.

Gott segne den Jungen, dachte Gilleis und konnte sich gerade noch das Kichern verkneifen, das sie stets überkam, wenn Männer sich genötigt sahen, ernst und feierlich zu werden. Hat der Bengel etwa geglaubt, ich wollte ihn unbedingt mit irgendeiner walisischen Prinzessin verheiratet sehen, die auch noch ein Dutzend Dörfer mit in die Ehe bringt? Oder hat Gott ihm eingegeben, es mir so beizubringen, weil er doch genau weiß, daß ich ihn nie leichten Herzens weggeben würde, es sei denn, er schleppt ein junges Ding an, das so rein gar keinen Besitz sein eigen nennen kann? Aber wenn es so sein muß, was bleibt mir dann noch anderes übrig, als gute Miene zu machen und die Braut willkommen zu heißen? Besser, ich gebe ihn freiwillig her, als daß mir eine Feindin entsteht, welche ihn mir entreißt.

Gilleis betrachtete jetzt die Maid näher, sah die schwarzen Ringe unter ihren Augen, die Blässe ihrer verkühlten Wangen und das ärmliche Gewand. So jung und so allein. Ohne Besitz und ohne Familie. Wer konnte es ihr schon verübeln, wenn sie sich mit beiden Händen an dem festhielt, der ihr die Welt und die Hoffnung auf Glück verhieß?

»Wo hättest du sie auch sonst hinbringen sollen«, erklärte die Mutter jetzt, »wenn nicht zu mir?« Damit nahm sie Aelis, zog sie an ihren Busen und küßte sie herzlich. »Kind, du bist mir sehr willkommen. Gott weiß, daß ich deinen Verlust bedaure, aber noch glücklicher bin ich darüber, eine Tochter gewonnen zu haben.« Hoffentlich wird Gott mir diese Lüge hoch anrechnen und sie nicht als Sünde ansehen. Und hoffentlich hilft Er mir, diese noch falschen Worte Wahrheit werden zu lassen. »Kommt beide herein, steht nicht in der Kälte. Wärmt euch am Feuer, denn ihr seht halb durchgefroren aus. Auf, wir wollen zur Fürstin und ihr von dieser Neuigkeit berichten. Die Herrin wird sich für euch beide freuen.« Harry wollte nicht mitkommen. Er war erleichtert, daß alles so gut gelaufen war, und wollte jetzt unbedingt ins Feldlager zurück, um seinen Pflichten nachzukommen. Dennoch ging die Mutter nicht ganz leer aus. Er küßte und herzte sie nochmals mit der Heftigkeit überschäumender Freude. Alle seine Sorgen schienen vergessen zu sein, und er konnte jetzt frohen Herzens davonreiten. Wie alle Männer, dachte Gilleis. Wenn sie ihren Willen bekommen, sind sie der reinste Sonnenschein. Dann lachte sie über sich selbst und ihre törichten Gedanken. Sie freute sich immer noch über ihn. Warum hatte er eigentlich an ihrer Reaktion gezweifelt, und warum hatte sie diesen Moment befürchtet? Hatte sein Vater etwa irgendwen um Erlaubnis gefragt, als er sie zur Braut genommen hatte? Und hatte sie vergessen, wie entschlossen sie vorgegangen war, nachdem sie festgestellt hatte, daß ihr Herz ausgerechnet für Harry Talvace schlug? Hatte sie da nicht ihr Leben so ausgerichtet, daß sie ihn entweder gewinnen oder alles verlieren würde?

»Ich kann nicht bleiben, Mutter, ich muß zurück. Beim Heer wartet viel Arbeit auf mich. Ich kenne Parfois in- und auswendig. Deswegen braucht der Fürst mich. Bitte kümmere dich um Aelis, dann will ich glücklich sein. Und versuche bitte, sie in dein Herz zu schließen«, flüsterte er bittend in ihr Ohr, »denn mir ist sie die Liebste und Teuerste.«

»Wer sollte sich besser um sie kümmern als ihre neue Mutter?« entgegnete Gilleis und umarmte ihn noch einmal. »Wer könnte sie mehr lieben? Wenn du denn unbedingt fort mußt, so zieh nur deiner Wege. Um uns hier brauchst du dir keine Sorgen zu machen. Wir werden schon gut miteinander auskommen und uns bis zu deiner Rückkehr über dich die Mäuler zerreißen. Glaub mir, ich kann ihr Sachen über dich erzählen, die sie bestimmt noch nicht entdeckt hat. Ja, geh nur, mein Kind, wenn es dir keine Ruhe läßt. Küß deine Braut noch einmal, und überlaß sie dann getrost mir.«

Er küßte Aelis, nahm ihr den Umhang ab und saß auf, zufrieden, daß Mutter und Braut gut aufgehoben waren. Dann preschte er wie ein Pfeil davon, um die Tunnelbauer vor Parfois zu erreichen, die bereits jede Spalte im Fels untersuchten, um festzustellen, ob man sie mit Frost, Feuer oder Eisen erweitern konnte.

Die beiden Frauen schauten ihm schweigend hinterher und fürchteten das, was jetzt kommen würde. Als Harry nicht mehr zu sehen war, drehten sie sich zueinander um und betrachteten sich zum ersten Mal genauer.

»Madam«, begann Aelis und musterte die Frau, die sich als ihre größte Gegnerin erweisen konnte, »ich will Euch gehorchen und dankbar sein. Von Euch möchte ich auch lernen, wie man einem Ehemann dient. Aber eines sage ich Euch jetzt schon: Ich werde ihn nicht aufgeben.«

Wer hätte auf den ersten Blick vermuten können, daß diesem Mädchen ein so starkes Herz gegeben war? Gilleis betrachtete sie noch gründlicher und erkannte in ihrem offenen Gesicht unter der Blässe, die Entbehrungen und Kummer verursacht hatten, Entschlossenheit und starken Willen. Sie erkannte das tiefe Leuchten in ihren Augen, die ihren Blick fest erwiderten, und sie bemerkte, wie ihr hübscher Rosenmund alle Worte mit Klugheit und scharfer Klarheit sprach. Aelis wußte, was sie sagte. Und was sie sagte, meinte sie auch. Ob Gilleis nun diese Herausforderung annahm oder nicht, das Mädchen würde bei ihrer Meinung bleiben. Aelis hatte ihr nur eine Warnung geben wollen, die aber weder drohend noch boshaft gemeint war. Wenn sie gezwungen war, um Harry zu kämpfen, würde sie keinen Zoll zurückweichen.

»Denn ich glaube«, fuhr die Maid nun fort, und ihre blauen Augen blickten so klar und scharf wie eine Schwertklinge, »daß ich nicht unbedingt diejenige bin, welche Ihr für Euren Sohn ausgesucht hättet.«

»Kind«, sagte Gilleis, und ein großes Lächeln breitete sich auf ihrem Mund aus. »Gott sei mein Zeuge, ich fange an zu glauben, daß du genau die Richtige für ihn bist.«

KAPITEL NEUN

Parfois: Dezember 1233

In der trügerischen Ruhe der eisigen, reglosen Nacht lag Parfois so still und scheinbar unberührt da wie die Sterne am Himmelszelt. Zwar wurden auf der Burg inzwischen die Kerzen knapp, aber die Große Halle war hell erleuchtet, und die inzwischen angewachsene Streitmacht wurde immer noch gut verpflegt, obwohl man bereits sparsamer mit Nahrung, Bier und Wein umgehen mußte. Auf dem Dach des Frauenturms hielt William Isambard seine einsame Nachtwache. Er schritt auf und ab und betrachtete die blinkenden Feuer, welche in der Ferne am Fuß des Berges loderten; es waren die winzigen Glieder einer Kette, die ihn hinter seinem eigenen Schutzwall gefangenhielt und ihn doch scheinbar in Ruhe ließ. Aber das untätige Ausharren war schwer zu ertragen.

Dreimal hatte William einen schwerbewaffneten Ausfall gewagt, dafür jedoch einen hohen Blutzoll entrichten müssen. Das untere Torhaus verteidigte er durch eine starke Truppeneinheit, und den heftig beschossenen Turm hatte er durch einen dreifachen, mit Meister Edmunds Bausteinen errichteten Wall verstärken lassen. Die Hälfte der Besatzung hatte der Burgherr dorthin verlegt. Denn wenn die Feinde die Rampe einnahmen, konnten sie ihre Kriegsmaschinen auf das Plateau schaffen, wo die Kirche stand, und von dort aus die Burg direkt unter Beschuß nehmen. Solange ihnen aber dieser Zugang verwehrt blieb, war Parfois unverwundbar und unmöglich einzunehmen. Von hier oben aus sah William die Burg unter sich liegen: unversehrt, geordnet und ruhig; unberührt und unantastbar.

Wie Kaninchen, wie Maulwürfe kratzten irgendwo tief unter der Burg die Waliser unermüdlich an dem Fels, auf dem die Festung stand, und trugen ihn zollweise ab. Aber was sollte das für einen Sinn haben? Was erhofften sie sich dadurch bloß? Ebensogut hätten sie sich vornehmen können, den Fluß mit einer Schöpfkelle auszuleeren.

William reagierte äußerst gereizt, wenn der alte Baumeister ihm beharrlich jeden Tag Bericht über diesen Vorgang erstattete, von dem er wie besessen zu sein schien; oder wenn de Guichet abends zu ihm nach oben kam und es für geboten hielt, von den lächerlichen Bemühungen der Waliser zu sprechen. Wer machte sich schon etwas daraus, ob diese Narren sich an dem Berg die Zähne ausbissen? Jedermann wußte, daß die Waliser sich aufs Klettern verstanden, und man gestand ihnen allgemein zu, daß sie durchaus in der Lage waren, die Klippe zu ersteigen und sich durch die Schlucht anzuschleichen, welche den Burgfelsen von der Hochebene und der Kirche trennte. Aber was dann? Kriegsmaschinen ließen sich dort nicht heraufschaffen; nicht einmal die walisischen Bogenschützen hätten am Berg Position beziehen können. Und selbst wenn es den Belagerern gelungen wäre, den Fuß der Umfriedungsmauer zu erreichen, hätten sie keine Möglichkeit gehabt, dort Leitern anzulegen. Sollten sie also ruhig graben!

»Mylord, Meister Edmund meldet, daß er sie immer noch hört«, ließ de Guichet sich zum wiederholten Male vernehmen. »Zum einen unter den Wehrtürmen; aber am deutlichsten sind die Geräusche im Außenhof zu vernehmen, unter der Waffenkammer und der Zeichenhütte. Edmund schwört, daß sie unter uns Stollen in den Berg treiben.«

»Dann laßt sie doch! Was haben sie davon? Es gab nur ein Schlupfloch, durch das sie uns hätten gefährlich werden können. Und das haben wir mit Steinen blockiert, und die Türen werden von innen bewacht. Und selbst diesen Ausgang hätten wir nicht zu opfern brauchen, wenn mein Vater, dieser Narr, ihn nicht für seine Listen benutzt hätte. Wenn nämlich der junge Harry diesen Weg nicht bereits gekannt hätte, hätten die Waliser ihn von außen niemals entdeckt. Und noch mehr solcher Seiteneingänge existieren nicht.«

»Das nicht, Mylord, doch der Abhang birgt zumindest Spalten und flache Höhlen. Auch der Fürst von Aberffraw verfügt über Baumeister, die ebenso gut Steine zu brechen vermögen wie Meister Edmund.«

»Ihr glaubt doch nicht wirklich, daß die Waliser einen Tunnel bis nach Parfois ausschachten können? So etwas würde Jahre in Anspruch nehmen! Laßt sie scharren, erledigt mit Pfeil und Bogen so viele, wie Ihr könnt, und hört auf, mir deswegen ständig in den Ohren zu liegen.«

Auf der dem Hang zugewandten Seite der Festung standen auf den Wachtürmen am Tor, auf dem dazwischen gelegenen Gang sowie auf den Galerien ständig Bogenschützen postiert. Und so bezahlte gelegentlich ein unvorsichtiger Klankrieger, der sich von der schützenden Klippe entfernte, mit seinem Leben. Doch in letzter Zeit hatten die Waliser gelernt, sich dicht am Boden zu halten. Außerdem gewährte der Felsüberhang ihnen mehr als genug Deckung. Einmal allerdings hatten die Verteidiger einen größeren Erfolg errungen: In jener Nacht hatten die Waliser einen besonders großen Trupp herangeführt und waren entdeckt worden. Die Wachen hatten Öl in die Schlucht gekippt, brennende Fackeln hinterhergeworfen und so eine Feuerwalze erzeugt, die mehrere Gegner schreiend und lichterloh brennend aus ihrer Deckung getrieben hatte, so daß die Bogenschützen auf den Wällen sie nach Belieben erledigen konnten. Aber die Männer aus den Klans hatten rasch gelernt. Jetzt kamen sie einzeln und robbten lautlos dicht am Felsen. Wahrscheinlich hatten sie ihre Löcher so weit ausgebaut, daß sie vor dem Beschuß von oben sicher waren. Und wenn schon! Sollten sie doch im Finsteren scharren, bis sie so blind wurden wie der alte Burgherr selbst! Was konnten sie dort schon anrichten?

»Wie Ihr befehlt, Mylord. Wir tun, was in unseren Kräften

steht. Aber Ihr werdet Euch erinnern, daß der Knabe ebenfalls Steinmetz und bei Meister Edmund in die Lehre gegangen ist ...«

»Ich sagte doch, daß ich nichts mehr zu hören wünsche. Habt Ihr sonst noch etwas zu berichten?«

»Nichts Neues, Mylord. Der alte Fürst, Euer Vater, läßt nochmals fragen, ob er sich nicht vormittags ein wenig im inneren Burghof ergehen dürfe. Ich habe ihm versprochen, Euch die Sache zu unterbreiten. Nach dem tätigen Leben, das er früher geführt hat, kommt das lange Eingesperrtsein ihn hart an. Es wäre vielleicht nicht verkehrt, ihn dann und wann an die frische Luft zu lassen.« Jedenfalls, falls Ihr ihn noch behalten möchtet, schien der kurze vielsagende Blick auszudrücken, den de Guichet William zuwarf.

Der neue Burgherr lächelte zufrieden. So, so, dieser arrogante Dämon ließ sich also herab, ihn um eine Gunst zu bitten und gestand damit ein, daß die Verhältnisse sich umgekehrt hatten!

»Dann laßt ihn nach draußen, aber bewacht ihn gut. Niemand nimmt ihn jetzt mehr wichtig. Man braucht sich nicht größer um ihn zu kümmern. Wenn er unbedingt laufen will, soll er doch sehen, wie er zurechtkommt. Schaut nur zu, daß er den inneren Hof nicht verläßt. Die Frau kann keine Verbindung zu ihm aufnehmen, denn wir haben sie sicher im äußeren Burgbereich untergebracht. Erkundigt sie sich manchmal nach ihm?«

»Nein, Mylord. Sie hat überhaupt keine Bitten.«

Nichts verlangte sie. Benedetta bewegte sich nicht wie eine Gefangene, sondern ging still, aufmerksam und nachdenklich ihrer Wege. Sie strahlte eine Ruhe aus, wie sie nur im Zentrum eines Wirbelsturms herrscht. Manchmal fürchteten die Wachen sie beinahe. Erschreckend gelassen und präzise nahm sie mit ihren weit auseinanderstehenden, intelligenten Augen den Irrsinn der Mitmenschen in allen Einzelheiten wahr, während sie selbst unberührt davon blieb. Wenn einst der Tod zu ihr kam, würde sie ihm ebenso ruhig entgegensehen und sich ihm bereitwillig ergeben. Die Venezianerin hatte als Kurtisane gelebt, bevor Isambard sie wie eine Kriegsbeute von seinen Kreuzzügen nach Parfois gebracht hatte, und später war sie die Heilige von Aber geworden. So viel hatte sie gesehen und erlebt, daß nichts sie noch in Erstaunen versetzen konnte. Und jetzt war sie unwichtig geworden. William hatte mit der Belagerung genug zu tun und wäre froh gewesen, sie loszuwerden. Aber Benedetta war nun einmal da, und daran war nichts zu ändern. Außerdem brauchte er sie vielleicht noch; sollte der Alte sich wieder einmal störrisch zeigen, war eine Drohung gegen die Frau das einzige, was bei ihm fruchtete.

»Paßt auf, daß er nicht in ihre Nähe gelangt.«

»Das wird er nicht, Mylord; schließlich hat er sein Wort darauf gegeben.«

»Nein, *Ihr* sollt auf ihn achten. Ich traue keinem der beiden über den Weg. Mit wem vertreibt sich Madonna Benedetta ihre Zeit?«

Mit niemandem. Oder mit allen. Wenn jemand sie ansprach, gab sie bereitwillig Antwort, aber sie schien keines Menschen Gesellschaft zu bedürfen.

»Manchmal mit den Frauen, oder auch mit den Musikanten. Sie singt und spielt; und zwar sehr gut, wie man sich erzählt. Und dann ist da noch dieser Bursche aus Reichenau. Ein Gauner mag er ja sein, doch er besitzt ein gewisses Maß an Bildung. Mit ihm redet sie über Bücher.«

Der schlaue, zungenfertige Mönch mit dem wissenden Blick war noch so ein Gast, auf den William nur zu gern verzichtet hätte. Von Chester kommend, war er mit seinem Bündel und seinen Geschichten in den Süden gezogen, um dem alten Burgherrn ein dubioses Fragment vom Kreuz des heiligen Petrus aufzuschwatzen. Zu seiner Zeit war Ralf Isambard dafür bekannt gewesen, daß er derlei Reliquien sammelte; und ein beredter Händler konnte bei ihm immer auf Verköstigung und Großmut hoffen, selbst wenn seine Ware sich als suspekt erwies. Direkt aus dem Heiligen Land komme er, behauptete der Halunke, und er sei praktisch gerade erst an Land gegangen. Seine Blässe rühre noch von der Seekrankheit, unter der er auf der winterlichen Überfahrt aus Frankreich gelitten habe. So war er nach Parfois gelangt, und dort saß er nun fest, bis die Waliser sich vielleicht eines schönen Tages zurückzogen. Lauthals beklagte der Betbruder sein widriges Schicksal. Da setzte er nach jahrelanger Anwesenheit zum ersten Mal wieder den Fuß auf englischen Boden, und gleich mußte er ahnungslos in ein solches Wespennest stolpern!

»Diese Art von gelehrten Frauen konnte ich noch nie ausstehen«, brummte William. »Meiner Ansicht nach sind sie vom Teufel geschickt. Aber mein Vater hat trotz seines frömmelnden Kreuzfahrergetues schon immer eine Vorliebe für die Ausgeburten des Satans gehegt.« Abrupt fuhr er herum und blickte zur Turmtreppe. »Was ist das? Wer kommt da herauf? Hatte ich Euch nicht befohlen, mir zu dieser Stunde die Männer vom Leibe zu halten?«

»Mylord, meine Kriegsknechte kennen Eure Wünsche, und niemand würde Euch zu stören wagen ...«

Die Schritte auf den Steinstufen wurden schneller und hallten dumpf in der dunklen Türöffnung wider.

»Jedenfalls nicht ohne guten Grund«, schloß de Guichet und ging dem Eindringling eilig entgegen.

Einer der Kammerherren kam atemlos aus dem schmalen Treppenhaus gestürzt, geriet auf der Schwelle ins Straucheln und beeilte sich, William, der mit finsterer Miene dastand, seine Reverenz zu erweisen.

»Verzeiht, mein Herr, aber die Sache ist dringend und duldet keinen Aufschub. Der Brunnen ... der große Brunnen im Außenhof ...«

»Dummkopf, willst du mich belehren, wo meine Brunnen stehen? Was ist nun damit? Stimmt etwas nicht?«

Die Burg verfügte über zwei Wasserquellen. Der ältere Schacht, der schon seit Jahren den Bedarf der Bewohner nicht mehr deckte, lag im hintersten Winkel des Innenhofs und der zweite und neuere auf dem Außengelände, nicht weit von den Wachtürmen entfernt. Von seiner höheren Ausbeute hing zum größten Teil die Versorgung der Garnison ab.

»Er führt kein Wasser mehr, Mylord!«

»Kein Wasser? Wie sollte ein solcher Brunnen austrocknen, du Dummbeutel? Wann ist je zuvor auch nur der Wasserspiegel gesunken?« Purpurrot vor Zorn packte William den Mann bei den Schultern und riß ihn so herum, daß das Mondlicht auf sein Gesicht fiel. »Bist du bezecht, daß du mit einem solchen Unsinn zu mir gelaufen kommst? Wer hat dir das erzählt?«

»Mylord, die Küchenjungen sind zum Wasserholen gegangen und haben dem Oberkoch davon berichtet, und der hat es mir erzählt. Ich habe die Sache nicht einfach glauben wollen, sondern bin selbst gegangen, um mich mit eigenen Augen davon zu überzeugen. Aber die Geschichte ist leider nur allzu wahr, Mylord. Wir haben den Eimer immer tiefer hinabgelassen, bis der Kübel an den Felswänden entlangschabte, und wir haben kein Wasser gefunden. Nur am Boden des Schachts ist noch eine Pfütze verblieben. Kommt und überzeugt Euch selbst, Herr. Ihr werdet alles so vorfinden, wie ich gesagt habe.«

Der Burgherr hatte ihn bereits losgelassen, war wie ein herabstoßender Falke durch die Tür gestürmt und sprang in großen Sätzen die Wendeltreppe hinab.

Der Blinde in seinem verriegelten, schwer bewachten Raum hörte den Lärm vor seiner Tür, wandte den Kopf hin und her und spitzte die Ohren, um die paar Worte zu erhaschen, die in seiner Hörweite gesprochen wurden, ehe die Gruppe vorbeigerauscht war. Auf seine rasche Auffassungsgabe konnte Ralf sich ebenso verlassen wie auf sein ausgezeichnetes Gehör; manchmal versetzte er mit seinem scharfen Wahrnehmungsvermögen sogar seine Wärter in Schrecken. Das Wort »Brunnen«, der Tumult und die erregten Stimmen reichten Isambard, um zu ahnen, was passiert war. In seiner Finsternis konnte er in aller Ruhe seine Schlüsse ziehen und brauchte nicht hinzulaufen, um sich selbst zu überzeugen. Der alte Burgherr dachte an den schwerfälligen, mehr als tausend Personen umfassenden Haushalt. All diese Menschen würden mit einemmal einen Fingerhut voll zu trinken bekommen, wo sie bisher einen Becher erhalten hatten: Ihre Widerstandskraft würde in direktem Verhältnis zum Wasserspiegel steigen oder sinken. Bevor man den zweiten Schacht ausgehoben hatte, war selbst in Friedenszeiten die Wasserversorgung häufig zum Problem geworden, vor allem während trockener Sommer.

Wer hatte da noch mal die fleißigen Grabungen der Waliser leichtherzig und verächtlich mit einem Achselzucken abgetan und sie Kaninchen und Maulwürfe geschimpft? Laut und panisch klang jetzt Williams Stimme, als er die Belagerer verfluchte. Nun hatten sie ihm gezeigt, was sie auszurichten vermochten. Unter ihnen befanden sich Männer, welche die Lage des Brunnens genau kannten, so daß sie exakte Berechnungen hatten anstellen können.

Ralf sah das Bild vor seinem inneren Auge: Die Waliser hatten ihre Handwerker in die Schlucht geschickt, wo sie sich im Schutz des Felsüberhangs und der Wachtürme geduldig ans Werk gemacht hatten. Sie hatten ihre Brecheisen an jedem Sprung und jeder Spalte angesetzt, die sie nach innen, auf den Brunnenschacht zu führten, und den Stein weggebrochen. Und schließlich hatten sie sich endlich durchgehämmert, bis der erste dünne Wasserstrahl ihnen verriet, daß sie die Quelle angezapft hatten. Dann war es ein Leichtes gewesen, das Leck zu vergrößern, bis das Herzblut von Parfois davonrann und sich als neu geschaffener Bach in die Schlucht ergoß. Wie Silberfäden floß das Wasser über die Klippe und suchte sich seinen Weg zum Bach und weiter zum Fluß, der tief unter dem Burgfelsen lag.

Wenn der Tag anbrach, würden die Burgbewohner von den Wachtürmen aus mit eigenen Augen den neuen Nebenarm des

Severn sehen können, der sich tief unter ihnen durch die Felsen schlängelte, viel zu weit entfernt, um ihren Durst stillen zu können. Vielleicht war die erste Strömung sogar so kräftig, daß das Rinnsal ein oder zwei Nächte lang nicht zufror, bis dann der Druck allmählich nachließ und nur noch der stete Fluß der Quelle den Strom speiste.

»Wohlgetan, Harry!« lachte der Blinde in seine Finsternis hinein. »Von Maulwurf zu Maulwurf: gute Arbeit!«

Drei Tage waren seit dem Anstich des Brunnens vergangen. Man hatte den abtrünnigen Mönch aus Reichenau dazu gezwungen, Bauholz zu schleppen, mit dem die Barrikaden am unteren Torhaus ausgebessert werden sollten. Zweimal stürzte er unter seiner Last und klagte über Schmerzen und Übelkeit, doch die Männer brachten ihn mit der Lanzenspitze rasch wieder auf die Beine. Man wußte schließlich, daß er die Arbeit scheute wie der Teufel das Weihwasser! Aber als die Gruppe endlich über die Zugbrücke nach Parfois zurückkehrte, torkelte er zum Rand des versiegten Brunnens, lehnte dagegen, krümmte sich in entsetzlichen Krämpfen, richtete sich dann auf und fiel steif wie ein gefällter Baum aufs Gesicht. Er schlug hart auf dem Boden auf und rollte wie ein lebloser Holzstamm zur Seite. Aus seinem offenen Mund rann Speichel in den verharschten Schnee.

Ein Page – so jung und naiv, daß er noch Mitleid zu empfinden vermochte – rannte los, um dem Mönch zu helfen, aber einer der Kriegsknechte faßte den Jungen am Arm und hielt ihn zurück.

»Laß das! Rühr den Mann nicht an! Wer weiß, was ihn befallen hat!«

Bei diesen Worten wichen andere, die noch gezögert hatten, hastig zurück. Verunsichert blickten sie auf den Gestürzten herab, der jetzt schwach zuckte und dabei stöhnte. Durch die geöffneten Lippen drang sein schwerer, rasselnder Atem. Hilfesuchend streckte er die Arme aus, aber die Männer, die ihm am nächsten standen, rückten von ihm ab. Neben seinem Mund leuchtete im Schnee ein kleiner Blutfleck.

Aus der Tür des Wachturms trat Madonna Benedetta. Mit ihren langen und energischen Schritten überquerte sie den Hof und kniete neben dem Kranken nieder. Zu ihr sagte niemand: »Laßt das bleiben!« Kein Mensch streckte die Hand aus, um sie zurückzuhalten. Die Venezianerin war zwar eine Gefangene, doch über ihre Handlungen bestimmte immer noch sie selbst.

»Paulinus!«

Der abtrünnige Mönch führte den Namen eines der herrlichsten Sänger der Antike, wenngleich Benedetta argwöhnte, daß er ihn nicht bei der Taufe von seinen Eltern erhalten, sondern sich selbst verliehen hatte. Und tatsächlich strahlte er trotz all seiner Spitzbübereien eine gewisse ungekünstelte Reinheit aus, und in seiner Stimme lag manchmal ein Hauch von echtem Überschwang, der ihn offenbar selbst am allermeisten verblüffte.

Benedetta berührte seine Schulter, und er wandte den Kopf und öffnete die Augen. In der Mitte des Kopfes, wo einst seine Tonsur gewesen war, wuchs das Haar grauer und dünner: Es waren die zerzausten Strähnen eines alten Mannes. Paulinus' Antlitz war von den Spuren der Zeit gezeichnet. Er war vor langer Zeit aus dem Kloster entlaufen und hatte das Leben eines Bettelmönches geführt. Und zum Lohn dafür hatte die Welt ihm übel mitgespielt.

»Paulinus, was ist mit dir? Hast du Schmerzen?«

Matt ließ der Mönch den Kopf gegen ihren Ärmel sinken und vermochte nicht zu antworten.

»Helft mir, ihn hochzuheben«, sagte Benedetta gebieterisch und schaute streng in die Runde der Umstehenden. »Wir müssen ihn in sein Bett tragen.«

Mißtrauisch erwiderten die Männer ihren Blick und wichen unmerklich ein paar Schritte zurück. »Woher wissen wir, daß der nicht eine Krankheit eingeschleppt hat?« fragte einer.

»Laßt ihn lieber in Ruhe, Madam, sonst seid Ihr vielleicht die nächste.« Und sie traten unbehaglich von einem Fuß auf den anderen und tuschelten.

Von ihnen konnte Benedetta keine Hilfe erwarten, und wenn Paulinus hier in der Eiseskälte liegenblieb, würde er auf jeden Fall sterben. Sie schob die Hände unter seine Achseln und zog ihn mit Kraft ein Stück in die Höhe; dann duckte sie sich, schlang Paulinus' Arm um ihre Schultern und faßte ihn um die Mitte.

»Kannst du aufstehen? Stütz dich auf mich, und versuch es zumindest. Der Weg ist nicht weit, und ich werde dir dabei helfen. Hier darfst du nicht bleiben.«

Der Mönch tat sein Möglichstes. Mühsam richtete er sich auf die Knie und setzte einen Fuß auf. Sein Gesicht war dunkel angelaufen, als wäre das Blut purpurfarben unter seiner Haut geronnen. Als er stöhnend an seinem Gewand zerrte und es an Hals und Brust aufriß, als bekomme er keine Luft, sahen alle Umstehenden deutlich, daß sein Körper mit scharlachfarbenen Flecken übersät war. Von der Brust ausgehend, kletterten die hochroten Quaddeln den Hals hinauf und schwollen zusehends an. Der Mönch kratzte so heftig daran, daß Blut hervorquoll.

Die Menge taumelte nach hinten und brach in wildes Geschrei aus. Bisher hatte Benedetta nicht bemerkt, wie viele Männer sie umstanden und starrten. Weitere kamen eilig aus allen Richtungen herbeigelaufen, bis sich endlich de Guichet mit eiligen Schritten näherte, um nachzusehen, was diesen Tumult verursacht haben mochte. Als er sich zwischen den Männern hindurchdrängte, flüsterte jemand: »Die Pest!«

Das Wort fiel wie ein Funke auf trockenen Zunder. Augenblicklich flammte der Ruf auf und wurde allenthalben kreischend wiederholt, so daß er kaum noch von menschlichen Stimmen herzurühren schien, sondern eher von einer brüllenden Tierherde. Laut rufend bahnte sich de Guichet einen Weg durch die Menge; doch als er den von Pusteln übersäten Körper des Deutschen und dessen verzerrtes Gesicht erblickte, lief er rascher zurück, als er gekommen war. Flehend und beschwörend zerrten seine Männer an ihm.

»Die Pest! Er hat die Seuche aus den Landen jenseits des Meeres eingeschleppt! Gott sei uns gnädig; unter uns ist die Pestilenz ausgebrochen!«

»Das ist keine Pest!« rief Benedetta unerschrocken aus und hielt den an ihrer Seite schwankenden Paulinus fest umschlungen. »Ich kenne die Pest. Ich habe Menschen gesehen, die an der Seuche litten, und das hier ist etwas anderes. Laßt mich Paulinus nach drinnen bringen, und dann soll euer eigener Medikus euch aufklären.«

»Nein«, schrien sie zur Antwort. Schlimm genug, daß der Mann auf der Burg zusammengebrochen war; aber er durfte auf keinen Fall unter ihnen weilen wie ein Gesunder.

»Auch sie darf nicht hinein«, keifte eine der Frauen. »Sie hat ihn angerührt und ist ebenso verseucht wie der Mönch. Wenn man sie frei unter uns herumlaufen läßt, dann gnade uns Gott.«

»Schafft die beiden fort«, ließen sich schrille, harte Stimmen vernehmen. »Weg aus Parfois! Wir wollen sie nicht in unseren Mauern haben. Jagt sie fort!«

»Das hier ist keine Pest«, rief Benedetta, doch es war, als schreie sie gegen den Wind an. »Wenn ihr ihn vertreibt, tragt ihr die Schuld an seinem Tod. Nicht an der Pest, sondern an der Kälte wird er sterben, und Gott wird euch dafür zur Verantwortung ziehen.«

Die Umstehenden schrien sie nieder. Um sich herum sah die Venezianerin einen grotesken Reigen entsetzter Gesichter, deren panisches Kreischen ihr in den Ohren gellte. An ihrer Schulter rollte kraftlos der Kopf des Kranken. Sie stützte ihn, hielt seine Feinde mit blitzenden Augen auf Abstand; aber zugleich erkannte sie, daß Paulinus dem Tod geweiht war, und dieser Schatten berührte sie selbst. Sie warf einen Blick in die Runde und suchte nach einem Gesicht, das noch verständig und menschlich aussah. Ein einziges hätte ihr gereicht, jemand, den sie als Verbündeten hätte gewinnen können. Doch sie sah nur schreckensverzerrte, namenlose Fratzen: der Dämon der Panik, der ansteckender wirkte als die Pest, hatte sie alle ergriffen.

»Mylord«, vernahm die Venezianerin de Guichets vor Entsetzen bebende Stimme hinter sich, »die Pest! Bei uns ist die Pest ausgebrochen.«

Sie wandte sich um und erblickte William Isambard, der wohl den Aufruhr gehört hatte und zornig herbeigeeilt war, um den Grund dafür zu erfahren. Doch das allgemeine Geschrei war bereits so laut, daß sein Wutgebrüll nicht dagegen ankam. Erst als der Burgherr, dem die Faust immer locker saß, um sich schlug, erkannten die Männer, wer hinter ihnen wütete. Sie traten auseinander und ließen ihn durch, so daß William sich unversehens ganz vorne wiederfand, Auge in Auge mit Paulinus, ohne zu ahnen, was ihn erwartete. Benedetta konnte sich gerade rechtzeitig umdrehen, um mitzubekommen, wie William mit einem Satz zurücksprang und gegen die ihm am nächsten stehenden Gaffer stieß. Sie sah sein Gesicht im Augenblick der Erkenntnis: Es war angsterfüllt, weiß und starr, eine Maske des Entsetzens. Die Augen blickten leer und glasig und wirkten wie erloschene Laternen. Dann verlieh ihnen die Furcht wieder Farbe und entfachte den Funken darin von neuem.

Unwillkürlich lächelte Benedetta, was dem Burgherrn nicht entging. Da stand diese Frau, hielt die Pestilenz umarmt, spürte bereits die schwere Hand des Todes auf ihrer Schulter und besaß noch die Unverfrorenheit, ihn auszulachen! Neben seiner Angst machte sich von neuem Wut breit. Doch das konnte der Venezianerin egal sein. Von William war ohnehin keine Hilfe zu erwarten. Er war vollkommen ohnmächtig und würde sich widerstandslos von den Umständen treiben lassen.

»Wie ist das geschehen?« verlangte er zu erfahren. »Wie lange befindet der Mann sich schon in diesem Zustand?«

»Das weiß allein Gott, Mylord! Er muß die Seuche vom

Schiff eingeschleppt haben. Vorhin ist er zusammengebrochen, und da haben wir gesehen ...«

Die Menge drängte sich dicht um ihren Herrn, und wer den Mut aufbrachte, zupfte fordernd und flehend an seinen Ärmeln.

»Rettet uns, Mylord! Verbannt die beiden, ehe sie uns alle anstecken!«

»Mylord, um der Gnade Gottes willen!«

»Schaut Euch die Frau an! Der Kranke hat sie befleckt, und nichts und niemand kann sie je wieder läutern. Schnell fort mit ihnen – treibt die Pest von uns fort, sonst sind wir alle verloren wie die Venezianerin.«

»Mylord«, schaltete de Guichet sich jetzt schlotternd ein, »was sollen wir mit den beiden anfangen? Wenn sie tatsächlich die Pest am Leibe haben ...«

Lautstark beharrte die Menge darauf, daß es Pest war. Parfois war von der Welt abgeschnitten, und Wasser und Nahrung wurden bereits knapp. Die Seuche würde durch die Burg rasen wie ein Feuersturm durch trockenes Grasland und Parfois in einen einzigen Totenacker verwandeln! Brüllend befahl William den Männern zu schweigen und schloß den nächstbesten geifernden Mund mit einem Faustschlag.

»Haltet endlich eurer närrisches Mundwerk! Glaubt ihr, *ich* wollte die Pestilenz in meinem Haus beherbergen? Habe ich denn weniger zu verlieren als ihr? Pest oder nicht, ich darf nicht wagen, den Kranken hierzubehalten. Wir werden die beiden sofort aussetzen.«

»Wenn Ihr den Mann in die Kälte hinausjagt«, warf Benedetta ein, »dann wird er sterben! Gewährt ihm in Gottes Namen zumindest ein Obdach, wo ich ihn pflegen kann. Nur eine Hütte außerhalb der Burgmauern, wo sein Atem Euch nicht berührt; wenigstens ein Dach über dem Kopf.«

»Ein Dach soll er bekommen, und Platz genug noch dazu«, erwiderte William und betrachtete die Venezianerin aus kalten, furchterfüllten Augen. Als sie ihn ausgelacht hatte, hatte er

Haß empfunden, und nun verschaffte der Umstand, daß sie sich aufs Bitten verlegte, ihm ein gewisses Maß an Befriedigung – auch wenn sie ihre Forderungen stellte wie jemand, der das Recht dazu besitzt. »De Guichet! Nehmt die beiden und sperrt sie in der Kirche ein. Verschließt die Türen hinter ihnen, und alle Eingänge. Dann nagelt die untersten Fenster zu.«

»Ja, Mylord.«

»Ihr haftet mir mit Eurem Kopf dafür, wenn sie entkommen. Schafft sie hinfort. Wie Ihr sie vom Gelände bekommt, ist mir gleich. Ihr befehligt schließlich genug Männer.«

Den Blick immer noch auf die Frau und ihre stöhnende Bürde gerichtet, zog William sich erleichtert zurück. Benedetta sah, daß er dieselbe Furcht und denselben Ekel empfand, welche die Männer von Parfois in Ungeheuer verwandelt hatten. Menschen, die – wenn sie nicht von Todesangst ergriffen wurden – auch nicht schlechter waren als die meisten ihrer Artgenossen. William schlang sein pelzverbrämtes Gewand fester um sich und entfernte sich von dem Kranken und der Ansteckungsgefahr. Doch er verließ den Schauplatz des Geschehens nicht, sondern wartete in sicherer Entfernung die Ausführung seiner Befehle ab. William von Parfois hatte nicht nur wie jeder Mensch sein eigenes Leben zu verlieren. Er hatte eine kämpfende Garnison zu schützen und zu erhalten; und er konnte seine Burg und seine Stellung nur dann halten, wenn er seine Soldaten nicht nur von der Pest befreite, sondern auch vor der panischen Furcht, die sie ergriffen hatte. Tief im Herzen konnte Benedetta ihm seine Haltung nicht einmal übelnehmen; daher schwieg sie, obwohl sie schon die Lippen geöffnet hatte und ihn ein weiteres Mal bitten wollte. Das Wolfsrudel jaulte so laut, daß er sie ohnehin nicht gehört hätte; und wenn doch, dann wäre es ihm egal gewesen.

»Halte durch, mein Lieber«, flüsterte sie dem abtrünnigen Mönch ins Ohr und straffte die Schulter, um ihn aufrecht zu halten. »Wenn nicht für dich selbst, dann um des guten Namens aller Lateingelehrten willen.«

Aus wild rollenden Augen starrte er sie an. Paulinus' scharfer Verstand funktionierte noch und rang mit seinem Körper, der ihm den Gehorsam versagte. Sein Mund verzerrte sich, und Benedetta erkannte den Abglanz eines ironischen Lächelns; die Art von Grinsen, welches das Schicksal ihm den größten Teil seines Lebens abgenötigt hatte – und die passende Miene, um seinen Tod zu begrüßen.

»Wo du hingehst, da will auch ich hingehen«, sagte die Venezianerin. »Selbst ein kalter Empfang wirkt herzlicher, wenn man ihm zu zweit entgegensieht.«

Wie war es nur möglich, daß die durch Panik hervorgerufene unwillkürliche Grausamkeit so rasch in blinden, blanken Haß umschlug? Die Kriegsknechte hatten ihre Lanzen geholt und erhoben nun trotz ihrer Todesangst mit fast hämischer Freude den Stahl gegen die beiden Ausgestoßenen. Benedetta fuhr herum, um den Kranken mit ihrem eigenen Körper vor den Angreifern zu schützen. Sie bleckte die Zähne wie ein sprungbereiter Jagdhund und ging auf die vorderste Linie der Kriegsknechte los.

»Ihr wollt Männer sein? Zurück mit euch! Bei Gott, wenn ihr ihn anrührt, dann werde ich euch meinen Pestatem ins Gesicht hauchen, und wenn ich mich an euren Lanzen entlanghangeln muß, um euch zu erreichen! Ersticht mich ruhig. Dann dürft ihr meine Leiche mit euren eigenen Händen aufheben, mitsamt meiner Pest. Laßt uns in Ruhe, und wir befreien euch so rasch als möglich von unserer Gegenwart. Aber wenn ihr uns herausfordert, dann sorge ich dafür, daß ihr uns begraben müßt.«

Das vernahmen die Männer trotz des herrschenden Höllengetöses, und sie zögerten. Unsicher schwebten die Lanzen in der Luft und berührten sogar schon Benedettas Brust. Doch sie wich nicht zurück, sondern streckte ihnen – so gut es ihr das schwere Gesicht an ihrer Schulter erlaubte – ihren Körper entgegen. Aus weitaufgerissenen, blitzenden Augen starrte sie den übereifrigen Verfolgern ins Gesicht. Da zogen die Stahlspitzen sich zurück, ohne sie im mindesten verletzt zu haben. Wäre der Mönch allein gewesen, hätten die Männer ihn wohl mit Lanzenhieben vorwärtsgetrieben, denn anders hätten sie ihn nicht bis vor ihre Tore schaffen können. Und wenn er auf diesem Weg gestorben wäre, hätten sie ihn aufgespießt und in den Abgrund geworfen, auf daß die Seuche sich unter den Walisern ausbreitete. Aber durch die Anwesenheit der Frau hatte die Lage sich gewandelt. Mit ihrer Hilfe war der Deutsche vielleicht in der Lage, auf eigenen Beinen bis zu seinem Grab zu gehen. So bliebe es ihnen erspart, ihn auch nur mit einem Ende ihrer Lanzen zu berühren. Außerdem war nicht zu leugnen, daß die Venezianerin die Kriegsknechte erschreckt hatte. Wer weiß, was geschehen könnte, wenn sie zu weit gingen. Möglicherweise war sie doch eine Heilige, wie die Waliser glaubten. Und wenn sie Gottes Blitz auf sie herniederrief? Als Benedetta sich jetzt auf ihren traurigen Weg bis vor die Tore von Parfois machte, schwenkten sie zwar ihre Waffen; aber so laut sie auch schimpften und drohten, sie taten den beiden nichts zuleide.

Paulinus schleppte sich neben seiner Begleiterin vorwärts und atmete hart und röchelnd. Er hielt sich so gut er konnte auf den Beinen, und wenn er eine kurze Weile stehenbleiben mußte, schlang die Frau beide Arme um ihn und barg ihn an ihrer Brust, damit er nicht stürzte. Gleichzeitig warf sie warnende Blicke über seine Schulter, bis der Mönch endlich bereit war, wieder ein paar Meter weiter auf seinen Tod zuzuschreiten. So legten sie langsam humpelnd ihre bittere Reise zurück, während die Meute ihnen unablässig auf den Fersen blieb und der Höllenlärm aus panischen Stimmen ihnen grausam in den Ohren gellte. Alles, was auf Parfois Beine besaß, rannte ihnen kreischend nach, strömte hinter ihnen über die Zugbrücke und drängte sie auf den schmalen Pfad, der geradewegs auf die Kirche zuführte. Selbst die Männer von den Wachposten, die das Plateau umgaben, verließen ihre Stellungen und rannten vor Aufregung keuchend herbei, um zu schauen. Ihre neugierigen

Fragen und ihr Geschrei vergrößerten das babylonische Stimmengewirr noch mehr.

Auf diese Weise trieben Williams Kriegsknechte die beiden zum Westportal der Kirche und stießen sie hinein. Benedetta wandte sich um und blickte von einem Gesicht zum anderen. »Seid barmherzig und laßt uns zumindest Nahrung und Wasser«, bat sie mit stetigem Blick und ruhiger Stimme.

Wie denn, Wasser? Sie besaßen ja nur noch einen Brunnen, der ohnehin nicht ausreichte, um tausend Seelen am Leben zu erhalten! Warum sollten sie auch nur einen Tropfen an zwei Menschen vergeuden, die bereits dem Tode geweiht waren? Niemand wußte, wie lange die Belagerung noch dauern würde. Sie konnten nichts entbehren.

Die Tür fiel vor vor Benedettas Nase ins Schloß. Rund um Meister Harrys Kirche wimmelte es jetzt nur so von Männern, die alle Türen verrammelten. Mit Brettern, Nägeln und Hämmern bewaffnet, rannten sie herbei, um die Kirche von der Welt abzuschotten und das Grab zu versiegeln.

Als der junge Thomas Blount von der Stätte des Todes zurückkehrte, lief er zu seinem Herrn und erstattete William Bericht. Die Zinnen der Wehrmauer schützten sie einigermaßen vor der Neugier der Umstehenden.

»Mylord«, begann er leise und voller Stolz über seine Schläue, »das Werk ist vollbracht. Die Männer haben die beiden so sicher eingesperrt, daß sie unmöglich ausbrechen können.«

»Sehr gut«, meinte William und blickte weiter in das täuschend stille Flußtal hinab. Doch er hielt die Ohren gespitzt, denn etwas in Thomas' Stimme verriet ihm, daß da noch mehr kam.

Der Jüngling neigte den Blondschopf näher heran. »Und, Mylord«, flüsterte er, »dort in der Kirche befinden sich drei Gefangene, nicht zwei.«

William wandte das Haupt und warf einen stahlharten Blick

in das hämisch verzogene Gesicht seines Spions. Nicht weit entfernt huschten die Bogenschützen, die auf den Mauern postiert waren; der Burgherr betrachtete sie nachdenklich. »Und wer ist der dritte?« fragte er zwischen den Zähnen.

»Als der Alarm ausgerufen wurde, befand sich der blinde Alte gerade auf seinem Ausgang. Die Männer, welche das Tor zum Außenhof bewachten, vergaßen ihn und rannten mit den anderen los. Isambard muß das gehört haben und folgte ihnen. Ich sah ihn am Rand der Menge herumstreichen; bestimmt wußte er, wen wir mit unseren Lanzen vor uns hertrieben und wohin der Weg führte. Ich habe ihn nicht mehr gesehen und nicht mehr an ihn gedacht, bis wir die Kirche umstellten. Ich war der erste, der zum Südportal gelangte, und dort bemerkte ich, was kein anderer gesehen hat.« Lächelnd und selbstgewiß sprach er leise in das neugierige Ohr seines Herrn, das dieser ihm zugeneigt hatte. »Er ist zu der Frau gegangen. Ich sah ihn eintreten. Euer Vater sitzt dort zusammen mit den Pestkranken eingesperrt.« William schwieg einen Moment lang, sein bärtiges Antlitz wahrte seine übliche steinerne Ruhe. Doch dann leuchteten in seinen Augen helles Interesse und Genugtuung auf. »Bist du dir sicher?« fragte er mit leiser Stimme.

»Ganz gewiß, Mylord.«

»Und niemand sonst hat den Alten bemerkt?«

»Kein Mensch, Mylord. Die Männer hatten nur Augen für ihre Arbeit.«

Niemand. Nur der gewitzte Thomas, der einen scharfen Blick besaß und die Fertigkeit, sich dadurch bei seinem Herrn verdient zu machen.

»Hast du mit noch jemandem über die Sache gesprochen?«

»Nein, Mylord. Das schwöre ich.«

»Ach wo, Junge, das ist nicht notwendig. Dein Wort reicht mir. Dann bleibt die Angelegenheit also unter uns beiden. Und wir haben nichts gesehen, nicht wahr, Thomas?«

»Nicht das geringste, Mylord. Wenn die Wachen endlich den Mut aufbringen und Euch gestehen werden, daß sie ihren

Gefangenen verloren haben, werde ich vor Angst genauso zittern wie sie.«

»Das ist mein guter Thomas! Ich werde dir deine Ergebenheit nicht vergessen.«

»Herr, ich diene Euch nach bestem Vermögen.«

»Und dafür sollst du angemessen belohnt werden. Steig heute abend zu mir in den Turm hinauf, und ich will dir meine aufrichtige Dankbarkeit erweisen. Aber laß dich nicht blicken und komm früh, ehe de Guichet mir seinen Bericht abstattet. Ich möchte ihn auf keinen Fall in unser kleines Geheimnis einweihen.«

»Ihr könnt Euch auf mich verlassen, Mylord! Zwei Mitwisser sind schließlich besser als drei.«

Glücklich ging der junge Thomas davon, in der Gewißheit, seine Pflicht gegen seinen Herrn bestens erfüllt und sich zu Recht dessen Gunst erworben zu haben. Was hätte man ihm Schöneres wünschen können, als daß er sich diese tiefe Zufriedenheit bis ans Ende seines Lebens bewahrte?

Die Hand, die auf die Feuer der Waliser im Tal deutete, dieselbe Hand, die ihm gerade noch jenes großzügige Geschenk überreicht hatte, wischte plötzlich zwischen den Zinnen über den Rand der Mauer, wo der frischgefallene Schnee am dicksten lag, griff blitzschnell und wie eine Stahlklammer nach dem Gesicht des Jünglings und verstopfte ihm Mund und Nase mit eisigem Weiß. Der Arm, der zuvor so schmeichelnd um seine Schultern gelegen hatte, schnellte nach unten, packte Thomas bei den Schenkeln und hob ihn vom Boden. Der Page hatte nicht einmal Zeit, sich an den Steinen festzuklammern, als er über die Mauer gehievt wurde. Das eiskalte Naß raubte ihm den Atem, so daß er ohne einen Schrei fiel. Die lobenden, achtungsvollen Worte seines Herrn klangen ihm noch in den Ohren, als er ins Nichts stürzte.

William beugte sich vor und blickte ins Dunkel hinunter. Der Mond war noch nicht aufgegangen, und nur das silbrige

Sternenlicht warf einen schwachen Schein über die Landschaft. Während er seine Ärmel glattstrich, horchte er auf den Aufschlag. Doch es währte lange, bis er den dumpfen Laut vernahm. Höchstwahrscheinlich hatte niemand außer ihm das Geräusch gehört. In aller Ruhe verwischte er die langgezogenen Spuren, die seine Finger im Schnee hinterlassen hatten, und bildete von neuem den scharfen, vom Wind geschliffenen Rand der Schneeverwehung nach. Unter dem herrschaftlichen Wohnturm fiel der Fels senkrecht ab. Höchstens die Waliser würden – tief unter ihm, wo der Busch- und Baumwuchs einsetzte – auf die sterblichen Überreste von Thomas Blount stoßen und sich fragen, wer ihn wohl vom Leben zum Tode befördert hatte und warum. Schade eigentlich um die Gewandnadel; er hätte sich nicht so übertrieben großzügig zeigen sollen. Ehe eine Woche vorüber war, würde irgendein Stammeskrieger mit einer goldenen Schließe an seinem zerlumpten Umhang herumstolzieren.

Ein Jammer, aber nicht so wichtig. Und nun soll ruhig jemand kommen, dachte William, und behaupten, ich hätte von den Selbstmordplänen meines Vaters gewußt und ihm dabei Vorschub geleistet. Ich habe mir die Hände nicht schmutzig gemacht. Der starrköpfige alte Esel hat seine eigene Wahl getroffen und sich geweigert, einen offenen, anständigen Tod zu sterben, der seinem Alter angemessen wäre. Und wer bin ich, daß ich den Wünschen meines Vaters zuwiderhandeln dürfte? Bin ich sein Seneschall, daß ich ihn bei seiner Andacht störe? Oder sein Beichtvater, der sich zwischen ihn und seine Mätresse stellt? Die einzigen Anordnungen, die ich zu seiner Person gab, billigten ihm größere Freiheit zu! War ich etwa dabei, als er sich in der Kirche verbarg? Jedermann auf Parfois kann beschwören, daß dem nicht so war. Ich habe nichts gesehen und weiß von nichts.

Und Thomas: Ein einziger Mitwisser ist noch besser als zwei.

Als de Guichet auf den Turm kam, um seinen allabendlichen

Bericht zu liefern, schritt William gerade einsam, besorgt und schweren Ganges über die Bleiplatten, wie es um diese Stunde seine Gewohnheit als untadeliger Burgherr war.

Schleppenden Schrittes trat Benedetta in die Kirche. Den Mönch hatte sie zunächst am Westportal zurückgelassen. Ihr ganzer Körper war von der Anstrengung verkrampft, denn sie hatte den Sterbenden praktisch tragen müssen. Doch als sie nun in den Innenraum trat und das Mittelschiff betrachtete, das sich wie zwei zum Beten zusammengelegte Hände über ihr wölbte, richtete sie sich unwillkürlich auf und sog in tiefen Zügen das nie versiegende Strahlen ein, das hier in der Luft lag.

Auf dem breiten steinernen Altarfries bliesen die singenden Kinder ihre kräftigen jungen Lungen auf und wandten dem Licht ihre hingerissenen, seligen Gesichter und ihre ernsten, jubelnden Münder zu, die rund und rosig wie Äpfel waren. Über ihnen erhoben sich wie fliegende Pfeile die gewaltigen Spitzbögen. Gesäumt wurde das Hauptschiff von kannelierten Säulen, aus deren Kapitellen wunderbares, krauses, buschiges Laub entsprang – die lebendigen Blätter des Himmelsbaumes, des Baumes der Hoffnung, des Trostes und der Liebe. Aus ihrer bebenden Spannung sprossen wiederum die Dachrippen. Ihre Wölbung umschloß den gewaltigen, energiegeladenen Raum, der dem Gebet und der Schönheit eine Form gab. Am Scheitelpunkt des Gewölbes trafen die Rippen zusammen, und die leuchtenden Schlußsteine, die sie verbanden, wirkten wie musikalische Akzente, Freudenrufe oder die Wärme eines Händedrucks.

An den Außentüren war das Gehämmer verstummt, das geklungen hatte, als mache sich dort ein ganzer Schwarm Spechte zu schaffen. Nun, da die Totengräber fort waren, drangen verhaltenere Geräusche an Benedettas Ohr: hungriges Vogelgezwitscher, verfroren und kläglich, ein paar Wortfetzen von jemandem, der auf einem der Außenposten am Abhang betrunken grölte, die gemessenen, zögerlichen Schritte eines Mannes, dessen lederne Schuhsohlen über den Stein glitten ...

Stutzend hob Benedetta den Kopf, denn das Geräusch kam seltsamerweise von ganz in ihrer Nähe, und zwar von vorne, nicht von hinten. Paulinus konnte es wohl kaum gewesen sein. Wenn er sie überholt hätte, wäre ihr das aufgefallen; außerdem glaubte sie kaum, daß der Mönch jemals wieder so ruhig und fest würde laufen können. Aber hier drinnen befand sich niemand außer ihnen beiden; das war unmöglich! Sie wartete. Die Schritte ließen sich von neuem vernehmen und hielten dann wieder an, als harre der Unbekannte mit angehaltenem Atem darauf, daß die Frau sich wieder regte.

Und dann sah sie ihn. Er mußte durch das Südportal gekommen sein. Seine Silhouette verschmolz so vollständig mit einer der schlanken, aufstrebenen Linien des Lettners, daß sie ihn erst entdeckte, als er sich bewegte. Hochgewachsen und hager, ja fast ausgezehrt, stand Isambard da. Gewandet war er in düstere Brauntöne, und an seiner Brust und seinem Gürtel leuchtete Goldschmuck. Sein altersloser Körper stand immer noch aufrecht wie eine Lärche, und das stolze Haupt hatte seine herrliche Form bewahrt. Nicht einmal das Alter hatte diesem unsterblichen Knochenbau etwas anhaben können oder die makellose Kappe aus eisengrauem Haar, die sich um den edlen Schädel schmiegte, verunstalten können. Blindlings wandte Isambard das fleischlose, ruhige Antlitz hin und her und suchte sie. Eine furchtbare, bewundernswerte Langmut strahlte diese Geste aus, die in ihrer Demut und Einfachheit nicht recht zu den arroganten, großartigen Gesichtszügen passen wollte. Benedetta fand seine Schönheit nicht gemindert, nur die tiefliegenden Augen wirkten verdunkelt: Ausgebrannte, zu Holzkohle verglommene Fackeln lagen unter der hohen, bronzefarbenen Stirn.

»Mylord?«

Benedetta hatte leise gesprochen, doch das Gewölbe nahm

ihre Stimme auf und trug sie in jeden Winkel, als rede der Stein selbst zu Ralf.

Augenblicklich wandte er ihr seinen ausdruckslosen, suchenden Blick zu. Die Venezianerin sah jetzt sein Gesicht von vorn, erkannte, wie die leeren Augen sich auf sie richteten und sah, wie der breite Mund sich zu einem Lächeln verzog.

»Mylady!« Isambard löste sich von dem Altarschirm und ging erhobenen Hauptes und mit konzentrierter Miene auf Benedetta zu. Er blieb ein Stück von ihr entfernt stehen und wartete erneut, rücksichtsvoll. Er wollte nicht den Anschein erwecken, Anspruch auf sie zu erheben – er, der jetzt nichts mehr auf der Welt verlangen durfte als das, was ihm aus Barmherzigkeit geschenkt wurde.

»Mylord, warum seid Ihr hergekommen?«

»Um Eure Stimme zu hören und Gott zu loben, Mylady. Und zum Sterben, glaube ich.«

Seine Stimme war noch ganz die alte, doch Isambard verbannte mit Absicht jeden Befehlston daraus und wandte sich direkt an ihre Seele. Nicht als Büßer kam er zu ihr; reuige Sünder hatte Benedetta schon gesehen, und dieser Mann war keiner. Aber er nahm den Verfall des Alterns ebenso aufrichtig und leidenschaftlich an wie die Jugend und war bereit, aus seinen Erfahrungen zu lernen. Alles, was neu für ihn war, akzeptierte er und erforschte es mit rückhaltloser Neugierde. Selbst im Angesicht der Demütigung und des Todes wich er keinen Schritt zurück. Büßer schrecken angesichts des Endes schaudernd zurück, doch Isambard schritt weiter, und was er am Wege zurückließ, hatte er abgestreift, weil er darüber hinausgewachsen war, und nicht etwa, weil er je etwas bereut hätte.

»Gott sei's gelobt, du kannst mich nicht fortschicken. Berühre mich«, bat er lächelnd, »hauch mich an, und schenk mir deine Krankheit.«

»Warum wirfst du dein Leben weg?« fragte Benedetta mit scharfer Stimme, in der Protest und Vorwurf mitschwangen. »Reicht es nicht, wenn zwei von uns in den Tod gehen?«

»Ich werfe es nicht weg. Ich werde mich so lange wie möglich und nach besten Kräften daran klammern. Doch ich habe meine Existenz in Gottes Hand gelegt, auf daß er mich richte, wann es ihm beliebt. Verschont mich der Herr, so will ich mein Kreuz gern wieder auf mich nehmen und noch ein, zwei Meilen weitertragen. Reichst du mir die Hand, Benedetta?«

Als sie ihren Namen aus seinem Mund vernahm, fuhr die Venezianerin zusammen, als habe jemand, der lange fortgewesen war, sie gerufen. Schließlich legte sie ihre Hand in die seine, weil sie nicht mit ansehen konnte, wie sie geduldig und leer in der Luft blieb. Aber als seine langen, hageren Finger sich um die ihren schlossen, überkam sie von neuem ein tiefes Gefühl der Ruhe. Sie wußte, er hatte beschlossen, mit ihr zu sterben. Blind mochte er sein, doch zumindest diesen Schritt hatte er sehenden Auges getan. Kein Mensch würde ihnen jetzt Nahrung und Wasser bringen oder die Türen öffnen. Die Waliser konnten Parfois nicht rasch genug aushungern, um sie zu retten, und sie glaubte auch nicht, daß sie in der Lage waren, die Festung im Sturm zu nehmen. Und was sie wußte, das wußte er erst recht, denn er war Parfois. Sein Blut und sein Leben pulsierten in diesen Mauern.

»Diese Kirche ist der einzige Raum«, fuhr der Alte fort, »der so groß ist, daß ich darin aufrecht stehen kann, und der ausreichend Luft zum Atmen für mich birgt. Mißgönne mir meine Flucht bitte nicht; lange genug habe ich in strengem Gewahrsam gelebt. Außerdem hast du einen Kranken zu pflegen und kannst jemanden wie mich gut gebrauchen. Denn ich trage meine eigene Krankheit in mir und fürchte keine andere. Wo hast du den Mann gelassen?«

»Am Portal; weiter vermochte ich ihn nicht zu schleppen. Ich bin nach drinnen gekommen, um zu sehen, was ich hier für ihn tun kann.«

»Uns steht eine ganze Welt zur Verfügung«, erklärte Isambard und ließ seine blinden Augen durch seine letzte Wohnstatt schweifen. »Uns gehören das Haus der Erzengel und die

Wälder des Himmels. Kapellen besitzen wir im Überfluß, um daraus ein Totenbett für den Mönch und ein Lager für dich auszuwählen. Wir haben so viel Abgeschiedenheit, wie wir brauchen, und dazu den schönsten Ort in England, um uns zu versammeln. Gottlob habe ich die Kirche in meinen guten Zeiten reichlich ausgestattet. Der Herr allein weiß, ob ich aus Frömmigkeit oder Hoffart handelte, doch jetzt können wir unseren Vorteil daraus ziehen. Da steht eine Truhe voller Priesterornate, Altartücher und Draperien. Komm, nimm dir, was du brauchst, um deinem Patienten ein Bett zu bereiten. Sag nur, wo du es einrichten willst, und ich werde ihn dorthin tragen. Ist er tatsächlich von der Pest befallen?« Er ließ ihre Hand fahren und schritt selbstbewußt vor ihr her, denn er bewegte sich in seinem ureigensten Reich. Als sie mit der Antwort zögerte, wandte er den Kopf und schenkte ihr sein schiefes Lächeln. »Gott und mir selbst ist das gleich. Ich möchte es nur wissen.«

Benedetta folgte ihm. »Nein. Ich glaube, Paulinus hat eine Art Wechselfieber aus dem Orient mitgebracht. Dazu muß er mit der Nahrung irgendein Gift zu sich genommen haben, das seinen Zustand verschlimmert hat. Aber das war genug, und ich bin mir sicher, daß er sterben wird.«

»Das müssen wir alle, Leibeigene wie Freie«, meinte Isambard. »Kein Grund, sich zu grämen. Aber zumindest soll der Mann zugedeckt und warm zu Gott heimgehen. Bei Nacht wird es hier bitter kalt.«

Mit dem sicheren Schritt eines Menschen, der jede ausgetretene Stelle an jedem Stein seiner Kirche kannte, führte er Benedetta zu der gewaltigen, mit Schnitzereien verzierten Truhe, die den Altarschmuck barg. Er hob den Deckel und wandte ihr den Blick seiner blinden Augen zu, in denen eine Frage zu liegen schien.

»Nimm, was du möchtest.«

Ohne zu zögern, belud Benedetta ihre Arme. »Er leidet unter starkem Durst. Vorhin hat er ständig nach Wasser gestöhnt.«

»Wasser haben wir«, entgegnete Isambard sogleich. »Die Weihwasserbecken sind gefüllt, und die Mauern werden zumindest den Frost abhalten. Besser noch, wir können Wein trinken. In der Sakristei lagern ein paar Flaschen. Wirklich schade, daß wir nichts zu essen haben. Aber Paulinus wird leicht bezecht sanfter sterben als nüchtern. Warum also in Gottes Namen nicht? Ich glaube nicht, daß er der himmlischen Gnade verlustig geht, wenn er sein letztes Bußgebet mit etwas schwerer Zunge spricht. Komm mit mir, und entscheide, wohin du ihn betten willst, und ich trage ihn. Mir fehlt zwar das Augenlicht, aber meine Hände gehorchen mir noch und stehen dir zur Verfügung.«

Und so geschah es. In traumartiger Einfachheit schritten die beiden Seite an Seite und taten das Werk des Lebens und Sterbens. Gemeinsam bereiteten sie in der kleinen Kapelle, die südlich des Hochaltars lag, ein breites Lager aus Gobelins, Brokat und bestickten Stoffen vor. Dieser Winkel war vollständig ummauert und daher vor Zugluft geschützt, so daß hier die Körperwärme, die sie gemeinsam erzeugten, die bittere Kälte zumindest lindern würde. Dann trugen sie Paulinus von Reichenau herbei, legten ihn auf sein Bett und hüllten ihn in herrliche Samtstoffe, wie sie der Mönch noch nie in seinem abenteuerlichen Leben auf seiner verwitterten Haut gespürt hatte. Aus der Sakristei holten seine Pfleger Becher mit Wein sowie Kerzen und trugen sie in ihren Schlupfwinkel, um sich gegen die einbrechende Nacht zu wappnen. Isambard mühte sich verbissen mit Flintstein und Stahl ab, doch Benedetta nahm ihm die Gerätschaften ab, blies auf den Funken, der im Zunder glomm, und fachte ihn an, bis er zu einer kleinen, unruhigen Flamme anwuchs. Es rührte sie, daß er, der nie mehr Licht brauchen würde, daran gedacht hatte, ihnen Kerzen zu beschaffen.

»Dort drüben im Chor befindet sich eine steinerne Ölpfanne, und eine weitere steht am Westportal. Aber wahrscheinlich haben wir außer dem Rest an Brennstoff, der sich darin befindet, kein Öl, denn das wird außerhalb der Kirche aufbewahrt. Die kleinere der beiden könnte ich hier in dieses Eckchen schaffen. Die würde uns nicht nur Licht, sondern auch Wärme spenden.«

Er schleppte das Gerät heran, indem er es auf einem Stück Samt hinter sich her schleifte, denn er wollte auf keinen Fall Meister Harrys Bodenfliesen zerbrechen oder verkratzen. Die Pfanne besaß dreizehn Höhlungen für Öl, zwischen denen ein tiefeingeschnittenes, filigranes Muster aus Weinblättern herausgemeißelt war. »Das ist Harrys Werk, wie alles hier drinnen«, erklärte Ralf und fuhr mit den Fingerspitzen zärtlich an den krausen Ranken entlang. »Alles, was wir jetzt noch haben, ist eine doppelte Leihgabe: einmal von Gott – doch das ist unser Leben von Anfang an – und zum zweiten von ihm. Sollen wir die Lampe anzünden? Dazu mußt du mir allerdings deine Augen leihen, denn ich wage nicht, mit Feuer umzugehen.«

»Wenn dies alles ist, was wir besitzen«, wandte Benedetta praktisch ein, »dann tun wir vielleicht besser daran, die Ölpfanne für schlimmere Zeiten aufzusparen. Wir werden diesen Ort schließlich so bald nicht wieder verlassen.«

Isambard wandte sein Gesicht suchend ein wenig zur Seite, als blicke er auf den Kranken hinab, der mit offenen Augen, aber zitternd und stumm unter seinen fürstlichen Decken lag. Selbst einem Blinden verrieten sein rasselnder Atem und seine vor Fieber glühende Haut, daß sein Zustand ernst war.

»Da hast du wohl recht. Ihm ist allerdings nur noch kurze Zeit vergönnt. Dann bewahren wir eben die Lampe auf, bis er sie am nötigsten braucht.« Sorgfältig maß er mit einer Fingerspitze das Öl ab, das sich noch in den flachen, runden Mulden befand, und wischte den schmierigen Ruß auf den scharlachroten und goldenen Stickereien ab. »Zumindest können wir ihm einen Tod im Finsteren ersparen, so wenig wir auch sonst für ihn zu tun vermögen.«

Er spürte, daß Benedetta ihm einen scharfen, bekümmerten

Blick zuwarf, und lächelte. »*Ich* bedarf keines Lichtes mehr, das stimmt. Was bedeutet mir die Dunkelheit? Ich lebe mit ihr und fürchte sie nicht. Ich habe überhaupt keine Angst mehr, Benedetta«, meinte er mit verhaltener, sanfter Stimme, »oder nur noch vor einem: daß ich doch noch an einem anderen Ort aufwache, ohne dich, und erkenne, daß dies alles nur ein Trugbild war; etwas, das ich in meiner Haft geträumt habe.«

»Dies ist kein Traum«, entgegnete sie leise und ergriffen. »Ich bin hier und erkenne dich mit Augen und Händen als den Mann, der du bist. Solange wir leben, wird uns in Wohl oder Wehe nichts mehr trennen.«

»Du schenkst mir Trost«, sagte Isambard.

Wo waren jetzt die Jahre hin, die sie einander in Körper, Geist und Seele entfremdet hatten – die Spannungen und der Schrecken, der Haß und die Rache? Auf immer entschwunden die Erinnerung an Unrecht und Kummer, unerwiderte Liebe und nie gesühnte Pein. Die beiden verspürten keinerlei Drang, von der Vergangenheit zu sprechen, sondern richteten gelassen ihren letzten gemeinsamen Hausstand ein und pflegten den letzten Gast ihres Lebens. Sie hatten sich gegenseitig vergeben, falls Vergebung bedeutete, daß man ohne Schmerz zurückblickte, weder Fragen stellte noch Antworten erwartete und nichts mehr zu sühnen fand.

Derlei Bedürfnisse lagen nun weit hinter ihnen. Sie hatten sich endlich in Ruhe verwandelt. Haß und Gram waren ausgebrannt. Auch die Liebe? Das wußte Gott! Liebe besitzt so unendlich viele Gesichter.

Zwei Tage und zwei Nächte hatte Paulinus von Reichenau hohes Fieber. Seine beiden Pfleger wachten unablässig bei ihm und wickelten ihn fest in seine Decken, während seine Haut glühte und das Fleisch an seinen zitternden Gliedern verdorrte. Am dritten Tag sank angesichts seines nahenden Todes das Fieber. Der Mönch schlug die Augen auf und betrachtete staunend das merkwürdige Paradies, in das seine Zelle sich verwandelt hatte. In dem Deckengewölbe über ihm liefen die schlanken Steinsäulen der Kapelle zu zwei Sternen zusammen. Er fand sich wie ein König in Samt und Seide von purpurner, goldener und tiefblauer Farbe gehüllt. Neben ihm strahlten Kerzen auf hohen eisernen Haltern, und in der Ecke stand der Lampenstein mit den dreizehn kleinen, aufrechten Flämmchen, die das letzte Öl verbrannten. In seine Nase, die den Gestank seines Schweißes und seiner Krankheit nicht wahrnahm, drang ein schwacher Rauchgeruch, so daß seine Nasenflügel erbebten. Auf einer Seite saß Benedetta und hielt seine Hand, und auf der anderen stand ein Fremder. Er trug das stolze, in die Ferne blickende Gesicht des Todes und sah aus schwerlidrigen, glanzlosen Augen auf ihn herab. Das asketische Antlitz wirkte ruhig und keineswegs bedrohlich. Dennoch fürchtete sich Paulinus.

Flüsternd tat er sein dringendes Bedürfnis kund. Seine Stimme, die bald für immer verstummen sollte, war kaum noch vernehmbar, so daß die Frau sich zu ihm herunterbeugen mußte, um ihn zu verstehen.

»Einen Priester – die Last meiner Missetaten erdrückt mich.«

»Hier gibt es keinen Geistlichen«, sagte Benedetta. »Gott allein hört uns. Sprich zu mir und ängstige dich nicht. Die Ohren des Herrn sind schärfer als die meinen.«

Obwohl er sich mit ganzer Kraft an ihre Hand klammerte, hatte Benedetta das Gefühl, nur die Klaue eines toten Vögelchens zu halten. Kurz bevor Paulinus in das ewige Schweigen einging, fand er noch einmal seine Stimme wieder, die inzwischen mehr Substanz besaß als sein dahinschwindender Körper.

»Ein großer Sünder bin ich nicht gewesen, nur ein ausdauernder. Aber ich habe mich sehr bemüht, mich zu bessern.«

Zufrieden sah er, daß sie lächelte. Der Mensch mag eine jämmerliche Kreatur sein, doch er sollte sich niemals dessen schämen, was sein Schöpfer an ihm vollbracht hat. Paulinus blieb sich bis zum Schluß treu. Wort für Wort legte er, solange seine Kräfte reichten, in ironischem Ton seine Beichte ab und ließ keine Einzelheit aus.

»Selbst diese Reliquie … war eine Fälschung … aber eine gute, von meiner eigenen Hand angefertigt. Um die Wahrheit zu sagen, stammte der Holzspan von einem Weinfaß aus Angers. Der Herr Isambard … hätte den Unterschied nie bemerkt. Diese feinen Herren sind doch alle Dummköpfe …«

Der düstere Mann, der neben ihm stand, warf den Kopf zurück und lachte schallend wie ein Tavernenkumpan über eine witzige Geschichte oder wie ein schadenfrohes Kind, das zusieht, wie ein aufgeblasener Ritter an einem schlammigen Tag im Hundezwinger auf die Nase fällt. Wenn der Tod so lachen konnte, was hatte Paulinus dann noch zu fürchten? Verblüfft und fröhlich versuchte er, in das Gelächter einzufallen, brachte jedoch nur einen schwachen, erstickten Laut hervor. Als Benedetta ihn hochhob, starb er in ihren Armen – kampflos, wie eine flackernde Kerzenflamme, verlosch sein Leben.

»Er ist tot«, flüsterte Benedetta erleichtert, denn Paulinus war kein Mensch gewesen, der einen schweren Tod hätte ertragen können.

Gemeinsam sprachen sie die Gebete für ihn. Dann öffnete Ralf Vater Huberts zwei Jahre altes Grab im Chor, indem er einen der gewaltigen eisernen Leuchter als Brechstange einsetzte. Und dort, neben den Kaplan von Parfois, betteten sie den entlaufenen Mönch und betrügerischen Reliquienhändler zur letzten Ruhe.

»Ich hege ja arge Zweifel, ob dem alten Mann diese Gesellschaft recht wäre«, bemerkte Isambard keuchend und mit geröteten Wangen, als er die Steinplatte wieder herunterließ. »Aber er wäre kein Christ, würde er ihm in seinem Haus kein Obdach gewähren. Möge Paulinus in Gott ruhen! Lachend in den Tod zu gehen ist gar keine so üble Art zu sterben.«

Und dann waren die beiden allein.

»Was war das?« fragte Benedetta, als sie in der Nacht durch fernes Grollen und Rumpeln geweckt wurde, das aus dem Fels zu dringen schien.

»Nichts, das wir fürchten müßten. Das sind bloß die walisischen Maulwürfe, welche die Fundamente von Parfois annagen.« Er schlug die Decken fest um seine Gefährtin ein und strich ihr die schweren Haarsträhnen aus dem schmalen, eingefallenen Gesicht. »Wenn sie noch weiterbohren, stürzen irgendwann die Mauern ein. Die Wachtürme am Tor könnten durch ihr Gewicht den Wall zum Einsturz bringen, und genau dort liegt die flachste Stelle der Schlucht. Wenn das Torhaus einstürzt, wird eine Bresche in den Wall gerissen, und über die Trümmer könnten die Waliser leicht eindringen.«

»Und wenn sie unter den Türmen und Felsen begraben werden?« flüsterte Benedetta entsetzt.

»Schande über dich, mein Herz! Meinst du etwa, Adam Boteler beherrscht sein Handwerk nicht? Jahrelang hat er in Bryn für mich Steine gebrochen. Hast du je gehört, daß er auch nur einen Mann durch einen solchen Unfall verloren hätte?«

Die Frau dachte mit Staunen und Anstrengung an die von Kämpfen geschüttelte Außenwelt, in der noch Heere aufeinandertrafen und Fürsten im Wettstreit miteinander lagen. »Können sie denn so rasch arbeiten? Besteht die Möglichkeit, Parfois auf diese Weise einzunehmen?«

»Mir kommt das ziemlich unwahrscheinlich vor. Aber andererseits hätte den Walisern auch niemand zugetraut, bis zum Brunnen vorzudringen und das Wasser abzuleiten, und dennoch haben sie dieses Werk vollbracht. Wer weiß, vielleicht widerlegen sie ja ein zweites Mal alle Vorhersagen.« Ihr schwacher Atem, der über seinen Hals strich, ging gleichmäßig und ruhig, und ihr Körper lag still in seinen Armen. Dennoch fürchtete er, sie könnte Hoffnung schöpfen und sich dadurch von neuem quälen. »Sie können nicht zeitig genug kommen, um uns zu befreien, mein Herz«, erklärte er daher behutsam. »Wir dürfen nicht darauf bauen.«

»Ich bin es zufrieden«, entgegnete sie, »ich erwarte keine Rettung mehr.«

Sehnte sie sich überhaupt noch nach Rettung? Benedetta blickte in ihr Herz und entdeckte dort überhaupt keine Wünsche mehr – bis vielleicht auf die unerfüllbare Sehnsucht, Harry noch einmal wiederzusehen. Trotzdem hatten die beiden – einem natürlichen Überlebenswillen gehorchend – während der ersten Tage unablässig versucht, aus ihrem Gefängnis auszubrechen. Benedetta hatte ihre Augen und Isambard seine Hände eingesetzt, und so hatten sie jede Ritze und jeden Winkel durchforscht. Doch sämtliche Türen waren verrammelt und alle tiefer gelegenen Fenster mit Brettern vernagelt. Es gab keinen Ausweg. Zumindest hatte die Suche ihnen während der schlimmsten Tage, als sie noch stark waren und der Hunger ihnen am heftigsten zusetzte, geholfen, die Bisse des Wolfsrudels zu verbergen, das in ihrem Inneren wütete. Aber jetzt hatte die Meute sich befriedigt zurückgezogen, und sie spürten nur noch einen dumpfen Schmerz und eine Mattigkeit, die ihnen verriet, daß ihre Zeit sich dem Ende zuneigte. Die Nächte verbrachten sie in enger, keuscher Umarmung und halfen einander über die Stunden hinweg, in denen selbst der flache, von Träumen erfüllte Schlaf sie floh.

»Verzeih mir«, begann Isambard, »daß ich dich in diese Lage gebracht habe. Gott weiß, ich wollte nicht, daß du ein zweites Mal um meinetwillen stirbst.«

»Ich bin aus freiem Willen gekommen«, entgegnete Benedetta. »Da ist nichts zu vergeben. Schließlich habe ich dich angefleht, mir von neuem die Tür zu öffnen, und du hast nur meine Bitte erfüllt. Ja, noch mehr als das! Nie hätte ich geglaubt, daß du mich noch einmal in dein Bett nimmst.«

Isambards Mund lag an ihrem Haar, und sie spürte, wie die Lippen kurz und lautlos vor Lachen erbebten. »Ach, Benedetta, Benedetta! Ich hätte nie zu hoffen gewagt, daß du kommen würdest. Mädchen, ich hatte vor, dir den Knaben ohne Bedingungen zu übergeben. Ich hätte dir den ahnungslosen

Jungen ans Torhaus gebracht. Du hättest nicht einmal meine Schwelle zu überschreiten brauchen, außer, es hätte dir gefallen, mir aus eigenem Willen diese große Ehre zu erweisen.«

»Ich glaube dir. Dennoch wäre ich eingetreten und hätte dir den Preis gezahlt, den ich für Harrys Freiheit geboten hatte, ob du ihn nun wolltest oder nicht.«

»Weil du denkst wie Harry und mir nichts schuldig bleiben mochtest?« fragte er bekümmert. »Oder weil du Mitleid mit mir hattest, weil ich alt und blind bin und von Feinden umgeben?«

»Mitleid? Nein, so falsch habe ich dich noch nie eingeschätzt. Der Grund lag eher darin, daß ich älter wurde und mein Leben ohne dich zu festgefügt und leer war. Außerdem spürte ich in meinem Herzen, daß es an der Zeit war und du an demselben Kreuzweg standest wie ich. Der Gedanke ging mir nicht aus dem Kopf, daß wir beide noch etwas zu erledigen hatten, ehe unsere Geschichte ihr Ende fand. Ich ahnte ja nicht, daß es dabei ums Sterben ging. Aber wenn es nun sein soll, dann lieber mit dir als mit jedem anderen Menschen«, erklärte sie. Wie immer sprach sie entschlossen und großherzig aus, was sie dachte.

Sie hatte sich schon immer wie eine Dichterin auszudrücken gewußt. Diese Worte hätte Isambard gern auf seinem Grabstein gesehen, hätte es einen Steinmetz gegeben, der einen für ihn meißelte. *Lieber mit dir als mit jedem anderen!* Auch ich, meine Liebste, Teuerste, will mit dir leben oder sterben, im Himmel, in der Hölle oder wo du sonst willst. Lieber mit dir als mit jeder anderen!

»Benedetta!«

»Ja, Mylord?«

»Auf ein Wort, hier in der Nacht. Denn hier bist du so blind wie ich und siehst mich nicht, wenn ich zu dir spreche. Ich habe noch etwas auf dem Herzen.«

»Ich höre«, sagte sie, »und bin blind.«

»Du hast mich nie gefragt«, begann Isambard mit gleichmäßiger, leiser Stimme in der Finsternis neben ihr, »was ich mit Harry getan habe, nachdem ich seinen Körper aus seinem Grab genommen habe.«

Sie lag ganz still und hielt einen Augenblick lang den Atem an. Mit einemmal kam sanft die Erinnerung über sie, als zöge jemand einen Vorhang zur Seite. Genau so hatte sie hellwach dagelegen und Harry in den Armen gehalten, während an der Tür geduldig der Tod auf ihn harrte. Die Zeit hatte einen weiteren unermeßlichen Kreis geschlossen und das Gleichgewicht der Liebe wiederhergestellt.

»Ich weiß, wohin du ihn gebracht hast«, erklärte sie mit Selbstverständlichkeit. »Er ruht genau dort, wo er hingehört. Hier bei uns, unter dem Altar.«

Isambard stieß einen tiefen Seufzer aus, und seine verkrampften Hände entspannten sich. Er fragte nicht, woher Benedetta dies wußte. Wozu, angesichts dieses wundersamen, beredten Schweigens, das jetzt zwischen ihnen herrschte? Mit jedem Atemzug sogen sie Gewißheit und ein Gefühl der Sicherheit ein, bis vor diesem hellen Licht alle Fragen wie Schatten zerflossen.

»Ich habe das Grab ganz allein geöffnet«, erklärte Isambard nach einer langen Weile verzauberten Schweigens, »mit diesen meinen Händen. Es sollte einmal meine Ruhestätte werden, doch ich habe sie ihm abgetreten. Mir kam es vor, als hätte er ein größeres Anrecht darauf. Ich habe die Steinplatte mit einer seiner eisernen Brechstangen angehoben, wobei ich höchst erstaunt feststellen mußte, wieviel Überlegung und Technik nötig sind, wenn man diese Arbeit allein angeht. Mit diesen Armen habe ich ihn hochgehoben und in den ihm zustehenden Platz hineingelegt. Ich habe ihn in ein goldenes Tuch gehüllt und das Grab geschlossen, auf daß er in Frieden ruhe.«

Benedetta spürte die Leidenschaft, die seine reglosen, schlanken Hände durchzuckte, als umarme er in diesem Moment nicht ihren ausgemergelten, dahinschwindenden Körper, sondern die schmalen Knochen des jungen, starrköpfigen Harry.

»Ich weiß, daß du dir gewünscht hast, liebende Hände würden ihn eines Tages dorthin legen«, erklärte Isambard bitter und schuldbewußt. »Vergib mir zumindest dies.«

»Das ist nicht notwendig«, antwortete Benedetta. »Ich bin es zufrieden.«

Sanft strich er mit den Fingerspitzen über ihr Antlitz und verweilte auf ihren Lippen. »Du lächelst ja«, meinte er staunend.

»Wäre es dir lieber, ich würde weinen?« fragte sie. »Ich könnte, wenn ich wollte.«

»Bei Gott, nein! Ich habe dich noch nie in Tränen gesehen. Du hast gelacht, als du mich vernichtet hast und zu Harry gegangen bist. Du hast noch gelacht, als man dich davonschleppte, damit du um seinetwillen starbst.«

»Als meine Retter mich ins Leben zurückholten, habe ich geweint.«

»Das mag wohl sein. Ohne ihn hatte das Leben seinen Glanz für dich verloren. Gott weiß, ob ich dich ihm mißgönnte oder umgekehrt, mein Mädchen. Doch seit Harrys Tod konnte ich kein Vergnügen mehr daran finden, einen Menschen sterben zu sehen. Jeder Blutstropfen, den ich vergoß, gehörte ihm. Selbst wenn ich den gemeinsten Verbrecher aufhängen ließ, war es immer Harrys Hals, um den der Henker die Schlinge legte. Jedesmal, wenn ich das Eigentum eines Pächters einziehen oder einen Leibeigenen auspeitschen wollte, hörte ich Harrys Stimme, die mir mit seinen Argumenten widersprach, und zog meine Hand zurück. Auch wenn ich einmal sein Gesicht vergessen hatte, trat es mir hier immer wieder vor Augen, und auch wenn ich nicht mehr daran dachte, mit welcher Freude und Leidenschaft er seinen Mitmenschen begegnete, dann sah ich dieses Gefühl von neuem in den Steinen dieses Gotteshauses abgebildet. Ich konnte ihm nicht entkommen. Der Mann, welcher nicht einmal dann aufhören konnte, zu hauen und zu schnitzen, als er so gut wie tot war, hat diesen Samen in mein Herz gepflanzt. Oftmals habe ich ihn dafür verflucht und darum gekämpft, seiner ledig zu werden, doch das ist mir nie gelungen.

Ich wußte, daß ich ihn vernichtet hatte. Schuldgefühle konnte ich zwar nicht empfinden, doch mir war klar, daß ich damit die Welt beraubt und mich selbst verstümmelt hatte. Gegen das Leben, das ich ihm genommen hatte, vermochte ich nur mein eigenes zu setzen. Wenn ich es denn verwirkt hatte, war ich bereit, mit dem Leben zu bezahlen, doch ich fand nicht den Mut, mein eigenes Urteil zu sprechen, und nicht das Herz, aufzugeben, was vielleicht doch nicht von mir gefordert wurde, selbst wenn es mir keine Freude mehr bereitete. Doch immer wieder hat der Herr mich verschont. Und das Seltsamste, Benedetta, kam mir in folgender Erkenntnis: Je öfter ich Gott mein Leben anbot, auf daß Er es nehme, um so mehr schätzte ich es und wollte es mir bewahren. Harry hat mich noch nach seinem Tod gelehrt, das Leben zu lieben. Und das war eine harte Lektion. Je mehr ich das Leben liebte, desto größere Pein empfand ich, es weiterhin aufs Spiel zu setzen. Aber ich habe meinen Entschluß nicht zurückgenommen. Alles in allem habe ich also vielleicht einen Teil meiner Schulden bezahlt.«

In dem kurzen Schweigen, das seinen Worten folgte, ließ ein weiteres leises Rumpeln und Grollen das Gefüge der Kirche und den Fels darunter erzittern. Sie hielten den Atem an und lauschten, bis das Geräusch verklungen war.

»Benedetta!« Isambard fuhr mit den Fingern forschend an ihrer Wange entlang und über die fest verschlossenen Augen, an deren Wimpern Tränen hingen. »Ach, mein Herz, weine doch nicht um mich! Warum?«

»Sprich nur«, bat Benedetta mit einer Stimme, die wie ein bloßer Hauch über seine Handfläche strich und dort verweilte. »Du wolltest mir noch etwas sagen.«

»Dir oder auch Gott. Doch der Herr weiß ohnehin schon

alles, ehe ich spreche. Und jetzt erkenne ich, daß es nur wenig gibt, das du von mir nicht wüßtest.« Dennoch redete er langsam weiter, wobei er häufig Pausen einlegte, als ob die auf ihn einstürmenden Erinnerungen ihn sogar von ihr entfernten, in erneutes Staunen versetzten und seine Umgebung vergessen ließen.

»Und dann ist der Knabe gekommen. Hier, in dieser Kirche stand er plötzlich vor mir und war seinem Vater wie aus dem Gesicht geschnitten. Ich konnte ihn einfach nicht gehen lassen, ich mußte herausfinden, ob in ihm dasselbe Feuer steckte wie in seinem Erzeuger, oder ob ich sinnlos diese Qual durchlebte und Gott mich narrte. Geschlagen habe ich den Jungen nie, bis auf ein einziges Mal, als er sein Leben fortwerfen wollte, um mir das meine zu nehmen. Fünfzehn Jahre zählte er, die ganze herrliche Welt lag vor ihm und wartete nur darauf, daß er die Hand nach ihr ausstreckte – und er wußte dieses Geschenk nicht zu würdigen! Aber ich glaube, tief im Herzen war er sogar froh, meine Prügel einzustecken, denn der Schmerz zeigte ihm, wie lebendig er war. Eine solche Lektion brauchte ich ihm nicht wieder zu erteilen, aber ich habe ihm auf meine Weise schon hart zugesetzt. Manchmal habe ich ihn härter als beabsichtigt angeschlagen, doch der Ton, der dabei herauskam, war immer rein und klar. Ich habe ihm einen Knuff nach dem anderen versetzt, und er hat es mir nach bestem Vermögen mit gleicher Münze heimgezahlt. Aber zu zähmen vermochte ich ihn nie. Und am Ende schloß sich der Kreis. Denn wie einst sein Vater setzte Harry seine Freiheit und sein Leben aufs Spiel, um einem bedrohten Kind beizustehen, das ihn im Grunde nichts anging. Aber dieses Mal – denk dir, Benedetta – war ich dieses Kind. Ich schenkte ihm seine Freiheit und bat ihn zu gehen. Und er wollte nicht! Er mochte mich nicht verlassen, aus Sorge und Angst um mich, weil ich blind war und meinen Feinden hilflos ausgeliefert.«

Die lange Nacht neigte sich dem Ende zu. Über den beiden Gefangenen nahmen im ersten schwachen Lichtschimmer die

Umrisse und Proportionen des Kirchenraumes Gestalt und Größe an. Kurz zuvor gab es nur unbestimmte Formen, eine Erweiterung des Friedens, einen Eindruck von Ruhe. Nicht lange, und sie würden die Verstrebungen des Gewölbes wahrnehmen: Benedetta würde sie sehen, und Isambard würde mit seinen Händen, seinem Körper und seinem Blut spüren, was sie sah, und ihre Freude teilen. Die Einzelheiten würden sich später herausbilden, als würde das Licht sie jeden Morgen von neuem in den Stein hauen.

»Nun, da ich es erlebt habe, weiß ich, wie einfach und selbstverständlich sich ein Wunder in der Welt vollzieht. Ich war, ohne es zu wollen, Harrys Wunder, und er war ebenso unwillig mein Wunder. Nicht wenig von dem, was er weiß, habe ich ihn gelehrt. Wenn er heute so ist, wie er ist, dann hat er es zum Teil mir zu verdanken. Ich lebe in ihm weiter, so wie sein Vater in mir. Möge Gott geben, daß das Ende genauso glücklich ausfällt. Denn, der Herr sei mein Zeuge, ich habe ihn zum Erben alles Guten gemacht, das ich weitergeben konnte. Und Gott allein weiß«, erklärte Isambard und lächelte befriedigt, froh und gelassen, »wie sehr ich ihn geschätzt und geliebt habe.«

Als Benedetta die Augen aufschlug, strahlte die helle Mittagssonne, und der Widerschein des Lichts fing sich im Gewölbe des Mittelschiffs. Die Engel an den Schlußsteinen wölbten ihre güldenen Schwingen und riefen laut den Herrn an.

Sie lag inmitten der schmutzigen Brokat- und Seidenstoffe. Ihr Antlitz bestand nur noch aus einem weißen Fleck über den hervorstehenden Wangenknochen und großen, verzückt strahlenden Augen, und ihr Körper war nichts mehr als ein Häuflein Knochen, an dem das Skelett buchstäblich durch die Haut schien. Das himmlische Licht neigte sich, zart wie Spinnfäden, und doch fest wie Stein, zu ihr hinab. Nein, dieses Leuchten war beständiger als Stein, so ewig wie die Erinnerung und so unzerstörbar wie die Liebe.

Denn Meister Harrys große Leistung war nicht nur der Stein, wenngleich dieses Material unter seinen Händen gleichsam erblüht war. Selbst wenn die Hülle, die diese herrliche Form enthält, zerbrechen und verlorengehen sollte – so sagte sich Benedetta und staunte darüber – so wird dieses Wunder, das er einmal erdacht und zum Leben erweckt hat, trotzdem auf ewig leben. So wie die Seele den Körper überdauert, so wird sein Werk den Stein überleben. Augen, die es einmal erblickt haben, sehen danach alles anders, denn sie haben gelernt, was Vollkommenheit heißt. Was wir gelernt haben, werden wir gewiß an andere weitergeben, und was wir an Erleuchtung empfangen haben, werden wir irgendwie weiterreichen, von Hand zu Hand, bis in die Unendlichkeit. Zerschmettert diese Kirche, und dennoch wird Harry auf geheimnisvolle Weise die Welt verändert haben.

Am wunderbarsten jedoch erschien Benedettas verwegenem Geist die Erkenntnis, daß Vollkommenheit nicht das Ende aller Mühen und Friede nicht den Abschluß einer Suche darstellen. Beides sind Anfänge und bedeuten keineswegs Stillstand oder Müdigkeit, sondern haben mit der glühenden Leidenschaft zu tun, die unsere Kräfte zum Höchsten streben läßt und die Sehnsucht unseres Herzens über die letzten Grenzen des Wissens hinausführt. Die Suche und die Mühen kennen keine Grenzen, sondern setzen sich bis in alle Ewigkeit fort. Zeit besitzt für sie keine Bedeutung. Das Jetzt ist die Ewigkeit, das Hier ist das Überall. Geh nirgendwohin, strenge dich nicht an, und warte. An diesem Ort kommt die ganze Welt zu dir, dringt in dich ein und wird eins mit dir.

In Benedettas ausgemergeltem, geschwächtem Körper lag ihr Geist klar und still wie ein Bergsee da, der den pulsierenden Wandel des Lichts reflektierte. In letzter Zeit phantasierte sie häufig vom Wasser, denn trotz ihrer Sparsamkeit waren die Weihwasserbecken versiegt, und sie verfügten nur noch über einen rasch dahinschwindenden Rest Wein, um den ärgsten Durst zu stillen. Sie bewegte sich jetzt nur noch, wenn dies unbedingt notwendig war, schlief häufig und träumte viel. Sie wußte genau, wie begrenzt ihre Kräfte waren, und sparte sie sich für die unbedingt notwendigen Arbeiten auf. Die gewaltige Last ihres Haares zu entwirren und aufzustecken erschöpfte sie. Worte kamen ihr bleischwer über die Lippen, und ihre Kleidung lastete auf ihr wie ein Fels. Sie ergab sich dem Gefühl des Staunens und suchte Zuflucht in der Stille. Warte, schien ihr eine innere Stimme zu sagen. Du brauchst nirgendwo hinzugehen, denn hier kommen alle Dinge zu dir und verschmelzen mit dir.

Immer noch geblendet von dem ekstatischen Licht, das ihren Blick himmelwärts lenkte, hinauf ins Deckengewölbe, streckte Benedetta ihre magere Hand aus und tastete nach Isambard. Doch sie traf nicht auf die Finger, die sonst rasch und behutsam ihre Berührung erwidert hätten. Da blickte sie um sich, und die irdischen Gegenstände um sie herum nahmen von neuem klare Umrisse an – das Maßwerk der Kapelle, der Stein mit den Ölpfännchen, deren Flammen vor langer Zeit verloschen waren, und im Halbdunkel die düsteren, prächtigen Farben ihrer Lagerstatt. Isambard lag nicht mehr neben ihr. Wie lange mochte er schon fort sein? Sie besaß kein Zeitgefühl mehr; Gott allein wußte, welchen Tag sie schrieben. Sie wußte nur, daß es heller Mittag sein mußte.

So lag sie und lauschte. Da drangen Geräusche zu ihr, die eine Saite in ihrem Herzen anschlugen und augenblicklich eine vage Erinnerung an Trauer und Mitgefühl hervorriefen. Es war das Kratzen von Metall auf Stein, schweres Atmen, dem wieder tiefes Schweigen folgte, und dann heftiges Keuchen, das in ein angestrengtes, erleichtertes Aufstöhnen überging. Ein kurzer Moment der Stille, dann hörte sie von neuem, wie sich Eisen unter einen Stein schob und ihn anzuheben versuchte. Dieses Mal glitt die Platte einen Zollweit beiseite und schleifte über den Boden. Nun endlich begriff Benedetta. Isambard hatte sie schlafen lassen und sich daran gemacht, ein Grab für sie zu öffnen.

Das schafft er nicht allein, dachte sie erschrocken, faßte nach den schlanken Säulen der Kapelle und zog sich in die Höhe. Er wird sich die Knochen brechen. Sein Herz wird zerspringen, er wird sterben.

Benedetta schleppte sich aus der Kapelle in den Chor, indem sie sich an die Säulen klammerte und von einer zur anderen schleppte. Unwillkürlich wandte sie den Blick zum Grab des alten Kaplans Hubert, das seinen unerwarteten Gast aus Reichenau beherbergte. Wo sonst sollte Isambard nach einer Ruhestätte für sie suchen? Die Steinplatte hatte sich noch nicht wieder vollständig gesetzt und konnte gegen das massive Holz des Chorgestühls gelehnt werden, ohne daß man allzu große Gefahr lief, sie zu beschädigen. Doch die Ecke lag still und leer da, und der Grabstein befand sich an seinem Platz. Aber weiter vorne, wo der Altar war, wurde Zoll für Zoll behutsam ein anderer Stein beiseite gehievt. Sie hörte Ralfs tiefes, angestrengtes Atmen, das sich seinem müden Herzen entrang. Sie hörte die langen Pausen, während deren er seinen Körper für eine weitere Attacke gegen die Platte wappnete. Und das alles unternahm er ohne Augenlicht und bediente sich statt dessen geduldig seiner bloßen, schmerzenden Hände! Benedetta, die nur selten im Leben geweint hatte, stiegen die Tränen in die Augen, und ihr Blick verschwamm. An das Chorgestühl geklammert, tastete sie sich auf ihn zu, doch auf den Stufen des Presbyteriums waren ihre wenigen Tränen bereits getrocknet, so daß sie klar sehen konnte, und da erblickte sie ihren Gefährten.

Steile, kalte Sonnenstrahlen fielen hell und hart wie Eis durch die Spitzbögen des Ostfensters und schienen die Bodenplatten mit Juwelen zu besprenkeln. Und inmitten dieser Kaskade grüner, goldener und scharlachroter Lichter lag Isambard. Erschöpft keuchend, war er über seinen behelfsmäßigen Werkzeugen zusammengebrochen. Zwei der schweren Kerzenleuchter hatte er zerbrochen und seine Finger bis auf die Knochen aufgeschürft, doch er hatte vollbracht, was er sich vorgenommen hatte.

Der Mittelstein unter dem Hochaltar, unter dem Fries mit den singenden Kindern, war zur Seite geschoben worden, und die Sterne und Rauten aus Licht fielen jetzt glitzernd wie Winterblumen in den mit Stein ausgeschlagenen Schacht, in dem Harry Talvace ruhte.

Auf den Stufen versagte Benedettas Körper ihr den Dienst, und sie sackte zusammen. Auf Knien rutschte sie über die strahlend helle Fläche zu Isambard. Das Blut pochte so laut in seinen Ohren, daß er sie nicht kommen hörte. Keuchend, die Stirn auf die Steinfliesen gelegt, lag er da, und an seiner ausgestreckten Hand, die über den Rand des Grabes baumelte, hing ein Blutstropfen.

Erst als sie ihn berührte, hob er den Kopf und wandte ihr sein Gesicht zu, die leuchtenden, nackten Überreste seiner einstigen Schönheit, die zu einem messinggelben Farbton ausgebleichte, zweideutige Maske, die einen Engel oder einen Teufel darstellen mochte, und die erloschenen Augen unter den pergamentdünnen, schweren Lidern. All dies zeigte schon die versteinerte Pracht des Todes und pulsierte dennoch bis zum Ende vor Leben und Leidenschaft.

Mit schwachen Fingern, die wie verdorrte Blütenstengel wirkten, strich sie über Isambards staubige Stirn. »Willst du mich etwa ein weiteres Mal in Harrys Bett schicken?« fragte sie.

»Wohin sonst?« gab er zurück. »Wo anders sollte ich dich zur Ruhe legen? Wenn du vor mir gehst, mach deinen Frieden mit mir – bitte!«

Er legte das Haupt in ihren Schoß, schlang die zum Skelett abgemagerten Arme um sie und verharrte reglos. Benedetta barg den dichten grauen Haarschopf in den Händen und blickte über Isambards Schultern hinweg in das Grab. Es war nicht besonders tief, so daß sie die trockenen Steinwände erkennen konnte und das von der Zeit kaum getrübte Leuchten des goldenen Leichentuchs. Sie sah die zarten, schlanken Knochen, die durch diese glänzende Hülle schimmerten und den ruhenden Schädel, der unter dem fürstlichen Schleier die weichen, stillen Züge eines Schlafenden besaß. Und sie dachte zurück an die Zelle tief unter der Burg, wo das dunkle Haupt des geliebten Mannes die ganze Nacht über schwer an ihrer Brust gelegen hatte.

Sie nahm Isambards Kopf zwischen ihre knorrigen Hände, hob sein Gesicht dem ihren entgegen und küßte seine Stirn.

»Einst wolltest du sein Herz«, sagte sie. »Streck ruhig die Hand danach aus. Jetzt mißgönnt er es dir gewiß nicht mehr.«

KAPITEL ZEHN

Parfois: Dezember 1233 bis Januar 1234

Drei Tage brannte das Feuer in dem Felsen, auf dem Parfois sich erhob. In der Stille der Nacht vernahmen zuerst die Kriegsknechte auf dem Verbindungsgang zwischen den Wachtürmen das eifrige, gedämpfte Knistern von Buschwerk und Zweigen und das Röhren und Brüllen der Flammen, welche die Luft verschlangen. Bei Tag waren diese Geräusche kaum zu hören und gingen in dem gewöhnlichen Tumult einer belagerten Festung unter; doch dafür gab es andere Zeichen, die die Menschen auf Parfois auf das Wunder hinwiesen. Am ersten Morgen, noch ehe das schwache Licht sich auch nur gerötet hatte, war einer der Wachposten zu seinem Hauptmann gerannt und hatte brüllend gemeldet, der leere Brunnenschacht speie Rauchwolken aus. Unter Parfois brodle die Hölle, und der Tag des Jüngsten Gerichts sei gekommen!

Mit derselben abstrusen Geschichte kamen die Männer auch zu William Isambard gelaufen, der sie als Narren verschrie, aber dennoch nach draußen lief und sich selbst überzeugte. Unter dem bleifarbenen Himmel rauchte der von Adam geschaffene Kamin und entsandte heiße Luft und eine schwarze Qualmsäule in die Höhe. Das Knistern brennender Dornbüsche tief im Fels entsetzte die Burgbewohner und gemahnte sie an Teufel und Dämonen. Nächtens lag ein schwacher Lichtschein über dem Brunnen, was ihr Unbehagen nur noch verdoppelte. Sosehr William auch redete und erklärte, er war dennoch nicht in der Lage, seine Streitmacht davon zu überzeugen, daß es sich hier um ein natürliches Phänomen handelte. Und so zog er sich, allein mit seinen

Gedanken, in sein Schlafgemach zurück – aber auch dort fand er keine Ruhe.

Der scharfe, trockene Wind, der durch die Schlucht fegte wie durch einen Schornstein, erwies sich als Llewelyns bester Verbündeter und ließ das Feuer länger lodern und glühen, als Adam zu hoffen gewagt hatte. In der zweiten Nacht erzitterte Parfois plötzlich, und tief aus dem Fels ließ sich ein Grollen und Poltern vernehmen. Erst jetzt begriffen die Verteidiger, was mit ihrer Festung geschah. Der Boden unter ihren Füßen bebte. In ständiger Angst gingen sie nun ihrer Arbeit nach, versuchten, nicht zu heftig aufzutreten, und senkten die Stimmen, aus Furcht, die Schwingungen könnten die Mauern zum Einsturz bringen. Rauch wälzte sich durch die Schlucht und verbarg die Talsohle vor den Blicken der Burgbewohner. Der zu Eis erstarrte Bach plätscherte von neuem, aber jetzt änderte er täglich seinen Lauf, weil die aufeinander folgenden Erdrutsche das Flußbett ständig veränderten. Nachts, während das Feuer herunterbrannte und der Fels abkühlte, kletterte das Eis stets ein paar Fuß höher und brachte das Wasser Stück für Stück unter seiner harten Schicht zum Schweigen.

In der vierten Nacht gewann der Frost endgültig die Oberhand und legte sich mit eisenhartem Griff über all das, was das Feuer bereits verwüstet hatte. Man schrieb den zweiundzwanzigsten Dezember, und es war die kälteste Nacht dieses Winters. Gegen Morgen wurde ganz Parfois von Knirschen und Dröhnen geweckt, als Stein und Mauerwerk einstürzten. Entsetzt sprangen die Bewohner aus ihren Betten, als sich unter dem Torhaus mit lautem Donnern die Klippe spaltete. Die Fundamente des Westturms wurden fortgerissen, so daß er vom Boden bis zum Dach auseinanderbrach und vierzig Fuß tief in den Abgrund krachte. Die Zugbrücke schlingerte nunmehr wie betrunken an einer Kette, denn der östliche Turm stand noch; aber die Mauern standen nicht mehr gerade und waren von gezackten Rissen durchzogen, die wie Blitze aussahen. Darunter wölbten sich im Wind die Staubwolken, die von den herabgestürzten Trümmern aufstiegen, und enthüllten gewaltige Felsbrocken, die gefährlich in der Schwebe hingen und sich bei der leisesten Erschütterung lösen konnten.

Vor Angst, daß Llewelyn ihre Verwirrung ausnutzen würde, um anzugreifen, ließ William in fieberhafter Hast die Überlebenden antreten und drängte sie mit Schlägen und Beschimpfungen, eine neue Brücke zu errichten, die untere Torwache zu verstärken und die Bresche in den Wällen mit allem zu besetzen, das auf zwei Beinen ging und Waffen zu tragen vermochte. Die Versuchung, anzugreifen, war in der Tat groß, doch Adam wußte es besser, und Fürst Llewelyn war klug genug, sich in dieser für ihn neuen Kampftaktik belehren zu lassen. Der Fels war noch nicht ausgekühlt; noch vor dem Abend mußten sie mit weiteren Erdrutschen rechnen. Wer jetzt seine Männer in diese bebende, qualmende Trümmerhalde schickte, bevor sie sich zumindest einen Tag lang beruhigt hatte, riskierte das Leben seiner Soldaten. Daher wurde William eine vierundzwanzigstündige Gnadenfrist zuteil – während der er überdenken konnte, ob seine Feste wirklich so uneinnehmbar war.

Er verbrachte den Tag nägelkauend auf seinem Turm, wo er die hoch aufragende Burg noch immer unter seinen Füßen vibrieren spürte. Nun mußte William sich endlich seine Zweifel eingestehen, die ihm bisher nicht allzu wichtig vorgekommen waren. Die Belagerer hatten eine Bresche in den Wall geschlagen, und seine Garnison war zutiefst verunsichert. Wenn er unterlag, sah seine Zukunft so trostlos aus wie das im Frost erstarrte Tal unter ihm. Sollte Parfois jedoch standhalten, mochte er durchaus noch obsiegen und, dem argwöhnischen Humphrey Paunton zum Trotze, seine Ehre wahren. Was hatte er nur falsch gemacht, daß der alte Narr in Fleace sich gesträubt und Sicherheiten verlangt hatte? Wenn alles vorbei war, konnte er unter lautem Wehgeschrei den dritten Toten in der Pestkirche entdecken und seinen Vater öffentlich und mit allen Ehren und in aller Unschuld begraben, und trotzdem würde er noch den Segen des Königs erhalten. König Heinrichs Schatten würde wie ein Schutzschild über ihm schweben und seine Handlungen rechtfertigen. Er hatte schließlich im Auftrag des Königs gehandelt, und angesichts des Umstands, daß die Grenzen Englands bedroht waren, konnte niemand etwas dagegen einwenden, daß er sich Parfois angeeignet hatte. Woher hätte William außerdem wissen sollen, in welchen Schlupfwinkel der senile Alte sich verkrochen hatte, als er während des Alarms seinen Wächtern entwischt und verschwunden war? Wie hätte er angesichts seiner bedrängten Lage und des dichten Belagerungsrings der Waliser jenseits der Mauern von Parfois nach seinem Vater suchen sollen? Er hatte einfach geglaubt, der blinde Greis sei von der Klippe gestürzt, und er hatte ihn bereits öffentlich betrauert. William hatte sich große Mühe gegeben, das Bild eines besorgten Sohnes aufrechtzuerhalten. Woher hätte er wissen sollen, daß Isambard sich in der Kirche aufhielt? Er hatte dafür gesorgt, daß niemand Anklage gegen ihn erheben konnte. Nein, wenn Parfois standhielt, wenn er dem König weiterhin von Nutzen war und seine Festung verteidigte, dann mochte noch alles gut ausgehen.

Doch nun fand er sich plötzlich und unerwartet mit der Möglichkeit konfrontiert, daß Parfois durchaus fallen konnte.

Und was dann? Was, wenn Llewelyn Parfois einnahm und die verbarrikadierte Kirche aufbrach? Angesichts von Ralf Isambards Leiche würde der Waliserfürst einen solchen Aufstand machen, daß der Sohn sich hernach durch keinerlei Ausflüchte vom Vorwurf des Vatermordes würde verteidigen können. Die hübsche Verdrehung der Tatsachen, die William sich zurechtgelegt hatte, wäre dann von Anfang an zunichte gemacht und sein Fall verloren, ehe er sich überhaupt rechtfertigen konnte. Allein der Verdacht würde für seinen Sturz ausreichen. Sein Vater hatte ihm ja vorhergesagt, daß König Heinrich sich beim leisesten Hauch eines Skandals aus der Affäre ziehen und es seinem Untertan überlassen würde, die Zeche zu zahlen. Der Alte hatte genau gewußt, wovon er sprach. Einem Mann, den der Fürst von Aberffraw des Vatermords beschuldigte, war keine Zukunft mehr beschieden. Immer noch hörte William die Stimme seines Vaters in seinen Ohren: »Wenn du den König kompromittierst, wird er dich bis an dein Lebensende hetzen wie ein Tier«, hatte Ralf irritierend selbstsicher und amüsiert erklärt.

William wußte eins: Niemand durfte jemals die Leichen in der Kirche entdecken; zumindest nicht in erkennbarer Gestalt. Konnte er die Türen aufbrechen und die Toten heimlich verscharren lassen? Nein, die Moral seiner Männer würde zusammenbrechen, wenn er ihren gegenwärtigen Ängsten auch noch die Drohung der Pest hinzufügte.

Die Waliser hatten sich des Feuers bedient. Wieso eigentlich guckte er ihnen diese Erfindung nicht ab und schob ihnen anschließend die Schuld in die Schuhe? Die Kirche war reichlich mit Holzwerk ausgestattet, das bei diesem trockenen Frostwetter ebenso herrlich prasseln würde wie Llewelyns unterirdischer Höllenofen. In der Nähe der Kirche lagerte Öl für die Steinpfannen und Lampen. Von Westen wehte ein scharfer Wind. Er würde zwei oder drei besonders einfältige Männer auswählen. Er würde ihnen sagen, daß er die letzten Spuren der Pest auslöschen wolle und daß sie die Westfenster einschlagen und an seiner Stelle den Brand legen sollten, ohne den Innenraum zu betreten. Und dann konnte Llewelyn denken, was er wollte, wenn er die verkohlten unkenntlichen Gebeine entdeckte.

An Heiligabend war in Llewelyns Lager noch vor Sonnenaufgang alles auf den Beinen. Man hatte die Waffen angelegt und machte sich bereit für den letzten Angriff. Als die Männer zu der angeschlagenen Festung aufblickten, sahen sie, wie eine neue, gewaltige Flammenzunge vom Wind in die Höhe getrieben wurde und sich zu einem langgestreckten, knisternden Banner entfaltete, an dessen Rändern Rauchfetzen wehten. Sie standen alle erstaunt da und starrten gebannt in die Richtung.

Llewelyn hatte die aufgeregten Rufe gehört und trat eilig aus seinem Zelt, und Harry, der eben dabei gewesen war, seine Rüstung anzulegen, rannte mit einem verzweifelten, wütenden Aufschrei zu Adam und umklammerte den Arm seines Ziehvaters.

»Die Kathedrale, Adam! Sie haben die Kirche in Brand gesteckt!«

In der trüben Morgendämmerung stand Meister Harrys eleganter Turm rotleuchtend da und brannte wie eine Fackel oder ein Signalfeuer. Aus den höchsten Fenstern schlugen die Flammen wie feurige Wimpel und flatterten wie langes rotgoldenes Haar in dem Wind, der nach Westen gedreht hatte.

Noch am selben Tag nahmen die Waliser Parfois ein.

Die von drei Seiten geführte Attacke war exakt geplant, doch nun wurde sie etliche Stunden vor der festgesetzten Zeit und in fliegender Eile durchgeführt. Mit etwas weniger als einem Drittel seiner Gesamtstreitmacht ging Llewelyn endlich zu dem Frontalangriff über, auf den die Verteidiger schon lange warteten. Heftig attackierten die Reihen seiner Ritter den Turm und die Barrikaden am unteren Torhaus, ohne den Feind zuvor mit ihren Kriegsmaschinen zu bombardieren.

Während der Nachtstunden war David von Osten her mit seinen Männern in die Schlucht eingestiegen. Er hatte seine besten Bogenschützen losgeschickt, damit sie sich selbständig Nischen im Fels suchten. Von dort aus sollten sie die Bresche im Wall im Blick behalten und etwaige Verteidiger herunterschießen, die sich dort zeigten. Denn die größte Gefahr für die angreifende Truppe würde in dem unsicheren Boden liegen, auf dem sie sich bewegte; es war eine lose gefügte Masse, die nur allzu leicht wieder ins Rutschen geraten konnte, wenn von oben ein Felsbrocken über den Rand gerollt wurde. Der Rest von Davids Kämpfern hatte sich so gut wie möglich in der Nähe eingegraben und bereitete sich vor, einen zweiten kräftigen Angriff auszutragen, sobald ihre Kameraden den Anstieg von Westen her bewältigt hatten. Sie stellten die wichtigste Angriffstruppe dar und hielten sich zurück, bis der Kampf an der Rampe Verstärkung brauchte. Eilig stolperten Williams Kriegsknechte über die improvisierte Brücke, um Llewelyns wiederholte, schwere Vorstöße abzuwehren. Der Kampflärm, der durch die Bäume zu den Walisern drang, schwoll zu dem gleichförmigen, heftigen Getöse einer in vollem Gange befindlichen Schlacht an.

Erst jetzt ließ Owen seine Truppe los, und die Männer brachen aus ihrer Deckung und schwärmten den mit herabgestürzten Felstrümmern übersäten Hang hinauf.

Harry erreichte als erster die Ausläufer des trügerischen Geländes. Ohne zu zögern, betrat er den rutschigen Geröllgrund und eilte auf die Mauerbresche zu. Aus Angst vor deren Baufälligkeit scheuten sich die Verteidiger, der Abbruchkante zu nahe zu kommen, doch von ihrer zurückgezogenen Position vermochten sie nicht besonders akkurat zu zielen. Für Harry war das Erklimmen der wackeligen Felsleiter gefährlicher als der Feind über ihm. Zweimal setzte er den Fuß auf eine Sprosse, die unter ihm nachgab, und stürzte; und einmal trat er einen beängstigenden Erdrutsch los. Er wäre davon mitgerissen worden und hätte sich unter den übereinanderpolternden Steinblöcken alle Knochen gebrochen, hätte ihn nicht jemand, der sich unmittelbar neben ihm über das tückische Gelände emporarbeitete, beiseite gerissen und sich schützend auf ihn geworfen. Sein Beschützer hockte über ihm und hielt seinen Kopf, seine Hände und Füße fest, bis die Staubwolke sich gesetzt und die bebende Erde zur Ruhe gekommen war.

»Sachte, sachte, mein Junge!« vernahm der Junge Adams Stimme dicht an seinem Ohr. »Sieh erst einmal zu, daß du deines Vaters Sohn nicht umbringst. Die Kirche kann einstweilen warten.«

In dem kleinen Winkel seines Bewußtseins, den er noch für derlei Betrachtungen erübrigen konnte, fragte sich Harry, was Adam an seine Seite führte. Schließlich war er Baumeister und hatte im Grunde nichts bei den Kriegern zu suchen, welche die Bresche stürmten. Doch ihm blieb nur Zeit für einen kurzen Blick und ein atemloses Dankeswort, ehe er sich aufrappelte und von neuem wie ein Eichhörnchen zu klettern begann.

Hätten de Guichets Kämpfer, die hoch über ihnen das Außengelände hielten, sich bis an den Rand gewagt, dann hätten sie – wenn auch mit höheren Verlusten ihrerseits – eine weit größere Truppe abwehren können als Owens Kompanie. Sie brauchten bloß die nächstbesten Felsbrocken ins Rollen zu bringen, und die Waliser wären davongerissen worden wie Kieselsteine von einem Sturzbach. Aber die Männer reagierten erschrocken und zaghaft. Der harte Boden des Außenhofs war von Spalten durchzogen, die sich bei jedem Erdstoß deutlich sichtbar verbreiterten, und wenn sie den Fuß auf den rissigen Grund setzten, spürten sie, wie er unter ihnen bebte. Die Verteidiger hatten erst dann mehr Angst vor den Angreifern als vor den bröckelnden Mauern, als die ersten Gegner – darunter auch Harry – oben anlangten und nach Halt für ihre Füße und Hände suchten, um über den zerklüfteten Rand zu klettern. Da sprangen die Kühnsten unter Williams Kriegsknechten herbei, hieben auf alle krallenden Hände und ungeschützten Köpfe ein, die in ihrem Gesichtskreis auftauchten, und begannen, die Felsblöcke und Mauertrümmer loszubrechen, die an der Abbruchkante hingen.

Doch sie hatten sich zu lange Zeit gelassen. Die Bogenschützen in der Schlucht hatten fiebernd auf diesen Augenblick gewartet. Nun schossen sie auf jedes eindeutige Ziel, das sich ihnen bot, und es war am Ende kein Steinbrocken, sondern eine herabrollende Leiche, die den ersten Erdrutsch in Gang brachte. Harry tat einen Fehltritt und rutschte ein oder zwei Meter auf dem Bauch hinab. Als er sich wieder nach oben stürzte, erblickte er über sich einen behauenen Block, der aus den Trümmern des Turms am Tor stammte. Der Brocken balancierte hart an der Mauerkante, und da erhaschte Harry einen Blick auf de Guichet, der sich in höchsteigener Person mit der Schulter dagegenstemmte, um den Stein vom Fleck zu schieben. Einen Augenblick lang starrten sie einander durch die Schlitze ihrer geschlossenen Visierklappen an. Der Tod schien zögernd zwischen ihnen zu verharren. Doch in einer Nische an der gegenüberliegenden Bergwand hockte einer von Davids Schützen. In aller Ruhe ließ er einen Pfeil von der Bogensehne schnellen. De Guichet umklammerte zusammensackend sein Wurfgeschoß. Kraftlos hing seine eine Hand herab, doch sie wirbelte nur eine winzige Staubwolke auf, die harmlos am Abhang verpuffte wie ein kleiner Windstoß.

Harry hatte einen Augenblick lang heiliges Entsetzen verspürt und atmete jetzt erleichtert auf. Er schlug einen weiten Bogen um das Hindernis, kroch seitwärts und rief den nachfolgenden Männern eine Warnung zu. Nicht allen Kletterern war dasselbe Glück beschieden wie ihm: Irgendwo weit zur Rechten vernahm der Junge das Krachen und Donnern herabstürzender Felsen und betete für Davids Männer.

Er wirbelte eine graue Wolke auf, als er sich über den Rand zog. Dick wie Nebel hing der Staub überall in der hellen Morgenluft, die außerdem noch von Qualm und dem beißenden Gestank des Feuers erfüllt war. Die Flammen hatten den Fels gespalten, und nun zermalmte der Frost ihn endgültig. Harry schmeckte Sandstein auf der Zunge, als er jetzt über die wenigen Meter zerklüfteten Bodens auf die Ränge der Verteidiger zustürzte und sein Schwert zog. Dicht hinter ihm strömten schon die Männer aus Gwynedd herbei, um seine Flanken zu schützen und ihm beizustehen. Sie verließen den gefährlichen Grund und hielten zugleich in ihrem Rücken ein Areal frei, wo ihre Kameraden ohne Gefahr das Gelände betreten konnten.

Sobald die Waliser festen Boden unter den Füßen spürten, war Parfois so gut wie erobert. Von nun an ging es nur noch darum, sich vorzukämpfen, bis der Widerstand gebrochen war, und nicht zurückzuweichen vor den verzweifelten Gegenschlägen, mit denen die Verteidiger versuchten, sie wieder über die Kante zu drängen.

Dann folgten Davids Männer, die sich nun, da die unmittelbare Gefahr gebannt war, leichter und vorsichtiger bewegen konnten. Die Bogenschützen in der Schlucht bezogen neue Positionen und rannten vom gegenüberliegenden Steilhang auf die Seite, auf der die Burg gelegen war. Von dort aus konnten sie die Hochebene, auf der sich die Kirche erhob, unter Beschuß nehmen oder zumindest jeden Burgbewohner töten, der so unvorsichtig war, sich in der Nähe des Randes zu zeigen. Die Verteidiger auf den Wällen und Türmen dagegen wurden durch das Getümmel im Außengelände abgelenkt. Dort rangen Freund und Feind in einem so unentwirrbaren Knäuel miteinander, daß ein Pfeil möglicherweise den Falschen getroffen hätte. Noch vor der Mittagsstunde hatte sich der Kampf zu einer reinen Frage von Druck und Gegendruck entwickelt. Schild an Schild und Brust an Brust arbeiteten die Waliser sich von der Mauerbresche aus vor wie Wasserringe auf einem Teich, in den jemand einen Stein geworfen hat. Jetzt hielten sie schon den Außenhof und konnten in aller Ruhe die Türme besetzen. Eine Zeitlang blockierten die Verteidiger noch hartnäckig den Bogengang, der in den inneren Burgbereich führte. Doch dann drangen die Belagerer in die Wache ein und schwärmten auf die Mauern hinaus, so daß ihre Schützen den Boden im Inneren aus jedem Winkel bestreichen konnten. Dann brachen sie das Tor auf und befanden sich in der Burg.

Nun, da die Waliser sich ihrer Eroberung sicher fühlten, teilte sich die Truppe. Owen drängte weiter vor, um den Innenhof zu räumen, während David sich mit der Hälfte seiner Männer von ihm trennte. Mit ihnen wollte er den Kompanien, die sich Llewelyns Vormarsch immer noch widersetzten, in den Rücken fallen. Der Kampf hatte sich bereits aus dem Wald in das offene Gelände auf der Hochebene verlagert, und nun genügte bereits der Alarm, der bei Davids Heranrücken geschlagen wurde, um ihn zu beenden. Was von den Männern aus Parfois noch übrig war, gab auf und flüchtete oder legte die Waffen nieder und ergab sich jedem feindlichen Krieger, der ihnen lange genug die Hand entgegenstreckte, um ihnen das Schwert abzunehmen. Die Burg war verloren und durch keinerlei Heldentaten der letzten Stunde mehr zu halten.

Harry gehörte zu den ersten Angreifern, die durch den Bogengang in den Innenhof vordrangen und sich im harten Handgemenge zum herrschaftlichen Wohnturm durchschlugen. Sie waren dem Feind geradezu in die Arme gelaufen. Die Kämpfer beider Seiten wälzten sich als einzige, verworrene Masse über den Hof und waren so dicht ineinander verkeilt, daß sie ihre Schwerter kürzer faßten und ihre Arme wie Ringer einsetzten. Vor Harrys geblendeten Augen schienen die Wappen von Parfois, die Farben der Ritter und die graubraune Kluft der Kriegsknechte einen wirren Reigen zu tanzen. Heftig wehrte er die gepanzerte Schulter ab, die ihm jemand in die Brust stieß, und machte Platz für seine Klinge. Der Mann, den er weggeschlagen hatte, erhaschte das Blitzen des Stahls, wirbelte instinktiv herum und senkte den Kopf, um dem Streich auszuweichen. Dennoch riß Harrys Schlag ihm das Visier und einen langen Streifen von seiner Ketten-Halsberge ab, so daß von der Wange des Ritters, die nun ungeschützt war, Blut strömte. Harry starrte in das Gesicht von William Isambard.

Augenblicklich bleckten die beiden die Zähne und gingen einander wie Hunde an die Kehle. Harry vergaß den Aufruhr, der um ihn herum tobte, vollständig und sah nur noch seinen Gegner. Lediglich die beiden schienen noch auf der Welt zu existieren; alle anderen waren nichts mehr als Gegenstände, die ihr Kampffeld säumten, ihnen im Weg standen und verhinderten, daß der Ältere seine größere Reichweite ausnutzen und der Jüngling seine Leidenschaft, seine Schnelligkeit und sein geringeres Gewicht einsetzen konnte.

Dies war kein Spiel, sondern tödlicher Ernst. William war ein beachtlicher Schwertkämpfer. Warum hatte Harrys Konzentration einen Moment lang ausgesetzt, warum hatte er zugelassen, daß die Klinge so dicht neben seiner Hüfte herabsauste? Der Körperbau seines Gegners, seine weit ausholenden Bewegungen, die Ausgewogenheit der Hiebe, die ihn stets auf Abstand hielten – all das kam dem Jüngling so vertraut vor, daß die Erinnerung ihn fast körperlich schmerzte. Er kannte dieses rasche Zurückweichen, den blitzartigen Hieb, der unerwartet darauf zu folgen pflegte, und den schnellen Sprung nach vorne, mit dem der Gegner auf seine nur halb geglückte Parade reagierte. Doch er wußte auch, was er dagegen unternehmen mußte. Beide hatten mit demselben Schwertmeister gelernt, und nun würde sich zeigen, wer der begabtere und eifrigere Schüler gewesen war.

Jener erste Streich, bei dem der Jüngling an Ralf gedacht und einen Augenblick lang gezögert hatte, hatte dessen Sohn leicht verwundet. Der Ärmel von Williams Kettenpanzer fiel zurück und entblößte eine gestreckte Hand, und Harry sah, daß der Handschuh voller Blut und sein Schwertgriff schlüpfrig war. Einen Moment lang tanzten in dem allgemeinen Getümmel fremde Gesichter vor Williams Augen, andere Körper drängten sich gegen ihn und hemmten seine Bewegungen, und das Kampfgetümmel hinderte ihn daran, seinen Schwertarm einzusetzen. Der Burgherr schüttelte alle ab und konzentrierte sich mit starrem, wütendem Blick und nach vorne schnellender Schwertspitze auf seinen Gegner. Und als er spürte, wie das Gedränge hinter ihm sich auflockerte, tat er einen schnellen Schritt rückwärts, als sei er entmutigt oder erschöpft. Sein Feind folgte ihm dichtauf und warf ihm einen glühenden Blick zu, denn die angebliche Schwäche seines Gegenübers stachelte ihn an. Zögernd hieb Harry nach Williams linker Seite, doch dieser wehrte den Streich ab und legte plötzlich sein ganzes Gewicht in seinen nächsten Schlag.

Harry duckte sich, hakte sein Heft unter das des anderen, um dessen Klinge von seinem Gesicht fernzuhalten, und stieß Mann und Schwert über seinen gebeugten Oberschenkel nach hinten. Doch er besaß weder die Zeit noch die Bewegungsfreiheit für den wohlüberlegten, weitausholenden Schlag, mit dem Isambard ihn einst entwaffnet hatte. Statt dessen stürzte er sich mit ganzer Kraft auf seinen taumelnden Feind, warf ihn zwischen den stampfenden Füßen der anderen Kämpfer zu Boden und hielt ihm mit seinem Körpergewicht den Arm nieder, der das Schwert noch festhielt. Seine eigene Klinge hatte der Jüngling weggeworfen, um beide Hände frei zu haben. Ehe William ihn abschütteln konnte, hatte er schon den Dolch gezogen und die Spitze unter das Ohr seines Gegners gesetzt – dort, wo er zuvor den schützenden Kettenpanzer fortgerissen hatte.

»Wo sind sie?« verlangte Harry heftig keuchend zu wissen. »Was habt Ihr ihnen angetan? Wo befindet sich Madonna Benedetta?«

Unter ihm hob sich ein Knie und zielte auf seinen Magen, doch William wurde durch das Gewicht seiner Rüstung behindert. Harry lehnte sich so fest auf den Metallharnisch, daß er spürte, wie sich das harte Material ins Fleisch bohrte.

»Was habt Ihr mit ihr gemacht? Und mit Eurem Vater? Sprecht, sonst töte ich Euch! Wenn Ihr den beiden ein Leid zugefügt habt ...«

»Sucht sie doch!« stieß William mit zusammengebissenen Zähnen hervor, und dann sog er scharf die Luft ein und stöhnte, als die Spitze von Harrys Messer unter seine Haut drang. Die grünen Augen, die ihn wütend anstarrten, ließen ihn keinen Augenblick los, und der Dolch verharrte unbeweglich.

»Bei Gott, das werdet Ihr mir sagen! Wo sind sie?«

»In ... der ... Kirche!«

Halb knurrend, halb stöhnend, preßte William die Worte zwischen den in Wut und Haß entblößten Zähnen hindurch. Wahnsinnig, verrückt war er gewesen, daß er überhaupt zugegeben hatte, etwas über den Verbleib der beiden zu wissen! Und warum hatte er jetzt auch noch die Wahrheit gestanden? Doch in der Stimme und dem Blick des Jungen lag eine tödliche Drohung; wenn er es ihm nicht sagte, würde der ihn umbringen. Und das Fleisch ist schwach und klammert sich an das Leben.

»Die Kathedrale!« rief Harry entsetzt aus und fuhr ruckartig in die Höhe. Von neuem sah er die Flammen vor seinem inneren Auge. Der Jüngling vergaß alles in seinem Schrecken: Er ließ den nach hinten gebogenen Hals seines Gegners los, ließ von seinen kräftigen Armen ab und war mit einem Satz auf den Beinen. Ohne noch ein Wort oder einen Gedanken auf seinen überwundenen Feind zu verschwenden, wandte er sich ab, um sich durch das Getümmel zu drängen und zu dem schwelenden Gerippe zu rennen, das einmal die Kirche seines Vaters gewesen war.

Da schnellte Williams Hand vor, packte Harrys Knöchel und riß den Jüngling so heftig zu Boden, daß ihm der Atem stockte. Unwillkürlich warf Harry sich über seinen Dolch, um die Waffe mit seinem Körper zu schützen, bis er den rechten Arm frei bekam. Er wollte die Waffe nicht aufgeben – lieber ließ er zu, daß Williams mordgierige Hände sich um seine Kehle legten. Fast blind und halb erstickt, tastete er verzweifelt nach dem Hals des Burgherrn. Unmittelbar unterhalb des Kiefergelenks stach er zu und trieb ihm den Stahl tief ins Fleisch. In diesem Moment wollte er seinen Gegner nicht bewußt töten oder auch nur verwunden; er wollte sich nur so schnell wie möglich befreien und zur Kirche rennen.

Ein Blutschwall ergoß sich über Harrys Hand und rann an seinem Arm herunter. Der Mann, der ihn umklammerte, bäumte sich auf und spannte den Körper in einem einzigen, gewaltigen Todeskrampf an. Die Hände, welche seine Kehle zusammenpreßten, erschlafften, sanken dann ohnmächtig herab und blieben zuckend am Boden liegen. Immer noch keuchend und halbblind vor Anstrengung, machte Harry sich von dem Sterbenden los, schlug sich mit Zähnen und Klauen durch das Getümmel und stürzte durch den Bogengang in den Außenhof. Dort streckte jemand die Arme nach ihm aus und hielt ihn fest. Eine kurze Weile kämpfte der Junge, um sich zu befreien. Doch dann erkannte er Adams Stimme und blickte aus großen, panischen Augen zu seinem Ziehvater auf.

»Die Kirche! Sie sind in der Kirche!«

»Sie? Wen meinst du?« fragte Adam verblüfft und ratlos.

»Benedetta ... und Isambard ... Ich hab' William gezwungen, es mir zu sagen ...«

Gemeinsam liefen sie weiter. Harry bemerkte nicht, daß ihm die Tränen über die Wangen strömten; aber es wäre ihm gleich gewesen. Soeben überquerten Llewelyns Kompanien die Brücke nach Parfois. Langsam und behutsam rückten die Reiter vor, um die Balken nicht über Gebühr zu belasten. Harry stürmte Hals über Kopf mitten auf die Truppe zu und faßte das Pferd des Fürsten am Zaum.

»Mylord, Mylord, er hat sie getötet ... die Kirche ... Sie waren in der Kirche ...«

Der Junge vermochte kaum zu sprechen, so sehr schmerzte seine Kehle noch von Williams Würgegriff. Es blieb Adam überlassen, den Kriegern die Nachricht in verständlicher Form zuzurufen. Sofort sprang Llewelyn mit einem Satz von seinem Reittier und erteilte brüllend Befehle. Mit Schwertern, Äxten und allem, was ihnen als Werkzeug dienen konnte, stürzten die Waliser zu der Kathedrale, um die Barrikaden wegzuschlagen, mit denen die Portale verrammelt waren.

Während die Schlacht wogte, hatte sich der Wind gedreht und die Flammen westwärts getrieben, so daß das Feuer heruntergebrannt war. Die Fenster des Mittelschiffs waren herausgesprungen, und von den Simsen rann flüssiges Blei in Bächen über das rauchgeschwärzte Mauerwerk. Im Inneren glühten noch die verkohlten Balken. Als die Waliser endlich die Bretter von den Portalen gerissen hatten und einzudringen versuchten, trieb die Hitze sie zurück. Sie konnten sehen, daß ein Teil des Deckengewölbes eingestürzt war und an seiner Stelle der offene Himmel gähnte. Der Turm war nur noch ein langsam auskühlendes Gerippe ohne Fenster und Dach. Offensichtlich hatte das Feuer den Chor erreicht, bevor der Wind gedreht hatte. Doch als die Männer die rauchende Ruine ostwärts umrundeten, entdeckten sie, daß die hohen Spitzbögen des Altarfensters noch intakt waren und das Mauerwerk kaum eine Brandspur aufwies. Auch die kleine Tür, die zur Sakristei führte, schien unversehrt zu sein.

»Brecht den Eingang hier auf«, befahl Llewelyn, und Harry war der erste, der einen Meißel unter die Bretter trieb und begann, die langen Nägel herauszuhebeln. Als er endlich das letzte Hindernis wegriß, war er mit Schmutz, Steinstaub und Blut beschmiert. Er stellte fest, daß die Tür verschlossen war und kein Schlüssel steckte, und so ging er mit einer Axt darauf los, bis er das Schloß gesprengt hatte und mit einem Schwung in die Sakristei stolperte.

Das Dach des Presbyteriums war rauchgeschwärzt, und die Luft flirrte immer noch vor Hitze, aber es war gerade noch auszuhalten. Still und besorgt nahmen die Männer die Helme ab und traten ein. Im Deckengewölbe kräuselten sich dünne Rauchfäden, und vom Chor her, wo an dem verkohlten Gestühl immer noch ein paar glimmende Stellen von dem Brand zeugten, schlug den Walisern beißender Brandgeruch entgegen. Aber die Steinplatten am Fußboden des Presbyteriums waren intakt, und der Altar mit seinem Engelschor ragte makellos und herrlich auf. Und darunter zog ein dunkles gähnendes Rechteck alle Blicke auf sich. Staunend und erschrocken näherten sich die Männer und spähten ängstlich in das offene Grab.

Am Boden des steinernen Schachts lag Benedetta auf einem Lager aus Samtstoff. Das lange rote Haar, das ihr Haupt umfloß, wirkte wie erloschenes Feuer, und ein goldbesticktes Altartuch war als Decke über sie gebreitet, so daß die schmalen, erstarrten Hände auf den farbenprächtigen, verschlungenen Blumenranken ruhten. Ihr Antlitz war eine Maske aus elfenbeinfarbener Haut, die sich straff über dem reinen Schnitt der eleganten Knochen spannte. Jemand hatte behutsam die großen, schweren Lider geschlossen und den abgezehrten Körper der Venezianerin liebevoll und ehrfürchtig beigesetzt. Jeder der Krieger kannte diese Frau, obwohl sie nur noch halb so viel zu wiegen schien wie die Edeldame, die auf Aber gelebt hatte.

Doch wer mochte wissen, wer die goldgewandete Gestalt war, die man zur Seite gerückt hatte, um Benedetta Platz zu machen? War dies einmal ein Mann oder eine Frau gewesen? Zart gebaut war der Tote jedenfalls, nicht größer als Madonna Benedetta, die schon klein gewesen war. Der Mensch mußte seit langem hier liegen, denn durch das goldene Tuch zeichnete sich schwach der Umriß eines Skeletts ab. Er war prachtvoll wie ein Fürst oder Kardinal beigesetzt worden, doch zu seinen Füßen ruhten eigenartigerweise ganz bescheidene Gerätschaften: der Hammer eines Steinmetzes, ein Meißel, eine feine Punze – die gewöhnlichen Werkzeuge eines Handwerkers.

Und quer über diesen beiden strahlenden Körpern lag hingestreckt ein langer, dunkler Schatten wie ein jäh gestürzter, furchtbarer Engel. Die Stirn hatte er in die Armbeuge der goldenen Gestalt gepreßt, und seine weiten Ärmel breiteten sich wie Flügel über die zwei ehrwürdigen Schläfer aus. Die langen Arme umschlossen sie und vereinten die drei Figuren im Tod. An den mageren Fingern, welche die beiden anderen selbst im Tod noch leidenschaftlich umklammerten, baumelten zwischen angeschwollenen Gelenken lose die Ringe. Zu schwach, um aus dem Grab zu klettern, nachdem er sein Werk vollendet hatte, war Ralf Isambard gefallen und in dieser Haltung gestorben. Die Hände krallten sich noch qualvoll verkrampft um die beiden, die er begraben hatte, doch das stolze Haupt des Alten ruhte so friedlich an dem gespaltenen Herz der in Gold gehüllten Gestalt, daß es aussah, als schlafe es.

Weder Feuer noch Frost, noch Sommer oder Winter würden diese drei Menschen jemals wieder belästigen; keine Macht auf Erden vermochte sie noch einmal untereinander zu verfeinden.

Reglos und stumm stand der Jüngling am Fuß des Grabes. Gesenkten Auges betrachtete er staunend und angstvoll seinen unermeßlichen Verlust und seinen ebenso großen Gewinn.

Harry schwieg so lange, daß seine Begleiter um ihn zu fürchten begannen, doch niemand wagte ihn anzurühren. Unter der Schicht aus Staub, Schweiß und Tränen, die sein Gesicht überzog, wirkte er außerordentlich blaß, und dennoch strahlte er eine tiefe Ruhe aus. Als er aufschaute, begegnete er dem ernsten und aufmerksamen Blick des Fürsten, der aus höflicher Distanz auf ihn gerichtet war.

»Du hast hier einen engen Verwandten gefunden«, meinte Llewelyn sanft. »Einen, der dir nähersteht als jedem anderen unter uns.«

»Ja«, gab Harry flüsternd zurück. Sprach Llewelyn nur von einem der Toten oder etwa von zweien? Oder von allen dreien? Der Fürst hatte sich schon immer darauf verstanden, den Gedanken seiner Kinder – und Pflegesöhne – zu folgen, sogar wenn sie ihnen selbst nicht mehr folgten.

»Es ist dein Recht, über alle Dinge hier zu verfügen. Wir werden nach deinem Willen verfahren.«

Ruckartig hob der junge Mann den Kopf und verschlang das Gesicht des Fürsten mit einem Blick aus seinen grünen Augen. Er öffnete die bebenden Lippen, um zu antworten.

»Bei allem Respekt, Mylord ... Auf Kastell Coch wartet jemand, der ein noch größeres Anrecht darauf besitzt. Ich möchte, daß meine Mutter sieht, was wir hier entdeckt haben«, schloß er mit leiser Stimme.

»Das ist wohlgedacht und ganz die Sprache eines pflichtbewußten Sohnes. Adam«, wandte Llewelyn sich an seinen Baumeister, »reitet nach Kastell Coch und bittet Gilleis, uns auf Parfois aufzusuchen. Sagt Eurer Gattin, daß wir in einer wichtigen Angelegenheit ihrer Entscheidung bedürfen. Teilt ihr mit, daß wir durch Gottes Fügung Meister Harrys Körper gefunden haben.«

Gilleis kam, noch ehe der Abend hereinbrach. Blaß und still ritt sie an Adams Seite.

Unterhalb der Burg herrschte nach der Schlacht noch

Chaos; die Toten lagen so, wie sie gefallen waren. Doch inzwischen hatte der Fürst Isambards prächtige Gemächer bezogen. William hatte man in der Kapelle auf einem einfachen, auf Böcken stehenden Tisch vor dem Altar aufgebahrt, nachdem man ihm die von Harry zugefügte Wunde ausgewaschen und seine Lider mit den Totenpennies beschwert hatte. Gilleis ritt, ohne nach rechts und links zu blicken, an den Ruinen des unteren Wachturms vorbei und suchte sich zwischen den achtlos verstreuten Kettenhemden und Helmen und den verstümmelten Leichen einen Weg über die Rampe. Von all dem sah die Frau nichts, denn ihr Blick richtete sich nach innen, in die Vergangenheit. Weder zu seinen Lebzeiten noch nach seinem Tod hatte Harrys Antlitz ihr je so deutlich vor Augen gestanden wie jetzt. Fast vergessener Haß und alte Liebe brandeten bitter in ihr auf wie widerstreitende Strömungen.

Fürst Llewelyn erwartete sie auf der Hochebene, und der junge Harry kam herbei, um seiner Mutter den Steigbügel zu halten und ihr beim Absitzen behilflich zu sein. Der Blick seiner meergrünen Augen und die Art, wie er sie feierlich umarmte, fuhren ihr wie Messerstiche ins Herz. Seit er zum Mann herangewachsen war und dieses leidenschaftliche, ernste Gesicht trug, war nicht mehr zu übersehen, von wem er seinen Körperbau und Charakter geerbt hatte. Er küßte ihr zuerst die Hand und dann die Wange, nahm ihren Arm und führte sie in die Ruine der Kirche von Parfois. Adam blieb zurück und ließ den beiden den Vortritt.

Am Grab machte sich auch Harry von seiner Mutter los und trat einen Schritt zur Seite. Gilleis sah in die mit Steinplatten ausgeschlagene Grube und sog ein einziges Mal heftig den Atem ein, als müsse sie einen Schrei unterdrücken. Sie hielt den Blick nach unten gerichtet, auf die beiden hellen Gestalten, über denen Isambards Arme sich breiteten wie ein Kreuz, und verharrte schweigend, reglos und blaß eine lange Weile.

Das Licht der Fackeln fiel zuckend auf den goldenen Stoff, und einen Augenblick lang kam es Gilleis vor, als regten sich die Knochen, die darunter lagen, als erwache ihr geliebter Mann zum Leben und wolle zu ihr aufstehen. Zugleich sah sie, wie Isambards hagerer, dunkler Arm um Harrys Körper lag, und seine abgehärmten Finger – dieselben, die ihm sein königliches Leichentuch umgelegt hatten – schienen sich noch eifersüchtiger und zärtlicher um seine Gebeine zu schließen. All die Qual, der Haß und die Liebe, soviel Unrecht und Rachegelüste – und am Schluß endete alles ganz friedlich auf diesem kleinen Fleckchen Erde.

Endlich schaute Gilleis auf und sah in das vor unterdrückter Leidenschaft kreidebleiche Gesicht ihres Sohnes, der sie von der anderen Seite des Grabes aus beobachtete. Nun war er wirklich zum Mann herangewachsen. Offensichtlich wollte er etwas von ihr, beherrschte sich jedoch. Er wollte nämlich nicht, daß sie ihm seine Sehnsucht vom Gesicht ablas, denn er fürchtete, sie könnte ihm aus Liebe zu ihm etwas zugestehen, das sie normalerweise abgelehnt hätte, wenn es nach ihr ginge. Oh Harry, dachte sie, sag mir doch, was ich tun soll! Ich fühle mich so hin- und hergerissen. Doch ihr Sohn schwieg. Diese Entscheidung mußte sie allein treffen.

Dennoch, das Toben des selbstsüchtigen Schmerzes hinter ihrem ausdruckslosen Gesicht schien beschämt zu verstummen, als sie jetzt ihren Sohn betrachtete. Sein wahres Erbe, sein einzigartiges Vermächtnis, und sie mußte es weitergeben, wenn sie es schon nicht behalten durfte. Sie mußte es nur aus freien Stücken herschenken, dann würde sie nichts verlieren. War sie denn im Geiste so arm, daß sie diesen beiden, die ihre Ruhe wohlverdient hatten, eine Ruhestatt an Harrys Seite mißgönnte?

Sollten Vertreibung, Zwietracht und Grabraub denn nie ein Ende finden?

»Deckt sie zu!« rief Gilleis und sah, wie Harry vor Freude das Blut in die Wangen stieg und seine Augen vor Liebe und Dankbarkeit strahlten.

»Schließt das Grab, und laßt sie in Frieden ruhen.«

Die Männer von der Nachhut standen am oberen Ende der Rampe im Schnee und stampften mit den erstarrten Füßen auf der Stelle, um sich zu wärmen. David rief seinen Ziehbruder von der Brücke her ungeduldig an. Doch Harry nahm den Fuß wieder vom Steigbügel und wandte sich noch einmal zum Zeichenhaus.

Das Außengelände war inzwischen zur Hälfte von Rissen durchzogen, und täglich rieselten fast unmerklich kleine Bröckchen Sandstein leise in die Schlucht. Es war höchste Zeit aufzubrechen. Während der Nacht war ein weiteres Stück der Umfriedungsmauer weggebrochen. Im Frühjahr würde Parfois bloß noch ein Nistplatz für die Krähen sein.

Die Zeit drängte tatsächlich. Sie waren die letzten, die Parfois verließen. Die Frauen hatten sich schon am vierten Weihnachtstag, dem Festtag der unschuldigen Kinder, auf die Rückreise nach Aber begeben. Adam leistete ihnen unterwegs Gesellschaft. Hinter ihnen wand sich die Kolonne der Packpferde mit der Beute aus Parfois eine halbe Meile durch den Schnee. Harry hatte die Damen noch bis zur Furt begleitet und sie sicher ans andere Ufer gebracht. Beim Abschied hatte er Aelis vor aller Augen geküßt, um öffentlich seinen Anspruch auf sie geltend zu machen. Um der Wahrheit die Ehre zu geben, empfand er inzwischen eine Art eifersüchtiger Ehrfurcht vor ihr. Seit sie ihr Haar unter einer Haube verbarg und Kleider trug, die seine Mutter ihr geliehen hatte, war sie sich auf verstörende Weise ihrer Weiblichkeit bewußt geworden. Zwischen den beiden Frauen herrschte ein enges, vertrautes Verhältnis. Häufig warfen sie einander Blicke zu und lächelten über ihn, wenn sie glaubten, er bemerke dies nicht – oder, noch weit bestürzender, wenn sie ganz genau wußten, daß er sie beobachtete. Bei diesen beiden mußte er sich durchsetzen, sonst würden sie sich zusammentun, und dann stand er unter dem Pantoffel, ehe er sich versah.

Zwei Tage nach der Abreise der Fürstin und ihres Gefolges war die entwaffnete Garnison aus Parfois abmarschiert. Man hatte Williams Kriegsknechte nicht einfach mit dem weggeschickt, was sie am Leibe trugen, sondern ihnen gestattet, ihre persönliche Habe und eine knapp bemessene Ration Lebensmittel mitzuführen. Ihre besten Pferde, Habichte und Jagdhunde sowie ihre gesamte militärische Ausrüstung hatten die Sieger natürlich für sich behalten, doch die Männer waren froh, daß sie mit Leben und Freiheit davongekommen waren, und leisteten gern ihren Eid darauf, nie wieder die Waffen gegen Llewelyn zu erheben. Einige, die nach Fleace gezogen waren, trugen äußerst freundliche Briefe des Fürsten von Aberffraw an Humphrey Paunton mit sich, in denen Llewelyn diesem mitteilte, auf welche Weise sein Herr ums Leben gekommen und bestattet worden war, so daß die Kunde zu gegebener Zeit und in der rechten Form vor König Heinrich gelange. Andere waren nach Erington aufgebrochen, das an der Grenze zu Herefordshire lag. Isambards großer, weitverstreuter Besitz fiel nun an seinen ältesten Sohn Gilles, der in der Normandie lebte – falls der König sich bereit fand, seinen Besitztitel zu bestätigen. Nach all den Problemen, die Richard Pembroke ihm bereitet hatte, würde König Heinrich sich allerdings scheuen, einem weiteren adligen Normannen und Vasallen des Königs von Frankreich eine derartige Machtposition in England einzuräumen. Sollten sie sich doch in die Haare geraten! Ralf Isambards Ruhe jedenfalls würden sie dadurch nicht stören.

Und doch ging hier ein großes Geschlecht zu Ende, und er, Harry Talvace, hatte den letzten Ast dieses mächtigen Baumes abgeschlagen. Nachdem die Verteidiger abgezogen waren und Parfois entvölkert dalag, erschien ihm das Gepränge der Welt ziemlich leer und eitel.

Nach den Besiegten waren die Sieger abgerückt. An Silvester waren der Fürst und alle seine Hauptleute schwer bewaffnet in Richtung Breidden aufgebrochen und hatten es David überlassen, ihnen mit der Nachhut zu folgen. Das gesamte Grenzland lag wehrlos vor den Walisern, bereit, von ihnen geplündert zu werden. Denn am Tag nach Weihnachten hatte der Graf von Pembroke unweit der Stadt, nach der er benannt war, John von Monmouth in offener Feldschlacht vernichtend geschlagen. Und nun existierte keine handlungsfähige königliche Armee mehr, die sich in diesem Gebiet zwischen Heinrichs Feinde und seine zitternden Untertanen hätte stellen können.

»Soll David sich Herefordshire vornehmen«, hatte Llewelyn großmütig erklärt, als ihn die Nachricht erreichte, »das hat der Junge sich wohl verdient. Wir werden gen Norden und Osten ziehen und Shropshire niederschmettern. Fast neunzehn Jahre sind jetzt vergangen, Harry, seit Benedetta vor den Toren von Shrewsbury auf mich zugaloppiert kam und dich als Lohn für meine Mühe brachte. Ich hätte nicht übel Lust, ein weiteres Mal an die Tür jener Bürger zu klopfen, selbst wenn ich dafür noch einmal eine solche Buße auf mich nehmen müßte.«

Und dann war der Fürst munter, aber entschlossen auf seinen Eroberungszug geritten. Gott mochte den Dörflern unterhalb des Breidden beistehen und den bangen Bewohnern von Shrewsbury, denn der Krieg brachte immer den Tod mit sich. Er hatte auch Parfois vernichtet. Selbst wenn Gilles Isambard jetzt kam und versuchte, die zerstörte Festung wiederaufzubauen, so blieb sein Unternehmen zum Scheitern verurteilt. Der Burgfels war gespalten, und das Herz von Parfois schlug nicht mehr. Der Mann, der einst der Geist von Parfois gewesen war, lag tot und begraben unter dem Altar seiner eigenen Kirche, gemeinsam mit seiner Geliebten und deren Liebstem, gemeinsam mit seinen guten und schlechten Taten. Dieses Buch mochte Gott selbst entziffern; niemandem sonst kam das Recht zu, Ralf Isambard zu verurteilen. Sein Erzfeind jedenfalls hatte die Messe für ihn lesen lassen, und sein unversöhnlichster Gefangener hatte leidenschaftlich um Frieden für die Seele des alten Burgherrn gebetet.

Und nun zogen die letzten Kompanien ab. Davids Klankrieger lechzten schon nach ihrer Beute, und ihr Befehlshaber war nicht minder begierig, seinen Feldzug zu beginnen. Denn David hatte eine Grenze zu sichern, und wenn er deren Anerkennung jetzt durch Terror erzwang, würde er das Gebiet hernach um so fester im Griff haben. Die letzten hohl klingenden Hufschläge auf der Brücke waren verhallt; nun wurde das Getrappel der Pferde auf der Hochebene durch den Schnee gedämpft. Nur Harry Talvace verweilte noch auf Parfois, als wolle er den erschütterten Ort seiner vierjährigen Gefangenschaft noch nicht verlassen.

Die Stille senkte sich auf ihn wie ein dicker Umhang, der alle Geräusche dämpfte und ihn von der Welt abschnitt. Das grelle Morgenlicht des Januartages drang mit schrägen roten Strahlen unter tiefhängenden Wolken hervor und färbte die Mauerzinnen scharlachrot. Das Tor der Wache und die Türen zur Waffenkammer, zum Reiterhaus und den Stallungen standen offen und führten in leere Räume. Kein Lüftchen regte sich; keine Stimme ließ sich vernehmen, dort, wo früher so viele Stimmen gewesen waren. Nicht einmal Hundegebell erinnerte daran, daß anderswo auf der Welt Leben herrschte. Einzig Harry Talvace überquerte leise den zerfurchten, bröckelnden Grund und atmete in der Totenstille vor Ehrfurcht leiser. Er stieß die Tür des Zeichenhauses auf, die sich verkeilt hatte und sich nur schwer über den von Rissen durchzogenen, unebenen Boden schieben ließ. Auf der Schwelle des verlassenen Raumes verharrte der Jüngling und ließ den Blick über die langen Zeichentische schweifen, auf denen Meister Harry seine ehrgeizigen Pläne entworfen hatte. Da stand auch die Bank, an der sein Vater Hammer und Meißel geführt und seine Ideen in Stein gehauen hatte. Seine Feinde hatten die Früchte seiner Arbeit in Flammen aufgehen lassen, doch sein Werk vermochten sie nicht zu zerstören.

Während Harry so stand und schaute, erfüllte sich die Werkstatt mit dem Widerhall einer längst verklungenen scharfen Stimme, die bis in sein Herz drang. »Du behauptest, dich nicht mit deinem Vater messen zu können! Hast du nicht den

Mut, der Zweitbeste zu sein? Wie viele Menschen können es denn mit Meister Harry aufnehmen?« Und welch schmerzliche Bemerkung von Isambard: »Der Herr teilt seine Gaben gerecht aus. Jeder von uns bekommt den Sohn, den er verdient.« Wieso hatte er damals oft nicht hingehört oder das, was der Alte ihm erklärte, mißverstanden?

Harry schien es plötzlich, als sähe er vor dem Fenster wieder die Umrisse der geraden, mageren Schultern, das hocherhobene Haupt und das umschattete, schiefe Lächeln. Wieder erklang in seiner Erinnerung Isambards Stimme mit der altbekannten, quälenden Liebenswürdigkeit. Hier hatte er ihm zum ersten Mal die Werkzeuge seines Vaters angeboten und die Steinfragmente, die der ältere Harry nach seinem frühen Tode hinterlassen hatte. In diesem Raum hatte Harry in einer harten Schule gelernt, selbst unter Druck gute Arbeit zu leisten. Auch diese Lektion hatte er schließlich begriffen. Und wenn seine Leistungen sich niemals mit den Verdiensten seines Vaters messen konnten, so würde er dennoch den Mut haben und eine geringere Stelle einnehmen. Alle sollten sehen, daß er es konnte und daß er demütig und treu an dem Platz dienen konnte, der ihm zugewiesen wurde.

Als er nun staunend auf die vergangenen vier Jahre zurückblickte, hatte er nicht das Gefühl, in dieser Zeit unglücklich gewesen zu sein. Allein das kam ihm schon seltsam vor, wenn man bedachte, wie sehr er sich damals gequält hatte. Doch noch eigenartiger erschien es ihm, daß er jetzt gelassen auf sein langes Sorgen, Planen und sein Sehnen nach Freiheit zurückschaute und sich dennoch nicht entsinnen konnte, sich als Gefangener empfunden zu haben.

Leise durchquerte Harry den Raum und trat an die Werkbank, die Isambard ihm damals überantwortet hatte. Dort in der Ecke stand, an die Wand gelehnt, der steinerne Entwurf, den Meister Harry für den Kopf angefertigt hatte, den er ins Triforium der Kirche von Parfois gesetzt hatte. Es war sein letztes Werk gewesen. Harry hatte die Skizze für ein Selbstporträt gehalten, aber Isambard hatte es besser gewußt. »Dies Werk stellt keine Signatur dar, die etwas beschließt, sondern eine Prophezeiung für einen neuen Anfang. Erkennst du dich denn selbst nicht?«

Das hatte der Knabe nicht, doch er hatte dem Burgherrn geglaubt. Selbst damals hatte er – ob gewollt oder gegen seinen Willen – darauf vertraut, daß Isambard die Wahrheit kannte und sie ihm sagte. Auch jetzt sah er in dem Porträt noch nicht sein eigenes Gesicht. Immer noch wirkte der steinerne Kopf in seiner Verheißung und Klarheit einschüchternd, verwirrend und erregend auf ihn; aber dennoch glaubte er. Vor ihm lag noch ein weiter Weg, doch er hatte bereits den Fuß auf den Pfad gesetzt, auf dem er zu der Person werden würde, die hier abgebildet war. Die Zeit würde alles fügen.

Ein merkwürdiges und wunderbares Gefühl hatte ihn damals beschlichen, als er die Gesichtszüge der Plastik abtastete. All dies war ein wenig wundersam und merkwürdig und bedeutete zugleich eine furchtbare Verantwortung für ihn. Jetzt schloß er noch einmal die Hände um das steinerne Bild, und von neuem stiegen leidenschaftlicher Stolz und Demut heiß in ihm auf.

Er nahm das große Tuch, in das früher Meister Edmund seine Pergamente einzurollen pflegte, und schlug den Kopf eilig darin ein. Bestimmt hatte David inzwischen die Geduld verloren und ihm jemanden nachgeschickt. Das Bündel war klein, aber schwer; seine Kameraden würden ihn für verrückt halten, daß er Barbarossa vor dem harten Ritt, der vor ihnen lag, zwanzig Pfund zusätzlicher Last aufbürdete. Egal, er würde den steinernen Kopf nicht hier zurücklassen.

In dem Bewußtsein, daß er all dies wahrscheinlich nie wiedersehen würde, blickte Harry sich noch einmal rasch im Raum um. Dann ging er, sein kostbares Beutestück unter den Arm geklemmt, nach draußen und zog die Tür hinter sich zu. Er hatte recht vermutet: Eben stieg Owen neben Barbarossa ab und warf die Zügel auf den Hals seines Pferdes.

»Teufel noch eins, Harry! Was ist bloß in dich gefahren, daß du immer noch hier vor dich hin träumst? Was war denn los? David ist schon ohne uns aufgebrochen.«

»Wir werden ihn schon noch einholen«, versetzte Harry und stopfte sein sperriges Bündel hastig in die Satteltasche, wo es schwer und ungestalt herabhing. Als Barbarossa das zusätzliche Gewicht spürte, tänzelte er nervös zur Seite. »Mir war nur eingefallen, daß ich etwas vergessen hatte, und ich wollte es lieber nicht zurücklassen.«

»Dann setz dich jetzt in Bewegung, und laß uns den anderen nachreiten«, drängte Owen und ließ den Blick über die bröckelnden Steine schweifen, die gefährlich über dem Abgrund schwebten. »Sobald es taut, wird die Hälfte dieses Landvorsprungs einfach zerbröseln. Und dann möchte ich mich lieber nicht in der Nähe von Parfois aufhalten.«

Harry stieg auf, gab seinem Pferd die Sporen und sprengte auf die schmale Holzbrücke zu. Nun brauchte er nicht mehr zurückzublicken. Mit der Vergangenheit hatte er abgeschlossen, und die Zukunft baumelte hier in seiner Satteltasche. Sobald sie die Brücke verlassen hatten und über die Hochebene auf den Waldsaum zutrabten, näherte Owen sich seinem Ziehbruder und beugte sich zu ihm herüber, um neugierig das Bündel in Augenschein zu nehmen.

»Was schleppst du da mit dir herum?« Er schlug mit der flachen Hand gegen Harrys Satteltasche und wunderte sich über ihr Gewicht; dann boxte er mit der Faust dagegen und fluchte leise, als er sich leicht verletzte. »Lieber Himmel, was hast du dem armen Tier aufgeladen? Einen Felsbrocken etwa? Was willst du bloß mit einem solchen Klotz anfangen? Steine findest du überall; mußt du denn unbedingt einen mit auf diesen Marsch schleppen?«

»Ein Entwurf meines Vaters«, erklärte Harry besänftigend, was zumindest die halbe Wahrheit war, aber nicht sein eigentlicher Beweggrund. »Ich hatte überlegt, ihn vielleicht eines Tages zu kopieren.«

EPILOG

Parfois: Juli 1234

Sechs Monate später ritt Harry dieselbe Strecke noch einmal.

Llewelyns Truppen kehrten von der großen Versammlung in Myddle zurück. Dort war der triumphale Friedensvertrag geschlossen worden, der Llewelyns Taten krönte und sein Lebenswerk abschloß. Richard von Pembroke hatte seinen Krieg zugleich verloren und gewonnen. Sein kurzes, aber für einen Menschen, der nichts als Ordnung und Gerechtigkeit anstrebte, strahlendes und wildbewegtes Leben hatte in der Stunde seines Sieges sein Ende gefunden. Winchester war durch einen größeren – und besseren – Prälaten entmachtet worden, und eine stabilere Ordnung, als sie der tüchtige des Rivaulx hatte schaffen können, hatte letzteren entmachtet. Im Großen und Ganzen hatte England seinen Willen bekommen; und Wales hatte all seine Landgewinne behalten, konnte sich innerhalb seiner Territorien des Friedens sicher sein und an seinen Grenzen des Respekts der Engländer. Kein Wunder also, daß David sein Gefolge hochgestimmt heim nach Aber führte.

Sie schlugen den Weg über Knockin ein. Die Waliser waren brandschatzend, mordend und plündernd von Parfois nach Shrewsbury gezogen, und hier, in unmittelbarer Nähe der zerstörten Burg, war es zum gewaltigsten Blutvergießen gekommen. Dies hatte sich im Januar zugetragen. Jetzt schrieb man Juli, und die Hälfte der Felder lag brach, weil keine Männer mehr übrig waren, die sie hätten bestellen können. Die verzweifelten Frauen schufteten bis in die Nacht, um dem Boden ein wenig Nahrung für ihre Kinder abzuringen. Harry war nicht besonders stolz auf sich, als er den Witwen von Knockin in die Augen sah. Nun, er hatte vielleicht lange gebraucht, um seine Lektion zu lernen, doch er hatte sie gründlich begriffen: Er wußte jetzt, was er tun mußte.

Der im Januar begonnene Feldzug hatte ein ganz neues Kapitel Geschichte geschrieben. Er war ausgezeichnet verlaufen, und die Waliser hatten sich eindeutig als Herren des Grenzlandes etabliert. Graf Richard war sich seiner Position in Wales so gewiß gewesen, daß er sogar nach Irland aufgebrochen war, um sich die Festungen zurückzuholen, die des Königs Männer ihm in Leinster fortgenommen hatten. Anfang Februar hatte sich Richard dorthin eingeschifft und Hubert de Burgh mit Basset und Siward in Striguil das Kommando über seine Besitzungen übertragen. Und noch im selben Monat hatte der König die Wahl Edmunds von Abingdon, des Stadtkämmerers von Salisbury, in das verwaiste Amt des Bischofs von Canterbury bestätigt, und Edmund hatte dem Großen Rat beigewohnt.

Was mochte Heinrich wirklich von diesem neuen Heiligen halten? Hatte er ihm bereitwillig seine Stimme gegeben, oder mißmutig und widerwillig? Denn als erste Amtshandlung, noch ehe er eingesetzt war, hatte Edmund Rich sich an die Spitze der Bischöfe gesetzt und die Entlassung von König Heinrichs verhaßten Ministern gefordert sowie eine Rückkehr zu einer Herrschaft nach Gesetz und Charta. Heinrich hatte sich gewunden, sich in Haarspaltereien ergangen und flehentlich um Bedenkzeit gebeten. Doch seine Gegner hatten sich unbeugsam gezeigt und sogleich die Bischöfe von Lichfield und Rochester an die Grenze entsandt, um bei Llewelyn die Möglichkeiten für eine Versöhnung und einen Friedensschluß zu sondieren. Beim Fürsten von Aberffraw rannten sie damit offene Türen ein: Llewelyn fand sich gern bereit zu Verhandlungen, da über den wichtigsten Gegenstand praktisch Einigkeit bestand. Nach dem anscheinend unumgänglichen Hin und Her über die Bedingungen hatte man sich Ende März auf einen Waffenstillstand geeinigt. Am zweiten Mai wollte man von neuem zusammenkommen, um ein auf Dauer angelegtes Abkommen abzuschließen.

Bewaffnet mit diesem taktischen Erfolg und gestärkt durch das Entgegenkommen und den guten Willen Llewelyns, der ebensogut seinen Vorteil hätte ausnützen, auf Zeit spielen und größere Zugeständnisse herausschlagen können, war Erzbischof Edmund schließlich bei der Ratsversammlung im April aufgetreten. Bis auf den einsamen Wolf Winchester, den sie stürzen wollten, standen alle Bischöfe der Provinz Canterbury wie ein Mann hinter ihm. Heinrich vermochte nicht länger die Hand über seine Favoriten zu halten, sonst wäre er Gefahr gelaufen, sich selbst zu schaden; und der König preschte niemals so weit oder so rasch vor, daß er sich nicht mehr aus der Affäre hätte ziehen können. Gerüchten zufolge hatte er sich nach der Ratsversammlung im Februar für längere Zeit mit Winchester, des Rivaulx und Segrave in Klausur begeben – und wenn man bedachte, wie er mit de Burgh verfahren war, bedeutete das, daß sie nichts Gutes erwartete, sobald es dem König in seinem eigenen Interesse geboten schien, sie fallenzulassen. Wie auch immer, als König Heinrichs Bischöfe ihn bedrängten, hatte er ihre Entlassung verkündet und Reformen versprochen – eine Rückkehr zur Verfassung und alles, was sonst von ihm verlangt wurde. Zu diesem Zeitpunkt hatte weder der König noch sonst jemand in England geahnt, daß Heinrichs Gegner bereits auf dem Totenbett lag.

Denn Graf Richard hatte sich für den ersten Tag im April zu einem Treffen mit den Männern des Königs auf den Auen von Kildare überreden lassen. Niemand wußte zu erklären, wie und durch wessen Hand dies geschehen war, jedenfalls war Pembroke überfallen und durch Schwerthiebe tödlich verwundet worden. Verrat, behaupteten manche und dachten dabei an höchste Stellen im Staat. Wieder andere vermuteten, daß es zu einem heftigen Streit um die Festungen gekommen war, die Richard zurückverlangte und die andere Seite nicht im mindesten freiwillig aufgeben wollte. Vielleicht hatte ja während des Treffens jemand aufbrausend seine Waffe gezogen. Wie auch immer es dazu gekommen war, jedenfalls trug man Graf Richard Marshall vom Berg auf ein Krankenlager, von dem er sich nie wieder erheben sollte, denn nach zwei Wochen war er tot. So starb dieser ausgezeichnete, noble Mann, der nie Krieg gegen seinen König hatte führen wollen, gerade zu dem Zeitpunkt, als Sieg, Reformen und Ehre in greifbare Nähe gerückt waren.

In England schlug die Nachricht wie ein Blitz ein und traf die Menschen – nicht minder König Heinrich selbst – bis ins Mark. Hatte der König wirklich insgeheim den Mord an dem Grafen gebilligt? Oder hatten des Roches und seine engsten Mitstreiter die Tat aus eigenem Antrieb begangen und den König anschließend in den Ruch der Komplizenschaft gebracht? Die Wahrheit würde man wohl nie erfahren. Jedenfalls hatte König Heinrich in fliegender Eile zu einem Ablenkungsmanöver gegriffen, das ihn reinwaschen sollte, und war wie ein Berserker über seine Minister hergefallen. Bis dahin hatte es so ausgesehen, als könnten sie sich relativ unbeschadet von der Bildfläche zurückziehen. Aber nun schmeckten sie eine Zeitlang die Medizin, die sie de Burgh zu kosten gegeben hatten. Gebrandmarkt und geächtet, wurden sie von einem Ort zum anderen gejagt, bis sogar die Bischöfe, welche ihren Sturz vorbereitet hatten, sich zwischen sie und ihren selbstgerecht wütenden Monarchen stellten, um sie zu beschützen. Sodann setzte man Kommissionen ein, die jede Einzelheit ihrer Amtsgeschäfte unter die Lupe nahmen und jeden Penny überprüften, der je durch ihre Hände geflossen war. So wurde de Burgh seine Rache zuteil.

Aber das alles änderte nichts an der Tatsache, daß der Graf von Pembroke tot war. Als Fürst Llewelyn die Kunde vernahm, sagte er die Teilnahme an der für Mai anberaumten Zusammenkunft ab. Der Mann, der als Unterhändler für das englische Reich hätte wirken sollen, lebte nicht mehr. Llewelyn wollte keinen Vertrag schließen, ehe man nicht allen Anhängern Pembrokes akzeptable Bedingungen für einen Frieden zugestand. Der Schutz, den er ihnen mit dieser Tat verlieh, reichte aus, um die allgemeine Aussöhnung zu beschleunigen. Im Mai bot man Gilbert, dem neuen Marschall von England, sowie seinen Brüdern und de Burgh, Basset, Siward und allen anderen Verbündeten freies Geleit zum Ratstreffen in Gloucester, wo sie unter dem Schutz des Erzbischofs um die Gnade des Königs ersuchten. Heinrich vergab ihnen, erklärte ihre Ächtung für gesetzwidrig, erstattete ihnen ihre Ländereien zurück und nahm sie von neuem in seine Gunst auf; einige erhielten sogar ihre alten Ämter wieder. So hatten sie guten Grund, dankbar für einen so mächtigen und treuen Verbündeten wie den Fürsten von Aberffraw zu sein.

»Wenn er jetzt sehen könnte, wie alles ausgegangen ist!« versetzte Harry plötzlich, indem er den Gedanken, den er begonnen hatte, laut zu Ende führte. »Er würde sich vor Lachen ausschütten.«

»Er?« fragte David zerstreut und warf seinem jüngeren Ziehbruder einen forschenden Blick zu. Dann fiel ihm wieder ein, wer mit »er« gemeint sein mußte, und er schlug rasch die Augen nieder. »Und warum? De Burgh sitzt wieder im Rat, und Winchester und des Rivaulx sind in Ungnade gefallen, genau wie zuvor de Burgh. Und mein Vater, der Fürst, eilt seinem ältesten Feind zu Hilfe und hält trotzdem seinen Schwur, Parfois einzunehmen und zu zerstören. Du hast wohl recht – man könnte durchaus darüber lachen, wenn man die Kaltblütigkeit dazu besäße. Und dabei hatte ich immer gehört, Isambard sei de Burghs Mann.«

»Den Mut besaß er«, erklärte Harry bestimmt. »Und er war immer sein eigener Herr und nicht der Diener eines anderen.«

»Aber der größte Witz«, meinte Owen, »ist doch, daß, wenn der französische Isambard, von dem du gesprochen hast, tatsächlich Anspruch auf seinen englischen Besitz erhebt, er ausgerechnet Parfois nicht bekommen wird. Denn der Friedensvertrag legt fest, daß die Burg nicht wiederaufgebaut werden darf.«

Das war in der Tat so; sie hatten Parfois den Todesstoß versetzt. Das Abkommen von Myddle, das Llewelyn dort im Beisein des Erzbischofs unterzeichnet hatte, basierte auf dem Stand der Dinge bei Ausbruch von Graf Richards Krieg. Das hieß, daß jeder Partei zufiel, was sie zu diesem Zeitpunkt zu ihrem Besitz gezählt hatte, selbst wenn dieser erst seit kurzem erobert worden war. Auf diese Weise verblieben Builth und Cardigan in der Hand der Fürsten von Gwynedd – ein beachtlicher Machtzuwachs. Doch es durften weder neue Festungen errichtet noch zerstörte wiederaufgebaut werden. Damit war das Schicksal von Parfois besiegelt. Und vielleicht war es auch ganz richtig, daß Ralf Isambards Feste ihren Herrn nicht überlebte.

Der Waffenstillstand war zunächst nur für zwei Jahre unterzeichnet worden, sollte jedoch danach im gegenseitigen Einverständnis der Parteien jährlich erneuert werden. Wer würde außerdem jetzt noch wagen, Builth oder Cardigan aus den Krallen des Löwen zu reißen? Llewelyn hatte England ein für allemal gezeigt, wer der Herr der Grenzmarken war. Und er hatte alles nur Menschenmögliche unternommen, damit man David später dieselbe Achtung und denselben Respekt zollte. Unterhalb der Burg von Myddle, zwischen den bunten Pavillons, die sich auf den sommerlichen Auen ausbreiteten, hatte man dem steilen Aufstieg von Gwynedds Stern beigewohnt. Das war die Geburtsstunde des zukünftigen Fürstentums von Wales gewesen. Nun mußte dieses Kind nur noch das Laufen lernen, und dies war Aufgabe der Staatsmänner, nicht der Soldaten.

»Mylord …«, begann Harry und räusperte sich heftig, denn die Worte, die er zu sagen beabsichtigte, seit sie Myddle verlassen hatten, wollten ihm nicht recht über die Lippen. Errötend zögerte er, als ihm bewußt wurde, wie gestelzt diese Anrede klang. Dabei befand sich außer seinen Pflegebrüdern niemand in Hörweite!

»Ja bitte, Mylord?« antwortete David munter, ihn fröhlich verspottend. Heute trug alles zu seinem Glück bei: der Sommer und das herrliche Wetter, der Triumph, den sie errungen hatten, ja sogar seine feinen, festlichen Gewänder und das Vergnügen, unbeschwert ohne die Last der Rüstung zu reiten. Er befand sich nicht in der Stimmung für tiefsinnige Gespräche, doch seinem Ziehbruder gegenüber handelte er immer freundlich.

»Schon lange geht mir etwas im Kopf herum«, begann Harry und ließ sich nicht von seinem ernsten Tonfall abbringen. »Nun, da wir Frieden haben und dieser uns, so Gott will, hoffentlich noch über Jahre erhalten bleibt, möchte ich mit dir über meine Zukunft sprechen. Dein Erbe ist jetzt gesichert. Solltest du mich jemals wieder an deiner Seite benötigen, dann weißt du, daß ich von Herzen gern zu dir eilen werde. Doch solange du mich nicht brauchst, bitte ich dich, mich freizugeben, auf daß ich meinem Handwerk nachgehe.«

Was den Jüngling am tiefsten bedrückte, konnte er allerdings gerade seinen Ziehbrüdern nicht offen gestehen. Ihn schmerzte der Preis, den dieser große Sieg gekostet hatte: Überall niedergebrannte Dörfer, dahingemetzelte Tote, abgeschlachtetes Vieh, ungepflügte Felder, wo jetzt schon goldenes Korn hätte stehen müssen, verwüstete Erde, die reiche Früchte hätte tragen können. Harry war als Engländer geboren und als Waliser aufgewachsen, und sein Herz und sein Verstand kämpften auf beiden Seiten. Wie hätte er walisisches oder englisches Blut vergießen können, ohne sich selbst zu verwunden? Doch das war nicht der einzige Grund für seine Entscheidung. Die Verleugnung des Lebens, die Vernichtung seiner Früchte, das alles beleidigte seine tiefsten Gefühle. Harry war ein schöpferischer Geist; diese Zerstörung lief seinem Wesen zuwider.

»Deinem Handwerk?« rief David verblüfft lachend aus. »Wie oft habe ich gehört, wie Adam versucht hat, dich zum Arbeiten anzuhalten, damals, als du noch ein Knabe auf Aber warst! Doch sobald er dir den Rücken zuwandte, hast du dich davongestohlen und bist zum Turnier gelaufen. Und dabei warst du so begabt! Was ist denn plötzlich in dich gefahren?«

»So überraschend kommt meine Entscheidung gar nicht. Im Grund habe ich sie schon vor langer Zeit getroffen, und seitdem habe ich auf Parfois unter der Aufsicht von Isambards Steinmetzmeister gearbeitet. Außerdem habe ich das Werk meines Vaters gesehen. Das hat in mir den Wunsch erweckt, ihm nachzueifern. Solange wir im Kriege standen, konnte ich nicht um die Erlaubnis bitten, dich zu verlassen. Aber jetzt habe ich erkannt, was ich wirklich will. Der Beruf eines Kriegers ist eine achtbare Sache«, fuhr Harry mit Entschlossenheit fort, »aber ich finde darin keine Zufriedenheit. Ich bin Steinmetz wie mein Vater vor mir, und dies ist auch meine Bestimmung. Wirst du mich freigeben?«

»Du hast meine Erlaubnis, alles zu tun, was du gern möchtest. Das weißt du doch, Hal. Und Adam wird sich freuen, daß er dich endlich unter seine Knute gezwungen hat. Aber trotzdem finde ich das einen Jammer«, meinte David bedauernd. »Auf Parfois hast du dich ausgezeichnet geschlagen. Du hättest hören sollen, wie der Fürst dich über alle Maßen lobte, wenn du nicht zugegen warst. Hast du unserem Vater von deinen Plänen berichtet?«

»Ja, Mylord, kurz bevor wir aufgebrochen sind. Er sagte, ich müsse dir die Sache unterbreiten. Außerdem meinte er, ich solle tun, was immer mein Herz mir rate, und wenn ich dies mit all meiner Kraft tue, dann hätte ich seinen Segen. Aber du bist mein Fürst und Bruder, und daher möchte ich gern, daß du mir auch den deinen gibst.«

»Wie könnte ich dir meine Zustimmung verweigern?« entgegnete David herzlich. »Tu nur, was dein Herz dir sagt, und zerbrich dir nicht den Kopf darüber. Außerdem kann es selbst einem Steinmetz nicht schaden, wenn er auch mit dem Schwert umzugehen versteht.«

»Dann gewähre mir noch eine Bitte.« Der Jüngling war ein

wenig bleich geworden, so sehr quälte ihn der Wunsch. »Dürfte ich mich an der nächsten Wegkreuzung nach Süden wenden und einen Abstecher nach Parfois unternehmen? Ich verspreche, daß ich mich nicht lange aufhalten werde. Nur noch dieses Mal möchte ich die Burg sehen. Ehe ihr Oswestry erreicht, habe ich euch längst eingeholt.«

Owen hatte schon den Mund geöffnet und wollte seinem Ziehbruder anbieten, ihn zu begleiten. Doch dann schloß er die Lippen wieder und schwieg. Er kannte den jungen Mann gut und sah, daß Harry allein sein wollte. Also trennten sie sich in Knockin an der Wegkreuzung. Harry ritt in Richtung Breidden, und seine Brüder bogen mit ihrem Gefolge gen Norden ab, nach Oswestry. Der junge Steinmetz setzte seinen Weg ohne Begleitung fort. Auch das erschien ihm jetzt ganz angemessen. Vor langer Zeit hatte Adam ihm einmal erklärt, es sei an der Zeit, daß er sich mit seinem Stande anfreunde.

Diesen Landstrich hatten sie auf ihrem Weg nach Shrewsbury verwüstet. Die tristen Ruinen waren immer noch zu sehen, sie säumten vorwurfsvoll seinen Pfad, wohin er den Blick auch wandte. Die überlebenden Dörfler waren verstohlen in ihre zerstörten Behausungen zurückgekehrt; ja, sie hatten sogar armselige Hütten aus Buschwerk errichtet, in denen sie die warme Jahreszeit überstehen konnten, während sie fleißig an einer stabileren Unterkunft für den bevorstehenden Winter bauten. Diese Zerstörung, dieses Leid und diese Verschwendung! Alles lief der Liebe zum Leben zuwider, die der junge Mann in sich keimen spürte, seinem Verlangen nach Freude, schöpferischem Tun und Erfüllung. Er wünschte, daß der Krieg für immer vom Angesicht der Welt verschwände! Er wünschte, daß die Menschen ihre Häuser behielten und die verwüsteten Felder von neuem bestellten! Gott mochte den Bauern neue Kinder schenken und sie das verfallene Land wieder fruchtbar machen lassen. Schon allein die Beharrlichkeit, mit der die Dorfbewohner die Fäden ihres Lebens von neuem aufgenommen hatten, ermutigte den Jüngling. Sie waren schließlich Menschen; so leicht ließen sie sich nicht vom Schicksal unterkriegen.

Bei Buttington überquerte Harry den Fluß. Jetzt im Sommer war das kühle Naß, auf dem weißer Hahnenfuß trieb, von Wasserpflanzen grün gefärbt und wirkte heiter und verschlafen. Er ritt den Uferpfad entlang, der an der Mühle vorbeiführte, und passierte die verfallene Hütte, in der Aelis und ihr Vater gelebt hatten. Sein Herz verkrampfte sich schmerzhaft bei dieser Erinnerung.

Später, als er unter den Klippen von Parfois entlangritt, fand er den Weg mit einemmal versperrt. Felsbrocken und Mauerschutt hinderten ihn am Fortkommen. Er wich in die Wälder am Fluß aus und schlug einen umständlichen Bogen um das Hindernis. Noch immer war die Bergeshöhe vor seinen Blicken verborgen. Erst als Harry die grünen Hänge unterhalb des steilen Pfades erreichte, über den man auf die Rampe gelangte, konnte er nach oben sehen. Die Mauerzinnen und die Turmspitze ragten in den Himmel hoch, und durch die Schlucht, welche die Burg von der Kirche trennte, sickerte spärliches Licht.

Harrys Herz tat einen Satz. So plötzlich kam die Vision von der Vergänglichkeit weltlicher Macht und Glorie über ihn, daß der Jüngling, zerrissen zwischen Gram und Jubel, innerlich aufschrie. Wahrhaftig, die Mächtigen der Grenzmark waren gefallen! Kein Lichtstrahl drang in die schattigen Winkel der Schlucht. Das plötzlich einsetzende Tauwetter und die Schneeschmelze vom vergangenen Februar hatten den zerbohrten Fels unter den Wällen zum Einsturz gebracht, so daß das gewaltige Gewicht, das auf ihm lastete, nicht mehr zu halten gewesen war. Elle für Elle und Stein für Stein war die Umfriedungsmauer auseinandergebrochen, abgesackt und hatte sich nach außen geneigt. Schließlich war sie in die Schlucht gerutscht und hatte den Graben an seiner flachsten Stelle unterhalb der Brücke eingeebnet. Nach und nach hatte sich die Trümmerlawine nach rechts und links ausgebreitet, von den

Rändern aus bröckelten Schutt und Geröll über die Klippen. Die Zugbrücke war ebenfalls abgestürzt, wenn auch nicht allzu tief: Sie war nur wenige Fuß nach unten gerutscht. Inzwischen konnte man die Rampe hinaufschreiten und nach Parfois hineingelangen, ohne die Brücke zu benutzen.

Doch der Zerfall war noch längst nicht abgeschlossen, denn die abwärts rutschende Masse der Burg und die überlasteten Fundamente würden den Fels so schnell nicht zur Ruhe kommen lassen. Das Gleichgewicht und die Spannung, die das Ganze zusammengehalten hatten, waren zerstört, und der Verfall, der begonnen hatte, ließ sich nicht mehr aufhalten. Die Zeit und das Wetter würden die Steine sprengen. Samenkörner, die zwischen die schräg hängenden Treppen und Bodenrisse fielen, würden aufgehen, und die Schößlinge würden die Wände einreißen. In Isambards Ratskammer würden junge Eichen wachsen, und Raben würden in den Überresten des Herrenturms nisten. In fünfzig Jahren wäre Parfois nichts weiter als ein Name für eine trostlose Landschaft, eine Ebene, auf der sich einst ein hoher Fels erhoben und ein großes Geschlecht geblüht hatte.

Der Wachturm war eingestürzt und hatte im Sterben sein gewaltiges Haupt quer über den Abgrund gelegt und die steinerne Stirn tief ins Grasland der Hochebene vergraben. Das Zeichenhaus und alles, was auf der südlichen Seite der Umfriedungsmauer gestanden hatte, war verschwunden. Durch die ständigen Erschütterungen waren sogar die Ränder der Hochebene eingebrochen, und in dem Geröll darunter lagen entwurzelte Bäume. Diejenigen, die noch standen, trugen dichtes Sommerlaub, so daß Harry von seinem Standort aus nicht einmal den Kirchturm erkennen konnte. Die Stille und die Trostlosigkeit legten sich wie eine eiskalte Hand um das Herz des Jünglings. Ängstlich und scheu wendete er Barbarossa und schlug den aufwärts führenden Pfad ein.

An der scharfen Biegung, wo die Rampe begann, bemerkte er etwas Merkwürdiges, und einen Moment lang vermochte er seinen Augen nicht zu trauen. Tiefe Karrenspuren hatten sich in das weiche sommerliche Gras eingegraben. Es gab doch keinen Haushalt mehr, in dem hungrige Mäuler zu stopfen waren. Warum sollten hier Wagen entlangfahren? Ob hier jemand Holz schlug und wegschaffte?

Er fand jedoch kein Anzeichen dafür, daß Baumstämme transportiert worden waren. Für gewöhnlich fand man Holzsplitter oder Sägemehl, wenn Holzräuber unterwegs waren. Oder sammelten etwa die Dörfler Reisig als Brennmaterial? Aber warum mitten im Sommer? In diesen entvölkerten Dörfern, in denen jeder überlebende Mann doppelt und dreifach hätte schaffen müssen, um nur die unmittelbarsten Bedürfnisse zu befriedigen, wäre unmöglich jemand so vorausschauend gewesen. Dennoch begleiteten die tief ins Gras eingegrabenen Furchen Harry auf seinem ganzen Weg nach oben. Die Spuren waren nicht frisch, sondern hatten an etlichen Stellen die Grasnarbe bis auf den Mutterboden und den Stein abgetragen. Schwer beladen waren die Karren gewesen. Und nun erriet der junge Mann auch, welche Ware darin bewegt worden war. Nicht nur Wind und Wetter und der Wechsel von Frost und Tauwetter hatten dazu beigetragen, die Mauern von Parfois abzutragen.

Von dem einsamen Turm der unteren Wache, den die Waliser während der Belagerung dem Erdboden gleichgemacht hatten, war nur noch ein wenig Schutt und Mörtel übriggeblieben. Man konnte kaum glauben, daß die paar kleinen verstreuten Steinhäufchen die Überreste eines so massiven Bollwerks darstellten. Die Umrisse des neuen Turms verloren sich ganz in dem Gewucher aus Dornbüschen und Wicken. Von den behauenen Bausteinen, aus denen William Barrikaden hatte errichten lassen, war nicht die geringste Spur mehr zu entdecken.

Harry erreichte den höchsten Punkt der Rampe, wo die Bäume aufhörten, und hielt an. Scharf sog er die Luft ein und unterdrückte einen Aufschrei: Das metallbedeckte Dach des umgestürzten Wachturms war weit weg geflogen und hatte den Fuß des ausgebrannten Kirchturms getroffen. Dieser wiederum war nach Westen auf das Deckengewölbe des Mittelschiffs gestürzt und hatte es zum Einsturz gebracht. Der güldene Schaft, der Stamm des heiligen Baumes, war zerbrochen. Die ganze nach oben zulaufende, hochaufragende Schönheit und Eleganz mit ihren bebenden Spannungsbögen aus Licht und Schatten, dieses Meisterwerk, das sich Stufe für Stufe in wunderbaren Proportionen verjüngte und Augen und Herz mit sich gen Himmel führte – all dies war unwiederbringlich verloren und für immer zerstört. Das gewaltige Gewölbe war zusammen mit dem Turm eingestürzt, und das Westfenster mit seinem kahlen Maßwerk, in dem das Licht wie auf Harfensaiten eine anrührende Trauermelodie spielte, erhob sich nackt und bloß über einer Trümmerwüste.

In panischer Hast sprang Harry aus dem Sattel, als würden seine Hände einen Augenblick lang träumen, daß Rettung noch möglich war. Er kletterte zwischen die herrlich geschwungenen Bögen des Mittelschiffs. Dem Weinen nahe, berührte und tätschelte er den Stein, doch der Abgrund des Kummers, der sich in seinem Herzen auftat, kam ihm vor wie ein finsterer Schlund: zu tief und grauenvoll, als daß er hätte weinen können. Am Fuß von Meister Harrys Grab, über dem das Gewölbe des Presbyteriums noch unbeschädigt aufragte, warf er sich auf die Knie. Auch die neun Steinfiguren, die Owen als Engel darstellten, beugten ihre Engelsköpfchen weiterhin verzückt über ihre Psalter und Instrumente und sangen und spielten zu Gottes Ehre.

Aber zu welchem Zweck? Wozu, wenn das hier das Ende war? Das Gebet, das er zu sprechen begonnen hatte, blieb ihm in der Kehle stecken und erstickte ihn beinahe.

So schnell verfielen also Burgen und Kathedralen, sobald die Menschen sich aus ihnen zurückgezogen hatten! Wieviel von dem Meisterwerk seines Vaters hatten die Steinkarren wohl bereits davongetragen? Wäre er eben offenen Auges durch die

Dörfer geritten, hätte er die offensichtlichen Anzeichen gewiß gesehen. Stein für Stein bauten die Bauern Burg und Kirche gleichermaßen ab. Bestimmt war jedes Dorf im Umkreis von zehn Meilen an dieser verstohlenen Zerstörung beteiligt. Durch den Winterfeldzug hatten die Menschen alles verloren, was sie besaßen; ihr Besitz war gebrandschatzt und geschleift, ihr Vieh geschlachtet worden. Und hier lagerte ein unerschöpflicher Vorrat an bereits behauenen Steinen, die sie bloß wegzukarren brauchten, um daraus neue Häuser zu bauen sowie Schafhürden, Höfe, Kuhställe, Scheunen und was sie sonst noch benötigten. Sobald sie das Material, das sie auf dem Boden liegend fanden, aufgebraucht hatten, würden sie den Rest einreißen. Und wer würde sie daran hindern, nun, da kein Isambard mehr auf Parfois herrschte? Das Vernichtungswerk würde einige Zeit benötigen, aber in zehn oder zwanzig Jahren würden sie Parfois von der Landkarte gestrichen haben. Alles wäre in alle Winde zerstreut, alles verloren, das gesamte Werk seines Vaters würde aus der Erinnerung getilgt sein, als hätte es niemals existiert. Sollte der schöpferische Geist tatsächlich nicht dauerhafter sein als die Vernichtung? Liefen hierauf nicht nur die Bemühungen der Verheerer, sondern auch die der Schöpfer hinaus? Wozu dann all die Mühe und die leidenschaftliche Hingabe?

Mit harter, versteinerter Miene kehrte der Jüngling zu seinem Pferd zurück. Trotz des herrlichen, sanften Sonnenlichts erschien ihm alles winterlich trostlos. Er stieg auf, wandte das Gesicht ab und nahm Abschied von der Kirche von Parfois. Ohne zurückzublicken, ritt er die Rampe hinab. Minderte es etwa den Wert eines Werkes, wenn es durch Menschen zerstört wurde? War die Leistung weniger wert, weil sie nicht anerkannt, sondern mißbraucht wurde? Blieb denn wirklich nichts zurück? War es möglich, daß eine solche Musik nicht den geringsten Nachklang hinterließ?

Harry hegte nicht den Wunsch, auf demselben Wege zurückzukehren, den er gekommen war, und noch einmal über sich die Verheerung im Himmel aufragen zu sehen. Statt dessen wandte er sich gen Leighton, um den Fluß bei der Furt in Pool zu überqueren und dann die nach Norden führende Straße nach Oswestry einzuschlagen, wo er seine Brüder treffen würde.

Nun, da er bewußt danach Ausschau hielt, entdeckte er allenthalben die gestohlenen Steine aus Parfois. Auf seinem Ritt durch das Dorf sah er überall, eingelassen in den Mauern der neu entstehenden Hütten, die massigen Steinbrocken. Sie schienen nicht recht zu den restlichen Steinen passen zu wollen. Denn wenn die Sonne auf das klare, warme Grau fiel und den sanften Goldschimmer darin erweckte, war Meister Harrys Baumaterial aus dem Steinbruch von Bryn nicht zu verkennen. Jedesmal wenn dieses Leuchten den Blick des jungen Mannes auf sich zog, schnitten ihm Schmerz und Mißgunst von neuem ins Herz. Am Ende des Dorfes hielt er plötzlich wie vom Donner gerührt an. Und zum ersten Mal hellte sich seine tiefe Verzweiflung ein wenig auf.

Der Schmied von Leighton hatte die Pfosten seines Hoftors mit zwei kleinen Kapitellen gekrönt; aus den grob behauenen, aber gut proportionierten Säulen sprossen zwei identische Büschel strahlender, lebendiger Blätter. Einst hatten sie das Gewölbe von Isambards Kapelle gestützt. Und was war jetzt im Grunde so schlimm daran? Hätte der Anblick nicht etwas im Herzen dieses einfachen Mannes angerührt, dann hätte er die Steine nie hergekarrt und sie mit viel Mühe hier eingesetzt, wo sie keiner Bestimmung dienten außer der Freude des Betrachters.

Während Harry langsam weiterritt, stellte er nicht nur die Handlungsweise der Dorfbewohner in Frage, sondern auch seine eigenen Vorbehalte. Beim nächsten Bauernhof zierten die mit Ornamenten versehenen Steine der Turmsimse den Kamm der Stallmauer; und dort, am Tor, hatte jemand ein Fragment einer Säule als Schlußstein für eine Wand verwendet. Vergeudung? Entweihung? Unwiederbringlicher Verlust? Nein, Parfois hatte diese Kunstwerke zwar verloren, doch bescheidenere Hände hatten sie sich zunutze gemacht.

Zaghaft noch und fast gegen seinen Willen faßte der Jüngling neuen Mut. Er fühlte sich zutiefst in seinen Gefühlen verletzt und mißgönnte den Dörflern die verstreuten Bruchstücke eines Kunstwerkes, das als vollständiges Ganzes allen Menschen hätte gehören sollen. Auch wenn sie in Unwissenheit und aus Notwendigkeit gehandelt hatten, so zürnte er ihnen doch, weil sie an der Zerstörung teilgenommen hatten. Die armen, mißbrauchten Steine erglühten in der Sonne wie herabgefallene goldene Ähren. Als Harry das Flußufer erreichte, rang er immer noch mit seinen Zweifeln, obwohl sein kindliches Herz sich danach sehnte, die tröstlichere Seite der Sache zu sehen.

Unterhalb der Furt war das Ufer dicht mit Weiden bestanden, deren Rinde gerade begann, sich rötlich zu färben. Dort stand die baufällige Hütte eines Korbflechters. Im Gras lagen weiße geschälte Gerten gestapelt, die darauf warteten, verarbeitet zu werden. Daneben befand sich der Rahmen eines ovalen Weidenbootes, das nach seiner Fertigstellung mit Leder überzogen würde. Der Besitzer hatte es mit Pflöcken am Boden befestigt. Die eine Hälfte der leichten Hülle war bereits mit Flechtwerk ausgefüllt. Durch den türlosen Eingang der Hütte, der ein wenig vom Fluß abgewandt lag, erspähte Harry weitere Haufen von Gerten sowie fünf oder sechs lange, schmale Aalschlingen, die frisch und neu leuchteten. Aber das Geräusch, das ihn aufhorchen ließ, schien nicht recht zu dieser Werkstatt zu passen.

Es war das rhythmische Klirren eines Metallwerkzeugs auf Stein. Eifrig, konzentriert und zufrieden mit sich und der Welt klopfte dort jemand vor sich hin. Was hatte ein Hammer ausgerechnet in dieser Hütte zu suchen? Korbflechter rühmten sich für gewöhnlich, daß sie alles, was einen Halt brauchte, mit Weidengerten zu befestigen wußten. Das eifrige Hämmern rührte eine vertraute Saite in Harrys jüngster Erinnerung an.

Aus reiner Neugierde glitt er von Barbarossas Rücken und trat lautlos in die Hütte.

Ein magerer, verwilderter Knabe, der nicht mehr als elf oder zwölf Jahre zählen konnte, beugte sich vollständig in seine Arbeit vertieft über etwas, das er so auf einen groben Holzklotz gesetzt hatte, daß das Licht aus dem unverglasten Fenster darauf fiel. Liebevoll beugte er den wirren Schopf über sein Werkstück und schien keinen Gedanken an sein vernachlässigtes Weidenboot zu verschwenden.

Als Harry mit dem Fuß zufällig gegen die Gerten stieß, stieß der Jungen einen ängstlichen Schrei aus, fuhr herum und hob den Arm, um seinen Kopf vor dem erwarteten Schlag zu schützen. In der einen Hand hielt er einen flachen, schweren Kieselstein, und mit der anderen umklammerte er einen langen Eisennagel.

»Sachte, sachte!« sprach Harry ihn sanft an. »Ich bin weder der Teufel noch dein Herr und werde dir nichts zuleide tun.«

Unter dem Schopf dunklen Haares spähte ein spitzes, gebräuntes Gesicht mißtrauisch zu ihm auf. Dieses Kind war offensichtlich Prügel gewöhnt und ständig auf der Hut vor Schlägen. Doch in den scharfen Augen spiegelten sich nicht nur Furcht, sondern Hingabe und der Mut der Verzweiflung wider. Mit seinem drahtigen Körper wollte er seine geliebte Arbeit – was immer es sein mochte – vor Harry verbergen. Und die eigentümlichen Gegenstände, die er in der Hand hielt, wollte er ganz eindeutig nicht als Waffen gebrauchen.

»Was hast du da?« fragte Harry neugierig.

»Das ist meins.« Abwehrend breitete der Junge die Arme aus, und er blitzte ihn aus seinen braunen Augen an. »Ich habe es ganz allein hergetragen. Es ist nicht gestohlen. Wenn die Erwachsenen sich die Steine einfach nehmen, warum sollte ich das nicht auch dürfen?«

Der junge Mann legte dem Knaben die Hand auf die Schulter und schob ihn behutsam beiseite. Bei dieser Berührung hellte sich das kindliche Gesicht auf und blickte kühner und zuversichtlicher drein. Ruhig stand der Junge da und versuchte nicht länger, seinen Schatz zu verstecken. Die Menschen, vor denen er sich hüten mußte, pflegten ihn weit härter anzupacken. Jetzt ärgerte ihn nur noch, daß man ihn beobachtete und bei der Arbeit störte. Doch zu fürchten hatte er von dem Fremden nichts, und je unbekümmerter er sich gab, desto eher würde der Eindringling wieder abziehen.

Auf der unebenen Oberfläche des Baumstumpfes stand ein Brocken von Meister Harrys gelblichem Stein. Wie in aller Welt hatte das Kind den mit seinen mageren Ärmchen nur hergetragen? Die anderen Dörfler hatten mit Vorliebe bearbeitete Steine ausgewählt, doch dieser Knabe hatte sich einen Brocken geholt, der noch behauen werden mußte. Der Stein und der Nagel dienten ihm dabei als Hammer und Meißel. Wer hatte ihn gelehrt, welches Werkzeug er benötigte oder wie man einem so widerspenstigen Material Formen abrang? Die kleinen schmutzigen Hände holten das Beste aus den plumpen Werkzeugen heraus und benutzten sie mit Überzeugung und Hingabe. Und auf den Binsenhaufen, unter denen er wahrscheinlich seine Arbeit vor seinen natürlichen Feinden – den Erwachsenen – versteckte, stand das zerbrochene Fragment eines der Kragsteine aus dem südlichen Seitenschiff. Darauf waren das verschmitzte Gesicht eines Bauern abgebildet und die Schnauze eines sprungbereiten Jagdhundes, der sein Wild wittert.

Zunächst hatte der Knabe das Bildwerk nur kopiert. Doch als er dann den gebeugten Kopf und die vorsichtig angespannte Miene des Wilderers nachbildete, hatte es den jungen Künstler in den Fingern gejuckt, und seine Phantasie hatte sich entzündet. Der Mann, der bei Meister Harry reglos in den Büschen gehockt hatte, brach hier aus dem Unterholz hervor, und der Hund hüpfte fröhlich voran. Krumm und schief, aber äußerst lebendig, verließen die beiden ihre Deckung, um ihre Beute zu hetzen. Die Umrisse glichen noch denen einer Kinderzeichnung, aber die Gestalten strahlten dennoch eine diebische, übermütige Freude aus. Lieber Himmel, das hatte der Knabe mit einem

Kiesel und einem Nagel vollbracht! Und das, obwohl es im Umkreis von einer Meile gewiß niemanden gab, der ihn – hätte er ihn erwischt – nicht durchgeprügelt und dieses nutzlose Stück in den Fluß geworfen hätte. Aber der Junge hatte etwas entdeckt, das er so leicht nicht hergeben würde. Seine wilde Miene, sein bedrohlicher Blick und seine entschlossene Hand gefielen Harry. Das Kind hatte entdeckt, daß in seinem Herzen ein Feuer loderte, und es würde nicht zulassen, daß es verlosch.

»Wer hat dir gezeigt, wie man Stein bearbeitet?« verlangte Harry zu wissen.

»Niemand. Das hab' ich selbst rausgekriegt. Ich hab' mir dieses Bild angeguckt und es probiert.«

»Hattest du dergleichen zuvor schon einmal gesehen?«

»Nichts, was diesem hier glich! Seid Ihr einmal dort oben gewesen? Gesichter sind da, lebendig wie meine eigene Mutter! So etwas habe ich noch nie gesehen. Die großen Brocken konnte ich nicht mitnehmen, aber dann habe ich das hier im Gras gefunden und versteckt. Wer hätte gedacht, daß sich in einem Stück Stein Bäume, Tiere und Menschen verbergen?«

»Stein kann alles hervorbringen«, entgegnete Harry. »Alle Kreaturen, die Gott geschaffen hat. Das müßtest du doch wissen. Zwei davon hast du schließlich hier zum Leben erweckt.«

»Ich wollte auch so etwas schaffen«, versetzte der Junge. »Ich werde noch mehr Bilder machen«, fügte er dann hinzu. »Bessere.« Und sein mürrisches Kindergesicht nahm einen harten Ausdruck an.

»Wenn du es dir fest genug wünschst, dann wirst du das auch. Du wirst Abbilder schaffen, die so lebendig sind wie deine Mutter, und Kirchen bauen wie die große Kathedrale auf dem Berg.« Und bei Gott, dachte Harry und sog tief diese Erkenntnis, diese Dankbarkeit und Freude ein, warum eigentlich nicht? Der Knabe besaß den rechten schöpferischen Drang, ein scharfes Auge und eine mutige Hand. »Möge der Herr dir Erfolg bei deiner Arbeit schenken«, verabschiedete er sich. Als er wieder in den Sonnenschein hinaustrat, war ihm leichter ums Herz.

Das Kind sah ihm nach, wie er aufstieg und davonritt. In dem glühenden Blick des Kleinen lag eine Spur von Genugtuung, aber vor allem wirkte er unnahbar und selbstgenügsam. Hätte Harry Werkzeuge mit sich geführt, hätte er sie ihm gern geschenkt, doch er war in seinem Sonntagsgewand aufgebrochen und hatte nichts, das er ihm hätte geben können. Aber dieses einsame, besessene Herz brauchte nichts von ihm, nicht einmal ermutigende Worte. Der Junge würde seinen Weg gehen, und nichts würde ihn aufhalten oder zur Umkehr bewegen können. Eine Fackel hatte sich an dem Funken jenes Feuers entzündet, das nun sein Licht so weit verbreitete. Die unsterbliche scharlachrote Saat, die Meister Harry mit seinem Blut, seinem Leben und seiner Leidenschaft in diesem ganzen Landstrich gelegt hatte, war aufgegangen und hatte einen grünen Trieb hervorgebracht.

Und dies war nur die erste Frucht der neuen Ernte.

Der Jüngling preßte die Knie in Barbarossas glänzende Flanken und ritt durch die Furt. In der Mitte des Stromes trieben wie filigrane Flöße die zarten Stengel des Hahnenfußes. Wo Harrys Pferd die Oberfläche aufwirbelte, gerieten sie ins Schwanken, so daß die kleinen weißen Blüten bebten. Die Sonne schien ihm ins Gesicht und erwärmte ihn bis ins Herz, und tief in seinem Innern spürte der junge Harry, wie sich die Toten regten; all die Menschen, deren Saat ihn – die lebende Ernte – hervorgebracht hatte.

Der Gedanke ließ ihn keineswegs verzagen. Im Gegenteil, er fühlte sich trotzig und vergnügt und frohgemut. Auf Aber wartete Aelis auf ihn, und die Werkzeuge des Handwerks, das er sich erwählt hatte – ein gutes Handwerk – das Handwerk seines Vaters, das jedes Mannes würdig war.

Vor ihm erstreckte sich friedlich und einladend das grüne walisische Ufer. Und hinter ihm hatte das kleine, rhythmische Hämmern wieder angefangen, und es klang wie das Läuten eines kleinen, unbezwingbaren Glöckchens.